THERESA RÉVAY
Der Himmel über den Linden

Buch

Paris, Oktober 1944. Die Deutschen haben nach erbitterten Kämpfen kapituliert, und ganz allmählich kehren die Pariser zu einem normalen Leben zurück. Die 43-jährige russische Gräfin Xenia Ossolin hat in der Modewelt wieder Fuß gefasst und feiert nach vier bangen Jahren der Trennung das Wiedersehen mit ihrer 18-jährigen Tochter Natascha. Doch die Freude ist von Trauer überschattet: Natascha erfährt, dass ihr geliebter Vater Gabriel Voudoyer an einem Herzinfarkt gestorben ist – eine von vielen erschütternden Lügen, wie sie später erkennen muss. Denn die ganze Wahrheit über ihre unglückliche Ehe wagt Xenia ihrer Tochter nicht zu offenbaren. Zu schmerzhaft ist der Gedanke an den Fotografen Max von Passau, ihre wahre große Liebe und leiblicher Vater Nataschas, den sie in den Kriegswirren aus den Augen verloren hat. Sobald es möglich ist, macht sie sich im zerbombten Berlin auf die eigentlich aussichtslose Suche nach ihm – und findet ihn tatsächlich. Doch Max hat sich verändert. Auch wenn er Xenia nach wie vor liebt, weigert er sich trotz ihres Flehens, mit ihr nach Paris zu kommen. Verzweifelt kehrt sie allein nach Frankreich zurück, ohne zu ahnen, welch unerwartetes Geschenk das Schicksal für sie bereithält – und dass ihre und Max' Geschichte noch nicht zu Ende geschrieben ist.
Natascha bleibt derweil in Berlin, und während sich das Klima des Kalten Krieges verschärft, scheint sich die Geschichte der fast unmöglichen Liebe von Max und Xenia auf dramatische Weise zu wiederholen. Denn Natascha verliebt sich ausgerechnet in einen russischen Offizier …
Die mitreißende Fortsetzung der unvergesslichen Liebesgeschichte von Xenia und Max und das bewegende Schicksal einer neuen, jungen Generation vor der faszinierenden Kulisse der Nachkriegszeit in Europa.

Autorin

Theresa Révay, 1965 in Paris geboren und aufgewachsen, studierte französische Literatur an der Sorbonne. Sie veröffentlichte ihren ersten Roman mit Anfang zwanzig. Danach arbeitete sie viele Jahre als Übersetzerin und Gutachterin für verschiedene französische Verlage. »Die weißen Lichter von Paris« ist ihr dritter Roman in deutscher Übersetzung.

Von Theresa Révay ist im Goldmann Verlag außerdem lieferbar:

Die weißen Lichter von Paris. Roman (47059)

Theresa Révay

Der Himmel über den Linden

Roman

Aus dem Französischen
von Barbara Röhl

GOLDMANN

Die französische Originalausgabe erschien 2009
unter dem Titel „Tous les rêves du monde"
bei Belfond, un département de Place des éditeurs, Paris.

Verlagsgruppe Random House FSC-DEU-0100
Das FSC®-zertifizierte Papier *München Super* für dieses Buch
liefert Arctic Paper Mochenwangen GmbH.

2. Auflage
Taschenbuchausgabe Oktober 2010
Wilhelm Goldmann Verlag, München,
in der Verlagsgruppe Random House GmbH
Copyright © der Originalausgabe 2009
by Belfond, un département de Place des Éditeurs
All rights reserved
Copyright © der deutschen Ausgabe
2009 by RM Buch und Medien Vertrieb GmbH
Redaktion: Monika Köpfer
Umschlaggestaltung: UNO Werbeagentur, München
Umschlagmotiv: Getty Images/nw photographic,
Getty Images/French School und Getty Images/Alison Clarke
Th · Herstellung: Str.
Satz: Buch-Werkstatt GmbH, Bad Aibling
Druck und Bindung: GGP Media GmbH, Pößneck
Made in Germany
ISBN 978-3-442-47295-6

www.goldmann-verlag.de

Für dich.
Immer mit Liebe.

Ich bin nichts.
Werde nie etwas sein.
Kann nichts sein wollen.
Dennoch trage ich in mir
alle Träume der Welt.

Fernando Pessoa

Erster Teil

Paris, Oktober 1944

Die Kunst der Lüge duldet kein Mittelmaß. Entweder man übertrifft sich darin, oder man geht unter.

An dem Tag, an dem Xenia Fjodorowna ihre Tochter zum ersten Mal anlog, sah sie ihr in die Augen, nahm ihre Hände und erklärte ihr mit fester, aber sanfter Stimme, ihr Vater sei an einem Herzinfarkt gestorben. Natascha erbleichte. Während das junge Mädchen in dem Salon, dessen Fenster auf den Jardin du Luxembourg hinausgingen, an ihrer Schulter schluchzte, meinte Xenia das Blut ihres Mannes zu riechen, das über den Teppich und an die Wand gespritzt war und dessen Spuren sie noch erahnen konnte.

Das ist ungerecht, dachte sie, gerührt von den Schauern, die den grazilen Körper ihrer Tochter überliefen. Nach vier langen Jahren der Trennung hätte dieses Wiedersehen fröhlicher ausfallen sollen. Als die deutschen Truppen in Frankreich einmarschiert waren, hatte Xenia geglaubt, Natascha sei weit von Paris entfernt am sichersten, und sie ihrer Schwester anvertraut, die ins Hinterland von Nizza geflüchtet war. Doch dann hatte die Trennung länger als erwartet gedauert. Und jetzt musste sie dem Mädchen, statt mit ihr zu feiern, eine schreckliche Nachricht überbringen. Natascha hatte Gabriel geliebt, der ihr ein zärtlicher und treusorgender Vater gewesen war. Wie hätte sie ihr da die Wahrheit sagen können? Die Erinnerung an die Szene vor zwei Monaten stand Xenia klar vor Augen: die Stadt im Jubel, die Kirchenglocken, die im Sonnenschein überschwänglich läuteten, der Freudentaumel des befreiten Paris – und der Pistolenlauf, den ihr Gabriel Vaudoyer an die Schläfe drückte, weil er sie zwingen wollte, ihm ihre Liebe zu einem anderen Mann einzugestehen.

»Er hat doch nicht gelitten, oder, Mamutschka?«, fragte Natascha mit ausdrucksloser Stimme.

»Nein«, flüsterte Xenia.

Gabriels Gesicht war vor Zorn und Eifersucht verzerrt gewesen, und sein verstörter Blick verriet, dass er jede Orientierung verloren hatte. Dieser kultivierte, intelligente Rechtsanwalt, der sich so sehr an das klammerte, was er für Gewissheiten hielt, hatte ihr nicht verziehen, dass sie der einzigen Liebe ihres Lebens die Treue bewahrt hatte. Xenia konnte es ihm nicht einmal verübeln. Doch weder emotionale Erpressung noch Drohungen hatten die Russin brechen können, die sich zuerst den bolschewistischen Revolutionären und dann den Mühen des Exils und des Krieges gestellt hatte, und Gabriel vermochte sie nicht zum Einlenken zu bewegen. Als er den Abzug drückte, stand die Chance, dass er sie töten würde, eins zu zwei. Xenia war überzeugt davon, dass er in diesem Fall anschließend die Waffe nachgeladen und sich umgebracht hätte. Dann wäre Natascha als Waise zurückgeblieben.

Das junge Mädchen rückte schroff von ihr ab und rieb sich mit den Handflächen die Augen, um die Tränen zu vertreiben. Das Haar klebte ihr auf der feuchten Stirn. Es schien ihr peinlich zu sein, die Fassung verloren zu haben. Wie sehr sie sich verändert hatte! Aus dem ungestümen Kind mit den blonden Zöpfen und den runden Wangen war ein schlankes junges Mädchen von siebzehn Jahren geworden, das sich ungelenk wie ein Fohlen bewegte, als wären ihr die Umrisse des Körpers, in dem sie wohnte, noch geheimnisvoll. Die Entbehrungen und Ängste des Krieges waren an niemandem spurlos vorbeigegangen. Nataschas Blick war dunkel und undurchdringlich,

und Xenia hatte den Eindruck, einer Fremden gegenüberzuste-
hen. In einer Mischung aus Neugier und Sorge betrachtete sie
ihre Tochter. Andere Stimmen, andere Hände hatten Natascha
durch die Klippen dieser verlorenen Jahre hindurchgeleitet; eine
Zeit, die ihnen niemand zurückgeben würde. War Abwesenheit
nicht auch eine Art von Verrat?

Im hinteren Teil der Wohnung ging eine Tür, und Xenia
schreckte hoch. Sie war es nicht mehr gewöhnt, mit anderen
Menschen zusammenzuleben. Doch jetzt wohnten sie hier zu
viert, und es war, als erwachten die Räume wieder zum Leben.
Sie hatte sich über die Rückkehr von Natascha, Felix und Lilli
gefreut. Am Bahnhof hatte sie die Seligsohn-Kinder mit einem
eigentümlichen Gefühl umarmt. Ihre Freundin Sarah hatte sie
ihr im Jahr 1938 anvertraut. Damals hatte sie noch gehofft, vor
der antisemitischen Verfolgung der Nazis fliehen und später
mit ihrem Mann und ihrer jüngsten Tochter zu ihnen stoßen
zu können. Doch Sarah und Victor war es nicht mehr gelungen, Deutschland zu verlassen. Der Schleuser, der sie an einen
sicheren Ort führen sollte, war verraten und das Widerstands-
netz zerschlagen worden. Xenia wusste nicht, was aus den beiden geworden war, befürchtete aber das Schlimmste. Ihr einziger Trost war die Freude darüber, Felix und Lilli gerettet zu
haben.

Ihre Tochter und die beiden Seligsohn-Kinder hatten darauf
bestanden, nach Paris zurückzukehren. Sie hatten ein Frankreich durchquert, das von den Bombardierungen verwüstet
war. Xenia hatte naiv damit gerechnet, sie so wiederzufinden
wie zu Beginn des Krieges: die schelmische, überschwängliche und manchmal ein wenig herrische Natascha; Felix mit seinem glühenden Blick unter seiner dunklen Haarmähne und die
schüchterne, stille Lilli, die durch die schmerzliche Trennung
von ihren Eltern gezeichnet war. Dabei hatte Xenia die drei
während der letzten Jahre mehrmals besucht, unter anderem,
um den Seligsohns falsche Papiere zu bringen; aber diese angst-

erfüllten Tage verschwammen in ihrer Erinnerung. Versuchte sie etwa, den Faden dort wieder aufzunehmen, wo er zerrissen war, die Tragödien nicht wahrhaben zu wollen und das Böse einfach wegzuwischen?

Während der herbstliche Regen auf das Laub rieselte und das milchige Tageslicht die Konturen der wertvollen Holzmöbel verschwimmen ließ, sah Xenia zu, wie der Kummer Nataschas schönes Gesicht aushöhlte. Sie hasste es, sich so machtlos zu fühlen, und ärgerte sich, weil sie nicht die richtigen Worte fand, um sie in ihrer Verzweiflung zu trösten. Doch sie war zu beschämt. Gabriels gewaltsamer Tod hatte sie schockiert, aber auch erleichtert. Ihre komplexe Beziehung hatte sie dazu gebracht, sich in Schweigen zu flüchten, weil sie fürchtete, zu viel zu sagen. Dabei hätte sie sich so sehr gewünscht, Natascha zu beschützen, ihr die Verletzungen der Gegenwart wie die der Zukunft zu ersparen. Doch anscheinend war seit einer gewissen Nacht im Februar 1917, als die Bolschewisten General Graf Fjodor Sergejewitsch Ossolin in ihrem Palast in Petrograd ermordet hatten und Xenia mit nackten Füßen vor der Leiche ihres Vaters gestanden hatte, jede Leichtigkeit aus ihr und ihrer Familie gewichen.

»Entschuldige, Mama«, sagte Natascha und wandte sich ab. »Sei mir nicht böse. Wir sehen uns gleich, ja?«

Sie flüchtete in ihr Zimmer und ließ Xenia, allein mit ihren Gedanken, im Salon zurück.

Einige Tage später trat Xenia, eine Akte unter dem Arm, lächelnd aus dem Gebäude der Handelskammer für Mode und Schneiderei. Ihre Sitzung mit dem Präsidenten Lucien Lelong, einem alten Freund, und den Vertretern der französischen Kriegsopferhilfe war ergebnisreich gewesen. Die Vereinigung versuchte, Mittel zur Unterstützung von Kriegsopfern aufzutreiben, und dabei war die Idee entstanden, eine Kollektion von Puppen herauszubringen, die Kreationen der Pariser Modehäuser tragen sollten. Die siebzig Zentimeter hohen Drahtmodelle entsprangen der Fantasie der jungen Éliane Bonabel, einer talentierten Illustratorin und Dekorateurin, und würden von renommierten Künstlern in Szene gesetzt werden. Das noch nie da gewesene Bündnis zwischen der Welt der Mode und der Künste ließ Aufregendes erwarten. Berühmte Modeschöpfer wie Jeanne Lanvin, Jacques Heim oder Elsa Schiaparelli brüteten bereits über ihren Ensembles. Der Regisseur Christian Bérard hatte vor, gemeinsam mit Malern und Dekorateuren ein Bühnenbild im auf die Modelle angepassten Maßstab zu entwerfen. Sogar Jean Cocteau zeigte sich interessiert und wollte sich eine Dekoration ausdenken. Das Projekt war in zweifacher Hinsicht anspruchsvoll: Es sollte eine bedeutende Summe für die Vereinigung zusammenkommen, aber es ging auch darum, der Haute Couture ihren Glanz zurückzugeben und zu zeigen, dass Paris auch nach Krieg und Besatzung noch immer die Hauptstadt der Eleganz war. Robert Ricci, einer der Urheber der Idee, hatte auch schon einen Namen für die Ausstellung. »Le Théâtre de la Mode« – das Theater der Mode – sollte sie heißen, und Xenia war mit der Koordination beauftragt worden.

Entschlossenen Schrittes marschierte sie die Straße entlang. Ihre hölzernen Schuhsohlen klapperten auf dem Gehweg. Der eisige Nieselregen ließ die Fassaden noch schmutziger erscheinen und lief an den durch Einschüsse gesprungenen Schaufenstern hinunter. Sie schlug den Kragen ihres abgetragenen Mantels hoch, denn die Luft war schneidend kalt. Ein Militärpolizist mit weißem Helm hielt den Verkehr an, um eine amerikanische Wagenkolonne durchzulassen, die sich auf dem Weg zur US-Botschaft befand. Die wenigen Autofahrer und die Fahrradfahrer übten sich in Geduld, waren jedoch sichtlich gereizt. Der begeisterte Empfang, den sie den amerikanischen Truppen im Sommer bereitet hatten, war einer verdrossenen Ablehnung gewichen, die sich durch Murren und verärgerte Grimassen ausdrückte. Die Freude über das weiße Brot, das die Bäcker zur

Feier der Befreiung aus amerikanischem Mehl gebacken hatten, war längst verflogen, zumal es seit der Anerkennung von General de Gaulles provisorischer Regierung durch die Alliierten wieder aus den Auslagen verschwunden war. Der Franzose, von Natur aus stolz, war enttäuscht darüber, dass Mangel, Rationierung und Schwarzmarkt weiter bestanden, und biss in die Hand, die ihn befreit hatte, zumal niemand mehr an einen raschen Sieg glaubte. Hitlers Niederlage war unaufhaltbar, und die Truppen der Wehrmacht befanden sich an allen Fronten auf dem Rückzug, aber sie kämpften mit dem Mut der Verzweiflung. Man lebte in Angst. Wann würde dieser Albtraum ein Ende nehmen? Niemand konnte die Millionen von Toten, Verschwundenen und Gefangenen vergessen. Doch trotz des grauen Wetters und der mürrischen Mienen ihrer Landsleute wollte Xenia unbedingt daran glauben, dass bessere Zeiten kommen würden.

Als sie die Steinstufen hinunterstieg, die in die Tuilerien führten, gab es eine Explosion. Sie stolperte und hielt sich am Geländer fest, um ihr Gleichgewicht zu wahren. Der Aktendeckel flog davon, und die Papiere wurden im Staub zerstreut. Hinter ihr schimpften Passanten: Offensichtlich war nur ein Autoreifen geplatzt. Verärgert bückte sie sich, um die Skizzen aufzuheben. Doch mit einem Mal wurde ihr schwindlig.

Vor zehn Jahren war es gewesen, bei den Unruhen vom Februar 1934. Berittene Gardisten hatten die aufgebrachte Menge angegriffen, und die Demonstranten hatten die Marseillaise gebrüllt und ihre Verletzten weggeschafft. Die Luft roch nach fieberhafter Aufregung und Pulverdampf. Man musste jeden Moment damit rechnen, von Querschlägern getroffen zu werden, und auf dem Straßenpflaster brannte ein umgestürzter Bus. Mit einem Mal tauchte Max wie aus dem Nichts heraus auf, wie jedes Mal, wenn er wieder in ihr Leben trat. Regungslos stand er in einem beigefarbenen Mantel mit hochgeschlagenem Kragen unter den kahlen Bäumen, den Fotoapparat in der Hand.

Eine Liebe konnte wie eine alte Wunde sein. Schon der

Hauch einer Erinnerung erweckte in Xenia den Schmerz einer lange verflossenen Zeit. Kein Tag verging, ohne dass sie an Max dachte. Stundenlang lag sie im Dunkeln, vollständig ausgefüllt von seiner Gegenwart, seinem Blick, seinem Atem und dem Duft seiner Haut. Und dabei wusste sie nicht einmal, ob er noch am Leben war. Und diese Ungewissheit fraß an ihr, schmerzhaft wie eine Säure.

Kein Weg führte an Max von Passau vorbei. Um die Wahrheit zu sagen, existierte außerhalb von ihm nichts. Er war ihr erster Liebhaber gewesen, der Mann, der ihrem Körper und ihrem Geist seinen Stempel aufgedrückt und das größte aller Opfer von ihr verlangt hatte – die Waffen zu strecken und sich hinzugeben: und das von einer Frau wie ihr, die sich im Lauf zahlreicher Schicksalsprüfungen einen Panzer zugelegt hatte und nichts mehr fürchtete, als ihre Verletzlichkeit zu zeigen. Max hatte sie von Anfang an geliebt; so wie Menschen lieben, die noch nie etwas verloren haben. Sie war nicht so mutig gewesen wie er und hatte Jahre damit vergeudet, vor ihm zu fliehen. Es hatte erst der Krieg ausbrechen müssen, damit Xenia es endlich wagte, zu ihm zu gehen. An einem Herbstabend in Berlin war das gewesen, als das Dritte Reich seinen finsteren Schatten über Europa und die Seelen der Menschen warf.

Sie beschleunigte ihre Schritte. Wenn Max damals nach Paris gekommen war, stieg er im Hotel Meurice ab. Dann ging sie insgeheim, ohne dass ihr Mann davon wusste, zu ihm; fieberhaft, ungeduldig, weil Max sie zum Kern ihres Wesens zurückführte. Doch nach einigen Monaten hatte sie ihn, aus Angst und aus Stolz, erneut von sich gewiesen. Sie sprach Worte aus, die sie später bedauerte, und erinnerte sich noch an seinen verletzten Blick. Ein Schauer überlief sie. Nie würde sie sich verzeihen, dass sie diesem leidenschaftlichen Mann so viel Schmerz zugefügt hatte; diesem talentierten Künstler, der sie über sich selbst hatte hinauswachsen lassen, als sie für ihn Modell stand. Er war eine Ausnahmeerscheinung, ein Mensch von einer seltenen In-

tegrität, dessen einzige wirkliche Schwäche es war, sie zu lieben,
Xenia Fjodorowna Ossolin.

Sie wusste, dass eine Gruppe des deutschen Widerstands,
dem Max von Anfang an angehörte, im Juli ein letztes Mal versucht hatte, den Führer zu liquidieren. Doch die Verschwörung
war gescheitert, und die Repressalien der Nazis waren gnadenlos: In den nächsten Wochen wurden Tausende von Menschen
verhaftet und etliche nach Schauprozessen hingerichtet. Wie in
allen Diktaturen hielt man für Verräter die grausamsten Strafen
bereit und verurteilte sie dazu, mit dem Fallbeil enthauptet oder
an Fleischerhaken aufgehängt zu werden.

Auf dem Pont des Arts klammerte sich Xenia an der Brüs-
tung fest und unterdrückte einen Anflug von Übelkeit. Kalter
Schweiß überlief sie, und sie fröstelte. Was mochte aus Max geworden sein? War er verhaftet, im Keller der Gestapo-Zentrale
in der Prinz-Albrecht-Straße gefoltert und von seinen Häschern
umgebracht worden?

»Geht es Ihnen nicht gut, Madame?«

Der Mann, der sie angesprochen hatte, trug die kakifarbene
Uniform der FFL, der Forces françaises libres – der Freien Französischen Streitkräfte. Xenia wich seinem Blick aus, vollführte
eine unbestimmte Handbewegung und flüchtete. Sie hatte genug
von all den Militärs und diesem Krieg, der einfach kein Ende
nahm. Frieden, das wünschte sie sich, die Niederlage von Adolf
Hitler, der Europa in eine Trümmerwüste verwandelt hatte. Und
sie wollte Max in den Armen halten, heil und gesund, sein Lachen und seine tiefe Stimme hören, sehen, wie eine stille Freude
seinen Blick aufleuchten ließ, und sie wollte ihn lieben – ihn lieben, bis sie sich selbst in ihm verlor. Aber all das war vielleicht nur
eine Illusion, und es war zu spät. Gut möglich, dass Max schon
gar nicht mehr auf dieser Erde weilte und sein wunderbarer Körper in einem abscheulichen Massengrab vermoderte … Sie eilte
unter dem stahlgrauen Himmel dahin, und einen kurzen Moment lang wurde ihr schwarz vor Augen.

Unter einer Decke zusammengerollt lag Natascha in der Abend-
dämmerung auf dem Bett. Ihr wollte einfach nicht warm werden. Der Regen nahm kein Ende, und die eiskalten Wände so-
gen sich mit Feuchtigkeit voll. Elektrischen Strom hatten sie nur
ab und zu, und der elende, mit Sägemehl befeuerte Ofen, den
ihre Mutter in der Küche aufgestellt hatte, reichte kaum aus,
um den Raum während der Mahlzeiten zu heizen. Und dabei
hätte sie Wärme und Licht so sehr gebraucht, um ihren schweren Kummer zu lindern.

Die Rückkehr nach Paris war ganz und gar nicht so verlaufen, wie sie es sich vorgestellt hatte. Sie hatte solche Hoffnungen in dieses Wiedersehen gesetzt, und jetzt fühlte sie sich wie
eine Fremde in ihrem eigenen Zuhause. Wo war dieser köstliche Duft nach Bienenwachs und Vetiver geblieben, der ihre
Kindheit erfüllte? Selbst ihr altes Zimmer mit seinen Blüm-
chentapeten und den ordentlich im Regal stehenden Büchern
kam ihr vor, als hätte sie es noch nie gesehen. Sie erkannte sich
darin nicht wieder. Gelegentlich zuckte sie zusammen, wenn
sie meinte, in den leeren Räumen die Stimme ihres Vaters zu
hören.

Die fern der Hauptstadt verbrachten Jahre hatte sie wie eine
Strafe erlebt und war sich gar nicht klar darüber, wie viel Dank
sie den Schwiegereltern ihrer Tante Mascha schuldete, die sie
aufgenommen hatten. Insgeheim hatte sie ihrer Mutter gegrollt,
weil diese sie nicht bei sich behalten hatte. Als Xenia ihr erklärte, auf dem Land sei sie sicherer, und außerdem sei dort
durch einen Gemüsegarten und die benachbarten Bauernhöfe
die Versorgung viel besser, protestierte Natascha: Sie wolle lieber zu Hause hungern, als sich bei Fremden satt zu essen. Xenia setzte einen strengen Blick auf. Natascha habe kein Recht,
sich zu beklagen, sagte sie; viele Kinder würden alles darum geben, so verwöhnt zu werden. »Aber das ist ja schlimmer, als ins
Exil zu gehen!«, rief Natascha aus. »Rede nicht von Dingen, die
du nicht verstehst«, gab ihre Mutter, die Launen verabscheute,

daraufhin schroff zurück. In schwierigen Zeiten verlangte Xenia von ihren Familienangehörigen tadelloses Verhalten; das war eine Frage der Ehre. »Deine Mutter hat es im Leben nicht leicht gehabt«, pflegte ihre Tante Mascha ihr mit sanfter Stimme zu erklären, wenn sich Natascha bei ihr über Xenias Härte beklagte. Das junge Mädchen wusste über die Vergangenheit ihrer Mutter Bescheid: wie sie als fünfzehnjähriges Mädchen mitten in der Revolution mit ihrer kranken Mutter, der kleinen Schwester und dem neugeborenen Bruder aus Petrograd hatte fliehen müssen; die Flüchtlingslager, die Armut, die sie nach ihrer Ankunft in Frankreich erlitt, die Nächte, in denen sie in einer Mansarde Modellkleider bestickte, bevor sie schließlich eine der berühmtesten Musen der Fotografen der Zwanzigerjahre wurde. Ihrer Mutter war nichts erspart geblieben, und ihre Beharrlichkeit war bewunderungswürdig. Sie hatte nicht gezögert, Felix und Lilli aufzunehmen, und es fertiggebracht, sie vor den Razzien der französischen Polizei zu bewahren. Und Natascha erriet, dass sie nicht nur die Seligsohn-Kinder gerettet hatte. Doch Heldinnen waren herrlich und furchteinflößend zugleich. Wenn ihre Mutter ihr erlaubt hätte, in Paris zu bleiben, wäre Natascha zumindest in den letzten Lebensjahren ihres Vaters an seiner Seite gewesen.

Bei der Nachricht von seinem Tod hatte sie sich spontan wie als Kind in Xenias Arme geflüchtet, aber deren Körper war starr und ihre Miene distanziert geblieben. Intuitiv hatte das junge Mädchen erfasst, dass sich ihre Mutter mit unerbittlichem Willen beherrschte, und sie um diese Kraft beneidet.

Es klopfte. Felix steckte den Kopf durch den Türspalt. »Störe ich dich?«

Natascha richtete sich auf und umschlang ihre Knie. Er setzte sich aufs Bett. Wortlos zog er eine Zigarette aus der Tasche und riss ein Streichholz an, dessen Flamme eine hohe Stirn, struppige Augenbrauen, eine gerade Nase und feine Lippen erhellte. Das dichte schwarze Haar fiel ihm lockig über den Rollkragen.

Die Flamme ließ seine runden Brillengläser aufblitzen. Er tat einen Zug und reichte Natascha dann die Zigarette. Felix besaß sensible Hände und schmale Handgelenke. Sie war ihm dankbar für sein Schweigen. Felix sprach nie, nur um etwas zu sagen, und darum war ihr seine Anwesenheit umso kostbarer.

Sie kannten sich jetzt seit sechs Jahren, seit dem Tag, an dem Nataschas Mutter die beiden verängstigten Kinder aufgenommen hatte, die in Berlin ihren von den Nazis verfolgten Eltern entrissen worden waren. Natascha erinnerte sich noch an ihre erste Begegnung. Hand in Hand mit seiner kleinen Schwester hatte Felix im Salon gestanden, in einem dunklen Mantel, einem um den Hals geschlungenen Wollschal und mit so kurzem Haar, dass er wie kahl geschoren wirkte. Er war sehr blass, hatte die Lippen aufeinandergepresst und schaute finster drein. Als er Natascha sah, reckte er leicht das Kinn. Um ihr zu trotzen nach dem ungeschriebenen Gesetz, das unter Kindern herrscht, wenn sie einander ohne Mitleid taxieren. Felix war ein Jahr älter als sie, außerdem ein Junge, sodass er sich eigentlich im Vorteil befand, aber Natascha Vaudoyer empfing ihn unter ihrem eigenen Dach, in einem warmen Raum, in dem ein Kaminfeuer knisterte; im Schutz der Zuneigung ihrer Familie und eines Universums, in dem sie über jede Kleinigkeit gebot, vom Schulheft bis zu der heißen Schokolade, die man ihr nachmittags bereitete. Ihm dagegen hatte man alles geraubt, seine Familie, seine Gewohnheiten, sein Land. Ein Flüchtling zu sein, der auf das Wohlwollen anderer angewiesen war, hatte etwas Demütigendes. Mit einem Schlag wurde einem alles genommen, dessen man bisher gewiss war, und man fand sich verlassen an einem feindseligen Ufer wieder. Ohne es selbst je erlebt zu haben, begriff Natascha diese Mischung aus Verwirrung und Scham. Ihre Familie hatte das gleiche Schicksal durchlitten, und man hätte meinen können, sie hätte die Erinnerung daran ererbt. Beinahe militärisch streckte sie ihm die Hand entgegen. »Guten Abend und willkommen«, begrüßte sie ihn mit fester

Stimme auf Deutsch. Felix zuckte zusammen, aber ein schwaches Lächeln erhellte sein ängstliches Gesicht. Sie hatten nur einen Blick zu wechseln brauchen, um einander zu verstehen.

Ein paar Jahre später, in dem Alter, in dem Kinder versuchen, Gleichaltrige durch spektakuläre Geständnisse zu beeindrucken, trug Natascha Felix' und Lillis Last mit, dieses dunkle Geheimnis, dessen Enthüllung zu ihrer Verhaftung und Deportation hätte führen können. Das Verbrechen der Seligsohns war nicht nur, dass sie Juden waren, sondern auch Deutsche; zwei unauslöschliche Makel, die sie um jeden Preis verbergen mussten. Inmitten der Kriegswirren wuchsen die Kinder gemeinsam auf. Die beiden älteren versuchten stets, Lilli zu beschützen, die kleinste und verletzlichste von ihnen. Bei der Invasion der unbesetzten Zone hörten sie, wie die Stiefel der Deutschen über die Straße knallten; lasen die Anschläge an der Kommandantur, auf denen die Namen erschossener Geiseln standen, und lernten, sich unsichtbar zu machen und zu verschwinden, wenn die Gefahr zu groß wurde. Vor allem lernten sie zu schweigen. Das, was sie verband, war viel mehr als eine übliche Kinderfreundschaft, die jederzeit durch eine kurzlebige Eifersucht oder Laune zerstört werden kann. Sie waren früher als andere erwachsen geworden, weil man ihnen keine andere Wahl gelassen hatte. Das Schicksal hatte sie zu Kindern des Krieges und des Exils gemacht, zu Kindern des Schweigens.

»Weißt du, was mir am meisten wehtut?«, murmelte sie jetzt.

»Sag es mir.«

»Ich frage mich, ob er mich am Ende vermisst hat; ob es ihm leidgetan hat, dass ich nicht da war. Vielleicht hat er sich allein gefühlt oder hatte Angst …«

»Er ist zu Hause gestorben, unter seinem eigenen Dach. Heutzutage ist das schon ein Segen.«

»Und damit soll ich mich zufriedengeben?«, sagte sie empört.

»Dein Vater wusste, dass du in Sicherheit und gesund warst.

Nichts anderes hätte er sich für seine Tochter gewünscht. Für Eltern ist es das Wichtigste.«

»Trotzdem wäre ich lieber bei ihm gewesen.«

Felix seufzte. »Ich kann dich verstehen«, sagte er dann mit rauer Stimme.

Er nahm die Zigarette wieder an sich und zog ein paar Mal nervös daran. Natascha setzte sich anders hin und schmiegte sich an ihn. Sie kannte die quälenden Gedanken, die den jungen Mann umtrieben, denn tief in der Nacht erzählte er ihr oft davon.

Felix besaß ein Schwarzweißfoto, von dem er sich niemals trennte. Es war schon ganz eselsohrig, weil er es stets in der Tasche oder Brieftasche trug. Darauf sah man eine Familie: eine lächelnde braunhaarige Frau in einem eleganten Kleid, das mit einer blumenförmigen Brosche und einer langen Perlenschnur geschmückt war. Sie hielt einen pausbäckigen Säugling auf dem Schoß. Hinter ihr stand ein distinguiert wirkender Mann mit kantigen Zügen und sorgenvollem Blick, der die Arme um die beiden älteren Kinder geschlungen hatte. Man erkannte Lilli, deren Hand auf der Schulter ihrer Mutter ruhte, und Felix mit stolz gereckter Brust und freimütigem Lächeln. Das konventionelle Porträt einer glücklichen Familie. Und doch erzählte das Foto, im Unterschied zu vielen gestellten Aufnahmen, eine andere Geschichte. Der Mann trug keine Krawatte, sondern einen lässig um den Hals gewickelten Seidenschal. Seine leicht gebeugten Schultern wirkten, als stemmte er sich gegen den Wind. Das schelmische Baby spielte mit den Perlen seiner Mutter und war dabei, sie in den Mund zu stecken. Lilli, die den Kopf zu ihrem Vater neigte, hatte einen Fuß auf den anderen gestellt, und einer ihrer Kniestrümpfe war heruntergerutscht. Felix strahlte und genierte sich offenbar nicht, dabei eine Zahnlücke zu enthüllen. Dem Fotografen war es gelungen, das Wesen der Kinder und die zärtliche Nachsicht der Eltern einzufangen. An seinem Porträt war nichts Starres oder Gezwungenes. Das Foto war außergewöhnlich, schön und bewegend, weil sich darauf die Persönlichkeiten der Abgelichteten frei entfalteten.

Natascha konnte nachempfinden, wie zerrissen sich Felix und Lilli fühlten. Niemand hatte sie nach ihrer Meinung gefragt, als sie aus Deutschland fliehen mussten. Hätte man sie gefragt und hätten sie geahnt, wie lange diese Trennung dauern würde, dann hätte wohl keiner von ihnen eingewilligt. Während der ersten Monate warteten sie zuversichtlich darauf, dass Sarah, Victor und ihre kleine Schwester Dalia nachkamen. Xenia stand ihnen bei, so gut sie konnte, und ließ sie täglich Französischstunden nehmen, damit sie in dieser Sprache noch sicherer wurden, die Felix für einen Jungen seines Alters bereits sehr gut sprach. Sie plante ihren Tagesablauf, damit sie sich nicht selbst überlassen blieben: Klavierstunden für Lilli und Sport für Felix, der eine außerordentliche Ausdauer an den Tag legte. Und dann kam der Krieg und bereitete diesem Leben abrupt ein Ende. Als Flüchtlinge in Südfrankreich mussten sie Geduld lernen, in einem Alter, in dem es einem gerade an dieser Tugend chronisch mangelt. Nachrichten von Xenia gelangten nur spärlich zu ihnen: über jene scheußlichen Interzonenkarten mit ihren vorgedruckten Formulierungen, die eines Schwachsinnigen würdig gewesen wären und bei denen man das nicht Zutreffende ausstreichen musste. Dreizehn Zeilen, um mitzuteilen, ob man »gesund«, »krank«, »tot« oder »in Gefangenschaft« war, um Nahrungsmittel zu erbitten und zu berichten, dass man Arbeit gefunden oder ob die Schule wieder begonnen hatte. Dreizehn Zeilen für die geknebelten Familien.

»Ich frage mich oft, ob es nicht längst zu spät ist«, meinte Felix mit verdrossener Miene. »Wie sollen wir uns nach alldem wiederfinden? Und was sollen wir einander erzählen?«

»Wenn deine Eltern dich wieder in die Arme schließen, brauchst du keine Worte mehr. Eine Geste ist dann genug, du wirst schon sehen.«

»Du brauchst mit mir nicht zu reden wie mit Lilli«, gab er

schroff zurück. »Nicht nötig, mich zu trösten. Du denkst genau dasselbe wie ich, nämlich dass sie wahrscheinlich tot sind. Da wir nie wieder etwas von ihnen gehört haben, kann man nur das Schlimmste befürchten. Mein Vater war Professor an der Universität. Ich kann mir nicht vorstellen, wie er die Zwangsarbeit in den Lagern überlebt haben soll. Und Mama war noch nie sehr sportlich. Sie hat ein Modehaus geleitet und Kleider entworfen. Offen gesagt, waren sie beide körperlich nicht besonders trainiert.«

Unwillkürlich schlich sich eine Art Herablassung in seine Worte, für die er sich schämte; als hätten sich seine Eltern irgendwie schuldig gemacht, weil sie keine außerordentlichen körperlichen Vorzüge vorzuweisen hatten. Seinen Vater hatte er seit November 1938 nicht mehr gesehen. Damals hatten die Nazischergen sie mitten in der Nacht in ihrer Villa in Grunewald überfallen. Sie hatten die Möbel zerschlagen, die Spiegel zerbrochen, die Matratzen aufgeschlitzt. Felix hatte sich zusammen mit seiner Mutter und seinen verängstigten Schwestern in den Gartenschuppen flüchten können, aber ihren Vater hatten die Männer gezwungen, in ihren Wagen zu steigen. Das war das letzte Bild, das er von ihm bewahrte: ein blasser Mann im Pyjama, einen Mantel über die Schultern geworfen, der keinerlei Macht mehr hatte, der nicht verhindern konnte, dass man seine Frau und seine Kinder an einem eisigen Wintermorgen auf die Straße setzte. Ein Nichtswürdiger, dem man seine Bürgerrechte und seinen Lehrstuhl genommen hatte, jemand, den man zum Verbrecher erklärte, weil er als Jude geboren war.

Felix starrte einen unsichtbaren Punkt an der Wand an. Seine Augen brannten, und in seinen Schläfen pochte das Blut. Diese Erinnerung flößte ihm immer die gleiche Mischung aus Entsetzen und Groll ein, denn er musste sich eingestehen, dass er damals Mitleid mit seinem Vater gehabt hatte, das Tragischste, was ein Kind für seine Eltern empfinden konnte.

Felix pflegte der Wahrheit unerbittlich ins Gesicht zu sehen. In seinen jugendlichen Augen war man nicht vollkommen menschlich, wenn man sich nicht in einem erbarmungslos grellen Licht betrachtete. Eine Haltung, die auf andere starr wirken konnte, wurde sie doch noch nicht durch Altersweisheit gemildert. Natascha und er waren sich in diesem Bedürfnis nach Klarheit einig. Wenn sie sich ihren tiefsten Ängsten stellten, empfanden sie ein berauschendes Gefühl. Doch hinter Felix' großen Worten steckte auch eine schlecht verhohlene Hilflosigkeit. Er vermochte sich nicht damit abzufinden, dass seine Eltern verschwunden waren. Und Dalia? Seine kleine Schwester, die kerngesund und mollig gewesen war, mit Grübchen in den Wangen, die sich zeigten, wenn sie lachte.

»Ich glaube keine Sekunde, dass sie tot sind«, versicherte Natascha. »Aber sie sind bestimmt geschwächt und brauchen Zeit, um sich zu erholen. Man kann auch dramatische Situationen überleben. Meine Familie ist schließlich der Beweis dafür, oder?«

»Ich hätte bei ihnen bleiben und ihnen helfen sollen«, beharrte er.

»Sie wollten dich in Sicherheit bringen. Dazu sind Eltern da. Hast du mir nicht gerade eben genau das begreiflich gemacht?«

»Dann bin ich also am Leben, weil sie sich geopfert haben«, erwiderte er ironisch. »Eine ziemliche Bürde …«

»Du bist ein Junge, der zu viel nachdenkt!«, rief Natascha aus und sprang auf. »Lass uns nach draußen gehen, hier drinnen ersticke ich!«

Als es an die Tür polterte und die Klingel ging, saß die Familie am Küchentisch vor einer abscheulich faden Suppe aus Karotten und Rüben, die Natascha verdrossen musterte. Lilli hatte ihren Wollschal anbehalten, und Xenia hatte mit einer Eleganz, um die ihre Tochter sie beneidete, zwei Umschlagtücher um die Schultern drapiert. Nervös sahen sie einander an. Wie lange wird es wohl noch dauern, bis wir nicht mehr zusammenschrecken, als hätten wir etwas angestellt?, fragte sich Natascha gereizt.

»Ich gehe nachsehen«, sagte sie, während es ohne Unterlass weiterklingelte.

Der Mann trug die Armbinde der FFL, eine formlose Schirmmütze und eine pelzgefütterte Lederjacke von zweifelhafter Farbe. Flankiert wurde er von zwei Polizisten in Uniform. Das kalte Licht auf dem Treppenabsatz hob ihre angespannten Mienen hervor. Sie wirkten wachsam und starrten Natascha argwöhnisch an. Das junge Mädchen spürte, wie sich ihr Magen zusammenzog.

»Ja bitte?«, fragte sie mit trockenem Mund.

»Sind wir hier richtig bei Madame Vaudoyer?«, verlangte der Mann mit der Schirmmütze zu wissen.

»Warum?«

Aggressivität rief bei ihr instinktiv Widerstand hervor. Natascha widersetzte sich jeglicher Autorität – ein Charakterzug aller Ossolin-Frauen. Genauso hatte sich ihre Tante Mascha geweigert, Felix und Lilli auf die Erhebungslisten für die Juden einzutragen, und keinen Moment daran gedacht, ihnen einen gelben Stern an die Brust zu nähen. Als ihre Mutter ihnen die falschen Papiere brachte, hatte Natascha den Seligsohns geholfen, sich ihre neuen Identitäten einzuprägen. Bei den Ossolins gehorchte man nicht einfach jedem. Und schon gar nicht einem unrasierten Fremden, der einem arrogant und mit finsterem Blick daherkam.

»Ist sie nun da oder nicht?«

Das junge Mädchen war ratlos. Erleichtert hörte sie die Schritte ihrer Mutter.

»Was wünschen Sie, Messieurs?«, fragte Xenia gelassen.

»Sind Sie Madame Gabriel Vaudoyer?«

»Ja.«

»Sie müssen mit uns aufs Revier kommen.«

Natascha lief ein Schauer über den Rücken. Die Deutschen waren fort, und die Milizionäre und die Gestapo hatten aufgehört, die Bevölkerung zu terrorisieren. Aber andere Mächte waren an ihre Stelle getreten. Frankreich rechnete ab, und meist pauschal. Gleichmütig sah ihre Mutter die drei Männer aus ihren hellen Augen an.

»Ich nehme an, Sie haben eine Vorladung?«, sagte Xenia, worauf einer der Polizisten ein Papier aus der Tasche zog. »Nun gut.« Sie nickte, nachdem sie einen Blick darauf geworfen hatte. »Lassen Sie mir einen Moment Zeit, um meine Sachen zu holen.«

»Ich begleite Sie«, sagte der Mann von der FFL.

Die Männer drängten sich in die Wohnung. Natascha war bestürzt über die Reaktion ihrer Mutter, die weder Zorn noch Empörung an den Tag legte, sondern eine seltsame Passivität, die sie bei ihr noch nie erlebt hatte. In ihrem Zimmer schob Xenia ein paar Papiere in ihre Handtasche, während sich der Mann mit der Schirmmütze lässig an die Wand lehnte. Die Anwesenheit dieses spöttischen Fremden an diesem intimen Ort beunruhigte und reizte Natascha. Er machte sich ein Vergnügen daraus, sie zu mustern, und steckte dabei demonstrativ die Hand in die Tasche. Seit einigen Monaten spürte sie, wie die Männer sie auf diese Weise betrachteten. Sie konnte sich einfach nicht daran gewöhnen, insbesondere, wenn es Unbekannte waren, die irgendeine Macht über sie ausübten. Dieser hier machte ihr wortlos klar, dass er im Besitz einer Waffe war, woran sie keinen Moment zweifelte. Die *Fifis,* wie man sie nannte, spazierten nicht mehr mit umgehängtem Maschinengewehr, offenem Hemd und wehendem Haar herum wie in der ersten Begeisterung nach der Befreiung, aber sie trugen immer noch die gleiche Arroganz zur Schau.

»Was ist los, Mama? Ich verstehe das nicht. Warum gehst du mit aufs Revier?«

»Mach dir keine Sorgen, mein Schatz«, sagte Xenia und nahm einen dicken Pullover aus dem Schrank. »Das ist sicher nur ein Missverständnis.«

»Missverständnis, das hättest du wohl gern!«, spottete der Mann. »Das sagen sie alle … Aber man braucht euch bloß ein paar hübsche kleine Beweise für eure Schweinereien unter die Nase zu halten, dann singt ihr ein anderes Lied. Das wird bei Ihnen nicht anders sein, meine kleine Dame, und dann werden wir schon sehen, was Sie für ein Gesicht machen.«

Vor Nataschas Augen tanzten schwarze Punkte, und sie fragte sich, ob sie etwa zum ersten Mal in ihrem Leben ohnmächtig wurde. Sie fühlte sich so eingeschüchtert wie zu den schlimmsten Zeiten der Besatzung. Das disziplinierte Verhalten ihrer Mutter, die sich widerspruchslos den Mantel anzog, bewies ihr, dass etwas Schlimmes im Gang war. Ihr Körper fühlte sich an wie zu Eis erstarrt, und sie hatte den Eindruck, am Rand eines schwindelerregenden Abgrunds zu stehen.

»Gibt es ein Problem, Tante Xenia?«, erkundigte sich Felix besorgt.

»Ich soll diese Herren aufs Revier begleiten. Es wird ganz

bestimmt nicht lange dauern. Ein paar Stunden vielleicht; schlimmstenfalls einen oder zwei Tage. Ihr habt Geld und Lebensmittelmarken, um euch etwas zu essen zu besorgen. Ich möchte, dass ihr wie immer in die Schule geht. Ich bin bald wieder da.«

»Das sagen Sie«, schaltete sich der Mann ironisch ein. »Und jetzt beeilen Sie sich! Genug geplaudert.«

Sein Blick hatte sich verhärtet, und er trat an einen Schreibtisch und blätterte nervös in den Papieren. Im Salon unterhielten sich leise die Polizisten. Das Wort Säuberung war in aller Munde. Die Franzosen verlangten Gerechtigkeit. Für die Erschossenen, die Deportierten, die gefolterten Widerstandskämpfer. Für die Geiseln, die man jetzt aus Massengräbern holte. Für die vier Jahre, die das Land traumatisiert hatten. Als sich die Deutschen auf die andere Rheinseite zurückzogen, hatten sie ihre Zerstörungswut verdoppelt und als blutige Erinnerung zuvor Massenhinrichtungen veranstaltet. Konnte man den Menschen einen Vorwurf machen, die nun, völlig außer sich vor Trauer, Selbstjustiz übten, ohne das Urteil eines Gerichts abzuwarten? Aber diese Rächer waren nicht alle Engel. Natascha wusste, dass manch einer die Gelegenheit nutzte, um Unschuldige aus dem Weg zu räumen – einen Konkurrenten, einen verhassten Nachbarn, eine Frau, auf die man eifersüchtig war. Mit einem Mal hatte sie eine absurde Vision von ihrer Mutter, wie sie mit geschorenem Schädel und zerfetzten Kleidern durch die Straße gezerrt wurde …

»Ich will nicht, dass du gehst!«, rief sie mit klopfendem Herzen.

Ihre Mutter umfasste ihre Schultern und sah ihr in die Augen.

»Alles wird gut, Natutschka. Ich verspreche es dir. Ich muss nur ein paar Dinge klären … Mach dir keine Sorgen, mein Schatz«, setzte sie auf Russisch hinzu. »Und biete diesen Männern kein Schauspiel, bitte.«

Xenia betrachtete die aufgelöste Miene ihrer Tochter und versuchte ihr etwas von ihrer Entschlossenheit einzuflößen. Im Gegensatz zu Natascha erstaunte sie diese Vorladung nicht. Um die Wahrheit zu sagen, wartete sie schon seit mehreren Tagen darauf; seit die Bank ihr mitgeteilt hatte, die Konten ihres Mannes seien eingefroren. Glücklicherweise war sie im August so vorausschauend gewesen, eine beträchtliche Geldsumme abzuheben. Man betrachtete Gabriel als »der Kollaboration mit dem Feind verdächtig«. Sein Name musste auf einer Liste der provisorischen Regierung gestanden haben; ähnlich denen, die während des Krieges von illegalen Zeitungen veröffentlicht worden waren. Dass Gabriel tot war, änderte nichts daran. Eine Untersuchung war notwendig. Wahrscheinlich verdächtigte man sie, gemeinsame Sache mit ihrem Mann gemacht zu haben. Oder jemand hatte sie aus weniger achtbaren Motiven denunziert, ein alter Groll, eine niemals eingestandene Feindseligkeit ... Seit zwei Monaten vegetierten Tausende von Menschen ohne Verhandlung oder Gerichtsurteil in den Gefängnissen dahin. Viele von ihnen hatte man zu Unrecht verhaftet. Aber Xenia war auch klar, dass Gabriel keine reine Weste gehabt hatte. Die unerbittliche Maschinerie des Nationalsozialismus hatte ihn schon Mitte der Dreißigerjahre fasziniert, als sie zu den Olympischen Spielen nach Berlin gereist waren. Während der dunklen Jahre hatte es dieser mächtige Mann verstanden, seine Schäfchen ins Trockene zu bringen, aber sie wusste nicht, wie weit er dabei gegangen war, denn ihr Mann hatte nicht viel über seine Geschäfte gesprochen. Vor allem fürchtete sie Nataschas Reaktion. Sie würde entdecken, dass ihr Vater nicht der wunderbare Held gewesen war, den das junge Mädchen auf einen Sockel gestellt hatte.

»Wenn das so ist, gehe ich mit dir!«, beharrte Natascha.

»Kommt gar nicht in Frage! Ich will, dass du bei Felix und Lilli bleibst. Das ist wichtig, hast du mich verstanden?«

Natascha zögerte. Felix stand schweigend und mit leichenblassen Wangen etwas abseits, und das junge Mädchen erriet, dass sich Lilli hinter der Küchentür herumdrückte. Die Seligsohns hatten falsche Papiere, und noch war der Krieg nicht zu Ende. Solange Deutschland nicht endgültig besiegt war, mussten sie sich in Geduld üben und versuchen, möglichst nicht aufzufallen. Man konnte nie wissen. Sie nickte und biss die Zähne zusammen.

»So, jetzt habe ich aber genug!«, sagte der Mann mit der Schirmmütze ärgerlich und packte Xenia am Arm.

Er zerrte sie in den Salon, wo sich die Polizisten den beiden anschlossen. Als er an einem Tischchen vorüberging, berührte er mit dem Arm eine Vase, die auf dem Parkett zerschellte. Natascha unterdrückte einen Aufschrei. Auf der Treppe schoben die drei Männer ihre Mutter rasch die Stufen hinunter. Verstört rannte Natascha ihr nach.

»Geh wieder in die Wohnung!«, rief Xenia.

Die verglaste Tür der Eingangshalle schlug zu, dann das schwere Einfahrtstor. Natascha war auf dem Absatz der ersten Etage stehengeblieben. Ihre Beine trugen sie nicht mehr, und sie ließ sich auf die Stufen sinken. Felix kam zu ihr, umarmte sie und zwang sie, wieder aufzustehen.

»Das verstehe ich nicht. Bestimmt ist das alles ein Irrtum. Mama hat doch nichts getan ... Im Gegenteil ...«

»Wenn sie nicht bald zurück ist, gehen wir morgen in aller Frühe aufs Revier. Und jetzt komm! Hier darfst du nicht bleiben.«

Ohne ihre Hand loszulassen, zog er die Wohnungstür zu und schloss zweimal ab. In der Küche stand Xenias Stuhl noch so, wie sie ihn an die Wand zurückgeschoben hatte. Auf dem Tisch stand ihr halb leeres Weinglas, und ihre zusammengeknüllte Serviette lag daneben. Bestürzt schaute Natascha auf den verwaisten Platz.

»Glaubt ihr, dass es etwas Ernstes ist?«, fragte Lilli.

Natascha wandte sich dem Mädchen zu, die sie als ihre kleine

Schwester betrachtete. In dem spitzen Gesichtchen wirkten die großen dunklen Augen wie bodenlose Brunnen. Es fiel ihr oft schwer zu erraten, was Lilli dachte. Obwohl sie ihren roten Schal um den Hals geschlungen hatte, zitterte sie heftig, sodass Natascha ihre Hände nahm, um sie zu wärmen.

»Aber natürlich nicht!«, versicherte sie. »Mama hat nichts getan. Ganz bestimmt ist alles ein Missverständnis, und man hat sie mit jemand anderem verwechselt. Oder jemand hat ihr einen Streich gespielt … Ihr wisst ja, dass sie manchmal nicht einfach ist. Sie hat sich sicher eine Menge Feinde gemacht, die sich ins Fäustchen lachen würden, wenn die Polizei sie ein paar Stunden lang verhört.«

Sie versuchte zu scherzen, ärgerte sich jedoch über ihre schrille Stimme, die ihre Aufregung verriet.

»Sie sah so ruhig aus«, fügte sie stirnrunzelnd hinzu. »Komisch, findet ihr nicht auch? Als hätte sie damit gerechnet.«

Felix wärmte die Suppe auf und gab sie in die Teller.

»Ich habe keinen Hunger mehr«, sagte Natascha.

»Du musst essen«, erklärte er mit fester Stimme und hielt ihr den Brotkorb hin. »Du auch, Lilli. Gleich wird das Gas abgestellt, dann bekommen wir bis morgen nichts Warmes in den Magen.«

Natascha warf ihm einen gereizten Blick zu. Als ob das wichtig wäre, verglichen mit dem, was eben passiert war! Aber das Exil und der Krieg hatten Felix Seligsohns Charakter geformt. Er war heute ein pragmatischer und besonnener junger Mann, der großen Wert auf Dinge legte, für die er eigentlich noch zu jung war: Bei ihm durfte keine Nahrung vergeudet werden; er hielt seine Besitztümer peinlich genau in Ordnung und war ebenso hart zu sich selbst, wie er danach trachtete, andere zu beschützen.

»Wahrscheinlich wollen sie gar nichts von ihr«, meinte Lilli und blies auf ihren Löffel, um die Suppe abzukühlen.

»Wie kommst du darauf?«, fragte Natascha erstaunt.

»Vielleicht hat ja dein Vater etwas angestellt.«

Natascha sah sie verdutzt an. Auf diese Idee war sie noch gar nicht gekommen.

»Was willst du damit sagen? Mein Vater hätte nie etwas Schlechtes getan. Er war ein integrer Mensch und ein berühmter Anwalt. Außerdem war er schon alt, als der Krieg angefangen hat. Ich bezweifle, dass er während der Besatzung viele Geschäfte gemacht hat. Das hatte er gar nicht nötig. Wie kommst du bloß auf eine so absurde Idee, Lilli?«, fügte sie in schneidendem Ton hinzu.

»Wir wissen ja, dass deine Mutter unschuldig ist. Wir sind nicht die einzigen jüdischen Kinder, denen sie geholfen hat. Bestimmt hat sie noch andere Wohltaten vollbracht, von denen wir nichts wissen. Sie hat die Nazis gehasst, da war sie uns gegenüber ganz offen. Dein Vater dagegen …«

Verlegen biss sich Lilli auf die Lippen und warf ihrem Bruder einen ärgerlichen Blick zu, um ihn aufzufordern, ihr zu Hilfe zu kommen. Als Felix die Augen niederschlug und auf seinen Teller sah, spürte Natascha, wie es ihr kalt über den Rücken lief.

»Jetzt hast du zu viel gesagt, oder vielleicht auch nicht genug«, sagte sie und ballte die Fäuste. »Was versucht sie mir da zu erzählen, Felix?«

Felix seufzte, nahm seine Brille von der Nase und putzte sie mit dem Taschentuch. Ganz offenbar war er verärgert und brauchte Zeit, um seine Gedanken zu ordnen.

»Als wir vor dem Krieg hier wohnten, haben wir oft ziemlich heftige Diskussionen zwischen deinen Eltern mitbekommen. Dein Vater war nicht allzu glücklich darüber, uns aufzunehmen. Deine Mutter muss darauf bestanden haben. Sie haben auch über Hitlers Politik gesprochen. Seine Worte waren … wie soll ich sagen … ziemlich zweideutig.«

Nataschas Wangen liefen rot an. »Habt ihr an den Türen gelauscht oder was? Vielleicht wollte Papa keine Deutschen unter seinem Dach haben, ob Juden oder nicht! Mein Vater war ein

Held aus dem Großen Krieg. Er hat bestimmt nichts von den *Boches* gehalten.«

»Tut mir leid, Natascha. Du hast mir eine Frage gestellt, und ich habe ehrlich darauf geantwortet. Ich glaube, dass dein Vater die Politik der Nazis bewunderte, sowohl ihre Wirtschafts- als auch Außenpolitik. Wie viele Franzosen zu dieser Zeit übrigens. Wir sind 1940 aus Paris weggegangen, und danach habe ich ihn nicht mehr wiedergesehen. Vielleicht hat er ja im Lauf der Jahre seine Meinung geändert. Oder auch nicht.«

Seine letzten Worte fielen wie ein Axthieb. Bis auf das Bullern des Ofens war in der Küche kein Laut mehr zu hören. Lilli beobachtete Natascha besorgt, als befürchtete sie, sie verletzt zu haben.

»Euer Verdacht ist schändlich!«, empörte sich Natascha und sprang auf. »Ich glaube kein Wort davon! Papa war ganz bestimmt kein Kollaborateur. Irgendjemand ist neidisch, mehr steckt nicht dahinter. In letzter Zeit sind jede Menge Leute aufgrund absurder Verleumdungen verhaftet worden.«

»Manche sind aber auch schuldig«, murmelte Felix. »In einem Land wie Frankreich, das wegen des Vichy-Regimes zu Recht ein schlechtes Gewissen hat, muss man den Mut haben, der Wahrheit ins Gesicht zu sehen.«

»Vergiss nicht, dass es Franzosen waren, die dir das Leben gerettet haben! Ich glaube nicht, dass viele Deutsche das Gleiche getan hätten!«

»Nein, ich werde nie vergessen, was ihr für uns getan habt«, erklärte er ernst, und sein Gesicht verzog sich, als ermesse er die Last, die diese Dankbarkeit ihm aufbürdete.

»Ich kann einfach nicht glauben, dass ihr all die Jahre über diesen Verdacht gehegt habt, ohne mir je etwas zu sagen. Ich dachte, wir hätten keine Geheimnisse voreinander.«

Felix zuckte die Achseln. »Was genau hätten wir dir sagen sollen? Dass wir aufgrund seiner Aussagen den Eindruck hatten, er stimme mit den Nazis überein, während wir unter seinem Dach lebten? Außerdem musste man schon ziemlich genau hinhören, um die Untertöne zu verstehen; aber Lilli und ich haben dafür ganz feine Antennen, weil wir nämlich das Pech hatten, im Dritten Reich aufzuwachsen. Versetz dich doch mal in unsere Lage. Da kommen wir aus einem Land hierher, in dem man uns vor unseren Klassenkameraden demütigte und von der Schule verjagte ... Innerhalb von Monaten hat man uns alles genommen. Wir waren noch Kinder, und plötzlich durften wir nicht mehr ins Schwimmbad oder ins Kino. Manche meiner Freunde sprachen nicht mehr mit mir, als hätte ich die Pest am Leib. Und unsere Eltern ...«

Er war außer Atem und legte eine Pause ein. Auf seinen Zügen lag ein schmerzlicher Ausdruck. Insgeheim zürnte er sich wegen dieses Streits, der aus dem Nichts heraus aufgekommen war. Bisweilen erlebte er solche Zornausbrüche, die so heftig waren, dass es ihn ängstigte.

»Sie haben meinen Vater mitten in der Nacht abgeholt und in ein Konzentrationslager gesperrt. Ohne jeden Grund. Wenn jemand unschuldig war, dann er! All das muss man erlebt haben, um zu erkennen, dass jemand im Verborgenen mit der Nazi-Ideologie sympathisiert. Man nimmt es wahr wie einen üblen Geruch«, erklärte er mit verächtlicher Miene. »Mir stehen dabei die Nackenhaare zu Berge ... Ich will gewiss keinen Toten beschuldigen, aber ich fürchte, dass die Verhaftung deiner Mutter Dinge ans Licht bringen wird, die dir vielleicht nicht gefallen. Besser, du bist darauf vorbereitet.«

Erschrocken bemerkte Natascha, dass ihr die Tränen in den Augen standen. Dieser Abend wuchs sich zu einem Albtraum aus. Zuerst das merkwürdige Verhalten ihrer Mutter, und jetzt die abscheulichen Worte von Felix und Lilli. Ihr drehte sich der Magen um. Ohne ein weiteres Wort flüchtete sie in ihr Zimmer.

»Ich hätte nicht davon anfangen sollen«, meinte Lilli und seufzte betrübt.

»Allerdings, du hättest besser den Mund gehalten. Aber auf

der anderen Seite hast du ihr vielleicht einen Gefallen getan. Früher oder später hätte sie es doch erfahren.«

»Glaubst du wirklich, er war ein Kollaborateur?«

Felix betrachtete seine kleine Schwester, die aussah, als fühlte sie sich zwischen Entsetzen und Empörung hin und her gerissen.

»Wahrscheinlich. Der Mann, der Xenia abgeholt hat, war sich seiner sehr sicher.«

»Was werden sie mit ihr machen?«, fragte sie panisch.

Er sah, dass sie sich die schlimmste Folter vorstellte, und das Herz wurde ihm schwer. Würden sie eines Tages über die Gewalt hinwegkommen, die ihre ersten Lebensjahre gezeichnet hatte, oder waren sie auf ewig dazu verurteilt, stets die entsetzlichsten Grausamkeiten vor sich zu sehen? Sicher, in den Reihen der FFL gab es ungebildete Rohlinge und auch ehemalige Kollaborateure; doch er bezweifelte, dass sie Xenia körperlich quälen würden. Die ungezügelten Säuberungen aus den ersten Wochen nach der Befreiung waren etwas abgeklungen, aber die Zahl der Verhaftungen in Paris nahm zu.

»Beruhige dich. Ich glaube nicht, dass sie in großer Gefahr schwebt, abgesehen davon, dass sie eine unangenehme Nacht auf dem Revier verbringen wird. Ich erkundige mich gleich morgen früh. Und jetzt iss. Du musst früh aufstehen, um in die Schule zu gehen.«

Während seine Schwester ihm schweigend gehorchte, kippte er seine Suppe in den Topf zurück. Es tat ihm leid, so hart zu Natascha gewesen zu sein. Er hatte nie über seinen Verdacht gegen ihren Vater geredet, weil es Dinge gab, die man besser nicht aussprach.

Er begann den Tisch abzuräumen. Der Gedanke, am nächsten Morgen aufs Revier zu gehen, machte ihn nervös. Lilli gegenüber hatte er einen anderen Ton angeschlagen, um sie zu beruhigen, aber er hegte keinerlei Vertrauen gegenüber der französischen Polizei. Bis zu dem Tag, an dem sie seine Eltern und seine kleine Schwester heil und gesund wiederfanden, würde Felix Seligsohn der ganzen Welt misstrauen. Nur die Familie Ossolin fand Gnade vor seinen Augen. Das Eindringen der Polizei in die Wohnung hatte ihn erschreckt, und er fand es widerwärtig, dass sie Xenia wie eine gemeine Verbrecherin behandelten, und doch hatte er nicht protestiert. Ich habe mich wie ein Feigling benommen!, dachte er beschämt. Er würde nicht zulassen, dass die Frau, die er Tante Xenia nannte, hinter Gittern verrottete. Für sie, und für Natascha, war er zu allem bereit. Das war eine Frage der Würde. Und von Liebe, ganz einfach.

Man sollte sich nicht verhaften lassen, wenn man Nagellack trägt, dachte Xenia mit einem Anflug von Ironie und betrachtete den gesplitterten roten Lack. Seufzend zog sie ihre Handschuhe an. Die Holzbank, die die Polizisten ihr zugewiesen hatten, war hart. Ein eisiger Luftzug ließ sie an den Knöcheln frieren, und auf dem Revier stank es nach billiger Kohle, Angst und alten Akten.

Man hatte sie die ganze Nacht auf dem Flur warten lassen, ohne ihr etwas anzubieten, weder ein Glas Wasser noch eine Decke. Ein bekannter Pianist harrte hier schon seit zwei Tagen aus. Gegen drei Uhr morgens hatte sie darum gebeten, zur Toilette gehen zu dürfen, und ein mürrischer Beamter hatte vor der Tür auf sie gewartet. Sie war erstaunt, dass man sie nicht in eine Zelle gesteckt hatte, doch das bedeutete auch einen gewissen Trost: Dann war ihre Lage also nicht allzu verzweifelt. Als man sie holen kam, hatte sie gefürchtet, wie so viele andere im Lager von Drancy oder im Gefängnis von Fresnes inhaftiert zu werden, wo sich inzwischen die Creme des Adels und der Kunstwelt drängte, mit anderen Worten »ganz Paris der Kollaboration«. Sogar das Wintervelodrom mit seinem unseligen Angedenken an die Massenfestnahme und anschließende Deportation mehrerer tausend Juden diente dazu, Häftlinge aufzunehmen. Eine nervöse Anspannung breitete sich in ihr aus, und sie spürte die Müdigkeit. Sie hatte die ganze Nacht kein Auge zugetan.

»Madame Vaudoyer? Wenn Sie mir folgen würden.«

Viel zu schnell stand sie auf, geriet ins Schwanken und lächelte dann spöttisch. Die Taktik war klassisch und ärgerlich banal: den Verhafteten erst ängstigen, indem man seine Kräfte auf die Probe stellt, und ihn dann verhören. Zumindest bin ich nur müde und nervös, beruhigte sie sich und dachte an die Foltermethoden, denen man die Widerstandskämpfer der Résistance unterzogen hatte. Sie hatte keine Angst, denn sie war unschuldig. Justizirrtümer fürchtete sie allerdings. Außerdem bewahrte sich Xenia insgeheim noch die tief verwurzelte Furcht aller Emigranten, die irgendwann einen Nansen-Pass oder provisorische Papiere besessen haben – dass etwas damit nicht in Ordnung war und sie nicht dieselben Rechte hatten wie andere Menschen.

Der Mann, der sie verhörte, trug Zivilkleidung. Er war nicht besonders groß und hatte feine Züge und Tränensäcke unter den Augen. Der gelockerte Krawattenknoten ließ einen vorstehenden Adamsapfel erkennen. Er bedeutete ihr, ihm gegenüber Platz zu nehmen. Von einem Aschenbecher voller Zigarettenstummel stieg ein unangenehmer Geruch nach kaltem Tabak auf. An einigen Stummeln klebte Lippenstift. Auf dem unordentlichen Schreibtisch fiel ihr eine dicke Akte auf. In kräftigen Buchstaben, die sie auf dem Kopf entzifferte, stand darauf der Name Gabriel Vaudoyer. Ihr Herz begann rascher zu schlagen.

»Wissen Sie, warum Sie hier sind, Madame?«

»Ich nehme an, wegen meines Mannes.«

»In der Tat. Jemand war so freundlich, uns auf Maître Gabriel Vaudoyer hinzuweisen.«

»Ich erlaube mir, Sie daran zu erinnern, dass er verstorben ist.«

»Und die Toten haben den Vorteil, dass sie verschwiegen sind.«

Sein Ton war lakonisch. Mit halb geschlossenen Augen saß er zusammengesunken auf seinem Stuhl. Xenia fragte sich, ob er von den vielen Verhören erschöpft war. Seit zwei Monaten schossen in den Vierteln der Hauptstadt Befreiungskomitees aus dem Boden, die Haftbefehle ohne juristische Grundlage ausstellten. Man sprach von allerhand Repressalien, in den schlimmsten Fällen von Mord. Die Lage war umso prekärer, als die Polizeipräfektur mit ihren internen Säuberungen kämpfte, gar nicht zu reden von der Richterschaft. Obwohl die Polizei bei der Befreiung der Stadt im August eine wichtige Rolle gespielt hatte, konnte man keinem uniformierten Beamten gegenübertreten, ohne sich unwillkürlich zu fragen, wie er sich zuvor bei den Razzien und Beschlagnahmungen verhalten hatte. Auch all die selbst ernannten Richter waren alles andere als unparteiisch. Im Ergebnis war der Alltag der Franzosen von Misstrauen vergiftet.

Der Mann sah sie aus seinen blauen Augen an und lächelte schief.

»Sie sind russischer Herkunft?«

»Ja. Seit zehn Jahren französische Staatsbürgerin. Wollen Sie meine Papiere sehen?«

Er machte eine wegwerfende Handbewegung. »Dazu ist später noch Zeit.«

»Was genau wirft man mir vor?«, fragte sie ärgerlich.

»Mal sehen.« Er blätterte in seinen Akten und zog dann einen handgeschriebenen Brief hervor, den er zerstreut überflog. »Anonym natürlich. Von diesen Schreiben gehen jede Woche hundert bei uns ein. Ziemlich verblüffend.«

»Ich bezweifle nicht, dass dieselben Personen noch vor einigen Monaten ebenso gern an die Besatzung geschrieben haben«, sagte sie und brachte es nicht fertig, ihren Abscheu zu verbergen.

»Da haben Sie wohl recht. Aber kommen wir auf unsere Angelegenheit zurück. Laut dieser Person pflegten Sie anscheinend ›Deutsche in Ihrer Wohnung zu empfangen‹ und waren ›regelmäßiger Gast bei den Cocktails in der Rue de Lille‹.«

Xenia zuckte zusammen. Das war leider nicht gelogen: Gabriel hatte sie gezwungen, Essenseinladungen zu geben, zu denen er deutsche Militärs und andere Amtsträger einlud. Er hatte auch darauf bestanden, dass sie ihn zu Empfängen bei Botschafter Abetz begleitete. Es gab Fotos von ihr, die sie am Arm ihres Mannes bei Vernissagen zeigten, beim Pferderennen in Longchamp und sogar bei Galaempfängen zu Ehren der deutschfranzösischen Freundschaft. Nachdem sie im Wintervelodrom erlebt hatte, welches schreckliche Schicksal auf die bei den Razzien zusammengetriebenen Juden wartete, hatte sie sich geweigert, diese Maskerade fortzusetzen. Doch mit einem Mal enthüllte Gabriel einen ihr bis dahin unbekannten Zug seiner Persönlichkeit. Er gab ihr zu verstehen, dass er von ihrem Ehebruch wusste und nicht zögern würde, ihrem Liebhaber Schwierigkeiten zu machen, wenn sie sich nicht fügte. Ihr war ganz übel ob dieser Erpressung gewesen. Unter allen anderen Umständen hätte sie ihre Koffer gepackt, aber sie saß in der Falle. Sie fürchtete nicht nur, Gabriel könne Max denunzieren, sondern musste auch Felix und Lilli schützen. Ein einziger Anruf von Gabriel hätte eine Katastrophe auslösen können.

»Das kann ich nicht abstreiten«, erklärte sie und erstarrte auf ihrem Stuhl.

Die Vorstellung, sich für ihre Handlungen während der Besatzungszeit zu rechtfertigen, gefiel ihr gar nicht, denn für sie war es das Normalste der Welt gewesen, jüdische Kinder zu verstecken, Informationen weiterzugeben und diejenigen, die Hilfe brauchten, zu unterstützen. Wenn sie aus dieser schwierigen Lage herauskommen wollte, würde sie Beweise für ihre Redlichkeit liefern müssen, und dieser Kuhhandel missfiel ihr. Xenia lag es ganz und gar nicht, Auskunft über ihre Beweggründe zu geben. Seit sie fünfzehn war, traf sie ihre Entscheidungen allein und musste nie jemandem Rechenschaft ablegen. Sie hatte sich sehr früh abgewöhnt, andere um ihre Meinung zu bitten. Xenia war der ruhende Pol ihrer Familie gewesen, der starke Charakter, hinter dem die anderen Schutz suchten. Aber welchen Preis hatte sie dafür bezahlt? Die Schicksalsprüfungen hatten Xenia zu einer Frau gemacht, die mitunter schroff und herrisch war; der es schwerfiel, Freundschaften zu schließen, und die erfolgreich verbarg, wie tief ihre Gefühle gingen, ihre Liebe ebenso wie ihre seelischen Verwundungen.

Sie bemerkte, dass ihr Gesprächspartner etwas vor sich hin murmelte.

»Pardon? Könnten Sie das noch einmal sagen?«

»Beschmutzung der nationalen Ehre, Madame. Sagt dieser Begriff Ihnen etwas?«

Xenia hatte das Gefühl, geohrfeigt zu werden. Vor ihrem inneren Auge sah sie das Bild ihres Vaters. Der General der kaiserlichen Armee des Zaren, der von den Roten Garden ermordet wurde, dieser loyale und gute Mann, wäre entsetzt darüber gewesen, dass man seiner Tochter vorwarf, gegen die Ehre verstoßen zu haben. Bei dem bloßen Gedanken fühlte sie sich beschmutzt.

»Das ist das Urteil, das die Zivilkammer wahrscheinlich über Sie verhängen wird«, fuhr er fort, und Xenia meinte ein zufriedenes Aufblitzen in seinem Blick wahrzunehmen. »Lebte Ihr Mann noch, würde er mit Sicherheit verurteilt werden. Ein unwürdiger Bürger, genau das war er«, erklärte er und tippte mit dem Zeigefinger energisch auf die Akte. »Einer dieser Kollaborateure ›zweiten Ranges‹, wie man sie nennt, ein Bewunderer unserer Feinde und schäbiger Profiteur, der sich bereichert hat, während Frankreich litt. Für Menschen wie ihn musste man diesen neuen Straftatbestand erfinden. Aber Sie sagen ja gar nichts mehr, Madame … Weil es nichts zu sagen gibt, stimmt's?«, sagte er mit einem Mal in kaltem Zorn. »Ich sehe, dass sich Vaudoyer im Großen Krieg ehrenhaft geschlagen hat. Nun, von seinen Orden hätte er sich jedenfalls verabschieden können! Und von seinem Anwaltsberuf. Sein Vermögen wäre beschlagnahmt worden. Ich muss Ihnen gestehen, als ich sah, dass er tot ist, habe ich das ein wenig bedauert. Selbstmord anscheinend, nicht wahr? Wie praktisch«, schloss er in spöttischem Ton.

Der schwächliche, unbedeutende Mann schien ein anderer geworden zu sein. Rote Flecken brannten auf seinen Wangen, und er bedachte Xenia mit einem verächtlichen Blick. Die Macht, die er über sie hatte, blähte ihn vor Stolz auf. Kurz musste sie an die öffentlichen Ankläger während der Französischen Revolution denken, deren würdige moderne Erben die sowjetischen Stalinisten waren. Dieser Menschenschlag war gefährlich und die Vernunft sein schlimmster Feind. Wie immer in ihrem Leben, wenn sie in Gefahr schwebte, reckte Xenia stolz das Kinn.

»Es schickt sich nicht, die Toten zu beleidigen«, sagte sie gemessen. »Sie können das Verhalten meines Mannes während der Besatzung verurteilen, aber es steht Ihnen nicht zu, seinen Leichnam zu verhöhnen. Das verbiete ich Ihnen.«

»Sie haben mir gar nichts zu verbieten.«

»Mein Mann hat für seine Verblendung bezahlt. Er hat niemanden denunziert und niemanden ins Lager gesteckt. Man hat ihm keinen Sarg mit der Post geschickt, um ihm mit Repressalien zu drohen, und ich bezweifle, dass sein Name auf den Listen der Kollaborateure gestanden hat, die die Untergrundzeitungen veröffentlicht haben. Ich rechtfertige seine Fehler nicht. Ich möchte nur klarmachen, dass ein ganzer Teil der Franzosen genau wie er gedacht hat; diejenigen nämlich, die mit ein paar Wochen Abstand zuerst Marschall Pétain und dann General de Gaulle zugejubelt haben. Mein Mann hat geirrt, das gestehe ich Ihnen zu, aber er war kein Verbrecher. Und es steht Ihnen nicht zu, auf sein Grab zu spucken.«

Sie hatte die Stimme erhoben und sah ihn aus ihren grauen Augen durchdringend an. Starr saß sie auf ihrem Stuhl, und das Herz schlug ihr in der Brust wie eine Trommel.

»Ich verstehe«, murmelte er und legte die Fingerspitzen zusammen. »Und um sich reinzuwaschen, werden Sie mir jetzt zweifellos einen braven kleinen Juden aus dem Hut zaubern. Ihr habt doch alle einen freundlichen Schützling, der euch entlasten soll. Nur zu, ich höre. Ich habe so ein Gefühl, dass ich noch etwas zum Lachen bekomme.«

Xenia presste die Lippen zusammen. Lieber wollte sie Bekanntschaft mit den Strohsäcken von Fresnes machen, als sich vor diesem Mann zu erniedrigen.

»Sie sagen nichts? Keine gute Verteidigungstaktik, teure Madame. Da verschmachten schon Menschen für weniger hinter Gittern.«

»Ich habe mir nichts vorzuwerfen. Reden werde ich, wenn ich vor einem Richter stehe, der dieses Namens würdig ist. Und jetzt rate ich Ihnen, mich zu meinen Kindern zu lassen, denn dieser anonyme Brief ist vor Gericht nicht zu verwenden.«

»Was für eine Arroganz! Ich glaube, schweigend waren Sie mir lieber. Wie können Sie es wagen, mir in die Augen zu sehen? Sie, die diese schrecklichen Jahre ausgenutzt haben, um sich zu bereichern und sich mit Waren vom Schwarzmarkt den Bauch vollzuschlagen.«

Hasserfüllt beugte er sich zu ihr herüber. In seinen Mundwinkeln standen weiße Speichelbläschen.

»In diesem charmanten Viertel sehe ich Dutzende wie Sie. Sie ekeln mich an! Blutsauger, das sind Sie, elende Blutsauger! Ich werde Ihnen einen kleinen Aufenthalt im Gefängnis verschaffen, und dann werden wir ja sehen, ob Sie dadurch zugänglicher werden.«

Er wollte etwas auf einem Papier notieren, aber sein Füllfederhalter schrieb nicht. Gereizt warf er ihn quer durch den Raum und stürzte zur Tür. Sobald er verschwunden war, nahm Xenia den Brief, um ihn nach einer Spur des Verfassers zu untersuchen. Das Schreiben war mit schwarzer Tinte verfasst, die Handschrift ungleichmäßig. Kleine, dicht gedrängte Buchstabenknäuel wechselten sich mit verschnörkelten Großbuchstaben ab. Verärgert erkannte sie, dass der Brief sie nicht weiterbrachte. Sie hatte damit gerechnet, das Gekritzel ihrer Concierge zu erkennen, mit der sie auf gespanntem Fuß stand, aber offenbar steckte die Hausmeisterin nicht dahinter. Xenia setzte sich wieder auf ihren Stuhl und strich nervös ihren Rock aus grauem Wollstoff glatt.

Sie fürchtete die überfüllten, dunklen Zellen, die sie im Gefängnis erwarten würden. Vor allem begehrte sie gegen diese Ungerechtigkeit auf, aber sie hatte nicht das Herz gehabt, Gabriel vor diesem abscheulichen Menschen zu beschuldigen. Tief in ihrem Inneren konnte sie nur Mitleid mit ihrem Mann empfinden. Sie wusste, dass sie schuld an der Verzweiflung war, die ihn in den Selbstmord getrieben hatte. Gabriel Vaudoyer hatte ihr in einer schwierigen Phase ihres Lebens geholfen, und er war ein mustergültiger Vater gewesen. Dafür würde sie ihm immer dankbar sein, trotz allem, was er ihr in den letzten Jahren ihres gemeinsamen Lebens angetan hatte.

Was sollte aus den Kindern werden? Wie konnte sie ihnen Nachricht geben? Sie zweifelte keine Sekunde daran, dass Felix auf Natascha und Lilli aufpassen würde. Sie hatte ihnen gezeigt, an welcher Stelle in der Wohnung sie das Geld versteckt hatte. Auf diese Weise würden sie genug zu essen bekommen, denn die Lebensmittelmarken reichten nicht aus, um den Hunger von drei Jugendlichen zu stillen. Es sah aus, als würde sie doch länger fort sein, als sie gedacht hatte. Aber was sollte jetzt aus ihrer Arbeit werden? Die Handelskammer für Mode und Schneiderei verließ sich auf sie, und sie brauchte die Stelle. Nun, da Gabriels Konten eingefroren waren, musste sie sich allein durchschlagen, was ihr jedoch keine Angst machte. Ihr war es sogar ganz recht, Witwe und damit frei zu sein. Verheiratete Frauen wurden wie Geistesschwache behandelt. Sie waren Mündel ihrer Ehemänner und durften weder ein eigenes Konto führen noch Geld verdienen. Zu Beginn ihrer Ehe war es Xenia sehr schwergefallen, sich an diese Einschränkungen zu gewöhnen, die sie absurd fand.

Ein Polizist stand in der Tür.

»Folgen Sie mir, Madame. Monsieur Martineau ist aufgehalten worden. Ich soll Sie ins Gefängnis bringen.«

Draußen dämmerte über Paris ein schmutziggrauer Tag herauf. Die Häuserfassaden mit den heruntergelassenen Jalousien trugen eine verdrießliche Miene zur Schau. Die Straßen waren verlassen. Xenia hatte das Gefühl, als legte sich ihr die feuchtkalte Luft um den Kopf wie ein Schraubstock. Ich hätte besser daran getan, mit diesem unausstehlichen Schwachkopf zu reden, dachte sie und kletterte in den schwarzen Citroën. Nicht zum ersten Mal hatte ihr Stolz ihr einen Streich gespielt, aber dieses Mal fürchtete sie, dass sie ihre Handlungsweise noch bitter bereuen würde.

Natascha wartete in einem Salon des Modehauses Lelong in der Avenue Matignon. Der Raum war in Weiß gehalten und strahlte eine jungfräuliche Reinheit aus, aufgelockert von Gipsdraperien, die wie Stoffbehänge wirkten und eine Illusion von Bewegung vermittelten. Unter den ausgeschalteten Kronleuchtern reihten sich an der Wand entlang Stühle. Man hörte den Regen gegen die Fensterscheiben prasseln. Auf einem Tisch warfen die fantastischen Gestalten zweier Puppen aus Drahtgeflecht anmutige Schatten.

Nervös ging sie in dem Salon auf und ab. Sie hatte schlecht geschlafen, denn ihr hitziges Gespräch mit Felix und Lilli hatte sie aufgewühlt. Während ihrer schlaflosen Stunden hatte sie sich, auf der Suche nach Hinweisen, Gespräche mit ihrem Vater ins Gedächtnis gerufen. Aber sie bewahrte vor allem die Erinnerung an einen großzügigen Mann, der ihr nichts abschlagen konnte. Und wie weidlich sie das ausgenutzt hatte! Damals war sie noch so jung gewesen, ein Kind, das keine Ahnung hatte, wie es im Leben zugeht. Erst der Krieg hatte ihr die Augen geöffnet. Unmöglich, dieses Bild von einem liebenden Vater in Übereinstimmung mit dem eines Mannes zu bringen, der sich angeblich unwürdig verhalten hatte. Aber politische Meinungen hatten eben nichts mit Gefühlen zu tun. War es möglich, dass Felix und Lilli recht hatten? Sie musste zumindest zugeben, dass ihr Vater für sie schwerer durchschaubar gewesen war als ihre Mutter. Oft ertappte sie ihn, wie er sie ernst ansah, so als fürchtete er, ihr könne ein Leid geschehen, und das kleine Mädchen bezog daraus einen gewissen Stolz und fand sich durch diese stille Wachsamkeit getröstet. Aber er konnte auch ausweichend und allzu nachgiebig sein. Man hat keinen Respekt vor jemandem, der einem niemals Widerstand leistet. Nie legte er die oft verletzende Offenheit ihrer Mutter an den Tag. Bei Xenia war die Sache einfach. Ihre Autorität war glasklar, und wenn Natascha Sorgen hatte, wandte sie sich an sie. Das junge Mädchen dachte an die Luftangriffe zurück, die sie erlebten, als sie beim Herannahen der Deutschen aus Paris flohen. Ihre Mutter blieb damals so gelassen, dass auch sie keine Angst hatte. Natascha brachte ihr absolutes Vertrauen entgegen, selbst wenn sie sich an manchen ihrer Entscheidungen stieß, denn sie wusste, dass ihre Mutter nur zu ihrem Besten handelte. Die Gewissheit dieser absoluten Liebe beruhigte sie. Umso mehr entsetzte sie der Gedanke, dass Xenia im Gefängnis saß, wo sie sich bestimmt ohnmächtig und verängstigt fühlte. Sie wollte alles tun, damit ihre Mutter so schnell wie möglich freigelassen wurde.

Felix hatte sie in aller Frühe zum Revier begleitet. Er hatte sich für seine ungeschickten Worte von gestern entschuldigt. Natascha hatte ihm mürrisch vergeben, aber sie war nicht nachtragend. Als sie entsetzt erfahren musste, dass ihre Mutter in die Conciergerie verlegt worden war, hatte sie vor dem Beamten derart zu schimpfen begonnen und gegen diese Ungerechtigkeit protestiert, dass Felix sie bei der Hand nahm und nach draußen zog. Er erklärte ihr, dass es nichts nütze, sich mit Polizisten zu streiten, die mit dem Fall nichts zu tun hatten. Sie beschlossen, Hilfe bei einflussreichen Freunden zu holen. Felix rief rasch Tante Mascha an, Xenias Schwester, die noch in Nizza lebte, damit sie ihnen ein vorteilhaftes Zeugnis der Widerstandsorganisation besorgte, die Xenia unterstützt hatte. Natascha war auch gleich Lucien Lelong eingefallen.

Zum ersten Mal betrat das junge Mädchen das raffinierte Universum der Haute Couture, in dem die Karriere ihrer Mutter begonnen hatte. Als sie an der Tür läutete, öffnete ihr eine junge Frau in einem strengen schwarzen Kleid, das von einem weißen Kragen und einer Perlenkette belebt wurde. Ihr prüfender Blick schüchterte Natascha ein. Manche Frauen brauchten sie nur kurz anzusehen, damit sie an sich zweifelte. Natascha wurde gebeten, in diesem Salon zu warten. Sie zupfte an ihrem alten Rock, der ihr plötzlich zu eng vorkam, und schob einen Pulloverärmel hoch, um eine ausgebesserte Stelle zu verbergen. Man wird mich für eine Landpomeranze halten, sagte sie sich und betrachtete sich in einem Standspiegel. Jetzt ärgerte es sie, dass sie sich nicht die Mühe gemacht hatte, auf ihre Kleidung zu achten. Dabei machte ihre Mutter ihr ständig Vorwürfe wegen ihrer unmöglichen Aufmachung. Xenia war immer von einer vollkommenen Eleganz, selbst wenn sie ein Männerhemd und Hose trug, während Natascha grundsätzlich das erste Kleidungsstück überstreifte, das ihr in die Finger kam, und oft noch aufgeschürfte Knie oder zerzauste Haare hatte. Aber wie sollte sie auch diese fieberhafte Unruhe beherrschen, die sie ständig, ob es stürmte oder schneite, aus dem Haus trieb? Ihr kam es vor, als könnte sie ihren Körper nur bezähmen, wenn sie auf Abenteuer auszog. Sie hasste es, in einem steifen Salon oder einem Klassenraum eingesperrt zu sein, wo sie das Gefühl hatte, ersticken zu müssen. Schon als kleines Mädchen hatte sie nicht still sitzen können, was ihre Gouvernanten verärgerte. Glücklicherweise hatte sie ihr Abitur mit einem Jahr Vorsprung abgelegt und war schon an der Universität angenommen worden, wo sie hoffte, größere Freiheit zu finden. Nervös fuhr sie sich mit der Hand durchs Haar, um es zu zähmen. Unter ihren Augen lagen tiefe Schatten.

»Ich sehe ja wie ein Schreckgespenst aus«, brummte sie verdrossen.

»Aber nein, Mademoiselle! Es gibt nichts Bezaubernderes als einen aus dem Nest gefallenen Vogel.«

Ein Mann mit gutmütigem Gesicht, hoher Stirn und grauen Schläfen in einem eleganten grauen Anzug, der den Ansatz eines Bauches verbarg, betrachtete sie lebhaften Blicks. Unter dem Arm trug er Rollen mit elfenbeinfarbenem Tüll und türkischem Musselin, der mit weißen Punkten bedruckt war, die er jetzt vorsichtig auf einen Tisch legte. Dann trat er auf sie zu, um sie genauer anzuschauen. Natascha pochte das Herz, und sie spürte, wie sie errötete.

»Groß, die Silhouette einer Tänzerin, schöne Kopfhaltung und ein wunderbares Profil … Und Monsieur Lelong schätzt Blondinen wie Sie ganz besonders. Keine Angst, Ihre merkwürdige Kleidung werden wir schnell los. Aber jetzt bewegen Sie sich ein wenig, junge Dame«, befahl er mit einer Handbewegung. »Kommen Sie, seien Sie nicht schüchtern!«

»Verzeihung, Monsieur, aber ich fürchte, das ist ein Missverständnis.«

»Dann wollen Sie sich gar nicht als Mannequin vorstellen?«, fragte er erstaunt.

»Nein, ganz und gar nicht … Ich bin wegen meiner Mutter hier.

Sie kennen sie bestimmt: Xenia Vaudoyer. Ich meine Xenia Ossolin.«

»Wusste ich doch, dass Sie mich an jemanden erinnern!« Er brach in Gelächter aus. »Verzeihen Sie mir den Irrtum, Mademoiselle, aber er ist doch verständlich. Der Apfel fällt nicht weit vom Stamm, nicht wahr? Ihre Mutter hat Ihnen ihre Schönheit vererbt. Begleiten Sie sie heute? Ich war gerade dabei, die Stoffe für die ersten Anproben mit unseren Puppen zu holen. Diese Ausstellung liegt uns so sehr am Herzen. Endlich werden wir wieder Kleider entwerfen, die dieses Namens würdig sind.

Schauen Sie sich dieses Wunderwerk an!«, rief er und ließ das Licht auf dem mit Pailletten bestickten Tüll spielen.

»Das Problem ist, dass sie im Gefängnis sitzt.«

Verblüfft riss er die Augen auf und sah sie an. »Im Gefängnis?«

»Seit gestern. Man hat sie in die Conciergerie gebracht. Sie hat nichts getan, ganz bestimmt nicht!«, beeilte sich Natascha zu erklären und hatte das unangenehme Gefühl, ihre Mutter als Verbrecherin darzustellen. »Man beschuldigt sie der Kollaboration.«

»Aha, sie also auch«, meinte er und verzog den Mund.

»Ich wollte Monsieur Lelong sprechen und hatte gehofft, dass er zu ihren Gunsten aussagen kann. Er ist eine bedeutende Persönlichkeit, und sein Eingreifen hätte Gewicht. Meinen Onkel Kyrill, der bei den Freien Französischen Streitkräften kämpft, kann ich nicht erreichen, und meine Tante Mascha lebt noch immer in Nizza. Es gibt niemand anderen, an den ich mich wenden kann.«

»Was ist mit Ihrem Vater?«

Sie wurde blass. »Mein Vater ist vor zwei Monaten gestorben.«

»Herrgott, mein armes Kind! Leider ist Monsieur Lelong einige Tage abwesend. Im Übrigen war er ebenfalls Opfer von abscheulichen Beschuldigungen. In einem gemeinen Artikel letzten Monat hat man ihm doch tatsächlich vorgeworfen, er sei ein ›Diktator der Mode‹. Können Sie sich das vorstellen? Und dabei hätten ohne sein entschlossenes Handeln die Deutschen die Pariser Haute Couture nach Berlin verpflanzt, wo sie ihre Seele verloren hätte. Wenn ich mich recht erinnere, hat Ihre Mutter ihm damals geholfen, oder?«

Natascha nickte. »Ja, ich glaube schon.«

»Er wird außer sich sein, wenn er hört, dass Xenia ungerechterweise beschuldigt wird. Kommen Sie mit, wir wollen gleich bei der Handelskammer für Mode und Schneiderei anrufen und sehen, was wir tun können.«

Die Freundlichkeit des Mannes ging Natascha zu Herzen, und sie schöpfte wieder Hoffnung. Ein freimütiges Lächeln erhellte ihr Gesicht. Er beobachtete sie einen Moment lang aufmerksam.

»Wie schade, dass Sie nicht Mannequin werden möchten!«, seufzte er. »Mit diesem Leuchten, das von Ihnen ausgeht, wären Sie eine wahrhafte Inspiration für unsere Modelle.«

»Verzeihen Sie, Monsieur, aber Sie haben mir Ihren Namen noch gar nicht gesagt«, sagte sie schüchtern, während sie ihm folgte.

»Meine Güte, was bin ich zerstreut! Mein Name ist Christian Dior. Ihre Mutter und ich haben einiges gemeinsam, müssen Sie wissen«, setzte er leise hinzu. »Wir sind beide durch Schicksalsschläge in die Welt der Mode geraten. Aber während sie eine Muse ist, bin ich nur ein bescheidener Modezeichner in diesem illustren Haus. Kommen Sie rasch, mein Kind, ich wage mir nicht länger vorzustellen, wie Xenia in derselben Zelle schmachtet wie einst Marie-Antoinette …«

Xenia zog den Mantel enger um sich, aber dennoch zitterte sie in dem apokalyptischen Dämmerlicht. Am anderen Ende des Gewölbes hustete eine Frau unablässig und räusperte sich dazwischen krampfhaft, zum Leidwesen ihrer Mitinsassinnen. Fast zweihundert Frauen saßen auf dem kahlen, feuchten Boden. Ihre Blicke wirkten abwesend, und nur selten fiel ein Wort. Einige ertrugen diese beengten Verhältnisse schon seit zwei Monaten. Bei ihrer Einlieferung hatte Xenia Damen der Gesellschaft und einige berühmte Schauspielerinnen erkannt. Man erzählte sich, eine von ihnen habe sich an einer von Juden konfiszierten Wohnung bereichert, und eine andere habe das Kind eines deutschen Offiziers geboren. Xenia beschloss, die Frauen nicht anzusprechen, da sie nicht wusste, ob sie schuldig waren, und es auch gar nicht wissen wollte. Sie ahnte, dass die anderen sich dieselben Fragen bezüglich ihrer eigenen Person stellten, was sie verdross, weil sie tatsächlich unschuldig war. Aber getreu ihrem Wesen hatte sie keinerlei Absicht, sich zu rechtfertigen.

Sie versuchte durch den Mund zu atmen, um nicht den Geruch nach Schweiß und Urin wahrzunehmen. Nachts war ihr stets, als spürte sie Ungeziefer auf sich herumkrabbeln, und sie musste sich beherrschen, um sich nicht bis aufs Blut zu kratzen. Während der letzten fünf Tage hatte sie mehrmals verlangt, mit einem Anwalt oder Richter zu sprechen, aber die Wärter hatten nur die Achseln gezuckt. Wie lange soll ich denn noch in diesem Rattenloch eingesperrt sitzen?, fragte sie sich erbittert. Die Akten stapelten sich bei den Untersuchungsrichtern, die weder die Zeit noch die Mittel hatten, sie innerhalb eines vernünftigen Zeitraums zu bearbeiten. Hoffentlich werde ich hier nicht noch krank, dachte sie, dann wurde sie ebenfalls von einem Hustenanfall geschüttelt.

Wie absurd! Sie war den Gefängnissen der Bolschewisten und den Verliesen der Nazis entronnen, und jetzt fand sie sich in einem Pariser Gefängnis wieder, festgehalten von den Jüngern eines Frankreichs, das sich jetzt als »pure et dure« verstand – rein und unnachgiebig –, wiedergeboren und von all seinen Niederträchtigkeiten gereinigt. Aber so einfach würde das nicht werden. Einige der Kollaborateure würden zu streng bestraft werden, andere würden mit einem blauen Auge davonkommen. Das hatte Gabriel ihr vor seinem Tod noch klargemacht. Es war einfach, Journalisten oder Frauen ins Visier zu nehmen. Erstere hatten vielleicht das Falsche geschrieben, Letztere Verrat geübt, indem sie sich den Besatzern hingegeben hatten. Diese Schuldigen an den Pranger zu stellen fiel leicht. Aber wie viele Feiglinge würden dafür durch die Maschen des Netzes schlüpfen und ihre abscheulichen kleinen Geheimnisse für sich behalten? Xenia Fjodorowna war zornig. Sie hatte genug! Sie stand auf, trat über ihre Nachbarin hinweg und marschierte zu der Tür am anderen Ende des Raumes. Entschlossen, den Wärtern so lange zuzusetzen, bis jemand kam, begann sie dagegen zu trommeln.

Merkwürdigerweise hatte sie dieses Mal Erfolg. Als man sie über einen langen Flur mit schmutzigen Fenstern führte, blendete sie das Sonnenlicht. Der Wärter stieß eine Tür auf und schob sie in einen kleinen Raum. Als Natascha und Felix von ihren Stühlen aufstanden, konnte sie ein verblüfftes Zusammenzucken nicht unterdrücken. Die bestürzte Miene ihrer Tochter verriet ihr, was für ein Bild sie abgeben musste. Verlegen strich sie sich durch das schmutzige, zerzauste Haar. Selten hatte sie sich so gedemütigt gefühlt.

»Es tut mir ja so furchtbar leid, Madame Vaudoyer!«, rief ein Unbekannter aus. »Das war ein schrecklicher Irrtum. Setzen Sie sich doch bitte.«

Diensteifrig schob er ihr einen Stuhl heran. Natascha sah sie immer noch entsetzt an.

»Geht es dir gut, Tante Xenia?«, fragte Felix, der blass geworden war.

»Aber ja, Kinder«, antwortete sie lächelnd. »An ein paar Tagen in einem französischen Gefängnis stirbt man nicht. Auch wenn die Haftbedingungen furchtbar sind«, setzte sie mit einem strengen Blick auf den besorgt wirkenden Mann hinzu.

»Ihre Tochter und Monsieur Seligsohn haben die nötigen Beweise zu Ihrer Entlastung beigebracht, Madame«, fuhr er fort und schnalzte nervös mit der Zunge. »Gestatten Sie mir, mich vorzustellen: Jules Gamblin, Untersuchungsrichter. Ich habe mehrere Briefe, einen vom Rettungswerk für Kinder und von einem gewissen Monsieur Moussa Abadi, die bezeugen, während der Besatzung von Ihnen unterstützt worden zu sein. Mir liegt auch ein Schreiben von Monsieur Lelong von der Handelskammer für Mode und Schneiderei vor. Und der hier anwesende Monsieur Seligsohn sowie seine Schwester haben bezeugt, dass Sie ihnen das Leben gerettet haben.«

Xenia schenkte Felix ein dankbares Lächeln. Dann hatten

seine Schwester und er also nicht gezögert, ihre wahre Identität zu offenbaren, um ihr zu helfen. Sie konnte ermessen, wie viel dieser Beweis ihrer Zuneigung bedeutete.

»Außerdem ist offensichtlich, dass Sie mit der etwas heiklen Akte Ihres Mannes nichts zu tun haben«, fuhr der Richter fort.

Xenia nahm wahr, wie Natascha zusammenzuckte, und ihr wurde klar, dass die Bestürzung ihrer Tochter weniger mit ihrem Aussehen zu tun hatte als mit den Enthüllungen, mit denen das junge Mädchen konfrontiert worden war. Sie legte Natascha eine Hand auf den Arm. Hoffentlich steigerte sich der Richter nicht in eine Tirade gegen Gabriel! Das war weder der Ort noch die Zeit dazu.

»Wenn das so ist, kann ich dann jetzt diesen Ort verlassen, der mir kaum in guter Erinnerung bleiben wird? Ich bin ziemlich müde.«

»Selbstverständlich, verehrte Madame! Sie müssen uns verstehen. Die Akten türmen sich nur so. Wir sind nicht vor Irrtümern gefeit, aber wie soll man anders vorgehen nach allem, was geschehen ist?«

Während er sprach, stempelte er diverse Papiere.

»Ich habe keine Ahnung, Monsieur, aber Willkür hat immer nur zu Diktatur und Tod geführt. Kein Regime, auch kein demokratisches, kann sich erlauben, dass man die Justiz nicht respektiert.«

Über seinen mit Akten überhäuften Schreibtisch hinweg reichte er ihr das Bündel von Papieren.

»Bitte sehr, Madame. Ich kann Ihren Zorn nachfühlen, aber glauben Sie, die Republik tut unter diesen schwierigen Umständen ihr Bestes. Sie müssen Vertrauen haben. Nach ein paar Erschütterungen wird das Leben wieder seinen normalen Gang gehen.«

Xenia presste die Lippen zusammen, um sich eine scharfe Antwort zu verkneifen. Die Republik, natürlich! Er hatte das Wort mit einer fast mystischen Verehrung ausgesprochen.

Manche wollten so tun, als wäre das Vichy-Regime nur ein Zwischenspiel gewesen, der Wirklichkeit gewordene Albtraum eines alten, senilen Marschalls. Eine leider blutige Verirrung, die am 16. Juni 1940 ihren Anfang genommen hatte, am Tag, an dem die Regierung von Paul Reynaud zurückgetreten war und um einen Waffenstillstand ersucht hatte. General de Gaulle bestand darauf, diese vier Jahre während staatliche Kollaboration als illegal zu betrachten, aber Xenia fragte sich, ob dieses Pauschalurteil einen Sinn hatte. Wie Gabriel hatten zu viele Menschen Vichy für legitim gehalten. Die Geschichte ließ sich nicht zerstückeln. Sie war einzig und unteilbar – wie das Leben eines Menschen.

Draußen angekommen, blieb sie, flankiert von Felix und Natascha, an der Seine stehen, hob das Gesicht zur Sonne empor und atmete tief ein.

»Ganz ehrlich, Mama, du riechst ziemlich schlecht«, sagte Natascha naserümpfend.

Einige Monate später brodelte das Museum für Angewandte Kunst in der Rue de Rivoli vor Geschäftigkeit. Man hörte das Hämmern der Arbeiter, die die Dekorationen befestigten. Eine junge Frau balancierte mit der Anmut einer Seiltänzerin auf einer Leiter und überzeugte sich davon, dass die Wandbespannungen aus rotem Samt ordentlich befestigt waren. Christian Bérard, den Kittel wie eine Toga um sich drapiert, ging mit seinem Pinsel herum. Er brachte die letzten Korrekturen an dem falschen Marmor und den Karyatiden des Miniaturtheaters an. Er hatte darauf bestanden, es selbst auszumalen. Gelegentlich brandete Musik auf, die aber sofort wieder in einem erstickten Laut unterging, der wie Schluchzen klang.

Xenia trug ein Notizheft in der Hand und wachte darüber, dass jede der Figuren den ihr zugewiesenen Platz im Gesamtbild fand. Ein Karussell aus Sirenen und Pferden stand neben einer verzauberten Grotte, und die Gitter des Palais-Royal waren neben den Fassaden der Île de la Cité zu sehen. Mehrere Personen waren dazu eingeteilt, die Puppen so aufzustellen, dass ihre Arm- und Kopfhaltung harmonierte. Man musste vorsichtig mit diesen Skulpturen umgehen, mit den empfindlichen Gestellen und Gipsgesichtern. Sie trugen Perücken, Handschuhe und Hüte, kleine Regenschirme und winzige Ledertaschen und waren sogar – vor indiskreten Blicken verborgen – mit seidener Unterwäsche ausgestattet. In den vergangenen Monaten hatte Xenia die sorgfältige Arbeit emsiger Hände bewundert. Die Frauen hatten den Winter vor jämmerlichen Öfen verbracht, die nur eine Illusion von Wärme erzeugten, Handschuhe mit abgeschnittenen Fingern getragen und auf die Stromausfälle geschimpft. Manche hatten die Stücke bei Kerzenlicht fertiggestellt.

»Achtung!«, rief sie aus und hob ein Schühchen auf, das einer von Lelongs Puppen in einem türkisfarbenen Kleid vom Fuß geglitten war.

Mit seiner rauen Stimme und dem harten slawischen Akzent, der an seine russische Heimat erinnerte, schalt Boris Kochno einen Beleuchter aus. Aller Nerven waren zum Zerreißen angespannt, denn in zwei Stunden wurde die Vernissage eröffnet. Wenn man die Menschen sah, die sich hektisch um diese Puppen bewegten, die mit Samt und goldbesticktem Brokat ausgestattet waren, mit weiten Röcken aus Tüll oder Atlas, mit Pelzmänteln und taillierten Kostümen, hätte man meinen können, Erwachsene bei einem exzentrischen Kinderspiel zu beobachten. Aber die Modeschöpfer, Perückenmacher, Putzmacherinnen, Schuhmacher, Federschmücker und Friseure, die so viel Arbeit in dieses Schauspiel gesteckt und auch finanziell dazu beigetragen hatten, setzten im Grunde eine Tradition fort, die bis ins Mittelalter zurückging. Denn schon damals hatten fahrende Aussteller in den Schlössern an Puppen die Mode aus der Hauptstadt vorgeführt. Alle wussten, was auf dem Spiel stand: zu zeigen, dass die Pariser Haute Couture nicht tot war. Ihr handwerkliches Können war und blieb einzigartig, und sie würden von Neuem im Mittelpunkt dieses großen Welttheaters stehen, für das diese Puppen nur bezaubernde Symbole waren. Man rechnete mit Zehntausenden von Besuchern.

Nachdenklich betrachtete Xenia die in Schwarz und Weiß gehaltenen, von Jean Cocteau entworfenen Miniaturkulissen. Darauf war eine von einem Brand verwüstete Dachkammer zu sehen. Am Boden lag eine Braut wie tödlich verletzt, und über ihr flog eine triumphierende Hexe in einem Ballkleid auf einem Besen davon. Der visionäre Dichter war seiner überschäumenden Fantasie treu geblieben und hatte es verstanden, die Qual der Niederlage und die Grausamkeit des Todes mit dem Traumbild einer aus der Gefahr erwachsenen Wiedergeburt zu mischen. Noch ahnte sie nicht, dass dieses Bild sie einige Zeit später und auf ganz unerwartete Weise verfolgen würde, zwischen den Trümmern von Berlin, durch die sie mit schwerem Herzen wanderte, auf der Suche nach dem Mann, den sie liebte.

Sie hatten sich beeilt, um pünktlich zu sein und nichts von dem Schauspiel zu verpassen. Natascha, Felix und Lilli stiegen zwischen einem doppelten Spalier aus Gardisten in Galauniform die Stufen hinauf. Der Marsan-Pavillon zeigte sich in seinem schönsten Gewand. Lächelnde junge Mannequins nahmen sie mit Programmheften in Empfang, deren Titelseite eine Illustration von Christian Bérard zeigte. Die Menge war dicht gedrängt und fröhlich; denn endlich konnte man sich nach einem scheußlichen Winter zerstreuen, in dem Paris mit leerem Magen vor Kälte gezittert hatte. Die blitzenden Blicke und das bewundernde Flüstern verrieten das Bedürfnis, sich in Staunen versetzen zu lassen. Man war gekommen, um zu sehen und gesehen zu werden, wie zu den Bällen in der guten alten Zeit. Die jungen Frauen, die Augen hinter Hutschleiern verhüllt, behielten ihre Pelzmäntel über den Schultern. Natascha erkannte die agile Gestalt Lucien Lelongs, der einen dunklen Mantel und einen weißen Schal um den Hals trug. Das Publikum wandelte in einer fast religiösen Stille zwischen den Arrangements umher. Das einzige Licht stammte von den Modellbauten, was dem Empfang eine berauschende Leichtigkeit verlieh.

»Unglaublich!«, rief Lilli aus und beugte sich so weit nach vorn, dass Natascha sie am Gürtel ihres Mantels festhalten musste. »Sogar die Knopflöcher sind echt. Und schau dir diese

Ballkleider an! Bekommt man da nicht Lust, die ganze Nacht durchzutanzen?«

Während sich Lilli wie ein Kind begeisterte, gab Felix ein weit fachmännischeres Urteil über die Ensembles ab.

»Man kann bereits erahnen, wie die kommende Mode aussehen wird«, stellte er fest und schob seine Brille zurück. »Eine neue Linie zeichnet sich ab: Taillen, betonte Hüften und weite Röcke. Da wird man meiner Meinung nach die alte Tradition des Korsetts wieder aufnehmen müssen. Und schaut euch die Accessoires an: Ihr könnt euch von euren Schultertaschen verabschieden, Mesdemoiselles. Dies ist die Rückkehr der Handtäschchen, in die nichts als eine Puderdose hineinpasst. Weiß wird ebenfalls wieder in Mode kommen, mit seiner Symbolik von Reinheit und Zerbrechlichkeit. Ihr werdet euch daran gewöhnen müssen, die Frau wird wieder Frau. Und das wurde auch höchste Zeit«, setzte er mit einem neckenden Blick auf Natascha hinzu.

»Ich wusste ja gar nicht, dass du dich so für Damenmode interessierst«, meinte sie erstaunt.

Mit einem Mal verlegen, zuckte er die Achseln. »Wahrscheinlich steckt mir das im Blut. Das Modehaus Lindner war eines der renommiertesten Kaufhäuser von Berlin, und Mama hat auf der Weltausstellung von 1937 eine Goldmedaille gewonnen«, erklärte er stolz. »Von ihr haben wir die Liebe zu schönen Dingen geerbt. Sogar in Amerika war sie bekannt, in New York hat man sich offenbar um ihre Kreationen gerissen. Meine ganze Kindheit hindurch habe ich zugesehen, wie sie ihre Kollektionen entwarf. Manchmal, wenn ich über meinen Hausaufgaben in ihrem Büro saß und sie gerade bei der Stoffauswahl war, machte ich ihr Vorschläge, was mir viel Spaß bereitete.«

»Sag mir nicht, dass du Modeschöpfer werden willst!«, meinte Natascha scherzend; sie konnte sich gar nicht über diese ganz neue Facette beruhigen, die sie an dem jungen Mann entdeckte.

Felix errötete. Der verdutzte Blick seiner Freundin irritierte ihn, als hätte er versehentlich ein etwas beschämendes Geheimnis verraten.

»Wir müssen schließlich unser Kaufhaus wieder aufbauen. Und Gott weiß, was davon übrig sein mag«, sagte er mit düsterer Miene und dachte an die Bilder der Wochenschau, die ein durch die Bombardements verwüstetes Berlin zeigten. »Aber ich hätte nichts dagegen, mit Mama zusammenzuarbeiten. Das Modehaus Lindner gehört seit mehr als hundert Jahren unserer Familie, und dieses Erbe ist mir sehr wichtig. Es war immer klar, dass ich darin einmal eine Rolle spielen würde, und je eher, umso besser. Ich habe nicht vor, meine Zeit mit einem langen, sinnlosen Studium zu vergeuden.«

Natascha sah ihn verblüfft an. Für sie war Felix ein Kind des Krieges. Mit seiner gestohlenen Identität – den Lebensdaten eines Kindes von einem Grabstein in einem kleinen Dorf an der Somme, wo das Taufregister verbrannt war – war er nichts als ein Schatten, ein blasses Nachbild seiner selbst. Seine Kindheit gehörte in eine versunkene, beinahe fantastische Vergangenheit, und seine Zukunft schien keine Konturen zu haben. Noch immer hatte er keine Kontrolle über seine Situation. Ab und zu erzählte er ihr von Berlin und seinem früheren Leben, aber nichts davon kam ihr real vor. In der Schule war er fleißig gewesen, hatte kein Aufsehen erregt und seine Aufgaben stets pünktlich abgeliefert, während Natascha für ihre schludrigen Aufsätze bestraft wurde. In Felix hatte sie, ein Einzelkind, unerwartet einen Gefährten gefunden, und Natascha wurde mit einem Mal klar, dass sie sich geschmeichelt gefühlt hatte, einen Einfluss auf seinen fügsamen Geist auszuüben. Zum ersten Mal stand er ihr jetzt als ein junger Mann gegenüber, der seinen Stolz aus einer ruhmreichen Vergangenheit bezog und Zukunftspläne hegte. Sogar seine Gesichtszüge hatten sich verändert: Er wirkte entschlossen, sein Kinn war fest, der Blick wach. Sie bemerkte, dass er sich für die Vernissage besonders sorgfältig gekleidet hatte – ein dunkler Anzug, der einmal ihrem Onkel Kyrill gehört hatte, rote Krawatte und ein Ziertuch aus roter Seide. Mit seinem gekämmten Haar und dem Duft eines Eau de Cologne auf seiner Haut ähnelte Felix Seligsohn nicht mehr dem Spielkameraden ihrer Kinderzeit. Nataschas Herz begann schneller zu schlagen. Verwirrt steckte sie die Hände in die Manteltaschen.

Auf Drängen Lillis, die ungeduldig wurde, schlenderten die jungen Leute weiter. Aber Natascha fiel es schwer, sich zu konzentrieren. Die Puppen verschwammen ihr vor den Augen, und die Streifen, Karos und Schottenmuster der verschiedenen Modelle drehten sich vor ihren Augen wie in einem seltsamen Kaleidoskop. Sie nahm Felix' Anwesenheit wahr, ohne dass sie ihn anzusehen brauchte. Er war, wie ihr schien, plötzlich gewachsen und jetzt einen Kopf größer als sie. Wenn sie sich an ihn schmiegte und er den Arm um sie legte, würde sie perfekt an seine Schulterbeuge passen. Ihr fiel auf, dass sie ihre Handschuhe und ihr Programm verloren hatte. Von eiligen Zuschauern wurde sie angestoßen und von ihren Freunden getrennt. Sie ließ sich weitertreiben und landete schließlich vor einem Bild, das einen Hafen darstellte. Vor einem seltsam zerbrechlich wirkenden Schiff mit zerfransten Segeln standen kleine Koffer verlassen am Kai, und die Puppen wirkten einsam und verletzlich. Die Kulisse strahlte eine Nostalgie aus, die so gar nicht zu diesem glanzvollen Abend passen wollte.

Eine Hand legte sich auf ihre Schulter, und sie roch das Parfüm ihrer Mutter. Das Licht der Modellbauten erhellte ihr reines Profil, die gerade Nase, die fein gezeichneten Lippen und das blonde Haar, das im Nacken zu einer Rolle geschlagen war und mit einem Netz gehalten wurde, die Perlenohrringe. Wie so oft überrumpelte sie die Schönheit ihrer Mutter und erfüllte sie mit Staunen und Schüchternheit zugleich, weil sie ihr das eigene Ungeschick bewusst machte.

»Wie ich sehe, bewunderst du die Arbeit von Georges Wakhevitch«, sagte Xenia. »Er ist Filmausstatter und wie wir in den Zwanzigerjahren aus Russland gekommen. Er ist in Odessa geboren.«

»›Der Hafen nach nirgendwo‹«, las Natascha den Titel dieses Modells vor.

Ihre Mutter nahm das Bild in Augenschein. »Eine ähnliche Stimmung herrschte in Odessa, im Februar 1920 …«, fügte sie mit heiserer Stimme hinzu.

Das Szenebild ihres Landsmanns wühlte Xenia Ossolin auf. Sie hatte das merkwürdige Gefühl, sich wieder auf den überfüllten Kais zu befinden, wo sich Tausende verängstigter Russen auf der Flucht drängten und von den Bolschewisten beschossen wurden. Sie hörte das Stöhnen der verwundeten Soldaten, fühlte den eisigen Wind auf ihren Wangen und spürte die Hand ihrer kleinen Schwester Mascha, die sich an sie klammerte, damit sie in der Menge nicht verloren ging. Sie sah ihre Mutter mit ihrem fiebrigen Blick, die wenig später auf einem Flüchtlingsschiff an Typhus sterben sollte, und ihre Kinderfrau Nanuschka, die Kyrill in den Armen hielt. Sie waren ins Unbekannte aufgebrochen, ohne mehr mitzunehmen als ein paar Schmuckstücke, die sie später hatte verkaufen müssen, um zu überleben. Was hatte sie an diesem Tag auf dem trostlosen Kai in Odessa für eine Angst ausgestanden! Aber davon hatte nie jemand erfahren.

»Geht es dir nicht gut, Mamutschka?«, fragte Natascha. »Du bist ja ganz blass geworden.«

»Entschuldige, das ist nur die Aufregung über die Vernissage. Ein großartiger Erfolg, findest du nicht auch?«

Xenia zürnte sich selbst ob dieser unerwarteten Anwandlung. Für gewöhnlich ließ sie sich nicht so schnell von den Erinnerungen an ihre schmerzliche Vergangenheit überwältigen. Ihre Tochter sah sie besorgt an, und sie zwang sich zu einem Lächeln. Auf keinen Fall durfte sie den prekären Waffenstillstand gefährden, den sie nach erhitzten Gesprächen geschlossen hatten. Xenia hatte sich bemüht, ihr Gabriels Verhalten während der Besatzungszeit so darzustellen, dass Nataschas Bild von ihrem Vater nicht allzu sehr ramponiert wurde. Sie war selbst verblüfft darüber, wie viel Diplomatie sie an den Tag legen konnte. Natascha hatte in einem Sessel im Salon gesessen und ihr aufmerksam und verletzt gelauscht, aber schließlich erleichtert ihre Erklärung akzeptiert: Gabriel hatte sich blenden lassen, genau wie viele seiner Landsleute – hohe Beamte oder katholische Bürger, Militärs, angesehene Persönlichkeiten oder Bauern –, die sich alle weniger aus Neigung denn aus Reue auf die Seite des Vichy-Regimes geschlagen hatten: weil sie überzeugt davon waren, dass Frankreich jetzt den Preis für ein korruptes politisches System zahlte, das es in den Untergang geführt hatte. Gabriels Meinung nach war Hitlers Drittes Reich unbesiegbar, und durch die Kollaboration konnte man wenigstens die vollständige Besetzung des Landes vermeiden. In Letzterem hatte er sich allerdings getäuscht. Seine Art der Kollaboration hatte darin bestanden, Unternehmen zu beraten, die Geschäfte in Deutschland abschließen wollten, aber er hatte keine Menschenleben auf dem Gewissen, hatte Xenia ihrer Tochter erklärt. »In Anbetracht der Schrecken dieser Zeiten war sein Vergehen wirklich gering«, versicherte Xenia und zog es vor, nicht von den Akten zu sprechen, in denen es um von Juden konfiszierte Stadthäuser ging, die rasch an zu Ariern gestempelte Besitzer gingen – Klienten ihres Mannes. Natascha wollte ihr einfach nur glauben. Aber das Vertrauen, das ihre Tochter ihr schenkte, beruhigte und erschreckte Xenia zugleich, denn sie verschwieg ihr weiterhin vieles und ahnte, dass Natascha nicht so verständnisvoll sein würde, wenn die Wahrheit eines Tages ans Licht käme.

Xenia wandte ihren Blick erneut der Menschenmenge zu, die sich um die einzelnen Szenen drängte. Journalisten kritzelten ihre Notizen, und ein Fotograf verewigte die Gäste. Zweifellos würde diese Ausstellung einen bleibenden Eindruck hinterlassen. Man sprach bereits davon, sie in London, Kopenhagen,

Stockholm oder gar New York zu zeigen. Doch trotzdem spürte sie einen Stich ins Herz. Die Gesichter, die sie umgaben, kamen ihr mit einem Mal dick geschminkt und verzerrt vor wie Karnevalsmasken. Sie erkannte einige dieser Frauen, die auch früher zu den Modenschauen der Haute Couture gekommen waren, und ihre Ehemänner, Freunde von Gabriel. Mit zufriedenen Mienen, schicken Frisuren, den Hals durch einen Nerzkragen vor Zugluft geschützt, schlenderten sie umher. War sie nicht bei einem anderen Empfang, nicht weit von hier unter der Kuppel der Orangerie, denselben Gesichtern begegnet? Anlässlich der Vernissage, bei der Arno Breker verherrlicht wurde, der Lieblingsbildhauer des Führers? Heute fehlten nur die deutschen Uniformen und der klare Frühlingshimmel des Jahres 1942. Das war eines der letzten Male gewesen, bei denen sie Max lebend gesehen hatte. Er hatte die Reise nach Paris genutzt, um einem Kontaktmann der Résistance, einem Buchhändler in der Rue de Rivoli, Stempel aus Berlin zu bringen, um Ausweispapiere zu fälschen.

Plötzlich vermisste sie ihn so, dass es ihr den Atem verschlug. Sie legte die Hand an die Lippen. So konnte sie nicht weitermachen: auf Nachrichten warten, die niemals kamen, in dieser Erwartung leben, die Zeitungen verschlingen, aus denen sie nur Vages erfuhr, sich über das Radio beugen und den Durchbruch der alliierten Truppen verfolgen. Berlin brannte. Die Rote Armee rückte unaufhaltsam vor. Es war nur noch eine Frage von Wochen, Tagen, Stunden … Von den deutschen Städten würde nichts mehr übrig bleiben als Bombenkrater und Staub, Schutt und Schlamm, nichts als zerfetzte, verkohlte Leichen, die nicht mehr zu erkennen waren, und unter ihnen, natürlich, Max. Wie könnte es auch anders sein? Womit hatten sie ein Wunder verdient?

Seit Monaten lebte Xenia in zwei Welten. Wie ein Automat tat sie das Notwendige, um über ihre Familie zu wachen. Sie sah den Angehörigen beim Essen zu und nährte auch ihren eigenen Körper, damit er weiter funktionierte, obwohl jeder kleinste Bissen ihr wie Asche schmeckte. Nachts, wenn sie endlich Schlaf fand, sank ihr Körper in einen bleiernen Schlummer. Oft hörte sie sich selbst wie aus weiter Ferne reden, abgetrennt von sich selbst, und ihre Stimme klang wie ein Echo. Sie staunte dann darüber, dass sie so zusammenhängend sprach, dass sie in der Lage war, zu lächeln und auf Fragen zu antworten, die keinen Sinn ergaben. Ich muss hier weg!, dachte sie erschrocken. Ich muss nach ihm suchen. Ich muss wissen, was aus ihm geworden ist.

Eine Hand legte sich auf ihren Arm und hielt sie fest.

»Wohin gehst du, Mama?«, rief Natascha aus. »Was ist denn los?«

Xenia brauchte ein paar Sekunden, bis sie sich zu ihrer Tochter umdrehen konnte. Ihr Entschluss war gefasst. Sie würde Natascha ein weiteres Mal verlassen müssen. Für unbestimmte Zeit. Bei der ersten Gelegenheit, sobald sie eine Möglichkeit gefunden hatte, nach Deutschland einzureisen, würde sie nach Berlin fahren. Das war ein unausweichlicher Drang, eine absolute Notwendigkeit. Sie konnte nicht länger so tun als ob. Natascha beobachtete sie mit roten Wangen und fieberhaftem Blick. Wie oft hatte Max sie genauso angesehen, verärgert und gequält zugleich, weil er nicht begriff, was sie von ihm wollte, und Xenia zu jung oder zu unsicher war, um es selbst zu wissen? Mit unendlicher Zärtlichkeit strich sie ihrer Tochter über die Wange.

»Ich muss fortgehen, Natutschka. Verzeih mir, aber es muss sein …«

Obwohl er in aller Frühe aufstand, war er nie der Erste. Jeden Morgen gesellte er sich zu denen, die anscheinend in den Grünanlagen der Umgebung oder im Schutz der Toreinfahrten Wurzeln geschlagen hatten, als hätten sie nicht mehr die Kraft, abends nach Hause zu gehen, weil sie entweder zu weit entfernt wohnten oder es nicht länger ertrugen, zwischen ihren vier Wänden zu warten. Schweigsam, fast stumm, harrten sie aus, zerbrechliche Wachposten mit gebeugtem Nacken, Hände in den Taschen, während der Sonnenaufgang den Frühlingshimmel mit Gold- und Purpurtönen überzog. Wenn die Stunden vergingen, wuchs ihre Zahl. Man drängte sich hinter den Absperrungen, die Stimmen wurden heiser vom Bitten und Rufen. Erhobene Hände boten Fotos als Opfergaben dar, Blicke glitten prüfend über die Namen und die Suchmeldungen, die auf den alten Anzeigentafeln aus dem Wahlkampf klebten, und verschlangen die Skelette in den gestreiften Pyjamas, die aus der Hölle zurückkehrten, mit den Augen.

Felix Seligsohn wusste, dass niemand aus seiner Familie repatriiert werden würde, weder am Orsay-Bahnhof noch im Hotel Lutetia, denn die Seligsohns waren keine Franzosen. Hier, unter den ersten kahl geschorenen Überlebenden aus den Konzentrationslagern, würde er sie nicht finden. Aber trotzdem kam der junge Mann jeden Tag her, mit dem Foto seiner Familie – seit er diese Gespenster in den Sträflingsanzügen zum ersten Mal gesehen hatte, obwohl ihr Anblick seinen Körper und Geist mit Entsetzen erfüllte. Er kam hierher, zerrissen zwischen tiefem Kummer und der irrationalen Hoffnung, dass einer der Heimkehrer irgendwo seinem Vater und seiner Mutter, seiner kleinen Schwester begegnet sein könnte.

Im Foyer des Lutetia brannte einem der Geruch des DDT in der Kehle. Krankenschwestern machten sich mit ernster Miene zu schaffen, während Uniformierte mit hochfahrender Miene Akten prüften und die Neuankömmlinge erbarmungslos ins Verhör nahmen, um ihnen den unabdingbaren Deportierten-ausweis auszustellen und so etwas wie administrative Ordnung in dieses menschliche Chaos zu bringen. Hier stießen zwei Welten aufeinander, die sich vollkommen fremd geworden waren, und es herrschte eine von Angst, aber vor allem von Misstrauen durchzogene Feindseligkeit. Die Arroganz eines Offiziers oder die distanzierte Haltung eines Arztes, der sich mit einer zu oberflächlichen Untersuchung zufriedengab, ließen den einen Deportierten rebellieren, während die ebenso eisige wie gleichgültige Reaktion eines Überlebenden aus Auschwitz, Bergen-Belsen oder Buchenwald einer Mutter, einem Vater oder einem Kind das Herz brach. Wir verstehen einander nicht mehr, dachte Felix und beobachtete eine bestürzte Ehefrau, der ein ehemaliger Häftling gerade kühl eröffnet hatte, ihr Mann sei schon lange tot. Da war kein Platz für Mitleid oder Feinfühligkeit. Die Realität der Lager hatte sämtliche Umgangsformen zunichtegemacht. Dazu haben uns die Nazis also gemacht, sagte er sich. Wir sprechen noch die gleiche Sprache, aber unsere Worte haben nicht mehr dieselbe Bedeutung. Ihm war, als drücke ihm ein Schraubstock die Schläfen zusammen, und er hob die Hand an den Kopf.

Seit Wochen schlief er nur noch bruchstückhaft und wachte im Lauf der Nacht mehrmals mit heftigem Herzklopfen auf. Dann dröhnte das Blut ihm in den Ohren, und er sah sich orientierungslos in seinem dunklen Zimmer um. Obwohl sich die

Jahresabschlussprüfungen näherten, schwänzte er einige seiner Kurse an der Universität. Er brachte es nicht mehr fertig, sich auf seinen Stoff in Jura und Wirtschaftswissenschaften zu konzentrieren. Die Zeilen der Bücher verschwammen ihm vor den Augen. In den Vorlesungen sah er seinen Professoren beim Reden zu, ohne sie zu hören, und verfolgte in der vergeblichen Hoffnung, ihre Lippen lesen zu können, ihre Mundbewegungen, als wäre er taub geworden.

Unvorstellbar. Es war ganz einfach unvorstellbar, dass man seine Eltern und Dalia den grauenhaften Torturen unterzogen hatte, über die in der Presse geschrieben wurde. Da die kommunistischen Zeitungen ausführlicher als die anderen über die Gräuel berichteten, schloss er sich in seinem Zimmer ein, um die *L'Humanité* zu lesen, und trug schweigend ein verborgenes Grauen mit sich herum, das ihn irgendwann noch in den Wahnsinn treiben würde.

Mit einem Mal spürte er den Drang, frische Luft zu schnappen. Er bahnte sich einen Weg durch die Menge und fand sich auf dem Gehweg des Boulevard Raspail vor einer der Plakatwände wieder. Verzweifelt begann er die Gesichter zu überfliegen und die Anzeigen durchzulesen. Die Konvoinummern und Abkürzungen erschienen ihm wie ein Code, den nur Eingeweihte verstanden. Er hatte keine Ahnung, ob er weiter hoffen sollte oder nicht; oder ob er noch lange in der Lage sein würde, dieses Schwanken zwischen Hoffnung und der Erkenntnis des Endgültigen auszuhalten.

»Felix ... Felix!«

Die Stimme drang aus weiter Ferne und wie durch einen dichten Nebel verzerrt zu ihm. Jemand schüttelte ihn an der Schulter. Er stellte fest, dass er sich an eine der Plakatwände klammerte, und kam sich lächerlich vor. Außerdem schämte er sich, so viel Platz einzunehmen, während andere Menschen ebenfalls versuchten, die Anschläge zu entziffern. Natascha hatte seinen Arm gepackt und hielt ihn mit verkrampften

Händen so fest, dass ihre Nägel sich in seine Haut gruben, als drohte er ihr zu entgleiten und den Boden unter den Füßen zu verlieren.

»Was machst du denn hier?«, fragte er mit ausdrucksloser Stimme.

»Ich bin dir nachgegangen.«

»Warum?«

»Weil du seit Tagen lügst. Mama gegenüber behauptest du, früh aufstehen zu müssen, um zur Universität zu gehen, aber du nimmst nicht einmal ein Notizheft mit. Gestern haben deine Freunde mir erzählt, dass du nicht mehr zu den Seminaren kommst. Also bin ich dir heute Morgen gefolgt.«

Er versuchte, seinen Arm loszumachen. Sein Körper schien eine Tonne zu wiegen, und seine Gelenke schmerzten. Er würde gleich hier auf dem Gehweg zusammenbrechen, zu Nataschas Füßen.

»Lass mich los.«

»Nein.«

»Du sollst mich loslassen!«

»Wir gehen etwas trinken.«

»Ich habe keine Lust dazu.«

»Ich schon.«

»Was soll ich denn in einem Café, während meine Eltern krepieren wie die da!«, schrie er und wies mit einer hektischen Handbewegung auf die Fassade des Lutetia. »Oder sie sind längst tot ... Man hat sie vergast wie Ungeziefer und ihre Leichen in Öfen gesteckt, um sie zu verbrennen ...«

Seine Stimme brach. Sein Gesicht war vor Qual verzerrt, und die Augen traten ihm aus den Höhlen. Die Venen an seinem Hals pochten unter der Haut. Natascha erkannte ihn gar nicht wieder. Die Passanten traten beiseite und wandten den Kopf ab. Hysterische Anfälle kamen an diesen Sammelstellen für Deportierte oft vor, und man wusste nicht recht, wie man all diesen lästigen Emotionen begegnen sollte. Unvermittelt stieß

Felix das junge Mädchen zurück und entfernte sich mit großen Schritten.

»Warte auf mich!«, rief sie und rannte ihm nach.

Hintereinander überquerten sie im Laufschritt den Boulevard. Ein Kutscher brüllte sie an, sie sollten aufpassen. Ein hupendes Auto kam abrupt zum Stehen, und Felix tat, eine Hand auf die Kühlerhaube gelegt, einen Sprung zur Seite. Ein Polizist begann zu pfeifen und wedelte mit seinem Stock. Natascha wich dem Wagen aus, ohne Felix aus den Augen zu lassen. Noch nie hatte sie jemanden so verzweifelt erlebt. Sie fürchtete, seine Verwirrung könne die Vernunft und Klarsichtigkeit verdrängt haben, die sie an ihm bewunderte, wenn sie sich auch oft über seine Pedanterie lustig machte. Sie hatte verstanden, dass Felix Mauern um sich errichtet hatte, um sich zu schützen, und diese neue Verletzlichkeit beeindruckte sie.

Er kämpfte mit der kleinen Gittertür, die auf den Boucicaut-Platz mit seiner Grünanlage führte, sodass sie ihn einholen konnte.

»Felix, hör mir doch zu …«

Er zitterte so heftig, dass er mit den Zähnen klapperte.

»Komm mit mir, bitte. Wir setzen uns. Dann geht es dir bestimmt gleich besser.«

Einige Augenblicke lang stand er reglos, mit hängendem Kopf und schwer atmend da; dann sah sie, dass er sich entspannte.

»Lass uns dorthinüber gehen. In der Sonne sind Tische frei!« Sie schlang den Arm um ihn. »Da können wir in aller Ruhe sitzen. Wir brauchen Sonne, weißt du, so wie in Südfrankreich. Erinnerst du dich noch an diesen kristallklaren Himmel? Das war das Beste dort, findest du nicht auch?«

Felix ließ sich mitziehen. Vorsichtig, als könnte er in tausend Stücke zerspringen, führte sie ihn zu dem Bistro auf der anderen Seite des Platzes. Während sie den Arm um seine Taille gelegt hatte und zu ihm aufsah, dachte Natascha an gar nichts mehr.

Das Gefühl, diesen jungen, zitternden Körper zu spüren, der sich im Einklang mit ihrem bewegte, erfüllte sie ganz und gar.

Auf der Kaffeeterrasse saß ein Mann mit grünlicher Hautfarbe und tiefdunklen Schatten unter den Augen. Sein Gesicht war von einer glänzenden Schweißschicht überzogen. Er hatte die Unterarme auf den Tisch gelegt, dazwischen eine Tasse Kaffee. Seine Handgelenke waren so mager wie die eines Kindes. Sein abgezehrter Hals steckte in einer englischen Uniformjacke, mit der man ihn offensichtlich in aller Eile ausgestattet hatte und in der sein Körper buchstäblich schwamm. Natascha bekam einen trockenen Hals. Sie setzte sich an einen Nachbartisch und bedeutete Felix, es ihr nachzutun. Lange saßen sie schweigend da. Der ehemalige Deportierte bewegte sich wie in Zeitlupe. Jede seiner Bewegungen wirkte, als käme sie von weit her, aus einer anderen Zeit. Gelegentlich strich er über seinen Löffel oder über den Tisch, als wollte er sich versichern, dass sie tatsächlich da waren. Natascha bemerkte, dass ihre Hand immer noch auf Felix' Arm lag. Als sie sie verlegen zurückziehen wollte, hielt er sie fest und verflocht seine Finger mit ihren.

»Ich glaube nicht, dass ich in der Lage bin, das zu ertragen«, murmelte er.

»Du hast keine andere Wahl, Felix. Was auch auf dich zukommt, du wirst dich ihm stellen müssen. Irgendwann wirst du erfahren, ob sie überlebt haben oder ob sie …«

Sie verstummte, denn sie fand keine Worte mehr, weil Worte zu existieren aufgehört hatten. Sie beschränkte sich darauf, schüchtern Felix' Finger zu streicheln, seine Nägel, das Handgelenk. Sie staunte darüber, wie weich seine Haut war, und spürte schockiert, wie tief in ihr ein Gefühl von Erregung aufstieg. Ein Schauer überlief sie. Natascha bemerkte, dass Felix den Mann, der neben ihnen saß, ansah und weinte. Und doch blieb seine Miene ausdruckslos. Seine bleichen Züge waren unbewegt, seine Augen nicht blutunterlaufen, und sein Gesicht war nicht verquollen. Er weinte mit hoch aufgerichtetem Körper; er weinte wie ein Mann. Ein heftiges Gefühl ergriff Natascha, und ihr schwindelte.

»Tut mir leid«, sagte Felix und wischte sich die Augen mit dem Ärmelaufschlag ab. »Ich wollte nicht, dass du mich in diesem jämmerlichen Zustand siehst. Deswegen bin ich immer heimlich hergekommen.«

»Warum …?«

Er zuckte die Achseln. »Eine Frage des Stolzes. Ein Mann weint nicht gern vor anderen.«

»Das ist dumm.«

»Nichts ist abstoßender als Mitleid.«

»Ich habe kein Mitleid mit deinem Leiden. Ich teile es, das ist alles. Mitleid habe ich eher mit mir selbst«, setzte sie in ärgerlichem Ton und mit zusammengebissenen Zähnen hinzu. »Mein Vater war ein Kollaborateur.«

»Er konnte nicht wissen, dass man Unschuldige ausgelöscht hat.«

»Er wusste aber, dass auch Frauen und Kinder deportiert wurden! Jeder wusste das. Mein Vater hat mich verraten. Ich habe ihm vertraut. Ich habe ihn bewundert. Was er sagte, war für mich das Evangelium. Und jetzt wird mir klar, dass er bei alldem mitgemacht hat.«

»Du übertreibst.«

»Er war intelligent genug, um sich nicht täuschen zu lassen. Arbeitslager? Für Greise und Säuglinge? Von wegen … Er hätte das Böse ahnen müssen. So wie Mama. Also muss er sich tief in seinem Inneren anders entschieden haben als sie.«

Felix sah, wie Natascha litt. Sie hielt sich so starr, dass ihr Rücken die Stuhllehne nicht berührte. Ihre am Kragen offene weiße Bluse enthüllte ihre blasse Haut. An einer schmalen Goldkette hing ein Medaillon, das in ihrem Ausschnitt verschwand. Ihre Wangen waren frisch und rosig, und sie duftete nach Seife und Frühling. Ihre Augen in dem Gesicht mit dem energischen Kinn und den vollen Lippen hatten ihm mit ihren bernsteinfarbenen Reflexen schon immer ihre geheimsten Gedanken verraten. Natascha konnte einfach nichts verbergen, das liebte er an ihr. Seitdem die Gräueltaten der Nazis ans Licht kamen, stellte sich das junge Mädchen erneut Fragen über die Verwicklung ihres Vaters. Er sah, wie sie sich quälte und Diskussionen mit Tante Xenia vom Zaun brach, die vergeblich versuchte, um ihrer Tochter willen ein positives Bild von Gabriel Vaudoyer aufrechtzuerhalten. »Papa war ein Dreckskerl, nicht wahr?«, schrie sie dann wütend und verletzt. »Nicht in diesem Ton, ich bitte dich«, antwortete Xenia. Natascha wollte ihre Mutter provozieren, Vorwürfe gegen ihren Vater zu erheben, aber Felix wusste, dass sie das nicht ertragen hätte. Tante Xenia bewies Geduld und eine wunderbare Herzensbildung, indem sie dem mit Trauer gemischten Groll ihrer Tochter keine weitere Munition lieferte.

»Man darf nicht alles durcheinanderbringen, Natutschka. Jeder hat gekämpft, wie er konnte, mit den Waffen, die ihm zur Verfügung standen. Viele waren auch zu schwach, um sich dem absolut Bösen entgegenzustellen. Dein Vater war jedenfalls kein Ungeheuer.«

»Nein, ein Feigling … Und ich werde lernen müssen, damit zu leben.«

Zueinandergebeugt, mit verschlungenen Fingern, schwiegen die beiden, erschrocken und auch scheu, als wären sie sich gerade erst begegnet. Der Platz um sie herum lag in der Sonne, in den Ästen zwitscherten die Vögel, und von der Grünanlage stieg der Duft der Glyzinien und Kastanienblüten auf. Alles war mit einem Mal lebendiger, schärfer konturiert. Noch waren sich an diesem Morgen im April, auf dieser Pariser Kaffeeterrasse, Felix Seligsohn und Natascha Vaudoyer nicht bewusst, dass ihre Freundschaft dabei war, sich in etwas anderes zu verwandeln: Noch waren sie zwei verlorene Kinder und doch schon viel, viel mehr als das.

Nach dem Ende der Kinovorstellung blieb Lilli noch in dem gepolsterten Sessel sitzen. Die Zuschauer, die sich ihren Weg durch den schmalen Gang bahnten, stießen sie misslaunig an. Die Füße parallel nebeneinander, die Schultasche auf den Knien, rührte sie sich nicht. Lilli Seligsohn war erst vierzehn, aber sie besaß die ganze Entschlossenheit und Geduld der Welt. Sie wusste, dass man sie nicht bemerken würde. Man übersah sie oft. Klein, mit ihrem spitzen Gesichtchen und dem schwarzen Haar, das ihr glatt auf die Schultern fiel, besaß sie die Gabe, mit ihrer Umgebung zu verschmelzen. Ich bin ein Chamäleon, sagte sie sich und hielt den Atem an. Man kann mich nur sehen, wenn ich will. Natürlich stimmte das nicht immer. Es kam vor, dass eine Platzanweiserin sie verscheuchte und schimpfte, dass Betrüger es verdienten, eingesperrt zu werden. Aber auf diesem Platz, den sie sich strategisch geschickt in einem toten Winkel des Kinosaals ausgesucht hatte, konnte sie hoffen, unbemerkt zu bleiben.

Die Verstellung entsprach zwar nicht wirklich ihrer tiefsten Natur, aber Lilli hatte schon in sehr jungen Jahren begriffen, dass sie nicht existierte. Eines Tages hatte man ihr die Identität genommen und ihr die einer gewissen Liliane Bertin aufgedrückt, eines fremden kleinen Mädchens, das irgendwo in Frankreich auf einem Friedhof lag und auf gewisse Weise in ihr wiedergeboren worden war. Lilli betrachtete sich selbst als so etwas wie eine lebende Tote. Sie stellte sich gern den Grabstein der kleinen Liliane vor, mit Posaunenengeln und Rosen, die in den Stein graviert waren, und die Tränen ihrer Eltern am Tag ihrer Beerdigung. Liliane Bertin wog sorgfältig ab, wofür sie sich begeisterte und mit wem sie Freundschaft schloss. In der Schule mussten die Lehrer oft zweimal hinsehen, um sie in einer der letzten Bänke zu entdecken. Sie war eine nette Klassenkameradin, gefällig, diskret und fröhlich. Sie wusste, dass die anderen Mädchen sie für langweilig, aber nicht lästig hielten. Niemals durfte man anderen lästig fallen. Liliane Bertin war ein artiges

Kind und so glatt und transparent wie die Eisschicht auf einem Berliner See mitten im Winter.

Sie drückte sich tiefer in den Sessel. Die Schwingtüren schlossen sich hinter den letzten Zuschauern. Sie sprachen über den Film, an den sich Lilli schon nicht mehr erinnerte. Die Lichter flackerten, ehe sie verloschen. Die Stromknappheit war zu ihrem Vorteil. Der Besitzer sparte. So saß Lilli im Dunkel und wartete. In ein paar Minuten würde sich der Saal erneut füllen, und wieder würde die Wochenschau über die Leinwand flimmern, und Lilli würde die schwarzweißen, wackelnden Bilder ansehen: die ausgemergelten Körper, die von Baggern auf Massengräber zugeschoben wurden, die Asche in dem gähnenden Schlund der Krematorienöfen, die abgezehrten Gesichter mit den toten Augen, den Häftling, der wie ein lebendes Skelett aussah und von einem Militär am Arm gestützt wurde wie ein jämmerlicher Hampelmann, die Geschlechtsteile von Männern, deren schrecklichste Entblößung nichts mit dem Körper zu tun hatte.

Lilli würde sich nicht rühren. Diese Bilder kannte sie auswendig. Tante Xenia hatte keine Ahnung und wäre außer sich gewesen, wenn sie gewusst hätte, dass Lilli sie sich im Kino ansah, sooft es ihr Taschengeld zuließ, oder mit den Francs, die sie aus dem Portemonnaie ihrer Beschützerin nahm. Sie stahl das Geld ohne irgendwelche Skrupel.

Sie musste diese Wochenschau-Filme einfach sehen, wieder und wieder. Genau wie sie die Bilder in den Zeitungen und Illustrierten anschaute, die ihr Bruder in der Tiefe seines Schranks gut versteckt glaubte, und die Fotos der Massengräber, die an den Hauswänden von Paris angeschlagen waren. Sie betrachtete sie ohne Zittern und trockenen Auges. Sie hatte keine Angst. Anfangs war sie selbst erstaunt über ihre Reaktion gewesen. Hätte sie nicht eigentlich schreien und schluchzen müssen? Hätte sie sich nicht die Seele aus dem Leib weinen müssen? Aber sie studierte einfach nur, betrachtete, analysierte. Unter diesen zum Skelett abgemagerten Wesen und den alterslosen Frauen suchte sie nach dem Gesicht ihrer Mutter. Allein und schweigend forschte sie danach. In dem tiefsten Schweigen, das sie je erlebt hatte, dem Schweigen des Hasses und der Rache.

Berlin, Mai 1945

Ich werde sterben ...

Axel Eisenschacht lag flach auf dem Bauch, den Kopf zwischen die Schultern gezogen und mit fest zugekniffenen Augen, und wurde vom Beben der Erde durchgeschüttelt. Sein Oberkörper, sein Leib, seine Beine zitterten von dem Fieber, das seit Wochen in den Eingeweiden von Berlin wühlte. Nie würde er sich daran gewöhnen, diesem infernalischen Weltuntergang ausgesetzt zu sein. Es war ein absurder, finsterer Scherz, ein tragischer Irrtum ...

Dieses Mal werde ich wirklich sterben ...

Die Druckwelle des Einschlags hatte ihn vom Fahrrad gerissen. Sein Mund war voller Staub, und Gipssplitter knirschten zwischen seinen Zähnen. Das Herz klopfte ihm bis zum Hals. Als er auf seiner rechten Seite die Hitze eines Brandes spürte, zwang er sich, die Augen zu öffnen. Mit einem Mal entsetzte ihn die Vorstellung, hier zu Asche zu verbrennen. Um ihn herum standen die Häuser in Flammen. Aus dem dicken schwarzen Rauch regnete es Funken. Er löste eine Panzerfaust, eine von zweien, die am Lenker seines jetzt unbrauchbaren Fahrrads befestigt waren, und robbte durch den Schutt. Der Schulterriemen seiner Maschinenpistole scheuerte an seinem Hals. Fünf Meter weiter stieß er auf die Leiche eines seiner Kameraden. Sein Bauch war aufgerissen, die Eingeweide lagen frei, und die grinsenden Zähne des Jungen wirkten in dem rußgeschwärzten Gesicht unglaublich weiß. Vor ein paar Minuten hatten sich die beiden noch mit Süßigkeiten vollgestopft, die sie aus einem verlassenen Süßwarenladen gestohlen hatten, und Stefans Augen hatten vor Glück geleuchtet. In den letzten Tagen hatten sie nur altbackenes Brot zu essen bekommen, eine Büchse Kondensmilch und Tee, so viel sie wollten. Zigaretten waren ihnen zu ihrer großen Empörung verboten, auf Befehl von Dr. Goebbels, weil sie angeblich zu jung zum Rauchen waren.

In einem irrationalen Impuls packte Axel den Arm seines Freundes, um ihn aus der Gefahrenzone zu schleifen, ließ ihn aber bald wieder los. Er hatte keine Kraft mehr. Er erhob sich auf die Knie und versuchte aufzustehen, doch ihm wurde schwindlig, und er schwankte. Mit zitternder Hand wischte er das Nass ab, das ihm in die Augen rann. Das Blut bildete eine rote Schliere auf seiner grauen Haut.

Ich werde sterben, dachte er benommen. Der Gedanke erschien ihm unvorstellbar, fast obszön. Doch war es nicht das herrlichste aller Opfer, für den Führer zu sterben und sein Leben für seine Fahne und seine Heimat herzugeben? Darauf hatte man ihn seit Jahren vorbereitet, seit der Wiege schon, zumindest kam es ihm so vor. Mit zehn Jahren der Eid auf den Führer, dann die Paraden, die nächtlichen Fackelzüge, die Großveranstaltungen in Nürnberg und im Berliner Sportpalast, die körperliche Ertüchtigung, die man im Internat predigte und die als genauso wichtig erachtet wurde wie die Bewunderung und Treue gegenüber dem Führer: All das hatte doch nur ein Ziel, das ebenso unausweichlich wie begeisternd war und nach dem jeder junge Deutsche, der dieses Namens würdig war, zu streben hatte: den Heldentod. Aber woher kam nun, da die Stunde geschlagen hatte, dieses plötzliche Zaudern, diese verzweifelte Auflehnung, die ihn erfüllte?

Sein Kopf brummte, und er spürte einen schmerzhaften Druck auf die Trommelfelle. Er bemerkte, dass er nichts mehr hörte, nur noch das Blut, das durch sein Hirn rauschte. Plötzlich stieg eine heftige Übelkeit in ihm auf, und er erbrach sich über seinen Mantel. Ein paar Augenblicke lang stand er benommen da und schämte sich, nur noch wie ein gehetztes Wild umherzuirren. Er sah sich um und hatte den Eindruck, sich unter Wasser zu befinden, so wie im Hochsommer, wenn er in den Wannsee sprang und mit angehaltenem Atem schwamm, um seine Grenzen zu testen. Er schob den Stahlhelm zurück, der ihm über die Augen gerutscht war. Was wohl aus seiner bunt zusammengewürfelten Gruppe von Leidensgenossen geworden war? Zwischen den Schutthügeln, aus denen Eisenträger, Stacheldrahtrollen und lächerliche Barrikaden aus Möbeln ragten, entdeckte er eine Leiche und dann noch eine. Zuerst den alten Georg, der gut über sechzig war, mit seinem weißen Schnurrbart und dem dunklen Anzug, auf dem sich die orangefarbene Armbinde des »Volkssturms« abhob, und dann das kindliche Gesicht des kleinen Heinrich, unter dessen kurzer Hose die aufgeschlagenen Knie hervorschauten. Heinrich, der so stolz auf die Auszeichnungen gewesen war, die er für die Zerstörung von zwei sowjetischen T-34-Panzern bekommen hatte, und der prahlerisch seine Panzerfaust geschwenkt und erklärt hatte, die Panzer seien wie Stiere, auf denen man wie ein Stierkämpfer eine Banderilla aufrichten müsse. Aber inzwischen bestand die Arena nur noch aus dem eingekesselten Berlin, und die eisernen Stiere waren so zahlreich geworden, dass die schwärmerischen Burschen der Hitlerjugend nicht mehr mit ihnen fertig wurden. Selbst wenn es ihnen in ihrer Waghalsigkeit gelang, eine gewisse Anzahl von ihnen zu zerstören, indem sie sich ihrem Ziel bis auf ein paar Meter näherten, nahmen sofort Dutzende anderer ihren Platz ein. Ihre Ketten rissen die Bürgersteige auf, und aus ihren Geschützrohren beschossen sie die Häuser. Es hieß, die Bolschewisten hätten zweieinhalb Millionen Männer für die Einnahme der Hauptstadt abgestellt, aber das war völlig unwichtig, weil die Geheimarmeen des Führers diese abscheuliche slawische Rasse vernichten würden. Sie brauchtes nur noch ein paar Tage durchzuhalten, vielleicht sogar nur Stunden, bis die 12. Armee von

General Wenck die Umzingelung durchbrach. Durchhalten ... das verlangte der Führer von ihnen.

Axel flüchtete sich in einen Hauseingang, dessen Säulenstatuen die Köpfe verloren hatten. Der Boden war mit Glassplittern und feindlichen Kapitulationsaufrufen übersät. Er lehnte sich an die Wand und überzeugte sich davon, dass er noch zwei Granaten am Gürtel hängen hatte. Der Auslöser seiner Panzerfaust grub sich in seinen Hüftknochen ein. Er durchwühlte die Taschen seines Mantels und fand seine Feldflasche zwischen den wenigen Patronen, die er noch hatte, und einer Handvoll schmutziger Bonbons. Als er den letzten Schluck von dem lauwarmen Wasser trank, brannten die Tropfen auf seinen aufgeplatzten Lippen. Erbost schleuderte er die Flasche von sich.

»Verdammt!«, rief er, aber in seinen Ohren brummte es immer noch, und er schrie ins Leere.

Ich will mich ein paar Minuten ausruhen, sagte er sich und lehnte den Kopf an die Mauer. Nur ein paar Minuten. Das wird mir sicher niemand übelnehmen ...

Als Axel wieder zu Bewusstsein kam, hörte er erneut das Donnern der Stalinorgeln und stieß einen Seufzer der Erleichterung aus. Gott sei Dank, er war nicht taub geworden! Der rauchgeschwärzte Hauseingang lag im Dunkeln. Mühsam stand er auf und näherte sich der Öffnung, die auf die Überreste einer einstigen eleganten Hauptverkehrsstraße führte. Er wusste, dass er sich irgendwo in der Nähe des Pariser Platzes befand, aber die Stadt hatte sich in eine labyrinthische Mondlandschaft verwandelt. Vor seinen Augen lag nur das gewohnte Massengrab. Die Luft war dick und schwer, beinahe zähflüssig. Nackte Fassaden wurden von Flammen verzehrt. Ein Graffito auf einer Mauer drohte: »Genießt den Krieg – der Friede wird furchtbar!« Bis dahin sind wir ohnehin alle krepiert, dachte er ärgerlich und ging zu Stefan zurück. Die Schakale, die durch die Ruinen strichen, hatten seinen Freund um seine Waffe und seinen langen

Mantel erleichtert, aber Axel nahm keinen Anstoß daran. Jetzt ging es nur noch ums Überleben. Man hatte ja nicht einmal Zeit, die Leichen zu begraben, warum sollte man dann ihre mageren Besitztümer respektieren? Trotzdem kniete er nieder, um seinem Freund die Augen zu schließen. Er hatte Stefan gern gemocht, aber er spürte keine Trauer, eher eine Art Betäubung. Heute Stefan und die anderen, morgen würde er an der Reihe sein. Das war ganz klar, aber war es nicht ein Sakrileg, sich mit dem Tod abzufinden, wenn man sechzehn Jahre alt war und der Herrenrasse angehörte?

Desorientiert und schwankend entfernte sich Axel. Ab und zu drehte er sich um sich selbst und zielte mit seiner Maschinenpistole auf verschwommene Schatten. Seine kleine Truppe fehlte ihm; er war es nicht gewohnt, allein zu sein. Gern hätte er sich jetzt Heinrichs dumme Witze angehört, aber auch die heisere Stimme des alten Georg, der ihn ausschalt. Zu Beginn hatten Stefan und er sich dagegen aufgelehnt. Man sprach nicht in diesem Ton zu Schülern einer Napola, einer der »Eliteschulen« des Dritten Reichs! Aber da war auch etwas Beruhigendes an diesem Großvater mit seiner typischen Berliner Ironie. An einer Kreuzung stieß Axel auf einen verlassenen Panzer. Die Matratzen mit den Metallfedern, die an seinen Seiten befestigt waren, hatten ihn nicht schützen können. Mehrere Kinderleichen in braunen Uniformen lagen in der Nähe. Noch mehr Helden, dachte er und war selbst erstaunt über die Verbitterung, die ihm die Kehle zuschnürte. Dann zuckte er zusammen und brachte seine Waffe in Anschlag. Aus einem Loch im Boden tauchte eine Gestalt auf; eine Frau mit einem Turban auf dem Kopf und einer weißen Armbinde, die einen Korb in der Hand hielt. Sie war mit Asche und Staub überzogen, grau und schwarz wie die ganze Stadt. Sie sah ihn düster an.

»Zur Krankenstation geht's dort lang!«, rief sie und zeigte mit dem Arm in eine Richtung. »Ungefähr hundert Meter, im Keller des Adlon.«

Er nickte, um ihr zu danken. Warum eigentlich nicht? Er brauchte einen Verband und musste vielleicht sogar genäht werden. Obwohl er fürchtete, auf russische Soldaten zu stoßen, machte er sich in die Richtung auf, die sie ihm gewiesen hatte. Genauso viel Angst wie vor den Russen hatte er vor der Feldgendarmerie. Diese Kerle mit ihrer Stahlplakette, die wie ein Hundehalsband aussah, brüllten gleich los und hatten den Finger locker am Abzug liegen. Sie würden von ihm wissen wollen, woher er kam und warum er von seiner Kompanie getrennt worden war. Selbst mitten im Chaos hatte jeder an seinem Platz zu sein. Das ist absurd, dachte Axel. Er irrte durch einen schrecklichen Albtraum. In seinen schlimmsten Träumen hätte er sich so etwas nie vorstellen können: das Vaterland von den Bolschewisten überrannt, Dresden von Hunderttausenden von Bomben von der Landkarte radiert. Und Berlin … Mein Gott, Berlin … Seine Heimatstadt mit ihren Wäldern, Parks und Seen, ihren wohlhabenden Häusern, wo sein Vater hinter einem imposanten Schreibtisch aus Ebenholz thronte; ihrem Zoo, den Brücken über die Spree, den belebten Lokalen, Konzertsälen, Kinos und den Galerien, in die sein Onkel, der Fotograf, ihn einst mitgenommen hatte. Heute war die Stadt zur Festung erklärt, belagert, erstickt. Einige Soldaten liefen im Gänsemarsch an den Hauswänden entlang. Er hatte Angst, sie würden ihn ansprechen, aber sie gönnten ihm nicht einmal einen Blick.

Als er um eine Hausecke bog, blieb er wie angewurzelt stehen. An Laternenpfählen baumelten Erhängte, denen man die Hände auf dem Rücken gefesselt und ein Schild um den Hals gehängt hatte. Wehrmachtssoldaten, denen man vorwarf, Deserteure zu sein, Frauen und Kinder dem Iwan überlassen zu haben. Feiglinge … Die Füße von einem der Erhängten streiften seine Schulter. Der junge Bursche trat einen Schritt zur Seite. Ihm war übel.

Bald erhob sich vor ihm das Brandenburger Tor. Wie durch

ein Wunder stand der Triumphbogen noch, und die Pferde der Quadriga sprangen in ihrem albernen Galopp dahin. Die Prachtstraße Unter den Linden war mit Bombenkratern übersät, aber das Hotel Adlon erhob sich solide und tröstlich zwischen den in Trümmern liegenden Gebäuden, fast einschüchternd mit der Schutzmauer, die es bis zur ersten Etage umgab. Axel empfand plötzlich eine große Dankbarkeit. Mit einem Mal sah er seine Mutter vor sich. »Das Adlon ist eine meiner schönsten Liebesgeschichten!«, pflegte sie lachend zu sagen. Vor dem Krieg hatte sie ihn oft mitgenommen. Wie an seinem siebten Geburtstag. An diesem Tag trug sie einen Mantel mit einem Pelzkragen und ein mit einer Brosche geschmücktes Barett und hielt ihn an der Hand, als sie die mit rotem Teppich bezogenen Stufen hinaufstiegen. Der Chef-Pâtissier hatte ihm seinen Lieblingskuchen gebacken. Als Axel die Kerzen ausblies, klatschte das ganze Restaurant Beifall. Seine Mutter erlaubte ihm einen Schluck Champagner. Ihre strahlende Erscheinung schlug ihn in ihren Bann. Er bewunderte ihr Lächeln, ihre scharlachroten Lippen und die Armbänder, die klimperten, wenn sie die Hände bewegte. Als sie sich über ihn beugte, um ihn auf die Wange zu küssen, schloss er, umgeben von einer duftenden Puderwolke, die Augen. Das weißbehandschuhte Personal behandelte sie wie eine Königin; bedeutende Persönlichkeiten begrüßten sie mit einem Nicken. Marietta Eisenschacht, geborene von Passau, war eine der Personen in der Berliner Gesellschaft, um die man nicht herumkam. Als er neben dieser strahlenden, eleganten Frau saß, seiner überaus exquisiten Mutter, spürte Axel, wie ihm das Herz vor Stolz schwoll.

»Mama …«, murmelte er jetzt hilflos.

Seit den Weihnachtsferien hatte er sie nicht mehr gesehen. Damals hatte sie ihn aus dem Internat abgeholt, um mit ihm ein paar Tage in Bayern zu verbringen. Er fand sie hektisch und abgemagert. Kleine Fältchen zeichneten ihre Stirn und ihre Mundwinkel. Nach den Ferien ließ sie ihn nicht gern in die Schule zurück. »Das ist viel zu gefährlich«, meinte sie ärgerlich. »Und was lernst du da überhaupt? Schützengräben auszuheben und mit Waffen umzugehen. Das hat mit Bildung nichts zu tun. Besser, du bleibst bei mir. Deutschland wird ohnehin bald besiegt sein. Hier kannst du in eine normale Schule gehen und Dinge lernen, die deinem Alter entsprechen.« Axel protestierte lebhaft. Die Vorstellung, vor seinen Kameraden als Verräter dazustehen, entsetzte ihn. Und außerdem, was meinte sie mit einer »normalen« Schule? Als wäre die Erziehung, die er bis jetzt genossen hatte, nur eine Verirrung. In dieser Nacht tat er kein Auge zu. Doch ein Anruf seines Vaters setzte dem Spuk ein Ende, und Axel nahm den Zug zurück ins Internat und war erleichtert, seine Kameraden wiederzusehen. Aber ein paar Tage später, als die Schule evakuiert wurde, damit ihre Schüler in Berlin in den Reihen des Volkssturms kämpften, wurde ihm klar, dass der Krieg nicht so aussah, wie er sich das vorgestellt hatte. Er dachte an seine Mutter und musste sich insgeheim eingestehen, dass er lieber bei ihr gewesen wäre.

Der Artillerie- und Panzerbeschuss konzentrierte sich auf den Reichstag, der nicht weit entfernt lag. Den Kopf zwischen die Schultern gezogen, überquerte Axel die Allee im Zickzack zwischen den Leichen. Da der Haupteingang des Hotels zugemauert war, lief er zu einem Seiteneingang in der Wilhelmstraße. Die Straße der Macht wurde von Rauchwolken verdunkelt. Das Atmen fiel ihm schwer, die dicke, verpestete Luft machte seinen Lungen zu schaffen. Ungefähr hundert Meter entfernt befanden sich die Reichskanzlei und der Führerbunker, die von ausländischen Truppen der Waffen-SS verteidigt wurden, darunter Mitgliedern der französischen Division Charlemagne. Kürzlich hatten genau diese Soldaten vor seinen Augen Berliner Bürger erschossen, die es gewagt hatten, weiße Fahnen an ihre Balkons zu hängen.

Krampfhaft hustend betrat er das Gebäude. Die einstige Pracht des Hotels mit seinen Teppichen, seinem Marmor und dem Elefantenbrunnen war nur noch eine Erinnerung. Man hatte die Fenster im Erdgeschoss verbarrikadiert, um die Salons vor den Druckwellen der Bomben zu schützen. Eine Treppe führte in einen der tiefsten Bunker der Stadt hinunter, in den sich Diplomaten und hohe Beamte aus den umliegenden Ministerien flüchteten. In den hintereinander angeordneten höhlenartigen Räumen lagen zahlreiche Verletzte auf dem blanken Boden. Kerzenlicht beschien vor Schweiß glänzende Gesichter, zerfetzte Uniformen und die Umrisse verstümmelter Körper, die von den Spiegeln zurückgeworfen wurden. Ein Arzt in einem blutbespritzten Kittel versorgte einen Soldaten, der stöhnend nach Morphium verlangte. Axel erschauerte und bedauerte schon, hergekommen zu sein. An diesem Ort des Leidens gab es nichts für ihn. Nichts als Sterbende und Tote und die Stimmung von Niederlage und Untergang. Verstörte Krankenschwestern irrten zwischen den Verwundeten umher. Von ihren erschöpften Gesichtern konnte man ablesen, dass sie schon lange nicht mehr geschlafen hatten. Eine von Verbrennungen entstellte junge Frau hockte schluchzend auf einem Stuhl.

»Kommen Sie, setzen Sie sich«, sagte eine sanfte Stimme, und jemand ergriff seinen Arm. »Und nehmen Sie Ihren Helm ab. Sind Sie außer im Gesicht noch anderswo verletzt? Haben Sie Hunger oder Durst? Allzu viel Proviant haben wir nicht, aber ich kann vielleicht etwas für Sie auftreiben.«

Ihr Häubchen saß schief auf ihrem blonden, zu einer Krone geflochtenen Haar. Sie hatte runde Wangen, auf denen noch eine Spur von Kindlichkeit lag, und eine Stupsnase. Sie beobachtete ihn besorgt und trotz ihres jungen Alters mütterlich. Axel fragte sich, ob sie von einem anderen Planeten gefallen war.

»Setzen Sie sich hierher«, fuhr sie fort, zog einen Schemel heran und nahm ihm seine Waffe ab.

Als sie ihm den Helm herunterzog, lief ihm erneut das Blut

in die Augen, und Axel biss die Zähne zusammen, um nicht aufzuschreien.

»Tut mir leid. Die Wunde ist wieder aufgegangen. Ich werde sie säubern.«

Stirnrunzelnd untersuchte sie das alles andere als sauber aussehende Verbandmaterial, das auf einem Tisch lag. Dann hob sie ihren Rock und riss einen Stoffstreifen von ihrem Unterrock ab. Axel errötete und wandte unwillkürlich den Blick ab.

»Ein Unterrock von meiner Großmutter«, erklärte sie lächelnd. »Gott weiß, wie ich auf die Idee gekommen bin, ihn zur Arbeit anzuziehen, aber er ist praktisch. Achtung, das könnte jetzt wehtun.«

Axel stöhnte, als sie seine Kopfhaut abtupfte.

»Wenigstens haben Sie nicht Ihre Zunge verloren!«, sagte sie scherzend. »Die Wunde muss genäht werden, aber der Arzt ist sehr beschäftigt.«

»Dann machen Sie es doch selbst«, brummte er.

»Unmöglich. Ich habe keine Ahnung, wie das geht. Ich bin noch Anfängerin in diesem Beruf«, erklärte sie mit leiser Ironie.

»Sie nehmen die Wundränder und nähen sie zusammen, als würden Sie Ihren verflixten Rock säumen. Falls Sie dabei nicht umkippen«, setzte er mit verächtlicher Miene hinzu.

»Hören Sie mir gut zu, junger Mann, ich brauche mir von Ihnen keine Lektionen erteilen zu lassen! Wenn ich dazu neigen würde, die Nerven zu verlieren, wäre das schon lange geschehen. Glauben Sie, das hier ist eine Vergnügungspartie? Viel lieber würde ich mit einer Waffe kämpfen, als hier mit diesen Leichen auf Abruf eingesperrt zu sein und darauf zu warten, dass die Russen kommen und mich vergewaltigen!«

Die Fäuste in die Hüften gestemmt, starrte sie ihn wütend an. Wie hübsch sie ist, dachte Axel mit einem Mal.

»Verzeihen Sie, ich war unhöflich. Tun Sie, was Sie für richtig halten.«

»So ist es schon besser«, gab sie zurück und wandte sich ab.

Axel sah zu, wie sie den Raum durchquerte und sich zu einer ihrer Kolleginnen hinunterbeugte. Plötzlich kam der elektrische Strom zurück. Ein paar Glühbirnen erhellten die betrübliche Szenerie, über der völlig unpassend die Reste eines Kristalllüsters hingen. Hinter Axel knisterte ein Radioapparat. Er drehte den Knopf und versuchte, eine Nachrichtensendung einzustellen. Sie waren inzwischen alle süchtig nach den Verlautbarungen der Oberkommandos der Wehrmacht, die von einem Sprecher in einem metallischen Ton verlesen wurden. Er erkannte den Trauermarsch aus einer Wagneroper, und dann erklärte eine Stimme, dass »unser Führer Adolf Hitler heute Nachmittag in seinem Befehlsstand in der Reichskanzlei, wo er bis zum letzten Atemzug gegen den Bolschewismus kämpfte, für Deutschland gefallen ist«.

Axel spürte, wie ihm das Blut stockte. Der Raum drehte sich um ihn.

»Der Führer ist tot!«, rief ein Soldat und richtete sich auf. »Das ist das Ende!«

»Herr, erbarme dich unser!«, schrie eine Frau panisch, während überall Wehklagen aufkam.

»Umso besser! Das wurde auch Zeit!«, ließ sich eine schrille Stimme vernehmen.

Die junge Schwesternhelferin stand vor Axel. Sie war blass geworden, und ihre zusammengepressten Lippen waren so gerade wie ein Lineal. Wieder ergriff sie seinen Arm, aber dieses Mal klammerte sie sich so fest an ihn, als fürchtete sie, er könne sich in Luft auflösen.

»Jetzt ist es nur noch eine Frage von Stunden«, zischte sie. »Dann kommen die Russen hier herunter, und die dürfen Sie nicht in dieser Uniform antreffen. Das ist zu gefährlich.«

Axel sah auf seine olivgrüne Uniform mit den farbigen Epauletten hinunter. Er wollte ihr erklären, dass das keine Wehrmachtsuniform sei, sondern die seines Internats, und dass er stolz darauf sei, aber sie ließ ihm keine Zeit dazu. Zuerst riss sie ihm seine »Volkssturm«-Armbinde herunter, dann machte sie sich daran, ihm den Mantel auszuziehen. Der junge Bursche war so verwirrt, dass er sie gewähren ließ.

»Der Führer tot«, murmelte er mit tonloser Stimme. »Das ist unmöglich. Das muss eine Lüge sein. Um uns irrezuführen.«

»Haben Sie es immer noch nicht begriffen?«, rief sie wütend aus. »Glauben Sie denn, Dönitz vergeudet seine Zeit damit, Falschmeldungen zu verbreiten?«

»Admiral Dönitz?«, wiederholte Axel verdutzt.

»Sind Sie taub oder was? Der Nachfolger des Führers. Er wird sicher in Friedensverhandlungen eintreten, aber ich frage mich, wie dieser Frieden aussehen soll«, sagte sie bitter. »Die Alliierten verlangen eine bedingungslose Kapitulation. Und ich wette, es sind einmal mehr wir, die Frauen, die dafür bezahlen werden.«

Mit fieberhaften Bewegungen leerte sie seine Manteltaschen. Die Patronen kullerten über den Boden. Dann nahm sie ihm seinen Gürtel und die Granaten ab.

»Ich werde die Wunde nähen«, erklärte eine ältere Krankenschwester und hielt einen Kerzenleuchter über ihn, denn der Strom war erneut ausgefallen. »Ich tue mein Bestes, Kleiner, aber wir haben kein Desinfektionsmittel mehr. Wir können also nur beten, dass sich deine Wunde nicht infiziert.«

Als die Nadel durch seine Haut drang, biss sich Axel auf die Lippen, bis sie bluteten. In seinem Kopf überschlugen sich verrückte Gedanken. Der Führer ist tot. Der Krieg ist vorbei. Er brauchte nicht mehr zu kämpfen. Zum Glück erlebt Heinrich das nicht mehr. Er hätte es nicht ertragen. In seinen Augen war Adolf Hitler ein Gott. Und Götter sind unsterblich. Ich habe überlebt. Ich bin am Leben! Mama, ich muss Mama finden … Er stellte fest, dass ihm Tränen über die Wangen liefen. Der Schmerz strahlte in sein Gehirn aus, in dem Funken sprühten, sein Körper zitterte wie im Fieber, und er musste sich beherrschen, um sich nicht über die Schürze der Krankenschwester zu erbrechen. Ein nervöses Lachen steckte in seiner Kehle fest. Einen kurzen Moment lang hatte er das Gefühl, den Verstand zu verlieren.

»So, fertig. Hast du noch andere Verletzungen? Nein ... Dann verlasse ich dich. Man wird dir Zivilkleidung bringen. Das ist besser für dich. Du bist noch so jung ... Was für ein Elend!«

Bedrückt schüttelte sie den Kopf und ging davon, um sich um die Verletzten zu kümmern, die nach ihr verlangten.

»Ich habe nur ein Jackett gefunden«, sagte die Schwesternhelferin. »Die Hosen, die ich zu diesem Zweck beiseitegelegt habe, sind alle verschwunden. Egal, dann müssen wir eben ohne auskommen. Beeilen Sie sich jetzt.«

»Lassen Sie mich in Ruhe!«, knurrte er. Es ärgerte ihn, dass alle ihn wie ein Kind behandelten. »Ich weiß, dass Sie mir helfen wollen, aber ich muss nachdenken.«

»Dazu ist keine Zeit mehr. Sie sollten lieber gehen. Hier sind zu viele Soldaten. Zum Glück haben sich die SS-Männer in der Krankenstation der Reichskanzlei behandeln lassen, aber die Russen werden da keinen Unterschied machen.«

»Fräulein!«, rief ein verzweifelter Mann. »Wasser.«

Als sich das junge Mädchen abwandte, nutzte Axel die Gelegenheit, um in eine Innentasche seiner Uniform zu fassen. Vorsichtig ergriff er die Zyankalikapsel, die ihm Heinrich gegeben hatte. Auf seiner schmutzigen Handfläche schimmerte sie schwach. Ein verworrenes Gefühl aus Angst, Groll und Wut durchzuckte ihn. *Auf keinen Fall den Bolschewisten in die Hände fallen,* hatte Heinrich gesagt. *Wenn sie uns nicht vorher töten, haben wir immer noch diesen Ausweg.* In seinem bartlosen Gesicht hatten seine Augen fanatisch geblitzt. Bis jetzt hatte sich Axel eine solche Lösung nie vorstellen können. So verzweifelt zu sein, dass man sich lieber umbrachte ... Sein Blut pochte kräftig durch seine Adern, obwohl doch soeben seine Welt zusammengebrochen war. Er befand sich allein im Adlon, im Herzen von Berlin, das jede Minute kapitulieren würde, nur ein paar Meter entfernt von Barbaren, die nach Blut und Rache dürsteten. Man wusste ja, was sie den Frauen, alten Leuten und Kindern im ostpreußischen Nemmersdorf angetan hatten. Ein Massaker … Von diesen Leuten durfte man kein Mitleid erwarten. Wir haben verloren, dachte Axel vor Entsetzen erstarrt.

»Wir haben verloren«, murmelte er und schloss dann sorgfältig die Finger über der Giftkapsel, als wollte er sie schützen.

Sie erwachte, weil es so still war, ein bleiernes, bedrohliches Schweigen. Mit klopfendem Herzen fuhr Marietta Eisenschacht hoch. Nachdem sie tagelang nicht hatte schlafen können, war sie in einen totenähnlichen Schlummer gesunken. Sie rieb sich den schmerzenden Nacken. Der Keller, den sie während der Angriffe hassen gelernt hatte, war verlassen. Das geisterhafte Licht der Petroleumlampe beschien das Etagenbett, auf dem sich für gewöhnlich die Familie aus dem ersten Stock drängte, den durchhängenden Sessel von Frau Kirchner, dieser alten Hexe, und die Köfferchen mit dem Nötigsten, von dem ein Berliner sich nicht mehr trennte, seitdem die Bombenangriffe heftiger geworden waren, das Regal mit den Gasmasken und den Verbänden, die Matratze auf dem Boden … Wo steckten bloß alle? Die Wände bebten nicht länger, und aus den Rissen in der Decke rieselte kein Gipsstaub mehr. Die Blechplatte, die im Brandfall zum Schutz diente, war nicht mehr da. Marietta bekam plötzlich Angst bei dem Gedanken, dass sie sich womöglich alle in Luft aufgelöst hatten, nicht nur ihre Leidensgenossen, sondern auch die drei Millionen Berliner, die in der Falle saßen, und dass sie jetzt die einzige Überlebende in dieser verdammten, von den Bolschewisten belagerten Stadt war.

»Frau Eisenschacht?«

Erleichtert wandte sie sich der jungen Frau zu, die in der Tür stand, einem Flüchtling aus Ostpreußen.

»Was ist los?«, fragte Marietta gereizt. »Warum haben mich alle allein gelassen?«

»Ich wollte Ihnen Bescheid sagen, aber Sie haben so tief geschlafen, dass ich Sie nicht stören wollte. Es ist vorbei. Wir haben kapituliert. Die Russen fahren mit einem Lautsprecher durch die Straßen und verkünden es. Wir sind nach draußen gegangen, um sie zu sehen.«

Marietta blieb ein paar Sekunden lang regungslos, wie betäubt stehen, den Blick auf Clarissas abgespanntes Gesicht gerichtet. Dann war also endlich der Moment gekommen, den sie ebenso erhofft wie gefürchtet hatte. Das Ende des Krieges. Die absolute Niederlage. Die bedingungslose Kapitulation. Zwölf Jahre mystischer Verherrlichung und Raserei, von Blut und Opfer, und schließlich diese Katastrophe: Deutschland auf den Knien, verwüstete Städte, Millionen Tote und Flüchtlinge und die sowjetischen Truppen im Herzen von Berlin … Mein Gott, mach, dass Axel überlebt hat, betete sie inbrünstig.

Als sie im Februar erfahren hatte, dass ihr Sohn und seine Klassenkameraden zur Verteidigung der Hauptstadt geschickt worden waren, hatte sie einen Wutschrei ausgestoßen. Von Bayern aus, wo sie bei Verwandten untergekrochen war, hatte sie ihren Mann am Telefon beschimpft. Als eingefleischter Geschäftsmann, überzeugter Nationalsozialist und SS-Mitglied hielt sich Kurt immer noch in Berlin auf. Sie hatte ihn angefleht, Axel zu suchen und zu ihr zu schicken, aber Kurt war hart geblieben. Undenkbar, nicht weiterzukämpfen. Die Befehle waren unmissverständlich: die Hauptstadt des Reichs bis zum letzten Mann und bis zur letzten Patrone zu verteidigen. Jeden Häuserblock, jedes Gebäude, jede Etage. »Das ist eine Frage der Ehre, und besonders für einen Jungmann wie Axel«, hatte er erklärt. »Ehre, was weißt denn du von Ehre?«, hatte sie ihn zitternd vor Zorn angeschrien. Seit zwei Jahren wurden ihre Streitgespräche immer schärfer, und Bitterkeit und Groll vergifteten eine Beziehung, die in Wahrheit nur auf einem Gleichgewicht der Interessen gegründet war.

Vor zwanzig Jahren hatte sich Marietta vom Charisma und der Selbstsicherheit dieses Schustersohnes verführen lassen, der ein einflussreicher und wohlhabender Mann geworden war und ihr während der ersten Jahre ihrer Ehe ein aufregendes Leben bot. Ihr Bruder Max versuchte sie zu warnen, ohne einen Hehl aus dem Misstrauen und der Verachtung zu machen, die er für seinen Schwager empfand, aber sie wischte seine Vorwürfe beiseite. Kurt Eisenschacht besaß eine Aura der Gefahr, die in der jungen Frau diesen dunklen Teil anrührte, den jeder in sich versteckt trägt. Außerdem hatte es ihr geschmeichelt, dass sie ihn mit ihrer Schönheit und ihrer adligen Herkunft faszinierte. Doch Marietta war alles andere als dumm, obwohl sie in Gesellschaft von Männern gern das kopflose Frauchen gab. Kurt und sie hatten sich nie darüber getäuscht, was sie verband: eine dunkle Leidenschaft, in der beide Teile berauscht von der Macht waren, die jeder über den anderen ausübte.

Doch dann war das gut geölte Uhrwerk ins Stocken geraten, genau wie Adolf Hitlers totaler Krieg. Marietta war bewusst geworden, wie diabolisch die Maschinerie des Nazismus war und dass ihr Mann sie in ein verbrecherisches Spiel hineingezogen hatte. Bei einer Zeremonie im Sportpalast, bei der Goebbels seinem Größenwahn freien Lauf ließ, erschrak Marietta über Axels fanatischen Blick. Da begriff sie, dass sie einen schrecklichen Fehler begangen hatte, und fühlte sich verantwortlich dafür, dass sie ihren Sohn unter dem Einfluss dieses gefährlichen Geistes aufwachsen ließ. Aber wem konnte sie sich anvertrauen? Max hatte sich von ihr entfremdet und war zu einem rätselhaften Menschen geworden, den sie nicht wiedererkannte. Ihre besten Freundinnen hatte sie in den Wirren der Auflösung des Dritten Reichs verloren. Die einen waren die fanatischen Ehefrauen unbelehrbarer Nazis, die anderen wurden verfolgt, weil sie Jüdinnen waren, wie Sarah Lindner, über deren Verbleib sie gar nicht erst versucht hatte, Nachforschungen anzustellen. Seit zwei Jahren hatte Marietta das Gefühl, dass ihre Strafe ihrem schrecklichen Vergehen angemessen ausfallen würde. Ihr schlimmster Albtraum war wahr geworden, als die Nazi-Führer beschlossen, in einem Akt blutigen Wahns, der an eine heidnische Zeremonie erinnerte, als letztes Opfer die Kinder darzubringen – ihren Sohn!

Sie befeuchtete sich die Lippen. Ihr Mund war ausgetrocknet und schmeckte nach Zement und Gips.

»Ich muss meinen Sohn finden«, murmelte sie. »Er ist irgendwo in der Stadt. Ich weiß nicht, wo, aber ich muss mich auf die Suche nach ihm machen.«

Hektisch klopfte sie sich den Staub vom Kleid und schlang sich eine Stoffbahn als Turban um ihr schmutziges Haar. Da es kein fließendes Wasser gab, hatten sie sich seit Wochen nicht waschen können. Ihre Haut war mit einer Schmutzschicht überzogen, und wie alle stank sie nach Schweiß und diesem säuerlichen Geruch, den die Angst hervorruft. Marietta graute vor sich selbst. Auch ihr Atem war schlecht, nachdem sie sich nur noch von Grießbrei und Ersatzkaffee ernährte. Der Hunger war zu ihrem ebenso treuen wie hartnäckigen Gefährten geworden.

»Das ist zu gefährlich!«, protestierte Clarissa. »Sie wissen doch, dass die Frauen ihnen auf Gedeih und Verderb ausgeliefert sind. Ich flehe Sie an, gehen Sie nicht … Sie haben ja keine Ahnung, wozu diese Menschen fähig sind.«

Die erweiterten Pupillen ihrer hellen Augen sprachen von dem Entsetzen, das sie überlebt hatte. Vor einigen Monaten hatte sich ihre Familie mitten im Winter auf den Weg nach Westen gemacht, als sich die russischen Truppen ihrem Gut in Ostpreußen näherten. Bei extremen Minustemperaturen waren sie zu Fuß mit zwei Karren aufgebrochen, begleitet von ihrem Verwalter und französischen Kriegsgefangenen, die sich ihnen unbedingt hatten anschließen wollen. Auf den vereisten Straßen hatte sich die kleine Gruppe den langen Kolonnen aus verängstigten Frauen, alten Leuten und Kindern angeschlossen. Jeder wusste, dass es um Leben oder Tod ging; von den Russen hatten sie keine Barmherzigkeit zu erwarten. Säuglinge erfroren in ihren Kinderwagen. Clarissas Großeltern hatten diesen Leidensweg nicht lange überlebt. Nie sprach die Neunzehnjährige von ihrer Mutter, und wenn sie nur erwähnt wurde, legte sich eine marmorne Kälte über ihre starren Züge. Schließlich landete sie in Berlin bei einer Verwandten, aber die Hausbewohner sahen ihren Einzug nicht gern. Den Hunderttausende zählenden deutschen Flüchtlingen aus den von den Sowjets eroberten Gebieten, die sich in die westlichen Gebiete des Reichs ergossen, schlug eine Mischung aus Misstrauen und Groll entgegen. Das Elend, in dem sowohl Lebensmittel als auch Unterkünfte äußerst rar sind, teilt man nicht gern. Verärgert über die Kleinlichkeit der Nachbarn hatte Marietta das junge Mädchen unter ihre Fittiche genommen.

»Ich bin um Axels willen zurückgekommen«, erklärte sie. »Als ich ihn nach Bayern mitnehmen wollte, hat er sich geweigert. Er hatte Angst, als Feigling angesehen zu werden. Was für ein Aberwitz! Ein Bursche von knapp sechzehn Jahren, der als Kanonenfutter verheizt wird. Was haben sie denn erwartet, diese widerlichen Militärs? Dass die Knaben mit ihren Körpern als Barrikaden dienen? Aber nachdem sein Vater ihn seit seiner Kindheit mit diesem ideologischen Wust vollgestopft hat, wollte Axel einfach nicht hören. Großartig, was dabei herausgekommen ist, oder?«, höhnte sie. »Der Führer wollte Deutschland vor den Bolschewisten schützen, aber nun hat er es fertiggebracht, sie mitten nach Berlin zu holen. Jetzt muss ich meinen Sohn retten, den ich seit Wochen nicht gesehen habe. Das ist meine Pflicht, begreifst du das, Clarissa? Ich bin schuld daran, dass Axel in dieser Stadt feststeckt, die nur noch ein riesiger Friedhof ist. Weil ich eine unwürdige Mutter war und es nicht verstanden habe, ihn vor dem Wahn der Menschen zu beschützen.«

Mariettas Stimme brach. Ihre Lippen zitterten, und auf ihren Wangen standen hochrote Flecken. Clarissa hatte Tränen in den

Augen. Wortlos zog das junge Mädchen sie in die Arme. Als sie sie umschlang, nahm Marietta wahr, wie dünn ihr graziler Körper unter der formlosen Wolljacke und dem geflickten Kleid war. Wir sehen aus wie ertrunkene Katzen, dachte sie ironisch, aber wir haben noch unsere Krallen …

»Wenn das so ist, gehe ich mit Ihnen. Aber nehmen Sie wenigstens diese weiße Armbinde«, sagte Clarissa und reichte ihr ihre.

»Und du?«

»Ich suche mir eine andere. Man muss mit der aktuellen Mode gehen«, setzte sie mit spöttischer Miene hinzu. »Die Frauen machen sich jetzt Turbane aus Nazi-Flaggen. Man braucht bloß das Hakenkreuz herauszuschneiden, und schon hat man ein äußerst geschmackvolles sowjetisches Rot. Das ist der letzte Schrei.«

Marietta lächelte. Clarissas Schneid schlug eine Saite in ihrem Inneren an.

»Wenn ich eine Tochter hätte, Clarissa, dann würde ich mir wünschen, sie wäre wie du.«

»Danken Sie dem Himmel, dass Sie nur einen Sohn haben«, sagte das junge Mädchen scharf. »Heutzutage ist es in Berlin nicht gut, eine Frau zu sein.«

Einen größeren Widerspruch hätte es nicht geben können. Das war der schönste Frühling, den sie je erlebt hatte, einer dieser Lenze, die so prall vor Verheißungen sind, dass einem das Herz leicht wird, und die zur Liebe einladen. Eine herrliche Sonne stand an einem strahlend blauen Himmel. Die Natur triumphierte. Apfel- und Pflaumenbäume waren in voller Blüte, und der köstliche Duft des Flieders versuchte beharrlich, den süßlichen, ekelhaften Geruch der Leichen zu überdecken, die unter Schwärmen schillernder Fliegen verwesten, zwischen den ausgebrannten Häusern, den zerstörten Kirchen und den gescheiterten Träumen. Trümmer, so weit das Auge reichte.

Marietta suchte ihren Sohn in einem Berlin, das der Halluzination eines Wahnsinnigen glich. Sie suchte ihn mit Angst im Leib und nackten Händen. Von ihr selbst war nichts mehr übrig, weder Stolz noch Schönheit, Ansehen oder Reichtum. Ein Tuch um den Kopf gewunden, war sie nur noch eine der unzähligen Frauen in Lumpen, die, grau und glanzlos, mit Schutt und Staub verschmolzen. Die Besiegten. Die Trümmerfrauen. Marietta von Passau war nichts anderes mehr als eine Mutter, die unter Leichen nach ihrem Sohn suchte.

In ihrer Verzweiflung zögerte sie nicht, fremde junge Burschen anzusprechen. Kannten sie einen Axel Eisenschacht? Hatten sie ihn gesehen? Sie schüttelten den Kopf, und ihre Lippen verzogen sich zu einer seltsamen, mürrischen Grimasse. Ihre leeren Blicke ängstigten sie. An ihren Mützen und Ärmeln sah man, dass sie sich die Hakenkreuz-Abzeichen heruntergerissen hatten. In ihren Hinterhöfen verbrannten die Berliner die Überbleibsel des Nationalsozialismus, die Führerporträts, die Spruchbänder und Uniformen, deren sie sich um jeden Preis entledigen mussten. Die Sowjets nahmen wahllos Soldaten, Feuerwehrmänner, Hitlerjungen, Eisenbahner oder ehemalige Kämpfer der Waffen-SS gefangen, wobei sie auf Letztere besonders entschlossen Jagd machten.

An einer Straßenecke blieben die beiden Frauen stehen, um eine Kolonne von Gefangenen mit entstellten Gesichtern und zerlumpter Kleidung durchzulassen. Flankiert von Sowjetsoldaten auf kleinen, robusten Pferden, marschierten sie in Fünferreihen schweigend und mit gebeugtem Rücken dahin und wirbelten mit ihren schlurfenden Schritten weiße Staubwolken auf. Man hörte nur das Rascheln ihrer Mäntel und manchmal ein Husten oder Murmeln. Marietta dachte an die triumphalen Aufmärsche der Wehrmacht unter dem Knattern der Fackeln und den »Sieg Heil«-Schreien, das Stampfen der Stiefel auf den Straßen, den in einer Linie ausgerichteten Schultern und den geradeaus starrenden Blicken.

»Es sind so viele«, sagte sie verblüfft. »Wo wollen sie denn alle Gefangenen einsperren?«

»Die Russen nehmen sie mit zu sich nach Hause, damit sie alles wieder aufbauen, was sie zerstört haben«, erklärte Clarissa. »Das haben sie auf die Mauern des Reichstags geschrieben. Stalingrad und Berlin. Zwei Symbole, zwei Märtyrerstädte. Mein älterer Bruder ist in Stalingrad gefallen, und der Kleine ist dort in Gefangenschaft geraten. Auch er ist nach Sibirien deportiert worden. Wir haben nie wieder etwas von ihm gehört.«

»Aber sieh dir nur ihre Gesichter an! Manche sind noch so jung. Mein Gott, und wenn Axel bei ihnen ist?«

Unwillkürlich tat sie einen Schritt nach vorn, aber Clarissa hielt sie am Arm zurück.

»Wir dürfen uns nicht das Schlimmste vorstellen. Kommen Sie, es hat keinen Sinn, wenn wir hierbleiben.«

Aber als Clarissa sie wegziehen wollte, wankte Marietta, und das junge Mädchen musste ihr helfen, sich in einem Hauseingang zu setzen.

»Wir sollten umkehren, Sie sind erschöpft. Es wäre unvernünftig, noch weiterzugehen.«

»Kommt nicht in Frage!«

»Aber wir laufen schon seit Stunden ziellos durch die Stadt«, sagte Clarissa erbost. »Wenn Axel am Leben ist, wird er zwangsläufig zu Ihnen nach Hause kommen.«

»Und wenn er verletzt ist? Wir müssen uns in den Krankenstationen umsehen. Seine Einheit war in der Umgegend der Wilhelmstraße eingesetzt. Das ist nicht weit von hier«, flehte sie.

»Nun gut, wenn Sie unbedingt wollen … Aber Sie müssen zu Kräften kommen. Ein Stück weiter steht eine Feldküche. Ich will nachsehen, ob die Russen mir nicht ein paar Kartoffeln geben.«

»Warum verteilen sie denn Essen?«, fragte Marietta erstaunt.

»Sie stehlen Uhren und Fahrräder, sie vergewaltigen Frauen, aber sie teilen Essen aus, und zu kleinen Kindern sind sie ziemlich großzügig. Das ist einer ihrer wunderlichen Widersprüche.«

Clarissas angespannter Ton alarmierte Marietta. Jetzt wurde ihr auch klar, dass sich ihre Haltung verändert hatte, seit sie im Freien unterwegs und von sowjetischen Soldaten umgeben waren. Von dem schüchternen Flüchtlingsmädchen, das sie kennengelernt hatte, war nichts mehr zu spüren. Jetzt hielt sich die junge Frau sehr gerade, drückte die Schultern nach hinten und biss die Zähne zusammen. Sie wirkte entschlossen und zerbrechlich zugleich, als bräuchte man sie nur anzustoßen, damit sie sich auflöste.

»Was haben sie dir angetan, Clarissa?«, fragte Marietta und stand auf.

Clarissa wandte den Kopf ab. Als sie zu sprechen begann, klang ihre Stimme tonlos.

»Sie haben meine Mutter vor meinen Augen vergewaltigt. Sie waren zu fünft. Sie ist verblutet. Ich konnte nichts tun, um sie zu retten.«

»Mein Gott …«, hauchte Marietta.

Dann ist es also wahr, dachte sie, und Entsetzen ergriff sie. Bis jetzt hatte sich ein Teil ihres Verstandes geweigert, dem Schlimmsten ins Auge zu sehen. Seit Jahren hatte man den Deutschen die panische Angst vor den sowjetischen Truppen eingeimpft. Die Nazipropaganda hatte die drohende Schändung der deutschen Frauen zu einem Lieblingsthema erhoben, damit die Männer rücksichtslos kämpften. Aber Marietta hatte es vorgezogen, das Ganze zu ignorieren, vielleicht weil sie nicht die geringste Absicht hegte, in eine so gefährliche Lage zu geraten. Unter anderem deswegen war sie nach Bayern geflüchtet. Niemand konnte sich vorstellen, dass die Russen so weit kommen würden, und die Entwicklung des Krieges hatte dies bestätigt, denn Bayern befand sich jetzt unter amerikanischer Kontrolle. Es war, als zerrisse ein Schleier, und sie spürte eine Angst, wie sie sie noch nie zuvor empfunden hatte.

»Und du? Haben sie dich auch ...«

»Dreimal«, sagte Clarissa kühl.

Ohne ein weiteres Wort ging das junge Mädchen auf den russischen Lastwagen zu, vor dem sich bereits eine Menschenschlange bildete. Marietta dachte an die, die sich lieber umbrachten, als sich dem Schlimmsten zu stellen. Es hatte sie nicht erstaunt zu hören, dass Hitler nicht an der Spitze seiner Truppen den Heldentod gestorben war, wie man es sie hatte glauben machen wollen, sondern zusammen mit seiner Geliebten Eva Braun Selbstmord begangen hatte. Wie hätte man sich den Führer auch als Gefangenen seiner Erzfeinde vorstellen können? Womöglich nach Moskau verschleppt und dort wie eine Trophäe ausgestellt? Und es hatte sie auch nicht verblüfft, dass sich eine seiner treuesten Bewunderinnen, die schöne Magda Goebbels, die sie so oft in ihrem Haus empfangen hatte, ebenfalls dazu entschlossen hatte, sich im Bunker zusammen mit ihrem Mann umzubringen. Aber es lief ihr kalt über den Rücken, als sie erfuhr, dass Magda auch ihre sechs Kinder mit Zyankali vergiftet hatte. Früher einmal hatten die Kleinen im Garten ihrer Villa im Grunewald gespielt. Sie erinnerte sich an ihr ausgelassenes Lachen und ihr Fangenspiel zwischen den Bäumen. Die erste Dame des Dritten Reichs sah sich also gezwungen, ihre eigenen Kinder zu ermorden. Die kleine Heide war nicht einmal fünf Jahre alt geworden. Die Russen hatten sie auf ihren Betten gefunden, in weißen Nachthemden, die kleinen Mädchen mit Bändern im Haar. Wäre sie unter ähnlichen Umständen so mutig – oder so wahnsinnig – gewesen, Axel umzubringen? Einen kurzen Moment lang schien die Sonne am Himmel zu schwanken.

»Frau Eisenschacht?«

Kartoffelduft bahnte sich einen Weg in ihr Hirn. Clarissa streckte ihr die gekochten Knollen mit bloßen Händen entgegen.

»Tut mir leid, aber ich hatte nichts, in das ich sie hineintun konnte.«

Marietta von Passau hatte das Gefühl, in einem fantastischen Traum gefangen zu sein, in dem sie ohne Strümpfe auf einer Straße in Berlin stand und mit den Fingern aß. Es geht ums Überleben, dachte sie. Das bedeutet Ehre. Leben und seinen tiefsten Ängsten trotzen. Und so öffnete sie mit einem schwachen Lächeln die Hand, um die Nahrung anzunehmen, die Clarissa ihr darbot.

Er suchte das Licht. Ein heftiger Drang trieb ihn dazu an, obwohl ihm die Krankenschwester verboten hatte, von seinem Bett aufzustehen. Die paar Meter, die ihn vom offenen Fenster trennten, kamen ihm unendlich lang vor, und er legte sie mit zusammengebissenen Zähnen und den gemessenen Schritten eines Greises zurück. Dann schloss er die Augen, damit die Sonne seinen gequälten Körper wärmte und sich wie Balsam in seinen Adern ausbreitete. Er gab sich einer süßen Benommenheit hin, sog den säuerlichen Geruch des jungen Grases ein und staunte über die Düfte des Frühlings. Geräusche drangen gedämpft zu ihm, aber ab und zu hörte er laute Stimmen und fuhr zusammen. Dann ging sein Puls schneller, und kalter Schweiß lief ihm über das Rückgrat.

Er brauchte ein wenig Zeit, um sich zu besinnen. Der Albtraum war vorüber, die Stunden auf dem Appellplatz des Lagers, in Lumpen und mit bloßem Kopf bei Eiseskälte, während man darauf wartete, dass der Kommandant diejenigen aussonderte, die in die Krematorien geschickt wurden; die Zwangsarbeit in der Ziegelei, wo man dazu verurteilt war, sechs Stunden täglich ohne Pause Backsteine aus gelblichem Ton zu stapeln, mit steifen Schultern und Armen, die Handflächen bis aufs Blut aufgerissen. Das Gebrüll und die Schläge, die täglichen Demütigungen. Und der Wind, dieser unerbittliche Wind, der von Norden kam und über die Ebenen von Brandenburg fegte. Dann der lange Marsch nach der Evakuierung von Sachsenhausen, mit leerem Magen und im kalten Regen, unter der Bewachung von SS-Leuten, die nichts mehr zu verlieren hatten. Und während dieser ganzen Monate in der Hölle jeden Moment die Gewissheit, dass der Tod da war, ganz nahe, ein Gefährte, der anziehend und abstoßend zugleich war.

Aber Max hatte überlebt. Oft fragte er sich, welchen Anteil die Vorsehung, reines Glück oder seine eigene Entschlossenheit daran gehabt hatten. Jetzt liebkoste frische Luft sein Gesicht, und er sah zu, wie die Bienen im Garten von Blume zu Blume flogen und Nektar sammelten. Doch gerade jetzt, da er das Gefühl hatte, das Licht zu trinken und ins Leben zurückzukehren, fühlte er sich seltsam verloren. Der Krieg war vorüber, aber er war immer noch ein Gefangener, verfolgt von der Erinnerung an seine Freunde, die alle tot waren. Kein einziger war der Tragödie entronnen. Ferdinand, Milo, Walter, Helmuth … Erschossen oder aufgehängt. Er war von ihren Gesichtern besessen. Wenn er die Augen schloss, sah er die Intelligenz, die Selbstverleugnung, den Glauben und den Mut vor sich, der sie zu Männern der Wahrheit gemacht hatte, und der Schmerz zerfleischte ihm das Herz.

Als er Ferdinand zuletzt gesehen hatte, war der Anwalt unter schwerer Bewachung in einen Wagen der Gestapo gestiegen. Sein bester Freund, sein Bruder. Der einzige Mensch, vor dem er in der Lage gewesen war, seine inneren Brüche zu offenbaren, seine tiefsten Ängste; der einzige, der ihn je hatte weinen sehen. An jenem Tag war Max um wenige Minuten dem Schlimmsten entronnen. Wie durch ein Wunder. Und Ferdinand hatte nicht geredet, denn man hatte ihn in den darauf folgenden Stunden nicht geholt. Jeder Widerstandskämpfer gegen Adolf Hitlers Regime wusste, was es bedeutete, im Keller der Prinz-Albrecht-Straße sein Schweigen zu wahren.

Und so war Max durch das Opfer eines Freundes, der zu sterben gewusst hatte, ohne seine besten Freunde zu verraten, eine Gnadenfrist zuteilgeworden; ein paar Monate Aufschub, um in der Löwenhöhle der Nazis Widerstand zu leisten, mit bloßen Händen, immer jedes misstrauischen Blicks gewahr, jeder verdächtigen Frage – während Engländer und Amerikaner Berlin mit einem Bombenteppich belegten. Noch nie hatte er sich einsamer gefühlt. Jede Sekunde war kostbar. Die Juden, die als »U-Boote« in der Hauptstadt lebten, mussten beschützt werden. Ungefähr fünftausend hatten sich verstecken können, von denen bei Kriegsende noch eintausendfünfhundert am Leben waren. Nichts durfte dem Zufall überlassen bleiben, weder bei diesen Menschen noch bei anderen, die Hilfe brauchten, Nahrung oder falsche Papiere, außerdem waren Flugblätter zu verteilen, während man in allergrößter Heimlichkeit den Staatsstreich vorbereitete, der der Ermordung Hitlers am 20. Juli 1944 folgen sollte. Die Oppositionellen konnten einander weder anrufen noch schreiben. Alles wurde bei heimlichen nächtlichen Zusammenkünften besprochen, und der Schlafmangel machte sich grausam bemerkbar. Wie oft war Max mitten am Tag im Stehen eingeschlafen? Doch der Attentatsversuch von Oberst Claus Schenk Graf von Stauffenberg war gescheitert, wie alle bisherigen Versuche, Hitler zu töten, und der Führer hatte gnadenlose Vergeltung angeordnet. Fast siebentausend Menschen waren verhaftet worden, und auch Max ging dabei ins Netz.

Ein Schauer überlief ihn. Nie würde er die ersten Stunden nach seiner Verhaftung vergessen, das Entsetzen, das einen erstarren ließ. Das entwürdigende Gefühl, seinen Peinigern ausgeliefert zu sein. Man hatte ihn verhört, geschlagen und zehn Tage lang mit auf dem Rücken gefesselten Händen in eine Zelle ohne Licht gesperrt. Die Beweise gegen ihn hatten nicht für die Todesstrafe ausgereicht, daher war er nur zu lebenslanger Haft verurteilt worden, was einen langsameren, unaufhaltsamen Tod bedeutet hätte.

»Aber ich bin immer noch da«, murmelte er in einer Mischung aus Stolz und Ungeduld.

An der Tür klopfte es.

»Herr von Passau?«

Die junge Frau trug die marineblaue Uniform der britischen Armee mit einem kleinen Dreispitz, der schräg auf ihrem blonden Haar saß, und hatte intelligente Augen in einem ebenmäßigen Gesicht. Eine Akte unter dem Arm, ging sie leicht vorgebeugt und strahlte diese bestimmte Art von Tüchtigkeit aus, die manche alliierte Offiziere zur Schau trugen und die Max ermüdend fand.

»Ja?«

»Ich muss Ihnen ein paar Fragen stellen«, erklärte sie auf Deutsch.

»Bitte sehr.«

»Sind Sie allein?«, fragte sie erstaunt, als sie die leeren Betten bemerkte.

»Einer meiner Nachbarn liegt gerade auf dem Operationstisch, und zwei andere sind gestern Abend gestorben«, gab er schroff zurück.

»Ich verstehe. Wenn das so ist, können wir die Befragung auch hier durchführen«, fuhr sie unbeeindruckt fort und schloss die Tür. »Setzen Sie sich doch bitte. Falls Sie nicht lieber liegen wollen.«

Max warf ihr einen finsteren Blick zu. Ihr herrischer Tonfall gefiel ihm gar nicht. Eine Befragung, hatte sie gesagt. Was würde man ihm denn nun schon wieder vorwerfen? Vor fast drei Wochen hatte das Rote Kreuz ihn, nachdem seine Leute ihn aus einem Straßengraben gezogen hatten, in dieses beschlagnahmte Haus gebracht, das von der britischen Armee als Feldlazarett genutzt wurde. An seinem Status als Regimeopfer gab es nicht die geringsten Zweifel. Er hatte nicht die Absicht, auf dem Krankenbett Fragen zu beantworten. Vor dem Krieg wäre er empört darüber gewesen, dass man überhaupt etwas von ihm erwartete, wenn er nur mit einem Schlafanzug und einem über die Schultern geworfenen Mantel bekleidet war; aber seine Haft in Sachsenhausen hatte ihn gelehrt, solchen Kleinigkeiten keine Bedeutung mehr beizumessen. Als Max jetzt mit nackten Füßen und kurz geschorenem Haar vor dieser Fremden stand, fühlte er sich nicht verletzlich, sondern leer; aber dieses schon vertraute Gefühl ging nicht von ihr aus, sondern von ihm.

Sie zog einen Stuhl heran und schob ihn auf eine sonnenbeschienene Stelle. Als Max die Hand auf die Rückenlehne legte, um sich zu setzen, bemerkte er, dass sie zitterte, und zog sie sofort weg.

»Ich höre«, sagte er.

»Mein Name ist Lynn Nicholson. Ich muss bestimmte Informationen bezüglich Ihrer Person überprüfen.«

Sie hatte eine schöne Kopfhaltung. Ihre langen Beine in den dunklen Seidenstrümpfen steckten in derben Schnürschuhen. Ihre goldenen Uniformknöpfe waren blank poliert, und sie trug einen Hauch Lippenstift. Wie aus dem Ei gepellt. Ganz Selbstsicherheit und Beherrschung, ging sie ihm fürchterlich auf die Nerven.

Sie setzte sich auf die Kante eines der leeren Betten, strich ihre Blätter glatt und sah ihn abwartend an. Dann bombardierte sie ihn mit exakten und ausführlichen Fragen zu seiner Person, seiner Familie, seinem Fotografenberuf und seinem Presseausweis – der aus der Zeit stammte, als Goebbels das Ministerium für Information und Propaganda leitete –, nach seinem Prozess vor dem Volksgerichtshof, dem Datum seiner Einlieferung in Sachsenhausen und seinen Verbindungen zu gewissen Symbolfiguren des deutschen Widerstands. Max gab lakonische Antworten. Er spürte genau, dass sie ihm Fangfragen stellte und Daten und Namen abglich. Gelegentlich fehlten ihm die Worte, und Wolkenbäusche schienen in seinen Gehirnwindungen zu schweben.

Nach ihrem ungerührten Gesicht zu urteilen, hatte er den Eindruck, ihr eine unglaubwürdige Geschichte zu erzählen,

einen wahnsinnigen, einzigartigen Traum, einen dieser furcht-
baren Träume, in denen man sich wie in Zeitlupe bewegt und
man eine Handlung weder versteht noch richtig bewerten
kann. Denn was hatte diese Handvoll Widerstandskämpfer in
einem Land erreicht, das der Sache seines »Führers« vollständig
ergeben war?, dachte er verbittert. Sie hatten eine Niederlage
nach der anderen eingesteckt, und von ihren gescheiterten Bemühungen waren nur Leichen geblieben und eine enorme Vergeudung. Mit einem unguten Gefühl nahm er das Misstrauen
der jungen Engländerin wahr. Nach der Meinung ihrer Vorgesetzten hatte nicht Hitlers Barbarei die Offiziere des 20. Juni zu
ihrer Rebellion bewogen, sondern das Scheitern seiner Politik.
Max verspürte keinen Drang, sich zu rechtfertigen. Schweißtropfen standen ihm auf der Stirn.

»Woher sprechen Sie eigentlich so gut Deutsch?«, unterbrach
er sie in ärgerlichem Ton.

Sie hielt inne, zuckte aber nicht mit der Wimper. »Ich habe
vor dem Krieg einige Zeit in München verbracht.«

»Da müssen Sie aber noch sehr jung gewesen sein. Ich nehme
an, Sie sind eine dieser Engländerinnen aus guter Familie, die
man ins Ausland schickt, um ihre Bildung zu vervollkommnen«, sagte er ironisch. »Sicher sind Sie enttäuscht gewesen,
dass Ihre Eltern Deutschland ausgesucht haben. Paris oder Flo-
renz sind doch spannendere Städte. Haben Sie keine Einwände
erhoben?«

Die blauen Augen der jungen Frau glitzerten amüsiert. »Wir
hatten da nichts mitzureden.«

»Und welche anderen Sprachen beherrschen Sie noch?«

»Ich hatte eine französische Gouvernante.«

Er nickte. Genau so etwas hatte er sich gedacht. Ohne jeden
Zweifel war Lynn Nicholson mit achtzehn bei Hof vorgestellt
worden, in einem Kleid mit einer Schleppe, einer Perlenkette
und einer Frisur, die mit den obligatorischen drei weißen Strau-
ßenfedern geschmückt war. In einem anderen Leben war Max

einmal nach London gereist, um Porträts von diesen jungen Damen der guten Gesellschaft anzufertigen.

»Was erwarten Sie von mir?«

»Wir kannten Sie bereits als bedeutenden Fotografen, und während des Krieges wurde Ihr Name als der eines anerkannten Widerstandskämpfers genannt.«

»Sagen Sie mir nicht, dass Sie meinen Namen nach der Stauffenberg-Episode ebenfalls im Radio breitgetreten haben!«

Das Gesicht der jungen Frau verdüsterte sich. Die Engländer hatten in der Tat einen Fehler begangen, indem sie die Identitäten gewisser deutscher Widerstandskämpfer enthüllten, ohne zu ahnen, dass sie den Polizeibehörden des Dritten Reichs bis dahin unbekannt gewesen waren; ein Leichtsinn, der zu mehreren Verhaftungen durch die Gestapo geführt hatte.

»Das alles verrät mir immer noch nicht, warum Sie sich für mich interessieren«, sagte Max nicht lockerlassend.

»Wir brauchen vertrauenswürdige Deutsche, auf die wir uns stützen können. Ihr Land muss wiederaufgebaut werden, und man muss ihm endlich einen wahrhaft demokratischen Geist einflößen. Der Großteil Ihrer Eliten hat sich feige mit den Nazis kompromittiert. Wir brauchen Menschen, die guten Willens sind. Da muss es doch welche geben, oder?«

Der verächtliche Unterton in ihrer Stimme ging ihm auf die Nerven und verriet Max, was sie erwartete: Die Alliierten würden sie wie Kinder behandeln und bis zur Unerträglichkeit mit Demokratie vollstopfen, um die Erinnerungen an ein Deutschland auszulöschen, dem man vorwarf, sich während der letzten dreißig Jahre nur mit einem kriegerischen Gesicht präsentiert zu haben.

»Vor allem, wenn es Antikommunisten sind, stimmt's?«

»Sollten Sie etwa ein Anhänger Genosse Stalins und der Russen sein?«, entgegnete sie mit strenger Miene.

Sofort stand ihm mit ihrer gewohnten Macht die Erinnerung an Xenia Ossolin vor Augen, die vor den Bolschewisten geflohene Russin, an die er jeden Tag, an dem er in der Hölle geschmort hatte, gedacht hatte und die ihm merkwürdigerweise nun, da er frei war und sie wiedersehen konnte, eine Mischung aus schmerzlicher Freude und Schrecken einflößte.

»Man kann die Russen lieben und die Bolschewisten hassen.«

Die Engländerin musterte ihn eine Weile ernst, als versuchte sie seine Gedanken zu erraten.

»Dieser ungeheuerliche Krieg in Europa ist gerade erst vorüber …«

»… und schon beginnt der nächste, nicht wahr?«, beendete er ihren Satz. »Die Amerikaner und Sowjets sind einander in Torgau in die Arme gefallen, aber die Wirkung dieser symbolischen Handlung wird nicht lange anhalten. Ihr Churchill bringt Onkel Joe nicht das geringste Vertrauen entgegen. Die Aufteilung der Welt wird nicht ohne Heulen und Zähneklappern vonstattengehen.«

»Und auf welcher Seite stehen Sie, wenn es so weit ist?«

Es überraschte Max, wie zornig er mit einem Mal reagierte. Wie konnte sie es wagen, ihm diese Frage zu stellen? Er hatte von Anfang an gegen die Tyrannei gekämpft, und er hielt nicht mehr von der Diktatur des Sowjetregimes als von der, die Adolf Hitler ihnen aufgezwungen hatte. Begriff diese Unbekannte denn nicht, dass er all das leid war? So erschöpft war, dass er sich nicht eine Sekunde lang vorstellen konnte, den Kampf weiterzuführen. Sein einziges Ziel war der Sturz des Nationalsozialismus gewesen, und jetzt erstreckte sich seine Zukunft vor ihm so weit und furchteinflößend wie ein verbranntes Land. Max hielt es nicht mehr aus. Er stand auf, stützte die Hände auf die Fensterbank und holte tief Luft.

»Ich werde immer auf der Seite der Freiheit stehen. Dafür haben meine Freunde ihr Leben gelassen. Sie behaupten, dass Sie nach integren Menschen suchen, um das Deutschland von morgen aufzubauen. Aber leider ist der größte Teil davon ermordet worden. Deren Engagement zu leugnen hieße, ihr Andenken und meine eigenen Überzeugungen zu schmähen.«

Als sie auf ihn zutrat, nahm Max die Gestalt in seinem Rücken wahr und roch ein blumiges Eau de Toilette.

»Ich wusste, dass wir auf Sie zählen können. Sie werden Passierscheine brauchen, um nach Berlin zurückzukehren. Ich nehme an, dass Sie das vorhaben.«

»Nach Berlin … oder dem, was davon noch übrig ist«, meinte er bitter.

»Haben Sie dort Familie?«

»Nein. Meine Schwester und mein Neffe haben sich auf dem Land in Sicherheit gebracht.«

»Umso besser. Mir würde es gar nicht gefallen, wenn Familienmitglieder von mir dort festsäßen.«

»Wie meinen Sie das?«

»Ein Journalist hat die Stadt aus der Luft gesehen und mit einem zweiten Karthago verglichen.«

»Schöne Formulierung!«, gab Max spöttisch zurück. »Er muss sich gefreut haben, die Höhle des Ungeheuers dem Boden gleichgemacht zu sehen.«

»Warum sind Sie so zornig? Sie hatten doch nichts gemein mit den Nazis, da sollten Sie sich erleichtert fühlen.«

Langsam wandte sich Max um. Er hatte erwartet, dass sie ihn mit überlegener Miene mustern würde, aber sie schien aufrichtig interessiert zu sein. Wie könnte sie das verstehen?, fragte er sich ratlos. Und wie hätte er es ihr verübeln können? Was wusste sie schon davon, wie Berlin vor all diesen schrecklichen Ereignissen gewesen war? Diese brodelnde Hauptstadt, die er so sehr liebte, wo er Xenia zum ersten Mal in den Armen gehalten hatte, diese kosmopolitische, inspirierte Metropole, die ihn beruflich zu dem gemacht hatte, der er war? Die Geschichte drückte manchen Städten ein Siegel auf, das sie nicht mehr loswurden, und Berlin würde für immer das Symbol des Terrors bleiben, genau wie Leningrad die Verkörperung des Widerstands war. Die eine Stadt gezeichnet von Niedertracht, die andere von Ruhm.

»Heute bin ich in meinen Augen und denen der Welt kein Widerstandskämpfer gegen den Nationalsozialismus mehr«, sagte er schließlich mit tonloser Stimme. »Heute bin ich nur noch Deutscher.«

Max hatte den Eindruck, von Neuem den faden, ekelhaften Geruch der Verbrennungsöfen in den Krematorien zu riechen, diesen Gestank, der an seiner Seele klebte. Er sah das schöne Gesicht von Sarah Lindner-Seligsohn vor sich, von der er nichts mehr gehört hatte, seitdem sie bei dem Versuch verhaftet worden war, mit ihrem Mann und ihrer kleinen Tochter in die Schweiz zu gelangen. Sie waren nach Auschwitz deportiert worden. Max hatte die Berichte in den Zeitungen gelesen, hatte die Dokumentarfilme gesehen, die die Amerikaner in den befreiten Konzentrationslagern gedreht hatten. Dem war nichts hinzuzufügen. Worte waren lächerlich. Schlimmer noch, sie waren unwürdig geworden.

Lynn Nicholson betrachtete den mageren, ausgemergelten Mann eingehend. Sein kurz rasiertes Haar enthüllte die Form seines Schädels, und seine Nase stand in einem von Leiden geformten Gesicht. Sie konnte sich bei keinem der Überlebenden aus den Lagern daran gewöhnen, einen Körper zu sehen, der auf seinen einfachsten Ausdruck reduziert war; aber bei ihm war dieser asketische Eindruck noch verstörender, weil in dem Schwung seiner vollen Lippen kein Groll stand und er sich aufrecht hielt, mit der Würde einer längst vergangenen Epoche. Für gewöhnlich machte sich jeder Mensch zurecht, so gut er konnte, um sich dem Leben zu stellen. Doch der Krieg hatte den Menschen die Masken heruntergerissen; die der körperlichen Erscheinung, der Kleidung und der illusorischen Verzierungen, die der Wohlstand und der Erfolg verliehen. Übrig war nur die Authentizität des Wesens geblieben. Sein Anteil an der Wahrheit. Und der von Max von Passau flößte Respekt ein.

In seinen dunklen Augen leuchtete eine fiebrige und zugleich zornige Intensität. Lynn nahm die Vitalität wahr, durch die er Prüfungen überstanden hatte, die sie sich kaum vorstellen konnte, obwohl auch sie schon vom Leben gezeichnet war. Mit ihren dreiundzwanzig Jahren hatte sie die Bombardements des Blitzkriegs in London erlebt, die glühend heißen Gehwege unter zu dünnen Schuhsohlen, die auf dem Boden verteilten Glassplitter aus zersprungenen Schaufenstern, sodass man sich die Knöchel schnitt, die nächtliche Verdunklung, die ihr Land in eine gefährliche, undurchdringliche Dunkelheit stürzte, die Beklemmung in den überfüllten Bunkern, der Aufbruch junger Flieger – Freunde, Brüder, Cousins –, die eines Morgens in ein Flugzeug stiegen, um nie wiederzukommen, diese begeisterten jungen Männer, die sich ohne zu zögern für England geopfert hatten.

Sie war nicht mehr das unbekümmerte Mädchen, das sich in den ersten Kriegstagen freiwillig zu den »Wrens« gemeldet hatte, dem weiblichen Teil der Royal Navy; natürlich, um ihrem Land zu dienen, aber insgeheim auch, weil ihre tiefblaue Uniform unbestritten die eleganteste unter denen war, die man den Frauen in den Streitkräften bot. Bis dahin war ihr Leben unbeschwert verlaufen: die Familie besaß ein Landgut im Südwesten von England; sie hatte ein schönes Kinderzimmer gehabt, aufmerksame Gouvernanten, hatte an Parforcejagden bei schneidender Kälte teilgenommen, und ihre Eltern waren ebenso distanziert wie unaufmerksam, sodass sie sie kaum vermisste, weil sie nichts von ihnen erwartete. Aber um die Wahrheit zu sagen, erwartete man von ihr auch nicht viel, außer dass sie eine gute Partie machte. So war ihre Kindheit von einer heiteren Einsamkeit erfüllt gewesen, einer Leere, die ihr erst später bewusst werden sollte.

Doch als der Krieg erklärt wurde, gerade als man nostalgisch an die Sommerbälle zurückdachte und die ersten vielversprechenden Fasanenjagden stattfanden, hatte die junge Lady Lynn

Nicholson beschlossen, in London zu bleiben. Wie die meisten adligen Mädchen ihres Alters konnte sie weder kochen noch ein Bett beziehen. Vor dem Schlafengehen ließ sie ihre Kleidungsstücke einfach fallen, damit ein Hausmädchen sie aufhob. Aber nach einigen Monaten Ausbildung verstand sie sich ausgezeichnet darauf, Funksprüche zu dechiffrieren. Mit brennenden Augen und verkrampften Schultern versuchte sie nächtelang, rätselhafte Botschaften zu entziffern, die Leben retten würden. Zum ersten Mal in ihrem Leben wurde ihre Intelligenz gefordert, und Lynn hatte das Gefühl, dass sich ihr neue Horizonte eröffneten.

Eines Tages war man an sie herangetreten, um ihre Sprachkenntnisse zu prüfen. Als sie die Tür der unauffälligen Wohnung in Orchard Court, nicht weit von der Baker Street entfernt, aufstieß, da wusste sie nicht, dass sie eine Unterabteilung des Hauptquartiers des *Special Operations Executive* betrat, einer Abteilung der britischen Geheimdienste, deren Auftrag es war, einen subversiven Krieg hinter den Linien anzufachen und »Europa mit Feuer und Blut zu überziehen«, wie Winston Churchill erklärt hatte. Es hatte nur eines Gesprächs mit einem schnurrbärtigen Mann bedurft, der an einer Zigarre zog und ihre Familie seit Ewigkeiten kannte, um ihm zu beweisen, dass sie das besonnene Wesen ihrer Vorfahren besaß und vom kriminellen Charakter des Nationalsozialismus überzeugt war, ehe Lynn Nicholsons Leben auf den Kopf gestellt wurde.

Es hatte Augenblicke des Vergessens gegeben, die sie der Angst entriss. Das ließ sie sich nicht nehmen, weder durch Transportschwierigkeiten noch durch die nächtlichen Bombenangriffe der Nazis. Das war ihr Lohn, so etwas wie ein Herzschlag, den man spüren musste, um sich zu vergewissern, dass man noch lebte. Nächte voll köstlicher Unbekümmertheit zwischen den samtbezogenen Polsterbänken und mit rotem Samt bespannten Wänden des 400, des eleganten Nachtclubs am Leicester Square; Nächte, die sie bis zum Morgengrauen mit den attraktivsten Offizieren der alliierten Truppen durchtanzte. Den festen Arm eines Mannes um die Taille, eine Wange, die sich an ihre schmiegte, die berauschende Melodie von *Let there be love* und ein dunkles Bedürfnis nach etwas anderem, unklar und flüchtig, nichts als eine Sehnsucht und ein Flattern wie von Flügeln tief im Leib.

Doch an diesem Morgen, in diesem adretten, sonnendurchfluteten Zimmer auf einem deutschen Bauernhof, der als Lazarett diente, hatte die für ihre Tapferkeit ausgezeichnete britische Offizierin das Gefühl, wieder das unschuldige Mädchen von einst zu werden. Auge in Auge mit diesem Fremden, der auf nackten Füßen vor ihr stand, verwandelte sie sich wieder in das Mädchen, das sie vor den Missionen in Frankreich gewesen war, vor den Sabotageakten und dem Blut, und vor der Angst.

Max musterte die junge Frau, die verstummt war, mitleidslos. Lynn Nicholson ließ die Arme reglos an ihrem Körper herabhängen und wirkte heiter und äußerst präsent zugleich. Er starrte sie herausfordernd an, aber sie rührte sich nicht. Sie war noch so jung; was mochte sie erlebt haben, dass sie das Schweigen auf diese Weise akzeptierte und es weder fürchtete noch zu brechen versuchte? Er überlegte, dass das Schicksal und Brüche wohl beide Seiten nicht verschont hatten und dass man jetzt alles neu lernen musste. Und er fand, dass ihr Gesicht das Licht anzog.

Nichts wird je wieder wie früher sein, sagte sich Max, während der Zug langsam in den Bahnhof einfuhr. Er saß auf dem Dach und ließ die Beine ins Leere baumeln. Passagiere standen auf den Trittbrettern; andere hatten sich an der Lokomotive festgebunden, um nicht hinunterzufallen. Die meisten drängten sich in den offenen Viehwaggons. In diesen ersten Julitagen sahen die deutschen Bahnhöfe aus, als hätte sich ein Käferschwarm über sie ergossen: Auf den Bahnsteigen wimmelten viel zu magere Frauen, denen die Träger ihrer dicken Rucksäcke tief in die Schultern schnitten, fiebrige Kriegsgefangene, Sträflinge, die aus Lagern entkommen waren, Soldaten in zerrissenen feldgrauen Uniformen, die statt Schuhen Stoffstreifen um die Füße gewickelt hatten; die jämmerlichen Überreste der grandiosen Wehrmacht Adolf Hitlers, der man nicht nur Deutschland, sondern die ganze Welt versprochen hatte. Es war ein tiefer Sturz aus den Höhen ihres übersteigerten Dünkels gewesen. In den leeren Blicken der Militärs las man ihre Verunsicherung, doch statt Respekt einzuflößen, rief sie nur ein zwiespältiges Mitleid hervor, das an Ekel grenzte.

Das Dach des Bahnhofs war schon vor langer Zeit eingestürzt, und Vögel flatterten über den Köpfen der Menge. Max bahnte sich einen Weg zum Ausgang. Jedem Menschen wäre beim Anblick seiner von diesem Erdbeben entstellten Stadt schwindlig geworden. Die Zerstörung war so absolut und so gewaltsam, die Narben, die sie geschlagen hatte, so ungeheuerlich, dass man nur ratlos davorstehen konnte. Doch während Max von Passau an diesem Tag unter der Kuppel des strahlenden Sommerhimmels einherschritt, allein und schweigend, und wieder Besitz von seiner Stadt nahm, von ihrem Staub und ihrer Asche, ging ihm der Gedanke durch den Kopf, dass diese Nacktheit seinem eigenen Zustand entsprach und er Berlin noch nie so geliebt hatte.

Abgesehen von den zusammengewürfelten Kleidungsstücken, die er am Leib trug, besaß er nichts mehr. Aufs Geratewohl folgte er den Pfaden, die sich durch die Trümmer schlängelten. Die großen Hauptverkehrsstraßen waren noch zu erkennen, aber die Seitenstraßen und Gassen waren nur noch eine Erinnerung. Frauen, deren Haar unter Turbanen aus rotem Stoff verborgen war, räumten den Schutt weg. Ihre unförmigen Kleider hatten Schweißränder, und ihre Armmuskeln spannten sich, während sie Wägelchen voll Schutt wegschoben. Eine von ihnen saß breitbeinig auf einem Schemel, schlug Mörtel von Ziegeln ab und stapelte sie ordentlich auf. Selbst mitten im Chaos setzte sich eine gewisse Ordnung durch.

An einer Straßenecke war ein russisches Biwak aufgebaut. Ein Soldat hatte sich, ein Bein über einer Armlehne, in einem samtbezogenen Sessel niedergelassen und schlief mit offenem Mund. Ein paar Fliegen umschwirrten seinen blonden Haarschopf.

Das Haus, in dem Max gewohnt hatte, existierte nicht mehr. Nur noch die Fassade reckte ihre Zinnen gen Himmel. Betrübt und resigniert betrachtete er sie lange und nahm dann seinen Weg wieder auf. Barfüßige Kinder wühlten in den Ruinen herum. Aus ihren spitzen, schmutzigen Gesichtern sahen sie ihn an wie scheue Tiere aus den Tiefen des Waldes.

Einige Zeit später erreichte er die Straße, in der sein altes Atelier lag, in dem er als junger Mann auch gewohnt hatte. Er hatte damit gerechnet, das gleiche traurige Bild wie überall vorzufinden, doch zu seiner großen Überraschung war der Häuserblock relativ gut erhalten, auch wenn er von Brandspuren gezeichnet war. Sein Herz schlug rascher. Aus dem Eingang schlug ihm der Gestank nach Exkrementen entgegen. Er stieg die Treppe hinauf, wobei er auf jedem Absatz stehen bleiben musste, um zu Atem zu kommen. Ich habe ja keinen Schlüssel, sagte er sich, und dieser ebenso flüchtige wie absurde Gedanke entlockte ihm ein Lächeln. Mit einem kräftigen Tritt brach er die Tür auf. Der große Raum hatte keine Fensterscheiben mehr. Die Reflektoren lagen unter einer gräulichen Staubschicht zwischen den Stühlen und aufgebrochenen Schränken, verkohlten Filmen und Stofffetzen am Boden. Dies war nicht das erste Mal, dass er sein Studio verwüstet vorfand. Vor mehr als zehn Jahren hatte die SA, die verärgert über einige seiner Reportagen gewesen war, es schon einmal zerstört, um ihn unter Druck zu setzen.

Mit einem Mal fühlte sich Max beklommen, zwang sich aber, weiterzugehen. Glas knirschte unter seinen Schritten, und er hatte das Gefühl, seine Vergangenheit mit Füßen zu treten, alles was er gedacht und sich vorgestellt hatte, als er Fotograf war. Wie viele Tage und Nächte hatte er hier verbracht? Wie viele Stunden in der Dunkelkammer gearbeitet, in der jetzt eine Wand weggesprengt war, sodass das Tageslicht einfiel? Hier hatte er einen Teil seiner selbst zurückgelassen. Erschöpft richtete er einen Schemel auf und setzte sich. Aus seiner Tasche zog er eine Zigarette und riss ein Streichholz an. Ein Schauer überlief ihn. Jetzt hätte er einen Scotch gebrauchen können. Am liebsten wäre er ein Kind gewesen, um in Tränen ausbrechen zu dürfen.

Von der Treppe her vernahm er verstohlene Schritte, aber er wandte den Kopf nicht. In diesem Moment hatte er keine Angst mehr, vor nichts und vor niemandem.

»Onkel Max?«

Seinem Neffen Axel fiel das Haar in die Augen. Er trug ein Hemd, das zu groß für ihn war, und eine Uniformhose, die in der Taille von einem breiten Ledergürtel gehalten wurde.

»Mein Gott, Axel … Was machst du denn hier?«

Der junge Bursche starrte ihn mit fiebrigem Blick an. Auf seiner Stirn prangte eine angeschwollene, entzündete Wunde.

»Ich wollte das hier aufhängen«, erklärte er und zeigte ihm ein Stück Papier. »Ich wusste nicht, wo du warst, aber ich habe mir gesagt, wenn du irgendwann zurückkommst, könntest du uns so finden.«

Max erkannte einen dieser bekritzelten Zettel, wie sie an Holzpfählen hingen, die man mitten auf der Straße aufgestellt hatte: Nachrichten für auseinandergerissene Familien, deren Mitglieder hofften, die Spur eines Verwandten zu finden.

»Wir, wer ist wir?«, fragte er.

»Mama und ich.«

»Marietta ist in Berlin? Aber ich habe euch beide in Sicherheit geglaubt. Was ist passiert?«

Axels Gesicht verkrampfte sich, aber er reckte das Kinn.

»Ich habe im Volkssturm gekämpft«, erklärte er stolz. »Die Schule hat uns Ende Januar hergeschickt. Wir haben unser Bestes getan, aber na ja, anscheinend hat das nicht gereicht.«

Er zuckte die Achseln und schlug die Augen nieder. Plötzlich war er wieder der fünfjährige Knabe, den Max gern in den Zoo oder zum Spazierengehen in den Tiergarten mitnahm. Jetzt war der schönste Park der Stadt allerdings nur noch ein all seiner Bäume beraubtes Stück Brachland.

Max trat auf seinen Neffen zu und zog ihn in eine Umarmung. Axel war gewachsen und reichte ihm bis zur Schulter. Instinktiv fuhr der Junge in einer Mischung aus Schamhaftigkeit und Furcht zurück. Wie alle jungen Leute seiner Generation war er nicht an körperliche Zärtlichkeit gewöhnt, aber Max ließ ihn nicht entkommen. Heftig, beinahe zornig umarmte er ihn und legte die Wange an sein Haar. Eine Weile wehrte sich Axel noch mit starrem Körper, doch dann, mit einem Mal schlang er die Arme um seinen Onkel und brach in Tränen aus. Eine traurige Zärtlichkeit stieg in Max auf, als hielte er einen Teil dieser mit Abzeichen behängten Jugend im Arm, der man den Kopf mit absurden Ideen von Blut und Boden vollgestopft hatte. Eine deutsche Jugend, die eine Geisel des Regimes gewesen war und die er viel zu viele Jahre lang mit blutrünstigen Fantasien hatte aufwachsen sehen.

Er wartete, bis sich Axel beruhigt hatte, und fasste ihn dann an den Schultern.

»Wo ist deine Mutter?«, murmelte er. »Ich nehme an, sie ist nach Berlin gekommen, als sie erfahren hat, dass du hier warst.«

»Das hätte sie nicht tun sollen!«, schrie Axel und trat von Max weg, um sich die Tränen mit dem Handrücken abzuwischen. »Ich bin alt genug, um auf mich selbst aufzupassen. Sie hat sich in Gefahr gebracht. Das ist dumm!«

»Wie habt ihr euch gefunden?«

»Im Adlon. Nach der Kapitulation haben die Russen den Weinkeller geplündert und dann Feuer gelegt. Das Hotel hat gebrannt, aber in einem Flügel sind ein paar Zimmer erhalten geblieben. Du kennst doch Mama. Sie wollte unbedingt bei der ersten Gelegenheit Zuflucht im Adlon suchen. Und ich war in dieser Gegend unterwegs.«

»Wie geht es ihr?«

»Nicht gut, gar nicht gut«, sagte Axel, der blass geworden war. »Sie ist in der Etage unter uns, in deinem alten Zimmer. Wir wussten nicht, wohin, und da ist Mama auf die Idee gekommen, zu deiner Wohnung zu gehen. Ich habe heute Morgen auf den Plan gesehen, wir sind im amerikanischen Sektor.«

Ohne ein weiteres Wort verließ Max das Atelier und stürmte die Treppe hinunter. Axel folgte ihm dichtauf.

In dem blassen Licht, das durch die Stoffstreifen ins Zimmer fiel, die einmal Vorhänge gewesen waren, erkannte er Mariettas Gestalt, die zusammengekrümmt auf dem Bett lag, die Wange auf die Hände gelegt. Mit drei großen Schritten hatte Max den Raum durchquert.

»Was hast du, Marietta?«, fragte er und kniete neben ihr nieder.

Sie ist so blass!, dachte er erschrocken. Ihre Lippen waren rissig, ihre Haut war durchscheinend. Ihr Atem ging schwer. An ihrem Kleid waren zwei Knöpfe aufgegangen und enthüllten den Ansatz ihrer Brust. Zärtlich strich er die schwarzen, von weißen Fäden durchzogenen Haarsträhnen zurück, die ihr im Gesicht klebten.

»Ich bin es, Max. Hörst du mich?«

Sie schlug die Augen auf und sah ihn an, und dann erhellte sich ihre Miene wie nach einem langen Schlaf.

»Du lebst ja«, murmelte sie verwundert.

Etwas zerbrach in ihm, und die Erinnerungen drangen lärmend und farbig über ihn herein; Stürme, Schiffbrüche und Wiederauferstehungen, alles, was er seit ihrer letzten Begegnung erlebt hatte.

»So genau weiß ich das noch nicht«, sagte er aufgewühlt, weil er ehrlich zu ihr sein wollte.

Marietta, seine um ein Jahr ältere Schwester mit ihrer strahlenden Eleganz und dem scharfen Verstand. Egoistisch und verschwenderisch war sie gewesen, wie viele Frauen, die einfach zu schön waren. Aber auch ein einsames Mädchen, das sich vor zwanzig Jahren von den gefährlichen Verlockungen der Weimarer Republik, deren Freiheiten Max und sie genossen hatten, blenden ließ. Marietta, die aus reiner Schwäche einen überzeugten Nazi geheiratet hatte, weil sie die aufregenden Zerstreuungen liebte, die man sich mit Macht und Geld kaufen kann. Marietta, die das ruhige, ländliche Bayern verlassen hatte, um im Bombenhagel nach ihrem Sohn zu suchen.

Sie strich ihm über die Wange. »Mein geliebter Hase, wo kommst du denn her, dass du so geschoren aussiehst?«

»Aus Sachsenhausen.«

Seine Schwester riss die Augen auf. Sie richtete sich auf und verzog vor Schmerz das Gesicht.

»Du warst also im Widerstand, ja?«

»Ja.«

»Wann bist du verhaftet worden?«

»Letztes Jahr im August.«

Sie nickte. »Deswegen habe ich seit Kriegsanfang immer weniger von dir gehört.«

»Es war zu schwierig geworden. Wir lebten nicht mehr in derselben Welt. Ich konnte nicht länger zusehen, wie du in die Irre liefst. Dazu habe ich dich zu sehr geliebt.«

»Also hast du mich im Stich gelassen.«

Marietta war ungerecht, wie so oft. Max dachte daran, wie sehr er versucht hatte, sie dem Einfluss von Eisenschachts Clique zu entziehen. Wie viele Monate hatten die beiden nach Mariettas Hochzeit geschmollt? Aber Max war immer wieder zu ihr zurückgekehrt, weil Marietta, wenn es hart auf hart kam, doch seine Schwester war, der einzige Mensch, in dessen Adern dasselbe Blut floss, und die, ebenso sensibel und verletzlich wie er, die gleiche strenge, einsame Kindheit erlebt hatte.

»Nein. Du hattest die freie Wahl. Ich habe sie dich treffen lassen. Auf gewisse Weise habe ich dich respektiert.«

Sie nahm seine Hand. »Bist du mir böse, weil ich mich geirrt habe? Weil ich nicht auf dich gehört habe?«

Hinter sich hörte Max seinen Neffen nach Luft ringen. Er erriet, dass er wie vor den Kopf geschlagen war, aber er spürte auch eine Art Missbilligung. Wie sollte er ihm die Wahrheit über seinen Vater sagen? Von Anfang an hatte er den SS-Mann Kurt Eisenschacht zutiefst verachtet. Er war voller Zorn beim bloßen Gedanken an diesen Mann, der das Verächtlichste in seinem Land verkörperte – dass sich Männer und Frauen hatten verführen lassen, die eigentlich durch ihre Intelligenz und Bildung vor dem Schlimmsten hätten gefeit sein müssen.

»*Wessen Schuld?*« In der amerikanischen Zone stand diese Frage in schwarzen Buchstaben über einem Plakat mit Fotos aus den Konzentrationslagern. Die Entdeckung der Lager hatte in der ganzen Welt tiefen Abscheu hervorgerufen. Die Amerikaner hatten ihren Soldaten jede Art der Verbrüderung mit der Bevölkerung streng verboten. Die Soldaten der Wehrmacht grüßten die amerikanischen Offiziere, doch denen war es untersagt, darauf zu reagieren. So wie Henry Morgenthau, Roosevelts ehemaliger Finanzminister, befürworteten manche noch immer, Deutschland politisch zu enthaupten und in ein gewaltiges Agrarland ohne jede Industrie zu verwandeln. Die Bevölkerung in der Umgebung der Lager wurde gezwungen, sie zu besichtigen, damit sie ihre Existenz nicht leugnen konnten. Die Menschen behaupteten, nichts gewusst und nichts geahnt zu haben. Sicher, sie hatten den merkwürdigen Geruch wahrgenommen, er hatte sie sogar gestört. Aber sie konnten doch nicht ahnen, nicht wahr, dass in Krematorien Leichen verbrannt wurden …

Ja, Max warf Marietta ihre Blindheit und Feigheit vor. Er nahm ihr übel, dass sie die unveräußerlichen Werte von Ehre und Würde vergessen hatte. Bastarde wie ihr Mann, der dieses Regime getragen hatte, waren verantwortlich dafür, dass sein Land nicht mehr zur Gemeinschaft der Menschen gehörte. Ein Regime, das sich Verbrechen gegen die Menschlichkeit schuldig gemacht hatte – ein Begriff, den man eigens für die Deutschen hatte erfinden müssen. All das rief ein Gefühl in ihm hervor, das er bisher nicht gekannt hatte, nämlich Hass, mit allem, was dieses Gefühl an Gewalttätigem, Zerstörerischem mit sich bringt.

Max war nicht arrogant. Er konnte vieles vergeben, die kleinen egoistischen Handlungen des Alltags, Unzulänglichkeiten von Freunden und Verirrungen des Herzens. Diese Schwächen konnte er bedauern und darunter leiden, aber er gestand sie den anderen zu, weil für ihn die Freiheit und der Respekt vor dem anderen das Höchste waren. Was er nicht tolerieren konnte, war diese Lust an der Macht, die sich in der Liebe als besitzergreifende Eifersucht äußert und in der Politik zu Knechtschaft und Krieg führt.

»Wie könnte ich dir böse sein«, sagte er schließlich und zog die Hand seiner Schwester an die Lippen.

Über der stillen Stadt dunkelte es. Durch die glaslosen Fensterhöhlen drangen ein wenig Kühle und ein abscheulicher Brand- und Verwesungsgeruch. Man hatte in aller Eile Tausende von Toten beigesetzt, wo sie gefallen waren. Jetzt mussten sie ausgegraben werden, um sie an einen passenden Ort zu bringen. Doch es gab weder Särge noch Leichenzüge. In diesem Sommer trug man im Herzen von Berlin die Toten mit bloßen Händen fort.

Max machte sich Sorgen, denn Marietta schien Fieber zu haben und war stark geschwächt. Sie dämmerte mit offenem Mund vor sich hin und atmete pfeifend. Die Behörden fürchteten das Ausbrechen von Epidemien, und die wenigen Krankenhäuser waren voller Patienten, die an Dysenterie und Typhus litten. Axel war fortgegangen, um Lebensmittel aufzutreiben. Seit Wochen ernährten sie sich von Würfelbouillon und einem schwärzlichen, feuchten Brot, das an den Zähnen klebte und schwer im Magen lag. Da niemand gültiges Geld besaß und es keine Läden mehr gab, musste man sehen, wie man sich durchschlug. Alle möglichen Waren wurden getauscht. Insbesondere rund um das Brandenburger Tor war ein blühender Schwarzmarkt entstanden.

Halbherzig hatte sich Max bei seiner Schwester danach erkundigt, was aus ihrem Mann geworden sei, und sich eine schneidende Bemerkung verbissen, als sie ihm erklärte, dass sich Kurt Eisenschacht rechtzeitig davongemacht hatte; zusammen mit den anderen Parteibonzen, die man wegen ihrer prächtigen, in Braun- und Goldtönen gehaltenen Uniformen »Goldfasanen« nannte. Er zweifelte keine Sekunde daran, dass der Mann seine Haut gerettet hatte. Diese Teufel schienen stets mehrere Leben zu besitzen.

Er war so in seine Gedanken versunken, dass er nicht hörte,

wie das junge Mädchen näher trat. Da die Berliner einander nicht mehr anrufen oder schreiben konnten, kündigten sich Besucher nicht mehr an. So stand sie mitten im Raum, eine schmale Gestalt mit einer weißen Armbinde und einer schwarzen Baskenmütze auf dem Kopf. Ein wenig erstaunt stand Max auf. Sie betrachtete ihn schweigend und mit verschlossener Miene. Die Fremde umklammerte den Henkel eines Wassereimers, und ihre Haut war so blass und durchscheinend wie die der unzähligen Gestalten, die wie Gespenster in der Stadt umgingen.

»Kann ich Ihnen helfen, Fräulein?«

»Bist du das, Clarissa?«, rief Marietta mit belegter Stimme. »Komm herein, hab keine Angst. Das ist mein Bruder.«

Die Unbekannte wirkte beruhigt. Sie lächelte und stellte den Eimer auf dem Boden ab. Das Wasser war übergeschwappt und auf ihr Kleid gespritzt, das jetzt an ihren Schenkeln klebte.

»Clarissa wohnt ab jetzt bei uns«, erklärte Marietta. »Sie kommt aus Insterburg.«

Mehr brauchte seine Schwester nicht zu sagen. Max wusste um das Leid dieser Flüchtlinge, die auf dem Weg in den Westen ihre Häuser und ihr Land zurückgelassen hatten, ja mehr noch, ihr Erbe und ihre Zukunft.

»Wie fühlen Sie sich, Frau Eisenschacht?«, fragte Clarissa.

»Ein wenig besser, danke«, erwiderte Marietta in fröhlichem Ton. »Ich habe Axel und Max wiedergefunden, was kann ich mehr verlangen? Dass mein Bruder wieder da ist, wirkt auf mich wie einer dieser göttlichen Cocktails von einst.«

Clarissa lächelte nicht über den Scherz, und Max' Unruhe wuchs noch, als er ihr sorgenvolles Gesicht sah. Ein paar Minuten später, als Marietta erneut eingeschlafen war, trat Clarissa auf den Balkon. In den gesprungenen Blumentöpfen wuchs wundersamerweise irgendein Kraut.

»Das ist gefährlich«, meinte Max und trat ans Fenster. »Sie sollten besser drinnen bleiben.«

»Ach, ein bisschen wird er schon noch halten«, gab sie achselzuckend zurück.

»Ich mache mir Sorgen um Marietta. Hoffentlich hat sie sich kein Lungenleiden zugezogen. Ich sollte mich auf die Suche nach einem Arzt machen …«

»Ihre Schwester ist vergewaltigt worden. Sie hat eine Infektion. Ich habe überall versucht, Pyrimal aufzutreiben, aber vergeblich. Für eine Schachtel müsste ich zwei Pfund Kaffee bezahlen.«

Max blieb fast das Herz stehen. Er wusste nicht, was ihn mehr verletzte: zu erfahren, was Marietta zugestoßen war, oder der distanzierte Ton, in dem diese Fremde ihm die Nachricht ins Gesicht schleuderte, ohne Befangenheit oder Scham.

»Jetzt habe ich dich schockiert«, fuhr sie fort, indem sie unvermittelt zum Du überging. »Bedaure, aber die Zeit für Schönrednerei ist vorüber. Daran müssen wir uns gewöhnen. Die Russen haben beschlossen, sich an den deutschen Frauen zu rächen. Dadurch, dass sie uns Gewalt antun, demütigen sie euch Männer in dem Punkt, der euch am heiligsten ist. ›Komm, Frau!‹ Wer von uns hat diesen Befehl noch nicht gehört? Und wir zahlen einen hohen Preis. Nicht einmal, nein … zehn-, zwanzigmal! Wie Tiere fallen sie über uns her. Viele Frauen sterben daran, an ihren inneren Verletzungen. So wie meine Mutter. Andere bringen sich um. Zu essen gibt es nichts in Berlin, aber an Gift fehlt es nicht«, erklärte sie mit ironischer Befriedigung. »Die meisten von uns fangen sich Geschlechtskrankheiten ein, aber wir haben kein Penizillin, um Syphilis oder Gonorrhö zu behandeln. Und in einigen Monaten werden die Kinder, die nicht abgetrieben worden sind, zur Welt kommen.«

Max war sprachlos. Die Flut der Bilder, die ihn überfiel, war zu gewalttätig. Mit einem Gefühl, als drohte er zu ersticken, stellte er sich unwillkürlich vor, wie die Soldaten über dieses junge Mädchen herfielen, ihre Schenkel spreizten und in sie eindrangen, einer nach dem anderen … Und seine Schwester? Er schloss die Augen.

»Das Schlimmste ist, dass die Frauen schweigen werden, weil sie sich schämen; nicht, weil sie vergewaltigt worden sind, sondern dafür, Deutsche zu sein. Als wären sie selbst daran schuld. Aber ich weigere mich, mir diesen Schuh anzuziehen, verstehst du?«, schrie sie.

Um die Wahrheit zu sagen, verstand Max gar nichts mehr. Die Spielregeln waren ihm zu hoch. Nach den Monaten, die er in einem Konzentrationslager verbracht hatte, entdeckte er jetzt einen anderen Abgrund, in dem eine junge Unbekannte ihn duzte und von einem Entsetzen sprach, das ihn innerlich zittern ließ. Er nahm keine Sanftheit bei ihr wahr, keine Zurückhaltung. Sie war verzweifelt und entsetzt. Er drehte sich zu seiner Schwester um, die aufgewacht war und ihn schweigend ansah.

»Marietta, es tut mir so …«

»Sei still, bitte!«, sagte sie und hob eine Hand. »Clarissa hat recht getan, dir die Wahrheit zu sagen. Keine Frau ist sicher. Sie verkleiden sich als Männer, oder sie tun, als wären sie krank. Meist nützt das aber nichts. Sie ziehen allerdings die Dicken vor, weil sie glauben, sie wären gesünder. Daher bin ich auch nicht allzu oft an die Reihe gekommen«, höhnte sie. »Nur gerade genug, um der Form zu genügen. Und sie haben mir ein Souvenir hinterlassen. Kein Kind, mach dir keine Gedanken! Dazu bin ich zu alt. Das ist wenigstens etwas, oder? Ich stelle mir gerade Kurts Gesicht vor, wenn ich ihm einen kleinen Iwan schenke …«

Marietta sprach in einem ungezwungenen Ton, der keinen Raum für Emotionen ließ. Max fragte sich, woher sie diese merkwürdige, beinahe surreale Kraft nahm. Auf der Treppe waren Schritte zu hören.

»Achtung, Axel kommt zurück!«, flüsterte Marietta. »Ich will nicht, dass er davon erfährt, hast du verstanden? Das würde er nicht ertragen.«

»Natürlich«, sagte Max erregt. »Aber ich werde dir helfen und Medikamente für dich auftreiben.«

Der junge Bursche stieß die Tür auf und leerte dann strahlend seine Taschen. Ans Licht kamen Zigaretten, saure Gurken und ein paar in fettiges Papier geschlagene Wurstscheiben. In seinen Augen stand eine solche Freude über diese magere Ausbeute, dass Max es mit der Angst zu tun bekam. Wie war es möglich, dass Axel mit so wenig zufrieden war? Und er selbst, wie sollte er es fertigbringen, sie alle zu beschützen und vor den Enttäuschungen zu bewahren, die sie erwarteten?

Berlin, Oktober 1945

Manche Orte prägen ein Leben mehr als andere, und für Xenia Fjodorowna Ossolin würde Berlin für immer der rote Faden ihrer Existenz sein. Ein Scheideweg. Die Stadt, in der sie zur Frau geworden war, wo ein Mann ihrem Körper und ihrer Seele seinen Stempel aufgedrückt hatte und in die sie zu Beginn des Krieges gekommen war, um ihn um Vergebung zu bitten. Und er war so nachsichtig gewesen, sie ihr zu gewähren. Jetzt war sie zurück, aber dieses Mal lagen die Adler des Nazireichs im Schutt, und ein Porträt von Stalin, das mitten auf der Straße aufgestellt war, musterte das verwüstete Gesicht des Adlon. Dieses Mal würde Xenia keine Haute-Couture-Roben bei Modeschauen oder prunkvollen Empfängen vorführen, sondern eine französische Uniform.

»Sie liegen auf den Knien, und das ist nur gerecht so«, hatte ein vorgesetzter Offizier erklärt, als der Militärzug durch eine Szenerie fuhr, die einem Schiffsfriedhof mit niedergelegten Masten glich. Xenia hatte sich gleichmütig gegeben, aber ihre Fingernägel hatten sich in ihre Handfläche gegraben. Niemand durfte erfahren, welche Verletzung ihr die Abwesenheit von Max von Passau zufügte oder dass sie dieselben Narben trug wie er. Sie war seinetwegen zurückgekehrt, weil sie wissen musste, ob er lebte. Sie war zurückgekommen, weil sie ohne Max nichts war.

Es war ihr erster freier Tag, und Xenia war bei Sonnenaufgang aufgestanden. Da sie Russisch, Englisch und Deutsch sprach, und auch in Anerkennung ihrer Taten während der Résistance, hatte man sie zur Übersetzerin beim Alliierten Kontrollrat in Deutschland bestellt. Der Weg vom Vorort Frohnau, wo die französische Delegation Quartier bezogen hatte, in die Innenstadt ähnelte einem Hindernisrennen. Die U-Bahn mit ihren widerlichen Waggons fuhr selten, und die Straßenbahnen waren unzuverlässig. Doch es war ihr gelungen, sich von einem mitfühlenden amerikanischen Sergeanten fahren zu lassen.

Die Berliner hatten es eilig – magere, verstohlene Gestalten, die ständig auf der Suche nach Nahrung oder etwas Holz zum Heizen waren. Die Trümmer der Reichskanzlei wurden von russischen Soldaten bewacht, die ihren Stolz, die Eroberer der Stadt gewesen zu sein, demonstrativ zur Schau trugen. Davor standen laut lärmend englische und amerikanische Militärs Schlange.

Als zu Beginn des Sommers die Angelsachsen in die Stadt gekommen waren, zu denen bald die Franzosen stießen, die man verächtlich als fünftes Rad am Wagen betrachtete, die armen Verwandten der großen Sieger, war das nicht ohne Probleme verlaufen. Die Sowjets hielten nichts davon, dass man in ihr Reich eindrang, das sie seit dem Frühjahr unter dem Deckmantel von »Reparationen« organisiert ausplünderten. Sie demontierten alles: Fabriken, Laboratorien, Werkstätten, Toiletten, Kochherde, Schränke, Züge, ja sogar Glühbirnen, weil einige von ihnen überzeugt davon waren, dass darin das Licht eingesperrt sei. Und was sie nicht mitnehmen konnten, zerschlugen sie; eine absurde Vergeudung. Sie schickten Sägen nach Hause, Stühle, Töpfe, Radiogeräte, Grammophone, Spiegel, Bettlaken, Schreibmaschinen und Kleider; sogar Apparate, deren Bedienung sie nicht verstanden und die auf dem Schrott landeten. Sie sammelten Armbanduhren, um ihre Verwandten zu beeindrucken, und hatten es besonders auf Fahrräder abgesehen, die sie faszinierten. Sie waren unersättlich, denn es erzürnte sie, dass ein so reiches Land wie Deutschland es für nötig gehalten hatte, in ihre Heimat einzufallen, um sie in Stücke zu reißen. In Ostpreußen hatten sie zunächst die wohlhabenden Landgüter verblüfft, und dann die imposanten Gebäude in den großen Städten. Manchen Soldaten, die aus den entlegenen Dörfern der Sowjetunion stammten, flößten die Bauten ein solches Schwindelgefühl ein, dass sie nicht einmal wagten, bis in die oberste Etage hinaufzusteigen. So waren auch einige Berlinerinnen den Vergewaltigungen entkommen, indem sie sich unters Dach flüchteten. Bei vielen dieser Kinder des sozialistischen Paradieses hatte die unerwartete Erkenntnis, wie wohlhabend der Westen war, einen seltsamen Schock ausgelöst, über den die wachsamen Politkommissare ihren Vorgesetzten berichteten.

Der Umgang mit diesen Männern, die ihrem Heimatland entstammten, flößte Xenia zwiespältige Gefühle ein. Ihre Sprache war nicht mehr die ihre. Die Ausdrücke und der Wortschatz hatten sich verändert, aber merkwürdigerweise schienen ihr die Sowjets bei den Sitzungen ihre altmodischen Formulierungen nicht übel zu nehmen. Sie neckten sie sogar wegen ihres »literarischen Russisch«. Fast dreißig Jahre Bolschewismus hatten sie so geprägt, dass sie einer anderen Welt entsprungen schienen. Ihre Umgangsformen und sogar ihre Logik hatten sich verändert. Und doch schien sie etwas Tiefverwurzeltes mit ihnen zu verbinden. Diese Gesichter mit den schräg stehenden Augen und hervortretenden Wangenknochen, dieses für Menschen aus dem Westen oft unbegreifliche Verhalten, das zwischen Großmut und abscheulicher Grausamkeit schwanken konnte, diese intensiven, leicht aufflammenden Gefühle, eine Eigenheit des slawischen Temperaments, das auf die Regungen des Herzens hört und die Vernunft gering schätzt – all das erinnerte sie nicht nur an ihre Kindheit, sondern rührte etwas in ihrer tiefsten Natur an. Und als bei einer Cocktailgesellschaft ein sowjetischer Offizier dem französischen Leutnant Xenia Vaudoyer vom Heldentum der Leningrader erzählte, stand ihr wieder ihre Heimatstadt vor Augen, mit ihren Löwen mit den beschneiten Mähnen, ihren Brücken und Palästen und den Kuppeln ihrer Kirchen. St. Petersburg, Petrograd, Leningrad: drei Namen für ein und dieselbe Stadt, die für immer die ihre bleiben würde, auch wenn die Revolutionäre sie daraus verjagt hatten. Ihre verbotene Stadt, ihr untergegangenes Königreich und ihr stilles Gebet.

»Leave me here!«, befahl sie ihrem Chauffeur, der ohne Unterlass geschwatzt hatte, seit sie in den Wagen gestiegen war.

Er wirkte verblüfft, gehorchte aber, und sie dankte ihm, bevor sie aus dem Jeep sprang. Mit vielsagendem Blick schlug er ihr vor, sich später auf dem Kurfürstendamm zu treffen, um in einem dieser Lokale, die heiße Getränke, aber nichts zu essen servierten, Jazz zu hören. Xenia lächelte nur verkrampft. Sie war so nervös, dass sie die Zähne nicht auseinanderbekam. Begriff er denn nicht, dass sie allein sein musste, auf der Stelle und sofort? Glücklicherweise drängte der junge Mann sie nicht weiter.

Xenia hatte sich natürlich darauf eingestellt, das Modehaus Lindner in einem jämmerlichen Zustand vorzufinden, aber trotzdem erschauerte sie: Das Gebäude war nur noch ein Schatten seiner selbst. Die Fassade von Sarahs einstigem Geschäft war teilweise eingestürzt, und das herrliche Glasdach in tausend Stücke gesprungen. Durch die Fenster – nunmehr gähnende Löcher – erahnte man die verwüsteten Räume. Langsam, beinahe ängstlich, trat sie näher. Wie überall in der Stadt hing ein grässlicher Geruch nach Staub und Verwesung in der Luft. Das Innere des Gebäudes wurde bewohnt. Menschen hatten sich in die Keller geflüchtet, die einst als Lagerräume dienten. Da es an Baumaterial fehlte, mussten die Deutschen mit jedem denkbaren Obdach vorliebnehmen, oft sogar mit Vertiefungen in der Erde, und jedermann sorgte sich, weil sich der Winter näherte. Man musste nicht nur die Unterkünfte abdichten, so gut es ging; die Behörden fürchteten auch den Hunger und den Ausbruch von Seuchen. Im Übrigen nutzten sie den Umstand, dass der Boden noch nicht gefroren war, um das Ausheben von Massengräbern anzuordnen.

Während sie durch das zerstörte Kaufhaus irrte, sah Xenia erneut Nataschas zorniges Gesicht vor sich. Mit zerwühltem Haar und verschränkten Armen hatte sie zugeschaut, wie Xenia ihren Koffer packte. Ihre Tochter begriff nicht, warum sie nach Deutschland musste, zu ihren Feinden, den Besiegten, in das Land der Bastarde. Xenia schämte sich, weil sie das Verschwinden der Seligsohns als Ausrede vorgeschoben hatte. Auch eine Unterlassungslüge war eine Täuschung und hatte einen bitteren Beigeschmack. Sarahs Schicksal lag ihr am Herzen, und sie hatte Felix und Lilli versprochen, die Spur ihrer Eltern aufzunehmen, aber in Wahrheit war sie von dem Gedanken an Max besessen.

Hier gibt es nichts mehr für dich, sagte sie sich bedrückt. Sie vergeudete nur kostbare Zeit. Das blühende Modehaus Lindner war 1938 arisiert worden und in den Besitz von Kurt Eisenschacht gekommen, Max' Schwager. Das Haus war umbenannt worden, und man hatte die großen Lettern abmontiert, in denen seit dem 19. Jahrhundert stolz der Name Lindner auf der Ladenfront geprangt hatte. Seeleute wissen, dass es Unglück bringt, den Namen eines Schiffs zu ändern, dachte sie bitter. Ebenso gut konnte sie diesen schaurigen Ort verlassen, von dem sie nichts zu erwarten hatte. Um etwas über Sarah zu erfahren, musste sie an den Ort zurückkehren, an dem sie ihre Freundin zuletzt gesehen hatte, in einen ärmlichen Wohnblock hinter dem Alexanderplatz. Außer, Max hatte etwas erfahren … So kehrte sie immer zu ihm zurück, wie man sich einer unumstößlichen Tatsache beugt.

Draußen schlug Xenia unter dem grauen, wolkenverhangenen Himmel einen schnellen Schritt an. Ein feiner Regen fiel und ließ die Trampelpfade verschwimmen. Schilder in verschiedenen Sprachen grenzten die Sektoren der vier alliierten Mächte ab, aber man konnte sich zwischen ihnen relativ frei bewegen, obwohl die meisten den sowjetischen Sektor mieden. Die Hauptstadt gehörte sich selbst nicht mehr. Man hatte den

Deutschen alle Rechte genommen; gerade dass man ihnen das Atmen noch gestattete. Jetzt mussten die Nazischergen Rechenschaft ablegen. Bald würde in Nürnberg, dem Sinnbild ihrer Herrschaft, das sie Berlin stets vorgezogen und wo sie ihre eigene Verherrlichung am weitesten getrieben hatten, dem Dritten Reich der Prozess gemacht werden.

Eine Straßenbahn setzte sie nicht weit von dem Gebäude ab, in dem Max einst gewohnt hatte. Mit ausgetrocknetem Mund betrachtete sie die Ruinen. An einem Pfahl waren Zettel angeschlagen. Auf die Türen von Toreinfahrten hatte man mit Kreide Nachrichten gekritzelt. Sie überprüfte die vom Nieselregen durchnässten Papierfetzen, auf denen man halb verwischte Namen und Adressen erkennen konnte. Wie eine Flaschenpost. Aber sie fand keinen Hinweis auf Max. Also würde sie Auskunft bei offiziellen Stellen suchen müssen; aber sie hasste es, vom guten Willen von Bürokraten abhängig zu sein.

Amerikanische und englische Automobile bahnten sich einen Weg durch die halb verschüttete Straße. Frauen standen geduldig und unerschütterlich Schlange am Hydranten, um ihre Wassereimer zu füllen. Ihnen fehlte es an allem, an Kartoffeln, Kohle und Mehl. Wie würde der Winter für diese armen Frauen werden?, dachte Xenia. Mit fünfzehn Jahren, mitten in der russischen Revolution, hatte sie die gleiche Hoffnungslosigkeit erlebt. Für diese Frauen war der Krieg nicht zu Ende, er hatte nur ein anderes Gesicht angenommen.

Eine Stunde später stand Xenia vor dem Atelier, das Max zu Beginn seiner Karriere bewohnt hatte. Sie dachte an die Nacht zurück, in der sie sich ihm zum ersten Mal hingegeben hatte. Damals trug sie ein langes Kleid und er einen Smoking. Schweigend und fiebrig, dem gebieterischen Befehl des Begehrens folgend, stiegen sie die Treppe hinauf. Das unordentliche Zimmer, die offenen Fenster, durch die man in den Himmel sah, und Max, der ihr plötzlich so jung und verwirrt vorkam; so sehr, dass sie den ersten Schritt tat, stolz darauf, dass sie ihn so aufwühlte, obwohl sie nichts von der Liebe wusste. Nicht selten sind es die Frauen, die entscheiden, dachte sie, weil manche Handlungen Kühnheit erfordern, einen unsinnigen Mut, die dann ein ganzes Leben bestimmen …

Sie trat ins Haus und eilte über die Treppe. Ihr Herz schlug so heftig, dass ihr das Blut in den Ohren sauste. Und wenn er da war? War es möglich, dass die Vorsehung sich auch einmal gnädig erwies? »Die Engel wachen«, hatte sie zu Max zu Beginn des Krieges gesagt, als sie gekommen war, um ihm ihre Liebe zu gestehen, aber was konnte sie in einer Stadt, die zum Grabmal des absolut Bösen geworden war, von Engeln erwarten?

Auf einem der Treppenabsätze öffnete sich ein gähnendes Loch ins Leere, und ein kalter Luftzug ließ sie erschauern. In der obersten Etage war die Tür des Ateliers angelehnt. Sie erstarrte. Waren denn alle Orte, die sie geliebt hatte, dazu verdammt, irgendwann ausgeplündert zu werden? Für Xenia war die Vergangenheit ein gefährliches Terrain voller schmerzlicher Erinnerungen. Da war das Vestibül ihres Palais in St. Petersburg mit seinen zerbrochenen Spiegeln und Einschusslöchern, das Arbeitszimmer, in dem die Leiche ihres Vaters lag, und, Jahre später, das Blut ihres Mannes an den Wänden eines Pariser Salons.

An einer Tafel neben der Tür hingen noch ein paar Fotos. Mit der Handkante strich Xenia den Staub weg. Ihr eigener Körper erschien vor ihr in der ganzen Fülle der Liebe, mit seinem Spiel von Licht und Schatten, eine Nacktheit, die Max mit seinem einzigartigen Talent enthüllt hatte. Hatte sie einen einzigen Moment an seiner Seite verbracht, der sie nicht für immer prägte? Bei einem Mann wie Max von Passau war nichts ohne Bedeutung, kein Blick, keine Bewegung, kein Kuss. Wie sollte man dieser Intensität, dieser Inbrunst entkommen? Wie sie überleben? Max sog sich mit dem Leben voll. Er war das Leben. Damals, mit zwanzig, hatte Xenia Fjodorowna dieser Woge nicht widerstehen können. Sie war zu jung gewesen, zu stolz, vielleicht auch eifersüchtig, weil ihm alles so klar erschien und er bereits diese Gabe besaß, das Wesentliche zu sehen; während sie noch mit ihren Ängsten und Widersprüchen rang und jeder Moment ihres Lebens ein Kampf war.

Überdeutlich trat sein Bild vor ihre Augen, der konzentriert zusammengepresste Mund und die rebellische Haarsträhne, wenn er sie fotografierte und nach diesem besonderen Gefühl suchte, das aus einem banalen Foto ein Meisterwerk macht. Sein Gesicht über ihrem, wenn sie sich liebten. Sie war die Erste gewesen, die ihn die Sprache des Schmerzes gelehrt hatte. Ihretwegen waren Jahre vergangen, in denen sie einander weder gesehen noch miteinander gesprochen hatten, aber bei jeder Begegnung brach dasselbe Feuer hervor. Sie brauchten nur die Haut des anderen zu spüren, seinen Blick, und das Begehren stieg machtvoll auf wie am ersten Tag.

»Was wollen Sie?«

Der junge Bursche mit der wilden dunklen Haarmähne sah sie wachsam an. Er trug einen Militärmantel mit hochgeschlagenem Kragen, der in einem unbestimmbaren Ton eingefärbt war, und beobachtete sie misstrauisch.

»Hier gibt es nichts zu requirieren«, fügte er schroff hinzu. »Das Gebäude ist nicht stabil genug. Wir haben kein fließendes Wasser und auch sonst nichts. Gehen Sie nach Grunewald oder Dahlem. Außerdem ist hier der amerikanische Sektor. Ihr Franzosen seid doch in Wedding und Reinickendorf.«

»Deswegen bin ich nicht hier«, sagte Xenia. »Ich bin auf der Suche nach einem Freund.«

»Heutzutage ist man in Deutschland immer auf der Suche nach jemandem«, entgegnete der Junge ironisch. »Wie heißt er?«

»Max von Passau.«

Seine Miene verzog sich besorgt, und Angst trat in seine Augen.

»Was wollen Sie von ihm?«

»Ich möchte wissen, ob er am Leben ist und es ihm gut geht.«

Sofort spürte Xenia Ärger über sich selbst, weil sie sich so angreifbar machte. Woher kam plötzlich dieser flehende Ton? Warum hatte es dieser Knabe, der so alt wie ihre Tochter war, fertiggebracht, sie zu verunsichern?

»Wissen Sie vielleicht, wo ich ihn finde?«, sprach sie in barscherem Ton weiter.

Er sah sie lange an und drehte sich dann ohne ein weiteres Wort um. Xenia folgte ihm die Treppe hinauf. Sie hielt den Atem an, als er an die Tür von Max' alter Wohnung klopfte.

»Eine Französin will zu Onkel Max«, sagte er zu dem blonden jungen Mädchen, das ihm öffnete.

Xenia spürte, wie ihr ein kalter Schauer über das Rückgrat lief.

»Bitte«, sagte die Unbekannte, nachdem sie Xenia von Kopf bis Fuß gemustert hatte.

Xenia trat in einen kalten Raum, den sie nicht wiedererkannte. Auf einem Bett, das an die Wand geschoben war, lag eine Gestalt. In einer Ecke stand ein halb auseinandergenommener Schrank. Offensichtlich diente sein Holz zum Heizen. Ein unangenehmer Geruch nach Feuchtigkeit, alter Suppe und Krankheit schnürte ihr die Kehle zu. Der junge Mann warf sich in einen Sessel und schlug auf einem niedrigen Tisch die Beine übereinander. Er würdigte sie nicht einmal mehr eines Blickes. Keine Lampe zerstreute das Halbdunkel, das trotz der Mittagsstunde herrschte.

»Wer ist da?«, rief die Gestalt auf dem Bett.

»Marietta!«, rief Xenia aus.

Max' Schwester war bleich, ihr Blick wirkte fiebrig. Zum letzten Mal waren sie einander auf einem Empfang in Goebbels' Palast in der Wilhelmstraße begegnet. Damals war ihr Marietta nervös und angespannt vorgekommen, aber schließlich hatte sie sich selbst entschieden, sich am Arm ihres Mannes in den Kreisen der Mächtigen zu bewegen. Wie Xenia sie an diesem Tag verachtet hatte! Und doch, als sie jetzt auf die abgemagerte Gestalt zutrat, deren Umrisse sich unter der Decke kaum abzeichneten, empfand sie nur noch Mitleid.

»Wer sind Sie?«, fragte Marietta beunruhigt.

»Xenia Ossolin.«

Marietta riss die Augen auf und betrachtete neugierig die blaue Uniform und Xenias Gesicht, als wollte sie sich vergewissern, dass sie nicht träumte. Dann verhärtete sich ihre Miene.

»Sie sind zurückgekommen … Immer noch so schön, und jetzt sogar eine Heldin«, sagte sie spöttisch. »Bestimmt ein großartiges Gefühl, oder?«

Dann ist sie doch noch nicht ganz tot, dachte Xenia, fast amüsiert über die Feindseligkeit. Sie mochte Frauen wie Marietta nicht leiden, sie fand sie oberflächlich und abhängig von Männern wie von der Macht. Das hatte sie ihr seit ihrer ersten Begegnung auch immer wieder deutlich gemacht. Xenia pflegte andere Frauen an ihrer eigenen Kraft zu messen. Sie hatte ihre Schwächen nie akzeptieren können, und das machte sie zu einer einsamen Wölfin, die oft ungerecht war.

»Lohnt es sich, Sie zu fragen, was Sie wollen?«, fragte Marietta und setzte sich auf. Auf ihren Wangen standen zwei hochrote Flecken.

Xenia spürte einen Anflug von Zorn. Dieses Katz-und-Maus-Spiel verdross sie. Versuchte Marietta auf verworrene Weise, sie zu strafen, weil Xenia einst ihren Bruder hatte leiden lassen? Aber wusste sie überhaupt Bescheid über alles, was sie einte und zugleich trennte? Sie bezweifelte, dass sich Max seiner Schwester anvertraut hatte. Männer hegten in dieser Hinsicht ein Schamgefühl, das Frauen nicht kannten. Die Einzige, der er sich geöffnet hatte, war Sarah Lindner gewesen, aber Sarah war auch nicht vom selben Schlag wie eine Marietta Eisenschacht. Sarah war eine der wenigen Frauen, die Xenia respektierte und bewunderte und denen sich die Widerspenstige beugen konnte. Und diese Frau war wahrscheinlich in einem Konzentrationslager ermordet worden.

»Natürlich bin ich wegen Max hier«, erwiderte sie trocken. »Wie können Sie daran zweifeln? Ich will wissen, ob er am Leben ist.«

»Und warum sollte ich Ihnen das sagen? Womit hat er verdient, dass Sie von Neuem sein Leben zerstören?«

Er lebt, sagte sich Xenia, und ihr schwindelte. Danke, Gott!, betete sie schweigend und mit geballten Fäusten.

»Ich habe Ihnen keine Rechenschaft abzulegen, Marietta. Ich möchte Max sehen. Wo ist er?«

Wütend und überrascht von ihren heftigen Gefühlen starrte sie die Kranke an. Ihr Mitleid mit Marietta war plötzlich verflogen. Sie hasste sie für ihre Vergangenheit, dafür, dass sie sich kompromittiert hatte. Sie verachtete Marietta, weil sie dieses kleine, perfide Spiel weitertrieb, das manchen Frauen so lag, als befände sie sich in der prachtvollen Villa der Eisenschachts in Grunewald und nicht in diesem jämmerlichen Zimmer, das nach Elend stank.

»Wo ist er?«, beharrte sie und bemerkte mit einem Mal, dass der junge Bursche, sicher der einzige Sohn von Marietta und Kurt, am Fuß des Bettes seiner Mutter stand, als müsste er sie beschützen. Marietta warf den Kopf in den Nacken und brach in Gelächter aus, ein knarrendes, schmerzliches Lachen, bei dem es Xenia kalt über den Rücken lief.

»Bei euch, bei den Russen«, stieß sie gehässig hervor. »Bei den Bolschewisten, die sich an uns rächen. Ein Verbrecher, das ist aus Max geworden! Ein Verbrecher in den Händen dieser Schinder, die aus Ihrem schönen Land kommen, Gräfin Ossolin«, sagte sie verächtlich. »Die uns ausrauben und massakrieren. Die nicht besser sind als die Nazis und sich vor der ganzen Welt zu Richtern aufschwingen. Und das Max, der vom Volksgerichtshof verurteilt wurde und wie ein Wunder Sachsenhausen überlebt hat. Und jetzt hinaus! Ich will Sie nicht mehr sehen. Sie bringen allen Menschen Unglück, denen Sie begegnen.«

Marietta war aufgestanden. Ihr Hemd enthüllte welke Haut,

rachitisch dünne Arme, die sich wie Lianen reckten, und magere Schenkel. Das von Silberfäden durchzogene Haar klebte ihr am Kopf. Xenia roch sauren Schweiß und schlechten Atem. Reglos stand sie da, während Marietta vor ihrem Gesicht die Fäuste schwenkte. Max' Schwester war verrückt geworden. Ihr verstörter Blick wirkte, als hätte sie jede Beziehung zur Wirklichkeit verloren. Angst konnte in den Irrsinn führen. Tragödien ebenfalls. Auf verworrene Weise begriff Xenia, was Marietta widerfahren war, aber das interessierte sie nicht. Nur Max war jetzt wichtig, er allein.

»Gehen Sie!«, schrie Axel und hielt seine Mutter an den Handgelenken fest, damit sie sich nicht auf Xenia stürzte. »Sehen Sie doch, in welchen Zustand Sie sie gebracht haben! Sie ist krank, sehr krank. Wenn Sie bleiben, bringen Sie sie noch um …«

Er rang mit seiner Mutter, die plötzlich ungeahnte Kräfte entwickelte. Xenia wandte sich an die Unbekannte, die sich nicht gerührt hatte, seit sie in das Zimmer getreten war, und packte sie heftig am Arm.

»Wo ist Max von Passau?«, schrie sie und schüttelte die junge Frau.

Deren Gesicht wurde von den riesigen blauen Augen beherrscht, und sie hatte die Lippen zu einer weißen Linie zusammengepresst. Sie war furchterregend mager. Noch nie war Xenia so zornig auf jemanden gewesen, der so schwach war. Ihr wurde klar, dass sie kurz davor stand, das Mädchen zu schlagen.

»Marietta hat die Wahrheit gesagt«, erklärte die Deutsche mit angespannter Stimme. »Die Sowjets haben ihn vor ein paar Wochen verhaftet. Man hat uns gesagt, dass er erneut in Sachsenhausen inhaftiert ist … Wenn sie ihn nicht nach Russland deportiert haben.«

Es war Xenia Fjodorownas schlimmster Albtraum, ihre geheimste Furcht, einer dieser verborgenen Schrecken, die jeder Mensch in sich trägt und die oft auf die Kindheit zurückgehen und Nächten ähneln, die zu dunkel sind.

Als sie hörte, dass Max den Sowjets in die Hände gefallen war, hatte einen Herzschlag lang ein roter Schleier ihren Geist verdunkelt. Diese Leute hatten ihr Leben zerstört. Sie hatten den Mord an ihrem Vater begangen, ihretwegen hatte sie die sterbliche Hülle ihrer Mutter dem Meer überantworten und ohnmächtig den Verfall ihres Onkels Sascha mit ansehen müssen. Sie hatten sie ihrem Zuhause und ihrem Land entrissen. Ihretwegen hatte sie Mittellosigkeit und Elend erlebt und gelernt, ihre Familie mit dem Zorn der Verzweiflung zu beschützen. Und irgendwann hatte sie sich dabei selbst verloren. Ihretwegen war Xenia Fjodorowna durch das Exil und den Kampf geformt und zu dieser strengen, einsamen Frau geworden, die sich ständig gegen Widerstände stemmen musste. Max von Passau war der einzige Mann gewesen, der diese Barrieren hatte niederreißen können, der erraten hatte, dass sich hinter ihrem Panzer eine großherzige, leidenschaftliche Seele verbarg. Dank ihm hatte Xenia den vergessenen Geschmack an der Sanftheit, der Zärtlichkeit, der Unbeschwertheit wiedergefunden. Endlich hatte sie gewagt, sich in ihrer Verletzlichkeit zu zeigen, während sie liebte und geliebt wurde.

Die Sowjets jagten ihr schreckliche Angst ein. Es machte sie rasend, diese Schwäche zuzugeben, aber sie musste sie eingestehen. Stalin war unerbittlich: Alle Sowjetbürger, wie immer ihre Biografie auch aussah, mussten an die Sowjetunion überstellt werden. Man hätte meinen können, dass sich die Sowjets nicht für die Exilrussen interessierten, aber die Behörden hatten den Versuch nie aufgegeben, sie anzulocken. War nicht damals ihr Onkel Sascha fast in diese Falle gegangen? Xenia machte sich keine Illusionen. Die Rückkehrer, die leichten Herzens in ihre geliebte Heimat reisten, würden im Gulag enden. Im Übrigen war niemand davor gefeit, gewaltsam nach Russland verschleppt zu werden. In Berlin waren Entführungen an der Tagesordnung. Deutsche Ingenieure und Wissenschaftler, besonders Forscher, die sich mit Atomtechnologie beschäftigten, waren besonders begehrte Subjekte.

Die Rote Fahne mit Hammer und Sichel knatterte am Giebel des requirierten Gebäudes. Das Hauptquartier der sowjetischen Militärverwaltung in Deutschland befand sich in Lichtenberg-Karlshorst im Osten der Stadt. Nachdem die Deutschen zuvor schon in Reims ihre Kapitulation erklärt hatten, war der deutsche Generalstab in der Nacht des 8. Mai ins sowjetische Hauptquartier bestellt worden, um die bedingungslose Kapitulation zu unterzeichnen. Den Sowjets war daran gelegen, die Niederlage der Wehrmacht symbolisch in der Hauptstadt zu besiegeln, die sie unter schweren Verlusten erobert hatten, »sinnlosen Verlusten«, wie böse Zungen flüsterten. Aber man wusste ja, dass ein Menschenleben für sie nicht zählte.

Das nüchterne, aus grauem Stein errichtete Gebäude stand an einer von kahlen Bäumen gesäumten Allee. Das Käppi in die Stirn gezogen, hielten zwei Soldaten in bis zum Hals zugeknöpften Uniformhemden, mit blank polierten Stiefeln und aufgepflanztem Bajonett Wache. Xenia versuchte sich Trost zuzusprechen. Hatte sie nicht einen Namen, einen Pass und eine französische Uniform, die sie schützten? Aber ihre Angst war instinktiv. Das hier war nicht das Gleiche, wie mit ihnen bei der Arbeit, in den Sitzungen umzugehen, bei denen die Dolmetscher ebenso zahlreich wie austauschbar waren, oder bei den Kaviar-Teegesellschaften im Kontrollrat, wenn bei den russischen Gastgebern der Wodka in Strömen floss. Sie hatte darauf verzichtet, sich für ihren Vorstoß die Genehmigung ihrer Vorgesetzten einzuholen, weil sie fürchtete, sie könnten ablehnen oder, schlimmer noch, ihr befehlen, nach Frankreich zurückzukehren. Also trat Xenia Fjodorowna, wie sie es ihr ganzes Leben lang getan hatte, allein vor ihren Feind. Du bist albern!, tadelte sie sich selbst. Sie würden schon nicht wegen Leutnant Xenia Vaudoyer einen diplomatischen Zwischenfall heraufbeschwören! Sie bedeutete ihnen nichts; aber wie konnte sie sich ganz sicher sein? Zu dem sprunghaften Charakter der Slawen hatte sich die kommunistische Identität hinzugesellt, der sie misstraute wie der Pest. Sie wollte mit den Sowjets über einen Deutschen verhandeln, einen Häftling in einem der Nazi-Konzentrationslager, die sie skrupellos für ihre Zwecke weiterbetrieben, und seine Freilassung fordern. Das war vollkommener Wahnsinn! Die Leute würden sie nicht einmal anhören; und wenn doch, was würden sie dafür verlangen? Xenia reckte das Kinn. Sie war sich bewusst, dass ihr Handeln dramatische Folgen haben könnte, aber für Max schreckte sie vor nichts zurück.

In dem holzgetäfelten Büro roch es nach Möbelpolitur. Eine Hängelampe warf ein grelles Licht über den unpersönlich eingerichteten Raum. Auf einer Konsole thronte eine Bronzebüste von Marschall Schukow. Bei verschiedenen Empfängen hatte sie ihn bereits gesehen und fand, dass er mit seiner Reithose aus hellem Leder und seiner goldenen Zigarettenspitze Eleganz ausstrahlte. Da sie keine andere Wahl gehabt hatte, war sie unverfroren auf einen Sekretär zugegangen und hatte ihm ihre Bitte unterbreitet. Sie hatte sich bemüht, einen französischen

Akzent vorzugeben und so zu tun, als suchte sie nach Worten. Es war ihr sogar gelungen, den jungen Mann zum Lachen zu bringen, und er hatte sie gebeten, in diesem Raum zu warten. Aber die Minuten vergingen unendlich langsam, ohne dass etwas geschah. Ihr Hals war wie ausgedörrt, und ihre Handflächen fühlten sich feucht an. Was hätte sie nicht für ein Glas Wasser gegeben! Du bräuchtest viel eher einen Wodka, sagte sie sich und verzog den Mund. Von draußen trommelte ein ebenso unerwarteter wie heftiger Platzregen an die Fensterscheiben. Nervös begann sie auf und ab zu gehen.

Plötzlich wurde die Tür aufgerissen. Mit klopfendem Herzen drehte sie sich um. Im Gegensatz zu vielen russischen Offizieren, die von gedrungener Gestalt waren, war der grauhaarige Mann groß und schlank. Die Uniform betonte seine stattliche Statur und seine breiten Schultern. Sein Gesicht wies kantige Züge, eine hohe Stirn und flache Wangen auf, und er war offensichtlich verärgert.

»Man hat mich über Ihre Anwesenheit benachrichtigt, Leutnant«, erklärte er in gewähltem Französisch. »Da Ihr Besuch unangekündigt ist, kann Sie leider niemand empfangen. Der normale Dienstweg ist das nicht, und ich gestehe Ihnen, dass ich sehr erstaunt bin. Ich habe wenig Zeit für Sie«, setzte er mit einem Blick auf seine Armbanduhr hinzu. »Sie haben zwei Minuten, um mir Ihre Bitte zu unterbreiten. Ich höre.«

Xenia erschauerte. Litt sie unter Halluzinationen? Ließ die panische Angst, die sie nur mühsam beherrschte, Gespenster aus der Vergangenheit vor ihr auferstehen? Oder sie war dabei, den Verstand zu verlieren, und glaubte die Zeit rückwärts zu erleben.

»Ich höre, Leutnant«, wiederholte der General mit gereizter Miene. »Beeilen wir uns, bitte! Ich habe nicht den ganzen Tag hierfür Zeit.«

»Bist das wirklich du, Igor?«, flüsterte sie auf Russisch. »Ist das möglich, nach all den Jahren?«

Der Mann erstarrte und setzte eine gleichmütige Miene auf, die wirkte, als schlösse sich eine Tür. Er sah sie an.

»Xenia Fjodorowna …«, murmelte er dann und erbleichte.

Dann schwiegen beide. Xenia hatte das Gefühl, wieder ein junges Mädchen zu sein. Igor Kunin war ein Schützling ihres Vaters gewesen, der beste Freund ihres Onkels Sascha, aber vor allem der Erste, der dem verliebten Mädchen schlaflose Nächte bereitet hatte. Als sie ihn zum letzten Mal gesehen hatte, trug der Offizier der Zarengarde die elegante Infanterie-Uniform mit dem halblangen Rock, der bauschigen Hose und dem dunkelroten Hemd. Er war der erste Mann, auf den sie gewartet hatte, fieberhaft, unsicher und auch ungeduldig, damals, als sie ihn auf dem Empfang zu Ehren ihres fünfzehnten Geburtstags zu sehen hoffte. Doch er war nicht gekommen, denn an diesem Abend war in Petrograd die Revolution ausgebrochen.

Sie konnte gar nicht fassen, dass Igor vor ihr stand, ein Überlebender einer im Chaos versunkenen Vergangenheit voller Verwirrung und Tragödien. Und durch welche geheimnisvolle Abfolge von Zufällen war er heute General in der Roten Armee? Die Erinnerung an ihren Onkel Sascha stieg in ihr auf. Sein mutiger Kampf in der Weißen Armee, die Niederlage von Wrangels Getreuen, der langsame Verfall dieses herausragenden Gardeoffiziers, der sich schließlich als Hilfsarbeiter bei Renault verdingte und dann Jahre in einem französischen Gefängnis saß. Das Exil, mit dem er sich nie hatte abfinden können, hatte ihn körperlich und geistig gebrochen.

»Das verstehe ich nicht«, sagte sie schroff.

Igor zuckte zusammen, als er den argwöhnischen Ausdruck auf Xenia Fjodorownas Zügen sah. Schon damals hatte sie ihre Gefühle nicht verbergen können, dachte er. Die Reife hatte die Schönheit vervollkommnet, die damals, als er sie im Salon ihrer Eltern gesehen hatte, nur eine Verheißung gewesen war. Und der Blick ihrer grauen Augen war immer noch so intensiv, dass einem davon schwindlig werden konnte.

Was wäre geschehen, wenn der Lauf der Geschichte ihre Lebenswege nicht in eine unvermutete Richtung gelenkt hätte? Sie war verliebt in ihn gewesen, aber welche Bedeutung konnte man schon solchen ersten Herzensregungen beimessen, die oft ebenso leidenschaftlich wie vergänglich waren? Damals hatte das junge Mädchen ihn durch ihre Kühnheit, ihre Vitalität beeindruckt, und weil nichts und niemand ihr widerstehen konnte. Igor, ein talentierter Pianist, hatte versucht, ihr durch die Musik die komplexen Gefühle, die sie ihm einflößte, begreiflich zu machen; aber Xenia hatte zu sehr in sich geruht, um eine Furcht zu erfassen, die ihr selbst vollständig fremd war. Er erinnerte sich noch an ihr schallendes Lachen, an ihren Enthusiasmus, der aus der Überzeugung erwuchs, dass das Leben wunderbar werden würde. Die junge Gräfin Xenia Fjodorowna Ossolin hatte sich nie vorstellen können, dass sich das Schicksal und die Menschen nicht ihren Launen beugen würden.

Ihre Briefe hatte er sorgsam über Jahre gehütet; bis zu dem Tag, an dem auch sie durch ein politisches Regime vernichtet worden waren, das keinen Bürger der Sowjetunion schonte und weder Privatsphäre noch persönliche Rückzugsgebiete duldete. Und dabei hatte Igor, wenn er sich einsam fühlte, so gern die vergilbten Blätter auseinandergefaltet und die stürmischen Sätze noch einmal gelesen, um dieser Leidenschaft einen Grund zum Weiterleben abzugewinnen.

Das Leben hatte Igor Nikolajewitsch Kunin nichts erspart. Im Gegensatz zum Großteil seiner Freunde, denen das Schicksal entweder einen frühen Tod oder ungewisse Irrfahrten jenseits der russischen Grenzen beschert hatte, war ihm ein anderes Exil zuteilgeworden, das innere Exil, das ebenfalls schwer zu ertragen war.

»Ich verstehe es auch nicht«, setzte er leise hinzu. »Aber wir sind hier, Xenia Fjodorowna. Heute. Du und ich. Und für dieses Wunder danke ich Gott.«

Eine tiefe Erleichterung überlief Xenia, als sie seinen aufmerksamen und gütigen Blick sah. Also war Igor immer noch derselbe. Und obwohl er die Uniform der Roten Armee trug, deren Mut sie anerkannte, die sie aber dennoch fürchtete, und obwohl dieser Man sicher Kompromisse hatte eingehen müssen, um unter einem Regime zu überleben, das sie verabscheute, konnte Xenia nur dankbar dafür sein, dass die Vorsehung ihr den einzigen Menschen über den Weg geschickt hatte, der vielleicht bereit sein würde, Max aus dem Schlund der Hölle zu holen. Plötzlich stieg eine überschwängliche Freude in ihr auf, so wie damals, als sie eine junge Aristokratin gewesen war, der man in den Salons von St. Petersburg huldigte und der alles Glück der Welt verheißen war.

»Du musst mir helfen, Igor!«, rief sie mit strahlenden Augen und rosigen Wangen aus.

Herrgott, sie hat sich wirklich nicht verändert, dachte er bewundernd.

Am frühen Nachmittag trafen sie sich im sowjetischen Sektor wieder, nicht weit von der ausgebrannten Hülle des Hotels Adlon. Igor hatte in den Büros des sowjetischen Hauptquartiers nicht weiter mit Xenia reden wollen. Als sie zu sprechen begann, bedeutete er ihr zu schweigen, und von seiner strengen Miene las sie ab, dass er nur überlebt hatte, weil er stets allergrößte Vorsicht walten ließ.

»Natürlich habe ich auch Glück gehabt«, räumte er jetzt ein, als sie in Richtung des Konzertsaals gingen, in dem ein Konzert stattfinden sollte, zu dem er sie eingeladen hatte. »Sonst wäre ich schon lange tot. Während der Revolution bin ich schwer verletzt worden, daher war es mir nicht möglich, zu Kornilow und der Weißen Armee zu stoßen. Während dieser Monate hätte niemand viel auf meine Haut gegeben. Als ich endlich wieder auf den Beinen war, hatte ich das Gefühl, ein Stück Treibgut zu sein, das das Meer an den Strand spült. Zu nichts gut … Meine Familie war in Petrograd geblieben. Meine Großeltern, meine

Eltern, meine kleine Schwester. Niemand von ihnen wollte fortgehen, also bin ich ebenfalls geblieben.«

Er legte eine Pause ein, und ein Schatten huschte über seine Miene. Sie begriff, dass Erinnerungen in ihm aufstiegen und dass sie schmerzlich waren.

»Ich bin deswegen hart mit mir ins Gericht gegangen, habe das Gefühl gehabt, ein Feigling zu sein. Aber der Alltag hat die Oberhand gewonnen. Jeden Tag musste man ums Überleben kämpfen. Da kam mir die Vorstellung, Russland zu verlassen, mehr und mehr wie ein Hirngespinst vor. Wohin hätte ich auch gehen sollen?«

»Es ist niemandem leichtgefallen, seine Heimat zu verlassen«, erwiderte sie. »In Odessa hat sich Sascha in letzter Minute anders besonnnen. Er hat sich geweigert, uns zu begleiten, und hat mich allein mit meiner Mutter, Mascha, Kyrill und Nanuschka an Bord des Schiffes gehen lassen. Damals habe ich mich von ihm verraten gefühlt. Erst viel später, als er ebenfalls in Paris ankam, habe ich ihn verstanden. Das Exil hat ihn allmählich zerstört. Ich habe oft bedauert, dass er nicht auf russischem Boden gestorben ist.«

Sie sprach so leise, dass Igor den Kopf neigen musste, um sie zu verstehen. An ihren erstarrten Zügen und ihrem tränenerfüllten Blick las er ab, wie viel Leid sie ertragen hatte. Einen kurzen Moment lang kam sie ihm so verwundbar vor, dass er den Drang niederringen musste, sie in die Arme zu ziehen und an sich zu drücken. Aber er fing sich wieder und reckte die Schultern.

»Du hast also die Revolution und die Säuberungen durchlebt, den Terror. Jahre des reinen, harten Stalinismus«, fuhr sie in leichterem Ton fort. »Wie hast du das angestellt? Hast du lauthals den abscheulichen bürgerlichen Idealen abgeschworen, die, wenn ich die marxistischen Lehren richtig verstanden habe, Gewissen, Ehre und Menschlichkeit sind?«

»Um ihnen die schönen sowjetischen Werte vorzuziehen,

die Liebe zur Arbeit, die Bescheidenheit und den Gehorsam?«, gab er lächelnd zurück. »Ziemlich große Worte, findest du nicht auch? Und dabei sind die Dinge so viel komplexer. Ich habe vor allem immer versucht, meine Würde zu wahren, Xenia«, setzte er ernst hinzu. »Wir sind wie von einer Dampfwalze überrollt worden. Millionen von Menschen wurden geopfert. Manchmal habe ich in der Gemeinschaftswohnung geglaubt, verrückt zu werden. Ich lernte, meine Vergangenheit zu verschweigen und meine Träume zu vergessen. Ich habe in einer Fabrik gearbeitet, um politisch wieder eine weiße Weste zu bekommen, die das Sesam-öffne-Dich für alles ist. Schließlich bin ich Ingenieur geworden. Ich habe geheiratet …«

»Wirklich?«, fragte sie und kam sich albern dabei vor, als erstaunte es sie, dass Igor ein Erwachsenenleben führte und nicht der schüchterne junge Bursche geblieben war, in den sie sich verliebt hatte, als sie praktisch noch ein Kind war. »Und wie heißt sie?«

Mit einem Mal blieb er stehen und zog ein Päckchen Zigaretten aus der Tasche. Als er sein Feuerzeug aufflammen ließ, zitterten seine Hände.

»Ludmilla. Sie ist während der Belagerung von Leningrad gestorben. Unsere Tochter auch … Sie sind beide verhungert.«

Xenia wandte den Blick ab. Vor ihnen stand ein Panzer, der mit Werbeplakaten für Tanzschulen, Theater und Filme beklebt war. Nur wenige Wochen nach der Kapitulation kam das künstlerische Leben wieder in Gang. Die Sowjets waren überzeugt, dass die Kultur ein unverzichtbares Werkzeug beim Aufbau der neuen antifaschistischen Gesellschaft darstellte. Frauen gingen ihnen aus dem Weg und drückten sich mit niedergeschlagenen Augen an den Hauswänden entlang. Die russischen Militärs wurden gefürchtet, wenn schon nicht respektiert. Auf der anderen Seite des Tiergartens, rund um den Kurfürstendamm, trugen die Mädchen Bänder im Haar und flirteten mit den englischen, amerikanischen oder französischen Soldaten. Manche

Schreckenstaten werden für immer wie offene Wunden bleiben, dachte Xenia hilflos. Wie lernt man, danach weiterzuleben? Ist es überhaupt möglich oder erträglich?

»Sie war Musiklehrerin«, fuhr Igor mit heiserer Stimme fort und setzte sich wieder in Bewegung. »Unsere Tochter war siebzehn. Sie war sanft. Herzlich. Sie liebte die Poesie über alles.«

»Es tut mir leid«, murmelte Xenia und legte eine Hand auf seinen Arm.

»Danke.«

»War sie euer einziges Kind?«

Seine Miene hellte sich auf, und er schüttelte den Kopf.

»Nein, wir haben noch einen Sohn, der älter ist. Dimitri. Seine Orden kann ich schon gar nicht mehr zählen; ich glaube, er hat mehr davon als ich.«

»Ein Held also?«, meinte Xenia lächelnd.

»Ein guter Junge vor allem. Ein junger Mann, wie dein Vater ihn geschätzt hätte. Das ist doch die Hauptsache, oder, dass es noch gute Menschen gibt?«

Xenia hatte Tränen in den Augen, ohne zu verstehen, woher dieses Gefühl kam. So oft hatte man ihr vorgeworfen, streng zu sein, unerbittlich, unzugänglich. Eine Frau, die nur die Pflicht kannte. Sie hatte so sehr gekämpft, so viel verloren. Warum lagen jetzt, seit dem Ende des Krieges, ihre Emotionen so dicht an der Oberfläche? Hatte es mit der Ungewissheit über Max' Schicksal zu tun? Der Angst, ihn von Neuem zu verlieren, nachdem sie ihn erst in diesen dunklen Jahren wirklich gefunden hatte? Oder lag es an dem täglichen Umgang mit diesen Russen, dass gegen ihren Willen eine alte, klarere Persönlichkeit in ihr aufstieg?

»Ich liebe einen Mann«, erklärte sie plötzlich, und ihr war, als stürzte sie sich von einer Klippe. »Ich liebe ihn seit Jahren. Er ist der Vater meiner Tochter Natascha. Er ist Fotograf, ein wunderbarer Künstler. Ein integrer Mensch, wie man ihm in seinem Leben selten begegnet. Der Mann meiner Freundin Sarah hätte gesagt, er sei ein Mann des Lichts«, sagte sie mit einem betrübten Lächeln. »Ein deutscher Widerstandskämpfer, ein Überlebender aus den Konzentrationslagern. Seinetwegen bin ich nach Berlin zurückgekehrt. Nur seinetwegen. Er ist meine Seele, verstehst du?«

Ein verirrter Sonnenstrahl hob Xenia Fjodorownas Profil hervor, und als sie sich ihm zuwandte, wurde Igor von der Stärke der Liebe überwältigt, die auf ihren Zügen geschrieben stand und sich ihm in ihrer ganzen Einfachheit darbot, ohne Scham oder Zurückhaltung. Darin lag keine Gier, keine Verbissenheit, wie man sie bei Menschen wahrnahm, für die die Liebe nur eine andere Form des Besitzstrebens war. Da waren weder die Listen noch die Schwächen, mit denen sich unentschlossene Liebende quälen. Bei dieser jungen Frau in der blauen Uniform, die zwischen den Ruinen von Berlin stand, sah er nur die Gnade, die manchen Menschen gewährt wurde, die sich auf dieser Erde erkannten und eine Verschmelzung erleben durften, die nicht nur die Körper, sondern auch den Geist einschloss. Igor Nikolajewitsch hatte seine Frau geliebt, aber ein solches Gefühl war ihm nie zuteilgeworden. Und einen winzigen Augenblick lang, kaum lang genug, um zu erschauern, spürte er einen ganz und gar männlichen Anflug von Eifersucht.

Igor war besorgt. Die Hände hinter dem Nacken verschränkt, lag er auf dem Bett und starrte mit offenen Augen ins Dunkel. Er hörte den Regen gegen die Fensterscheiben trommeln und versuchte sein unangemessenes Herzklopfen zu zügeln.

Das Misstrauen, die Wachsamkeit beim kleinsten Wort oder Blick, die Last des Schweigens und des Argwohns, diese Knechtschaft, der er sich seit Jahrzehnten fügte und deren Last nur ein Sowjetbürger ermessen konnte, der einem so unerbittlichen und irrationalen politischen Regime unterworfen war … All das hatte sich mit einem Mal verflüchtigt, als er Xenia Fjodorowna wiedergesehen hatte. Innerhalb von Sekunden hatte seine Vergangenheit ihn eingeholt, und Kummer und unerfüllte Träume hatten ihn überwältigt.

Er konnte gar nicht begreifen, dass er derart unvorsichtig gewesen war und sich praktisch als einer der zahllosen »Volksfeinde« offenbart hatte, denen, wenn schon nicht der Tod, dann die ewige Verbannung in eines der sibirischen Lager des Gulag bevorstand. Woher kamen diese gefährlichen Emotionen, dieser Hunger nach Aufrichtigkeit, dieses plötzliche Bedürfnis, laut aufzuschreien? Igor hatte sich selbst Angst eingejagt. Er hatte den absurden Eindruck gehabt, vom Blitz getroffen zu werden. Aber um das zu verstehen, musste man schon fast fünfundzwanzig Jahre lang geknebelt gelebt und gesehen haben, wie Menschen, die einem nahestanden, Kollegen und Freunde, eine

Schwester oder ein Cousin, Schwager und Schwägerinnen, in den Arbeitslagern verschwanden. Ohne Grund. Man musste selbst zu mehreren Jahren Arbeitslager jenseits des Polarkreises verurteilt worden sein, um zu begreifen, was eine Seele empfand, die mit einem Mal die Freiheit atmete. Die Wirkung war verheerend. Eine Art Tiefenrausch. Nie hätte er geglaubt, so angreifbar zu sein.

In den Folterkammern des NKWD brach die Geheimpolizei die Angeklagten, die nach den Verhören und Schlägen immer noch widerspenstig waren, indem sie drohte, ihre Angehörigen zu deportieren. Es kam auch vor, dass die Folterer die Frau oder die Tochter des Beschuldigten vor seinen Augen vergewaltigten: eine wirkungsvolle Methode, um auch Unschuldigen Geständnisse abzupressen. Man bricht immer im Herzen. Oder sagen wir, dass es immer das Herz ist, das einen verrät, dachte Igor.

Xenias Aktion, sich allein zum Hauptquartier der sowjetischen Militärverwaltung zu begeben, war derart unvernünftig gewesen, dass er sich immer noch nicht darüber beruhigen konnte. Sicher, sie besaß die nötigen Genehmigungen, um sich in allen vier Sektoren der Hauptstadt zu bewegen, aber sie war das Risiko eingegangen, die sowjetischen Verantwortlichen, aber auch ihre eigenen Vorgesetzten zu verärgern. Doch wie jedermann wusste, lächelt das Glück dem Mutigen. Der junge Sekretär, der sie empfangen hatte, würde heute Abend in die Heimat und in sein Dorf im Ural zurückkehren. Er dachte nur an die Dinge, die er mitnehmen würde, an das Holzhäuschen, in dem seine Mutter auf ihn wartete, und an seine Verlobte, die er seit vier Jahren nicht gesehen hatte. Das Auftauchen dieser französischen Offizierin, die ebenso schön wie kopflos war, hatte ihn amüsiert. Ihren Namen hatte er mit etlichen Rechtschreibfehlern in sein Register eingetragen und sich an den Genossen General Kunin gewandt, weil dieser sich zufällig im Gebäude aufhielt, Französisch sprach und bei seinen Männern beliebt war.

Kaum hatte sich Igor von seiner Verblüffung erholt, hatte er Xenia gebeten, das Haus zu verlassen. In seinem Bericht hielt er fest, es habe sich um einen bedeutungslosen Höflichkeitsbesuch gehandelt, da in der Stadt kürzlich neue französische Offiziere stationiert worden waren. Die Erklärung war gewagt, aber durchaus denkbar. Derzeit, im Herbst 1945, bestimmten immer noch die Alliierten über die Normen im Berlin der Nachkriegszeit. Trotz mehrerer Zwischenfälle – Soldaten hatten nach der Ausgangssperre, die um dreiundzwanzig Uhr begann, tödliche Schüsse abgegeben – waren die Beziehungen unter ihnen immer noch eher herzlich. Doch Igor wusste, dass dieser Zustand nicht lange andauern würde. Schon jetzt zeigten sich die ersten Interessenskonflikte und Spannungen. Also hatte er Xenia vorgeschlagen, sich später wieder mit ihm zu treffen, bei einem Konzert, zu dem auch andere alliierte Militärs eingeladen waren. So würden sie sich unbemerkt unterhalten können.

Die Konzertsäle waren noch ungeheizt, aber überfüllt, obwohl ihre Wände von Einschusslöchern durchsiebt waren. Die Deutschen waren ausgehungert nach Musik, besonders nach der, die unter den Nazis verboten gewesen war. Und die Russen empfanden eine aufrichtige Liebe für alles Künstlerische. Die Kultur schuf eine Verständigungsbasis für alle. Obgleich die Musiker mit leerem Magen und abgezehrten Gesichtern spielten, zelebrierten sie die vierte Symphonie von Tschaikowski, ebenso wie Stücke von Bach oder Mendelssohn, und die Russen klatschten am Ende der Konzerte stürmischen Beifall.

In der Pause erzählte Xenia ihm weiter von Max von Passau, und je mehr sie von dem Mann sprach, den sie liebte, umso verschlossener wurde Igors Gesicht. So fand er zu dem Gleichmut zurück, den er sich im Lauf der Jahre zugelegt hatte. Sie verlangte das Unmögliche. Genau wie der Gulag unterstanden die »Speziallager« in den Ländern der sowjetischen Zone dem NKWD, der sie mit seinen Leuten und seinen Methoden betrieb. Zwei davon, Buchenwald und Sachsenhausen, hatte man von den Nazis übernommen. Die Lebensbedingungen dort waren abscheulich. »Schlimmer als in der Sowjetunion. Ein Drittel der Gefangenen wird dort nicht überleben«, munkelte man in gut unterrichteten Kreisen. Als Igor das hörte, hatte es ihm einen Stich ins Herz gegeben, ihm, der selbst schon drakonische Arbeitsbedingungen, Hungerrationen und überfüllte Baracken kennengelernt hatte. Doch die Mehrheit der deutschen Häftlinge waren keine Nazi-Kriegsverbrecher, von denen man die meisten sofort nach Moskau und von dort aus in Gefangenenlager oder nach Sibirien gebracht hatte. Nein, die Menschen, die man in diese Speziallager sperrte, wurden von den neuen Herren verabscheut, die ihnen vorwarfen, »Feinde des Sozialismus« zu sein. Ihr einziges Verbrechen war es, einer gesellschaftlichen Klasse anzugehören, die man als schädlich betrachtete – Ärzte, Ingenieure, Lehrer, Journalisten, Juristen oder Unternehmer, die die deutsche Bourgeoisie verkörperten.

»Er ist Widerstandskämpfer gewesen!«, empörte sich Xenia. »Wie kann man ihm nur eine solche Ungerechtigkeit antun?« Aber Igor erstaunte das nicht. Max von Passau war nicht der einzige Widerstandskämpfer, der hinter Gittern saß. In ihrer verdrehten Weltsicht fürchteten die Sowjets, dass sich diejenigen, die den Mut gehabt hatten, Adolf Hitler Widerstand zu leisten, auch gegen Josef Stalin wenden könnten. Und hatten sie da so Unrecht?

Igor kannte den Freiherrn von Passau nicht, aber Max hatte den Nachteil, gleichzeitig ein freidenkender Mensch, Journalist und Adliger zu sein – in Moskaus Augen alles verabscheuungswürdige Makel. Gereizt stand er von seinem Bett auf, um sich eine Zigarette anzuzünden. Draußen rauschten die Bäume im Wind. Wenn er dort bleibt, wird er krepieren, dachte er und sah in die dunkle Nacht hinaus. Der Winter versprach hart zu werden. Die Gefangenen würden in den Baracken erfrieren und verhungern. Gar nicht zu reden von ansteckenden Krankheiten. Aber wie sollte er an ihn herankommen? Aus Sachsenhausen drang nichts heraus. Briefe wurden nicht befördert und die meisten Besuchsanträge abgelehnt. Igor wusste, warum: das eherne Gesetz des Schweigens. Wie in allen totalitären Regimes hielt man nichts davon, wenn Zivilisten überall die Nase hineinsteckten.

Wieder dachte er an den strahlenden Blick, mit dem Xenia ihn angesehen hatte. Diese Hoffnung, dieser Glaube. »Ich bin doch nicht der Messias!«, hätte er am liebsten eingewandt, obwohl er wichtige Funktionen ausübte. Er hatte zum engeren Kreis um General Bersarin gezählt, den ersten Stadtkommandanten, einem Mann, den sowohl Berliner als auch Sowjets geachtet hatten und der bei einem Motorradunfall ums Leben gekommen war. Und nun gehörte Igor zu denen, die damit beauftragt waren, seine Arbeit weiterzuführen, und er gab sich die größte Mühe. Aber man musste in der Sowjetunion gelebt haben, um Demut zu lernen: Der Held, der heute noch mit Orden überhäuft wurde, konnte morgen schon in Ungnade fallen. Nichts war jemals sicher. Seit Jahren kannte Igor diese unruhigen Nächte, in denen man das Klopfen an der Tür fürchtete, die Männer mit den strengen Mienen, den schwarzen Wagen. Wie Millionen seiner Landsleute hatte er gelernt, mit der Angst im Bauch zu leben, wie ein verirrter Reisender auf Treibsand.

Xenia verlangte von ihm, aus der Reihe zu tanzen und einen dieser Fehltritte zu begehen, die einen früher oder später einholen. Aber wen brauchst du noch zu schützen?, fragte er sich bitter. Die Nazis hatten die Sippenhaft nicht erfunden, dieses zutiefst ungerechte Gesetz, das die Angehörigen des sogenannten Verbrechers mit verurteilte. In der Sowjetunion ermunterte man Kinder, sich von ihren verhafteten Eltern loszusagen, und Ehegatten, sich von ihrem Partner abzuwenden. Seit dem Beginn der bolschewistischen Revolution waren Familienbeziehungen suspekt. Ein Revolutionär hatte weder Vater noch Mutter und kannte nur das ruhmreiche Ideal der Revolution. In Stalins Augen war eine Familie kollektiv verantwortlich für das Verhalten jedes ihrer Mitglieder. Aber Igors Frau und seine Tochter lagen in Leningrad in einem Massengrab. Er hatte nur noch Dimitri, doch sein Sohn war mit seinen vierundzwanzig Jahren schon ein Mann. Sie hatten beide den Krieg überlebt, der sie nach Berlin geführt hatte. Aber die tiefsten Verwundungen waren die der Seele, und als er Dimitri wiedergesehen hatte, hatte Igor begriffen, dass keiner von ihnen unversehrt davongekommen war.

Nie würde er diesen frischen, feuchten Tag im Januar mit dem schimmernden Licht vergessen, an dem es nach Tauwetter roch, als er ein Lager in Oberschlesien betrat, oder den Blick dieser Unbekannten in Lumpen, die in einer dreckigen Baracke unter Toten und Sterbenden vor ihm stand, die Frau, die ihn aufrecht und schweigend empfing.

Igor konnte sie besser verstehen als die Engländer und Amerikaner, die ebenfalls die Welt der Nazi-Konzentrationslager entdeckten. Er kannte diese Not, dieses Elend. Er hatte sie mehrere Jahre lang am eigenen Leib erlebt, in der arktischen Kälte der Bergwerksregion von Norilsk. Und doch hatte er sich angesichts des glühenden und entschlossenen Blicks dieser Frau, vor ihrer Würde, demütig gefühlt. Er empfand einen ebenso tiefen wie unerwarteten Kummer, als sie vor seinen Augen zusammenbrach. Endlich schien sie den Tod willkommen zu heißen, dem sie sich Monate, vielleicht sogar Jahre verweigert hatte; und er wusste, was es hieß, Tag für Tag diesem Tod zu trotzen.

Langsam tat er den letzten Zug an seiner Zigarette und sog den dunklen Tabak ein, der ihm die Lungen verbrannte. Eine Idee nahm in ihm Gestalt an. Er unterhielt eine herzliche Beziehung zu Hauptmann Sergej Tulpanow, dem Hauptverantwortlichen für kulturelle Angelegenheiten. »Wir werden ihnen zeigen, dass wir keine Barbaren sind«, hatte Tulpanow ihm eines Tages anvertraut. Dann sprach er die zahllosen Vergewaltigungen durch die Rote Armee an. Den meisten Berlinerinnen, sogar alten Frauen und kleinen Mädchen, war Gewalt angetan worden; insgesamt war es über einer Million deutscher Frauen so ergangen. Viele gebildete Offiziere schämten sich dafür, aber der russische Soldat war zu tief gedemütigt worden, um seinem Feind nicht die in seinen Augen schrecklichste Kränkung anzutun. Für ihn war ein Mann, der es nicht fertigbrachte, die Tugend seiner Frau, seiner Schwester oder seiner Tochter zu schützen, für immer entehrt und verloren. Die Elitetruppen wie die Abteilung, zu der Dimitri gehörte, hatten sich größtenteils anständig verhalten; doch das Fußvolk der Armee mit seinen dazu aus den Lagern befreiten Zwangsarbeitern und seinen Soldaten ohne Glauben und Moral – eine Soldateska, wie sie jeder Krieg hervorbrachte –, hatte eine seltene Brutalität an den Tag gelegt. Dieses Verhalten schadete dem Prestige der Sowjetunion, und an höchster Stelle waren Befehle ergangen, um diese Lage unter Kontrolle zu bringen. »Ich erinnere dich an die Erklärung des Genossen Stalin«, setzte Tulpanow hinzu und zitierte mit ernster Stimme: »»Die Geschichte zeigt, dass die Hitlers kommen und gehen, aber das deutsche Volk, die deutsche Nation, wird bestehen.‹« In diesem Sinne machten sich die Russen ein hämisches Vergnügen daraus, den Künstlern respektvoll zu begegnen, während die westlichen Alliierten sie als Naziverbrecher behandelten. Womöglich hatte Max von Passau eine winzig kleine Chance, dem gnadenlosen Mechanismus der Dampfwalze zu entkommen, weil er einmal ein anerkannter Künstler gewesen war.

Wovor habe ich eigentlich Angst?, fragte sich Igor. Dass man mich wieder verhaftet? Dass man mich wegen Kollaboration mit dem Feind erschießt? Aber kommt es darauf noch an? Zu der Zeit, als sich Xenia Fjodorowna entschieden hatte, das bolschewistische Russland zu verlassen, hatte sein Schicksal gewollt, dass er blieb. Beide hatten das Exil kennengelernt, es war nur von unterschiedlicher Gestalt gewesen. Das kommunistische Russland war sein Kreuzweg geworden, aber eine Zeitlang war ihm auch eine wunderbare Gnade zuteilgeworden: seine Frau, seine Tochter. Und Dimitri.

Die Unbekannte mit dem brennenden Blick hatte Igor Nikolajewitsch Kunin nicht retten können. Seine Männer und er waren zu spät nach Auschwitz-Birkenau gekommen. Aber er konnte noch versuchen, Max von Passau zu retten. Eigentlich war es sogar ganz einfach. Welchen Preis er dafür auch entrichten musste, wie hatte er auch nur eine Sekunde lang daran zweifeln können, welche Entscheidung er zu treffen hatte?

Am späten Nachmittag kamen sie Max holen. Als er sich von seinem Strohsack erhob, drehte sich ihm der Kopf, und es dauerte ein paar Sekunden, bis er einen Fuß vor den anderen setzen konnte. Die Schüssel mit heißem Wasser und den paar traurigen Graupen oder Kartoffelstücken, die man ihnen als Mahlzeit vorsetzte, war nicht besonders kräftespendend. »Sie geben uns gerade so wenig, dass wir überleben, um zu hungern«, hatte sein Nachbar bemerkt, als bedauerte er, nicht sofort sterben zu dürfen.

Flankiert von den Wärtern überquerte Max unter einem bedeckten Himmel, der nach Schnee roch, den Hauptplatz des Lagers. Wie jedes Mal empfand er die grausame Ironie. In Sachsenhausen herrschten der gleiche eisige Wind, die gleichen nicht enden wollenden Appelle und die gleichen Demütigungen wie zuvor. Der Albtraum begann von Neuem, nur dieses Mal unter russischer Regie. Die Massengräber füllten sich jeden Tag mehr. Die Gaskammern allerdings nicht. Je nach Diktatur starb man auf andere Weise, aber man starb trotzdem. Konnte das Schicksal wirklich so grausam sein? Wie viele Männer und Frauen waren dazu verurteilt, nachdem sie die Hölle der Nazi-Konzentrationslager überlebt hatten, die der Kommunisten kennenzulernen? »Eine abscheuliche Zeit, das«, hätte sein bester Freund Ferdinand ironisch gemeint, hätten ihn nicht die Nazis als Hochverräter mit dem Fallbeil geköpft.

Max war auf offener Straße verhaftet worden, als er in der

Nähe des Reichstags herumstrich, um Medikamente für Marietta aufzutreiben. Er brauchte Pyrimial und Salversan. Der Preis für eine Spritze oder ein Päckchen Tabletten lag bei hundert Mark oder zwei Pfund Kaffee. An diesem Tag war er weniger vorsichtig als sonst gewesen. Er war müde und auch besorgt, weil sich Mariettas Zustand nicht besserte. Doch für gewöhnlich waren es die Engländer, die die Sowjets auf frischer Tat beim Schwarzhandel ertappten. Als der russische Soldat siegreich in die deutsche Hauptstadt einzog, hatte er zugleich den Kapitalismus entdeckt. Dank des drei Jahre lang ausstehenden Solds, der endlich gezahlt worden war, schwamm er geradezu in Besatzungsmark.

Den sowjetischen Behörden hatte seine Identität offensichtlich nicht gefallen. Ein Aristokrat und Fotojournalist, zwei Vergehen, die ihn in ihren Augen zum Verbrecher machten.

Was mag mich jetzt erwarten?, fragte sich Max bedrückt. Einige seiner Leidensgenossen waren von einem Tag auf den anderen verschwunden. »Nach Russland deportiert«, munkelte man. Ob er die Kraft aufbringen würde, dort zu überleben? Zum ersten Mal spürte er, wie die Flamme zitterte, die ihn durch alle Schicksalsprüfungen getragen hatte. Zum ersten Mal verschwamm Xenias Silhouette, und ihre Züge verblassten in seiner Erinnerung.

Als er stolperte, machte der Wärter keine Anstalten, ihn zu stützen, und Max schlug der Länge nach hin. Schmerzhaft prallte er auf die gleichgültige Erde, die nach Feuchtigkeit und Elend roch. Mit geschlossenen Augen spürte er, wie ihm Blut über die Schläfe rann. Jetzt ist es genug, dachte er, und der Gedanke schob sich mit absoluter Gewissheit in sein Bewusstsein. Die Stunde war gekommen. Er empfand keinen Kummer, sondern eine Art Staunen und Achtung. Eine nie gekannte Leichtigkeit. Niemand konnte ihm vorwerfen, er hätte nicht sein Bestes gegeben; aber man musste auch wissen, wann man die Waffen zu strecken hatte. Er würde also hier liegen bleiben, ausgestreckt auf dem Boden von Oranienburg-Sachsenhausen, weil er am Ende seiner Kräfte war, weil auch die Hoffnung untergehen konnte und er schließlich auch nur ein Mensch war wie alle anderen.

Zwei Hände schoben sich unter seine Schultern und stellten ihn mit einem Schwung, der ihn erstaunte, auf die Füße. Wie ist es möglich, dass jemand noch so viel Kraft hat?, fragte er sich nicht ohne einen Anflug von Bewunderung. Oder es lag daran, dass er kaum noch etwas wog. Ihm wurde schwindlig. Hätte er etwas im Magen gehabt, hätte er sich erbrochen. Er sah eine flache Schirmmütze vor sich, die mit dem goldenen Zeichen von Hammer und Sichel geschmückt war, und darunter das Gesicht eines sowjetischen Offiziers mit kräftigen Zügen, der ihn mit fürsorglichem Blick ansah.

»Herr von Passau?«

Träumte er? Seit wann war er keine Nummer mehr? Hatte man etwa noch einmal das Recht auf seinen eigenen Namen, bevor man erschossen oder nach Sibirien geschickt wurde?

Er wollte antworten, aber seine Kehle war so ausgetrocknet, dass er kein Wort herausbrachte.

»Ich bin gekommen, um Sie nach Hause zu begleiten«, fuhr der Unbekannte auf Deutsch fort. »Kommen Sie bitte mit. Mein Wagen wartet.«

Als er sah, dass Max zögerte, fasste er ihn um die Taille und bedeutete ihm, den Arm um seine Schultern zu legen. Dann brüllte er dem Wärter einen Befehl zu, worauf dieser sich beeilte, Max ebenfalls zu stützen. So überquerten sie den verlassenen, weitläufigen zentralen Platz, während der brandenburgische Wind ihnen um die Ohren pfiff und Max zusetzte, der nur mit einer einfachen Hose und einem offenen Hemd bekleidet war. Die beiden russischen Militärs trugen ihn praktisch, sodass seine Füße den eisigen Boden nur streiften.

In dem ungeheizten Wagen fror Max erbärmlich und klapperte mit den Zähnen. Der Fremde zog seinen Mantel aus, hüllte ihn darin ein und legte ihm dann eine Decke über die Beine. Er nahm eine flache Metallflasche aus der Tasche, schraubte sie auf und reichte sie ihm.

»Cognac. Vom Besten«, erklärte er lächelnd.

Max trank einen ordentlichen Schluck und hustete. Die Wärme breitete sich in seinem Körper aus, und er genoss sie gebührend. Rechts und links der Straße zogen die Bäume vorüber, die wie Wachposten in der einbrechenden Dunkelheit standen. Er betrachtete den dicken Nacken des Chauffeurs, seine Hände auf dem Lenkrad, Bauernhände wie Dreschflegel.

»Jetzt verstehe ich gar nichts mehr«, murmelte er und hörte verblüfft, wie sein Nachbar in Gelächter ausbrach.

»Man könnte meinen, dass dieser Satz ein Leitmotiv für Menschen wie uns ist. Ich erspare Ihnen die etwas komplizierten Formalitäten, die mich zu Ihnen geführt haben. Gestatten Sie mir, mich vorzustellen: Igor Kunin aus Leningrad. General der Roten Armee und Kindheitsfreund einer gewissen Gräfin Xenia Fjodorowna Ossolin.«

Ein Schauer überlief Max. Also hatte sie ihn nicht vergessen; sie war gekommen wie in jener Nacht, in der sie plötzlich auf der Schwelle seiner Wohnung gestanden hatte, während die ersten britischen Bomben über der Stadt niedergingen und Brände die Häuser verzehrten. In dieser Nacht, während die Flak knatterte und die Berliner verängstigt in ihre Keller und Bunker flüchteten, hatte sie hochaufgerichtet und gelassen in ihrem roten Abendkleid vor ihm gestanden. Sie war gekommen, um ihm ihre Liebe zu erklären und ihm zu sagen, dass sie ihm eine Tochter geschenkt hatte, über die er nicht das Geringste wusste. Und jetzt schickte sie ihm einen sowjetischen General, um ihn dem sicheren Tod zu entreißen, ja schlimmer noch, einem Tod, nach dem er sich gesehnt hatte …

Xenia … Die Frau, die ihm die schlimmsten Schmerzen zugefügt, aber auch das größte Glück geschenkt hatte. Die schwer zu fassende, zum Ärger reizende und verwirrende Xenia Ossolin. Seine Muse, die andere Hälfte seines Herzens. Seine brennende Wunde.

»Xenia ist in Berlin?«, fragte er.

Sein Puls raste so sehr, dass er keine Luft mehr bekam. Weiße Lichter tanzten durch sein Hirn. Er wusste, dass er sehr geschwächt war. Man erzählte sich, dass der geringste emotionale Schock die Überlebenden aus einem Konzentrationslager töten konnte. Nach einer gewissen Zeit fürchtete man die Freiheit nicht weniger als die Gefangenschaft.

Igor Kunin betrachtete Max von Passaus blasses Gesicht, die Linien, die der Schmerz in seine Züge gegraben hatte. An seiner Schläfe prangte eine blutende Wunde. Das war er also, Xenia Fjodorownas Liebster. Ihre Seele, hatte sie gesagt. Was sagte ihm der Anblick dieses Mannes, abgesehen von seinem abgemagerten Körper und den schmutzigen Kleidern, die diesen typischen, säuerlichen Geruch der Lager ausströmten? Sie hatte ihm erzählt, er sei ein außergewöhnlicher Fotograf. Ein talentierter Künstler. Ob seine Begabung das alles überleben würde? Würden nicht Zorn und Verbitterung seine Weltsicht verdüstern? Oder Erschöpfung und Desillusionierung? Doch dann traf ihn sein Blick mit voller Wucht; dunkle Augen mit bernsteinfarbenen Reflexen.

»Sie lebt«, sagte Max von Passau. »Es geht ihr gut.«

Das waren keine Fragen.

»Ja«, bekräftigte Igor. »Ihr geht es gut, und sie ist immer noch so schön. Nein, sie ist sogar noch schöner«, verbesserte er sich lächelnd. »Ich kannte sie als junges Mädchen, und jetzt ist sie eine Frau. Und ich glaube zu wissen, dass dieser Umstand Ihnen nicht fremd ist.«

»Erzählen Sie mir von damals!«, verlangte Max mit einem Mal, denn er spürte das Bedürfnis, die letzten Monate zu vergessen und den Krieg und seinen Rattenschwanz von Leiden auszulöschen. »Wie war sie, die junge Xenia Fjodorowna, die Sie damals kannten?«

Und so erzählte Igor Nikolajewitsch in dem schwarzen Wagen mit dem sowjetischen Wimpel, der im Wind knatterte, mit gedämpfter Stimme von der Vergangenheit und ließ die Salons im St. Petersburger Palast der Ossolins neu erstehen, die goldgerahmten Spiegel, die Kronleuchter aus venezianischem Glas, die Sammlung von Gemälden großer Meister, die persischen Teppiche und die Möbel aus karelischer Birke, die hochgewachsene Gestalt von Xenias Vater, dem General der kaiserlichen Garde Fjodor Sergejewitsch Ossolin, und seiner Frau, der sanften Gräfin Nina Petrowna. Er erschuf ein Bild des Russland von einst, das raffiniert und glanzvoll gewesen war, kosmopolitisch und inspiriert, und vergaß dabei auch nicht die ungestüme Xenia Fjodorowna, die alle Blicke auf sich gezogen und die er auf seine Weise geliebt hatte. Und doch hatte er vielleicht instinktiv gewusst, dass sie nicht für ihn bestimmt war, auch wenn er noch nicht ahnen konnte, dass sie diesen Deutschen wählen würde, den er ihr heute durch die dichten preußischen Wälder zurückbrachte.

Als er sich zu ihm wandte, um festzustellen, ob Max von Passau ihm zuhörte, sah er, dass er den Kopf an das Wagenfenster gelegt hatte und friedlich schlief, mit einem leisen Lächeln auf den Lippen. Igor Nikolajewitsch verstummte, zog behutsam die Decke hoch, die Max heruntergerutscht war, und wachte dann schweigend über ihn, während sie zusammen auf Berlin zurollten.

Einige Tage später blieb Xenia vor einem bescheidenen Hauseingang in der Wilhelmstraße stehen. Rechts und links der Straße erhoben sich Halden von Ziegelsteinen wie unwirkliche Hügel. Das Adlon, ach ja, dachte sie. In Berlin beginnt und endet alles mit diesem Hotel.

Nur der Personalflügel hatte den Brand überstanden, der das glanzvolle Hotel verwüstete, nachdem die russischen Soldaten es geplündert und Matratzen, Sessel und Möbel auf Karren weggeschafft hatten. Die Sowjets hatten die sechzehn noch verfügbaren Zimmer für kommunistische deutsche Emigranten beschlagnahmt, die ins Land zurückkehrten, aber die Parteioberen hatten schließlich ein weniger beschädigtes Gebäude in der Wallstraße vorgezogen, das das Zentralkomitee ausgesucht hatte. Einen Monat nach der Kapitulation hatte das Restaurant in der ersten Etage geöffnet. Man hatte es mit vergoldeten Stühlen im Rokoko-Stil ausgestattet, die die russischen Soldaten aus den Trümmern der Reichskanzlei geholt hatten.

Igor und Xenia hatten überlegt, wo sie Max, nachdem er Sachsenhausen verlassen hatte, unterbringen sollten, ohne Aufmerksamkeit zu erwecken. Igor wollte nicht das Risiko eingehen, ihn in seine eigene Wohnung zu bringen, und auch Xenia konnte ihn nicht in ihrem bei Privatleuten in Frohnau requirierten Zimmer aufnehmen. Das Adlon besaß den Vorteil, am Rand des sowjetischen Sektors zu liegen, sodass Igor diskret kommen und gehen konnte, und für Xenia erreichbar zu sein, weil das Hotel nach wie vor eine Drehscheibe der Stadt war.

Max wohnte nun schon seit mehreren Tagen dort, aber sie war noch nicht aus Frohnau fortgekommen, um ihn zu besuchen. Ein heftiges Fieber hatte einen ihrer Kollegen ans Bett gefesselt, sodass Xenia für zwei hatte arbeiten müssen. Jetzt glänzten ihre Augen aufgeregt, und eine Mischung aus Freude und Furcht ballte sich wie eine Faust in ihrer Magengrube zusammen. Ich habe Angst, dachte sie, mit einem Mal erschrocken.

»Kann ich Ihnen helfen, Leutnant?«

Sie zuckte zusammen. Die Tür hatte sich geöffnet. Der Hotelpage war ein alter Herr, der eine abgeschabte, mit Tressen besetzte Uniform trug.

»Willkommen im Hotel Adlon«, sprach er weiter, als sie nicht reagierte.

»Ich war vor einigen Jahren schon einmal hier«, stotterte sie verwirrt.

»Man kehrt immer ins Adlon zurück, Leutnant«, murmelte er lächelnd.

Sie trat in den Raum, der als Foyer diente. Alles war anders, ohne Goldschmuck und rosafarbenen Marmor, ohne Blumensträuße oder rote Teppiche, und doch hatte sich nichts verändert. Ein junger Hotelboy ging vorüber, die Arme voller Zeitungen. Es herrschte die heitere Atmosphäre, die seit jeher den Ruf des Hotels ausmachte. Zwei Männer im Anzug diskutierten angeregt. Einer von ihnen lachte schallend. Sie erkannte den Regisseur Wolfgang Staudte und den Schriftsteller Hans Fallada, denen sie vor dem Krieg einmal begegnet war.

»Die Herren kommen bei uns zusammen, um den Wiederaufbau der deutschen Filmindustrie vorzubereiten«, erklärte der alte Mann stolz. »Das Leben beginnt von Neuem. Ist es nicht ein Wunder?«

Allerdings, das Leben erwacht immer wieder neu, dachte Xenia, und eine plötzliche Ungeduld zerrte an ihren Nerven.

»Wissen Sie zufällig die Zimmernummer des Freiherrn von Passau?«, fragte sie.

»Der Herr Baron bewohnt Zimmer 12, Leutnant. Die Treppe liegt direkt vor Ihnen.«

Ohne ein weiteres Wort stürzte Xenia davon. Er war da! Sie würde ihn sehen, ihn in die Arme schließen. Auf der ersten Etage verlief sie sich und ging fast im Laufschritt in die entgegengesetzte Richtung zurück. Vor der gesuchten Zimmertür nahm sie ihre Uniformmütze herunter, strich sich über das Haar und den Mantel. Sie zitterte. Mein Gott, Max … Sie klopfte, und eine Stimme bat sie herein.

Max stand mit geschlossenen Augen am Fenster und hielt das Gesicht in den schwachen Sonnenschein. Er trug ein weißes Hemd mit offenem Kragen, ein Tweedjackett und eine graue Hose. Xenias Herz zog sich so heftig zusammen, dass sie fürchtete, in Ohnmacht zu fallen. Wie mager er ist!, dachte sie, um sich dann gleich zu verbessern: Danke, mein Gott, danke!

Er drehte sich zu ihr um und betrachtete sie lange. Wie oft hatten sie einander schon so wiedergesehen, nach Jahren der Trennung? Und immer noch war derselbe Funke da, dieselbe Magie, auch wenn Max heute nur noch ein Schatten seiner selbst war, mit kahl geschorenem Kopf und einer Wunde an der Schläfe, und obwohl Xenia Uniform trug. Trotzdem ließen ihre Furcht und ihre Liebe sie wie ein verschüchtertes junges Mädchen aussehen.

Er lächelte als Erster, tat einen Schritt auf sie zu und streckte ihr die Hand entgegen.

»Ich habe auf dich gewartet«, sagte er.

Xenia trat auf Max zu und legte die Hände um sein Gesicht. Seine Haut war rau, seine Lippen waren aufgesprungen. Sie schwieg. Jedes Wort würde verraten, wie tief die Gefühle waren, die sie empfand. Sie weinte ohne jede Scham. Auf diesen Moment hatte sie während des ganzen Krieges Tag und Nacht gewartet, durch so viele Prüfungen hindurch. Endlich legte sich der Sturm, und damit verschwanden auch alle Unsicherheiten und jede Furcht vor der Zukunft. Sie hatte das Gefühl, wieder Fuß in ihrem eigenen Leben zu fassen. Sie liebte diesen Mann, wie man nur einmal liebte, mit dem ganzen Verständnis des Körpers und des Geistes. Max zog sie an sich. Sie spürte seine Küsse auf ihrer Stirn, den Wangen, den Lippen, und ihr Herz wurde weit vor Glück. Sie liebte ihn so sehr, dass sie, wenn er sie darum gebeten hätte und es zu seinem Besten gewesen wäre, bereit gewesen wäre, diesen spartanischen, kalten Raum zu verlassen, sich für immer von ihm zu trennen, nachdem sie ihn jetzt gesehen hatte und wusste, dass er dem Leben zurückgegeben war.

Vierzehn Tage später saß Max in einem eisig kalten Raum an einem Holztisch, den Mantelkragen hochgeschlagen und einen Schal bis zur Nase um Hals und Gesicht gewickelt. Seine Fingergelenke waren gerötet. Vor ihm lag ein Fragebogen, der ihn an die schlimmsten Stunden seiner Internatsjahre erinnerte. Auch damals war sein Hirn nur eine formlose Masse gewesen und hatte sich jedem willentlichen Einfluss widersetzt.

Als Instrument zur Entnazifizierung hatten sich die Amerikaner dieses Formular von ungefähr einem Dutzend Seiten ausgedacht, das alle Deutschen über achtzehn in mehreren Exemplaren peinlich genau ausfüllen mussten. Mehr als dreizehn Millionen davon waren verteilt worden. Sogar die ehemaligen Widerstandskämpfer waren aufgefordert, sich dieser Prozedur zu unterziehen, die manche als absurde Inquisitionsmaßnahme bezeichneten.

Wer Arbeit finden wollte, musste diese Eingangsprüfung bestehen, und so versuchten die meisten, diesen kostbaren Blankoscheck zu erhalten, diesen unverzichtbaren Persilschein, der seinen Besitzer vom Schmutz einer beschämenden Vergangenheit reinwusch und ihm Unbescholtenheit bescheinigte. Auf dem Schwarzmarkt wurden die Scheine in Gold aufgewogen. Wie hätte es auch anders sein können, da man doch wusste, dass einer von sechs Deutschen Mitglied einer Nazi-Organisation gewesen war?

Rasch überflog Max die einhunderteinunddreißig Fragen: *Name, Geburtsdatum, Größe, Gewicht, Augenfarbe, Adresse, Schulbildung, Zugehörigkeit zu Nazi-Organisationen, Militärdienst ...* Aber auch Folgendes: *Ursprung und Höhe des Einkommens seit dem 1. Januar 1931, Reisen und Auslandsaufenthalte außerhalb Deutschlands, darunter auch Militäreinsätze ...* Erschrocken fragte er sich, welcher bürokratische oder alkoholisierte Geist sich manche der Fragen hatte einfallen lassen. *Welcher politischen Partei haben Sie im Jahr 1932 Ihre Stimme gegeben? Und im März 1933?* Erinnerte er sich überhaupt noch? Und würde ihn das am Lügen hindern? Einige seiner Freunde, Journalisten, hatten ähnlich reagiert, als sie sich diesem Hürdenlauf stellen mussten. *Vergehen und Straftaten?* Widerstand gegen Adolf Hitler, dachte er und verzog ironisch den Mund. *Adelstitel, Titel Ihrer Frau und Ihrer jeweiligen Großeltern?* Die westlichen Alliierten hielten nichts von Aristokraten; nicht weil sie sie als soziale Klasse hassten wie die Sowjets, sondern weil sie der Meinung waren, sie hätten Hitler bei seinem politischen Aufstieg unterstützt. Dabei hatte der Adel, prozentual gerechnet, die größten Opfer gebracht und während des Krieges bei dem Versuch, ihn zu stürzen, die größten Verluste erlitten. Aber sie hatten sich zu spät und erfolglos gewehrt, sagte sich Max bitter, während seine Gedanken zu seinem Freund Milo von Aschänger wanderten. Doch das Leben erkannte nur die Sieger an. Seufzend nahm er den Stift, aus dem die Farbe auslief. Die Tinte hinterließ schwarze Spuren an seinen Fingern. *Narben?* Auf meiner Seele und für immer, gestand er sich vor Kälte erstarrt ein.

Als Max ein paar Stunden später seine Pflicht getan und die Papiere erhalten hatte, die für die Wiederaufnahme eines normalen Lebens notwendig waren, herrschte immer noch diese schneidende Kälte, die typisch für besiegte Städte und traurige Liebesgeschichten war, wie er bei sich dachte. Es wurde dunkel.

Er fühlte sich niedergeschlagen, gedemütigt und so tief gesunken wie noch nie.

Als er aufsah, stand sie vor ihm, und er fragte sich, ob sie bei diesen arktischen Temperaturen etwa draußen auf ihn gewartet hatte. In der Lage wäre sie dazu gewesen. Xenia Fjodorowna fürchtete die Kälte nicht. Wovor hatte sie überhaupt Angst?, fragte er sich. Ihre Augen strahlten, ihre Wangen waren rosig und ihre Züge entspannt. Während die Berlinerinnen wie ausgehungerte und von Kummer ausgehöhlte alte Frauen wirkten, strahlte Xenia eine heitere Gelassenheit aus, um die Max sie nur beneiden konnte. Sein Herz zog sich zusammen wie jedes Mal, wenn er sie wiedersah. Er fühlte sich hin und her gerissen zwischen einer tiefen Mattigkeit, die aus körperlicher und geistiger Erschöpfung herrührte, und der dumpfen Furcht, er könnte vergessen haben, wie man einer Frau Lust bereitet. Manchmal hatte er das Gefühl, die Sprache der Körper vergessen zu haben.

»Ist alles gut gelaufen?«, fragte sie, plötzlich besorgt. »Du siehst nicht zufrieden aus.«

»Ich habe die Prüfung bestanden, aber ich habe nicht überall die richtigen Kästchen angekreuzt. Der Prüfer hat mich gemustert wie einen widerspenstigen Schüler. Am liebsten hätte ich ihm die Blätter mit seinen verflixten Fragen ins Gesicht geworfen. Sicher, es ist nötig, die Leute zu überprüfen, aber diese Vorgehensweise ist grotesk. Wenn die Alliierten nicht aufpassen, werden sie die Deutschen noch so gegen sich aufbringen, dass sie sich nach Adolf Hitler zurücksehnen.«

Mit gequältem Blick presste er die Lippen zusammen und vergrub die Hände in den Taschen. Xenia zog es vor, keine Antwort zu geben. Max wurde oft von solchen düsteren Stimmungen überfallen, die ihn nicht wieder losließen, und dann reagierte er schroff, nervös und schreckhaft zugleich. Sein Verhalten war unberechenbar geworden. Der einst glückliche Mann, der geradezu vor Leben und Hoffnung gesprudelt hatte, war jetzt oft so still, dass es sie ängstigte.

Als Xenia seinen Arm nehmen wollte, bemerkte sie seine Zurückhaltung, aber sie ließ nicht locker, und schließlich schickte sich Max widerwillig. Sie erkannte, dass zwischen ihnen nichts entschieden war und ihr Weg voller Tücken sein würde. Aber war das in der Liebe nicht immer so?

Wenn man alles für ausgemacht hielt und sich von seiner Selbstzufriedenheit blenden ließ, war das meist der Anfang vom Ende. Ihre Schritte passten sich aneinander an und hallten auf dem gefrorenen Boden. Vor manchen Gebäuden warnten Schilder die Passanten vor der Einsturzgefahr. Sie gingen wortlos dahin. Max entspannte sich, legte den Arm um Xenias Schultern und zog sie fest an sich.

Ohne dass sie darüber sprachen, beschlossen sie, ein Lokal aufzusuchen. Über ein paar Stufen gelangten sie in die in einem Untergeschoss gelegene Gaststätte. Auf den Regalen versuchten ein paar einsame Flaschen, zu dem Geruch nach saurem Schweiß und schlechtem Bier eine gute Figur zu machen. Etwas Besonderes wurde hier nicht serviert, aber sie spürten beide das Bedürfnis, an so etwas wie ein normales Leben anzuknüpfen. Auf Werbezetteln wurden Theateraufführungen angekündigt. Der Wirt hatte auch alte Fotos von Schauspielern mit Widmungen hervorgeholt. Zweifellos hatte er sich ebenfalls der Säuberung unterzogen, bevor er sie aufgehängt hatte. Sie entledigten sich ihrer Mäntel, Schals und Handschuhe und entblätterten sich ungelenk, bevor sie sich an einen kleinen wackligen Tisch setzten. Sie pressten die Knie aneinander, als müssten sie sich gegenseitig beruhigen. Aus einem Radio erklang leise Musik. Glenn Miller natürlich. Wie überall in Berlin.

Einige Mädchen mit aufreizenden Mienen und dick geschminkten Lippen warfen Max Blicke zu. Tagsüber staffierten sich die »Fräuleins« mit abgeänderten Kleidungsstücken von ihren Männern, Vätern oder Brüdern aus, die an der Front gefallen oder in den sowjetischen Kriegsgefangenenlagern verschwunden waren. Doch wenn es Abend wurde, drehten sie Lockenwickler ins Haar und suchten sich dann einen Militär, um gegen Nahrung für sich oder ihr Kind oder Ware für den Schwarzmarkt ihren Körper zu verkaufen. Der Mann war eine Beute geworden, die Liebe eine Ware wie jede andere, zu der es oft obendrein eine Geschlechtskrankheit gab.

Max ließ Xenia nicht aus den Augen, aber sie vermochte seinen Blick nicht zu deuten.

»Was hast du?«, fragte sie verlegen.

»Du solltest nicht hierbleiben. Du bist viel zu lebendig für Berlin, zu schön.«

»Ich bin deinetwegen gekommen, Max. Ohne dich hat mein Leben keinen Sinn mehr.«

Er runzelte die Stirn. »Und Natascha? Wie kannst du so etwas sagen, wo du doch eine Tochter hast, die dich braucht.«

»Sie braucht auch einen Vater.«

Sichtlich verärgert wandte er den Blick ab und bestellte beim Kellner zwei Cognacs.

»Sie hat doch einen, oder?«, sagte er in schneidendem Ton. »Vaudoyer hat bis jetzt seine Rolle ausgezeichnet gespielt. Warum etwas daran ändern?«

»Gabriel ist tot. Er hat sich am Tag der Befreiung umgebracht. Natascha habe ich gesagt, er sei an einem Herzinfarkt gestorben.«

Eine ganze Flut von Gefühlen malte sich auf Max' Gesicht. Er strich über Xenias Hände, die sie wie zum Beten gefaltet hatte.

»Was ist passiert?«

»Gabriel wusste über uns beide Bescheid. Geahnt hatte er es schon lange, und das hat ihn von innen zerfressen. Glücklicherweise hat er Natascha nie etwas davon gesagt. Aber an diesem Tag hat er mich mit der Waffe bedroht. Ein finsteres und trauriges Spiel«, sagte sie erschaudernd, »und seiner unwürdig.«

Sie wurde blass, und zwei Falten erschienen um ihre Mundwinkel. Sie spürte noch den kalten Pistolenlauf an der Schläfe.

Die Waffe war mit einer einzigen Kugel geladen gewesen. Sie hätte sterben, Max nie wiedersehen können.

»Er hat mich gefragt, ob ich dich liebe, also habe ich ihm die Wahrheit gesagt. Das hat er nicht ertragen.«

Max nickte. Gabriel Vaudoyers Tod ließ ihn gleichgültig, aber er ahnte, dass Xenia ihm gewisse Einzelheiten ersparte. Aus Zartgefühl wahrscheinlich. Damals hatte er die merkwürdige Beziehung, die sie zu ihrem Mann unterhielt, nicht verstanden. Gabriel Vaudoyer würde für immer der Mann bleiben, an den sich Xenia gewandt hatte, als sie schwanger von Max war. Als die beiden einige Jahre später wieder zusammengekommen waren, hatte sie sich schließlich gegen Max entschieden und beschlossen, bei Gabriel zu bleiben.

»Wie hat Natascha es aufgenommen? Du sagtest, dass sie ihn geliebt hat und er ein wunderbarer Vater war«, fuhr er fort, ohne dass es ihm gelang, seine Verbitterung zu verbergen.

»Schlecht. Und ich wusste nicht, wie ich sie trösten sollte. Da ich ihr nicht die Wahrheit sagen konnte, habe ich gelogen. Schau mich nicht so an … Ja, auch ich lüge manchmal. Das weißt du genau. Ich bin nicht stolz darauf, aber ich bin nun mal nicht wie Natascha und du. Deine Tochter ist dir ähnlich. Ihr dürstet beide nach der Wahrheit. Schön für euch, aber nicht alle Wahrheiten sollten ausgesprochen werden. Jedem seine Schwäche, nicht wahr? Glücklicherweise hat Felix die richtigen Worte gefunden, um sie zu trösten. Ich glaube übrigens, dass ihre Beziehung dabei ist, sich zu verändern. Natascha versucht es vor mir zu verbergen, aber ich sehe genau, dass die beiden mehr als Freunde sind.«

Kurz schloss Max die Augen, und auch Xenia durchfuhr der gleiche Schmerz. Sie hatte nur Felix' Namen auszusprechen brauchen, und schon trat seine Mutter zwischen sie. Mit einem Mal war da kein Platz mehr für Groll und Eigenliebe. Sie dachten nur noch an die schreckliche Tragödie, die über Sarah Lindner-Seligsohn gekommen war, Max' erste Liebe und eine Frau, deren Mut und Aufrichtigkeit Xenia bewundert hatte. Eine Tragödie, die eine Familie zerrissen hatte und deren Folgen noch niemand absehen konnte.

»Weißt du, was aus ihr geworden ist?«, flüsterte Xenia. »Hast du etwas erfahren können?«

»Das Netz, das wir errichtet hatten, um Menschen in die Schweiz zu schleusen, ist aufgeflogen. Wie, das haben Ferdinand und ich nie erfahren. Jedenfalls sind an diesem Tag Sarah, Victor und die kleine Dalia verhaftet und nach Auschwitz deportiert worden.«

»Mein Gott«, hauchte Xenia. Ihr war schwindlig.

Sie hatte das Schlimmste vorausgeahnt, aber es war etwas anderes, es aus Max' Mund zu hören. Er war vornübergebeugt auf seinem Stuhl zusammengesunken, und seine Züge wirkten starr.

»Bist du sicher? Vielleicht hat es eine Verwechslung gegeben.«

»Nein. Das ist das Erste, was ich herausfinden wollte, als ich nach Berlin zurückgekehrt bin. Ein englischer Offizier hat mir bei meinen Nachforschungen geholfen. Die Einzelheiten werden wir zwar nie erfahren, aber keiner von ihnen hat überlebt«, erklärte er bedrückt. »Victor und Dalia sind gleich nach ihrer Ankunft vergast worden. Sarah hat länger gelebt … Eine Überlebende hat bestätigt, dass sie bei der Befreiung des Lagers gestorben ist.«

Schauer überliefen Xenia, und sie gab sich große Mühe, um sich wieder zu fassen. Sie schwiegen. Max sah Sarahs strahlende Erscheinung vor sich, wie sie bei ihrer ersten Begegnung in dem Salon in der obersten Etage des Modehauses Lindner vor ihm gestanden hatte, in einem eleganten Kleid aus blassgrauem Crêpe de Chine und mit einer langen Perlenkette um den Hals. Sie waren beide Anfang zwanzig und bis über beide Ohren verliebt gewesen. Aber dann hatte sie einen anderen geheiratet. Damals war er traurig und sogar verletzt gewesen, aber

Sarah hatte recht gehabt. Das hatte er an dem Tag begriffen, als er Xenia Ossolin begegnet war, einer dieser Frauen, aus deren Bann ein Mann sich nie wieder befreien kann.

Doch Sarah war nicht aus seinem Leben verschwunden. Er hatte ihre Kinder, ihre Familie in ihrer Villa in Grunewald auf Zelluloid unsterblich gemacht und ihre glücklichen Stunden geteilt, die ebenso selten wie kostbar wurden, als die Nazis nach und nach ihren Würgegriff um das Land legten. Und auch in diesen dunklen Momenten wollte Max an ihrer Seite sein. Nie hatte jemand ihnen das tiefe Gefühl nehmen können, das zwei Menschen verband, die sich aufrichtig geliebt und aus vollkommen freiem Willen getrennt hatten. Dieses unschätzbare Gefühl, das eine der Facetten der Liebe darstellte – vielleicht sogar ihre Quintessenz.

Xenia betrachtete das schöne Gesicht des Mannes, den sie liebte, und die Verletzung an seiner Schläfe, die allmählich verblasste. Seit seiner Rückkehr war er zu Kräften gekommen, aber seine Gesichtszüge wirkten immer noch scharf und spitz. Sie zügelte ihren Wunsch, den Schädel zu liebkosen, dessen Form durch das kurz geschorene Haar betont wurde. An seinem verschlossenen Blick erriet sie, dass er an Sarah dachte, doch sie spürte keine Eifersucht, sondern nur Niedergeschlagenheit. Max trauerte um eine Frau, die er geliebt hatte. Schweigend leistete Xenia ihm Gesellschaft und ließ sich von der Erinnerung an Felix' ausdrucksvolles Gesicht und Lillis dunkle Augen erfüllen. Das war ihre Art, Sarah Lindner zu ehren. Sie überlegte, dass sie wohl endlich erwachsen geworden war, weil sie akzeptierte, dass ein Mann mehrere Frauen lieben konnte. Solche Begegnungen verliehen einem Leben seine Gestalt, ob sie nun ein paar Stunden, einige Tage oder ein ganzes Leben lang währten.

Der Kellner stellte die Gläser vor sie hin. Das Licht einer Kerze ließ die bernsteinfarbene Flüssigkeit aufleuchten. Max lächelte gezwungen.

»Weißt du noch, das erste Mal, in Montparnasse? Du hast

genauso verloren ausgesehen wie heute, und ich habe dir einen Weinbrand mit Wasser bestellt, weil ich Angst hatte, dass der Alkohol dir zu Kopf steigen würde.«

»Ausgerechnet mir, die ich den Wodka in einem Zug herunterkippen konnte«, sagte sie scherzend.

»Ich habe dich seit dem Moment geliebt, in dem du das La Rotonde betreten hast.«

»Und heute, liebst du mich immer noch?«, fragte sie und haderte sofort mit sich selbst, weil sie nicht übereifrig erscheinen wollte.

Er gab keine Antwort, hielt die Augen niedergeschlagen und hatte beide Hände um sein Glas gelegt. Xenia erstarrte auf ihrem Stuhl. Plötzlich konnte sie nicht mehr atmen und wagte nicht einmal mehr, sich zu rühren. Bei der kleinsten Bewegung, beim leisesten Atemzug konnte ihr Leben auseinanderbrechen.

»Kein Tag ist vergangen, ohne dass ich an dich gedacht habe«, erklärte er endlich mit ernster Stimme. »Aber ich will dich nicht belügen. Um zu lieben, braucht es inneres Feuer. Es braucht diesen Glauben, von dem wir einmal in einem Pariser Café gesprochen haben, in dem es im Übrigen auch fröhlicher zuging als hier«, sagte er bedauernd und mit einem scharfen Aufblitzen seiner Augen. »Es tut mir leid, Xenia … Aber irgendwo unterwegs habe ich diesen Glauben verloren.«

Xenia zuckte nicht mit der Wimper. Langsam pochte das Blut in ihren Schläfen. Im Gegensatz zu anderen Frauen, die einen Einwand erhoben hätten oder in Tränen ausgebrochen wären, blieb sie reglos sitzen und wandte den Blick nicht von ihm. Nur ihre verkrampften Finger verrieten den Schrecken, der sie erfüllte. Sie kannte Stürme, Kränkungen, Einsamkeit. Sie kannte das Gefühl, nicht mehr als ein Stück angeschwemmtes Treibgut auf feindseligem Boden zu sein. Nichts war ihr je geschenkt worden. Sie hatte dem Leben die glücklichen Augenblicke, die zu schenken es sich herabgelassen hatte, buchstäblich entrissen. Die Vorsehung hatte ihr Max zurückgegeben, und jetzt entglitt er ihr auf andere Art. Die Ironie entging ihr nicht. Dieses Mal war nicht sie es, die floh, voller Angst vor einer Liebe, deren Form und Grenzen sie nicht ausloten konnte. Wenn Xenia Fjodorowna Ossolin aus einer blutigen Revolution geboren war, dann war Max von Passau zwischen den Trümmern des Krieges zur Welt gekommen. Gott sei Dank konnte sie ihn verstehen, während er vor zwanzig Jahren noch nicht in der Lage gewesen war, die unendliche Komplexität von Seelen, die durchs Feuer gegangen waren, zu erfassen.

Max fürchtete sich vor Xenias Reaktion. Er hatte ihr Kummer bereitet, obwohl er es hasste, andere leiden zu lassen. Aber er fühlte sich verloren, so verzweifelt allein. Wie hätte er da nicht ehrlich sein können? Er sah Xenia, er konnte die Hand ausstrecken und sie berühren, und trotzdem war er weiter gefangen hinter einer Glaswand, die ihn von der Welt trennte. Angst schnürte ihm die Kehle zu, und er leerte seinen Cognac in einem Zug.

Verblüfft sah er, dass sie lächelte. Sie beugte sich vor und streichelte seine Wange, und die Entschlossenheit, die in ihren grauen Augen stand, rührte ihn zu Tränen.

»Ich will in deinen Armen sein, Max«, murmelte sie. »Ich möchte mit dir schlafen, jetzt! Was hat es zu bedeuten, was uns morgen oder übermorgen zustoßen kann? Die Vergangenheit ist stumm, und die Zukunft gehört uns nicht. In diesem Augenblick unseres Lebens brauchen wir einander, und das ist alles, was zählt.«

Sie verflocht die Finger mit seinen, hob seine Hand an den Mund und biss lachend hinein. In ihrem Blick lag ein solches Licht, ein solches Zutrauen, ein so offensichtliches Begehren, dass Max den Eindruck hatte, der Wind vom Baltikum fegte seine Ängste und seinen Kummer davon. War es möglich, dass sie recht hatte, diese Russin, die so oft aus ihrem Exil zurückgekehrt war?, fragte er sich. Mit einem Mal war er voller Hoffnung. Würde er es fertigbringen, ein paar Stunden lang die

Gesichter der Toten und die allzu bitteren Erinnerungen zu vergessen? So lange er den Duft dieser Frau wiederentdeckte, die berauschende Textur ihrer Haut, den Taumel der Sinne, während sie einander verziehen, dass sie noch lebten, obwohl die anderen, die besten unter ihnen, nicht mehr da waren.

»Das ist für Sie abgegeben worden, Herr Baron«, sagte der Portier.

Max nahm das grob in Zeitungspapier gewickelte Paket und warf einen misstrauischen Blick in die Runde. Niemand im Foyer schien ihn zu beobachten. Er war selbst erstaunt über diese Wachsamkeit, die ihn sogar auf der Straße bewog, sich umzudrehen und zu vergewissern, dass er nicht beschattet wurde. Der Mensch ist ein Gewohnheitstier, sagte er sich mit einem Anflug von Ironie. Die meisten Berliner, die den sowjetischen Sektor bewohnten, kannten dieses unangenehme Gefühl, so als folgte einem ein missgünstiger Blick auf Schritt und Tritt. Aber Max schlief trotzdem lieber allein im Adlon, in einem spartanischen, ungeheizten Zimmer, als bei Marietta, Axel und Clarissa in seinem alten Atelier. Er hatte so sehr unter dem Zusammenleben auf engstem Raum gelitten, dass er das Alleinsein jetzt auskostete.

Er trat auf die Wilhelmstraße hinaus, die unter einem stahlblauen Himmel lag. Raureif überzog die ausgeglühten Ruinen mit glitzernden Flecken, Glatteis setzte den Passanten zu, die sich mit vorsichtigen Schritten bewegten wie Invaliden. Jeder bemühte sich, unnötige Unfälle zu vermeiden, eine Verstauchung oder ein gebrochenes Schlüsselbein. Die Krankenhäuser verfügten weder über Schmerzmittel noch genug Betten. In der deutschen Hauptstadt tat man in der Nachkriegszeit besser daran, bei guter Gesundheit zu sterben.

Auf dem Pariser Platz zerriss Max das Zeitungspapier und erblickte eine Leica und zwei Filme. Eine Visitenkarte fiel heraus und landete vor seinen Füßen. Er bückte sich, um sie aufzuheben, und erkannte Xenias elegante Schrift: »*Es ist Zeit, Max ... Ich liebe dich.*«

Die Kamera kam ihm fremd, beinahe feindselig vor. Er drehte sie zwischen seinen Fingern, deren Gelenke vor Kälte angeschwollen waren. Linkisch und ungeschickt. Und wütend, so zornig, dass er zitterte. Mit welchem Recht mischte sich Xenia in einen so persönlichen Bereich ein? Das war ein Teil von ihm, den er für immer begraben hatte und von dem er nichts mehr erwartete, genau wie sein verwüstetes Atelier. Er bezweifelte, dass er je wieder so würde arbeiten können wie vor dem Krieg.

Er spürte den plötzlichen Impuls, die Kamera auf den Boden, unter das Stalinporträt zu legen, denn er wusste, dass sie innerhalb von zwei Sekunden verschwunden sein würde. Nicht weit von ihm entfernt belauerten ihn schon ein paar Jungen von ungefähr zehn Jahren. Mit scheelem Blick näherten sie sich ihm und zogen sich wieder zurück, beschrieben Kreise wie ein hungriges Wolfsrudel. Auf dem Schwarzmarkt im Tiergarten war eine gebrauchte Leica mehr als vierzigtausend Reichsmark oder mehrere Tausend Zigaretten wert. Das weißt du, weil du dich erkundigt hast, flüsterte ihm eine leise Stimme zu, während ihm die Filme in den Händen brannten. Du bist ungerecht zu Xenia, und du zitterst vor Angst, nicht vor Zorn. Hab wenigstens den Anstand, es dir einzugestehen.

Er drehte den Kindern den Rücken zu und entfernte sich mit großen Schritten. Den Apparat klemmte er unter den Arm wie ein Dieb. Wieder einmal hatte Xenia Ossolin ihn durcheinandergebracht. Sie besaß die Gabe, immer den Finger auf seine wunden Punkte zu legen; aber auch die Gabe, ihm das Leben zurückzuschenken.

Wie hätte er Xenias Hände vergessen können, die einen Körper liebkosten, dessen Umrisse er vergessen hatte? Einen Körper, der ihm monatelang nur noch eine schreckliche Last gewesen war, ein Schmerz, mit dem er leben musste, eine fleischliche Hülle, die dazu bestimmt war, alles Leiden, alle Demütigungen zu empfangen. Sie war es gewesen, die ihn geliebt hatte. Sie allein hatte sich darauf verstanden, die Berührungen neu zu erfinden, indem sie über seine Schultern strich, seinen Rumpf, seine hervorstehenden Rippen, seinen Leib, und damit die Narben von den infizierten Wunden auslöschte, die er sich bei der Arbeit im Lager zugezogen hatte. Und auch die Wunden, die für immer unsichtbar bleiben würden, hatte sie geheilt, obwohl er sich so sehr schämte, dass er ganz neue Hemmungen in sich entdeckte, während sich Xenias Brüste, die Kurve ihrer Hüften und die feuchte Hitze ihrer Lippen ihm mit dieser Direktheit darboten, die ganz einfach dem Leben entsprang. Aber sie war ebenso geduldig wie beharrlich gewesen, und ihr eigensinniger Mund hatte sich alle möglichen Freiheiten erlaubt, bis er nach und nach erwachte, neu geboren wurde, die Kraft und das Begehren wiederfand. Und auch diese Gewalttätigkeit, die zur Liebe gehörte und die ein Mann, der dieses Namens würdig war, zu meistern lernte, eine Macht, die er vielleicht auf verworrene Weise fürchtete.

In dieser Nacht, als er sich in einer Wüste der Einsamkeit verirrt hatte, weit, weit fort von den Ufern des Begehrens, war Xenia ihn holen gekommen, um ihn zu sich selbst zurückzuführen. Seine Zurückhaltung hatte sie nicht abgeschreckt. Sie hatte sich auf ihm ausgestreckt, um ihn wieder in der Erde zu verankern, den Kopf in seiner Halsbeuge und ihren Atem auf seiner Haut. Er hatte ihren Herzschlag gehört und gespürt, wie das Blut durch ihre Adern rauschte. Er hatte es gewagt, ihre Brust zu küssen, seine verwundeten Hände auf ihre zarte, schimmernde Haut zu legen und einen Körper zu feiern, den er schon so viele Jahre liebte, berauscht von dem geheimen Duft, der nur ihr allein gehörte. Und endlich, wie durch ein

Wunder, waren sie erneut zu zweit gewesen, und die Finsternis hatte sich zerstreut. Strahlendes Licht war über die wunderbaren Liebenden, die vollkommenen Liebenden gefallen, einen Mann und eine Frau, die sich überglücklich und voller Jubel liebten, weil die Wahrheit der Seele immer auch die des Körpers ist.

An diesem Tag wanderte Max lange durch die Stadt. Trotz seiner Rückenschmerzen mochte er nicht stehen bleiben, um sich auszuruhen. Erstaunt stellte er sogar fest, dass er weder Hunger noch Durst verspürte. Gelegentlich hob er die Kamera ans Gesicht, eine noch ungeschickte Bewegung, als wäre seine Hand nach einem langen Schlummer taub geworden. Früher hatte eine Kleinigkeit ausgereicht, um ihn zu inspirieren; die geometrischen Formen, die ein paar Eisenbahnschienen beschrieben, ein freundliches Licht, das durch grünes Laub fiel, oder der Wind, der einem Passanten den Hut abriss. Doch jetzt stiegen diese Eingebungen nur auf, um gleich wieder zu verschwinden. Vielleicht muss ich lernen, mich selbst zu vergessen?, fragte er sich beunruhigt. In den letzten Jahren hatte er sich in sich selbst zurückgezogen, und seine Existenz hatte nur noch aus dem täglichen Überlebenskampf in einem Universum bestanden, das sich aus Befehlen und Stacheldrahtverhauen zusammensetzte. Er musste wieder beginnen, sich anderen Menschen zu öffnen, wieder auf sein Talent zu vertrauen, ihr Schweigen zu deuten und ohne ihr Wissen ihr Wesen zu enthüllen, etwas, was ihn sowohl in Berlin wie in Paris und New York zu einem renommierten Porträtfotografen gemacht hatte. Er musste diese Großzügigkeit, diese Sensibilität wiederfinden. Seinen Platz auf der Welt. Einen Platz, der ihm rechtmäßig zukam und den er niemandem gestohlen hatte.

Er reckte die Schultern und drehte sich langsam um sich selbst. Die Farben wirkten mit einem Mal frischer: der weiße Stern auf der Tür eines Jeeps, der rote Schal des kleinen Zeitungsverkäufers mit der Schiebermütze, die britische Flagge, die am Ziergiebel eines Gebäudes wehte. Plötzlich war ihm, als würden auch die Geräusche durchdringender. Durch ein offenes Fenster knisterte ein Radio, weiter oben an der Straße hielt kreischend eine Straßenbahn.

Als der Zufall es fügte, dass Lynn Nicholson aus dem Gebäude trat, stehen blieb und ihren Rock hochzog, um nach einer Laufmasche in ihren dunklen Strümpfen zu sehen, reagierte Max instinktiv. Der blaue Himmel als Hintergrund, die chaotischen Trümmer, vor denen sich die strengen Linien der Uniform mit den goldenen Knöpfen abhoben, die weiße Bluse und die schmale schwarze Krawatte, die einen so herrlichen Gegensatz zu dieser frivolen weiblichen Geste bildete – eine Hand, die sich vergeblich ausstreckte, um einen harmlosen Makel zu verbergen, ein Stirnrunzeln unter dem Dreispitz und ein gereiztes Verziehen geschminkter Lippen – das war das erste Foto, das Max von Passau nach dem Krieg schoss, an einem Dezembertag des Jahrs 1945, nicht weit vom Kurfürstendamm entfernt. Ein Bild, das um die Welt gehen würde, aber das konnte Max noch nicht wissen.

Die junge Engländerin erkannte ihn sofort. Er trug einen Wollschal und einen dicken, militärisch geschnittenen Mantel, aber er war barhäuptig.

Sein Haar war um einige Zentimeter nachgewachsen, und sein Gesicht hatte wieder Farbe. Sie fragte sich, wer von beiden erstaunter über ihre Begegnung war.

»Wäre ich eine Inderin, würde ich jetzt behaupten, Sie hätten mir einen Teil meiner Seele gestohlen«, meinte sie scherzhaft und deutete auf die Leica, die er wie einen Säugling an sich gedrückt hielt.

Max von Passaus Miene war so ernst, beinahe schmerzerfüllt, dass sie erschauerte. Verblüfft schaute er auf die Kamera hinab. Dann hob er ruckartig den Kopf. Als sie ihn zum ersten Mal lächeln sah, tat Lynns Herz einen Satz.

»Was kann ich Ihnen als Wiedergutmachung anbieten, Miss Nicholson?«

»Keine Ahnung«, sagte sie verunsichert. »Ich habe es eilig. Man erwartet mich um fünf im Hotel am Zoo.«

»Ah, sicherlich zum Tee! Oder vielleicht auf einen Cocktail? Anscheinend mixt man dort ausgezeichnete Manhattans. Kann ich Sie wenigstens dorthin begleiten?«

Er schien so versessen darauf, ihr etwas Gutes zu tun, dass sie nicht anders konnte, als sein Lächeln zu erwidern. Dieser Mann ist unwiderstehlich, dachte sie. Aber man war nicht ungestraft eine Agentin des britischen S.O.E., der »Special Operations Executive« – einer nachrichtendienstlichen Spezialeinheit der Briten. Die harte Ausbildung beim Geheimdienst kam der Ausprägung des Überlebensinstinkts zugute. Jeder lernte, auf seine Weise die Gefahr zu wittern; ein Prickeln im Nacken, ein Zusammenziehen des Magens, feuchte Hände. Bei Lynn war es ein Nerv in der Nähe des Augenlids, der zu zucken begann. Irritiert rieb sich die junge Frau die Schläfe. Sie dachte an das Heft, das das Foreign Office vor einigen Monaten an alle britischen Soldaten ausgegeben hatte und das Empfehlungen zum Verhalten in Deutschland enthielt: *Halten Sie Distanz, auch bei den Deutschen, mit denen Sie offiziell zu tun haben. So ersparen Sie sich Probleme.*

Aber von Max von Passau hatte sie nichts zu befürchten, schalt sie sich. Er hatte ein gutes Herz. Sobald er das Krankenhaus verlassen konnte, hatte er sie um Hilfe bei seinen Nachforschungen über das Schicksal einer jüdischen Familie gebeten, mit der er eng befreundet war. Auschwitz lag in der sowjetischen Zone, und die Russen erteilten keine Auskünfte. Doch Lynn war in der Lage gewesen, ein paar Beziehungen spielen zu lassen. Sie erinnerte sich noch an seinen erloschenen Blick, als die jüdischen Stellen, die sich um das Los der Deportierten kümmerten, seine Befürchtungen bestätigten.

»Bleiben Sie noch länger in Berlin?«, fragte Max.

»Fürs Erste, ja.«

»Wenn ich an Ihrer Stelle wäre, hätte ich nur einen Wunsch, nämlich so rasch wie möglich nach Hause zu fahren. Diese Stadt hat nichts mehr zu bieten bis auf Verbrechen aller Art und tödliche Hoffnungslosigkeit.«

»Zu Hause erwartet mich nichts Besonderes«, sagte sie verlegen, weil sie plötzlich ein Gefühl von Leere verspürte. »Hier habe ich wenigstens den Eindruck, etwas Sinnvolles zu tun.«

Lynn wurde klar, dass sie sich noch nie der Nähe eines Mannes so bewusst gewesen war. Im Gehen streiften sich ihre Arme. Sie vergrößerte den Abstand zwischen ihnen, konnte aber nicht anders, als ihn aus dem Augenwinkel zu beobachten. Er betrachtete eine Schlange vor einem Lebensmittelladen. Die Deutschen brachten ihre Zeit mit Warten zu. Manche stellten sich schon an, ehe sie sich erkundigt hatten, was es zu kaufen gab. Er schoss ein Foto von drei schwächlichen Kindern, die mit Holzsäcken, die größer waren als sie selbst, die Straße überquerten.

Wie, so fragte sich Lynn, konnte sie Max von Passau begreiflich machen, dass der Krieg sie vor sich selbst gerettet hatte? Die Bombenangriffe hatten sie dazu gebracht, eine passive Lebenshaltung aufzugeben, zu der sie zuvor keine Alternative gesehen hatte. Sie war ermuntert worden, ihre Intelligenz und Intuition einzusetzen, bis an ihre Grenzen zu gehen. Jetzt erschien es ihr unvorstellbar, in ihr ebenso bequemes wie monotones altes Leben zurückzukehren.

»Wo wohnen Sie?«, erkundigte sie sich. »Seit wir uns zuletzt gesehen haben, ist sehr viel Wohnraum beschlagnahmt worden. Ich weiß, dass man manchen Familien gerade einmal zwei Stunden Zeit gelassen hat, ihre Wohnungen zu räumen.«

»Viele von ihnen sind vollkommen verzweifelt«, meinte er. »Man hat alles konfisziert, was sie besaßen, Betten, Öfen, Möbel, Lampen, Bücher ... Diese Leute standen einfach auf der Straße, und man befahl ihnen, ihre Wohnungen erst wieder nach dem Abzug der ausländischen Truppen zu betreten. Das heißt, dass sie auf unbestimmte Zeit ausgesperrt sind. Ich für meinen Teil wohne im Adlon. Nicht weit von den Überresten des Brandenburger Tors, bei den Russen.«

Sie wirkte besorgt und überlegte kurz, bevor sie weitersprach. »Es wäre vielleicht eine bessere Idee, in unseren Sektor zu ziehen.«

»Warum? Fürchten Sie, ich könnte dem verderblichen Einfluss der Kommunistischen Partei Deutschlands erliegen?«

»Über unserer Zukunft ziehen sich Wolken zusammen.«

»Man könnte meinen, eine dieser codierten Nachrichten Radio Londons an die französischen Widerstandskämpfer zu hören«, gab er ironisch zurück.

»Machen Sie sich nicht über mich lustig. Sie haben ja keine Ahnung, was sich da zusammenbraut.«

Ein Schatten huschte über Max' Gesicht, und er starrte sie mit kaltem Blick an.

»Halten Sie mich etwa für einen Dummkopf?«

»Das Kompliment gebe ich Ihnen zurück. Wenn Sie vorhaben, in Deutschland zu bleiben, rate ich Ihnen dringend, auf unsere Seite zu ziehen. Bei den Amerikanern ist das Leben besonders komfortabel. Bei den Franzosen wird über Korruption geklagt, und ich gestehe, dass bei uns das Essen schlecht ist. Aber bei den Russen schwebt man jeden Moment in Gefahr, erschossen zu werden. Also, was sagen Sie? Einer meiner Freunde ist soeben aus einer kleinen Wohnung ganz in der Nähe ausgezogen, um nach London zurückzukehren. Das ist die Gelegenheit, jetzt oder nie.«

Max presste die Lippen zusammen. Er bezweifelte nicht, dass Lynn Nicholson die Stellen kannte, die ein solches Anliegen genehmigen konnten. Es verärgerte ihn, dass die Alliierten so einfach über seine Stadt und sein Land verfügten. Doch wenn er im Radio die Berichte über die Prozesse hörte, die in Nürnberg gegen die hohen Funktionäre der Nazis begonnen hatten, musste er zugeben, dass die Deutschen ihr Recht auf Mitsprache verwirkt hatten.

Im Foyer des Hotels am Zoo trat Lynn auf einen Portier zu, fragte ihn etwas und kehrte dann zu Max zurück.

»Die Person, auf die ich warte, verspätet sich. Möchten Sie mir solange Gesellschaft leisten?«

Er musterte sie spöttisch.

»Es ist schon ein Wunder, dass man mir erlaubt, dieses Gebäude zu betreten. Vor ein paar Monaten war es uns Deutschen noch verboten, Ihnen die Hand zu geben. Wir dürfen nicht einmal die Abfälle sammeln, die die Amerikaner wegwerfen. Und Sie wollen sich in aller Öffentlichkeit mit einem Deutschen an einen Tisch setzen? Ich weiß ja, dass die Regeln zur Vermeidung der Verbrüderung gelockert worden sind, aber fürchten Sie nicht, sich einen Tadel einzuhandeln? Wenn man Sie so hört, könnte man fast meinen, Sie wollten etwas von mir, Miss Nicholson«, murmelte er und beugte sich zu ihr hinunter.

Lynn dachte an die Worte ihres Vorgesetzten, der sich für das Profil des Freiherrn von Passau interessiert hatte. Sie brauchten Deutsche, denen sie vertrauen konnten. Großbritannien brachte seine Schachfiguren in Stellung, und wie so oft ohne dass die Betreffenden es bemerkten. Aber Lynn war nicht dumm. Wenn sie sich wünschte, die Beziehung zu Max von Passau zu vertiefen, dann nicht nur im Interesse der Krone. Dieser Mann faszinierte und berührte sie zugleich. Du begehrst ihn, so einfach ist das, gestand sie sich ein.

»In manchen Fällen von höherer Gewalt muss man kühn sein«, versetzte sie und zog eine Augenbraue hoch. »Daher werde ich Sie auf ein Glas einladen.«

Während er sie musterte, reckte Lynn unmerklich die Schultern. Sie ärgerte sich über die Verwirrung, die sie empfand. Während ihrer Einsätze in Frankreich war sie in den Augen der Nazis nichts als eine Terroristin gewesen, die eine Kugel verdient hatte. Sie hatte gelernt, mit Sprengstoffen umzugehen, die drei Teile eines Sten-Maschinengewehrs innerhalb von Sekunden zusammenzubauen und es auch zu benutzen, ohne mit der Wimper zu zucken. Ja, sogar einen Menschen mit bloßen Händen zu töten. Das nützt mir jetzt allerdings viel!, sagte sie sich ironisch, denn sie war sich durchaus bewusst, dass sie mit dem Feuer spielte.

Lynn ging auf einen kleinen Tisch in einem der Salons zu. Sie spürte Max von Passaus Blick im Nacken und hatte keine Ahnung, ob er ihr folgen würde oder nicht. Er strahlte eine große Souveränität aus, wie sie ihr noch nie bei einem Mann begegnet war. Ihre englischen Freunde waren so leicht zu durchschauen, sowohl in dem, was sie wollten, als auch in dem, was sie nicht wollten. Und was die Amerikaner anging, so waren sie sogar noch entwaffnender und kamen ihr oft wie große Kinder vor. Erleichtert stellte sie fest, dass Max ihr nach kurzem Überlegen folgte. Er legte seinen Mantel ab, behielt aber die Leica auf den Knien. Sein Gesicht wirkte verschlossen, die Züge waren starr.

»Warum sind Sie so zornig?«, fragte sie.

»Ich bin es nicht gewöhnt, mich von einer Frau einladen zu lassen.«

»Die Welt hat sich verändert. Aber keine Angst, bald wird jeder von uns wieder seinen Platz in einer Gesellschaft haben, die so ordentlich eingeteilt ist wie Notenpapier. Zumindest die Frauen, die sich damit zufriedengeben«, setzte sie mit bitterem Unterton hinzu.

»Und Sie tun das nicht?«

»Ich glaube nicht, nein.«

Mit einem Mal hatte Lynn den Eindruck, dass vor ihren Augen ihre Zukunft ablief. Eine so lange Zeitspanne, dass einem davon schwindlig wurde. Ihre Familie war in alle Winde zerstoben, und ihre Freundinnen dachten nur noch ans Heiraten, als wäre der Krieg nur ein ärgerliches Zwischenspiel gewesen. Und sie, was erwartete sie von all den Jahren, die vor ihr lagen und ihr mit einem Mal beängstigend vorkamen? Wenn sie diese Uniform ablegte, würde sie dann einen Mann finden, der es verstand, sie zu inspirieren, zu überraschen, und sie anregte, nach dem Besten zu streben? Aber brauchte sie wirklich einen Mann, um zu existieren? Sie träumte von Reisen in ferne Länder, von exotischen Landschaften, die sie nur aus Büchern kannte. Das feuchte Klima Indiens, die Dünen der Sahara … Eine andere Welt, in der man sich selbst neu erfinden konnte. Sie zog ein Päckchen Chesterfields aus der Tasche.

»Gestatten Sie?«, sagte Max und nahm ihr das Feuerzeug aus der Hand, um ihr Feuer zu geben.

Der einfache Umstand, dass sie die Wärme seiner Finger spürte, ließ sie erschauern. Lynn schalt sich innerlich. Noch nie hatte sie sich so hilflos gefühlt. Bisher war das Begehren für sie eine unbekannte Welt gewesen. Sicher, sie hatte Küsse mit ein paar Offizieren ausgetauscht, die sie attraktiv fand, aber da war nie etwas Ernstes gewesen. Kaum, dass sie die Lippen ein wenig geöffnet hatte. Die jungen englischen Adligen verstanden nichts von Sex. Trotz der Auswüchse des Krieges waren sie in der Regel unschuldig. Paradox, dass sie mehrmals ihr Leben riskiert hatte und trotzdem noch so naiv war, sagte sie sich ärgerlich. In London, wo wegen der undurchdringlichen Dunkelheit nachts jeder mit einer Taschenlampe unterwegs war, hatte sich eine ihrer Kameradinnen beklagt, dass ihr Galan seine beim Tanz in einem Club am Leicester Square in der Tasche behalten hatte. Unter schallendem Lachen hatte sie ihr erklären müssen, was eine Erektion war.

»Warum lächeln Sie?«, fragte Max.

»Eine törichte Erinnerung …«, antwortete sie und winkte der Kellnerin. »Was nehmen Sie?«

»Einen Scotch.«

»Und einen Tee bitte.«

»Wie artig Sie sind«, sagte Max neckend.

»Nicht immer.«

»Das bezweifle ich nicht.«

Lächelnd sah er sie an. Unter seinem zugleich gelassenen und neugierigen Blick spürte Lynn, wie sich ihre Beklemmung löste. Sie musterte das Gesicht mit den harmonischen Zügen und vollen Lippen. Mit seiner gelockerten Krawatte, der alten Tweedweste und den an den Handgelenken umgeschlagenen Manschetten strahlte er eine lässige Eleganz aus. Die Hände, die von feinen weißen Narben überzogen waren, hatte er schützend auf seine Kamera gelegt. Sie war immer von attraktiven Männern umgeben gewesen; besonders ihre Brüder hatten das Interesse des weiblichen Geschlechts auf sich gezogen. Auch deren Freunde, mit denen sie bei Cocktailpartys oder während der Ballsaison zusammengetroffen war, hatten sich nicht verstecken müssen. Aber die Reife Max von Passaus, der zwanzig Jahre älter als sie sein musste, ließ sie nicht gleichgültig. Warum hatte er nie geheiratet? Wer waren die Frauen, die das Glück gehabt hatten, sein Leben zu teilen?

»Sie sind sehr still.«

»Mir ging gerade durch den Kopf, ob Sie wohl in Berlin bleiben werden oder sich anderswo ein neues Leben aufbauen wollen.«

»Im Moment kann ich mir nicht vorstellen, meine Stadt zu verlassen. Es klingt vielleicht merkwürdig, aber ich hätte das Gefühl zu fliehen. Ich muss Zeugnis über all das ablegen«, erklärte er eindringlich und strich liebevoll über die Leica. »Und doch bin ich mir nicht sicher, ob ich das kann.«

»Ich habe gesehen, dass die Amerikaner Sie auf die weiße Liste der Künstler gesetzt haben. Niemand wird Sie belästigen.«

»Das glauben Sie«, sagte er, während die Kellnerin ihre Getränke brachte. »Ich muss mich wie jedermann mit dem Papierkram herumschlagen. Es ist zum Verrücktwerden! Aber wir dürfen uns nicht beklagen. Schließlich sind wir an alldem schuld, das darf man nicht vergessen.«

»Das ist allerdings nicht das vorherrschende Gefühl in Deutschland. Mir fällt vor allem das Selbstmitleid auf.«

»Das muss Sie doch zornig machen.«

»Das macht es auch«, pflichtete sie ihm bei. »Die Deutschen betrachten sich als Opfer. Wenn man sie so reden hört, hat der Führer sie betrogen, indem er sie in einen Krieg gezogen hat, der nicht zu gewinnen war, haben die Angloamerikaner ihre Städte bombardiert und sind die Sowjets über ihr Land hergefallen wie eine biblische Plage. Ich dagegen denke an meine Freunde, die spurlos verschwunden sind. An all diese vernichteten Leben. Angesichts der Klagen Ihrer Landsleute könnte ich laut schreien.«

Mit einem Mal hatte sich ihr Gesicht verändert. Ihre zarten Züge verhärteten sich, und ihr Blick ging ins Leere. Der Schmerz hinterließ bei jedem Menschen unterschiedliche Spuren, dachte Max. Manche bewahrten ihn in ihrem tiefsten Inneren und verbargen ihre Verletzlichkeit hinter einem fieberhaften Überschwang; andere konnten nicht umhin, ihren Kummer zur Schau zu tragen, und gewisse Menschen gefielen sich sogar darin. Die Charakterstärke, die von dieser jungen Frau ausstrahlte, hatte Max von Anfang an überrascht. Als sie vor einigen Monaten gekommen war, um ihn zu befragen, war er erstaunt über den Ton ihrer Stimme, ihren unerschütterlichen Blick und ihre Haltung gewesen. Und doch hatte sie ihm eben einen Riss in ihrem Schutzpanzer offenbart.

»Haben Sie den Widerstand unterstützt, Lynn? Wurden Sie hinter die feindlichen Linien geschickt, nach Frankreich vielleicht?«

Sie fuhr mit einer Hand in die Tasche, um über die goldene Puderdose zu streichen, die man ihnen stets vor einem Einsatz übergab; nicht nur, um sie im Notfall zu Geld zu machen, sondern auch, um sie an die gefühlsmäßige Bindung zu erinnern, die eine Agentin mit ihren Kampfgefährten einte. In England war das noch ein heikles Thema, und das Geheimnis wurde streng gehütet. Die Vorstellung, dass man es gewagt hatte, das Leben junger Zivilistinnen in Gefahr zu bringen, warf eine moralische Frage auf, die zu Tumulten im Unterhaus geführt hätte. Von den neununddreißig Britinnen, die nach Frankreich entsandt worden waren, waren dreizehn nicht zurückgekehrt.

Im Übrigen erwartete Lynn den Besuch einer ihrer Vorgesetzten, der geheimnisvollen Vera Atkins, die nach Deutschland kam, um Informationen über weibliche Agenten des S.O.E. zu sammeln, die von der Gestapo festgenommen worden waren. Lynn war umso besorgter, als sie einige davon in der Ausbildung kennengelernt hatte. Der »Nacht-und-Nebel-Erlass« der Nazis war von einer furchterregenden Effizienz gewesen, und das Schicksal der Gefangenen war es, spurlos zu verschwinden. Niemand sollte je erfahren, was aus diesen zivilen Widerstandskämpfern geworden war, die sowohl in Deutschland als auch in den besetzten Gebieten festgenommen wurden. Im Lauf der Jahre hatten sich auf diese Weise Hunderttausende von Opfern buchstäblich in Luft aufgelöst, und niemand zweifelte daran, dass ihr Tod grausam gewesen war. Lynn wusste, dass sie eine davon hätte sein können.

»Ich habe meinem Land gedient, das ist alles«, sagte sie knapp und bedauerte, sich kein alkoholisches Getränk bestellt zu haben.

»Werden Sie denn wenigstens die Anerkennung für Ihren Mut erhalten?«

»Ich habe es nicht deswegen getan.«

»Und warum denn? Was treibt eine junge Adlige wie Sie dazu, sich die Hände schmutzig zu machen?«

Max fragte sich, woher sein plötzlicher Zornesausbruch rührte. Lynn Nicholsons beherrschte Haltung, die züchtig mit geschlossenen Knien abgewinkelten Beine, ihr gerader Rücken und ihre geschliffene Aussprache riefen bei ihm ein schmerzliches Gefühl voller Zorn und Groll hervor, als nähme er es ihr übel, nicht von allem unberührt geblieben zu sein, behütet von den dicken Mauern eines englischen Familiensitzes irgendwo auf dem Lande, geschützt vor der Finsternis, die er nicht abzuschütteln vermochte.

Mit einem Mal fühlte sich Lynn sehr müde und stieß einen Seufzer aus. Max nahm sie schonungslos ins Kreuzverhör, und doch hatte sie den Eindruck, dass seine Fragen über ihre eigene Person hinausgingen. Hatte sie überhaupt schon einmal jemand danach gefragt? Mit einem Hauch von Nostalgie dachte sie, dass sich wahrscheinlich in Zukunft nur noch wenige Menschen würden vorstellen können, was für eine außerordentliche Woge der Solidarität England in den ersten Kriegstagen erfasst hatte. Eine außergewöhnliche Macht. Die hartnäckige Verweigerung gegen eine drohende Sklaverei, die jeder geahnt hatte und die dieses so abgeschlossene Land über alle sozialen Schranken hinweg einte. Der Stolz des alten Inselstaats, grenzenloser Mut und ein verstockter, jahrhundertealter Individualismus mischten sich darin, wie ihn Adolf Hitlers Deutschland nicht kannte, etwas wie ein inneres Aufschrecken, das deutlich zu spüren war. Max von Passau könnte das vielleicht verstehen.

»Um frei atmen zu können.«

»Trotz der Albträume? Obwohl man sein Leben aufs Spiel setzt?«

»Natürlich«, gab sie lächelnd zurück. »Aber warum diese Fragen, da Sie doch ebenso gehandelt haben? Und für Sie muss doch der Widerstand unendlich viel schwieriger gewesen sein, stimmt's? Sie wissen selbst, dass es dafür keine Erklärung gibt.«

Max nickte nur und hob sein Glas, als wollte er auf sie anstoßen.

»Wie viele Einsätze in Frankreich?«, beharrte er.

»Drei.«

Er konnte sein Erstaunen nicht verbergen. »Lange?«

»Ein paar Monate.«

»In Paris?«

»Nicht nur.«

»Angst?«

»Meine beste Freundin.«

»Verhaftet?«

Sie sah ihn spöttisch an. »Dann wäre ich wohl nicht hier und würde mit Ihnen reden.«

»Offensichtlich. Verzeihen Sie. Aber Sie sind auffällig schön, Miss Nicholson. Ein unscheinbares Mädchen hätte bessere Aussichten gehabt, unbemerkt zu bleiben, habe ich recht?«

»Ich danke Ihnen für das Kompliment, aber unsere Vorgesetzten fanden, dass sie auch Agentinnen brauchten, die die Nazis beeindrucken konnten. Anscheinend waren unsere Haltung und unsere Bildung von Vorteil. Allerdings hat das einige meiner Freundinnen nicht zu retten vermocht.«

Eine tiefe Trauer lag auf ihrem Gesicht, und ihre Hände krampften sich um die Armlehnen. Erinnerungen stiegen in ihr auf, so farbig wie am ersten Tag. Ihre letzte Mission. Die von Kugeln durchsiebte Leiche des Funkers, und die junge französische Verbindungsagentin, die an den Haaren zu dem schwarzen Wagen der Gestapo geschleift wurde. Ihr Netz zerstört. Ihre Flucht, die sie auf wundersame Weise zurück nach England geführt hatte. Von diesem Tag an war sie dazu verdammt, hinter einem Schreibtisch zu sitzen und an der Ausbildung ihrer Kameraden mitzuwirken. Es war ihr verboten, ins Feld zurückzukehren, da die Gestapo jetzt ihr Gesicht und ihren Namen kannte. Sie unterdrückte ein Gefühl von Übelkeit. Max nahm die leere Tasse der jungen Frau und kippte die Hälfte seines Scotchs hinein.

»Ich verneige mich vor dem Mut Ihrer vermissten Kameradinnen und vor dem meiner Freunde, die nicht mehr zurückkommen werden. Aber Sie sind noch sehr jung, Lynn. Sie müssen das alles hinter sich lassen. Manchmal ist die Vergangenheit gefährlich, und wenn man ihr nicht entkommt, kann sie einem die Zukunft verderben. Ich will nicht, dass Sie in diese Falle gehen. Dann hätten unsere Feinde doch noch einen letzten Sieg errungen.«

Als Lynn Nicholson ihre Porzellantasse auf die gefallenen Helden hob, bemerkte sie Max von Passaus gequälten Blick, der ihn verriet. Diese Falle, von der er gesprochen hatte, kannte er nur zu gut, und es rührte sie zutiefst, wie sehr er sich davor fürchtete.

Xenia stürzte ins Badezimmer am Ende des Flurs und erbrach sich ins Waschbecken. Ihr Körper wurde von Schauern geschüttelt und hörte gar nicht mehr zu rebellieren auf. Als sie den Kopf hob, um sich im Spiegel anzusehen, erschrak sie darüber, wie verstört sie aussah.

Wie die anderen Offiziere, die in den besetzten Gebieten mit Sonderaufgaben betraut waren, war sie bei Einheimischen untergebracht. Die älteste Tochter der Familie hatte Xenia ihr Zimmer abtreten müssen, was sie ihr nicht verzieh. Xenia konnte diese Bohnenstange nicht leiden, die ihr vorkam, als trauerte sie der Nazizeit nach. Bestimmt war sie mit dem Bund Deutscher Mädel marschiert, hatte ihre Hakenkreuzfahne geschwenkt und davon geträumt, einen ruhmreichen Wehrmachtsoffizier zu heiraten. Die Demütigung durch die Niederlage und die Besatzung stachelte sie zu bissigen Bemerkungen an. Das junge Mädchen putzte sich die Zähne zu Ende und spuckte demonstrativ aus.

»Was für ein schönes Erwachen!«, meinte sie ironisch. »Sie hätten sich wenigstens die Mühe machen können, bis zur Toilette zu kommen. Das wird jetzt stundenlang stinken.«

»Tut mir leid«, murmelte Xenia, die sich selten so schlecht gefühlt hatte. »Das muss am Essen liegen. Mir ist ständig übel.«

»Nur eine kleine Magenverstimmung, soso«, gab das Mädchen spöttisch zurück und musterte sie. »Na hoffentlich! Wenn ich Sie so ansehe, kommen Sie mir eher schwanger vor.«

Sie ging hinaus und knallte die Tür hinter sich zu. Xenia blieb lange reglos stehen. Die Kälte des Fliesenbodens kroch ihr die Beine hinauf. In dem muffig-feuchten Raum roch es nach ranziger Seife. Ihr wurde erneut übel, heftiger als zuvor. Als sie wieder Luft bekam, strich sie sich über die Brust, die ihr ungewöhnlich empfindsam erschien. Die Angst legte sich wie ein Schraubstock um sie. Seit drei Monaten waren Max und sie wieder ein Paar, aber sie mussten sich mit gestohlenen Augenblicken bescheiden; nicht nur, weil diese Art der »Verbrüderung« verboten war, sondern weil sie nur wenig Zeit für ihn hatte. Verschämt legte sie die Hand auf den Bauch. Bestimmt hatte die unausstehliche Deutsche Recht. Sie erwartete ihr zweites Kind.

Sie erinnerte sich an ihre Verzweiflung, als sie zum ersten Mal festgestellt hatte, dass sie schwanger war. Damals lebte sie mit Nanuschka und ihrem kleinen Bruder Kyrill in einer Mansarde in Paris. Ihre jüngere Schwester rebellierte, ihr Onkel Sascha saß im Gefängnis, und sie hatte keine Möglichkeit, ihr Leben nach ihren eigenen Wünschen zu gestalten. Als Xenia trotzig verkündete, sie werde ihr Kind allein aufziehen, war Nanuschka zornig geworden. Ihr magerer, aber entschlossener Körper hatte vor Empörung gezittert. Wie konnte es Xenia Fjodorowna, die als Gräfin Ossolin geboren war, wagen, eine skandalöse Zukunft als unverheiratete Mutter in Betracht zu ziehen? Nicht zu vergessen, dass sie auch allen anderen Familienmitgliedern das Siegel ihrer Schande aufdrücken würde. Dieses unschuldige Kind brauchte einen Vater, etwas anderes duldete die Ehre der Ossolins nicht.

Xenia spritzte sich Wasser ins Gesicht. Es war so kalt, dass es ihr den Atem verschlug. Einige Tropfen hefteten sich an ihr Haar. Nanuschka war tot, und sie selbst hatte eine Entscheidung getroffen, die den Verlauf ihres Lebens veränderte. Als sie Gabriel Vaudoyers Heiratsantrag annahm, hatte sie sich zwangsläufig von Max entfernt. Welche absurde Vorstellung hatte sie nur bewogen, diesen dornenreichen Weg einzuschlagen, ihren

Schritt dem eines älteren Mannes anzupassen, dessen Intelligenz und Ergebenheit sie zwar schätzte, den sie aber nicht liebte, und das, obwohl Max überglücklich gewesen wäre, sie zu heiraten? Du hattest Angst, gestand sie sich. Angst vor Max' Liebe, Angst, dass diese Leidenschaft im Lauf der Jahre verblassen und du dich einsamer als zuvor wiederfinden könntest. Angst vor seiner Begeisterungsfähigkeit und davor, dass er dir eines Tages vorwerfen könnte, du hättest ihn zur Ehe gezwungen, ihn eingesperrt. Die Furcht, dich in dieser Inbrunst, von der du keine Ahnung hattest, nicht wiederzuerkennen. Mit ihren damals fünfundzwanzig Jahren hatte Xenia Fjodorowna Ossolin schon alle möglichen Herausforderungen bestanden, aber die der Liebe war ihr unüberwindlich erschienen. Eine Frage des Stolzes? Oder doch einfach nur Schwäche? Die junge Frau hatte für ihren Irrtum bezahlt, einen hohen Preis.

Sie dachte an Nataschas schönes Gesicht, an ihren ausdrucksvollen Blick, der dem von Max so ähnlich war. Als ihre Kollegen sie fragten, ob sie ihre Tochter vermisse, hatte Xenia mit der Antwort gezögert. Die Wahrheit klang missverständlich, aber sie hatte beschlossen, ehrlich zu sein: Nein, Natascha fehlte ihr nicht. Die Liebe, die sie zu ihrer Tochter empfand, war ein gelassenes Gefühl, das sich nicht durch tägliches Zusammensein seiner selbst zu vergewissern brauchte. Sie wusste, dass Natascha in Sicherheit war. Sie schrieb ihr, seit wieder Post nach Frankreich befördert wurde, in einem liebevollen, lebhaften Ton, aber Natascha hatte ihr nur ein einziges Mal lakonisch geantwortet. Offenbar hatte ihre Tochter ihr den Weggang noch nicht verziehen und fühlte sich von ihr im Stich gelassen.

Wie wird sie reagieren, wenn sie erfährt, dass ich ein Kind erwarte?, fragte sich Xenia besorgt. Und wie soll ich ihr die Wahrheit über ihren Vater sagen, nachdem ich sie achtzehn Jahre lang belogen habe? Es gab Lügen, die töten konnten, das wusste sie nur zu gut. Sie presste die Lippen zusammen. Ihre Tochter würde sie schon verstehen. Natascha und sie waren sich ähnlich. Hinter ihrem manchmal schroffen Äußeren verbarg sich die gleiche Empfindsamkeit. Natascha würde toben, laut und vernehmlich, aber sie würde es schließlich akzeptieren. Ganz bestimmt. Xenia unterdrückte die leise innere Stimme, die es wagte, Zweifel anzumelden.

Aber bevor sie ihrer Tochter gegenübertrat, musste sie Max die Neuigkeit verkünden. Dieses unerwartete Wunder würde ihn dazu bewegen, die trostlose Stadt zu verlassen und anderswo ein neues Leben anzufangen. Seit einiger Zeit konnte Xenia die Atmosphäre in Berlin immer schlechter ertragen. An jeder Straßenecke sah sie nur Not und Mangel und die feindseligen Mienen der Deutschen, die noch wie betäubt von einer Niederlage waren, die so absolut war, dass man das vergangene Jahr »Stunde null« getauft hatte. Es war, als breitete sich ein Leichentuch über das ganze Land und erstickte es in einer merkwürdigen Stille. In diesem Schweigen waren nur das Knistern der Entnazifizierungspapiere zu hören, die Schuldsprüche der Gerichte, das Knarren von Holzstufen, die aufs Schafott führten, der Lärm der Maschinen, die von den Sowjets demontiert wurden. Aber all diese Maßnahmen, die dazu dienen sollten, die Wurzeln des Bösen auszumerzen, vollzogen sich in einer allgemeinen und besorgniserregenden Gleichgültigkeit.

Es war Zeit, Berlin zu verlassen. Xenia kniff sich in die Wangen, um ihnen ein wenig Farbe zu verleihen, und steckte das Haar im Nacken zusammen. Einen kurzen Moment lang genoss sie die tiefe Freude, die sie durchströmte und die der glich, die sie empfunden hatte, als sie Max wiedersah. Sie würden ein Kind bekommen, und Xenia beabsichtigte, jeden Moment dieses Glücks mit dem Mann, den sie liebte, zu teilen.

Die Wohnung, die Lynn Nicholson für Max gefunden hatte, lag nicht weit vom Kurfürstendamm entfernt. Die Fenster des Wohnzimmers gingen auf einen Platz hinaus, auf dem tote Bäume ihre Stümpfe in den Himmel reckten. Die zwei kleinen

Räume waren spartanisch möbliert. Als Max seinen Koffer auf das Bett legte, überlegte er, wer die ehemaligen Bewohner gewesen sein mochten. Das war eine schmerzliche Frage. Nach den Umwälzungen des Krieges schwebten in Berlin über vielen Orten schlimme Erinnerungen.

Eine Weile irrte er mit zum Zerreißen angespannten Nerven durch die Wohnung. Über allem lag ein Staubschleier. Die deutschen Romane im Bücherregal und die Gemälde von Berglandschaften strahlten die Anonymität eines Hotelzimmers aus. Welche Stimmen wohl früher durch diese Räume gehallt hatten? Die einer enteigneten jüdischen Familie? Oder die eines fanatischen Nazis, der fortgegangen war, um in der Waffen-SS zu kämpfen? Würden eines Tages die Rückkehrer vor der Tür stehen und verlangen, dass er auszog? Lynn hatte ihm das Gegenteil versichert, aber viele Menschen empfanden diese Ungewissheit als quälend. Die Leben von Toten, Verschwundenen und Überlebenden überlappten und vermischten sich, und die Gespenster ließen sich oft mit schriller Stimme vernehmen.

Inmitten seiner eigenen Stadt fühlte sich Max wie im Exil. Das Gefühl, nichts mehr zu besitzen, ließ ihn noch immer zwischen einer gedämpften Leichtigkeit und Schwindel schwanken. Aber er hatte keine andere Wahl. Er war Lynns Rat gefolgt, dass die Vorsicht gebot, bei der ersten Gelegenheit in einen Sektor der westlichen Alliierten umzuziehen.

Um ihn zu überzeugen, hatte sie ihm vom Inhalt eines langen Telegramms erzählt, das George F. Kennan, ein bei der amerikanischen Botschaft in Moskau akkreditierter Diplomat, am 22. Februar nach Washington geschickt hatte. Zu Beginn des Monats hatte Stalin bei einer Rede im Bolschoi-Theater erklärt, er sei überzeugt davon, dass ein Konflikt zwischen Kapitalismus und Kommunismus unvermeidlich sei. Sein Land werde also erneut seine Politik der Industrialisierung und der Vorbereitung auf einen Krieg aufnehmen. Kennan erläuterte, die Sowjetunion habe nicht die geringste Absicht, zu einem Modus Vivendi mit den Vereinigten Staaten zu gelangen, sondern ziele im Gegenteil darauf ab, die amerikanische Gesellschaft zu zerstören. Seiner Meinung nach waren das Misstrauen und die Feindseligkeit der herrschenden Klasse Russlands gegenüber dem Westen Teil ihres politischen Systems, denn eine Diktatur brauche erklärte oder erfundene Feinde, damit sie ihrem Volk ihr Gesetz aufdrücken könne. So stelle die Sowjetunion eine echte Bedrohung für die demokratischen Staaten dar. Der britische Botschafter in Moskau teilte seine Meinung, ebenso wie zahlreiche westliche Politiker.

»Churchill hatte recht«, hatte Lynn gesagt. »Er wollte Berlin einnehmen. Roosevelt dagegen hat die russische Gefahr nicht richtig eingeschätzt.« Lynns Argumente hatten ihn überzeugt, und Max hatte beschlossen, auf ihren Rat zu hören. Er wusste, dass viele Deutsche teuer für diese Chance bezahlen würden, und war klarsichtig genug, um nicht aus lauter Stolz den Klügeren zu spielen.

Als er den Schrank öffnete, entdeckte er einen Radioapparat, der offensichtlich von dem in seine Heimat zurückgekehrten englischen Offizier stammte. Instinktiv suchte er nach Kissen, um den Ton zu dämpfen. So hatte er einst mit Ferdinand BBC gehört, weil sie fürchteten, von den Nachbarn denunziert zu werden. Dann nahm er sich zusammen und lächelte. Gott sei Dank war diese Zeit vorüber! Während er seine wenigen Kleidungsstücke in den Schrank räumte, verstummte die schwungvolle Jazzmusik und machte den täglichen Berichten des Deutschen Roten Kreuzes Platz. »*Heute senden wir die Namen von Kindern, die im Krieg verschwunden sind und noch von ihren Eltern oder Verwandten gesucht werden …*«

Max hörte diese Sendung nicht zum ersten Mal. Die meisten Suchmeldungen betrafen die vierzehn Millionen Deutschen, die unter unmenschlichen Bedingungen, in Terror und Chaos, aus den von den Sowjets überrannten Gebieten vertrieben worden waren. Dreihunderttausend Kinder waren auf diese Weise verloren gegangen. Oft fand man welche in der Nähe einer Straße umherirrend. Manche waren erst zwei oder drei Jahre alt und erinnerten sich weder an ihren Namen, noch wussten sie, woher sie stammten. Die einzige Hoffnung, sie ihren Familien zurückzugeben, bestand darin, dass ein Verwandter ein Foto erkannte, das in der Zeitung veröffentlicht wurde. Und dann waren da die zahllosen Kinder, die bei den Bombenangriffen von ihren Eltern getrennt worden waren. Vagabundierende Jugendliche versteckten sich in den Wäldern. Andere rotteten sich in den Trümmern der Städte zu Banden zusammen, die in Kellern oder verlassenen Häusern hausten und sich als Kleinkriminelle durchschlugen. Selbst vor Mord schreckten sie nicht zurück, denn sie hatten vor nichts mehr Angst. Max hatte blutjunge Mädchen gesehen, die sich prostituierten. Es gab keine größere Schande für ein Volk, als seine Kinder nicht beschützen zu können, dachte er angewidert.

Die traurige Litanei hob an: Name, Vorname, Alter, Geburtsort, Beschreibung, Adresse der Person, die nach dem Kind suchte. Während die monotone Stimme diese unendlich langen Sätze herunterleierte und gelegentlich ein besonderes Merkmal hinzusetzte, klopfte es an der Tür. Als Max öffnete, sah er seinen Neffen Axel vor sich stehen, ein Lächeln auf den Lippen und eine Flasche Wein in der Hand.

»Ein Geschenk für dich, Onkel Max! Du musst schließlich deinen Einzug feiern, oder? Angeblich ein guter Jahrgang.«

»Wo hast du den denn aufgetrieben?«, fragte Max erstaunt, während Axel seinen Mantel über einen Stuhl warf.

Durch die jugendliche Energie, die er ausstrahlte, wirkte das Zimmer plötzlich kleiner. Neugierig wie ein Äffchen schnüffelte Axel in den Räumen herum. Als er im Bad den rostigen Brausekopf entdeckte, zog er eine Grimasse, aber seine Miene hellte sich auf, als er den Hahn aufdrehte, der rötliches Wasser ausspuckte.

»Fließendes Wasser, was für ein Luxus, Onkel Max! Und

Strom! Du hast vielleicht Schwein. Nicht besonders groß, klar, und kein Vergleich zu deiner alten Wohnung. Aber du hast Glück, dass du allein wohnen kannst. Allmählich ersticke ich zwischen Mama und Clarissa.«

Axel stöberte zwei Gläser auf, wischte sie mit einem Taschentuch aus und entkorkte die Flasche. Seine Bewegungen waren sicher, und ab und zu warf er eine Haarsträhne mit einer Kopfbewegung zurück. Aus seinen dunklen Augen sah er seinen Onkel an.

»Wie ist dein Gespräch bei der *Neuen Berliner Illustrierten* verlaufen? Hat man sich endlich herabgelassen, dir eine Stelle zu geben, nachdem du all die kleinen Kästchen angekreuzt hast?«

Max ging nicht auf den bissigen Ton ein. Sein Neffe war immer noch mager, und der breite Ledergürtel betonte seine hervorstehenden Hüftknochen, aber was konnte man auch erwarten, wenn man sich praktisch nur von Grütze und Brühwürfeln ernährte? In Axel schien ein inneres Feuer zu brennen, das noch zusätzlich an seinen Kräften zehrte. Die fiebrige Nervosität des Burschen ging mit Anflügen von Groll einher. Er braucht rotes Fleisch, Kartoffeln und Butter, sagte sich Max verdrossen und erinnerte sich an die einfachen, aber gehaltvollen Mahlzeiten, die er in Axels Alter eingenommen hatte.

»Ich werde wieder anfangen, mir meinen Lebensunterhalt zu verdienen«, erklärte er und hob das Glas, um mit seinem Neffen anzustoßen. »Das wird auch Zeit, oder? Sie haben mir angetragen, ein paar Reportagen zu illustrieren. Nichts Aufregendes. Ich habe das Gefühl, als müsste ich wieder anfangen, wo ich vor zwanzig Jahren schon einmal war. Wenn ich zu viel darüber nachdenke, ist es sogar ziemlich deprimierend.«

»Das ist nur eine schlechte Phase. Ich bin mir sicher, dass du bald wieder dein eigenes Atelier hast und großartige Werke schaffst. Wenn es einen Bereich gibt, der gerade wieder einen Aufschwung erlebt, dann die Kultur. Man braucht sich nur die

Schlangen vor den Kinos und Theatern anzusehen. Die Sowjets haben das gut verstanden, nicht wahr?«

»Stimmt, darin sind sie ganz groß.« Max dachte an das Gespräch, das er neulich mit Oberst Alexander Dymschitz geführt hatte, einem Kunsthistoriker aus Leningrad, mit dem ihn Igor Kunin bekannt gemacht hatte.

Noch herrschte auf dem Gebiet der Künste Übereinstimmung, wobei die Anstöße von Dymschitz und von Johannes Becher kamen, der aus seinem Exil in Moskau heimgekehrt war, um das sozialistische Theater und Kino zu fördern, aber auch das Ballett, die Oper und die Literatur. Sein Ziel war es, dass Deutschland eine antifaschistische und demokratische Weltsicht entwickelte. In der Schlüterstraße, mitten im britischen Sektor, strömten hungernde Schriftsteller auf der Suche nach Unterstützung und Lebensmittelrationen in die Büros des von Becher geleiteten Kulturbunds. Die Vertreter der vier Besatzungsmächte verfolgten eine Säuberung, die allerdings in Max' Augen ziemlich suspekt war. Er beobachtete mit spöttischem Blick die Querelen zwischen den deutschen Autoren. Die einen warfen denjenigen vor, die ins Exil gegangen waren, den leichteren Weg gewählt zu haben. Im Gegenzug ernteten sie scharfe Bemerkungen, die andeuteten, sie hätten sich mit dem Naziregime kompromittiert. Diese Anwürfe hinterließen bei ihm einen bitteren Beigeschmack.

Abrupt schob Axel seinen Stuhl zurück und trat ans Fenster. Regungslos, die Hände in den Taschen, starrte er auf den Platz hinaus. Die Ärmel seines Pullovers waren so durchgescheuert, dass der Stoff seines Hemds hindurchschien.

»Und du? Was macht die Schule?«, fragte Max.

Der Junge zuckte die Achseln. »Die Lehrer haben solche Angst davor, etwas zu sagen, was den Alliierten missfallen könnte, dass sie jedes Wort siebenmal im Mund umdrehen«, sagte er ironisch. »Alle Parteimitglieder sind entlassen worden, sodass wir mit den Referendaren vorliebnehmen müssen, auch hat die Schulbehörde viele Frauen eingestellt. Ich muss zugeben, dass das ein bisschen ungewohnt ist, aber auf der anderen Seite ist unsere Mathematiklehrerin gar nicht so übel. Hübsche Beine hat sie auch, was nicht schadet«, setzte er hinzu und versuchte, einen prahlerischen Ton anzuschlagen. »Aber besser wäre es natürlich, wenn wir Bücher mit dem neuen Lehrstoff hätten.«

Den kleinen Axel Eisenschacht hatte man lange gelehrt, der Führer wünsche sich junge Leute »flink wie Windhunde, zäh wie Leder und hart wie Kruppstahl«. Man hatte ihm auch eingehämmert, dass er nichts sei und nur das deutsche Volk zähle. Aber jetzt war dieses in den Himmel gehobene Volk nur noch ein formloses Gebilde, das demilitarisiert, demontiert, entnazifiziert und demokratisiert werden musste. Was blieb ihm jetzt noch? »Narben auf der Seele«, hatte er seinem Onkel eines Abends halblaut und beinahe beschämt anvertraut. Max kannte dieses Gefühl sehr gut.

Als Axel ein kleiner Junge war, waren Onkel und Neffe dicke Freunde gewesen, doch dann hatte das Leben sie getrennt. Max hatte ohnmächtig zugesehen, wie Kurt Eisenschacht seinen Sohn zu einem perfekten kleinen Nazi erzog. Wenn er bei Marietta seiner Sorge Ausdruck verlieh, verdrehte seine Schwester nur die Augen zum Himmel, was ihn ärgerte. Er befürchtete das Schlimmste, als Axel in dieses Internat eingetreten war, eine dieser sogenannten Nationalpolitischen Lehranstalten oder Napolas, von denen die ersten nach der Machtergreifung im Jahr 1933 gegründet worden waren. Max war überzeugt gewesen, dass man seinen Neffen dort mit der perversen Ideologie vollstopfte, die die Überlegenheit der arischen Rasse propagierte, die Ideen von Lebensraum und Blut und Boden. Mit der Ideologie, die an den Lagerfeuern der Hitlerjugend und bei den grandiosen Aufmärschen mit ihrer pseudoreligiösen Ästhetik inszeniert wurde, an denen Axel von Kind auf teilnahm. Jedes dieser ungefähr vierzig Internate besaß seinen eigenen Charakter. Axels Schule beispielsweise lehnte sich an die preußische Tradition der Kadettenschulen an. Vor allem wurden dort Mut und Kraft gepredigt, die Fähigkeit, über sich selbst hinauszuwachsen. Disziplin und Ausdauer. Ein Opferkult wurde gepflegt. Es hatte durchaus fähige Lehrer gegeben, aber man hatte größeren Wert auf die körperliche Ertüchtigung als auf die geistige Entwicklung gelegt. Bei den zwei oder drei Gelegenheiten, zu denen Max seinem Neffen während des Krieges begegnet war, hatte er sich über dessen Reden über die Siege der Wehrmacht und den Endsieg geärgert. Mit zusammengepressten Lippen musste sich Max anhören, wie Axel diejenigen in den Himmel hob, denen er insgeheim die Niederlage wünschte, wofür er im Rahmen seiner Möglichkeiten arbeitete. Und jetzt stand Axel mit seinen siebzehn Jahren da, mit gesenktem Kopf und leeren Händen, und rang mit seiner schmerzhaften Unsicherheit.

»Heute Morgen habe ich gelogen«, erklärte er unvermittelt. »Ich bin gefragt worden, ob ich auf eine Napola gegangen sei. Zuerst habe ich gezögert … aber dann habe ich gelogen.«

»Daran hast du gut getan.«

»Wie kannst du so etwas sagen?«, rief der Junge. »Ich habe meinen Eid verraten. Meine Lehrer, meine Kameraden, alles, woran ich geglaubt habe … Denn ich habe daran geglaubt, Onkel Max. Ich kann es nicht leugnen. Wir haben alle daran geglaubt, meine Freunde und ich. Und die anderen sind tot. Ich habe Stefan neben mir gesehen, wie ihm die Gedärme aus dem Leib hingen! Aber er ist wenigstens gestorben, ohne sich verleugnen zu müssen!«

Er ballte die Fäuste, und sein Gesicht war blass geworden. Max' Schultern fühlten sich verkrampft an, und in seinem Nacken saß ein scharfer Schmerz. Langsam fuhr er sich mit den Händen über den Schädel. Wie immer gegenüber seinem Neffen musste er seine Worte sorgfältig wählen. Manchmal kam er ihm vor wie ein wildes Tier, immer bereit zu flüchten, wenn ein Wort zu verletzend oder eine Erkenntnis unerträglich wurde.

Aus diesem Grund erwähnte Max auch niemals den Namen seines Schwagers, obwohl es ihn erstaunte, dass Axel nie von seinem Vater sprach.

»Man hat euch getäuscht, Axel. Jahrelang hat man euch mit einer falschen Weltsicht und falschen Versprechungen belogen. Man hat euch erklärt, ihr gehört zur Herrenrasse. Für junge Burschen ist das eine berauschende und unwiderstehliche Vorstellung. Du konntest gar nicht anders, als ihnen in die Falle zu gehen. Niemand in deiner Umgebung hat dir die Augen geöffnet. Man hat dich nicht dazu angehalten, selbstständig zu denken. Wie hättest du denn von allein darauf kommen können? Deine Lehrer und Vorgesetzten haben nur Befehle gebrüllt und dir absurde körperliche Mutproben abverlangt. Wie war das noch? Haben sie dich nicht in einem zugefrorenen See von einem Eisloch zum anderen schwimmen lassen und riskiert, dass du in Panik geraten und ertrinken würdest? Oder musstest du nicht über ein Hindernis springen, bei dem du nicht wusstest, ob dich jemand auf der anderen Seite auffangen würde, und du dir den Hals hättest brechen können? Du hast so stolz davon erzählt … Aber was für eine Zukunft wollte man euch bieten? Gauleiter in Sibirien zu werden?«, fragte er ironisch. »War das etwa dein Traum?«

Er schenkte sich nach und leerte sein Glas in einem Zug.

»Du musst bereit sein, diesem Abgrund ins Auge zu sehen. Mach es nicht so wie die Leute, die lieber den Blick abwenden und sich keine Fragen stellen. Um uns herum sehe ich zahlreiche Menschen, die nichts mehr vom Krieg hören wollen. Taub, blind und stumm, so ist der Deutsche von heute. Das ist erbärmlich! Es wäre ein großer Fehler, einfach alles vergessen zu wollen, der Beginn eines Krebsgeschwürs. Es tut weh, ich weiß, aber du musst endlich lernen, selbst zu denken. Auch wenn es noch so schwer ist, aber man muss sich die Freiheit verdienen, besonders die des Geistes. Sie ist nichts, worauf man einfach ein Anrecht hat.«

Er wird mich für einen oberlehrerhaften Schwachkopf halten, dachte Max bedrückt. Axel hat bei der Verteidigung von Berlin sein Leben riskiert und alle seine Freunde sterben sehen. Seit einigen Monaten handelt er auf dem Schwarzmarkt und prügelt sich, um sich in die überfüllten Züge zu drängen und außerhalb der Stadt ein wenig Holz und Essen aufzutreiben. Und jetzt verlangt man von ihm, brav die Schulbank zu drücken, sein Abitur zu machen und auf die Universität zu gehen.

»Wenn ich nicht den Mut habe, die Wahrheit über meine Vergangenheit zu sagen, verewige ich die Lüge«, beharrte Axel mit niedergeschlagener Miene. »Deine ganzen schönen Worte nützen nichts, wenn ich genau das Gegenteil tue.«

»Man braucht aber auch nicht dumm zu sein, Axel. Du musst dich schützen. In deinem Alter ist Gehorsam noch kein Verbrechen. Dazu wird er, wenn du dich als Erwachsener einem totalitären und verbrecherischen Regime fügst.«

»Aber wir sind alle schuldig, oder? Das bläuen uns doch die Amerikaner und Russen von morgens bis abends in ihrem moralischen Ton ein. Wir sind alle schuldig, weil wir die Existenz dieses Regimes zugelassen haben. Bis auf dich natürlich! Du bist ein Held!«, fügte er mit kaum verhohlener Verachtung in der Stimme hinzu.

Max nahm keinen Anstoß daran. Er wusste, dass die wenigen deutschen Widerstandskämpfer zwiespältige Reaktionen hervorriefen. Viele Deutsche betrachteten sie auf gewisse Weise immer noch als Verräter. Manche waren sogar gegen die Gründung einer Organisation zur Unterstützung der Opfer des Faschismus, wobei deren Wirksamkeit ohnehin fraglich war.

»Ich halte nichts vom Begriff der Kollektivschuld«, erklärte Max bestimmt. »Damit macht man es sich zu leicht. Jeder muss Rechenschaft über sein eigenes Handeln ablegen. Ich bin überzeugt, dass jeder Verbrecher für sich allein handelt.«

Axel setzte sich wieder. Wie ein Sack ließ er sich auf den

Stuhl fallen und legte die Arme auf den Tisch. Seine Fingernägel hatten schwarze Schmutzränder.

»Manchmal glaube ich gar nichts mehr«, sagte er. »Wie sollen wir je wieder auf die Beine kommen? Es wird Generationen dauern, alles wieder aufzubauen und ein normales Leben zu führen. Ich werde in einem bettelarmen Deutschland aufwachsen, das die Besatzungsmächte unter sich aufgeteilt haben. Einem Deutschland, das Europa mit Konzentrationslagern überzogen hat, deren Bilder man mich anzusehen zwingt und bei deren Anblick ich mich übergeben könnte!«

Max war das Herz schwer. Manchmal fragte er sich, ob er Marietta und Axel nicht besser ins Ausland bringen sollte. Nach Paris vielleicht? Tatsächlich, was konnte sein verwüstetes Land einem Jungen wie Axel schon bieten? Aber selbst wenn es ihm gelang, die nötigen Papiere zu bekommen – welche Aussichten hätte dieser junge Deutsche im Ausland, da noch immer die ganze Welt voller berechtigtem Hass und Groll war? Im Wohnzimmer war es still geworden, und man hörte nur noch die resignierte Stimme des Radiosprechers, der weiter die Liste der verschollenen Kinder verlas.

»Friedrich von Aschänger, geboren am 1. September 1941, blondes Haar, braune Augen, Kontakt: Sophia von Aschänger ...«

»Mein Gott, das ist Milos Sohn!«, rief Max und sprang auf.

Er wollte nach einem Papier greifen, um sich das Aktenzeichen zu notieren, und suchte hektisch nach einem Bleistift. In seiner Hast warf er einen Stuhl um. Schon übertrug der Sender die Angaben weiterer Kinder. Max setzte sich und schlug die Hände vors Gesicht. Ein Schauer überlief in.

»Geht es dir nicht gut, Onkel Max?«, fragte Axel besorgt.

Milo ... Seine letzte Erinnerung an seinen Freund ging auf einen Abend während des Russlandfeldzugs zurück, als sie sich bei Ferdinand getroffen hatten. Milo hatte ein paar Tage Heimaturlaub gehabt. Nie würde Max seine niedergeschmetterte Miene vergessen, die so gar nicht zu der prestigeträchtigen Uniform der Wehrmacht passen wollte, die zu dieser Zeit noch siegreich in Europa war. Mit gebrochener Stimme schilderte Milo ihnen die von sogenannten Einsatzgruppen in der Ukraine begangenen Verbrechen. Hunderte von Juden und Zigeunern waren massakriert worden, ohne Gerichtsurteil, sinnlos. Um ihn herum sprachen manche Militärs halbherzig von »Partisanen«, um sich reinzuwaschen. »Absurd!«, rief Milo aus. »Das einzige Verbrechen dieser Menschen war, dass man sie als Feinde des Reichs betrachtete.« Seine Verzweiflung war ihm an dem erloschenen Blick abzulesen. Er war plötzlich um Jahre gealtert, und das lag nicht an den Schrecken des Krieges. Nein, Milos Betroffenheit reichte sehr viel tiefer. »Man muss Hitler töten, bevor er uns alle mit in die Hölle reißt«, erklärte er, und die Worte des Offiziers hallten mit einer entsetzlichen Endgültigkeit durch das stille Zimmer.

Wenige Jahre später wurde Milo verhaftet. Vor dem Volksgerichtshof wahrte er eine erstaunlich gefasste Haltung. Man hatte ihm die Uniform genommen, weil die Militärs unter den Verschwörern auf Befehl des Führers aus der Wehrmacht ausgeschlossen worden waren. In einem abgetragenen Anzug, der ihm um die lange Gestalt schlotterte, stand er vor Gericht. Eine Krawatte oder ein Gürtel, der seine Hose gehalten hätte, waren ihm verboten. Man durfte keine Schikane auslassen, so unbedeutend sie auch sein mochte. In wenigen Worten sprach er von Gott, von Gerechtigkeit und Menschenwürde. Vor Hass kreischend brüllte Roland Freisler, der Präsident des Volksgerichtshofs, ihn nieder, demütigte ihn und stachelte die Zuschauer des Schauprozesses zu hämischem Gelächter an.

»Milo von Aschänger war einer meiner besten Freunde«, erklärte Max mit dumpfer Stimme. »Er ist nach dem Attentat vom 20. Juli ebenfalls verhaftet worden. Ich dachte lange, er wäre erschossen worden, aber Hitler erklärte, die Verschwörer aus dem Militär hätten das Recht auf eine ›ehrenhafte Kugel‹ verwirkt.

Er ist dann an einem Fleischerhaken aufgehängt worden. Seine Frau Sophia hat man in Ravensbrück inhaftiert und ihre vier Kinder in SS-Heimen untergebracht. Offensichtlich ist jedoch ihr Sohn noch nicht wiedergefunden worden. Sophia muss krank vor Sorge sein. Ich muss versuchen, ihr zu helfen. Aber ich Idiot habe es nicht geschafft, mir das Aktenzeichen zu notieren«, brummte er.

»Wir könnten Clarissa fragen.«

»Warum?«

»Sie sucht auch nach einem Familienmitglied. Ihr kleiner Bruder ist auf der Flucht verloren gegangen. Sie glaubt, dass er noch irgendwo auf dem Weg von Ostpreußen hierher herumirrt, was ich allerdings für ziemlich abwegig halte. Sie hat Suchanzeigen in den Zeitungen und im Radio aufgegeben und hat ständig mit dem Roten Kreuz zu tun. Komm!« Axel stand auf. »Sinnlos, hier zu sitzen und Däumchen zu drehen. Wir fragen sie, wie wir deine Freundin am besten finden. Ganz bestimmt hat sie eine Idee.«

Einige Tage später stieg Xenia langsam die Treppe des Hauses hinauf, in dem Max jetzt wohnte. Hier herrschte die gleiche feuchte Kälte, die die ganze Stadt zu Eis erstarren ließ. Sie atmete den vertrauten, unangenehmen Brandgeruch ein. Ein Arzt hatte ihr ihren Zustand bestätigt und ihr zur Vorsicht geraten. Inzwischen war ihre Aufregung einer dumpfen Sorge gewichen. Max war nicht mehr der unbekümmerte, heitere Mensch, den sie einst gekannt hatte. Seine seelischen Verletzungen gingen tief. Oft sah er sie an, als wäre sie eine Fremde. Xenia hatte Geduld gelernt, und sie konnte ihn verstehen. Sie wusste, dass er Zeit brauchte, um wieder er selbst zu werden, sein Gleichgewicht und sein Selbstvertrauen wiederzugewinnen. Doch sie selbst hatte jetzt keine Zeit mehr.

Im ersten Stock legte sie eine Pause ein. Dies war mit Sicherheit eine ihrer letzten Gelegenheiten, ein Kind auszutragen, und lange würde sie das Arbeitstempo, das man von ihr verlangte, nicht mehr durchhalten können. Die nicht enden wollenden Sitzungen hatten etwas Trostloses, denn die Alliierten berieten stundenlang über diese oder jene Verordnung, und anschließend tat dann jeder in seinem Sektor, wonach ihm der Sinn stand. Die Spannungen mit den Russen verschärften sich, und Xenias Vorgesetzte studierten aufmerksam die Berichte, die sie nach jeder Sitzung anfertigte. Sie erfüllte ihren Auftrag nach besten Kräften, aber die nervöse Erschöpfung begann spürbar zu werden. Sie wusste auch nicht, wie sie ihnen erklären sollte, dass sie schwanger war – schließlich war sie Witwe.

Also wirklich, du kannst nie etwas so machen wie die anderen, dachte sie irritiert. Im dritten Stock zögerte sie. Max hatte ihr nur eine vage Wegbeschreibung gegeben. Von den Wänden blätterte die Farbe ab, und der Boden war mit dunklen Flecken übersät. Sie klopfte an eine Tür, doch es öffnete niemand. Dann probierte sie eine andere. Ihr wurde schwindlig, und sie lehnte sich an die Wand. Man hörte nichts, weder Kindergeschrei noch Stimmen. Die Stille war bedrückend. Xenia hatte das Gefühl, um Jahre zurückversetzt zu sein. Man hätte meinen können, dass das Schicksal sie grundsätzlich in einen dunklen Berliner Hausflur führte, vor eine geschlossene Tür, wo sie auf Max von Passau wartete. Es hatte etwas von einem Opfer, und auch einem Gebet.

Er öffnete. Wie immer, wenn sie ihn nach mehreren Tagen der Trennung wiedersah, war sie sprachlos, erfüllt von einer tiefen Freude, einer heftigen Liebe, einem Licht.

»Komm herein. Ich wage noch gar nicht, ›in meine Wohnung‹ zu sagen. Aber zumindest Axel fühlt sich hier so wohl, dass er gestern hier übernachtet hat«, sagte er lächelnd.

Xenia zog ihre Handschuhe aus und nahm ihr Käppi ab, während Max ihren Uniformmantel an einen Garderobenhaken hängte. Sie betrachtete die beiden kleinen Gemälde und die ungleichen Sessel. Ein geschmackloses Zierdeckchen schmückte die Mitte des Tisches, auf dem eine Öllampe stand. An diesem Ort war nichts, was zu Max gehörte, und das erleichterte sie. Ihr war es lieber, wenn er diese Wohnung nicht allzu sehr schätzen lernte, denn sie hatte nicht die Absicht, hier länger zu bleiben. An der offenen Tür des Schlafzimmers blieb sie stehen. Auf einer Kommode waren sorgfältig die Leica und Filme abgelegt.

Wortlos trat er auf sie zu und legte ihr die Hände auf die Schultern. Sie lehnte sich an ihn und schloss die Augen. Max' Atem strich durch ihr Haar. Stets flößte seine bloße Anwesenheit ihr dasselbe Staunen ein. Bis jetzt hatten sie sich so gut darauf verstanden, getrennt zu leben. Er öffnete die Knöpfe ihrer Uniformjacke und ließ die Hände in den Ausschnitt ihrer Bluse gleiten. Bei seiner Berührung erschauerte sie. Begehren stieg in ihr auf, so gebieterisch wie am ersten Tag. Der Sturm tief in ihrem Leib, die gesteigerte Empfindsamkeit, die köstliche Spannung zwischen den Schenkeln. Dieses schmerzliche Verlangen nach dem anderen.

Xenia hielt den Atem an, als Max sie nach und nach entkleidete und dabei ihren Körper mit Küssen bedeckte. Er wirkte aufmerksam, sein Blick besorgt. Jede seiner Bewegungen war voller Ernst, so sehr, dass sie schwieg und sich beinahe eingeschüchtert fühlte. Als sie eine Hand nach ihm ausstrecken wollte, hielt er sie mit einer ungeduldigen Bewegung zurück. Er legte sich aufs Bett und zog sich ebenfalls aus. Das Zimmer war eisig, sein Mund glühend heiß. Max' Körper war immer noch zu mager, von den Entbehrungen kantig geworden, unnachgiebig. Als er in sie eindrang, wandte Xenia den Blick nicht von ihm.

Die Schatten im Raum wurden länger. Eine samtige Stille lag über dem Zimmer, dem Haus und der ganzen Stadt. Er schlief sofort nach der Liebe ein, den Kopf in Xenias Halsbeuge geschmiegt und ein Bein über sie gelegt. Sie hielt ihn in den Armen und lauschte lange dem Nachhall der Lust in ihrem Körper.

»Öffne auf keinen Fall die Tür am Ende des Flurs!«, rief er mit fröhlicher Stimme. »Dahinter geht es ins Nichts. Ein Teil des Gebäudes ist eingestürzt.«

Sie zog sich im Bad an, ging ins Wohnzimmer und schlang die Arme um seine Taille. Obwohl sie sich gerade geliebt hatten, spürte sie immer noch den Drang, ihn zu berühren. Würde sie jemals genug von ihm bekommen?

»Ich habe meine erste Reportage für die Zeitschrift fertig«, erklärte er und küsste sie auf die Stirn. »Die Fotos sind zwar furchtbar nichtssagend, aber der Chefredakteur verlangt Nüchternheit. Nichts, was Anlass zu einer Kontroverse geben könnte, und schon gar keine Porträts von politischen Amtsträgern. So ganz anders als Heinrich Hoffmanns theatralische Inszenierungen«, meinte er amüsiert. »Anscheinend durchkämmt der einstige Leibfotograf des Führers derzeit zusammen mit den Amerikanern sein Archiv. Da haben sie viel zu tun: Er ist seinem Herrn und Meister ja seit den Zwanzigerjahren nicht von der Seite gewichen. Man erzählt sich, er habe eine Reihe bezaubernder Souvenirs auf die Seite gebracht.

Wenn die rechte Zeit gekommen ist, werden sich garantiert gewisse Privatsammler darauf stürzen. Falls Mariettas Mann noch lebt, wird er sie bestimmt erwerben wollen. Hoffmann und er waren reich, und diese Burschen bringen es immer fertig, sich wieder eine weiße Weste zu verschaffen.«

Xenia erinnerte sich, Hoffmann bei einem Empfang vor dem Krieg begegnet zu sein. Der kleine, rundliche und joviale Mann hatte vergeblich versucht, Max als Mitarbeiter zu gewinnen. »Er ist gefährlich und versteht sich darauf, jeden zu manipulieren«, hatte Max ihr damals anvertraut.

»Du wirkst zufrieden«, sagte sie. »Es freut mich, dich so glücklich zu sehen.«

»Es ist zumindest ein Anfang. Ich musste meine Ansprüche herunterschrauben. Jeder Tag hat seine eigenen Mühen. Doch ich werde sie in den kommenden Monaten schon noch davon überzeugen, mutiger zu sein.«

»Aber du wirst dich doch nicht damit bescheiden, Reportagen für die *Neue Berliner Illustrierte* zu machen, oder?«, sagte sie. »Du hast gewiss Besseres verdient.«

Sofort spürte sie, wie Max erstarrte. Er löste sich von ihr und trat ans Fenster, wo er die blinden Fassaden auf der anderen Seite des Platzes betrachtete. Eine alte Frau in Schwarz ging zwischen den verkohlten Baumstümpfen dahin. Er sah ihr nach, bis sie verschwunden war.

»Ich weiß nicht mehr, was ich verdient habe, Xenia.«

»Ich habe dir etwas zu sagen«, sagte sie mit klopfendem Herzen. Sie fürchtete einen seiner düsteren Anflüge, die ihr Angst machten und sie zugleich ärgerten.

»Ich ebenfalls«, erklärte er und wandte sich abrupt um. »Ich habe Sophia wiedergesehen.«

»Das ist doch nicht möglich! Wie geht es ihr?«

Sophia Dimitriewna war eine Freundin aus ihrer Kindheit. Sie waren beide in St. Petersburg aufgewachsen, hatten sich aber später im Exil aus den Augen verloren. Sophia war in Berlin gelandet und Xenia in Paris. Durch einen unwahrscheinlichen Zufall hatten sie sich bei einer von Mariettas Abendeinladungen wiedergesehen. Durch ihre Heirat mit Milo war Sophia eine von Aschänger geworden.

»Sie hat die Lagerhaft in Ravensbrück überlebt. Nach Stauffenbergs Attentatsversuch hat man sie von ihren Kindern getrennt. Ihre drei Töchter hat sie inzwischen gefunden, aber der kleine Friedrich ist weiterhin verschwunden.«

»Wie denn das? Das verstehe ich nicht«, sagte Xenia und setzte sich.

»Die Nazis hatten die Kinder in von der SS betriebenen Heimen untergebracht. Um ihre Identität zu zerstören, hat man ihnen falsche Namen gegeben und dann begonnen, sie nach den Prinzipien des Dritten Reichs umzuerziehen. Das Problem heute ist, dass sich die jüngeren nicht mehr an ihre Herkunft erinnern. Und Friedrich wurde bei ihrer Festnahme offensichtlich von seinen Schwestern getrennt. Sophia tut ihr Bestes, aber sie bekommt keine Reisegenehmigungen, und die Waisenhäuser liegen auf dem ganzen ehemaligen Reichsgebiet verstreut. Sie fürchtet, der Kleine könnte nach Böhmen gebracht worden sein; aber das Sudetenland steht jetzt unter der Herrschaft der Tschechen, die den Deutschen keinerlei Mitgefühl entgegenbringen.«

»Das ist ja schrecklich«, murmelte Xenia bedrückt. »Sie muss krank vor Sorge sein.«

»Clarissa und ich werden ihr helfen, so gut wir können.«

Einen kurzen Moment lang fragte sie sich, von wem er sprach. »Das junge Mädchen, das bei Marietta und Axel wohnt?«

»Ja. Sie sucht nach ihrem kleinen Bruder, der auf der Flucht aus Ostpreußen verloren gegangen ist.«

Xenia erinnerte sich, wie sie in Max' ehemaliger Wohnung die Unbekannte in einem plötzlichen Anflug von Zorn gepackt hatte. Sich Clarissas Schicksal vorzustellen fiel ihr nicht schwer, sie hatte es selbst erlebt. Mit ungeahnter Macht stiegen die Erinnerungen auf: die Angst, von den Familienmitgliedern getrennt zu werden; das Entsetzen in den Flüchtlingslagern, wo man nichts mehr besaß. Das Schwindelgefühl des Exilierten auf dem Gleis eines ausländischen Bahnhofs. Und all die Angst, dieses Elend.

Xenia unterdrückte ein Aufschluchzen und presste die Finger an die Schläfen. Warum fühlte sie sich plötzlich so verletzlich? Sie hatte geglaubt, sich von dieser Vergangenheit freigemacht zu haben, die so lange ihr Leben bestimmt hatte. War es möglich, dass diese Narben immer noch so schmerzten? Würde sie jemals von diesem Albtraum genesen? Ihr wurde klar, dass sie nicht mehr die Kraft hatte, sich mit diesen Schicksalsschlägen auseinanderzusetzen, selbst wenn es andere waren, die sie erlebten. Von jetzt an sehnte sie sich nach Glück und Ausgeglichenheit. Sie hatte sie verdient. Xenia legte eine Hand auf ihren Bauch und reckte das Kinn.

»Ich bin schwanger, Max.«

Als er ihre Worte hörte, wich ihm das Blut aus dem Gesicht, was seine hohlen Wangen noch betonte. Obwohl er den finsteren Blick zur Schau stellte, den sie von seinen schlechten Tagen kannte, kam er ihr mit seinen abgezehrten Zügen noch schöner vor. Eine andere Frau hätte vielleicht Angst bekommen, aber Xenia Fjodorowna zitterte nicht. Sie trug das Kind des Mannes, den sie liebte, und das schenkte ihr Kraft.

»Hier kann ich nicht bleiben. Die Lebensbedingungen sind

zu schlecht, um nicht zu sagen gefährlich. So jung bin ich nicht mehr. Ich möchte kein Risiko eingehen, verstehst du? Das Beste wäre, du ziehst zu mir nach Paris. Und außerdem lebt dort Natascha. Sie wäre glücklich, dich kennenzulernen. Ich werde morgen die nötigen Schritte veranlassen.«

Plötzlich hatte Xenia es eilig. Wenn sie gekonnt hätte, wäre sie unverzüglich aufgebrochen. Bei ihr würde Max wieder zu Kräften kommen. Sie würden an einem Strand in der Sonne spazieren gehen. Der Tagtraum war so wunderschön, dass sie lächelte. Und erst jetzt bemerkte sie, dass Max' Miene ausdruckslos geblieben war. Sein Schweigen hatte etwas Unerbittliches, beinahe Grausames. Das Tageslicht wich so rasch, dass er nur noch eine graue Silhouette war, die sich am Fenster abzeichnete. Die Tweedweste hing über einem formlosen Rollkragenpullover, und seine Hose war an den Knien ausgebeult. Xenias Herz begann wie eine Trommel zu schlagen.

»In Paris wirst du viel besser dran sein«, beharrte sie. »Du siehst doch selbst, dass man in Deutschland nichts mehr ausrichten kann. Manche Leute sprechen sogar davon, dass das Land geteilt werden soll. Die Sowjets geben Gebiete, die sie einmal erobert haben, nicht wieder aus der Hand, und Berlin liegt mitten in ihrer Zone. Hier sitzt du wie im Gefängnis.«

Beklommen stand sie auf und trat ebenfalls ans Fenster.

»Was kann man von diesen Ruinen erwarten, Max? Diese Stadt ist tot. Es ist Zeit, ein neues Kapitel in deinem Leben aufzuschlagen. Was uns jetzt geschieht, ist ein Wunder, und wir müssen diese Chance ergreifen. Du warst nicht dabei, als Natascha groß wurde. Wir haben so lange getrennt voneinander gelebt. So viele vergeudete Jahre«, seufzte sie.

»Und wer ist schuld daran?«, sagte er kalt.

Diese Härte kannte sie gar nicht an ihm. Diesen seelenlosen Blick. Aber er hatte nicht unrecht. Es hatte eine Zeit gegeben, als sie ihn nicht wollte. Eine Faust legte sich um ihr Herz, und die Angst zerrte an ihren Nerven.

»Ich habe dich um Verzeihung gebeten.«

»Und was verlangst du heute von mir?«, fuhr er in zornigem Ton fort. »Dass ich alles hinter mir lasse, um dir zu folgen und den liebenden, aufmerksamen Vater zu spielen? Den hingebungsvollen Gatten. Denn das willst du doch, oder? Ich soll ein neues Kapitel beginnen, sagst du. Einfach so, mit einem Fingerschnippen.« Mit einer verächtlichen Grimasse ließ er seinen Worten die entsprechende Geste folgen. »Weil du es so beschlossen hast. Weil es dir heute passt. Was für ein Glück! Jetzt hast du einen Platz in deinem Leben für mich frei. Soll ich dir etwa dafür danken?«

»Ich möchte mein Leben mit dir teilen.«

»Und wo sollen wir wohnen? In deiner schönen Pariser Wohnung, die deinem Exmann gehörte?«

Max stieß die Worte hervor und hatte das Gefühl, dass sie ihm die Kehle zerrissen. Zorn und Abneigung überliefen ihn wie ein Schauer. Plötzlich wurde ihm entsetzt klar, was er alles verloren hatte, doch seine Wohnung, sein Atelier oder seine Archive waren dabei nicht das Wichtigste. Er hatte sich selten so elend gefühlt.

»Gabriel ist tot«, sagte Xenia leise. »Deine Eifersucht ist sinnlos.«

»Ich bin nicht eifersüchtig! Dieser Mann hat mich immer gleichgültig gelassen. Ich habe nur nie verstanden, warum du dich entschieden hast, mit ihm zu leben, und ich werde es nie begreifen.«

»Aber ich habe doch versucht, dir zu erklären …«

»Ja, ich weiß, anscheinend hattest du Angst vor mir. Angst, meine Liebe könnte dich ersticken. Sagen wir doch lieber die Wahrheit: Deine Liebe war nicht stark genug.«

Xenia schlug die Augen nieder. Nach all diesen Jahren war diese Wunde bei Max noch nicht verheilt. Sie war erstaunt und tief betrübt zugleich.

»Die Liebe verändert sich im Lauf der Zeit. Du hast vielleicht nicht ganz unrecht. Mit fünfundzwanzig habe ich dich nicht so geliebt wie heute. Damals konnte ich das Risiko nicht eingehen, überhaupt jemanden zu lieben. Ich wusste, dass ich um der anderen willen mutig sein musste, nicht um meinetwegen, und Angst macht egoistisch. Und dennoch, glaube mir, habe ich dir alles gegeben, was ich dir zu bieten hatte; wir waren nur beide zu jung, um das zu verstehen. Warum willst du die Vergangenheit wieder aufrühren?«, fragte sie, aber sie hatte den schrecklichen Eindruck, ins Leere zu reden. »Das Heute zählt, Max. Es ist unsere einzige Hoffnung, verstehst du mich?«

Es wurde immer dunkler, und da im Viertel wieder einmal der Strom abgestellt war, zündete er die Öllampe an. Die Flamme knisterte. Das zuckende, trübe Licht hob die Ärmlichkeit des Raums hervor, und er empfand ein Gefühl von Scham. Xenia in ihrer französischen Uniform mit den diskreten Rangabzeichen auf der Brust und ihrem schlicht nach hinten frisierten blonden Haar kam aus einer anderen Welt. Sie hatte ihm eröffnet, von ihm schwanger zu sein, aber diese Nachricht erweckte keinen Widerhall in ihm. Es war, als redete sie in einer anderen Sprache zu ihm. Er fragte sich, ob er zu einem Ungeheuer geworden war, aber wie hätte er die Vorstellung von einem Kind akzeptieren können, er, der keine Zukunft mehr hatte?

»Du kannst nicht von mir verlangen, dass ich fortgehe, Xenia«, sprach er weiter, ohne seine Verbitterung zu beschönigen. »Du glaubst doch nicht, dass ich meine Schwester und meinen Neffen im Stich lasse, in dieser toten Stadt, wie du es so schön ausdrückst. Dass ich sie wie Hunde krepieren lasse.«

»Sie könnten doch ebenfalls mitkommen …«

»Aber sicher!«, sagte er spöttisch. »Wir werden alle Zuflucht unter deinen großzügigen Fittichen suchen. Du wirst uns Papiere verschaffen, damit man uns auf französisches Territorium lässt, und wir werden alle wie eine große, glückliche Familie leben. Natascha wird begeistert sein, wenn du ihr einen unbekannten Vater, eine kranke Tante und einen germanischen

Cousin anschleppst, von denen sie keine Ahnung hatte. Und wir werden bei dir wohnen, als Deutsche mitten in Paris. Was für ein Glück.«

»Wir haben uns wiedergefunden. Damit hätte niemand gerechnet. Wir sind glücklich zusammen, auch wenn du dich weigerst, es zuzugeben, weil du dich von der Erinnerung an deine Freunde verfolgt fühlst, die nicht überlebt haben. Auch ich habe Menschen verloren, die mir nahestanden. Ich verstehe, was du fühlst, aber du hast auch ein Recht auf Glück. Genau wie ich! Wir haben jahrelang zu sehr gelitten und keine Zeit mehr zu verlieren. Und jetzt erwarte ich ein Kind von dir. Das hat doch auch etwas zu bedeuten.«

»Beim ersten Mal hast du es auch ganz gut ohne mich überstanden.«

Max ertrug es nicht, sie so vor sich stehen zu sehen, schmal und starr, mit den geschminkten Lippen, die in ihrem durchscheinenden Gesicht wie eine Wunde wirkten. Er wusste, dass er sie ungerecht behandelte, aber in seinem Herzen tobte ein Sturm. Irgendwie wollte er sie für die verlorenen Jahre und diesen Schmerz, den er viel zu lange in sich getragen hatte, zahlen lassen. Er wollte sie für diesen schändlichen Krieg und all sein Leiden strafen, und vor allem wollte er ihr heimzahlen, dass sie ihn nicht auf der gefrorenen Erde von Sachsenhausen hatte sterben lassen.

Er biss die Zähne zusammen und bekam keine Luft mehr. Xenia hatte geglaubt, den Mann, den sie liebte, ins Leben zurückzuholen. Aber wen hatte sie da aus der Hölle gezerrt? Er kannte sich selbst nicht mehr. Jede Orientierung war ihm abhandengekommen. Ich bin ein lebender Toter, dachte er niedergeschmettert. Mit der Faust schlug er heftig gegen die Wand. Der Schmerz durchfuhr seine Hand und setzte sich bis in die Schulter fort.

»Was erwartest du denn von mir?«, schrie sie. »Unmöglich, dass ich in Berlin bleibe, wenn ich nicht weiter in meiner Funktion arbeite. Dazu bekomme ich nie die Genehmigung. Soll ich mich in diesen sinnlosen Sitzungen verausgaben und Gefahr laufen, unser Kind zu verlieren? Damit noch ein weiterer Mensch stirbt? Soll ich hierbleiben und zusehen, wie du mit deinen Dämonen kämpfst? Dich bemitleiden? Soll ich mir weinend die Haare raufen?«

Wie erstarrt stand sie vor ihm.

»Ich erwarte nichts von dir. Ich habe nichts von dir verlangt. Du hättest besser daran getan, in Paris zu bleiben.«

»Ich bin deinetwegen zurückgekommen. Nur für dich.«

»Das war ein Fehler.«

Xenia spürte, wie sich der Boden unter ihren Füßen auftat. Wieder war sie allein, so furchtbar allein. Mit zitternder Hand fuhr sie sich über die Stirn und holte tief Luft. Als sie weitersprach, klang ihre Stimme sanfter. Mattigkeit und ein unendlicher Kummer lagen darin.

»Ich kann dich nicht in diese Nacht begleiten, in der du untergehst, Max. Es tut mir leid. Aber ich war dazu bereit. Ich wäre noch geblieben, und ich hätte so lange gewartet, wie es nötig gewesen wäre. Ich weiß, dass das Leben mich hart gemacht hat, aber ich habe mich in den letzten Jahren verändert. Dank dir … Vielleicht habe ich aber auch die Kraft gefunden, mich im Spiegel anzusehen und den Menschen, zu dem ich geworden war, nicht zu lieben.«

Sie war verzweifelt und konnte nicht glauben, was ihnen geschah.

»Heute habe ich diesem Kind gegenüber eine Verpflichtung. Und Natascha gegenüber auch. Ich kann mich nicht von der Vergangenheit in Ketten legen lassen. Mein ganzes Leben lang habe ich für andere gekämpft, damit sie eine Zukunft hatten. Jetzt muss ich nach vorn sehen … Das ist meine einzige Hoffnung darauf, dies zu überstehen. Anders kann ich nicht.«

Sie bemerkte, dass er die verletzte Hand an sich presste, unterdrückte aber den Drang, sich um seine Wunde zu kümmern.

»Dein Platz ist an meiner Seite, ob wir nun in Paris leben oder anderswo. Aber nicht in Berlin. Nicht in dem Berlin, wie es heute ist. Lass dich nicht von deinem Stolz blenden. Du würdest den gleichen Fehler begehen wie ich einst, und der Preis dafür ist hoch.«

»Es ist keine Frage des Stolzes«, entgegnete er und wandte den Blick ab. »Das ist eher deine Spezialität, oder? Ich habe das Gefühl, das Leben ist zu einer grauenhaften Farce geworden. Du verkündest mir, dass du ein Kind erwartest, doch statt es vor mir zu verbergen, verlangst du dieses Mal, dass ich dir folge. Aber ich will kein Leben, das du mir aufzuzwingen versuchst.«

Sie vermochte ein bitteres Auflachen nicht zu unterdrücken.

»Ich werde dich niemals zu etwas zwingen, Max. Wenn es eines gibt, was wir immer mehr als alles andere geliebt haben, dann die Freiheit. Obwohl sie uns jedes Mal wieder trennt.«

Sie zog den Mantel an und setzte sich das Käppi aufs Haar. Ihre Hände zitterten, und sie fürchtete, hier, vor Max' Augen, in Ohnmacht zu fallen. Ein Anflug von Zorn ergriff sie. War sie für immer dazu verurteilt, barfuß im Schnee zu stehen, in dem vergeblichen Versuch, das Blut ihres Vaters abzuwaschen?

»Ich werde um meine Rückversetzung nach Frankreich ersuchen. Wenn du dann zu mir kommen willst …«

Es gelang ihr nicht, seinen Gesichtsausdruck zu deuten. Würde er sie ziehen lassen, ohne ihr irgendein Zeichen zu geben? Ein Wort hätte genügt, und sie hätte sich in seine Arme gestürzt. Max war ihr so nahe, dass sie sah, wie seine Brust sich mit jedem Atemzug hob und senkte, und doch hatte sie das Gefühl, er sei noch nie so fern von ihr gewesen. Tränen verschleierten ihren Blick. Beschämt ließ sie den Kopf hängen. Früher hätte sie nicht geweint. Da hätte sie sich einfach schweigend auf dem Absatz umgedreht.

»Ich liebe dich, Max.«

Auf dem Gesicht des Mannes, den sie liebte, malte sich solcher Zorn, dass Xenia das Gefühl hatte, ihr Herz würde davon zerrissen. Konzentriert, aufmerksam zog sie sich die Handschuhe an. Sie musste die Sekunden in die Länge ziehen, die Zeit anhalten. Jetzt lag alles in Max' Händen. Sie war bis an ihre Grenzen gegangen, weiter konnte sie ihm nicht entgegenkommen. Es erstaunte sie, dass sie sich noch bewegen konnte und nicht in tausend Stücke zersprang. Aber es war Zeit, sie konnte nicht länger bleiben.

Xenia Fjodorowna Ossolin hatte der Nacht und der Finsternis schon zu viel geopfert. Das Leben hatte ihr niemals etwas geschenkt, sondern sie gezwungen, ihm ihre Siege und das bisschen Glück in erbittertem Kampf zu entreißen. Als sie Max wiederfand, hatte sie geglaubt, der Kampf sei endlich zu Ende. Doch offensichtlich hatte sie sich geirrt. Jetzt musste sie weiterkämpfen, für ihr ungeborenes Kind. Denn wenn sie es verlor, ohne alles zu versuchen, damit es lebend zur Welt kam, dann würde sie Max niemals verzeihen, und ihre Liebe würde nicht überleben.

Max sah, wie sie im Türrahmen stand. Er ließ sie gehen und hatte das Gefühl zu sterben. Das Blut rauschte in seinem Kopf und ließ ihn schwindeln. Seine geprellte Hand schmerzte. Wie oft waren sie schon so auseinandergegangen, ohne ein Wort, eine Berührung? Und dabei hatte Xenia dieses Mal die Worte ausgesprochen, auf die er so viele Jahre gewartet hatte. Sie hatte keine Angst gehabt, ihm ihre Aufrichtigkeit und Verletzlichkeit zu zeigen; sie, die Eroberin, deren Stolz so lange ihre Achillesferse gewesen war. Aber es war zu spät. Eine stählerne Falle hatte sich um ihn geschlossen.

»In Wahrheit hast du mir immer noch nicht verziehen, was damals geschehen ist, Max, und das Schlimmste ist, dass ich dir deswegen nicht einmal böse sein kann.«

Sie wartete noch ein paar Augenblicke, doch da er stur schwieg, wandte sie sich schließlich ab und ging, und er blieb allein mit den Schatten zurück.

Zweiter Teil

Paris, April 1946

In dem Kellergewölbe herrschte gedämpftes Licht. Natascha schob sich zielstrebig in Richtung des Podiums, auf dem die Kapelle spielte. Die feuchte Hitze hier unten bildete einen starken Kontrast zu der Kühle des Frühlingsabends. Durch den dichten Zigarettenrauch hindurch entdeckte sie Felix, der ihr heftig zuwinkte. Nachdem sie sich einen Weg zwischen Schultern, Ellbogen und Hüften gebahnt hatte, kam sie bei ihm an, und er schlang den Arm um ihre Taille und drückte sie an sich. Unter der steinernen Gewölbedecke hallten die Klänge von Trompete, Saxophon und Schlagzeug wider.

»Willst du tanzen?«, schrie er gegen den Lärm an.

»Lass mich erst einmal Luft schnappen!«

»Keine Zeit! Komm schon!«

Das Paar, das direkt vor ihnen Bebop getanzt hatte, räumte seinen Platz. Sofort zog Felix Natascha auf die Tanzfläche. Der Pferdeschwanz des jungen Mädchens flog ihr um die Schultern, und ihre Beine und Füße bewegten sich im Einklang mit denen von Felix. Während sie sich auf die akrobatischen Tanzfiguren konzentrierte, trat ein breites Lächeln auf Felix' Gesicht. Um sie herum wippten junge Männer und Frauen im Takt zur Musik mit dem Kopf. Unter den Ponys glänzten ihre Gesichter vor Schweiß. Felix ließ Natascha um seine Hüften wirbeln, warf sie in die Luft und fing sie wieder auf. Die fachkundigen Zuschauer stießen beifällige Rufe aus. Dann hatten die beiden genug und verließen die Tanzfläche. Ein junger Mann mit kariertem Hemd und Samthose nahm sofort ihren Platz ein.

Der Pullover klebte Natascha auf der Haut; sie hatte ihr Haarband verloren. An Felix' Rücken geschmiegt folgte sie ihm ans andere Ende des lang gestreckten Raums, wo sich die Bar befand. Er reichte ihr ein warmes Bier, das sie durstig herunterkippte.

»Toll, was?«, meinte er und setzte seine Brille wieder auf.

»Klasse«, sagte sie vergnügt.

Seit einigen Wochen trieben sie sich in den Bistros und Nachtlokalen von Saint-Germain-des-Prés herum. Die beiden fühlten sich magnetisch angezogen von dem Überschwang und der anregenden Atmosphäre, die dort herrschten. Sie trafen sich mit Freunden, tanzten, tranken, plauderten und erfanden die Welt neu. Dieser Teil von Paris hatte sich zu einem Paradies für junge Leute entwickelt, die das Glück auskosteten, zwanzig Jahre alt zu sein. Ihre unbändige Lebensfreude sprang einem ins Gesicht. Sie fanden, das sei eine gerechte Belohnung nach den entbehrungsreichen Jahren. Allerdings war der Alltag immer noch von Einschränkungen gezeichnet. Aber der Jazz, die Freiheit und Sorglosigkeit fuhren ihnen ins Blut und weckten ihren Appetit auf das Leben. Sie waren jung, sie waren schön, und nichts und niemand durfte sich ihnen in den Weg stellen.

Als sie in der Menge die Gesichter ihrer Freunde entdeckten, nickten Felix und Natascha ihnen grüßend zu. Einer von ihnen, ein riesiger Bursche mit struppigem Haar, bedeutete ihnen mit rätselhaften Handbewegungen etwas. Sie begriffen, dass er unterwegs in die Rhumerie war. Eine neue Sprache entstand in diesen ehemaligen Weinkellern, aus denen die Fässer und die mageren Kohlevorräte entfernt worden waren. Ein ganzes Universum mit Geheimcodes war das, in dem sich Eingeweihte mit einem Blick, einer Körperhaltung oder einer knappen Geste verständigten. Keine Regel bestimmte, wohin sie gingen. Sie zogen in einem Gebiet umher, das zwischen dem Quai Malaquais und dem Quai de Conti, der Place Saint-Sulpice, der Rue des Saint-Pères, der Rue Dauphine und Rue de l'Ancienne Comédie lag. Dieses Areal mit seinen unsichtbaren Grenzen, die sie trotzdem genau kannten, war ihnen heilig. Das war ihr Spielplatz, dort atmeten sie frei. Sie folgten nur ihren Eingebungen, trafen Verabredungen, die sie nicht einhielten, um sich dann unfehlbar in dem Gassenlabyrinth zu begegnen. Saint-Germain war wie ein Club, dessen Mitglieder sich privilegiert wussten. Ihre Schützlinge waren Künstler und Talente. Aber es gab auch Menschen, die sie nicht duldeten; weder Langweiler noch Angeber wurden in ihren magischen Kreis eingelassen.

Felix und Natascha saßen auf harten Barhockern. Sie strich ihren Rock glatt, während er sich mit dem Taschentuch die Stirn abtupfte. Die dissonanten Rhythmen fuhren ihnen in die Glieder, sodass sie nicht anders konnten, als sich im Takt mit den anderen zu bewegen. Das junge Mädchen liebte diese Verschmelzung, diese Rebellion. Ein paar Stunden lang genoss man das Leben in vollen Zügen. Nichts war mehr wichtig. Dieses intensive Leben im Hier und Jetzt war wie ein unwiderstehlicher Rausch. Felix war genauso versessen darauf wie sie. Ihre Sorgen und ihre Verunsicherung gaben die beiden zusammen mit ihren Dufflecoats an der Garderobe ab und stiegen die schmale Treppe hinunter, wobei sie den Kopf einziehen mussten, um nicht gegen die Decke zu stoßen. Felix hatte gleich verstanden, dass er sich nur einer solchen Gruppe anschließen konnte. »Ich will kein Außenseiter sein«, hatte er Natascha eines Tages gestanden. Sie liebte ihn dafür umso mehr, denn im Gegensatz zu ihren Freunden war die Unbeschwertheit für Felix Seligsohn immer noch eine verbotene Frucht.

Sie aßen und schliefen wenig und wurden von einer fieberhaften Betriebsamkeit angetrieben. Einige ihrer Freunde absolvierten eine Theater- oder Musikausbildung. Alle plünderten die Buchläden des Viertels, wühlten in den Bücherkisten der fliegenden Antiquare und besuchten Ausstellungen. Sie waren unersättlich, neugierig und respektlos. Sie verlangten danach, sich verblüffen zu lassen, und hatten für Konformismus, Familienessen und Phrasendrescher nur Verachtung übrig. Sie riefen sich beim Vornamen und wollten nicht wissen, woher der andere kam. Sie hatten weder Eltern noch Vergangenheit. Sie waren wie neugeboren. Und die Zukunft? Darum würden sie sich kümmern, sobald sie Zeit dazu hatten.

Unvermittelt beugte sich Felix zu ihr herüber, um sie auf die Lippen zu küssen. Ein Schauer überlief sie, als sie seine Leidenschaft spürte. Manchmal legte er eine Spontaneität an den Tag, die sie überrumpelte. Merkwürdigerweise und wie aus einem Aberglauben heraus sprachen sie beide nie von Liebe. Sie weigerten sich, einander mit Versprechen zu binden, wie die Erwachsenen sie einander gaben und die in ihren Augen wie Fesseln waren. Sie waren zu jung, um Romantiker zu sein. Eine andere Art von Keuschheit hinderte sie bislang daran, ein Liebespaar zu werden.

Sie lauschten den Gedichten einiger Wagemutiger, die, sobald sich die Musiker eine Pause gönnten, auf die Bühne stürmten. Wenn ihre Verse ihnen nichtssagend vorkamen, verspotteten sie sie zusammen mit dem ganzen Saal gnadenlos. Dann stiegen sie, ohne dass sie sich abzustimmen brauchten, von ihren Hockern und stürzten sich ins Getümmel, um zum Ausgang zu gelangen. Sie zogen weiter zur Rhumerie, wo sie auf ihren Freund Luc stießen, der aus einem Grund, den alle vergessen hatten, auf den Spitznamen Vercingetorix hörte.

»Hallo, ihr Turteltäubchen!«, rief er ihnen zu, während ihre Gruppe zusammenrückte und ihnen Platz machte.

Felix legte einen Arm um Nataschas Schultern, um ein paar Zentimeter kostbaren Raum einzusparen, aber ebenso, weil er es nie überdrüssig wurde, sie an sich zu drücken.

»Und, hat deine Mutter sich schon wieder eingelebt?«, erkundigte sich Luc und bedeutete dem Kellner, ihnen noch eine

Runde Bowle zu bringen. »Hat sie sich von ihrem Schrecken erholt?«

Natascha zog eine Grimasse. Die Rückkehr ihrer Mutter war in der Tat denkwürdig verlaufen. Eines Morgens in aller Frühe war sie nach mehrmonatiger Abwesenheit mit einem Militärzug angekommen, der zwei Tage bis nach Paris gebraucht hatte. Angespannt und missmutig war sie in die Wohnung gekommen und hatte nicht mit dem Schauspiel gerechnet, das sich ihr bot: Überall in den Zimmern und auf den Sofas im Salon lagen junge Mädchen und Burschen herum; Nachtschwärmer, die plötzlich von bleierner Müdigkeit überwältigt worden waren.

»Sie stand da wie eine Katze im Vogelbauer«, sagte eine kleine Rothaarige, die an der Oper tanzte. »Ich habe den Schrecken meines Lebens bekommen. Aber deine Mama ist furchtbar nett. Wenn ich daran danke, dass sie uns sogar noch Frühstück gemacht hat! Meine hätte uns mit dem Besen aus der Tür gejagt!«

»Hat sie dir denn noch die Leviten gelesen?«, erkundigte sich Luc und beugte sich zu Natascha herüber.

Seit ihrer ersten Begegnung hatte er ein Auge auf sie geworfen und machte keinen Hehl daraus, erlaubte sich jedoch keine Annäherungsversuche, weil sie Felix' Freundin war. Er war überzeugt davon, dass solche jugendlichen Schwärmereien nicht lange dauerten, und wartete einfach auf seine Chance.

»Die Hausgäste haben ihr nichts ausgemacht, und die Tatsache, dass sich Nadine und Michel für längere Zeit bei uns einquartiert hatten, hat sie eher amüsiert. Bei den Russen ist Gastfreundschaft Tradition, wir sind es gewöhnt, umherziehende arme Seelen aufzunehmen«, neckte Natascha ihre Freunde.

Xenia war nicht erstaunt über die Sitten der jungen Leute gewesen, mit denen ihre Tochter Umgang pflegte. Sie fühlten sich frei wie der Wind. Ein oder zwei Hemden zum Wechseln und ein paar Bücher in einem alten Koffer, nicht selten ein Musikinstrument umgehängt, mehr brauchten sie nicht zum Leben. Manche kamen aus der Provinz und wollten in der Hauptstadt ihr Glück versuchen, andere verstanden sich nicht mit ihren strengen Eltern. Einfache Hotels gaben ihnen Kredit, setzten sie aber auch ohne Umstände wieder vor die Tür, wenn eine überfällige Rechnung zu lange nicht beglichen wurde.

»Sie hat erlaubt, dass Nadine noch ein wenig bei uns bleibt, aber Michel hat sich aus dem Staub gemacht«, fuhr Natascha fort.

»Nachdem er seit einem Jahr auf eigenen Beinen steht, hat er es wohl nicht mehr ertragen, einem Erwachsenen Rechenschaft abzulegen. Stimmt's, mein Alter?«, warf Felix lachend ein. »Obwohl du immer gesagt hast, die Wohnung habe Klasse.«

Michel, der am Ende des Tisches saß, schüttelte den Kopf.

»Stimmt, ich kann es nicht mehr vertragen, wenn man mir sagt, um wie viel Uhr ich morgens aufstehen soll. Aber sie sieht schon toll aus, deine Mutter! Ich kann mir gar nicht vorstellen, warum sie sich freiwillig monatelang bei den Boches verkrochen hat.«

»Da bist du nicht der Einzige«, murmelte Natascha und ließ den Kopf hängen.

Sie spürte, wie Felix erstarrte. Ein paar Stunden nach ihrer Rückkehr, nachdem die Hausgäste gegangen waren, hatte Xenia die jungen Leute in ihr Zimmer gerufen. Sie hatte sich mit Lilli aufs Bett gesetzt, während Felix am Fenster stand. Xenia hielt Lillis Hand ganz fest und berichtete den beiden, was sie über das Schicksal ihrer Eltern und ihrer kleinen Schwester erfahren hatte. Nie würde Natascha Felix' aschfahles Gesicht vergessen, seine geballten Fäuste und seinen in Habtachtstellung erstarrten Körper. Sie selbst stand wie versteinert da und fühlte sich ebenso nutzlos wie idiotisch, weil sie nicht in der Lage war, dem Grauen, das sie empfand, Ausdruck zu verleihen. Als Lilli in Tränen ausbrach, wiegte Xenia sie in den Armen und strich ihr übers Haar. Felix sah sie mit erstorbenem Blick an. Xenia sprach in gemessenem Ton weiter, wobei sie unerträgliche Einzelheiten preisgab, ohne zu versuchen, die Tragödie zu beschönigen. Natascha bewunderte sie dafür, wie sie diese offenen und doch tröstlichen Worte fand.

In dieser Nacht war das junge Mädchen aufgestanden, um auf Zehenspitzen in Felix' Zimmer zu gehen. Sollte ihre Mutter sie doch erwischen! Sie wusste, dass er sie brauchte, auch wenn er sie nie um etwas gebeten hatte. Als er sie an sich zog, spürte sie, dass sein Gesicht tränennass war.

Jetzt waren Felix und Lilli Waisen; die einzigen Überlebenden einer Familie, die von den Nazis ermordet worden war. Indem Xenia ihre letzten Hoffnungen zerstörte, hatte sie auch noch den letzten Faden durchtrennt, der sie an ihre Vergangenheit band. »Ich habe das Gefühl, mich im Leeren zu drehen«, hatte Felix niedergeschmettert gemurmelt. Lilli hatte geschwiegen.

Natascha nahm Felix' Hand. Seine Haut fühlte sich leblos an. Plötzlich war er ganz woanders, sehr weit fort. Keiner ihrer Freunde wusste um die Tragödie der Familie Seligsohn. Niemand ahnte, dass Lilli und er Juden waren. Es war gerade diese unglaubliche Freiheit, allein durch seine Persönlichkeit zu existieren, die Felix so sehr schätzte. »Ich hätte nie gedacht, dass so etwas möglich wäre«, hatte er eines Tages zu ihr gesagt. Zwischen den beiden bestand die unausgesprochene Übereinkunft, niemals in Anwesenheit ihrer Freunde über dieses heikle Thema zu sprechen. Aber schon der Umstand, dass von Berlin geredet wurde, machte sie nervös.

Bei Natascha hatte die Heimkehr ihrer Mutter gemischte Gefühle ausgelöst. Die drei jungen Leute hatten sich während ihrer Abwesenheit an ihre vollkommene Freiheit gewöhnt, und ihre Freunde waren in der Wohnung nach Belieben ein und aus gegangen. Aber das junge Mädchen war auch froh, ihre Mutter wiederzusehen, und hoffte, ihr herzliches Verhältnis von einst wiederherzustellen, als sie sich in Xenias Arme gestürzt und ihre Mutter sie mit Küssen bedeckt hatte. Obwohl Natascha es aus lauter Stolz nicht zugab, brauchte sie ihre Anwesenheit und ihr offenes Ohr und hatte das Bedürfnis, sich im Blick ihrer Mutter gespiegelt zu sehen. Sie fühlte sich hin- und hergerissen zwischen ihren Gefühlen für Felix und einer Verletzlichkeit, die in ihr den Wunsch weckte, in ihre Kindheit zurückzukehren. In dieser schwierigen Phase ihres Lebens kam sich Natascha vor wie jemand, der auf dünnem Eis wandelt. Bei ihrer Mutter suchte sie Zuflucht vor allem, was sie bedrohte: dieses köstliche Flattern im Leib, ihre Unsicherheit, ihre Empfindsamkeit. Doch Xenia legte wieder einmal ein verwirrendes Verhalten an den Tag. Ihre Mutter war in sich gekehrt, weniger aufmerksam als früher und oft schroff, so wie sie während der schlimmsten Kriegszeiten, als es ums Überleben ging, gewesen war.

Mit einem Mal hielt es Natascha nicht mehr in dem Lokal. Der Raum schwankte vor ihren Augen. Die Bar war zu bunt, zu laut. Gläser klirrten, durchdringende Stimmen erschallten. All diese aneinandergedrängten Körper vermittelten ihr das Gefühl zu ersticken.

»Ich muss morgen früh aufstehen«, sagte sie hektisch. »Ich gehe nach Hause, Felix. Du kannst ja noch bleiben, wenn du willst.«

Er schüttelte den Kopf. »Nein, ich begleite dich.«

»Aber ihr seid doch gerade erst gekommen!«, rief Luc aus und reckte die Arme nach oben. »Ihr könnt nicht schon wieder gehen.«

Natascha stieg auf die Bank, um sich hinter ihren Kameraden durchzuschlängeln. Sie fürchtete, in Ohnmacht zu fallen, wenn sie nicht ganz schnell an die Luft kam.

»Wir sehen uns am Samstag«, verkündete Felix mit aufgesetzter Munterkeit. »Bis dann, Freunde, und amüsiert euch gut!«

Als sie draußen standen, waren sie außer Atem, als wären sie gerannt. Sie brauchten nicht zu reden, ein Blick reichte aus, damit sie sich verstanden. Hand in Hand kehrten sie schweigend nach Hause zurück. In den kleinen Gassen rund um Saint-Germain klangen hin und wieder fröhliche Stimmen oder das lang gezogene Schluchzen eines Saxophons auf, während Nataschas Ballerinas lautlos über das Straßenpflaster glitten.

Einige Tage später saß Xenia an ihrem Schreibtisch und studierte Kontoauszüge. Mit den Fingernägeln trommelte sie gereizt auf das Holz. Wie früher vergällten finanzielle Sorgen ihr wieder einmal das Leben. Die Ironie des Schicksals drängte sich ihr auf. Dabei hatte sie sich und die Ihrigen durch ihre Heirat eigentlich in Sicherheit gewiegt gefühlt. Damals hatte sie sich nichts vorgemacht. Der Umstand, dass Gabriel Vaudoyer finanziell gut gestellt war, gehörte zu den Gründen, die sie bewogen hatten, ihn zu heiraten. Stolz war sie nicht darauf, aber sie besaß den Freimut, es einzugestehen. Aber jetzt verlangte die Bank von ihr, dass sie ihr überzogenes Konto ausglich.

Vor ihr lag ein in New York aufgegebener Brief. Darin bat man sie, an der Organisation der Ausstellung des Théâtre de la Mode mitzuwirken. Die Vernissage sollte in einigen Wochen stattfinden. Nach einem triumphalen Start in London, gefolgt von der Ausstellung in Leeds, wo zahlreiche französische Unternehmen ihre Stoffe einkauften, war das Puppentheater nach Kopenhagen, Stockholm und Wien gereist. Jetzt dachte man über kleinere Veränderungen nach. Für das Frankreich der Haute Couture stand viel auf dem Spiel: Es ging darum, den amerikanischen Markt zurückzuerobern, von dem Paris während des Krieges ausgeschlossen war. In dieser Zeit hatte die Konkurrenz nicht geschlafen.

Nicht zuletzt aufgrund ihrer Herkunft war Xenia in den Augen der Verantwortlichen eine Art Schlüsselfigur, denn an der Eastside hatte sich eine große russische Kolonie gebildet. Dass sie Englisch sprach, war ebenfalls von Vorteil, und bekannt war sie auf der anderen Seite des Atlantiks ebenfalls. Sie war von

Adel, sie war Max von Passaus Muse gewesen, der sich vor dem Krieg auch dort einen Namen gemacht hatte, und sie hatte tragischen Schicksalsprüfungen getrotzt. Amerika schwärmte für Menschen, die über Widrigkeiten triumphierten. Die schöne Xenia Fjodorowna Ossolin verstand sich besser als sonst jemand auf die Kunst, ihre inneren Brüche zu verbergen, und mehr verlangte man nicht von ihr.

Xenia nahm einen Schluck Kaffee. Man bot ihr eine Passage auf einem Schiff an, das von Le Havre auslief. Sie könnte den Monat Mai in New York verbringen. Das Kind würde im Herbst zur Welt kommen. Bis dahin musste sie ihre Rückstände bei der Bank getilgt haben. Im Grunde wusste sie, dass ihr nichts anderes übrig blieb. Ihr Hals war wie zugeschnürt, und sie fühlte sich zwischen Furcht und Vorfreude hin und her gerissen. Vielleicht brauchte sie dieses neue Abenteuer, um ihren Kummer zu lindern? Sich den Wind eines anderen Kontinents um die Nase wehen lassen … Vielleicht werde ich ja weniger leiden, wenn zwischen ihm und mir ein Ozean liegt, überlegte sie. Aber sie kannte die Antwort schon: Sie würde Max von Passau nie entkommen, und wenn sie bis ans Ende der Welt flüchtete.

An der Tür klingelte es mehrmals. Sekunden später ließ sich Nataschas klare, fröhliche Stimme hören.

»Du wirst nie erraten, wer hier ist, Mamutschka.«

Xenia rührte sich nicht. Sie fühlte sich sorgenvoll und erschöpft und hatte keine Lust, den Freunden ihrer Tochter gegenüberzutreten. Die Begeisterung der Jugend wirkt manchmal geradezu beleidigend. Aber Natascha stand schon mit vor Aufregung roten Wangen in der Tür. Das Haar zerzaust, die Finger mit blauen Tintenflecken überzogen, die Jacke schief zugeknöpft, wirkte sie arglos und entwaffnend.

»Was ist los? Warum diese Aufregung?«

»Komm doch und sieh selbst«, beharrte ihre Tochter.

Seufzend stand Xenia auf. Rasch warf sie einen Blick in den Spiegel und nahm sich die Zeit, mit einem Kamm durch die

Haare zu fahren und die Lippen nachzuziehen. Ich sehe grauenhaft aus, dachte sie ärgerlich. Sie hörte eine tiefe Männerstimme, und ein Schauer lief ihr das Rückgrat hinunter. Wie hätte sie abstreiten können, dass sie insgeheim hoffte, Max werde eines Tages auftauchen? Dann hörte sie lautes Lachen, und mit einem Mal stieg eine große Freude in ihr auf. Eilig lief sie in den Salon.

Er beugte sich zu Natascha herunter. Die Sonne ließ sein blondes Haar aufleuchten, sein distinguiertes Profil, seine hochgewachsene Gestalt in einem dunklen Anzug, der seine Schultern betonte. Wie immer, wenn sie ihren jüngeren Bruder wiedersah, fühlte sich Xenia Fjodorowna von einer Mischung aus Liebe, Inbrunst und Stolz erfüllt. Er war es wirklich. Das Kind aus Petrograd, das Kind, das wie durch ein Wunder am Leben war. Der Knabe, der alle Prüfungen klaglos gemeistert hatte, den sie auf dem Arm getragen hatte, als sie den Körper ihrer Mutter dem Meer übergaben. Der sich auf den Schulhöfen geprügelt hatte, als ihm kleine französische Schulkameraden an den Kopf warfen, ein schmutziger Ausländer, ein vaterlandsloser Geselle, ein Landstreicher zu sein. Der junge Mann, der Blut für seine zweite Heimat vergossen hatte.

»Kyrill«, flüsterte sie.

»Ich freue mich so, dich wiederzusehen, Xenia!«

Mit zwei Schritten war er bei ihr und schloss sie in die Arme. Sie schmiegte die Wange an seine Schulter und sog das Gefühl seiner Gegenwart in sich auf, seine Vitalität. In diesem Moment umarmte sie nicht nur Kyrill, sondern auch ihre zerstörte Familie, Nanuschka, den Duft von Flieder und Staub aus ihrer Kindheit, das Russland, das sie in sich trug wie eine Wunde.

»Du siehst schrecklich aus«, stellte er fest und umfasste ihre Schultern.

»Danke für das Kompliment!«, sagte sie und verzog den Mund. »Du dagegen scheinst großartig in Form zu sein.«

»Das macht die Aussicht auf vierzehn Tage Urlaub in unserer

wunderbaren Stadt Paris. Was kann man sich Schöneres wünschen?«

»Was hast du danach vor?«

»Hör auf, Mama, er ist doch gerade erst angekommen!«, rief Natascha aus. »Lass ihn erst einmal Luft holen!«

Zärtlich und amüsiert zugleich betrachtete Kyrill das junge Mädchen. Er hatte schon immer eine Schwäche für diese Nichte gehabt, die mit ihrem starken Charakter Xenia so ähnlich war. Ihre Züge waren feiner geworden, und sie wirkte weiblicher. Sie war lebhaft und ausdrucksvoll und hatte ihn mit Fragen bombardiert, kaum dass er den Fuß in die Wohnung gesetzt hatte.

»Musst du nicht in die Schule?«, fragte Xenia mit einem Blick auf ihre Armbanduhr.

»Kommst du zum Abendessen wieder, Onkel Kyrill? Versprichst du es mir?«

»Mit Vergnügen, mein Täubchen. Aber jetzt lauf! Ich möchte nicht, dass du meinetwegen zu spät kommst.«

Natascha drückte ihn an sich; dann klemmte sie sich die Bücher unter den Arm und knallte die Wohnungstür hinter sich zu. Lächelnd schüttelte Kyrill den Kopf.

»Sie ist dir wirklich ähnlich!«, sagte er und setzte sich auf das Sofa.

»Das hoffe ich doch nicht! Man hat mir immer gesagt, ich sei unausstehlich.«

Es gab Kyrill einen Stich ins Herz, die angespannten Züge seiner Schwester zu sehen.

»Man hat dir deine Sorglosigkeit gestohlen. Es muss doch eine Möglichkeit geben, gegen diese Ungerechtigkeit aufzubegehren.«

Xenia lächelte und setzte sich ihm gegenüber. Wie immer war Kyrill von einer makellosen Eleganz. Er hatte sich das dichte Haar nach hinten gekämmt. Mit seinen entspannten Zügen und vollen Lippen wirkte er so gelassen, dass sie ihn um seine Ruhe beneidete. Den Krieg hatte er ohne eine ernste Verletzung überstanden. Er hatte in den Wüsten Afrikas und dann auf französischem Boden gekämpft und schließlich in der Armee von General de Lattre den Rhein überquert. Der Krieg hatte einen Mann aus ihm gemacht.

»Mascha hat mir erzählt, dass du gerade aus Berlin zurückgekehrt bist. Ich wusste gar nicht, dass du so lange dort warst. Ich bin auch durch Berlin durchgekommen; wir hätten uns treffen können. Warum hast du mir nicht Bescheid gegeben?«

Weil ich zu sehr mit dem vergeblichen Versuch beschäftigt war, dem Mann, den ich liebe, die Freude am Leben zurückzugeben, dachte Xenia verbittert.

»Du weißt selbst, dass es nicht leicht ist, Verbindung zwischen den verschiedenen Besatzungszonen aufzunehmen«, erklärte sie ausweichend.

»Na komm schon«, meinte er mit schelmischer Miene. »Da wird doch nichts im Busch sein?«

»Was willst du damit andeuten?«

Kyrill lachte. »Berlin hat einen ganz besonderen Platz in deinem Herzen. Du glaubst doch nicht etwa, das wüsste ich nicht.«

Ärgerlich biss sich Xenia auf die Lippen. Sie fand es verwirrend, dass ihr kleiner Bruder, dem sie Wiegenlieder vorgesungen hatte, mit dem sie Hausaufgaben gemacht und den sie an die Hand genommen hatte, um die Straße zu überqueren, inzwischen ein Erwachsener war, der ebenfalls um die Komplexität von Gefühlen wusste.

»Ich wollte etwas herausfinden, und ich bin mit der traurigen Gewissheit zurückgekehrt, die ich schon befürchtet hatte. Hast du vom Schicksal der Seligsohns gehört?«

Kyrills Miene verschloss sich. »Nein, aber ich kann es mir vorstellen.«

»Das Schlimmste ist eingetreten. Sarah, Victor und ihre kleine Dalia sind tot.«

Nervös fuhr er sich durchs Haar. Sein verdüsterter Blick verriet, dass er schmerzliche Bilder vor sich sah.

»Ich werde mich nie daran gewöhnen«, sagte er.

»Das kann keiner von uns.«

»Wie geht es Felix und Lilli?«

»Ihr Leben wird nie wieder wie früher sein. Ich hoffe, sie werden mit ihrem Schmerz fertig. Wenn nicht, wird sie das nach und nach umbringen«, setzte Xenia leise hinzu.

Kyrill stand auf und ging im Raum auf und ab. Mit einem Mal schien der Salon kleiner geworden zu sein. Xenia ließ ihren Bruder nicht aus den Augen. Jede Sekunde, die sie mit ihm verbrachte, war ihr kostbar. Dass der Krieg ihn verschont hatte, kam ihr wie ein Wunder vor. Vier lange Jahre war sie von ihrem kleinen Bruder getrennt gewesen, der fern von ihr sein eigenes Leben geführt hatte. Er war an einem einzigartigen, zugleich aufregenden und unseligen Tag zurückgekehrt; dem Tag, an dem Paris seine Befreiung feierte und Gabriel sie hatte töten wollen. In demselben Salon, in dem jetzt eine trügerische Ruhe herrschte, spürte sie wieder den kalten Revolverlauf an der Schläfe und den demütigenden Angstschweiß, der ihr über den Rücken lief.

»Ich frage mich, warum du immer noch nicht demobilisiert bist.«

»All dieses Leiden, Xenia … Man kann die Leute nicht einfach im Stich lassen.«

Die Hände in den Taschen, sah er aus dem Fenster.

»Von wem redest du? Den Deutschen? Für die kann man nichts tun. Sie werden Jahre brauchen, um alles wieder aufzubauen. Ohnehin haben sie nur bekommen, was sie verdient haben.«

Kyrill war erstaunt über die Heftigkeit, die die Stimme seiner Schwester klirrend kalt klingen ließ. Viele Menschen waren dieser Meinung, aber von ihr hätte er diese Reaktion nicht erwartet. Xenia konnte unversöhnlich sein, aber ungerecht war sie selten.

»Ich dachte vor allem an die Flüchtlinge, die man so schamhaft ›displaced persons‹ nennt«, sagte er ironisch. »Schöner Euphemismus für Menschen, die alles verloren haben und die man in provisorische Lager steckt. Manche davon sind sogar ehemalige Konzentrationslager.«

Ein Schatten aus Angst und Kummer schien über Kyrill zu liegen, der die Schultern gebeugt hatte. Xenia seufzte. Das war doch nicht möglich. Nicht auch noch Kyrill. Angezogen, überwältigt und schließlich zerfressen von dieser Not, die nicht nur in Deutschland herrschte, sondern in Zentral- und Osteuropa, vor allem in den vielen Ländern, die jetzt unter das sowjetische Joch gekommen waren. Seit Kriegsausbruch waren in Europa fast sechzig Millionen Menschen vertrieben oder gegen ihren Willen umgesiedelt worden, eine schwindelerregende Zahl. Kriegsgefangene, Flüchtlinge, ganze Bevölkerungsgruppen, die zuerst Opfer von Hitlers oder Stalins gnadenloser Politik und dann der Erschütterungen des Krieges geworden waren. Entwurzelte, deren Vergangenheit ausgelöscht war und deren Zukunft nur aus Ungewissheiten bestand. Oft kamen sie aus Gebieten mit eigenartigen Namen, von deren Geschichte und Geografie die Alliierten keine Ahnung hatten. Fast zehn Millionen von ihnen vegetierten noch in Lagern, die von den Alliierten mehr schlecht als recht verwaltet wurden.

»Das ist absurd, Kyrill!«, sagte sie schärfer, als es ihre Absicht gewesen war. »Es ist Zeit, dass du den Faden deines Lebens wieder aufnimmst. Inzwischen bist du fast dreißig. Du hast Jura studiert und wolltest Anwalt werden. Jetzt musst du zu arbeiten beginnen und eine Familie gründen. Ein normales Leben führen.«

Er schwieg. Von der Straße stieg das ausgelassene Geschrei von Kindern auf, die jemand zum Spielen in den Jardin du Luxembourg führte.

»Wie soll man denn nach dem, was wir erlebt haben, wieder ein ›normales‹ Leben führen? Wir werden alles neu erfinden müssen, angefangen bei der Bedeutung der Wörter. Wie kann dich das gleichgültig lassen, Xenia? Wir waren doch damals in derselben Lage.«

Also wurden sie weiter bestraft, dachte sie niedergeschlagen. Das Exil hatte den Ossolins sein Brandzeichen aufgedrückt. Und dabei hatte sie darum gekämpft, dass Kyrill eine andere Einstellung zur Vergangenheit entwickelte – weder nostalgische Verklärung noch Verbitterung.

»Du erinnerst dich noch?«, murmelte sie. »Du warst doch noch so klein. Ich wollte dich vor all dem bewahren, und ich hatte immer gehofft, du hättest es vergessen.«

»Ich erinnere mich an Gerüche, an den Schmutz, die Kälte. Ich erinnere mich an die Angst, an die Blicke der anderen, als wir uns in Paris niedergelassen haben … Erst während des Krieges habe ich verstanden, dass deine Strenge so etwas wie ein Schutzwall war. Du warst immer da, um mich zu behüten. Ich habe nie an dir gezweifelt, keinen Moment lang. Ich hatte immer jemanden, an den ich mich wenden konnte.«

Er unterbrach sich kurz und straffte die Schultern.

»Als ich zum ersten Mal in einem Flüchtlingslager war, sind all diese Gefühle aus meiner Kindheit, von denen ich ehrlich gesagt ebenfalls glaubte, sie vergessen zu haben, wieder in mir aufgestiegen … Ich hatte Fronturlaub. Ein wenig aufs Gerate-wohl wollte ich mir dieses Leben im Lager ansehen, und dann bin ich geblieben, um zu helfen. Damit diese Leute auch jeman-den hatten, an den sie sich halten konnten«, schloss er mit bei-nahe verlegener Miene.

»Das sind doch Menschen, die du gar nicht kennst, Kyrill! Diese Not ist wie eine ansteckende Krankheit. Wenn du lange genug mit ihr umgehst, wird sie dich zerstören. Ich sehe ja jetzt schon an deinem Gesicht, wie sie dich gezeichnet hat. Außer-dem ist bekannt, dass sich Nazis unter die Flüchtlinge gemischt haben. Und manche ehemalige Gefangenen haben sich zu Ban-den zusammengetan und sind kriminell geworden. Ohne Waffe kann man sich gar nicht in diesen Lagern bewegen. Ich will, dass du diesem Chaos den Rücken drehst und dir ein Leben aufbaust, in dem du glücklich wirst.«

Kurz blitzten seine Augen ärgerlich auf.

»Du versuchst mich immer noch zu beschützen, als wäre ich erst fünf. Unter diesen Flüchtlingen waren auch Russen, die nicht zurückwollten. Die Vorstellung, in die Sowjetunion zurückgeschickt zu werden, hat sie entsetzt.«

»Ja und?«, rief sie und streckte in einer hilflosen Geste die offenen Hände aus. »Wahrscheinlich hatten sie ja die Waffen gegen ihre Heimat erhoben, oder? Das waren bestimmt Leute von General Wlassow, die lieber die Pest als die Cholera gewählt haben. Stimmt schon, dass die Wahl zwischen den Nazis und den Kommunisten schwer gewesen sein muss, aber einige sind zu weit gegangen, viel zu weit! Glaub jetzt nicht, dass ich diesen Bastard Stalin verteidige, aber man kann auch nicht alles erlauben.«

»Weißt du von der Geschichte mit den Kosaken?« Er sah sie scharf an.

Sie presste die Lippen zusammen. Die Kosaken waren der wunde Punkt aller Nachfahren von zaristischen Gardeoffizieren. Es gab eine Treue, die man nur um den Preis seiner Seele leugnete. Dieses freie, widerspenstige Volk hatte sich nie damit abgefunden, dass die Bolschewisten seine Gebiete am Don und an der Kuban erobert hatten. Den Einmarsch der Deutschen hatten sie wie eine Befreiung erlebt. Als die Wehrmacht sich zurückzog, waren viele Männer, Frauen und Kinder den deutschen Truppen gefolgt, zu Fuß und zu Pferd, mit ihrem Vieh und ihren Dromedaren, weil sie sich vor Repressalien fürchteten. Schließlich hatten sie sich den Briten ergeben, weil sie sich daran erinnerten, dass England einst die Weiße Armee unterstützt hatte.

»Die Engländer haben sie verraten«, sagte Xenia und nickte. »Sie haben sie zurück zu den Sowjets geschickt, die sie massakrierten. Eines der zahlreichen Verbrechen dieses abscheulichen Jahrhunderts.«

»Ihre erzwungene Rückführung in die Sowjetunion stellt in der Tat ein unverzeihliches Verbrechen auf Seiten der westlichen Länder dar«, erklärte Kyrill. Ein kalter Zorn ergriff ihn. »Stalin ist erbarmungslos. Nach ihrer Rückkehr werden ehemalige Kriegsgefangene und Zwangsarbeiter in den Gulag geschickt. Ein paar von ihnen, die naiven, sind gutwillig zurückgekehrt, aber diejenigen, mit denen ich gesprochen habe, sahen klarer. Wusstest du, dass Stalin den Kriegsgefangenen verboten hat, Hilfe vom Roten Kreuz anzunehmen? Was für ein Glücksfall, dass das Land die Genfer Konvention nie unterzeichnet hat, nicht wahr? Jeder, der sich vom Feind gefangen nehmen ließ, wurde als Vaterlandsverräter betrachtet. Zuerst haben die ›Boches‹ sie wie Untermenschen behandelt, und Stalin ließ sie dann wie Hunde krepieren. In der Sowjetunion toleriert man nur Tote oder Helden, die sich am Gängelband führen lassen. Was für ein paranoides, blutiges Regime.«

Xenia dachte an das ernste Gesicht Igor Kunins, der sich in höchste Gefahr begeben hatte, um Max zu retten. Sie wusste zu schätzen, welches Opfer es für ihren Jugendfreund bedeutet hatte, ihr zu helfen.

»Meine Entscheidung ist jedenfalls getroffen«, sagte Kyrill mit sanfterer Stimme. »Ich werde als Angestellter der UNRRA nach Deutschland zurückkehren. Die Organisation hat einen neuen Generaldirektor, Fiorello La Guardia. Man hat mich für die Abteilung technische Hilfe bei der Rückführung der Kriegsflüchtlinge eingestellt.«

Xenia nickte nur. Sie wusste, dass die internationale Organisation, die Nothilfe- und Wiederaufbauverwaltung der Vereinten Nationen, die größtenteils von den Amerikanern finanziert wurde, seit Kriegsende gute Arbeit leistete und Millionen von Menschen unterstützte. Das war nicht die Karriere, die sie sich für ihren Bruder gewünscht hätte, aber Kyrill war ihrer Obhut entwachsen. Von nun an traf er seine Entscheidungen allein, ohne sie nach ihrer Meinung zu fragen.

Genau wie ihre jüngere Schwester Mascha, nachdem sie nach denkwürdigen Streitereien aus dem Haus gegangen war. Sie musste lernen, loszulassen und die Menschen, die sie hatte aufwachsen sehen, ihren eigenen Weg gehen zu lassen, selbst wenn sie sich für einen dornenreichen Pfad entschieden. Immer wieder muss man im Leben geliebte Menschen ziehen lassen, dachte sie bedrückt.

Er beobachtete sie sorgenvoll und angespannt.

»Diese Leute können sich glücklich schätzen, dass du für sie arbeiten willst, Kyrill Fjodorowitsch«, sagte sie schließlich lächelnd. »Du bist ein außergewöhnlicher Mann. Das weiß ich, weil ich dich großgezogen habe.«

Kyrill fühlte sich erleichtert. Er war nicht gekommen, damit seine Schwester ihm ihren Segen gab, aber er musste einfach wissen, dass sie seine Entscheidung guthieß. Er trat auf sie zu und zog zärtlich ihre Hand an die Lippen, aber Xenias Lächeln war immer noch betrübt. Wie sie so ihren schmalen Körper in den Sessel schmiegte, wirkte sie mit ihrem schwarzen Rock, einem Wollpullover und einer mit einer Reihe Perlenknöpfen geschmückten Strickjacke wie verjüngt. Der Gedanke schoss ihm durch den Kopf, dass er sie noch nie so verletzlich gesehen hatte, und er wusste, dass es nichts mit ihm zu tun hatte.

»In vierzehn Tagen bin ich in Berlin«, sagte er mit zögernder Miene. »Kann ich dort etwas für dich erledigen?«

Das Blut wich ihr aus dem Gesicht. Mit einer abrupten Bewegung stand sie auf.

»Absolut nichts. Diese Stadt ist ein Gräberfeld. Ich glaube nicht, dass ich jemals dorthin zurückkehren werde.«

Er stand vor ihr, und in seinem Blick lag alle Fürsorge der Welt. Xenia fühlte sich bedroht und wich einen Schritt zurück, aber Kyrill ergriff ihre Hand.

»Du bist ja furchterregend blass. Was verheimlichst du mir? Bist du etwa krank?«

»Ganz und gar nicht. Was für eine Idee!«, rief sie aus und versuchte sich loszumachen, aber Kyrill hielt sie mit dem typischen Eigensinn der Ossolins fest.

Die Übelkeit überfiel sie unerwartet. Ihr Körper rebellierte heftig. Sie stieß ihren Bruder weg und flüchtete ins Bad. Es dauerte eine Weile, bis die Krämpfe nachließen. Keuchend und verlegen richtete sie sich auf und spritzte sich mit zitternder Hand kaltes Wasser ins Gesicht. Dann erblickte sie Kyrill im Spiegel. Seine Miene wirkte besorgt, und seine grauen Augen blickten zornig. Er reichte ihr ein Handtuch.

»Behauptest du immer noch, nicht krank zu sein?«, fragte er schroff. »Ich verlange, dass du mir die Wahrheit sagst.«

Sie tupfte sich Stirn und Wangen ab und sog den frischen Wäscheduft ein, um wieder zu sich zu kommen.

»Ich bin nicht krank, Kyrill, sondern schwanger.«

Wenn sie sich nicht so aufgelöst gefühlt hätte, hätte sie über seine Verblüffung gelacht. Wortlos folgte er ihr zurück in den Salon.

»Wer ist der Vater?«, fragte er schließlich mit einer sanften Stimme, die Xenia die Tränen in die Augen trieb.

Ihr wurde klar, dass sie seine Vorwürfe gefürchtet hatte, diesen herablassenden Blick der Rechtschaffenen, deren Leben in den engen Grenzen ihrer moralischen Vorstellungen verlief. Noch schlimmer, sie hatte Angst gehabt, ihr Bruder könnte sich ihrer schämen oder sie verachten.

»Der Vater, Xenia«, beharrte Kyrill zärtlich. »Wer ist es?«

»Max von Passau.«

»Der Fotograf?«

Sie nickte.

»Bist du seinetwegen nach Berlin gegangen?«

»Ja. Ich musste wissen, ob er noch lebt.«

»Und ganz offensichtlich war das der Fall.«

Kyrill versuchte zu scherzen, doch Xenias Gesicht blieb leichenblass.

»Er wollte in Berlin bleiben. Ich war dazu nicht in der Lage.«

»Weiß Natascha Bescheid?«

»Nein. Noch nicht. Ich habe keine Ahnung, wie ich es ihr sagen soll.«

Mit ernster Miene überlegte er einen Moment, bevor er weitersprach.

»Du musst es sofort tun. Je länger du wartest, umso schwieriger wird es. Du bist ihr die Wahrheit schuldig. Es gibt nichts Schlimmeres, als etwas zu verheimlichen … Natutschka ist doch ein großzügiger Mensch. So, wie ich sie kenne, wird sie ein Problem damit haben, dass der Vater ein Deutscher ist, aber ich weiß genau, dass er ein guter Mensch ist, da du ihn doch gewählt hast. Du wirst sehen, sie wird Verständnis haben.«

Er wirkte so großmütig, so sicher, dass in der besten aller Welten alles gut werden würde, und Xenia wurde ärgerlich. Hatte er denn keine Ahnung, dass es Wunden gab, die niemals heilen?

»Ich bezweifle, dass sie genauso großmütig reagiert, wenn sie erfährt, dass Max auch ihr Vater ist.«

Kyrill blieb der Mund offen stehen. Die Vergangenheit wurde wieder lebendig. Er sah sich selbst in ebendiesem Salon stehen, Hand in Hand mit Xenia, die einen kleinen Lederkoffer trug. Nanuschka war gerade gestorben, und Mascha hatte sich von ihnen entfremdet. Xenia hatte ihm erklärt, sie werde einen Franzosen heiraten. Sie würden in einer schönen Wohnung leben, und er werde eine der besten höheren Schulen von Paris besuchen. Er wusste noch, wie er sich an die eiskalte Hand seiner Schwester geklammert hatte. Die neue Wohnung mit ihren hohen Fenstern und den Möbeln mit den Einlegearbeiten war ihm so lichterfüllt vorgekommen. Der Mann seiner Schwester hatte sich distanziert, aber vollendet höflich verhalten. Ein paar Monate später war Natascha geboren worden. Er hatte nie daran gezweifelt, dass Gabriel Vaudoyer ihr Vater war.

»Herrgott! Aber dann musst du ja schon schwanger gewesen sein, als du …«

»Ja«, schnitt sie ihm das Wort ab. »Gabriel wusste es, aber er wollte mich trotzdem heiraten. Er war ein wunderbarer Vater. In diesem Punkt jedenfalls hat er sich einwandfrei verhalten.«

Unwillkürlich huschten beider Blicke zu den inzwischen gebleichten Flecken, wo Gabriels Blut über das Parkett und die Wände gespritzt war. An diesem Tag hatte Kyrill, nachdem er einen Revolverschuss gehört hatte, an die Tür gehämmert. Zu seiner großen Erleichterung hatte Xenia ihm geöffnet, unverletzt und blass, und war dann in seinen Armen zusammengebrochen.

Wer war er, ein Urteil über sie zu sprechen? Was wusste er schon von Liebe? In London hatte er flüchtige Abenteuer mit jungen Frauen erlebt, die sich nicht scheuten, sich einem Soldaten hinzugeben, der ohnehin bald sterben würde. Diese Kriegsliebschaften hatten einen besonderen Beigeschmack, den der Tragödie, die ihr Wesen war. Die Angst vor dem Tod ließ einen nicht los. Die Gebärden waren heftiger, die Gefühle enthüllten sich in ihrer Nacktheit. Aber man durfte sich nicht ausnutzen lassen. Fehler beging man ebenso häufig wie in Friedenszeiten, vielleicht sogar noch öfter. Es war ein Irrtum, Liebe als Talisman zu missbrauchen; denn dann führte der Friede zwei Fremde zusammen, die nichts voneinander wussten und den anderen weder verstanden noch erahnten, weil sie eigentlich nur einen Schutzwall gegen ihre Albträume gesucht hatten.

Xenias Liebe zu Max von Passau machte ihm einen tiefen Eindruck. Er hatte Xenia immer für unverwüstlich gehalten, doch jetzt kam sie ihm fast durchsichtig vor. Sie hatte die Arme um ihren Körper geschlungen, als wäre ihr kalt. Kyrill umarmte sie und legte seine Wange auf ihren Scheitel. Sie erschauerte, obwohl der Pariser Frühling den Salon mit seinem Licht erhellte.

»Eines Tages«, sagte er mit sanfter Stimme, »habe ich Nanuschka gefragt, wie ich auf die Welt gekommen bin, und sie hat mir alles erzählt. Die Roten Garden, Mascha, die sich in der Küche versteckt hatte, und du zu allem bereit, um uns zu beschützen … Sie hat mir erklärt, es gebe Kinder, die mit dem Siegel der Hoffnung gezeichnet sind. Glaube mir, geliebtes Schwesterchen, das gilt genauso für das Kleine, das du heute in dir trägst. Für diese Freude musst du Gott danken.«

Lilli trat von der Tür zurück und schlich auf Zehenspitzen wieder in ihr Zimmer. Sie setzte sich aufs Bett, zog die Beine an und legte das Kinn auf die Knie. Natascha war nicht die Tochter von Tante Xenias verstorbenem Mann! Das war fast nicht zu glauben. Und Tante Xenia war schwanger! Dutzende von Fragen überschlugen sich in ihrem Kopf. Sie sah die Szene schon vor sich: Xenia, ihr Neugeborenes auf dem Arm, wie sie Felix und ihr mit bedrückter Miene erklärte, dass sie nicht länger in der Wohnung bleiben konnten, weil sie den Platz für das Baby brauchte. Wohin sollten sie dann gehen? Wer würde sich um sie kümmern? Lilli versuchte, ihr panisches Herzklopfen zu beherrschen. Sie neigte den Kopf nach vorn, sodass ihr langes schwarzes Haar über ihre Wangen hing und ihr Gesicht verbarg.

Als sie den Namen Max von Passau hörte, fühlte sie sich mit einem Mal mehrere Jahre zurückversetzt. Auf unbestimmte Art hatte sie das Gefühl, das Parfüm ihrer Mutter zu riechen und ihre Stimme in ihrem Zimmer zu hören. Der Mann, den das kleine Mädchen liebevoll Onkel Max gerufen hatte, war ein guter Freund ihrer Eltern gewesen. Sie erinnerte sich an einen großen Mann mit lebhaftem Blick, der sich niemals dagegen sträubte, mit ihr zu spielen, und ihr das Gefühl vermittelte, einzigartig auf der Welt zu sein. Dagegen wirkten die meisten anderen Freunde ihrer Mutter immer beschäftigt und schlecht gelaunt. Aber nicht Onkel Max. Er lächelte oft und lachte gern; er gehörte zu den Menschen, zu denen man Vertrauen hatte. Und trotzdem hat selbst er das alles nicht verhindern können, dachte sie mit zusammengebissenen Zähnen.

Sie hasste diese Ängste. Mit einem Mal glaubte sie sich in ihr Haus in Grunewald versetzt, das mitten in der Nacht von fremden Männern überfallen wurde, sah die flüchtige Silhouette ihres Vaters, den man zwang, in einen Wagen zu steigen; ihre Mutter auf nackten Füßen und im langen weißen Nachthemd; wie sie die Szene durch die schmutzige Fensterscheibe des Gartenschuppens betrachtete, in den sie sich geflüchtet hatten. Lilli erinnerte sich noch an das demütigende Gefühl, als ihr der Urin über die Schenkel lief. Vor lauter Angst, Felix könnte sich über sie lustig machen und damit die Männer, die Obszönitäten brüllten, auf sich aufmerksam machen, hatte sie nichts gesagt.

Sie begann sich hin und her zu wiegen. Noch am selben Tag waren sie zu Onkel Max gezogen, in seine schöne Wohnung mit dem gewachsten Parkett und den weitläufigen Zimmern, an deren Wänden Gemälde in lebhaften Farben und Fotos hingen, die er in Berlin zu verschiedenen Jahreszeiten aufgenommen hatte. Im Kamin brannte Feuer, und es duftete nach Vanille und Zucker. Sie spürte Onkel Max' Arm, der sie umschlang, während er ihr eine Geschichte vorlas. Und dann kam die Trennung. Wenn sie die Augen ganz fest zukniff und die Luft anhielt, konnte Lilli noch den Atem ihrer Mutter auf ihrem Haar spüren, ihre Hände, die sich um ihren Kopf legten wie ein Schraubstock, und die Ringe, die ihr wehtaten; die gierigen Küsse, mit denen sie ihre Wangen, ihre Stirn, ihre Schläfen bedeckte. Jeder Quadratzentimeter ihres Gesichts war dieser glühenden Liebkosung ausgeliefert, als wollte sie sich ihr für immer einprägen. Ihre Mutter wollte sie nicht wieder loslassen, verschlang sie mit den Augen und mit ihren Küssen. Und sie, mein Gott, sie war ein Kind von acht Jahren gewesen, dem diese Zuneigungsbezeugung, die etwas Überbordendes, Irrationales und beinahe Verrücktes hatte, peinlich war. Sie wehrte sie instinktiv und un-

geschickt ab, schob mit ihren kleinen Händen ihre Mutter zurück und schlug um sich wie ein verängstigter Vogel. Es ist doch
nicht so schlimm, Mama, wir werden doch nur einige Zeit getrennt sein. Nur ein paar Wochen, hast du gesagt, bis Papa aus
Sachsenhausen entlassen wird und du mit ihm und Dalia zu
uns kommst. Und dann sind wir in Paris alle zusammen, und
wir brauchen keine Angst zu haben, nicht wahr, Mama? Dann
können wir ganz normal leben, wie vorher, und alles wird gut.
Das hast du doch gesagt, Mama, nicht wahr, hast du mir das
nicht versprochen?

Sie bemerkte, dass sie wimmerte wie ein kleines Tier in der
Falle, und biss sich auf die Zähne. Still sein! Vor allem musste
sie schweigen. Nichts sagen, sich nichts anmerken lassen. Den
Zorn ersticken, der ständig das zerbrechliche Gleichgewicht
ihres von Tränen erfüllten Körpers bedrohte. Sie musste den
Zorn und die Scham ersticken, und auch die Angst, diesen ganzen schrecklichen Gefühlswirrwarr, bei dem sie sich am liebsten übergeben wollte. All das musste sie ersticken und an Liliane Bertin denken, das artige französische Mädchen, das unter
ihrem schönen, mit Posaunenengeln und Rosen aus Stein geschmückten Grabstein lag. Liliane kannte solche Gefühle nicht.
Liliane war fröhlich und lächelte immer. Liliane war glücklich.

Als Lilli sich ein paar Minuten später in den Salon wagte, war
Tante Xenias Bruder gegangen. In der Wohnung war es still, als
hielten die Räume den Atem an. Sie trat an Gabriel Vaudoyers
alten Schreibtisch. Früher hatte sie dieses Zimmer nie betreten,
weil sie Angst gehabt hatte, ihm zu begegnen. Gleich bei ihrer
Ankunft mit Felix hatte sie etwas Unangenehmes an ihm wahrgenommen. Diesen Mund mit den allzu schmalen Lippen, diesen distanzierten Blick ohne jede Wärme. Diese Art von Blick
kannte sie nur allzu gut: So sah man ein Baby an, das an einem
öffentlichen Ort schreit, einen streunenden Hund oder einen
Clochard, der nach Urin und billigem Rotwein stinkt.

Tante Xenia saß vornübergebeugt an ihrem Schreibtisch und hatte den Kopf in die Hände gestützt. Sie wirkte bedrückt. So hatte Lilli sie noch nie gesehen, was ihre Sorgen von Neuem schürte. Ihre Beschützerin verhielt sich merkwürdig, und das konnte nur von diesem verfluchten Baby herrühren, das alles verderben würde! Zorn überwältigte das junge Mädchen. Xenia war verpflichtet dazu, unerschütterlich zu sein, stark und gelassen. Sie war ihr Schutzwall und ihr Schild und seit sieben Jahren die Einzige, die es oft fertiggebracht hatte, ihren schmerzhaften Kummer zu lindern. Die Einzige, die höfliche Umschreibungen verabscheute und es wagte, Worte auszusprechen, die wehtaten, aber die die Macht der Wahrheit in sich trugen.

»Was machst du denn hier, Lilli?«, rief sie aus.

Ihre Haut war fleckig, die Konturen ihres Augen-Make-ups und ihres Lippenstifts waren zerlaufen. Ihr Gesicht sah aus wie ein halb weggewischtes Bild. Lilli runzelte die Stirn.

»Heute ist Donnerstag, da habe ich keine Schule.«

»Aber natürlich. Entschuldige, das hatte ich vergessen«, sagte Xenia und fuhr sich mit der Hand über die Stirn.

»Hast du Sorgen?«

Seufzend schob Xenia die Papiere zurück, die vor ihr aufgehäuft lagen.

»Wir sind in den roten Zahlen, wie gewöhnlich. Erinnerst du dich noch an die Puppenausstellung im Marsan-Pavillon?«

»Die war wunderschön!«, rief Lilli begeistert und mit leuchtenden Augen aus und setzte sich auf die Armlehne eines Sessels.

»Die gleiche Ausstellung wird im nächsten Monat in New York eröffnet, und man hat mir vorgeschlagen, daran mitzuwirken. Ich kann mir nicht leisten, das Angebot abzulehnen. Ich muss wieder zu arbeiten anfangen. Das wäre auch die Gelegenheit, Menschen kennenzulernen, die mir anschließend weiterhelfen könnten. Europa liegt am Boden, da muss man sich anderweitig umsehen.«

»Wirst du lange wegbleiben?«

»Einen Monat, vermute ich.«

Lilli nickte. Unbewusst strich sie immer wieder über das Polster des Sessels.

»Das wird Natascha aber gar nicht freuen. Es hat ihr schon nicht gefallen, als du nach Berlin gegangen bist.«

»Tut mir schrecklich leid, aber ich fahre nicht, um mich zu amüsieren«, sagte Xenia ärgerlich. »Sie müsste eigentlich wissen, dass man im Leben nicht immer tun kann, wozu man Lust hat.«

»Aber du bist doch freiwillig nach Deutschland zurückgekehrt. Niemand hat dich dazu gezwungen. Ich habe das auch nicht richtig verstanden.«

Als Xenia ihren anklagenden Tonfall wahrnahm, sah sie Lilli genauer an. In ihrem grauen Pullover, der zu dem züchtigen, bis auf die Knie reichenden Rock passte, wirkte sie schrecklich ernst und reserviert. Mit ihren fünfzehn Jahren besaß sie noch ihren mageren Kinderkörper ohne weibliche Kurven. Die Kleine hat sich derart eingeigelt, dass es einem Angst macht, dachte sie bei sich. Aber wie hätte es anders sein können? Lilli war eines dieser Kinder, die verwundet wurden und sich nie von dem Erlebten erholen würden. So starke Dämonen konnte man einfach nicht besiegen; um etwas anderes zu glauben, musste man schon sehr naiv oder gleichgültig sein. Diese Art von Illusionen macht man sich nur, um weiterleben zu können, dachte Xenia bedrückt.

»Sie hat Angst, dass du eines Tages so weit weggehst, dass du nicht mehr wiederkommst«, murmelte Lilli und schlug die Augen nieder. »Das kannst du ihr nicht verübeln.«

Nervös zupfte sie an einem unsichtbaren Faden auf ihrem Wollrock.

»Ich werde immer zurückkommen«, sagte Xenia zärtlich.

»Man kann nicht immer tun, wozu man Lust hat«, wiederholte das junge Mädchen ironisch Xenias Worte und sah sie an. Ein dunkles und ein helles Augenpaar maßen einander.

Es war, als hallten in ihrem Schweigen Stimmen, Rufe und Lachen wider, die für immer verstummt waren. Stimmen, die von
fern kamen, aus einer Zeit lange vor der Geburt des jungen Mädchens. Xenia zuckte nicht mit der Wimper. Sie hielt dem starren,
finsteren Blick stand und sah in die erweiterten Pupillen, in denen Kummer und Zorn tobten, während Lillis Gesicht unbewegt
blieb und ein seltsames Lächeln ihre Lippen umspielte.

»Deine Mutter hat versucht, das Unmögliche möglich zu
machen, um zurückzukehren, Lilli. Ganz bestimmt hat der Gedanke an dich und Felix sie bis zur letzten Sekunde aufrecht
und am Leben erhalten. Aber es gibt eben Mächte, die stärker
sind als wir.«

Lilli erstarrte, und ihre Züge schienen spitzer zu werden.

»Und jetzt wirst du mir wahrscheinlich sagen, dass ich das
alles hinter mir lassen muss, um mein Leben weiterzuführen,
stimmt's?«, sagte sie bissig. »Du wirst mir erzählen, dass Gott,
die Vorsehung, das Schicksal oder was weiß ich, Auschwitz gewollt haben und dass man sich damit abfinden muss.«

»Was für ein sträflicher Unsinn!«, meinte Xenia empört. »Als
ich so alt war wie du, habe ich mich entschieden, nach vorn zu
blicken, sonst wäre ich gestorben, und meine Familie mit mir.
Aber jeder Mensch ist anders. Wer bin ich, dass ich dir Lektionen erteilen kann? Dein schönster Sieg und deine größte Herausforderung ist, dass du frei bist, Lilli. Frei, in den Abgrund
zu sehen, bis du darin untergehst, oder frei, das Leben trium-
phieren zu lassen. Aber du musst es allein tun. Das ist eine der
Lektionen, die mich das Leben gelehrt hat. Man kann nicht für
andere leben oder an ihrer Stelle kämpfen, selbst wenn man das
möchte. Ich liebe dich, Lilli, und das seit dem Tag, an dem du
zum ersten Mal den Fuß in diese Wohnung gesetzt hast. Das
kann dir niemals die Liebe deiner Mutter ersetzen, aber es ist alles, was ich dir geben kann. Und ich werde immer zurückkommen, ob aus New York oder von anderswo. Ich werde immer bei
dir und Felix sein, so wie ich bei Natascha bin.«

Lilli stand so regungslos da, als hätte sie Wurzeln geschlagen. Xenia hatte keine Ahnung, welche Gedanken sich hinter ihrer glatten Stirn überschlugen. Besorgt sah sie das junge Mädchen an, das langsam aufstand. An der Tür drehte sich Lilli noch einmal um. Sie lächelte, aber ihre Augen hatten keinen Anteil daran.

»Wie du bei deinem Baby sein wirst?«

»Wovon redest du?«, rief Xenia aus. Sie war aschfahl geworden.

»Du erwartest ein Kind, und dann wirst du keinen Platz mehr für uns haben. Warum solltest du uns auch behalten? Du hast dann selbst zwei Kinder, da wären wir nur eine Last für dich.«

Mit ein paar Schritten war Xenia bei Lilli. Sie packte sie an den Schultern und schüttelte sie.

»Wie kannst du es wagen, so etwas zu sagen? Deine Mutter hat dich mir anvertraut, als du noch ein kleines Mädchen warst. Ich mache keinen Unterschied zwischen euch beiden und meinen eigenen Kindern. Sarah gehörte zu den wenigen Freundinnen, die ich in meinem Leben hatte. Würde ich mein Versprechen an sie brechen, würde ich mich selbst verraten. Schau mir in die Augen, Lilli Seligsohn, und sag mir, ob du mich für fähig hältst, dich im Stich zu lassen.«

Lilli starrte sie trotzig an, ohne mit der Wimper zu zucken. Sie ist genauso unerbittlich, wie du in diesem Alter warst, dachte Xenia, und ihr tat das junge Mädchen leid, weil sie ihre Einsamkeit und ihre Not nachfühlen konnte und deren Folgen fürchtete. Dann entspannte sich Lilli. Einen kurzen Moment lang schloss sie die Augen, ehe sie sich behutsam losmachte.

»Du musst es Natutschka sagen«, murmelte sie mit leiser Stimme. »Das mit dem Baby und Onkel Max. Und zwar gleich. Wenn sie es von jemand anderem als dir erfährt, wird sie dir nie verzeihen.«

»Du bist schwanger? Aber das ist absurd; du bist viel zu alt dazu!«, schrie Natascha. Sie saß im Schneidersitz auf dem Bett und hatte Bücher und lose Blätter um sich verteilt.

Ihre Tochter wirkte dermaßen verblüfft, dass sich Xenia ein wenig beleidigt fühlte und eine scharfe Bemerkung unterdrückte. Natürlich brachte diese Nachricht Natascha durcheinander. Man stellte sich seine Eltern nie als sexuelle Wesen vor, nicht einmal, wenn sie verheiratet und jung genug waren, um Kinder zu bekommen. Die Schwangerschaft einer Mutter hatte nichts mit fleischlichen Dingen zu tun, sondern etwas von einer magischen Inkarnation. Aber jetzt wurde Natascha darauf gestoßen, dass es einen Mann in Xenias Leben gab.

Die Miene des jungen Mädchens verhärtete sich.

»Kenne ich den Mann?«

»Nein.«

Natascha sprang auf. Sie trug dicke, löchrige Socken, eine dunkle Hose und einen unförmigen, kakifarbenen Pullover, von dem Xenia nicht wusste, woher er stammte. Wahrscheinlich vom Flohmarkt in Saint-Ouen, sagte sie sich. Am frühen Abend war ihre Tochter bedrückt nach Hause gekommen, weil sie schlechte Noten hatte. Beim Abendessen, an dem auch Onkel Kyrill teilnahm, hatte sie wieder Farbe ins Gesicht bekommen. Er war an diesem Abend besonders gut gelaunt gewesen, hatte ihnen witzige Anekdoten erzählt und sogar Lilli zum Lachen gebracht. Als Xenia ihnen erzählte, dass sie für einige Wochen nach Amerika gehen würde, verdüsterte sich Nataschas Miene, aber es war Kyrill gelungen, sie wieder aufzuheitern.

Xenia ärgerte sich, weil sie so nervös war. Sie sah sich in Nataschas Zimmer um. Die Möbel stellten ein ziemliches Sammelsurium dar: eine Kinderkommode und ein dazu passendes Bücherregal aus weißem Holz; ein einfacher Schreibtisch, ein eleganter, mit Chagrinleder bezogener Sessel, den Gabriel besonders gern gemocht hatte. An manchen Stellen löste sich die Tapete ab. Wasserflecken markierten die Stelle, an der einmal ein Heizkörper ausgelaufen war. Man müsste das alles renovieren, dachte sie. Nein, wir sollten diese Wohnung verlassen und anderswo ein neues Leben anfangen! Zum ersten Mal stand dieser Gedanke ihr so deutlich vor Augen.

Natascha ging misstrauisch im Raum auf und ab und beobachtete Xenia aus dem Augenwinkel, als befürchtete sie weiteres Ungemach. Ihre Mutter hatte ihr nicht nur eröffnet, sie gehe nach New York, sondern ihr auch noch vollkommen gleichmütig verkündet, dass sie ein Kind erwartete. Natascha begriff nicht, wo die Verbindung zwischen den beiden Ereignissen lag. Wahrscheinlich, weil es keine gibt, sagte sie sich und verzog ironisch den Mund.

Diese Nachricht war ein Angriff. So wie bei einem Dominospiel reichte es aus, einen Stein umzuwerfen, um eine Kettenreaktion auszulösen. Gedankenfragmente wirbelten ihr durch den Kopf. Ihre Mutter hatte einen Liebhaber. Sie hatte also ihrer Vergangenheit den Rücken gekehrt. Ihr Vater war nur noch eine beschämende Erinnerung. Aber konnte sie ihr das übel nehmen? Der glühende Schmerz über seinen Verrat durchfuhr das junge Mädchen wie am ersten Tag. Ihre Mutter erwartete ein Kind. Das war unschicklich, absolut ungehörig. Und vor allem zeugte es von schlechtem Geschmack.

»Wer ist es?«, fragte Natascha noch einmal.

»Er heißt Max von Passau.«

Natascha riss die Augen auf. Diesen Namen kannte sie. Ihre Mutter war diesem Mann vor dem Krieg begegnet. Ein verdammter Boche! Andererseits hatte er das Foto der Seligsohns aufgenommen, von dem sich Felix niemals trennte. Sie drehte und wendete den Namen im Kopf und versuchte ihm eine Struktur zu geben, greifbare Konturen, ihn sich irgendwie zu eigen zu machen, weil er von jetzt an Teil ihres Lebens sein würde, ob sie wollte oder nicht.

»Hast du ihn während deines Aufenthalts in Berlin wiedergesehen?«

»Ja.«

»Und was soll jetzt werden? Ich nehme an, du wirst ihn heiraten.«

Das blonde Haar fiel Natascha um die Schultern, über die Stirn und die erhitzten Wangen. Sie stemmte die Fäuste in die Hüften und baute sich mit der ganzen moralischen Rechtschaffenheit und Unnachgiebigkeit der Jugend vor Xenia auf.

»Nein, wohl kaum.«

»Aber wie willst du das machen? Gehst du deswegen nach New York? Um heimlich zu entbinden und dann zu behaupten, du hättest das Kind adoptiert?«

Xenia konnte ein Lachen nicht unterdrücken.

»Ehrlich gesagt, nein. Mein Aufenthalt in Amerika hat sich zufällig so ergeben, so wie ich es euch eben erklärt habe. Eine Chance, die ich mir nicht entgehen lassen kann. Das Kind wird im Herbst hier zur Welt kommen.«

»Aber du bist Witwe, du kannst nicht einfach so ein Kind bekommen!«, protestierte Natascha. »Was sollen denn die Leute sagen?«

»Ist das für dich so wichtig?«, erwiderte Xenia mit amüsierter Miene und verschränkte die Arme.

»Ja! Also, ich weiß nicht. Nicht wirklich … Aber trotzdem …«

Verwirrt dachte Natascha an ihren Freundeskreis, sah schon die verblüfften, spöttischen Blicke. Gewiss würden sie schockiert sein, obwohl sie angeblich so unkonventionell waren. Manche von ihnen schliefen bereits miteinander, aber die meisten waren noch unschuldig. Wie auch immer, jedenfalls hatten sich die Erwachsenen an ihre eigenen Anstandsregeln zu halten, sagte sie sich empört. Wie konnte ihre Mutter es wagen, sich einfach darüber hinwegzusetzen?

»Du siehst überhaupt nicht schwanger aus«, fuhr sie argwöhnisch fort. »Vielleicht irrst du dich ja.«

Xenia fühlte sich mit einem Mal sehr müde. Sie durchquerte das Zimmer und setzte sich in den Sessel.

»Als ich dich erwartete, habe ich mich genauso gefühlt«, sagte sie mit zärtlicher Stimme. »Damals war es für mich auch nicht einfach.«

Nataschas Herz begann zu rasen. Woher kam diese merkwürdige Vorahnung, das schreckliche Gefühl, als rollte eine gewaltige schwarze Wolke unaufhaltsam auf sie zu? Trotz der beruhigenden Unordnung um sie herum – der Schuhe, die sie mitten im Raum hatte fallen lassen, der Schallplatten, die über den Teppich verstreut lagen – war alles aus dem Gleichgewicht geraten. In der Mitte des Zimmers herrschte Leere. Sie konnte den Blick nicht von ihrer Mutter abwenden, die mit geradem Rücken und geschlossenen Knien dasaß und sie aus ihren hellen Augen mit einer Mischung aus Zärtlichkeit, Sorge und Mitleid ansah, dieser Art von demütigendem Mitgefühl, mit dem man schlechte Neuigkeiten mitteilt. Ein flüchtiger Gedanke schoss ihr durch den Kopf: Wahrscheinlich lag es an diesem unerträglichen Blick, dass man früher die Überbringer schlechter Nachrichten getötet hatte. Natascha griff sich an die Kehle. Sie saß in der Falle. Was immer jetzt geschah, sie musste sich den Enthüllungen ihrer Mutter stellen.

»Ich war dreiundzwanzig, als ich Max kennenlernte. Er war nach Paris gekommen, um eine Fotoreportage über die Weltausstellung zu machen. Es war eine Frühlingsnacht, und deine Tante Mascha war von zu Hause weggelaufen. Stundenlang habe ich in den Cafés und Bars, in denen sie sich damals gern aufhielt, nach ihr gesucht. Und dann bin ich in Montparnasse Max begegnet. Im La Rotonde«, erklärte sie gerührt, als ob das wichtig wäre, als ob ihre Tochter all diese Einzelheiten bräuchte, die ihr nichts sagten, die aber für Xenia den Kern ihres Wesens darstellten.

»Ein paar Monate später haben wir uns in Berlin wiedergesehen, wo er lebte«, fuhr sie fort. Sie hatte die Finger so fest ineinander verflochten, dass die Knöchel weiß hervortraten. »Wie soll ich es dir bloß erklären?«

»Du hast dich verliebt, das ist alles«, sagte Natascha ärgerlich und ungeduldig.

»Man könnte eher sagen, dass Max mich ins Leben zurückgeholt hat. Ich habe erst viel später begriffen, wie sehr ich ihn liebte.«

Xenia war vollkommen aufrichtig zu ihrer Tochter, aber als sie ihr jetzt einen Blick zuwarf, hatte sie den Eindruck, dass sie sich immer weiter von ihr entfernte wie ein abdriftendes Boot. Offensichtlich erschreckte sie die Intensität ihrer Mutter. Natascha konnte die Gefühle der jungen Xenia Fjodorowna nicht nachvollziehen. Dafür waren sich die beiden zu unähnlich. Natascha war eher wie ihr Vater damals; der gleiche Drang nach Reinheit, diese rücksichtslose Suche nach dem Licht. Sie hatte noch keinen Platz für das Zwielicht gefunden, während Xenia im selben Alter bereits die Schatten kannte, so wie Lilli.

Je länger sich das Schweigen hinzog, umso furchtbarer kamen Natascha die aufschreckenden Worte vor, die sie gerade gehört hatte. Auf verworrene Weise hatte sie bereits verstanden. Es reichte, ihre Mutter anzusehen, die ihre Hände wie zum Gebet gefaltet hatte. Natascha schlug die Augen nieder. Hoffentlich ersparte sie ihr die Worte, die sie nie wieder zurücknehmen konnte! Hoffentlich bewahrte sie sie vor dieser Verwirrung, diesem Schwindelgefühl! Manche Dinge durfte man nicht zugeben. Eine Mutter musste ihr Kind doch beschützen, oder? Das war ihre Pflicht. Ein Gesetz des Lebens. Ich will es nicht wissen!, schrie eine Stimme in ihr.

»Du bist Max' Tochter, Natutschka. Gabriel hat es gewusst. Er hat mich geheiratet, als ich schwanger mit dir war. Nach deiner Geburt hat er dich als Erster in den Armen gehalten. Für ihn warst du seine Tochter. Er hat dich über alles geliebt.«

»Nein …«, murmelte Natascha und hielt sich die Ohren zu, aber ihre Mutter sprach weiter.

»Max wusste nicht, dass es dich gab. Erst gegen Ende des Krieges bin ich zu ihm gereist, um es ihm zu gestehen. Damals wollte ich, dass er es erfuhr; für den Fall, dass mir etwas zustößt. Er hatte das Recht, es zu erfahren. Deswegen habe ich auch dir nie etwas gesagt. Ich konnte es dir doch nicht sagen, ehe er selbst es nicht wusste. Da hätte ich das Gefühl gehabt, ihn noch einmal zu verraten. Und außerdem musste ich an Gabriel denken. Ich fühlte mich zum Schweigen verpflichtet, weil er uns alle aufgenommen hat, Kyrill, dich und mich.«

Natascha schob sich mit zitternder Hand das Haar aus dem Gesicht.

»Du hast also nur an die anderen gedacht«, sagte sie höhnisch. »Du hast auf aller Leute Empfindsamkeiten Rücksicht genommen, nur nicht auf meine Gefühle. Du hast nie überlegt, was ich empfinden würde, wenn ich erfahre, dass ich achtzehn Jahre lang einen Mann geliebt habe, der nicht mein Vater war, oder?« Sie wich einen Schritt zurück, um sich an die Wand zu lehnen, als fürchtete sie, nicht mehr aufrecht stehen zu können. »Du hast mich all diese Jahre angelogen … Ich kann es nicht glauben.«

Sie sah ihre Mutter fassungslos, beinahe entsetzt an.

»Und nach Papas Tod bist du natürlich gleich zu deinem Liebhaber gegangen«, flüsterte sie schließlich mit weit aufgerissenen Augen.

»Allerdings, deswegen bin ich nach Berlin gefahren. Ich musste doch wissen, ob er noch lebte. Wir haben uns wiedergesehen. Und wieder getrennt«, erklärte Xenia. »Darauf verstehen wir uns nämlich am besten«, setzte sie halblaut hinzu.

Xenia war erschöpft. Ohne Natascha aus den Augen zu lassen, legte sie schützend eine Hand auf ihren Leib. Es zerriss ihr das Herz, ihre Tochter leiden zu sehen. Max' Kinder … Entstanden aus einer unmöglichen Liebe, auf die sie dennoch stolz war. Nie würde sie leugnen, was sie für diesen Mann empfand. Jetzt muss ich es nur noch fertigbringen, das meinen Kindern begreiflich zu machen, dachte sie.

»Ich will, dass du jetzt gehst«, sagte Natascha mit ausdrucksloser Stimme. »Ich muss allein sein.«

Langsam und mit vorsichtigen Bewegungen, als wäre sie eine alte Frau, stand Xenia auf. Ihr ganzer Körper schmerzte. Ihre Tochter stand hoch aufgerichtet, mit gestrafften Schultern, da. Nur ihre Lippen zitterten. Als Xenia an ihr vorbeiging, zögerte sie.

»Fass mich nicht an!«, befahl Natascha. »Rühr mich bloß nicht an.«

Als sie ihrem Blick begegnete, der dem von Max so sehr ähnelte, begriff Xenia, dass sie recht mit ihren Befürchtungen gehabt hatte. Natascha hatte sich sehr, sehr weit von ihr entfernt. Der Weg, der sie wieder zueinanderführen konnte, würde lang und gefährlich sein, ein Weg, der nach dem Exil roch, dieser Verwundung, die seit vielen Jahren das Erbe der Ossolins war und die allmählich Züge eines Familienfluchs annahm. Und weil Xenia Fjodorowna niemals die Augen verschlossen hatte, weil sie immer diese Mischung aus Mut und Stolz besessen hatte, die sie dazu brachte, sich allein den Prüfungen des Lebens zu stellen, respektierte sie den Wunsch ihrer Tochter, obwohl sie nicht vorherzusagen vermochte, ob eines Tages, in einer unwahrscheinlichen Zukunft, Natascha von Passau zu ihr zurückkehren würde.

Das Gift zerfraß sie jeden Tag mehr. Jeder Moment war wie eine Strafe. Nach dem Aufwachen hatte sie ein paar Sekunden Atempause, doch dann brach die Realität wieder über sie herein.

Natascha fühlte sich wie eine Fremde in ihrem eigenen Körper. Wenn sie sich im Spiegel ansah, musterte sie das Gesicht, das ihr plötzlich fremd vorkam. Sie strich über ihre Nase und die Konturen ihrer Lippen und kniff sich in die Wangen, auf denen rote Spuren zurückblieben. Ihre Nerven waren zum Zerreißen angespannt. Mit einer ungelenken Bewegung riss sie einen Bücherstapel um, oder ein Glas fiel ihr aus den Händen und zerschellte auf dem Fliesenboden der Küche. Alles störte sie: Lillis aufmerksame Blicke, die sie ihr aus ihren dunklen Augen zuwarf, Felix' ungeschickte Versuche, von etwas anderem zu sprechen, und die Wohnung ihrer Kindheit, die ihr plötzlich in ein feindseliges Gefängnis voller falscher Erinnerungen verwandelt schien. Bei jeder sich bietenden Gelegenheit floh sie von hier.

Oft flüchtete sie sich an die Seine. Die Frühlingssonne wärmte den hellen Stein und spielte auf dem jungen Laub. Das Wasser plätscherte ans Ufer, an dem wie friedliche Wachposten die Angler standen. Sie ließ die Beine baumeln und sah zu, wie die Lastkähne vorüberzogen, ohne an etwas zu denken.

Der Betrug hatte seine eigene Werteskala, von der frommen Lüge, die oft nur eine Form der Höflichkeit war, bis zur abscheulichsten Hinterlist. Natascha machte sich jetzt zum ersten Mal Gedanken über diese feinen Unterschiede. So schien ihr die verächtliche Kollaboration ihres Stiefvaters ein weniger schweres Vergehen zu sein als der Umstand, dass er ihr all die Jahre vorgespiegelt hatte, sie sei seine Tochter. Wie sollte sie jetzt noch auf ihre Erinnerungen vertrauen? Wenn sie versuchte, sich an das Gesicht ihres Vaters zu erinnern, an seine liebevollen Gesten, verschwammen die Bilder. Seine Züge waren unscharf, und sie konnte seine Stimme nicht mehr hören. Auf seltsame und schmerzhafte Art war er auf einen Schattenriss reduziert. Genauso waren ihr alle schönen Erinnerungen an ihre Mutter vergällt. Unwillkürlich stellte Natascha jedes Wort, das sie je zu ihr gesprochen hatte, in Zweifel. Wie kann man eine ständige Lüge hinnehmen?, fragte sie sich wie benommen. Wie kann man zulassen, dass das eigene Kind seine Persönlichkeit auf Treibsand aufbaut?

Als Xenia ihr vor Kurzem die furchtbare Mitteilung machte, hatte sie sorgenvoll und wie erstarrt gewirkt, aber ihre Stimme hatte nicht geschwankt. Früher hatte Natascha sie für ihre Entschlossenheit bewundert, diesen Willen, aufgrund dessen sie sich in den schwierigsten Momenten ihres Lebens sicher gefühlt hatte. Aber heute zürnte sie ihr wegen dieser Eigenschaft, die doch nichts anderes als Starrsinn war, reiner Egoismus. Und wenn ihre Mutter nicht schwanger geworden wäre? Dann hätte sie wahrscheinlich nie etwas gesagt, und das wäre mir viel lieber gewesen!, dachte Natascha verbittert und spürte, wie eine heftige Abneigung gegen das Ungeborene in ihr aufstieg.

Xenia war nach New York abgereist, wo sie sich einen Monat aufhalten würde, und das junge Mädchen empfand ihre Abwesenheit als Segen. Sie hätte es nicht ertragen, ihr täglich zu begegnen. Während der ersten Zeit hatte sie sich wie betäubt gefühlt. Doch dann überwältigte sie der Zorn. Sie fühlte sich betrogen, als hätte man ihr etwas Kostbares gestohlen. Und auch gedemütigt. Aber jetzt würde es nicht mehr lange dauern, bis ihre Mutter zurückkam. Ihre Kehle fühlte sich wie zugeschnürt an.

Ich muss fort … Unvermittelt schob sich der Gedanke in ihr Bewusstsein. Auf dem Deck eines Schleppkahns stand ein Hund, hielt die Schnauze in den Wind und begann zu bellen. Weggehen, aber wohin? Natascha hasste es, sich zwischen vier Wänden eingesperrt zu fühlen. Insgeheim hatte sie immer davon geträumt, die Welt zu entdecken, ein anderes Licht, andere Düfte. Bis jetzt hatte sie sich geduldet, denn sie wusste, dass eines Tages, nach dem Krieg und seinen Wirren, ihre Stunde kommen würde.

Sie stand so abrupt auf, dass sie sich das nackte Bein an einem Stein aufschürfte. Der brennende Schmerz trieb ihr Tränen in die Augen. Blutstropfen standen auf ihrer Haut. Also wirklich, heute wollte die ganze Welt ihr übel! Alles, was sie tat, wendete sich gegen sie, um sie zu verletzen. Sie kramte in ihrer Schultertasche, fand ein Taschentuch und drückte es mit zitternder Hand gegen die Wunde. Noch nie hatte sie sich so hilflos gefühlt. Das ist doch nur ein Kratzer, sagte sie sich, verärgert darüber, dass sie so empfindlich war. Sie, die einmal von einem Baum gefallen war und sich ein Schlüsselbein gebrochen hatte, ohne eine Träne zu vergießen! Aber es hatte etwas Jämmerliches, so ganz allein am Flussufer zu stehen, ein blutiges Taschentuch in der Hand, mit einer zerstörten Vergangenheit, einer unsicheren Zukunft und einer Familie, in der man gewaltige Lügengebäude errichtet hatte, als wären es nur kleine, alltägliche Ausflüchte.

Zum ersten Mal seit dem Geständnis ihrer Mutter bemerkte Natascha, dass sie weinte, und sie wischte sich die Tränen mit einer zornigen Bewegung ab.

Eine kleine Menschenmenge wartete vor dem Gebäude. Es lag in einer dieser eleganten Pariser Straßen, die hinter ihren Fassaden aus behauenem Stein gepflasterte Innenhöfe und geheime

Gärten verbargen. Die Hände in den Taschen vergraben, lehnte Natascha an der Wand und musterte die Umstehenden. Sie sah in aufgeregte Gesichter und lebhafte Augen. Die Männer trugen geflickte Jacketts und formlose Schirmmützen, die Frauen noch immer ihre Schuhe mit den Holzsohlen, die sie schon durch den Krieg getragen hatten. Sie unterhielten sich im Flüsterton, aber ab und zu klangen laute Stimmen mit russischer Klangfarbe auf.

Nataschas Handflächen waren feucht, und ihr Herz klopfte heftig. Das Bein schmerzte sie immer noch. Indem sie hier war, brach sie ein ungeschriebenes Gesetz der Ossolins und machte sich des Hochverrats schuldig. »Er hat sich den Pass geholt«, sagte man in einer Mischung aus Mitleid und Furcht von einem Exilrussen, der sich entschied, zurück in die Sowjetunion zu gehen. »Arme Närrin!«, hatte ihre Mutter barsch über eine ihrer Bekannten gesagt, die überzeugt davon war, dass nun, da man Stalin als Befreier feierte, alles anders werden würde. Unter den Emigranten hofften manche darauf, das kommunistische Regime werde sich endlich der Welt öffnen, und sie würden endlich wieder einen Platz in ihrer Heimat finden. Einige wagten den Schritt, beschafften sich einen sowjetischen Pass und kehrten nach Russland zurück.

Natascha biss sich auf die Lippen. Vor einer Woche, bei einer Abendgesellschaft bei Freunden ihrer Tante Mascha, waren ihr zwei attraktive Männer aufgefallen, die niemand kannte. »Nicht mit ihnen reden. Sie sind von der Botschaft«, murmelte ein junges Mädchen und drehte ihnen demonstrativ den Rücken zu. Die Exilrussen hatten ständig das Gefühl, beobachtet zu werden. Jeder wusste, dass er in der sowjetischen Botschaft in einer Kartei erfasst war. Das bereitete ihnen eine unbestimmte Angst, besonders denen, die nicht die französische Staatsbürgerschaft angenommen hatten. Doch in manchen Vereinigungen lobte man die Verdienste dieses Russland, das den Großen Vaterländischen Krieg gewonnen hatte, als hätte es sich durch ein Opfer von über zwanzig Millionen Menschen reingewaschen. Freunde von Natascha sympathisierten sogar mit den Ansichten, die die »sowjetischen Patrioten« verfochten, obwohl sie es vor ihren Eltern verbargen. Diese Sehnsucht nach der Heimat, die auch die Generation empfand, die nicht auf russischem Territorium geboren wurde, war ein sehr persönlicher Zwiespalt, eine Nostalgie, die von einer Generation zur nächsten weitergegeben wurde.

Ihre Mutter hatte ihr nicht viel über ihre Kindheit erzählt. Für Xenia Fjodorowna barg die Vergangenheit gefährliche Fallen und war immer noch wie eine offene Wunde. Natascha hatte diese Zurückhaltung immer respektiert und andere gefunden, die ihre Neugierde nur zu gern befriedigten. Ihr Onkel Kyrill hatte es sich angelegen sein lassen, ihr die Geschichte der Ossolins zu erzählen. Auch Tante Mascha geizte nicht mit ihren Erinnerungen. Natascha kannte die Anlage des Leningrader Palais der Ossolins auswendig und hätte ihn mit geschlossenen Augen zeichnen können, ebenso wie den alten Besitz auf der Krim. Sie liebte die Anekdoten über ihre Großeltern. Und jetzt war dieses Familienerbe das Einzige, was ihr geblieben war. Vielleicht war es naiv, sich daran zu klammern, jedenfalls hatte dieses Gefühl sie heute Morgen vor die von ihrer Mutter so verabscheute sowjetische Botschaft geführt.

Was würde der sowjetische Diplomat denken, wenn sie ihm ihre Papiere vorlegte? Sie war in Frankreich als Tochter eines französischen Vaters geboren, und auf ihrem Pass prangte das Symbol der Republik. Gut möglich, dass er ihr ins Gesicht lachen und sie zurück an ihre Universität schicken würde. Ich bin ja nicht wirklich eine Russin, dachte sie verdrossen und beobachtete ihre Nachbarinnen, die alle im Alter ihrer Mutter waren. Du hast hier keinen Platz, du bist nur eine Hochstaplerin, flüsterte eine leise Stimme in ihr. Mit einem Mal erstarrte der Menschenauflauf. Aller Augen wandten sich im selben Moment der Tür zu, die sich einen Spaltbreit geöffnet hatte.

Die Entscheidung hatte sich Felix Seligsohn in seinen schlaflosen Nächten aufgedrängt, während er lautlos in seinem Zimmer auf und ab ging. Er hatte sie weder im Groll noch im Überschwang getroffen, was ihr eine besondere Stärke verlieh. Es
hatte ihn viel Entschlossenheit und Geduld gekostet, bis er tief
in sich entdeckte, was er wirklich wollte. Voller Angst, von düsteren Gedanken gequält, hatte er sich geweigert, in Selbstmitleid zu versinken.

Er wollte auf keinen Fall eine verbitterte Krämerseele werden. Diese Vorstellung flößte ihm Entsetzen ein. Warum sollte er aufgeben, was seit jeher sein Traum gewesen war? Mit
welchem Recht sollte man ihm die Zukunft nehmen, die er
sich wünschte? Er hatte Besseres verdient. Merkwürdigerweise
empfand der junge Mann, seit er seine Entscheidung getroffen
hatte, einen Frieden, wie er ihn seit vor dem Krieg nicht mehr
gekannt hatte. Er hatte seinen Lebensweg wiedergefunden, von
dem er viel zu lange abgewichen war. Der Pfad mochte steinig
sein, doch er war ihm vertraut.

Die Wohnungstür fiel zu. Im Flur ließen sich eilige Schritte
vernehmen.

»Hast du Natutschka gesehen?«, fragte Lilli. »Wir waren zum
Mittagessen verabredet, aber sie ist nicht gekommen.«

»Nein. Sie ist heute Morgen sehr früh aus dem Haus gegangen. Bei dem schönen Wetter wundert mich das nicht. Ich weiß
ja, dass sie sich dann im Haus eingesperrt fühlt.«

»Komisch ist es trotzdem. Normalerweise ist sie ziemlich
pünktlich.«

Felix überlegte ein paar Sekunden und folgte ihr dann. Er
war immer wieder erstaunt, wie akribisch Lilli ihr Zimmer in
Ordnung hielt. Kein Kleidungsstück lag herum. Die Bücherstapel waren wie mit dem Lineal ausgerichtet, und keine einzige
Falte zierte die Bettdecke. Ein seelenloser, anonymer Raum wie
ein Hotelzimmer. Er rief sich das Zimmer seiner Schwester in
Grunewald ins Gedächtnis, die unordentlich durcheinander-

geworfenen Stofftiere, die Zeichnungen, die mit Heftzwecken an dem alten Schrank befestigt waren, das Puppenhaus, das in einer Ecke stand und nach allen Seiten offen war. Aber damals war sie noch ein kleines Mädchen, dachte er, während sie ein Buch aus ihrem Schulranzen zog.

»Gibt es ein Problem?«, fragte Lilli, als sie bemerkte, dass ihr Bruder sie von der Türschwelle ihres Zimmers her ansah.

Sie war sofort auf der Hut. Felix' nachdenkliche Miene gefiel ihr nicht. Er hatte die Arme verschränkt, und seine Haare waren zerzaust, als wäre er sich ständig mit den Fingern hindurchgefahren. In letzter Zeit sahen sie sich selten. Er arbeitete halbtags in einer Druckerei. Aber Lilli hatte eine Vorahnung für schlechte Nachrichten entwickelt. Das Leben hatte sich ärgerlicherweise angewöhnt, ihr Tiefschläge zu versetzen, die sie nur wehrlos einstecken konnte.

»Willst du mir etwas sagen?«, fragte sie noch einmal.

»Ich habe eine Entscheidung getroffen, die dir nicht gefallen wird.«

Die Seligsohn-Geschwister ähnelten sich. Sie hatten die gleiche schmale, hochgewachsene Gestalt, die schmalen Wangen und das Kinn ihrer Mutter, die Denkerstirn ihres Vaters und dunkle Augen. Wenn sie Deutsch sprachen, was schon lange nicht mehr vorgekommen war, stellte man fest, dass sie die gleiche Intonation hatten.

»Du hast beschlossen, nach Berlin zurückzukehren«, sagte sie spitz. »Schämst du dich nicht?«

Wie immer stürzte seine kleine Schwester Felix in Verwirrung. Ihr Scharfblick erstaunte ihn immer wieder. Man brauchte ihr nichts zu erklären, sie erriet alles. Lilli besaß die Gabe, Gefühle einzufangen, und verstand sich auf bissige Bemerkungen.

»Ich habe lange darüber nachgedacht. Ich muss wissen, ob unser Haus noch steht und was aus dem Geschäft geworden ist. Es ist schließlich unser Familienbesitz, unser Erbe. Das kann man nicht einfach so aufgeben«, setzte er hinzu und nahm seine Brille ab, um sie zu putzen. »Es ist alles, was wir noch haben.«

»Wir haben gar nichts mehr«, erwiderte Lilli barsch. »Man hat uns alles genommen. Das Modehaus Lindner hat zuletzt nicht einmal mehr unseren Namen getragen. Und jetzt ist es ohnehin nur noch ein Trümmerhaufen. Für Menschen wie uns gibt es in Deutschland nichts mehr. Wenn du zurückgehst, wirst du nur krepieren wie die anderen. Dieses Land ist verflucht.«

Sie biss die Zähne zusammen. Wenn sie sich Felix in Berlin vorstellte, wurde ihr übel.

Sie hatte die Ruinen ihrer Heimatstadt in den Wochenschauen gesehen, aber vor ihrem geistigen Auge sah sie anders aus. Dort erhoben sich noch stolz die Häuser der Wohlhabenden, die baumbestandenen Plätze und die breiten Prachtstraßen, und alles war mit Hakenkreuzfahnen beflaggt. Juden durften weder Parks, Kinos noch Restaurants betreten. Dort ging man noch immer auf Menschenjagd.

»Ich weiß nicht, was ich in Paris für eine Zukunft haben soll.« Felix ging zum Fenster und öffnete es. »Hier fühle ich mich nicht zu Hause.«

»Ich habe den Eindruck, dass du dich mit deinen Freunden gut amüsierst.«

»Ist das ein Vorwurf?«, gab er gereizt zurück. »Wäre es dir lieber, ich würde Tag und Nacht jammern und mich im Haus verkriechen? Ich habe mit Tante Xenia darüber gesprochen. Das Modehaus Lindner liegt im amerikanischen Sektor. Das ist ein Zeichen.«

»Ein Zeichen!«, rief Lilli entgeistert aus. »Hast du etwa den Verstand verloren? Ein Zeichen wofür? Dass wir brav nach Hause gehen, um ein Leben wieder aufzunehmen, das durch eine kleine Widrigkeit unterbrochen worden ist? Die Lager? Nichts als ein Missgeschick, das einfach so geschehen ist, im

Vorübergehen?«, sagte sie ironisch und mit einer verächtlichen Handbewegung.

Felix ärgerte sich, weil er ihr wehtat, obwohl er das Bedürfnis hatte, sie zu beschützen. Das starre Gesicht seiner kleinen Schwester ähnelte dem einer alterslosen Frau, dachte er aufgewühlt.

»In unserer Familie fühlten wir uns schon lange in erster Linie als Deutsche und erst in zweiter als Juden«, fuhr er fort und hob eine Hand, damit sich Lilli nicht auf ihn stürzte. »Warte, lass mich ausreden! So sind wir erzogen, aber was unter den Nazis passiert ist, hat alles verändert. Beleidige mich nicht, indem du glaubst, dass ich nicht die gleiche Zerrissenheit empfinde wie du. Aber ich würde mir wie ein Feigling vorkommen, wenn ich beschließen würde, mir hier ein Leben aufzubauen oder nach Palästina oder in die USA auszureisen, ohne vorher nach Deutschland zurückgekehrt zu sein.«

Er holte tief Luft. Ausgerechnet jetzt, da er alles klar vor sich sah, stellte er fest, dass es ihm schwerfiel, sich begreiflich zu machen.

»Als man uns aus dem Haus gejagt hat, war ich zu jung, um mich zu wehren. Mir blieb nichts anders übrig, als zu gehorchen. Aber jetzt kann mir niemand mehr Befehle erteilen. Es ist an mir, die Entscheidungen zu treffen, die ich für unsere Zukunft für richtig halte. Ich vergesse dich nicht, Lilli. Ich möchte dorthin zurück, damit man uns zurückgibt, was uns rechtmäßig gehört.«

»Mama, Papa und Dalia bekommst du dadurch nicht wieder. Wie kannst du nur eine Sekunde lang glauben, Steine könnten uns unsere Familie ersetzen?«

Lillis Stimme brach mit einem Aufschluchzen. Felix fühlte sich gemein, weil er sie nicht in die Arme nahm, um sie zu trösten, um ihr zu versichern, dass er noch einige Zeit bei ihr in Paris bleiben werde, um dann anderswohin auszuwandern. Sie waren zwei Waisen, zwei Entwurzelte, frei von jeglichen

Bindungen, weil man sie ihnen genommen hatte. Eine Freiheit, die Felix illusorisch vorkam. Es brauchte schon einen außergewöhnlich starken Willen, um sich derart von der Vergangenheit zu lösen, und er bezweifelte, dass er dazu in der Lage war.

Wie sollte er seiner Schwester begreiflich machen, dass dieses Gefühl stärker als er war, etwas, was ganz tief ging? Die Erinnerung an eine glückliche Kindheit, aufmerksame Lehrer, fröhliche Spielkameraden. An das Kaminfeuer, das in dem großen Salon im Grunewald knisterte. An die Damasttischdecke im Esszimmer, auf der Porzellan und Tafelsilber standen. An die Familienporträts an der Wand. An den kleinen Jungen, den seine Mutter an die Hand genommen hatte, damit er nicht ausrutschte, während er die Enten auf dem See fütterte. An den harmonischen Klang der deutschen Sprache, während er in der Schule ein Gedicht aufsagte. An seine mit Schlagsahne verschmierten Lippen, seinen Vater, der in einem Straßencafé eine Zeitung las. An den livrierten Portier, der ihm mit einer triumphierenden Bewegung die Tür des Kaufhauses aufriss. An die Kristallpyramide unter der Glasdecke, die weltberühmt war. An den guten Klang des Namens Lindner und an die Gräber ihrer Vorfahren.

»Die Wahrheit ist, dass du zurückgehen willst, weil du dir immer vorgestellt hast, du würdest einmal das Geschäft leiten. Das ist purer Egoismus. Du fühlst dich verloren, weil du nicht weißt, was du mit deinem Leben anfangen sollst; aber du hast nicht den Mumm, selbst etwas Neues zu beginnen. Stattdessen brauchst du ein sogenanntes Erbe, von dem nur noch Scherben übrig sind. Aber das kommt dir leichter vor, als etwas aus dem Nichts aufzubauen, stimmt's? Und dafür bist du bereit, zu Kreuze zu kriechen, die Asche zwischen den Leichen aufzusammeln. Du bist so feige, Felix.«

Der junge Mann wurde blass. In ein paar vernichtenden Sätzen hatte Lilli seine Gefühle vollständig verdreht, die er schon immer empfunden, die sich jedoch erst durch die Schicksalsprüfungen geklärt hatten. Sie hatte seine Träume geschmäht und beschmutzt.

»Was du da sagst, ist widerwärtig, aber in einem hast du recht: Ich bin stolz darauf, einer begabten Familie anzugehören. Und ich liebe Berlin, das nach besten Kräften gegen das Dritte Reich protestiert hat. Der Nationalsozialismus war ein abscheulicher Auswuchs, ein bösartiger Tumor, der ein Land korrumpiert hat, das den Juden einen Platz in der Gesellschaft und gleiche Rechte einräumte. Unser Onkel ist 1914 für ein achtbares Vaterland gefallen. Ich weigere mich, einem Jahrhundert Familiengeschichte den Rücken zu kehren, ohne nicht wenigstens versucht zu haben, daran anzuknüpfen, verstehst du? Das hieße, auf alles zu spucken, was unsere Vorfahren liebten. Hoffentlich habe ich eines Tages Kinder, denen ich diese Traditionen von Toleranz und Humanismus weitergeben kann. Vielleicht werde ich sie sogar in Deutschland großziehen. Aber ja, warum nicht, wenn sich Deutschland irgendwann von seinen Dämonen freimacht?«, schloss er herausfordernd.

»Dann geh doch! Fahr dorthin zurück! Du wirst schon sehen, wie dich die Deutschen empfangen werden, den überlebenden Juden. Was für ein schönes Bild du für diese Bastarde abgeben wirst! Womöglich werden sie dich noch im Triumph auf ihren Schultern tragen. Schaut doch, wir haben sie gar nicht alle ausgerottet … Ein paar sind noch übrig. Wir sind nicht die Ungeheuer, für die ihr uns haltet, denn es gibt sogar Juden, die zurückkommen und wieder bei uns leben wollen!« Ein Schauer überlief sie. »Du ekelst mich an«, stieß sie hervor.

Felix fuhr zurück, als hätte Lilli ihn geschlagen. Diese Aggressivität und dieser Hass stiegen aus einem Abgrund auf, der ihm zu dunkel war, und bereiteten ihm beinahe Angst. Was sollte er darauf antworten? Es gab keine Worte, die Lilli besänftigt hätten. Aber er weigerte sich, das, was er für richtig hielt, dem Gemütszustand einer zutiefst verletzten Jugendlichen zu opfern, und wenn sie tausendmal seine Schwester war. Dazu hatte er nicht die Kraft. Er musste sich zuerst selbst neu erfinden.

Ohne ein weiteres Wort verließ er das Zimmer. Am meisten schmerzten ihn nicht Lillis Beschimpfungen, sondern der Gedanke, wie es ihre Mutter bekümmert hätte, ihr Kind in solcher Verzweiflung zu sehen.

Um acht Uhr abends war Natascha immer noch nicht zu Hause. Verstimmt warf Felix immer wieder einen Blick auf die Zeiger der Standuhr im Salon. Sollte er sich noch in Geduld üben oder sich allmählich Sorgen machen? Natascha mochte das Gefühl nicht, überwacht zu werden; aber sie war noch nie so lange fort gewesen, ohne dass es eine Erklärung dafür gegeben hätte. Lilli hatte sich in ihrem Zimmer eingeigelt. Sinnlos, sie um Rat zu fragen, denn seine Schwester sprach nicht mehr mit ihm. Was soll's, sagte er sich. Natascha würde ihn zwar anschreien und dummes Zeug reden, aber in letzter Zeit benahm sie sich, um ehrlich zu sein, ohnehin äußerst seltsam.

Er hob den Hörer ab, um ein paar Freunde anzurufen, deren Eltern Telefon hatten. Nichts. Niemand hatte sie gesehen. Nach mehreren enttäuschenden Versuchen fühlte sich Felix zwischen Sorge und Erbitterung hin und her gerissen. Natascha hätte ihm wenigstens Bescheid geben können! Ob sie wohl bei ihrer Tante Mascha war, die seit ein paar Wochen wieder in Paris lebte? Aber Mascha würde sich schreckliche Sorgen machen, wenn sie hörte, dass ihre Nichte verschwunden war. Er verzog das Gesicht. Besser er wartete noch, ehe er sie alarmierte. Oder Natascha war zu ihrem Onkel Kyrill gegangen. Neulich beim Abendessen hatte sie ihn nicht aus den Augen gelassen. Felix hatte selten erlebt, dass das junge Mädchen jemanden so offen bewunderte. Das ist bestimmt die Erklärung, beruhigte er sich. Sie weiß, dass ihr Onkel nicht lange in Paris bleiben wird, und da wollte sie die Gelegenheit nutzen, um ihn zu besuchen.

Um sich später keine Vorwürfe machen zu müssen, beschloss er, sich Kyrill Ossolins Telefonnummer aus Nataschas Adressbuch herauszusuchen. Auf der Schwelle ihres Zimmers zögerte er mit schlechtem Gewissen noch einen Moment, aber dann zog er die Schreibtischschublade auf. Dort war das rote Büchlein nicht, aber dann sah er es auf dem Nachttisch liegen. Als er näher trat, stieß er gegen ein Buch, das unters Bett rutschte. Er bückte sich und streckte die Hand aus, um es aufzuheben; doch stattdessen bekam er ein Bündel Papiere zu fassen, das dort versteckt war. Er konnte kein Kyrillisch lesen, aber als er den protzigen Briefkopf mit Hammer und Sichel sah, stieg ein unangenehmes Gefühl in ihm auf.

»Was hast du nur angestellt, Natutschka?«, murmelte er.

Auf den Knien kauernd beugte er sich über die Papiere, um sie genauer anzusehen. Ein französischer Text, ein Matrizenabzug auf schlechtem Papier, bestätigte seine Befürchtungen. Er pries die Vorteile des Lebens in der Sowjetunion, die ein Arbeiterparadies und eine große demokratische Nation sei. Ein rätselhaftes, beinahe gutmütiges Lächeln schwebte auf Josef Stalins väterlichem Gesicht. Plötzlich wusste Felix, an wen er sich wenden musste. Fieberhaft blätterte er in dem Adressbuch, bis er die gesuchte Nummer fand.

Raissa war ein großes, flachbrüstiges Mädchen mit trägen Bewegungen, die sich für ihren fahlen Teint viel zu bunt kleidete. Felix fand sie ebenso redselig wie langweilig. Sie hatte eine verklärte Vorstellung vom Herkunftsland ihrer Eltern, die sie durch die Lektüre hochtrabender Gedichte über das Vaterland, die russische Erde und die unsterbliche slawische Seele nährte. Mit dem Schal, den sie sich ums Haar band, sah sie aus, als hätte sie sich als Babuschka verkleidet. Ihre Mutter war bei ihrer Geburt gestorben, und sie war von einem distanzierten Vater großgezogen worden. Paris, wo sie aufgewachsen war, fand sie engstirnig und kleinlich. Früher hatte sich Natascha oft über sie und ihre flammenden Reden lustig gemacht, aber in letzter Zeit ließ sie Raissa gewähren, ohne sie zu unterbrechen.

»Raissa, hier ist Felix«, sagte er, als sie endlich ans Telefon ging. »Ist Natascha bei dir?«

Er hörte laute Stimmen und gedämpfte Musik. Das junge Mädchen gab keine Antwort, und Felix hatte den Eindruck, dass sie die Hand über die Sprechmuschel gelegt hatte.

»Warum willst du das wissen?«

»Ich muss mit ihr reden.«

»So dringend ist das, Süßer?«, säuselte sie spöttisch. »Bist du traurig, weil deine kleine Freundin nicht bei dir ist?«

Er meinte, ein dümmliches Glucksen und Gelächter zu hören. Das Blut stieg ihm ins Gesicht.

»Hol sie mir ans Telefon!«, befahl er. »Ich weiß, dass sie bei dir ist. Es ist wichtig.«

»Welche Ungeduld! Kaum ist sie einmal nicht bei dir, meinst du schon umzukommen.«

»Hör auf mit dem albernen Getue, Raissa.«

»Hör du doch auf, du bist langweilig«, gab sie gereizt zurück. »Lass Natascha in Ruhe! Sie ist ein großes Mädchen und braucht keinen Aufpasser mehr. Sie trifft ihre Entscheidungen ganz allein und hat nicht vor, dich nach deiner Meinung zu fragen. Leb wohl!«

Sie hängte einfach ein. Verärgert lief Felix zu Lillis Zimmer, aber seine Schwester hatte die Tür abgeschlossen.

»Ich gehe Natascha suchen und komme dann wieder!«, rief er und musste an sich halten, um nicht gegen die Tür zu treten. Dann stürzte er die Treppe hinunter und rannte zur nächsten Metro-Station.

Als er an der Station Boulogne ausstieg, hatte ein Nieselregen eingesetzt. Felix schlug den Kragen seines Jacketts hoch. Er war erst einmal bei Raissa gewesen und ging zuerst in die falsche

Richtung. Ärgerlich drehte er um und lief bis zu einem Platz zurück, der von Kastanienbäumen bestanden war. Die Straßenschilder aus blauem Email waren schlecht zu lesen. Wasserdampf hüllte die Straßenlaternen ein. Er hatte gute Aussichten, bei Raissa auf eine ganze Truppe junger Russen zu treffen, die tranken und sich gegenseitig aufstachelten. Natascha kannte sie, hatte aber bisher keinen Umgang mit ihnen gepflegt, sondern den Freundeskreis bevorzugt, den sie mit Felix teilte. Nachdem er über eine halbe Stunde durch das menschenleere Viertel geirrt war, erkannte er endlich die schmale Ziegelfassade des Hauses, in dem Raissa wohnte. Der Regen lief ihm am Hals hinunter, und seine Brille war beschlagen. Das Treppengeländer fühlte sich klebrig an. In der ersten Etage angekommen, hämmerte er gegen die Tür und drückte hartnäckig auf den Klingelknopf.

Mit einer fetten Katze auf dem Arm öffnete Raissa. Sie trug einen Rock, der ihre X-Beine enthüllte, Zigeunerohrringe und grellroten Lippenstift, und bot wie gewohnt einen grotesken Anblick.

»Du wirst noch das ganze Viertel aufwecken«, sagte sie.

»Ich will Natascha abholen.«

»Ich glaube nicht, dass sie vorhat, dir nach Hause zu folgen.«

»Ist dein Vater nicht da?«

»Was geht dich das an?«, empörte sich das junge Mädchen. »Du benimmst dich wie ein Rüpel, außerdem hat dich niemand eingeladen.«

Er schob sie beiseite und trat in die Diele, in der eine nackte Glühbirne brannte. Das kleine Wohnzimmer mit den zugezogenen Vorhängen war von einem Dutzend Jungen und Mädchen bevölkert. Einige saßen im Schneidersitz auf Kissen. Boden und Tisch waren mit Gläsern und vollen Aschenbechern übersät. Der Plattenspieler ließ eine folkloristische Melodie erklingen. Ein paar drehten sich zu Felix um, aber da sie ihn nicht kannten, setzten sie ihre auf Russisch geführte Unterhaltung fort.

»Was machst du denn hier?«, fragte Natascha erstaunt.

Sie kam mit einem Glas in der Hand aus der Küche. Ihre Augen wirkten verquollen, sie hatte sich das Haar nach hinten gekämmt und mit einem verschlissenen Band im Nacken zusammengebunden, und auf ihrer Bluse prangte in der Höhe der Brust ein feuchter Fleck. Die Katze sprang vom Arm ihrer Herrin und strich um Nataschas Beine. Sie wollte sich bücken, um sie zu streicheln, doch dann musste sie sich an der Wand festhalten, um nicht das Gleichgewicht zu verlieren.

»Ich habe mir Sorgen gemacht«, sagte Felix, »und bin gekommen, um dich abzuholen.«

»Ich habe keine Lust, jetzt nach Hause zu gehen. Ich fühle mich wohl hier.«

Sie hatte ihr schlecht gelauntes Gesicht aufgesetzt: Schmollmund und ausweichender Blick. Hinter ihr wurde laut gelacht. Die Platte hatte einen Sprung. Dieselben Balalaika-Klänge wiederholten sich wieder und wieder und wirkten auf Felix so unangenehm wie das Geräusch von Fingernägeln, die über eine Schiefertafel kratzen.

»Komm bitte mit mir.«

Sie sah ihn einen Moment lang an, als versuchte sie, seine Gedanken zu erraten, dann schüttelte sie bockig den Kopf.

»Ich kann nicht. Wir besprechen wichtige Dinge; Sachen, von denen du nichts verstehst«, erklärte sie mit hochfahrender Miene. »Hier sind alle wie eine große Familie. Wir haben viel gemeinsam. Sie wissen, was ich empfinde. Ich brauche es ihnen nicht einmal zu erklären. Das sind wunderbare Menschen, und ich liebe sie!«

»Du hast nichts mit Raissa und ihren Kumpanen gemeinsam. Du kannst sie nicht einmal leiden. Du hast sie noch nie gemocht.«

»Was erlaubst du dir?«, sagte sie scharf und hob das Glas zum Mund.

Felix streckte die Hand aus, um es ihr wegzunehmen, aber sie zog es weg.

»Was ist das?«, fragte er misstrauisch.

»Finger weg!«

Mit trotziger Miene leerte sie es in einem Zug. Felix war ratlos. Er hatte Natascha noch nie betrunken erlebt, und es passte nicht zu ihr. Es hatte etwas Erbärmliches, dieses sonst so hitzige Mädchen plötzlich in ein jämmerliches, zerbrochenes Abbild ihrer selbst verwandelt zu sehen. Sogar ihre Stimme hatte sich verändert. Sie sprach abgehackt und zu akzentuiert. Ihre Augen glänzten. Am liebsten hätte er sie an den Schultern gepackt und durchgeschüttelt, um sie wieder zur Vernunft zu bringen.

»Komm jetzt, Natutschka. Du hast hier nichts mehr zu suchen.«

»Also, ich finde, du bist derjenige, der hier nichts zu schaffen hat«, erklärte ein junger Mann, der im Türrahmen des Wohnzimmers stand.

Er war genauso groß wie Felix, hatte aber Schultern wie ein Möbelpacker. Sein Gesicht war so flach, als hätte man ihm bei seiner Geburt eine Bratpfanne vor den Kopf geschlagen. Der massige Bursche musterte ihn aus stumpfen, blauen Augen und hielt lässig eine Zigarette zwischen Daumen und Zeigefinger. Was für ein Kretin, dachte Felix und musste an sich halten, um nicht die Augen zum Himmel zu verdrehen. Das hat mir gerade noch gefehlt.

»Ich bin heute zur Botschaft gegangen«, sagte Natascha. »Wir waren zu mehreren. Da habe ich … Wie heißt du noch mal?«

»Boris.«

»Genau, da habe ich Boris getroffen. Kommt schon, stellt euch vor, ihr beide. Boris ist ein Cousin von Raissa.«

»Was hattest du bei der sowjetischen Botschaft zu suchen?«, unterbrach Felix sie.

»Sie hat sich erkundigt. Es dauert einige Zeit, bis man einen Pass bekommt.«

Felix kannte die Neigungen Raissas und ihrer Freunde,

die sich gern beklagten, dass man ihnen in Frankreich keine Chance gab; wobei ihre Misserfolge und ihre Unzufriedenheit vor allem auf ihre eigene Trägheit und Melancholie zurückzuführen waren.

»Das ist doch wohl nicht wahr!«, rief er wütend aus. »Was treibst du da für ein Spiel, Natascha? Willst du dir damit irgendetwas beweisen?«

»Ich will meine Wurzeln kennenlernen«, gab sie zurück und reckte das Kinn. »Es ist doch an der Zeit, oder? Ich möchte gern wissen, woher ich komme. Das ist mein gutes Recht. Da mich alle belügen, habe ich kein Vertrauen mehr. Ich möchte alles mit eigenen Augen sehen.«

Ein Schluckauf verschlug ihr den Atem, und sie musste nach Luft schnappen.

»Vielleicht gibt es in Leningrad ja keine Spuren der Ossolins mehr. Vielleicht sind all diese Geschichten über unsere ruhmreiche Vergangenheit nur Unsinn. Was weiß ich denn? Ich bin wie der ungläubige Thomas, ich muss sehen, um glauben zu können.«

»Deine Wurzeln sind hier, in Paris, wo du geboren bist. Du studierst hier. Deine Familie und deine Freunde leben hier. In der Sowjetunion hast du nichts verloren. Ich darf dich daran erinnern, dass in diesem Land eine Diktatur herrscht. Schluss jetzt mit dem Unsinn!«

»Also wirklich, ich kenne dich nicht, aber so langsam gehst du mir auf die Nerven«, erklärte der junge Mann, zog ein letztes Mal an seiner Zigarette und drückte sie dann in einem Aschenbecher aus. »Es ist Zeit, dass du dich vom Acker machst.«

Boris musterte ihn aus halb geschlossenen Augen und mit vorgeschobener Unterlippe. Unvermittelt zog er Natascha mit einer besitzergreifenden Bewegung an sich. Den Hals in seinem Würgegriff, klebte sie förmlich an seiner Brust. Sie wirkte verletzlich, ergeben, verstört. Felix hasste es, sich mit einem solchen Grobian auseinandersetzen zu müssen, der versuchte, eine primitive Art der Macht auszuüben. Er war außer sich, weil der Bursche es gewagt hatte, Natascha anzufassen.

»Lass sie los!«, stieß er mit zusammengebissenen Zähnen hervor. »Lass sie sofort los, oder ich schlage dir die Nase ein!«

Du musst immer derjenige sein, der den ersten Schlag anbringt, erinnerte ihn plötzlich die ferne Stimme seines Vaters. Er musste den anderen überrumpeln. Grob stieß Boris Natascha von sich. Sie prallte mit dem Kopf gegen die Wand und schrie auf. Felix ließ die Faust in das Gesicht des Russen krachen. Man hörte Knorpel knirschen. Blut spritzte. Ohne länger zu warten, ergriff er Nataschas Arm und schob sie zur Tür. Auf der Treppe stolperte sie und protestierte, aber Felix, dessen Brille schief saß, zog sie energisch weiter.

Natascha krümmte sich und erbrach sich in den Rinnstein. Mit einer Hand hielt Felix ihr das Haar aus dem Gesicht, mit der anderen hinderte er sie daran, vornüberzufallen.

»Ich will sterben«, keuchte sie und wischte sich die Lippen mit dem Handrücken ab.

»Wenn du morgen aufwachst, wirst du dich noch schlimmer fühlen.«

Sie richtete sich auf und nahm das Taschentuch, das er ihr reichte. »Man könnte meinen, das freut dich.«

»Ganz und gar nicht.«

Felix presste vorwurfsvoll die Lippen zusammen. Das harte Licht der Straßenlaterne verlieh seinem Gesicht Reflexe, die ihn streng wirken ließen. Er stand sehr gerade da und hatte die Hände in den Taschen vergraben. Sie sah, wie mühsam er sich beherrschte, um ihr keine Strafpredigt zu halten. Mit einem Mal lächelte sie.

»Was ist?«, fragte er stirnrunzelnd.

»Dein Gesichtsausdruck … nach deinem Haken. Du hast dermaßen erstaunt ausgesehen.«

Felix entspannte sich. »Ich gebe zu, dass ich verblüfft war. Ich wusste gar nicht, dass es einem selbst so wehtut, jemandem die Nase einzuschlagen«, setzte er immer noch perplex hinzu und öffnete und schloss die Finger der rechten Hand.

Sie wechselten einen Blick und brachen in Gelächter aus. Hinter den schwarzen Gitterstäben ragten die Bäume des Jardin du Luxembourg auf wie ein mächtiger Zaun. In den Ästen zwitscherten Vögel, und der Mond stand hoch am Himmel.

»Du denkst hoffentlich nicht ernsthaft daran, einen russischen Pass zu beantragen, Natutschka.«

Er wirkte so besorgt, dass sie nicht das Herz hatte, sich einen Scherz zu erlauben. Stattdessen zuckte sie die Achseln. Sie nahmen ihren Heimweg wieder auf.

»Ich bin Raissa und Boris begegnet, als sie ihre Papiere abholten. Sie stechen in vierzehn Tagen in Marseille in See. Sie wollten mich überreden, ebenfalls die entsprechenden Anträge zu stellen, aber ich hatte Angst. Ich wollte die Botschaft nicht einmal betreten. Blöd, oder? Nachher hat es mir leidgetan. Ich bin mit Raissa zu ihr nach Hause gegangen. Da ihr Vater nicht da war, hatte sie Freunde eingeladen. Boris hat mich wie ein kleines Mädchen behandelt, da wollte ich es ihm zeigen und habe zu trinken angefangen.«

Schweigend nahm Felix ihre Hand.

»Was für ein flegelhafter Kerl«, sagte sie und erschauerte.

Erleichtert lächelte er. Seine Finger schmerzten zwar, aber er empfand eine tiefe Befriedigung darüber, eine sinnlose Diskussion mit einem Schwachkopf beendet zu haben, indem er ihm einen ordentlichen Fausthieb verpasst hatte. Daran würde er in Zukunft denken.

Berlin, September 1946

Nicht weit vom Brandenburger Tor entfernt sprang Axel Eisenschacht aus der Straßenbahn. Die Hände in den Taschen, pfiff er leise vor sich hin, während er sich inmitten der Stammbesetzung des Schwarzmarktes bewegte – alter Frauen mit Raubvogelgesichtern, die ihre Handtaschen umklammerten, und magerer Männer in bunt zusammengewürfelten Jacketts und Hosen, die mit aufgesetzter Unbekümmertheit daherflanierten. Wie in einem merkwürdigen Ballett streiften sie einander, enthüllten verstohlen eine Ware oder öffneten einen Koffer, um ihn gleich wieder zu schließen. Leise flüsterten sie sich ihren Geheimcode zu: Tausche Seidenkleid gegen Töpfe, Radio gegen Herdplatte, eine Rolle Schnur, Butter, Kartoffeln, Nähnadeln, Elektroartikel, Brillen, Gebisse ... Ein Markt unter freiem Himmel, belebt von Verschwörern jeden Alters und aus allen Gesellschaftsschichten, die ständig wachsam Ausschau nach Polizisten hielten. Ohne den Schwarzhandel konnte niemand überleben, aber er wurde trotzdem mit Gefängnis bestraft. Axel hatte eine ordentliche Menge Lucky Strikes dabei, aber er hielt sich nicht auf. Heute hatte er einen äußerst wichtigen Termin, den er auf keinen Fall verpassen durfte.

Vor einem Monat war er zu der einstigen Villa seiner Eltern im Grunewald gegangen. Er hatte sich hinter den Bäumen versteckt und das Haus, das von den Bombenangriffen verschont geblieben war, und das Kommen und Gehen des amerikanischen Offiziers und seiner Familie beobachtet, die es jetzt bewohnten. Auf dem Rasen vertrieben sich zwei Kinder die Zeit mit Seilhüpfen. In der ersten Etage stand das Fenster seines alten Zimmers offen, und die Vorhänge flatterten im Luftzug. Ein Jeep war vorgefahren, um den Offizier, seine Frau und die Kinder abzuholen. Kurz darauf trat die Köchin, einen Einkaufskorb in der Hand, aus dem Haus. Als sie Axel sah, stieß sie einen Freudenschrei aus und umarmte ihn. Die alte Dame schaute sich verstohlen um und ließ Axel dann ins Haus.

Kalter Zigarrenrauch hing im Arbeitszimmer seines Vaters, der Nichtraucher war, und an den Wänden bezeichneten helle Flecken die Stellen, an denen Kupferstiche der schönsten Städte Deutschlands gehangen hatten. Offensichtlich entsprachen die Ansichten von Dresden oder Köln vor ihrer Zerstörung nicht dem Geschmack der neuen Bewohner. Neben einem Tintenfass und einer Schreibunterlage, die er nicht kannte, bemerkte Axel das Foto einer blonden Frau. Bis in die kleinsten Einzelheiten war das Zimmer jetzt das eines anderen. Und doch hatte er das Gefühl, als bewahrte der Ledersessel noch den Abdruck der kräftigen Gestalt seines Vaters. Ob er noch lebte? Der Umstand, dass er keinerlei Nachricht hatte, bedrückte ihn, zumal er nicht wusste, was er sich wünschen sollte. Saß sein Vater im Gefängnis? Wartete er auf seine Gerichtsverhandlung? Man hatte das deutsche Volk in fünf Kategorien eingeteilt. Kurt Eisenschacht konnte eigentlich nur unter eine der beiden ersten Kategorien fallen: Er musste entweder als einer der Hauptschuldigen oder als Aktivist eingestuft worden sein. Bestimmt würde man ihn zu zehn Jahren Zuchthaus und der Beschlagnahmung seines gesamten Besitzes verurteilen. Wäre es da nicht besser, er wäre tot? Wie sollte er sich seinen blauäugigen Vater mit der Gestalt eines Boxers ohne seine stolze Haltung vorstellen, seiner Bürgerrechte und seiner offiziellen Funktionen entkleidet? Dessen Vermögen und Presse- und Immobilienimperium enteignet worden war? Unmöglich konnte Kurt Eisenschacht zu einem dieser gebrochenen Männer werden, einem dieser Wracks, die durch die Stadt irrten und nur davon besessen waren, etwas zu essen zu finden, weil die Lebensmittelkarten, die ihnen nur dreihundert Gramm Brot und zwanzig Gramm Fleisch täglich zugestanden, sie zum Hungertod verurteilten. Das war unvorstellbar.

Mit dem seltsamen Gefühl, ein Gespenst unter seinem eigenen Dach zu sein, war Axel in den ersten Stock hinaufgegangen. Im Bad seiner Mutter standen die Tiegel mit den Schönheitsmitteln der Amerikanerin aufgereiht in den Regalen. An einem Kleiderhaken hing ein Morgenmantel aus elfenbeinfarbener Seide. Sein altes Zimmer befand sich im selben Stockwerk. Er zögerte, bevor er die Tür öffnete. Auf dem Boden lag Spielzeug verstreut. Sein Bett hatte man in eine Ecke geschoben und ein zusätzliches dort aufgestellt, wo einmal ein Bücherregal gestanden hatte. Seine Zinnfiguren-Sammlung war verschwunden. Verbittert wandte er sich ab.

Als er ins Arbeitszimmer zurückging, fiel sein Blick auf den Schrank, in dem das Meissner Porzellan verwahrt wurde. Mit klopfendem Herzen nahm er eine alte Zeitung, wickelte eine Kaffeetasse samt Untertasse darin ein und stopfte sie in seine Taschen. In einer Vitrine im Salon standen Nippesfiguren, die er ebenfalls einsteckte. Er bezweifelte, dass die Amerikaner sie bei ihrer Rückkehr nachzählen würden, zumal er das Äffchenorchester genommen hatte, das im Hintergrund stand. Er war sich der Gefahr bewusst. Man würde ihn wegen Diebstahls ins Gefängnis stecken, obwohl diese Sammlung einst seinem Großvater mütterlicherseits gehört hatte. Aber Axel musste seine Chance nutzen. Eine solche Gelegenheit war einmalig, denn so bald würde er nicht zurückkommen können. Einerseits war es ihm streng verboten, das beschlagnahmte Haus zu betreten. Es war ein Wunder, dass er sich hier frei bewegen konnte.

Die Köchin wäre entsetzt, wenn sie seinen Diebstahl bemerken würde. Bevor sie ging, hatte sie ihm noch die Reste vom

Frühstück in die Hand gedrückt. Doch es war das Risiko wert gewesen, dachte er jetzt bei sich. Endlich verfügte er über ein paar interessante Gegenstände zum Verkaufen, und er hatte die Absicht, sparsam mit dem Porzellan aus dem 18. Jahrhundert umzugehen.

Gedankenverloren umrundete er einen Schutthügel und blieb wie angewurzelt stehen. Zwischen den Trümmern lungerte eine Bande von Zehn- bis Zwölfjährigen herum. Ihre Beine waren mager und ihre Hemden von unbestimmbarer Farbe. Durch den Staub, der auf ihrem blonden Haar lag, erweckten sie den eigenartigen Eindruck von alten Männern in kurzen Hosen. Obwohl sie nur Haut und Knochen waren, ließ ihr spöttisches Grinsen keine Zweifel an ihren Absichten. Der jüngste, der barfuß war, kratzte sich den Bauch. Bestimmt wimmelte er von Läusen. Der Anführer der Bande, der die anderen um einen Kopf überragte, streckte die Brust heraus und kaute Kaugummi. Das sieht nicht gut aus, dachte Axel, während ein Adrenalinstoß seinen Körper durchfuhr. Wortlos trat er die Flucht an, und die Meute setzte sich schreiend auf seine Spur.

Axel konnte schnell rennen, aber er wusste, dass seine Kräfte begrenzt waren. Die schlechte Ernährung und seine chronische Müdigkeit zermürbten ihn rasch. Zum Glück waren seine Gegner kaum besser dran. Beide Seiten konnten für kurze Zeit ihre Kräfte mobilisieren, hatten aber keine Ausdauer. Als seine Muskeln zu brennen begannen, versuchte er noch einmal, sein Tempo zu erhöhen. Er würde sich doch nicht ausplündern lassen! Nicht ausgerechnet heute! Außerdem wusste er, dass die Bande nicht zögern würde, ihn zu töten. Berlin war zur Hauptstadt des Verbrechens geworden. Die Zustände waren so schlimm, dass die Alliierten sich gezwungen gesehen hatten, die deutsche Polizei wieder zu bewaffnen.

Er schlug eine Gasse ein, in der Kaminrohre aus dem Boden ragten wie Periskope. Würde er in die Schatten eindringen, die sich von dem grellen Licht des Nachmittags abhoben, beträte er die Höhlen, in denen Berliner lebten und die mit verfaulten Holzbrettern, Armeedecken und jämmerlichen zweckentfremdeten Gegenständen wie Milchtöpfen aus Granathülsen ausgestattet waren. Das Leben in den Ruinen nötigte zum Erfindungsreichtum. Eine Welt mit eigenen Gesetzen war das, in der kleine Ganoven wie die, die ihn jetzt verfolgten, und Mörder herrschten. Axels Lungen brannten wie Feuer. Er machte sich daran, einen Trümmerberg zu erklimmen. Die Steine rissen ihm die Hände auf und bröckelten unter seinen Füßen weg. Er rutschte aus und hätte beinahe das Gleichgewicht verloren. Auf der anderen Seite polterte er hinunter und hörte das Keuchen seiner Verfolger, die ebenfalls versuchten, den Hügel zu erklettern. Er bog nach rechts ab und tat, als wollte er dorthin zurücklaufen, wo er hergekommen war. Einer der Knaben, der auf dem Trümmerberg stand, stieß einen verblüfften Aufschrei aus und wies mit dem Finger auf ihn. Doch Axel flüchtete nicht aufs Geratewohl. Er stürzte in einen Portalvorbau. Unter der gewölbten Decke hallten seine eiligen Schritte wider. Plötzlich spürte er so starkes Seitenstechen, dass er schwankte. Dann überquerte er den Hof, stieß eine Tür auf, lief über einen zweiten Hof, der mehrere Ausgänge hatte, und kam in einer weiteren Gasse heraus. Eine letzte Abzweigung, dann hatte er seine Verfolger endgültig abgehängt. Schwarze Punkte tanzten vor seinen Augen. Erschöpft stützte er die Hände auf die Knie, um wieder zu Atem zu kommen.

Manche Viertel von Berlin kannte er wie seine Westentasche. Der Häuserfriedhof und das unwahrscheinliche Gassengewirr bargen für ihn keine Geheimnisse mehr. Je weiter die Trümmerfrauen, beharrlich wie Ameisen, die Ruinen abtrugen, umso mehr neue Schleichwege entdeckte Axel. Vor seinen Augen nahm seine Stadt neue Formen an, wie bei einer unaufhaltsamen Häutung. Immer wieder brachen instabile Gebäude zusammen, die Staubwolken aufwirbelten und weitere Opfer unter sich begruben. Eine Verwandlung, die ihn faszinierte und in ihm die Vision von einer anderen Stadt, einer anderen Theaterkulisse aufsteigen ließ.

In der Bibliothek vergrub er sich in Büchern über Architektur und Städtebau, studierte Stadtpläne von Berlin seit der Zeit, als es die Hauptstadt Preußens geworden war. Er versenkte sich in die barocken Entwürfe Andreas Schlüters und die kraftvolle Vitalität Schinkels. Dagegen waren die Regale leer, die einst Albert Speer und seinem Traum von der Metropole »Germania« vorbehalten gewesen waren. Seit fast einem Jahr stand Hitlers Lieblingsarchitekt in Nürnberg vor Gericht, und seine gigantischen Projekte entsprachen nicht mehr dem Zeitgeschmack.

Von Anfang an bedrückte diese alles umfassende Zerstörung Axel zutiefst. Er hatte immer einen gewissen Sinn für Ästhetik besessen und war, gekränkt über die Hässlichkeit des Chaos, niedergeschlagen von seinen Ausflügen zurückgekehrt. Eines Tages hatte ihn eine so heftige Migräne befallen, dass er sich hinlegen musste. Aber jetzt sah er einen Hoffnungsschimmer. Er wollte aus dieser Unordnung etwas Zusammenhängendes schaffen. Er wollte lernen, wie man Häuser baut und einer Stadt wieder Leben einhaucht. Auf unbestimmte Weise wusste er, dass er seinen Weg gefunden hatte. Aber er bewahrte sein Geheimnis, als wäre diese Zukunftsverheißung zu kühn für einen jungen Deutschen, oder als machte er sich auf gewisse Weise eines geistigen Vergehens schuldig, das die Besatzer nicht tolerieren würden.

Axel setzte seinen Weg fort und erreichte ohne weitere Probleme sein Ziel. Er klopfte in einem ganz bestimmten, abgesprochenen Rhythmus an eine Tür und betrat einen Keller, der von zwei stummen Posten bewacht wurde.

»Guten Tag, Herr Grübner«, sagte er.

»Sieh an, sieh an, der junge Eisenschacht. Welcher schöne Wind hat dich denn hergeweht?«

Grübner thronte hinter einem Mahagonitisch, auf dem eine

Petroleumlampe ein gelbliches Licht verströmte. Zwischen seinen Lippen klebte eine Zigarette. Er trug eine goldene Schweizer Armbanduhr, eines der typischen Schmuckstücke, für die die wohlhabenderen Hehler eine Vorliebe hegten. Der einstige Blockwart, der während der Nazizeit einen von Kurt Eisenschachts Häuserkomplexen überwacht hatte, war mager, nervös und besaß schwerlidrige Augen. Er herrschte über ein Imperium aus Kisten und Kästen. An Wandhaken baumelten feldgraue Uniformen mit heruntergerissenen Abzeichen, die vage bedrohlich wirkten. Ein Pappkarton quoll vor Nylonstrümpfen über. Scotchflaschen standen neben Schachteln mit Palmolive-Seife und Wehrmachtsbesteck – Löffeln, Gabeln und Bechern, die wie im Restaurant aufgedeckt waren.

»Die Flüchtlinge aus dem Osten sind sehr anspruchsvoll«, meinte Grübner, der Axels Blick gefolgt war. »Sie wollen nicht mehr mit den Fingern essen. Was willst du? Kaufen oder verkaufen?«

Axel fuhr mit der Hand in die Innentasche seines Mantels, die er aus alten Stoffresten selbst eingenäht hatte. Er legte das in Zeitungspapier eingewickelte Bündel auf den Tisch und zog die Verpackung mit zitternden Fingern auseinander. Wenn er nun auf seiner wilden Flucht das Porzellan in Scherben geschlagen hatte? Gott sei Dank, die Tasse und die Untertasse waren unversehrt!

Mit gleichmütiger Miene untersuchte Grübner sie. Seine Fingernägel waren schwarz. Als Axel sah, wie er mit seinen dreckigen Tatzen ein Stück des Lieblingsservices seiner Mutter drehte und wendete, musste er einen Anflug von Zorn unterdrücken. Marietta hätte angesichts dieses traurigen Schauspiels einen Anfall bekommen, aber er hatte ihr nicht von seinem Besuch in ihrem alten Haus erzählt. Das war seine Art, sie zu beschützen. Was hätte es für einen Sinn gehabt, wenn sie litt? Ohnehin entschied sie sich immer öfter, in eine Welt zu fliehen, in der nur die schönen Erinnerungen existierten. Sie hielt lange,

nostalgische Reden, deren Clarissa und er längst überdrüssig
waren, aber sie hörten zu, um ihre Ruhe zu haben, und weil sie
es nicht wagten, sie zum schweigen zu bringen. In schwärme-
rischem Ton beschrieb sie mondäne Abendeinladungen, Tanztees im Adlon, exotische Cocktails, Badeausflüge zum Wannsee, wie galant die Männer und wie herrlich die Roben von
großen Modeschöpfern gewesen waren, und erzählte von Reisen an die Riviera. »Das ist wie eine private Kinovorstellung«,
scherzte Clarissa, während Axel schmollte. Wenn seine Mutter in ihren strahlenden Erinnerungen schwelgte, wirkte sie mit
ihrem strohigen Haar, dem fahlen Gesicht und der formlosen
Strickjacke noch heruntergekommener. Das war nicht mehr die
Frau, die er als Kind über alle Maßen bewundert hatte. Marietta
war nunmehr eine Kranke, deren Gefasel ihn zugleich ärgerte
und quälte.

»Wie viel willst du?«, fragte der andere. »Ich kenne jemanden, der sich für diese Art Nippes interessiert. Die Amerikaner lieben es, sich für billiges Geld ein Stück vom schönen alten
Deutschland zu kaufen.«

»Ich brauche Medikamente für meine Mutter und rotes
Fleisch. Und auch ein Paar Schuhe. Meine sind vollkommen
abgelaufen.«

»Ach, und sonst nichts weiter?«, meinte der Mann und zog
die Augen zusammen.

»Das ist echtes Meissner in makellosem Zustand.«

»Schon möglich. Bin kein Experte. Aber du bist nicht der
Einzige auf dem Markt, Kleiner. Und eine Tasse ist noch kein
Service.«

»Vielleicht kann ich ja noch mehr davon auftreiben«, sagte
Axel schroff und gab sich Mühe, seine Verachtung zu verbergen.

Der Mann war ein fanatischer Nazi gewesen. Den Verantwortlichen für die Entnazifizierung mussten die Haare zu Berge
gestanden haben, als sie seine Antworten in den unzähligen

Rubriken auf seinem Fragebogen überprüften; aber andererseits hatte er wahrscheinlich bei der Beantwortung der Fragen
gelogen. Er hatte sich sicherlich einen ordnungsgemäßen Persilschein beschafft, für den Fall, dass ihn der Wunsch überkam,
offiziell einer Arbeit nachzugehen, was aber anscheinend nicht
der Fall war. Die Geschäfte des Hehlers gingen glänzend. Die
Behörden hatten zwar ihre Absicht erklärt, den Schwarzmarkt
hart zu bekämpfen, und auch schon einige Schieber aufgehängt,
aber Herr Grübner schien zuversichtlich in die Zukunft zu sehen. Und wahrscheinlich hat er nicht mal unrecht, überlegte
Axel verbittert. Diese Art Mensch fiel immer wieder auf die
Füße. Im sowjetischen Sektor hatten manche Blockwarte eine
wundersame Verwandlung vom Nationalsozialisten zum Kommunisten vollzogen. Verlangte man schließlich nicht das Gleiche von ihnen – ihre Nachbarn zu überwachen und sie beim
geringsten Verdacht auf eine widersetzliche Haltung zu mel-
den? Die neuen sowjetischen Herren wussten ganz genau, was
sie an den tüchtigen, gewissenhaften ehemaligen Gestapo-Spit-
zeln hatten.

Der Hehler stand auf und machte sich daran, Medizinfläsch-
chen auszusortieren.

»Schön, ich gebe dir zwei Monate an Medikamenten für
deine Mutter. Du kannst auch einen Karton von diesen neuen
Rationen haben, die gerade aus Amerika eingetroffen sind«,
fügte er hinzu und wies auf ein Paket, auf dem die Buchstaben
CARE standen. »Aber Fleisch gibt es für eine lächerliche Tasse
nicht, kommt gar nicht in Frage. Was die Schuhe angeht, musst
du noch einmal kommen, Junge. Du weißt ganz genau, dass es
daran am meisten fehlt. Eine Schande. All diese Kinder, die barfuß laufen. Also wirklich!«, meinte er und schüttelte in gespiel-
tem Mitleid den Kopf.

Als Axel die Zigaretten aus seiner Tasche hervorholte und sie
demonstrativ zu zählen begann, zog Grübner eine Augenbraue
hoch. Ohne ein weiteres Wort entfernte er sich und holte aus

dem hinteren Teil des Kellers ein paar hohe Armeeschuhe hervor. Axels Herz hüpfte in seiner Brust. Er brauchte sie so dringend, aber Schuhe gehörten zu den Waren, die ganz besonders schwierig zu bekommen waren. Grübner warf einen Blick auf die Lucky Strikes, die auf dem Tisch lagen, und trommelte mit einem Finger auf das Mahagoniholz. Der Preis stimmte noch nicht. Widerwillig legte Axel noch zwanzig hinzu. Der Mann lächelte.

»Pass auf dem Heimweg auf«, sagte er heuchlerisch. »In diesem Viertel nehmen die Überfälle zu. Schlimm, wie gefährlich die Zeiten geworden sind.«

Während Axel die Einkäufe über seine Taschen verteilte, fragte er sich, ob Grübner nicht so eine Bande kleiner Diebe in seinem Sold stehen hatte. Zuzutrauen wäre es dem Bastard. Er zog die neuen Schuhe an und schimpfte, weil sie zu groß waren und er Blasen bekommen würde. Die alten klemmte er unter den Arm; irgendetwas würde er dafür schon noch bekommen. Nachdem er sich mürrisch von Grübner verabschiedet hatte, stieg er die rissigen Treppenstufen hinauf. An der frischen Luft angekommen, warf er einen Blick in die Runde, um sich zu vergewissern, dass er nicht beobachtet wurde, und entfernte sich dann raschen Schrittes.

Als es an der Tür klopfte, warf Max einen Blick in den Spiegel und schalt sich sofort dafür. Schön, er erwartete Lynn Nicholson, aber deswegen brauchte er sich noch nicht wie ein grüner Junge zu benehmen. Vor ein paar Tagen hatten sie gemeinsam einen Club am Kurfürstendamm besucht. In dem halbdunklen Gewölbe hatte er ihre schmalen Hände mit den rot lackierten Nägeln betrachtet, die Linie ihrer Schultern und ihr Profil, das dem Podium, auf dem die Musiker spielten, zugewandt war. Ihr Kleid saß eng um die Hüften und ließ ihren Brustansatz erahnen. Ein verführerischer Schnitt, obwohl sie sich kerzengerade hielt und so sittsam wirkte. Es hatte ihn verwirrt, sie ohne ihre Uniform zu sehen. »Mein Auftrag ist zu Ende«, erklärte sie ihm, und er fühlte sich seltsam irritiert. Berlin ohne Lynn? Er verzichtete darauf, indiskrete Fragen zu stellen. Im Gegensatz zu anderen Menschen, die Zukunftspläne schmiedeten, lebte Max von einem Tag auf den anderen. Er hatte nicht die Kraft, vorauszuplanen. Mit ihrer hellen Haut und ihrem ondulierten blonden Haar war sie ihm so strahlend vorgekommen. Wie hätte er abstreiten können, dass sie schön war, begehrenswert? Sie sahen sich regelmäßig, wenngleich nicht oft. Max ging gern zu den Einladungen einer preußischen Aristokratin, die jede Woche Salon hielt. Bei der alten Fürstin drängten sich westliche Reporter und Offiziere, die Wein, Whisky, Wurst und Ölsardinen mitbrachten … Auch Lynn war dort Stammgast. Sie besaß einen messerscharfen Humor, und wenn sie seinem Blick standhielt, leuchteten ihre Augen.

Mit der Uniform hatte sie auch einen Schutzpanzer abgelegt. Sie hatten nicht viel miteinander geredet. Lynns Blick und ihre Lippen, die über seine Wange strichen, reichten aus. Beim Tanzen fühlte sich ihr Körper in seinen Armen geschmeidig und leicht an. Er schloss die Augen. Ein leichter Duft stieg von ihrem Nacken und ihrem Haar auf. Sie wirkte so vertrauensvoll. Vielleicht war es diese heitere Gelassenheit gewesen, die Max' letzte Skrupel besiegte, der Gedanke an die Trennung, der sein Gefühl von Einsamkeit verstärkte. In dieser Nacht hatten sie sich geliebt. Wenn er jetzt an sie dachte, stellte er fest, dass ein leises Lächeln auf seine Lippen trat.

Er ging an die Tür.

»Guten Tag, Onkel Max.«

Der Unbekannte trug einen dunklen Anzug und hatte sich den Hut tief in die Stirn gezogen. Max schoss der absurde Gedanke durch den Kopf, dass er schon lange keine so schwungvoll gebundene Seidenkrawatte mehr gesehen hatte. Trotz seiner jugendlichen Züge besaß der Fremde eine durchaus erwachsene Eleganz. Max ertappte sich dabei, wie er dessen ge-

wachste Schuhe betrachtete, ein Verhalten, das an Unhöflich-
keit grenzte.

»Erkennst du mich denn nicht?«, fragte der junge Mann, dessen Lächeln plötzlich zaghaft wirkte, besorgt.

»Felix?«, sagte Max wie vom Donner gerührt. »Bist das wirklich du? Wie ist das möglich?«

Er gab dem jungen Mann keine Gelegenheit zum Antworten,
sondern zog ihn fest in seine Arme.

»Wie schön, dich zu sehen! Komm doch bitte herein. Ich
kann es nicht glauben. Hier, stell deine Sachen ab. Setz dich.
Wie geht es dir? Gut siehst du aus. Und wie du gewachsen bist!
Unglaublich. Du bist jetzt ein Mann, ich fasse es ja nicht. Idiotisch, oder? Ich meine, ich wusste ja, dass du nicht dein Leben lang ein Kind bleiben würdest, aber wir haben uns so lange
nicht gesehen. Und die kleine Lilli? Offenbar hast du sie nicht
mitgebracht. Aber was zum Teufel machst du in Berlin?«

Er unterbrach sich und schnappte nach Luft. Als er Felix'
Verlegenheit sah, lachte er.

»Entschuldige, ich bin einfach nur so überrascht.«

Felix nahm seinen Hut ab, fuhr sich durchs Haar und sah
sich um. Nach seiner beifälligen Miene zu urteilen, war er erleichtert darüber, dass Max wenigstens eine anständige Bleibe
hatte.

»Ich habe es in Paris nicht mehr ausgehalten. Die Entscheidung ist mir nicht leichtgefallen, aber nun, da ich hier bin, habe
ich das sichere Gefühl, das Richtige getan zu haben.«

Max holte zwei Gläser und eine Flasche Scotch.

»Etwas anderes kann ich dir nicht anbieten. Stößt du mit mir
an?«

»Aber natürlich!«

Felix war nicht böse, weil Max von Passau ihn so eindringlich in Augenschein genommen hatte. An seiner Stelle wäre er
genauso neugierig gewesen. Alle Deutschen, die aus dem Ausland zurückkehrten, mussten sich diese Inspektion gefallen las-

sen, als hätten ihre Mitmenschen das Bedürfnis, sich zu vergewissern, dass jenseits der Grenzen noch eine Welt lag. Man nahm ihre Kleidung, ihre Miene, ihre Mimik unter die Lupe. Man hing an ihren Lippen. Besonders in Berlin, dieser Insel inmitten der sowjetischen Zone, war das auffällig. Jeder Mensch verriet sich durch seine Kleidung und sein Verhalten, und hier waren die Unterschiede vielleicht krasser als anderswo. Felix wusste, dass er mit seiner hoch aufgerichteten Haltung, den zurückgenommenen Schultern und seinem festen Blick möglicherweise unverfroren wirkte.

»Ich bin ehrlich glücklich, dich zu sehen, Felix«, murmelte Max gerührt und hob sein Glas.

Felix nahm einen Schluck Scotch und versuchte nicht zu husten. Er war noch nicht an starken Alkohol gewöhnt, ein Umstand, der Natascha, die ihn deswegen gnadenlos aufzog, stets amüsierte.

»Wie ist es dir gelungen, eine Reiseerlaubnis zu bekommen?«

»Mit meinem deutschen Pass aus der Vorkriegszeit. Der rote Stempel – ›J‹ für ›Jude‹ – hat mir ermöglicht, manche Grenzen zu überqueren«, erklärte er säuerlich. »Die Zugfahrt war abenteuerlich. Die russischen Militärs haben halb leere Abteile für sich besetzt, während für uns Deutsche nur das Dach blieb. Wenn ein Tunnel kam, musste man den Kopf einziehen. Es war ziemlich merkwürdig, an den Bahnhöfen Schilder mit kyrillischer Beschriftung zu sehen.«

Seine Miene wurde ernster, und er drehte das Glas zwischen den Fingern.

»Ich bin gekommen, um die Rückgabe unseres Besitzes zu verlangen, Onkel Max. Unsere Villa haben die Amerikaner beschlagnahmt. Im Moment ist von dieser Seite nichts zu erwarten. Aber was das Modehaus Lindner angeht, müsste das eigentlich etwas anders sein. Ich habe bereits Schritte eingeleitet. Auf der Bezirksverwaltung haben mich die Verantwortlichen der jüdischen Gemeinschaft gebeten, meine Identität zu beweisen und Berge von Formularen auszufüllen. Ich habe mich auch nach den Bankkonten erkundigt, die 1938 eingefroren wurden. Auf der Polizeiwache hat man mir meine neuen Papiere ausgestellt. Die Beamten waren sehr freundlich, was mich erstaunt hat. Wenn man mir vor ein paar Jahren gesagt hätte, dass ich aus eigenem Antrieb zu diesen Leuten gehen würde ...«, sagte er sarkastisch. »Jetzt heißt es, auf das Gesetz über die Rückgabe ›arisierter‹ Güter zu warten.«

Max schlug die Augen nieder. Im Jahr 1938 war Felix' Mutter aufgewühlt von einer Vorladung bei den Nazis zurückgekehrt. Sarah hatte ihm verkündet, Kurt Eisenschacht habe das Modehaus Lindner für einen Spottpreis aufgekauft. Max meinte damals, vor Scham im Boden versinken zu müssen. Sein eigener Schwager, ein Aasgeier.

»Ich fürchte, da wirst du dich gedulden müssen«, meinte er seufzend. »Manche Dinge gehen sehr langsam, verstehst du. Seit dem Krieg hat die Zeit eine andere Dimension angenommen.«

»Ich habe es nicht eilig. Unterdessen habe ich mich an der Universität eingeschrieben. Aber der Gerechtigkeit muss Genüge getan werden.«

Felix zog ein Papier aus der Tasche und warf es auf den Tisch, als verbrennte es ihm die Finger. Das Finanzamt hatte peinlich genau die Möbel, Gemälde und Bücher, das Tafelsilber und das Porzellan, die Vorhänge, den Flügel und den Schmuck – alle Einrichtungsgegenstände aus der Villa Lindner in Grunewald aufgeführt, die 1942 versteigert worden waren. Die Liste führte sowohl die absurden Verkaufspreise als auch die Namen und Adressen der glücklichen Käufer auf, die von der günstigen Gelegenheit profitiert hatten. Eine Frau Steinholz aus der Andreasstraße 25 hatte ein Puppenhaus samt Zubehör für dreißig Reichsmark erstanden. Max spürte einen bitteren Geschmack im Mund.

»Ich bezweifle, dass ich irgendetwas davon wiederbeschaffen kann«, sagte Felix in schneidendem Ton. »Ich weiß noch nicht einmal, ob ich es versuchen soll. Der Flügel meiner Großmutter allerdings …«

Er vollführte eine Armbewegung, mit der er vergeblich das unbeschreibliche Ausmaß der Tragödie zu umfassen versuchte.

»Lindner gehört Lilli und mir«, fuhr er mit fester Stimme fort. »Wir sind die letzten Erben. Lilli war wütend, weil ich zurückgegangen bin. Aber in meinen Augen ist das meine Pflicht. Und du, Onkel Max, kannst du mich wenigstens verstehen?«

Mit einem Mal hatte Felix seine Selbstsicherheit verloren. Max erblickte erneut die besorgte Miene des verängstigten Knaben von einst. Er begriff, dass Felix an seine Mutter dachte, und auch an seinen Großvater, einen Mann, vor dem Max unendlichen Respekt gehabt hatte. Seine angespannte Haltung, die offen auf dem Tisch liegenden Hände verrieten Felix Seligsohns Leidenschaft und Aufrichtigkeit. Er bemühte sich, das Richtige zu tun und wieder Ordnung in das Chaos zu bringen, das das Schicksal aus seinem Leben gemacht hatte. Max, der im selben Alter darum gekämpft hatte, den erstickenden Zwängen seiner Familie zu entrinnen und seinen eigenen Weg zu gehen, sah diesen jungen Mann an, der sein Erbe einforderte. Felix wollte sich eine Vergangenheit aneignen, die zu dem Besten gehörte, was einst Berlin ausgemacht hatte. Er war intelligent und konnte sich vorstellen, wie lang sein Weg sein würde. Er ist noch so jung, dachte Max hilflos und musste sich zurückhalten, um ihm nicht zu raten, er solle doch alles aufgeben, anderswohin gehen, sehr weit weg, und sich ein ganz neues Leben aufbauen. Was konnte man schon von ihrer Stadt und dem traurigen Schauspiel erwarten, das sie bot? Er legte Felix eine Hand auf den Unterarm und stellte fest, dass er zitterte.

»Wenn es das ist, was du dir wünschst, werde ich dich bei deinem Vorhaben unterstützen. Ich werde tun, was in meiner Macht steht, um dir zu helfen. Wo wohnst du eigentlich? Es ist fast unmöglich, in Berlin eine Unterkunft zu finden.«

»Ich hatte Glück. Als ich Erkundigungen über unser Haus einzog, haben die amerikanischen Verantwortlichen Colonel Wright benachrichtigt, der es jetzt bewohnt, und er war bereit, mir eines der ehemaligen Dienstbotenzimmer zu geben. Wahrscheinlich hat meine Geschichte sie gerührt«, meinte er achselzuckend. »Ich bekomme dort auch zu essen, was heutzutage viel bedeutet. In Paris ist die Lage auch nicht gerade berauschend, aber hier … Erschreckend.«

»Das freut mich. Ansonsten hätte ich dir vorgeschlagen, zu mir zu ziehen, obwohl diese Wohnung nicht so groß ist wie meine alte.«

Felix stand auf. Die Rührung schnürte ihm die Kehle zu, aber er wollte sich nicht vor Max von Passau gehen lassen und grub die Fingernägel in die Handflächen. Er musste lernen, sich zu beherrschen, sonst würde er sich das Leben unerträglich machen.

»Ich denke oft an die letzte Zeit bei dir zurück, Onkel Max, als Mama und Dalia noch bei uns waren. Du hattest dir so große Mühe gegeben, damit wir uns zu Hause fühlten. Wir waren deine Gäste, so als wären wir zu Besuch aus einem fernen Land. Hochgeehrte Gäste, keine armseligen Habenichtse, die kein Dach mehr über dem Kopf hatten«, fügte er schroff hinzu, während sich sein Blick kurz ins Leere richtete. »Damals habe ich dir nicht gedankt«, setzte er in sanfterem Ton hinzu.

Verlegen sah Max zu Boden. Er hatte das Gefühl, als schlösse sich eine Faust um seine Brust. Zu viele Erinnerungen, zu viele schmerzliche Lücken. Ein Schauer überlief ihn.

»Hätte Sarah nur auf mich gehört …«

»Sie hätte Papa nie im Stich gelassen. Sie konnte ja nicht ahnen, was passieren würde. Du und Ferdinand Havel, ihr habt sie überredet, uns beide nach Frankreich zu schicken. Ich weiß, dass diese Trennung sehr schwer für sie war.« Felix war blass geworden. Er setzte sich wieder, nahm sein Glas und leerte es mit einem Zug. »Ich muss jeden Tag damit leben.«

»Aber ist es dann nicht eine noch schlimmere Quälerei für dich, nach Berlin zurückzukehren?«

Felix betrachtete das aufgewühlte Gesicht des Mannes, der einst der beste Freund seiner Mutter gewesen war. Max von Passau war zu mager für seinen Körperbau, was ihn verwundbar wirken ließ; aber er besaß immer noch die magnetische Ausstrahlung von früher. Er wusste, dass er sich auf diesen Mann verlassen konnte, genau wie er Xenia Ossolin vertraute. Das war ein Geschenk von unschätzbarem Wert. Nur aufgrund dieses Vertrauens würde er sein zerstörtes Leben neu aufbauen können.

»Was ich auch tue, wohin ich auch gehe, ein Teil meiner selbst wird mir für immer fehlen. Wenn ich schon leide, dann lieber zu Hause.«

»Im Land deiner Peiniger?«, murmelte Max betroffen.

»Im Land meiner Vorfahren«, entgegnete Felix.

In diesem Moment begriff Max, dass Felix Seligsohn ein Ausnahmemensch war, einer dieser Männer, die mit ihrem Geist, ihrem Talent und ihrer Seelengröße eine ganze Epoche prägten, und diese Erkenntnis flößte ihm Respekt und Demut ein.

An der Tür klopfte es, und Felix sprang auf. Mit lautem Knall fiel sein Stuhl um. Als er sah, wie verblüfft Max war, fühlte er sich zornig und verlegen zugleich. Es war absurd, aber er konnte seine Nerven nicht beherrschen. Seit seiner Rückkehr wurde er sich bewusst, welche Traumata die angstvollen Jahre im Berlin der Vorkriegszeit bei ihm hinterlassen hatten. Solche automatischen Reaktionen schienen ihm zutiefst eingeprägt. In der ersten Zeit in ihrem alten Haus hatte er kein Auge zugetan. Ein gluckerndes Warmwasserrohr oder ein Knarren im Parkett flößten ihm eine irrationale Furcht ein. Die Anwesenheit der neuen Bewohner trug ebenfalls nicht dazu bei, die Gespenster zu verjagen. Sie kam ihm wie ein unbefugtes Eindringen vor, eine Beleidigung gegen seine vielen Erinnerungen, obwohl er freilich dem amerikanischen Colonel dankbar war, weil er ihn unter seinem Dach übernachten ließ. Felix versuchte sich zusammenzunehmen, aber er fühlte sich ständig auf der Hut. Verwirrt hob er den Stuhl auf und rückte ihn vorsichtig wieder an seinen Platz.

»Eine Freundin«, murmelte Max und ging öffnen.

»Ich störe dich, du hast Besuch«, sagte eine junge, blonde Frau in einer britischen Uniform.

Felix fragte sich, welche Rolle sie bei den Besatzungsmächten in Berlin spielte. In den Straßen der Hauptstadt waren so viele verschiedene Uniformen unterwegs; aber das britische Kontingent war fünfmal größer als das amerikanische. Die Berliner murrten halblaut, die Engländer behandelten sie von oben herab, als wären sie ein Kolonialvolk.

»Komm bitte herein, Lynn. Das ist Felix Seligsohn, der Sohn meiner Freundin Sarah. Er ist soeben aus Paris angekommen.«

Sie hatte einen ruhigen, aufmerksamen Blick.

»Das Schicksal Ihrer Familie tut mir leid.«

»Lynn hat mir geholfen, nach deiner Familie zu forschen«, erklärte Max. »Es war nicht leicht, zuverlässige Informationen zu bekommen. Die Russen, verstehst du.«

»Sie sind ziemlich verschlossen«, sagte sie. »Sie riegeln sich geradezu hermetisch ab. Ich habe getan, was ich konnte.«

Max und diese Frau schienen darauf zu warten, wie er reagieren würde. Felix hatte das Gefühl, Wurzeln geschlagen zu haben. Eine tiefe Verdrossenheit lähmte ihn. Aber an diese Blicke, diese dichte, klebrige Anspannung würde er sich gewöhnen müssen; das war der Preis für seine Rückkehr in seine Heimatstadt: Von nun an würde er jeden Moment und bei jeder Begegnung dem Abgrund ins Gesicht sehen müssen.

»Ich danke Ihnen dafür, dass Sie uns geholfen haben, die Wahrheit zu erfahren. Nichts ist schlimmer als die Ungewissheit.«

Felix bemerkte den Blick, den Max mit der Unbekannten

wechselte; einen dieser Blicke, wie ihn Menschen austauschen, die sich ohne Worte verstehen. Mit einem Mal fühlte er sich überflüssig. Seine Gedanken wandten sich Natascha zu. Sie hatte ihm die Wahrheit gesagt, und merkwürdigerweise hatte es ihn nicht überrascht, dass sie Max von Passaus Tochter war. Er dachte an das merkwürdige Paar zurück, das Xenia Ossolin und Gabriel Vaudoyer abgegeben hatten – wie zwei Statuen, zwischen denen keine lebendigen Gefühle schwangen. Es schien nur natürlich, dass eine Xenia Fjodorowna Ossolin nur an der Seite eines Mannes wie Max von Passau sie selbst sein konnte. Als Kind hatte Felix seine Eltern beobachtet. Sein Vater bezog Kraft und Stolz aus der Energie und künstlerischen Begabung seiner Mutter, und er wiederum wirkte mit seinem brillanten akademischen Geist und seiner zurückhaltenden Art besänftigend auf seine Frau ein. Anders konnte sich Felix das Zusammenleben mit einer Frau nicht vorstellen. Der brutale Einbruch des Todes in seine Kindheit hatte ihn davon überzeugt, dass man sein Leben nicht an der Seite eines Menschen vergeuden durfte, mit dem man nicht die gleichen Gefühle teilte. Max und Xenia, das war offensichtlich. Natascha und er vielleicht ebenfalls, obwohl es noch zu früh war, um sich ganz sicher zu sein. Aber er dachte jeden Tag an sie.

»Ich will euch nicht länger stören«, sagte er peinlich berührt. »Es war schön, dich wiederzusehen, Onkel Max.«

»Gehst du schon?«

Felix sah in das gleichmütige Gesicht der jungen Engländerin, die nicht viel älter war als er. Sie verhielt sich zurückhaltend, gehörte aber offenbar in diesen Raum. Wusste sie, dass es in Paris eine Frau gab, die diesen Mann liebte? Zum ersten Mal empfand er den starken Wunsch, Tante Xenia zu beschützen. Die Rollen hatten sich verkehrt. Diese Unbekannte, die zu schön und zu still war, um keine Bedrohung darzustellen, flößte ihm ein ungutes Gefühl ein. Zorn durchfuhr ihn wie ein Nadelstich. Warum belog sich Max selbst? Warum vergeudete er kostbare Zeit? Er hatte eine Verpflichtung gegenüber Xenia Ossolin, und vor allem gegenüber Natascha. Seine Tochter brauchte ihn. Sie kam ihm vor wie ein Nachtfalter, der ein viel zu helles Licht umkreist und sich stößt, weil er seiner Illusion von der Sonne nachhängt. Sie hörte auf niemanden und vernachlässigte ihr Studium, um sich mit Nichtsnutzen und ihren belanglosen Ideen abzugeben; mit ihrer Mutter sprach sie kaum noch. Ihre Gefühlsausbrüche entsprangen nicht länger diesem Überschwang, der sie so anziehend machte, sondern einem verborgenen Zorn, den sie nicht beherrschte. Sie war mürrisch und launisch geworden. Ein Aufruhr, der eine Mischung aus Ärger, Enttäuschung und auch Angst war, ergriff Felix.

»Kurz bevor ich Paris verließ, hat Tante Xenia ihr Kind bekommen«, erklärte er in provokantem Ton. »Mutter und Kind sind wohlauf. Natascha hat jetzt einen kleinen Bruder.«

Dann nickte er den beiden zum Abschied zu und verließ fluchtartig die Wohnung.

Als das Konzert zu Ende war, wurde Max durch den Applaus aus einer seltsamen Apathie gerissen. Der Dirigent bedeutete den Musikern, sich zu erheben, und verneigte sich dann, die Hacken zusammenschlagend, mehrmals vor dem Publikum. Wie eine Marionette, dachte Max, der boshaft gestimmt war. Mit seinen Kronleuchtern, an denen nur ein paar einsame Glühbirnen brannten, den ausgesessenen Sitzen mit den abgeschabten Samtlehnen und dem Kartoffelgeruch, der das Vestibül erfüllte, kam ihm der Konzertsaal trostlos vor. Dabei hatten sich die Berlinerinnen elegant zurechtgemacht. Einige trugen sogar lange Kleider. Die ersten Pelze tauchten wieder aus den Kleiderschränken auf. Da fragt man sich doch, woher sie die haben, sagte er sich.

Er folgte Lynn ins Foyer. In den Gängen und auf der Freitreppe drängte sich das Publikum. Zerstreut lauschte er den Kommentaren der Musikliebhaber. Hätte man ihn nach seinem Eindruck gefragt, hätte er nicht einmal sagen können, was an diesem Abend auf dem Programm stand.

»Sie haben nicht geklatscht. Mögen Sie Tschaikowski nicht? Passen Sie auf, man könnte darin einen Affront gegen unser schönes Vaterland sehen.«

In einer Nische lehnte sich Igor Kunin an die Wand und beobachtete ihn amüsiert. Das Licht blitzte auf seinen Epauletten und Orden. Max lächelte.

Er war nicht erstaunt, ihn zu sehen. Kunin spielte eine herausragende Rolle in der sowjetischen Kulturarbeit. Er tat einen Schritt zur Seite und trat zu ihm.

»Das war Tschaikowski? Ich habe gar nicht darauf geachtet.«

»Ich mache mir Sorgen um Sie, Max«, sagte Kunin neckend. »Ein so kultivierter Mensch wie Sie weiß eine Veranstaltung von dieser Güte normalerweise zu schätzen.«

»Alle verbringen ihre Zeit in Konzertsälen, im Theater oder im Kino«, murrte Max. »Manchmal sage ich mir, dass ich besser daran getan hätte, den Abend mit einem guten Buch zu Hause zu verbringen.«

»Vielleicht belastet Sie ja die Einsamkeit … Andererseits könnte ich mich irren«, setzte Igor hinzu, als er Lynn entdeckte. »Man hat mir berichtet, dass man Sie beide oft zusammen sieht.«

»Werde ich jetzt beobachtet?«, gab Max ärgerlich zurück.

»Sie nicht. Das Mädchen.«

»Lynn? Aber warum?«

»Das Robertson-Malinin-Abkommen, sagt Ihnen das nichts? Es ist vor ein paar Tagen unterzeichnet worden. Damit wird der Austausch militärischer Verbindungsmissionen genehmigt, um die Verständigung zwischen den Besatzungsbehörden unserer jeweiligen Länder zu fördern. Lynn Nicholson wird einen der britischen Offiziere unterstützen. Wir haben die entsprechenden Passierscheine für das Betreten unserer Zone noch nicht ausgestellt, daher interessieren wir uns für sie.«

»Ich hatte mich schon gefragt, warum sie jetzt wieder Uniform trägt«, murmelte Max. »Dann bleibt sie also in Berlin.«

»Freut Sie das?«

Max zuckte die Achseln. »Sie ist eine sehr mutige junge Frau. Einzigartig.«

»Sie lügen schlecht, Max.«

»Und Sie sind indiskret, Igor.«

»Nehmen Sie es mir nicht übel. Heute Abend sehen wir uns zum letzten Mal. Ich bin nach Leningrad zurückberufen worden. Da ich weiß, wie es in meinem Land zugeht, bezweifle ich, dass ich zurückkehren werde.«

Max schwieg verblüfft. Kunins Gesicht mit den energischen Zügen wirkte verschlossen, sein Blick wie erloschen. Max dachte daran, wie Igor ihn mit seinen kräftigen Armen über den Appellplatz von Sachsenhausen geschleppt hatte. Seitdem hatten sie sich mehrere Male wiedergesehen, bei Empfängen, bei denen sich deutsche Zivilisten, die von jedem Verdacht reingewaschen waren, unter die Alliierten mischen durften. Auch hatten sie nach Max' Befreiung einen langen Abend im Adlon verbracht. Igor hatte eine Flasche Wodka mitgebracht, von der er drei viertel allein getrunken hatte. Zwischen ihnen war eine spontane Freundschaft entstanden, die beide gleichermaßen überraschte.

»Es macht mich traurig, dass Sie fortgehen. Ich habe Ihnen viel zu verdanken.«

»Das war doch nichts.«

»Halten Sie mich nicht für naiv. Sie haben Ihre Haut für mich riskiert. Und die Gefahr ist noch nicht gebannt. Eines Tages könnte Ihre Tat Sie teuer zu stehen kommen. Sollte der Generalstab davon erfahren, oder ein Politkommissar …«

»Pah, es ist ohnehin allgemein bekannt, dass man den Leningradern nicht trauen kann«, erwiderte Igor ironisch. »In Moskau hat man den Bewohnern von ›Piter‹, wie man unsere Stadt auch nennt, immer misstraut. Anscheinend sind wir anders, Individualisten. Eine Kultur, die sich seit Jahrhunderten zu stark am Westen orientiert hat. Eine gefährliche Neigung zur Revolte und zum Widerstand. Ich würde es ja Überlebenswillen nennen«, erklärte er mit kaltem Lächeln. »Die Tragödie der Belagerung hat diesen Argwohn gegenüber den Direktiven aus Moskau noch verstärkt. Überall in Russland sprechen die Menschen freier. Sie hoffen auf Reformen, auf eine Justiz, die die Menschenwürde achtet. Während des Krieges sind unsere Städte mit aus Amerika importierten Filmen, Büchern und

Waren überschwemmt worden. Millionen von Soldaten haben den Lebensstandard im Westen mit eigenen Augen gesehen. Die Bauern wollen das System der Kolchosen abschaffen, das das Land in Hungersnot gestürzt hat. Die Offiziere üben offen Kritik am System. Früher oder später wird es zu neuen Säuberungen kommen. Die Generäle sind auf der Hut. Schukow hat Stalin verärgert, weil er zu beliebt wurde. Man hat ihn bereits kaltgestellt, und er wird nicht der Einzige bleiben. Bei uns ist das so unvermeidlich wie Ebbe und Flut. Da wird man fatalistisch.«

»Manche erhoffen sich Besseres für unser aller Zukunft. Und die Pessimisten höre ich schon über einen Dritten Weltkrieg reden.«

»Stalin möchte die Sowjetunion vor Deutschland schützen, dem er immer misstrauen wird, aber genauso vor demokratischen Einflüssen. Er will einen Schutzgürtel entlang unserer Grenzen schaffen. Doch dazu braucht er sozialistische Staaten, die ihm hörig sind. Auf der anderen Seite versucht Truman, Deutschland in seinen Einflussbereich zu ziehen. Aber vor allem hat er die Bombe. Hiroshima, Nagasaki: Die Drohung ist klar.«

Igor zuckte die Achseln, bevor er fortfuhr.

»Der Charakter des Krieges hat sich verändert. Jetzt kann eine einzige Waffe eine ganze Stadt vernichten. Die Russen werden ihren Rückstand aufholen. Die Eskalation ist unvermeidlich. Die Falle schließt sich, und bald wird Berlin im Auge des Zyklons stehen.«

»Berlin?«, fragte Max verblüfft zurück. »Wen könnte die Stadt interessieren?«

»Sie ist immer noch ein Symbol. In Leningrad wurde während der Belagerung im Radio das Ticken eines Metronoms übertragen. Das Herz unserer Stadt durfte nicht zu schlagen aufhören. Außergewöhnliche Städte wie die unseren haben oft ein schwieriges Geschick.«

»Wie kommen Sie darauf?«

»Eine Vorahnung. Bei Ihnen werden für den nächsten Monat Wahlen vorbereitet. Die Sowjets haben versucht, die Kommunistische Partei Deutschlands und die Sozialdemokraten zur Vereinigung zu zwingen, aber das ist ihnen nur in ihrer Besatzungszone gelungen. Doch die Sozialistische Einheitspartei wird der große Verlierer sein, Sie werden sehen. Die Frauen werden gegen ihre sowjetischen Vergewaltiger stimmen. Auf diese Weise werden sie sich für die Übergriffe rächen.«

Igor wich einen Schritt zurück, sodass seine Züge nicht mehr vom Licht beschienen wurden und er mit der dunklen Holztäfelung zu verschmelzen schien. Max erstarrte. Nicht weit von ihnen gingen zwei sowjetische Offiziere vorüber.

»Man lernt, vorsichtig zu sein, nicht wahr?«, sagte Igor in scherzhaftem Ton und zog zwei edle Zigarren aus der Tasche. »Ein kleines Abschiedsgeschenk. Sie sind ausgezeichnet.«

Max gab ihm Feuer, und sie traten ans Fenster. Es ging auf einen Platz hinaus, auf dem sich das Publikum verlief. Draußen wurde es kühl. Beide rückten ihre Schals zurecht und knöpften die Mäntel zu.

»Was ist aus ihr geworden?«, fragte Igor.

Seine Gesichtszüge hatten sich wieder entspannt, und ein besonderes Licht belebte seine Augen. Er beugte sich näher zu Max und verbarg seine Rührung nicht. Ganz offensichtlich dachte er an Xenia, und er erwartete keine leeren Worte, sondern die Wahrheit. Wenigstens das bin ich ihm schuldig, dachte Max.

»Sie ist nach Paris zurückgekehrt, weil sie ein Kind von mir erwartete und das Risiko nicht eingehen konnte, es hier zu bekommen. Sie hat einen Jungen zur Welt gebracht. Ich habe es heute Abend erfahren, bevor ich in dieses Konzert gekommen bin.«

Igor riss die Augen auf. Ein etwas starres Lächeln trat auf seine Lippen.

»Jetzt verstehe ich besser, warum Sie so abwesend waren. Sie sind also Vater geworden. Was haben Sie jetzt vor?«

»Ich habe keine Ahnung.«

»Er ist Ihr Sohn, Max.«

»Wir haben auch eine Tochter, die ich nicht kenne«, erwiderte er schroff. »Anscheinend bin ich als Vater nicht besonders begabt.«

Der Wohlgeruch der Zigarre erfüllte die Fensternische. Max sog den Rauch tief ein und genoss seinen Duft. Er hatte diese starken Aromen vergessen, die ihn an frühere Abende mit Freunden erinnerten: Unbekümmertheit, die Gewissheit einer verheißungsvollen Zukunft. Ziemlich ärgerlich erkannte er, dass er dabei war, sich selbst leidzutun.

»Selbst wenn man nicht bei seinen Kindern ist, bleibt man trotzdem Vater«, fuhr Igor fort. »Ich kenne meinen Sohn Dimitri auch schlecht. Die Jahre, in denen er in einem Alter war, in dem er mich gebraucht hätte, habe ich fern von ihm verbracht. Bei uns sind Familienbindungen bedauerlicherweise zu einer ständigen Bedrohung geworden. Daher wahrte ich später eine gewisse Distanz, um ihn zu schützen. Aber ich konnte ihm schreiben. Das war ein Trost. Lassen Sie nicht zu viel Zeit verstreichen, Max. Man holt sie niemals auf. Versuchen Sie nicht, sich selbst zu bestrafen.«

Eine Woge des Zorns stieg in Max auf. »Mein Leben ist hier. Ich muss mich um meine Schwester und meinen Neffen kümmern. Ich habe eine Arbeit, die mich interessiert. Die Reportagen, mit denen man mich beauftragt, sind anspruchslos, aber ich gebe mich gern damit zufrieden. Die ersten Galerien öffnen. Vielleicht kann ich irgendwann wieder eine Ausstellung zeigen, wer weiß?«, setzte er mit herausfordernder Miene hinzu. »Ich habe nicht die Absicht, wegzulaufen und woanders ein unbedeutendes, ruhiges Leben zu führen. Ob Sie es glauben oder nicht, ich wäre sehr unglücklich, wenn ich nicht in Berlin leben könnte.«

Er bemerkte, dass seine Hand zitterte. Igor war es ebenfalls aufgefallen. Mit seinen zusammengezogenen Augen und seiner reglosen Gestalt wirkte er rätselhaft, beinahe orientalisch.

»Haben Sie keine Angst.«

»Angst?« Max lachte bissig auf. »Wovor sollte ich nach allem, was ich erlebt habe, noch Angst haben?«

»Xenia Fjodorowna kann einen zur Verzweiflung bringen, aber sie braucht Sie. Und ich glaube, dass dieses Gefühl auf Gegenseitigkeit beruht, auch wenn Sie es heute abstreiten. Sie verfügen über eine Freiheit, die viele andere nicht besitzen. Ich beneide Sie. Wenn Sie sie wiedersehen, sagen Sie ihr …«

Igor verstummte verlegen.

»Sagen Sie ihr, dass sie die schönste Komtess von St. Petersburg war. Dass ich aus lauter Schüchternheit nicht zur Feier ihres fünfzehnten Geburtstags gekommen bin, und dass es mir leidtut. Ich bin ihr immer noch einen Tanz schuldig, den ich ihr versprochen hatte. Aber damals hat sie mir eben auch ein wenig Angst gemacht«, gestand er, und sein schelmisches Lächeln glättete seine Falten und ließ die dunklen Jahre verschwinden. »Lebe wohl, mein Freund«, sagte er und streckte Max unvermittelt die Hand entgegen. »Gott schütze dich!«

Max war verdutzt und fand keine Worte. Mit einem Mal hätte er diesem Mann, den er kaum kannte, so viel zu sagen gehabt.

»Dich ebenfalls, Igor Nikolajewitsch«, murmelte er.

Aus einem plötzlichen Impuls heraus zog Max ihn fest in die Arme. Igor drückte ihm drei Küsse auf die Wangen.

»So macht man das in Russland!«, meinte er amüsiert. »Das ist einmal etwas anderes als eure verfluchte preußische Steifheit!«

Lynn stand diskret oben an der Treppe und beobachtete Max und General Igor Kunin. Sie hatte keine Ahnung, worüber die beiden sprachen, aber sie sah, dass zwischen den beiden Männern eine besondere Verbindung bestand. Max von Passau verriet seine Geheimnisse nicht gern, aber im Lauf von Monaten hatte sie gelernt, seine Gesten zu deuten und seinen Gesichtsausdruck zu lesen, und inzwischen kannte sie auch den Rhythmus seines Körpers, wenn sie sich liebten. Er schaute der hochgewachsenen Gestalt Kunins nach, der die Treppe hinunterging, und sie sah, dass er bekümmert war.

Das Wiedersehen mit Felix Seligsohn hatte Max verstört. Auch als sie ins Konzert gingen, war er düsterer Stimmung und runzelte sorgenvoll die Stirn. Lynn hatte ihm keine einzige Frage gestellt. Sie war nicht neugierig; nicht, weil sie sich nicht für ihn interessiert hätte, sondern weil sie ahnte, dass seine Antwort ihr vielleicht nicht gefallen würde. Die junge Frau sah deutlich, dass in Max von Passaus Leben kein Platz für sie war. Alles, was die Grundlage für eine gute Beziehung ausmachte, fehlte bei ihnen: Da waren ihre Rolle als Offizierin der britischen Armee, Max' Status als Deutscher, ihr Altersunterschied, ihre unterschiedlichen Lebenswege und der Umstand, dass er so verwurzelt in Berlin war, dieser eigentümlichen Stadt, die unter strenger Bewachung stand. Eine Stadt, die am Boden lag, ein Nährboden der Kriminalität und des Schmuggels mit allem Möglichen, die aber eine Lebenskraft ausstrahlte, die sich in den Konzertsälen, den Bars, den Kabaretts und Theatern Bahn brach. Berlin packte einen an der Gurgel, um einen nie wieder loszulassen, so wie ein berauschender Duft, dessen Verkörperung für sie Max von Passau war.

Es hatte ihn schockiert, dass er ihr erster Liebhaber war, und sie hatte ihn beruhigen müssen, ihn daran erinnern, dass sie erwachsen war und ihre Entscheidungen bewusst traf. Sie begehrte diesen Mann, und sie wollte nicht, dass am Tag, an dem sie sich trennen würden, einer von ihnen etwas bedauerte. Sie beide konnten nur in Berlin zusammen sein und nirgendwo anders. Die Beziehung zwischen ihnen war keine Liebesgeschichte. Max von Passau hatte an diesem Punkt in seinem Leben keine Liebe zu geben, zumindest ihr nicht, und Lynn war zu zurückhaltend und intelligent, um darauf zu hoffen. Sie wusste, dass ihre Liaison für beide nur ein Zwischenspiel war. Doch hinter ihrer Diskretion verbarg sich eine feste Entschlossenheit. Dieser Mann erweckte starke Gefühle in ihr, und sie wollte sich diese Momente nicht entgehen lassen, die eine Leere füllten, die sie seit jeher in sich trug.

Sie hatte ihren neuen Posten angenommen, um noch einige Zeit in seiner Nähe bleiben zu können. General Robertson, dem sie von jetzt an unterstellt war, misstraute den Russen, die er in ihrer Verhandlungsführung für brutal, zu asiatisch hielt; aber er ahnte, dass sie zu einer Einigung über die Zukunft Deutschlands gelangen wollten, und war bereit, sich in Geduld zu üben. Auch Lynn Nicholson war eine Verfechterin der Geduld. Ihre Beziehung zu Max war die Geschichte zweier einsamer Menschen, die sich zusammentaten. Das war nicht besonders großartig, und ihre Freundinnen wären entsetzt darüber gewesen, dass sie sich damit abfand; aber in ihren Augen war es etwas Kostbares.

Max wandte den Kopf und sah sie. Ein Lächeln huschte über seine Lippen, und Lynns Herz tat einen Sprung. Als sie die Treppe hinuntergingen, streiften sich ihre Arme. Draußen war es plötzlich frisch geworden, und ein Schauer überlief die junge Frau.

Felix Seligsohn fühlte sich zutiefst niedergeschlagen. Seit seiner Ankunft vor drei Monaten notierte er seine Eindrücke über die erstaunliche Garderobe der Frauen, denen er auf der Straße begegnete: Mäntel, die aus alten, gelb und blau karierten Satteldecken geschneidert waren; Kostüme, die wie Flickenteppiche aussahen; die Metamorphose von Decken aus Luftschutzbunkern. Der Stoffmangel war offensichtlich. Man kleidete sich nur noch vom Schwarzmarkt, und alles wurde in Gold aufgewogen. Wenn man von den gegenwärtigen Bedingungen ausging, konnte sich der durchschnittliche Deutsche in fünfzehn Jahren ein neues Hemd kaufen, einen Pullover in dreißig Jahren und einen neuen Mantel in einem halben Jahrhundert. Sinnlos, an Lederschuhe auch nur zu denken. Zeitschriften wie *Berlins Modenblatt*, die auf abscheulichem Papier gedruckt wurden, machten gute Miene zum bösen Spiel. Unterdessen war der Berliner Chic im vergangenen Sommer wieder auferstanden, als in einer Wohnung in Wilmersdorf für privilegierte Kunden die erste Modenschau der Nachkriegszeit stattgefunden hatte.

Ratlos fragte sich Felix, ob er nicht zu ehrgeizig gewesen war. Wie sollte er Geld und Mitarbeiter auftreiben, und woher sollte er die nötige Inspiration für die Aufgabe beziehen, die er sich gestellt hatte? Lilli hatte recht: Er war verrückt. Und anmaßend. Wäre es nicht besser, alles zurückzulassen und wieder nach Paris zu ziehen, um sein Studium abzuschließen? Sich mit einem langweiligen Durchschnittsleben abzufinden? Sich eine ruhige Existenz aufzubauen, um zu vergessen. Ohne Ehrgeiz oder Ängste. Indessen hatte er trotzdem klopfenden Herzens mehrere Ballen Fallschirmseide, die er auf dem Schwarzmarkt erstanden hatte, hinten in dem verlassenen Gartenschuppen versteckt. Auf dem Dachboden hatte er in einem Koffer alte Vorhänge aus Leinenstoff entdeckt. Manchmal kam er sich vor wie ein Eichhörnchen, das seine Wintervorräte sammelt.

Er verbrachte eine nicht enden wollende, einsame und schlaflose Nacht. Draußen war die Temperatur auf minus zwanzig Grad gefallen. Die Häuser waren im Frost erstarrt. Nicht einmal der amerikanische Colonel verfügte über genug Brennstoff, um die Räume richtig zu heizen. Eine apokalyptische Stimmung lag über Berlin und seiner Umgebung. Über Tag schlichen gebeugte Gestalten mit einem Sack auf der Schulter durch den Grunewald, kratzten die Rinde von den Bäumen und sammelten Äste und winzige Zweige auf. Wölfe streiften in der Gegend herum. Die verängstigten Bürger fanden ihre Spuren in der Nähe einsam liegender Häuser. Man fürchtete um die Kinder.

Gegen drei Uhr morgens zündete Felix die Petroleumlampe an und setzte sich im Bett auf, um an Natascha zu schreiben. Doch eine Stunde später zerriss er die Seiten, die er mit seiner engen Handschrift bedeckt hatte. Was für ein Gewebe aus Zweifeln und Ängsten! Es war absurd, demütigend. Felix schloss die Augen und rollte sich zusammen. Er war durchgefroren und hatte sich selten so verlassen gefühlt. Mein Gott, hilf mir, murmelte er und bemerkte entsetzt, dass ihm Tränen in den Augen standen. Um sich zu trösten, zwang er sich, sich das wieder aufgebaute Modehaus Lindner vorzustellen. Stolz prangte wieder der Name seiner Familie an der Gebäudefront. Glückliche Kunden stießen die Drehtüren des Kaufhauses auf. Nach und nach nahm der Traum Gestalt an und wurde deutlicher. Er fand Vergnügen daran, sich die Einzelheiten der Verkaufsräume vorzustellen, sein Büro, die dicken Stapel mit den Briefen der Zulieferer, die ihm ihre Angebote unterbreiteten. Er war selbst erstaunt über seine Fantasie und fühlte sich allmählich besser. Ich will es schaffen, sagte er sich ein wenig beruhigt, und mit Gottes Hilfe werde ich Erfolg haben. Im Morgengrauen schlummerte er mit dem beruhigenden Gefühl ein, einen Pakt mit sich selbst geschlossen zu haben.

Am Tag darauf beschloss Felix, eine Pilgerfahrt an den Ort zu unternehmen, an dem seine Vorfahren vor einem Jahrhundert angefangen hatten, zu einer kleinen Schneiderwerkstatt in der Nähe des Hausvogteiplatzes. Jahrzehntelang hatten das Rattern der Nähmaschinen und die Rufe der Lieferanten, die Stoffballen brachten, durch das Viertel gehallt. Die Cafés wurden von Geschäftsleuten bevölkert, die stets die Pariser Haute Couture im Auge hatten und den Trends einer sich ständig wandelnden Mode folgten. Dieses pulsierende Zentrum der blühenden Berliner Konfektionsindustrie besaß einen ganz eigenen Geist, eine besondere Vitalität und eine eigentümliche Sprache. Von hier aus wurde in die ganze Welt exportiert. Fast achtzig Prozent der Familien waren Juden gewesen. Ihr Untergang hatte 1933 begonnen.

  Das Viertel, das im sowjetischen Sektor lag, war nur noch ein Schatten seiner selbst. Hier war nichts mehr zu erhoffen. Felix drang bis zu dem Häuserblock mit den halb von den Flammen verzehrten Mauern vor, in dem das allererste Atelier der Lindners gelegen hatte. Seine Mutter hatte sich immer geweigert, die Werkstatt zu verkaufen, und die drei kleinen Räume lieber vermietet. Die Trümmer waren mit Schnee bedeckt. Am Himmel krächzten Raben, deren heisere Schreie zwischen den Ruinen widerhallten. Die Hände in den Taschen vergraben, betrachtete Felix die gähnende Öffnung, die auf einen Innenhof führte. In dem gewölbten Durchgang knackte der Schutt unter seinen Schritten.

Als er in einen der Räume trat, richtete sich eine verstohlene Gestalt auf und huschte zur Tür.

»Warten Sie! Gehen Sie nicht!«, rief er.

Der Mann drehte sich um. Seine Hände krampften sich auf Brusthöhe zusammen. Er hatte sich einen Schal vor sein faltiges Gesicht gebunden und starrte Felix aus weit aufgerissenen Augen entsetzt an.

»Ich tue Ihnen nichts«, sagte Felix. »Was suchen Sie hier?«

Der Mann war sichtlich so erschrocken, dass er kein Wort herausbrachte. Felix fürchtete, er könne in Ohnmacht fallen.

»Tut mir leid, wenn ich Sie erschreckt habe. Atmen Sie tief durch. Gleich wird es Ihnen besser gehen.«

»Ich dachte, das wäre eine russische Patrouille«, stammelte der Mann. »Es ist verboten, die Ruinen zu durchsuchen. Wer erwischt wird, den erschießen sie.«

»Und was machen Sie dann hier?«

»Vor dem Krieg hatte ich in diesem Haus meine Werkstatt. Nach der Kapitulation wollten wir nachsehen, ob noch etwas zu retten war. Wir haben Nähmaschinen gefunden, die noch in gutem Zustand waren, und sind das Risiko eingegangen, sie mitzunehmen. In manchen Kellern lag sogar noch Stoff, der verschont geblieben war. Wir konnten doch nicht alles dem Iwan überlassen!«

Der Mann hatte wieder Selbstvertrauen gewonnen und straffte die Schultern. Mit einer Hand wischte er sich die Stirn ab.

»Herrje, Sie haben mir vielleicht einen Heidenschrecken eingejagt!«

»Haben Sie wieder zu arbeiten begonnen?«

»Ja, dank der Nähmaschinen. Unmöglich, auf dem Schwarzmarkt welche aufzutreiben. Unerschwinglich. Ab und zu komme ich her, um nachzusehen, ob man nicht doch noch etwas gebrauchen kann. Es fehlt an allem. Und Sie, wonach suchen Sie?«

319

Ich weiß es nicht, dachte Felix überrumpelt. Mut vielleicht.

»Früher besaß meine Familie einmal ein Atelier in diesem Gebäude.«

»Ach ja? Wie heißen Sie?«

»Felix Seligsohn. Ich bin Sarah Lindners Sohn.«

Der Mann sah ihn wie vom Donner gerührt an. Dann trat er ein paar Schritte auf ihn zu.

»Sarah Lindners Sohn … Aber das ist doch nicht möglich … Sie haben überlebt, das ist ein Wunder! Meine Frau war Direktrice bei Ihrer Mutter. Sie wird sich so freuen, wenn sie das hört. Ich bin Heinz Manheimer.«

Tränen standen ihm in den Augen. Er drückte Felix' Hand mit beiden Händen. Eiskristalle hafteten an seinen struppigen Augenbrauen.

»Wir sind davongekommen, weil ich Arier war. Meine Frau ist Jüdin. Glücklicherweise ist es mir bis zum Schluss gelungen, sie zu beschützen. Also so etwas, Herr Seligsohn … Sie wollte nicht, dass ich heute hierher gehe, aber anscheinend war es eine gute Idee!«

Sein Atem hatte den unangenehmen Geruch, den ein chronisch leerer Magen verursacht, aber er lächelte, und seine Augen strahlten glücklich. Seine abgetragene Kleidung und sein eingefallenes Gesicht ließen erkennen, dass er ums Überleben kämpfte.

»Hat Ihre Frau lange für meine Mutter gearbeitet?«

»Zehn Jahre, bis zum Schluss, 1938. Als das Geschäft arisiert wurde, ist sie natürlich entlassen worden. Danach …«

Er sah zu Boden und zuckte die Achseln.

»Und wo wohnen Sie jetzt?«

»Bei den Amerikanern. Wir schlagen uns durch, so gut es geht. Leider haben wir keine Beziehungen, daher ist es nicht einfach. Ich weiß nicht, wie ich den Frauen der Besatzer unsere Dienste antragen soll. Die haben nämlich das Geld. Andere Kollegen sind da geschickter. Verstehen Sie, ich spreche kein

Englisch. Und dann dieser verdammte Winter … Entschuldigen Sie! Aber so krepiert man langsam, aber sicher.«

»Ich würde Sie gern einmal besuchen. Ihre Frau kennenlernen. Wir könnten uns ein wenig unterhalten.«

»Warum nicht, Herr Seligsohn? Wenn Ihnen das Freude macht. Wir könnten sogar gleich gehen, wenn Sie möchten. Was du heute kannst besorgen, das verschiebe nicht auf morgen, stimmt's? Ich habe hier jedenfalls nichts mehr zu suchen. Und Sie?«

»Ich auch nicht«, sagte Felix lächelnd. »Ich glaube, ich habe gefunden, was ich suchte.«

Eine Mütze auf dem Kopf und einen Schal um den Hals, lag Marietta Eisenschacht in ihrem Bett. Bei der kleinsten Bewegung knisterte das Zeitungspapier, mit dem ihre Kleider ausgestopft waren.

»Ein schönes Weihnachtspäckchen bin ich!«, meinte sie. »Jetzt fehlt nur noch eine Schleife im Haar.«

»Zeitungspapier hält warm«, brummte Clarissa vor sich hin und zerschlug das Eis, das sich in einem Wassereimer gebildet hatte.

Sie gab ein paar Stücke in einen Topf, den sie auf die Heizplatte stellte, damit das Eis schmolz.

»Los, komm schon, werde endlich heiß!«, stieß sie mit zusammengebissenen Zähnen hervor. »Verdammt!«, fluchte sie, als das Wasser gerade zu perlen begonnen hatte. »Es muss schon sechs Uhr sein. Der Strom ist abgeschaltet.«

»Sie wollen uns erfrieren lassen«, sagte Marietta, als Clarissa ihr eine Scheibe Brot brachte, die eine seltsame gelbliche Farbe aufwies und mit einer dünnen Schicht Margarine bestrichen war. »Eine praktische Methode, um uns ein für alle Mal loszuwerden.«

»Im französischen Sektor ist es noch schlimmer. Bis jetzt sind dort weder Kohle noch Holz verteilt worden. Trinken Sie, solange er noch warm ist«, sagte die junge Frau und hielt ihr eine Tasse Kaffee hin.

»Sind noch Kartoffeln für heute Abend da?«

»Nein.«

»Unter Hitler hatten wir wenigstens Kartoffeln.«

»Und Krieg, die Lager und den Tod.«

»Ich bin nicht die Einzige, die so denkt«, entgegnete Marietta. »Trotz der Rationierungen hatten wir doch immer zu essen. Die Besatzungsmächte sind unfähig und werden mit der Situation nicht fertig. Das wird die Bevölkerung gegen sie aufbringen. Am Ende werden sich die Leute noch nach dem Führer zurücksehnen.«

»Sie vielleicht, aber ich niemals.«

Ihr Atem bildete Dampfwolken. Zitternd kehrte Clarissa in ihr Bett zurück und kroch unter die Decken. Sie umschloss die Tasse mit den Händen und versuchte, sich die eiskalten Finger zu wärmen. Nur hier konnte sie hoffen, ein wenig Wärme abzubekommen. Die Temperatur im Raum verharrte stur bei um die null Grad. Das Wasser war in den Leitungen gefroren. Ab und zu platzte ein Rohr. Man musste wieder beim Hydranten am Ende der Straße anstehen. Sie konnte sich nicht erinnern, wann sie sich zuletzt gewaschen hatte, und das war umso peinlicher, als sie an diesem Tag ein Vorstellungsgespräch für eine Sekretärinnenstelle bei der UNRRA hatte. Ich muss ja stinken wie ein Iltis, sagte sie sich und fühlte sich gedemütigt. Die werden mich nie einstellen!

Sie trank ihren Ersatzkaffee aus. Dann stand sie auf und erfrischte sich wenigstens Gesicht und Achselhöhlen mit dem wenigen Wasser, das sie nicht für das Frühstück aufgebraucht hatte. Mit einem Finger rieb sie sich über die Zähne. Besser, sie lächelte nur mit geschlossenem Mund, um den Zustand ihres Zahnfleischs zu verbergen. Vor dem Spiegel wickelte sie sorgfältig einen Stoffturban um ihr ungewaschenes Haar. Dann kniff sie sich in die Wangen und trug Lippenstift auf.

»Gehst du schon?«, fragte Marietta unwirsch, die wieder eingenickt war.

»Die Straßenbahnen fahren nicht mehr. Ich muss mich zu Fuß auf den Weg machen. Das dauert gut eine Stunde.«

»Glaubst du, sie werden dich nehmen?«

»Sie müssen. Sonst weiß ich nicht mehr, was wir tun sollen.«

Marietta richtete sich auf, um einen Blick zu dem Feldbett zu werfen, in dem Axel schlief. Er hatte sich unter den Decken zusammengerollt, sodass er wie ein lebloser Stoffberg aussah.

»Schläft er noch?«

»Der Glückspilz schläft immer wie ein Stein! Aber die Schule ist sowieso geschlossen. Er geht nachher mit Ihnen ins Kino, da ist es wärmer als hier. Schön, bis später dann«, sagte Clarissa und nahm den Deckeleimer, der ihnen als Toilette diente. »Ich stelle ihn unten an den gewohnten Platz. Axel holt ihn nachher nach oben.«

Inzwischen verteilten die Berliner ihre Exkremente in den Ruinen. »Ich weigere mich«, hatte Marietta beim ersten Mal erklärt. »Ich bin kein Tier.«

»Und ich bin nicht Ihr Dienstmädchen«, hatte Clarissa entgegnet und den Eimer vor sie hingestellt. Marietta war nichts anders übrig geblieben, als zu tun, was sie sagte.

Draußen entfernte sich Clarissa eiligen Schritts. Eigentlich machten ihr harte Winter nichts aus. In Ostpreußen war sie seit ihrer Kindheit daran gewöhnt gewesen, aber diese Kälte hier, mein Gott … Es hieß, seit Anfang des Jahrhunderts habe Europa keine so strengen Temperaturen mehr erlebt. Bedrückt dachte sie an die Flüchtlinge, die immer noch aus dem Osten herbeiströmten. »Der größte Exodus aller Zeiten«, hatte eine englische Zeitung getitelt. Wie sollte sie ihre Familie vergessen? Auch sie hatte dieser Weg in den Tod geführt. Oft fragte sich Clarissa, ob sie nicht besser vor zwei Jahren auf dieser apokalyptischen Straße gestorben wäre. Was hatte sie dem lieben Gott getan, dass er sie zwang, sich der Qual des Weiterlebens zu unterziehen! Wenn sie an ihre Familie dachte, fühlte sie sich wie von einem bleiernen Gewicht niedergedrückt und fand nicht einmal mehr Tränen. Axel versuchte sie aufzuheitern. Seit einigen Monaten hatte er so etwas wie Energie wiedergefunden. Oft verschwand er, einen Skizzenblock unter dem Arm, stundenlang und weigerte sich zu erklären, wohin er ging. Wenn sie ihn so sah, beinahe glücklich, ohne dass sie wusste, warum, beneidete sie ihn insgeheim.

An der strengen Fassade des Backsteingebäudes konnten sich sogar mehrere Fenster rühmen, noch intakte Scheiben zu besitzen. Solche Gebäude trugen zu der unwirklichen Stimmung bei, die in der Stadt herrschte. Man konnte eine leblose Steppe durchqueren, um dann unvermittelt vor einem der Häuser zu stehen, die verschont geblieben waren und den Berlinern als Orientierungspunkte dienten. Clarissa trat in eine düstere Eingangshalle, durch die mehrere Personen mit geschäftiger Miene eilten. Sie zögerte und sprach dann eine junge Frau an, die sie in ein Büro im ersten Stock schickte. Mit trockenem Hals stieg Clarissa die Treppe hinauf. Oben angekommen, musste sie sich an die Wand lehnen. Ihr Kopf drehte sich. Nach dem langen Fußweg durch die Kälte war sie erschöpft. Ich brauche ein Stück Brot, dachte sie, sonst kippe ich noch um.

Sie war nervös, denn sie benötigte diese Stellung als Sekretärin unbedingt. Von dem Wenigen, was sie beim Abtragen der Ruinen verdiente, konnte sie nicht leben, auch wenn sie dafür zusätzliche Lebensmittel erhielt. Die ihnen zustehenden Rationen reichten bei weitem nicht aus: vier Scheiben trockenes Brot, drei kleine Kartoffeln, drei Löffel Haferflocken, eine halbe Tasse Milch und ein winziges Stück Fleisch … Viele Berliner hatten nicht einmal mehr die Kraft, aus ihrem Bett aufzustehen. Die Alliierten waren nicht in der Lage, die Bevölkerung in ihren Besatzungszonen zu ernähren. Vor zwei Monaten hatten Gerüchte wissen wollen, die Amerikaner hätten die Russen dazu gebracht, die fruchtbaren Territorien im Osten zurückzugeben; aber die Grenze, die entlang der Flüsse Oder und Neiße gezogen worden war, blieb unverrückbar.

Clarissa ertrug die Untätigkeit nicht länger. Seit sie mit ihrer Familie von ihrem Gut hatte fliehen müssen, hatte sie das Gefühl, dass sie ihr Leben nur noch erduldete, immer und immer wieder. Marietta war zwar oft unerträglich, aber sie hatte ihr bei ihrer Ankunft in Berlin unter die Arme gegriffen, und dafür würde die junge Frau ihr ewig dankbar sein. Und Axel erinnerte sie an die Brüder, die sie verloren hatte. Max von Passau kümmerte sich um sie alle, so gut er konnte, aber der Alltag war für ihn genauso schwierig wie für sie. Clarissa war es leid, den anderen auf der Tasche zu liegen. Also musste sie ihren ganzen Mut zusammennehmen und versuchen, aus diesem schrecklichen Abgrund zu klettern, in dem zu versinken sie das Gefühl hatte. Einige junge Frauen arbeiteten für die Besatzungsmächte, und sie war doch nicht dümmer als andere! Als sie die Kleinanzeige in der Zeitung gelesen hatte, war sie entschlossen gewesen, ihre Chance zu ergreifen. Sie klopfte an die Tür. Eine laute Männerstimme ließ sich auf Französisch vernehmen.

»Kommen Sie schon herein! Sie sind eine Stunde zu spät dran, Mougeotte. Wie sollen wir ernsthaft arbeiten, wenn ich mich nie auf Sie verlassen kann?«

Ein Mann wandte ihr den Rücken zu. Er stand vornübergebeugt vor einem Schrank und kramte darin herum. Auf einem großen, flachen Schreibtisch türmten sich Papiere, Stifte, Bücher und Broschüren. Eine spiralförmige Telefonschnur schlang sich um wacklige Aktenstapel.

»Hoffentlich haben Sie die Informationen gefunden, um die ich Sie gestern vor Feierabend gebeten habe. Mein Termin ist in zwanzig Minuten, und ich werde wie ein Idiot aussehen, wenn ich nicht einmal die Namen der Leute kenne, die ich vertreten soll.«

Das Telefon klingelte. Der Mann drehte sich um und wollte

abheben. Doch der widerspenstige Apparat rutschte ihm weg. Ungeschickt wollte er das Schlimmste verhindern, aber die Akten stürzten vom Schreibtisch, und diverse Fotos und Dokumente ergossen sich auf den Boden.

Zu Clarissas Verblüffung stieß der Mann einen russischen Fluch aus und brüllte dann auf Französisch ins Telefon.

»Wo zum Teufel stecken Sie, Mougeotte? Wie, Sie sind krank? Sie dürfen nicht krank sein. Wir haben keine Zeit für Krankheiten. So, Sie können keinen Fuß vor den anderen setzen? Sind Sie sicher? Schön, dann bleiben Sie, wo Sie sind. Und glauben Sie bloß nicht, dass ich Sie mit einem Lächeln begrüße, wenn Sie zurückkommen. Einen guten Tag, Mougeotte. Schlimmer als der meine kann er kaum werden.«

Er knallte den Hörer auf die Gabel, sah sich hektisch um und erinnerte sich dann an die unbekannte Frau in der Tür. Er war groß und gut gebaut, mit regelmäßigen Gesichtszügen und dichtem blonden Haar. Clarissa fand ihn einschüchternd, besonders als er sie endlich ansah.

»Guten Tag, Fräulein«, sagte er gereizt auf Deutsch. »Was kann ich für Sie tun?«

»Ich möchte mich für den Posten als Sekretärin vorstellen. Ich habe einen Termin für heute Vormittag, bin aber ein wenig zu früh dran.«

»Ach ja, richtig. Das hatte ich vollkommen vergessen. Mein Assistent sollte sich darum kümmern, aber er ist krank geworden. Sie sind wahrscheinlich die erste Bewerberin. Wie sieht es mit Fremdsprachen aus? Englisch, Französisch?«

»Ja«, antwortete Clarissa und überkreuzte zwei Finger hinter dem Rücken, denn ihr Englisch ließ zu wünschen übrig.

»Und wie sieht es mit Russisch aus? Aber das ist wahrscheinlich zu viel verlangt.«

»Russisch spreche ich nicht, aber Polnisch.«

»Wieso denn das?«

»Ich stamme aus Ostpreußen.«

»Ich verstehe«, murmelte er und musterte sie aufmerksam. »Haben Sie die nötigen Papiere? Zeigen Sie mal her.«

Mit zitternden Fingern zog sie den Fragebogen aus der Handtasche. Einen »Persilschein« besaß sie nicht, da es in Berlin niemand gab, der sie während des Krieges gekannt hatte und über ihr Verhalten hätte Auskunft geben können.

»Bund deutscher Mädel, natürlich«, stellte er fest.

»Damals hatte man keine andere Wahl«, verteidigte sie sich. Ihr Herz klopfte zum Zerspringen. Es war demütigend, sich rechtfertigen zu müssen, obwohl man unschuldig war. Was wollte dieser Mann, der sie aus seinen hellen Augen unnachgiebig ansah? Sollte sie vor ihm kriechen, damit er ihr ihre Sünden vergab? Verzweifelt bemerkte sie, dass sie kurz davor stand, in Tränen auszubrechen. Sie presste die Lippen zusammen. Nein, sie würde nicht wieder diese verfluchten Ziegelsteine klopfen, um den Mörtel abzuschlagen. Sie hatte genug von den blutenden Fingern, der aufgesprungenen Haut und dem von Schmerzen gepeinigten Körper, mit dem sie sich fühlte, als wäre sie hundert Jahre alt!

»Nun gut, lassen Sie es uns versuchen«, meinte er und gab ihr die Papiere zurück. »Aber Sie müssten gleich anfangen und das alles in Ordnung bringen«, setzte er mit einer Handbewegung hinzu. »Wie heißen Sie?«

»Clarissa Kronewitz.«

»Sehr erfreut. Sie können Ihre Sachen auf dem Stuhl ablegen. Beim Arbeiten wird Ihnen schnell warm. Ich kann ein Lied davon singen, weil ich mich seit einer Stunde vergeblich abstrample! Aber vorher gehen Sie in die Kantine im Erdgeschoss und lassen sich etwas zu essen und zu trinken geben. Sie sind ja so durchsichtig, dass es einem Angst macht. Sagen Sie, dass Sie von Kyrill Ossolin kommen. Von jetzt an arbeiten Sie für mich.«

An Heiligabend saß Axel Eisenschacht mit einem Zeichenblock auf den Knien auf einem Metallträger im Hauptraum des ehemaligen Modehauses Lindner. Durch das eingebrochene Dach blickte er in den weißen Himmel. Schneeflocken tanzten im Luftzug, aber die Wände, die noch standen, schützten ihn vor dem eisigen Wind. Auch hier stank es wie in der ganzen Stadt abscheulich nach Kohle und Benzin. Er beendete die Zeichnung, die er seiner Mutter schenken wollte. Er hatte das Kaufhaus wieder auferstehen lassen, ohne die gähnenden Fensterhöhlen, die zerschlagenen Vitrinen und die Einschusslöcher in den Wänden. Mit ein paar Bleistiftstrichen hatte er auch die Karyatiden wiederbelebt, die einst das Portal umrahmten, und die schlanken Säulen, die die Fensterbögen trugen und der Fassade eine gotische Leichtigkeit verliehen. Obwohl Axel die Arbeit Alfred Messels, des Architekten, der die berühmtesten Kaufhäuser der Stadt gebaut hatte, nicht außer Betracht ließ, war er seinen eigenen Ideen gefolgt und hatte ein strukturiertes Ensemble aus Glas und Stahl entworfen. Sein Strich war sicher, seine Konzeption stimmig. Die Kälte wirkte als Anreiz, schnell zu arbeiten und sich nicht mit unnötigen Schnörkeln aufzuhalten. Sein ehemaliger Zeichenlehrer war nur zu gern bereit gewesen, ihm im Austausch für etwas Essbares oder Brennholz, das Axel vom Hamstern heimbrachte, Stunden zu geben.

Er hielt die Zeichnung auf Armeslänge von sich und betrachtete sein Werk. Er war recht zufrieden. Das war das schönste Geschenk, das ihm für seine Mutter eingefallen war. Am späten Nachmittag würden sie sich alle bei Onkel Max treffen. Bis jetzt hatte er niemandem von seinen Plänen erzählt; aus Aberglauben und weil er an sich zweifelte. Aber seine Lehrer hatten ihn alle ermuntert und ihm versichert, dass er das Talent besaß, um Architekt zu werden. Die Neuigkeit würde seine Familie freuen.

Das Kaufhaus Lindner war zu seinem Lieblingsprojekt geworden, und das nicht nur, weil es einmal seinem Vater gehört hatte. Er bewahrte glückliche Erinnerungen daran. Seine Mutter war eine treue Kundin gewesen und hatte ihn als Kind oft mitgenommen. Er erinnerte sich an die Tanztees, die Kristallpyramide und den Parfümbrunnen, wo Marietta einen Duft zu bestellen pflegte, der eigens für sie komponiert wurde. Anfang Dezember, zu Nikolaus, wurden die Kinder der besten Kundinnen eingeladen und in einem Raum beschenkt, der mit einem gewaltigen Tannenbaum und künstlichem Schnee geschmückt war. Knecht Ruprecht ließ dem staunenden jungen Publikum Angstschauer über den Rücken laufen.

Seufzend schlug Axel den Zeichenblock zu. Jetzt ähnelte das Kaufhaus Lindner einem Ödland. Obdachlose Familien hatten im Keller Zuflucht gesucht, und alle Etagen waren restlos abgeräumt, denn kein Metallteil, keine Schraube und kein Stuckfragment blieben lange sich selbst überlassen. Die Berliner waren zu Meistern in der Kunst der Wiederverwertung geworden.

Wieder vertiefte sich Axel in seine Pläne: Sollte man in Erwägung ziehen, die berühmte Glaskuppel, die das Gebäude überdacht hatte, wieder aufzubauen, oder sich lieber für ein Flachdach entscheiden? Wie war es zu bewerkstelligen, die Abteilungen offen ineinander übergehen zu lassen und doch die persönliche Atmosphäre zu wahren, die manche Kundinnen schätzten? Gern wäre er nach Paris oder New York gefahren, um dort die Anlage der Kaufhäuser zu studieren. Er wollte das Beste für seine Stadt. Das war seine Art, der Vergangenheit den Rücken zu kehren und nicht mehr über diese zwölf Jahre eines politischen Systems nachzudenken, das mit den Urteilssprüchen des internationalen Tribunals von Nürnberg vor der ganzen Welt verurteilt worden war: in zwölf Fällen Tod durch den Strang, in drei Fällen lebenslange Haft, in mehreren Fällen verschieden lange Gefängnisstrafen, darunter zwanzig Jahre für den Architekten Albert Speer, sowie drei Freisprüche. Wenn Axel zeichnete, fühlte er sich von einem rauschähnlichen Gefühl durchströmt. Nie zuvor hatte er eine solche Begeisterung empfunden. Doch, flüsterte eine leise, perfide Stimme in ihm, bei den Fackelzügen in Nürnberg mit ihren Flaggen, den Gesängen und dieser Masse von jungen Leuten, die genauso enthusiastisch waren wie du … Verärgert schüttelte Axel den Kopf, um die üblen Gedanken und die von Bitterkeit überlagerten Bilder zu verscheuchen.

Marietta saß im Sessel, eine Decke über den Knien. Ihr Lippenstift färbte auf die Stummel der Zigaretten ab, die sie so weit herunterrauchte, dass sie sich fast die Finger verbrannte. Wenn sie den Kopf neigte, traten an ihrem Hals die Adern hervor. Sie hatte dafür gesorgt, dass sie mit dem Rücken zur Lampe saß, damit das Licht nicht direkt in ihr von der Krankheit verwüstetes Gesicht fiel. Jeder hat seine eigenen Empfindsamkeiten, hatte sie Max gegenüber erklärt. Ihr Turban hatte sich gelockert und ließ einen weißen Haaransatz erkennen. Max wurde von Mitleid überwältigt, riss sich aber sofort wieder zusammen. Es gibt nichts Schlimmeres, sagte er sich, als Menschen, die man liebt, zu bedauern.

Die britischen Besatzer hatten ihnen freundlicherweise zwei zusätzliche Stunden Strom zugestanden. Schließlich war Weihnachten. Im Lustgarten hatte man ein Kinderkarussell aufgestellt.

Max bereitete Glühwein zu und brachte ihn seiner Schwester und Clarissa.

»Meinen Glückwunsch zu Ihrer neuen Stelle als Sekretärin, Clarissa.«

»Danke«, sagte sie und errötete.

»Ich kann mir vorstellen, dass Ihre Arbeitstage nicht immer einfach sind. Sie kümmern sich um Flüchtlinge und Familienzusammenführungen, stimmt's?«

»Ja.«

»Behandelt Ihr Chef Sie gut?«

»Ja. Er hat mir eine Chance gegeben, obwohl ich keine Berufserfahrung hatte.«

»Und er hat sie nicht entlassen, als er feststellte, dass sie nicht tippen konnte, sondern ihr einen Schreibmaschinenkurs verordnet«, warf Marietta ein. »Ein richtiger Gentleman, nicht?«

»Ist er Amerikaner?«, erkundigte sich Max.

»Nein.«

Clarissa schaute auf ihr Glas hinab. Sie zog es vor, keine allzu genauen Auskünfte zu geben, denn sie hatte begriffen, dass der Name Ossolin in dieser Familie gefährlicher Sprengstoff war.

Max beobachtete sie aus dem Augenwinkel. Mit ihrer weißen, bis zum Hals zugeknöpften Bluse und ihrem grauen Rock wirkte sie unscheinbar. Sie hatte keinerlei Ähnlichkeit mit den anderen jungen Mädchen ihres Alters, die versuchten, sich westliche Militärs zu angeln, und von einer Ehe träumten, die sie weit weg von Deutschland führen würde. Er wusste, dass sie niemals tanzen ging oder sich mit Freunden traf. Dabei hatte sie ein hübsches Gesicht und eine bezaubernde Figur. Er spürte, dass sie in der Defensive war, und das erstaunte ihn; aber andererseits hatte er das junge Mädchen nie richtig verstanden. Die seltsame Mischung aus zorniger Gereiztheit und Schüchternheit, die sie an den Tag legte, vermittelte ihm ein beklemmendes Gefühl. Bei Clarissa hatte man immer das Gefühl, wie auf Eiern zu gehen.

»Ein wenig blutarm, dein Baum«, meinte Marietta und wies auf den bescheidenen, mit ein paar silbernen Lamettafäden geschmückten Baum. »Er ist wie wir, der Arme. Aber es ist trotzdem lieb von dir, dass du dir die Mühe gemacht hast. Ich bin die letzten zwei Wochen nicht aus dem Bett gekommen, und jetzt habe ich das Gefühl, noch einmal ins Land der Lebenden zurückzukehren, ehe ich endgültig auf die andere Seite gehe. Auf alle, die ich dort bald wiedersehen werde!«, schloss sie sarkastisch und hob ihr Glas.

»Du verstehst dich wirklich darauf, die Stimmung zu zerstören«, entgegnete Max. »Wenn Axel schon da wäre, würdest du so etwas nicht sagen.«

»Ach, Axel«, seufzte sie. »Mein wunder Punkt. Wenn ihr wüsstet, wie ich diesen Burschen liebe. Für ihn würde ich alles tun …«

Sie zögerte einen Moment. »Sein Vater hat mir geschrieben«, erklärte sie dann und presste die Lippen zusammen.

Übertrieben behutsam setzte Max einen Teller mit Plätzchen auf dem Tisch ab.

»Kurt lebt?«

Marietta kostete den letzten Zug aus und drückte dann die Zigarette im Aschenbecher aus. Aus dem Tabak von sieben Stummeln konnte man eine neue Zigarette drehen.

»Überrascht dich das?«, fragte sie spöttisch.

»Nein. Wo ist er?«

»In Bayern.«

»Und weiter? Sitzt er wenigstens hinter Gittern, um seine verdiente Strafe abzubüßen?«

»Jetzt nicht mehr.«

Der Zorn schnürte Max die Kehle zu.

»Woher wusste er, wie er dich erreicht? Er konnte ja wohl kaum erraten, dass du in meinem alten Atelier wohnst.«

»Ich habe ihm zuerst geschrieben. Wir hatten eine Adresse in der Nähe von München vereinbart, über die ich Kontakt zu ihm aufnehmen konnte. Bisher hatte ich Skrupel, aber …«

»Jetzt nicht mehr?«, sagte Max in bitterem Ton.

»Ich will, dass mein Sohn eine Zukunft hat. Dazu musste ich wissen, ob sein Vater am Leben war. Ich selbst erwarte nichts von Kurt. Ich wäre sogar froh, wenn ich ihn nie wiedersehen würde. Wir hatten auch gute Zeiten miteinander, doch dann hat er mich zusehends enttäuscht. Aber was Axel angeht, ist das etwas anderes.«

»Glaubst du denn, dass er einen Mann wie Kurt Eisenschacht in seinem Leben braucht?«, platzte Max heraus. »Meinst du das, wenn du davon redest, dass er eine Zukunft haben soll? Dieser Bastard hat bis zum letzten Moment von diesem perversen System profitiert! Sei doch wenigstens ehrlich. Du willst Geld. Bei dir läuft immer alles auf dasselbe hinaus, oder, Marietta? Deswegen hast du ihn geheiratet. Und jetzt vermutest du, dass es ihm irgendwie gelungen ist, einen Teil seines Vermögens zu retten. Womit du wahrscheinlich recht hast. Was für ein unverhofftes Glück!«

Sie zuckte die Achseln.

»Was immer Kurt getan hat, er wird immer Axels Vater bleiben. Der Junge spricht nie von ihm, das ist doch nicht gesund. Man kann Kurt vieles vorwerfen, aber ich bin mir sicher, dass er für die Zukunft seines Sohns vorgesorgt hat. Axel ist verwirrt. Seine Welt ist zusammengebrochen. Oft benimmt er sich wie jemand, der dreißig Jahre alt ist. Ich zittere jedes Mal, wenn er sich auf dem Schwarzmarkt herumtreibt. Er könnte jeden Moment verhaftet werden. Kürzlich ist er am Bahnhof von einer Patrouille durchsucht worden. Ich will, dass er seine Chancen im Leben bekommt.«

Ein bekümmerter, angstvoller Schatten huschte über ihr Gesicht.

»Ich werde bald sterben, Max«, setzte sie mit heiserer Stimme hinzu. »Eigentlich ist es ein Wunder, dass ich heute noch hier bin. Ich habe keine Zeit mehr zu verlieren.«

Max ertrug ihren düsteren Blick nicht mehr und wandte sich ab. Erinnerungen stürmten auf ihn ein: Eisenschachts Arroganz, sein rücksichtsloser Ehrgeiz. Und nun tauchte sein Schwager erneut in ihrer aller Leben auf. Wie war es ihm bloß gelungen, durch die Maschen des Gesetzes zu schlüpfen? Es war kaum zu glauben. Die Amerikaner hatten strenge Entnazifizierungsprozesse geführt, auch wenn ihre Herangehensweise anders als die der Sowjets gewesen war. Letzteren war weniger daran gelegen, die Besiegten für ihre Nazi-Vergangenheit zu bestrafen, als sich zu vergewissern, dass sie in Zukunft in einer sozialistischen Republik, die unter ihrer Knute stand, nicht aus der Reihe tanzten. Durch welche hinterlistigen Manöver war es Eisenschacht gelungen, seine Richter zu täuschen?

»Ich glaube nicht, dass Axel so verwirrt ist, wie Sie denken«, ließ sich Clarissa vernehmen. »Er hat begriffen, dass er nur auf sich selbst zählen kann. Für junge Leute seines Alters, die ans Gehorchen gewöhnt waren, ist das eine Offenbarung. Der Beginn eines neuen Lebens.«

Max schenkte sich einen Scotch ein und kippte ihn auf einen Zug hinunter.

»Glaubst du wirklich, Axel will sein Leben auf Geld aufbauen, das sein Vater verdient hat, indem er Profit aus anderer Menschen Unglück geschlagen hat? Also, abergläubisch bist du wirklich nicht.«

»Du übertreibst. Kurt war schon vermögend, bevor Hitler an die Macht kam. Er hatte nur begriffen, dass diese Partei das Land regieren würde und dass er allein Hitlers Aufstieg nicht verhindern würde. Es war nicht die Ideologie, die ihn bewogen hat.«

»Natürlich nicht!«, erwiderte Max ironisch. »Ein Mann wie er lässt sich nur vom Geld locken. Dafür ist er zu jedem Zugeständnis bereit. Er hat jedenfalls nicht gezögert, in die NSDAP und in die SS einzutreten und in einem Büro in Goebbels' Ministerium zu sitzen.«

»Da war er nicht der Einzige, Max!«, gab Marietta schroff zurück. »Glaubst du, die Millionen Deutsche, die vom System profitiert haben, werden jetzt ausgesondert? Jeder, der intelligent und fähig ist, wird für den Wiederaufbau dieses Landes dringend gebraucht. Zu Beginn haben die Alliierten zweifelhafte Beamte entlassen und alle aussortiert, die keine blütenweiße Weste hatten. Aber inzwischen merken sie, dass das eine Utopie ist. Die Lage verändert sich mit jedem Tag. Du weißt genau, dass der Feind jetzt in einem anderen Lager steht. Ausgenommen sind natürlich die Massenmörder, die man hängt – jedenfalls die, die sich fangen lassen«, erklärte sie nicht ohne Bitterkeit. »Aber die anderen werden schon irgendwie rehabilitiert werden. Kurt wird keine Zeitungsverlage mehr besitzen, aber nichts wird ihn daran hindern, Geschäfte zu machen. Einige Zeit muss er sich wohl noch zurückhalten, aber in ein paar Jahren wird Gras über diese ganze beklagenswerte Geschichte gewachsen sein. Sei nicht naiv, mein Lieber! Ich wette, bald redet man nicht einmal mehr davon.«

Max sah seine Schwester entsetzt an. Sie hatte in groben Zügen das Bild eines Deutschlands entworfen, das mit einem geradezu furchterregenden Zynismus über seine nationalsozialistische Vergangenheit hinweggehen würde. Am liebsten hätte er ihr widersprochen und ihr erklärt, sie irre sich. Man konnte die Vergangenheit nicht einfach ausstreichen. All diese Toten sollten umsonst gestorben sein? Das wäre ein namenloses Unrecht, eine Schande. Und doch klangen Mariettas Worte prophetisch. Man merkte es schon an der Totenstille, mit der manche Taten übergangen wurden. Sicher, die Gerichte sprachen Urteile, aber bereits jetzt behinderte ein gewaltiger bürokratischer Papierberg ihre Arbeit. Unzählige Vorwände und Ausflüchte tauchten auf. Schon kam Sand ins Getriebe. Bald würden die Amerikaner die Verantwortung für die Entnazifizierung vollständig an die Deutschen übertragen. Mit jedem Monat, der verging, rückten die Ereignisse weiter in den Hintergrund. Manche würden Gefängnisstrafen absitzen, bevor man sie wieder auf das Land losließ. Sie würden ihre Familie wiedersehen, in einen dreiteiligen Anzug schlüpfen und sich in ihrer hübschen Villa, die sie sich in einem wohlhabenden Vorort wiederaufgebaut hatten, vor dem Spiegel sorgfältig die Krawatte binden. Dann würden sie sich ans Steuer eines schönen Wagens setzen und wieder in die Fabrik, ihr Unternehmen oder ins Büro fahren.

Das ertrage ich nicht, dachte Max bestürzt. Wenn sie die Wahrheit sagt, wenn das wirklich die Zukunft ist, die uns erwartet, werde ich dieses Land verlassen müssen, um nicht verrückt zu werden.

An der Tür klopfte es. Clarissa stand auf, um zu öffnen.

»Guten Abend, alle miteinander!«, rief Axel.

Er riss sich die Mütze herunter. Das dunkle Haar stand ihm zu Berge. Sein dicker Mantel roch nach Frost und Schnee. Er trug einen Rollkragenpullover und seine geflickte alte Uniformhose und strahlte kraftvoll wie die Sonne.

»Frohe Weihnachten, Mama!«, sagte er, küsste Marietta auf die Wange und hielt ihr ein in Zeitungspapier gewickeltes Päckchen hin.

»Was ist das?«, fragte Marietta. Ihre Augen leuchteten wie die eines kleinen Mädchens.

Axel lächelte, gab aber keine Antwort. Marietta löste das Zeitungspapier und blickte auf eine großformatige Zeichnung. Mit offenem Mund drehte sie sie um, damit Clarissa und Max sie auch sehen konnten. Jeder Berliner hätte das Gebäude erkannt, das ein Wahrzeichen der Stadt gewesen war. Axel hatte es wieder zum Leben erweckt und sogar noch verschönert. Über dem Portal war der Name zu lesen, den ihm Kurt Eisenschacht 1938 gegeben hatte, nachdem er Sarah Lindner das Kaufhaus zu einem Spottpreis abgekauft hatte: *Haus an der Spree.*

»Die Zeichnung ist von mir«, erklärte Axel stolz. »Sie ist mein Geschenk an euch alle. Ich habe nämlich eine große Neuigkeit, besonders für dich, Mama: Ich habe beschlossen, Architekt zu werden, und unser Kaufhaus soll mein erstes Projekt sein.«

Paris, Februar 1947

Der stürmische Applaus ließ die Schaufensterscheiben in der Avenue Montaigne Nr. 30 erklirren. Zwischen den perlgrauen Wänden begleiteten Bravorufe und Blumen die Vorführung jedes einzelnen der neunzig Modelle, übertönten die Stimme der Ausruferin, die die Nummern der Kleider zuerst auf Französisch und dann auf Englisch ansagte, und zwangen sie, lauter zu schreien. Das Publikum war handverlesen: Damen der Pariser Gesellschaft, weltgewandte Männer aus den Salons am Boulevard Saint-Germain, Künstler, Journalisten, Kunden aus der Neuen Welt, Chefredakteurinnen amerikanischer Modezeitschriften, auf deren unbewegten Mienen man die leiseste Regung abzulesen versuchte ... Schon früh am Morgen hatte sich die kleine Menschenmenge vor der Eingangstür gedrängt, die mit einem Baldachin aus grauem Atlas geschmückt war. Unter dem winterlichen Himmel bibbernd schwenkten die Gäste ihre Einladungen. Niemanden störte das Geschiebe. Man fächelte sich mit den Programmen Luft zu und stieß aufgeregte Rufe aus.

Natascha saß auf einem Schemel aus weißem Holz. Hinter dem großen Vorhang, im Allerheiligsten, waltete ihre Mutter zusammen mit dem inneren Zirkel ihres Amtes. Seit vier Tagen kampierte Xenia Fjodorowna praktisch in dem Ladenlokal. Ein Streik der Näherinnen hatte zu einer Unterbrechung der Arbeit in den Ateliers geführt. Ohne zu zögern waren Freunde von Christian Dior, die mit der Nadel umzugehen verstanden, der Kollektion zu Hilfe geeilt, deren Fertigstellung gefährdet war. Amüsiert hatte sich Xenia die fließenden Kleider ins Gedächtnis gerufen, diese luftigen Kettenhemden, die nur aus Metallplättchen und Pailletten bestanden und die sie vor zwanzig Jahren in genau dieser Straße für eine exilierte russische Großfürstin bestickte. Zum Glück hatte der Ausstand der Näherinnen nicht lange gedauert.

Natascha war fasziniert. Sie hätte gern die Kulissen erforscht, hinter denen sie Aufregung, Furcht und all die kleinen Dramen erahnte, die sich in diesem Moment dort abspielen mussten; aber das Geheimnis der Kollektion wurde eifersüchtig gehütet. Sie schätzte sich schon glücklich, dass sie zu der Modenschau eingeladen worden war.

Nie würde Natascha vergessen, wie freundlich Christian Dior sie empfangen hatte, als sie Hilfe suchte, um ihre Mutter aus dem Gefängnis zu holen. Sie hatte ihm einen Dankesbrief geschrieben, eine Geste, die er sehr geschätzt hatte. Seitdem ließ es sich Natascha, wenn er zum Essen zu ihrer Mutter kam, nie entgehen, ihn zu begrüßen. Und jedes Mal zog er sie unweigerlich auf und fragte, ob sie es sich nicht anders überlegt habe und doch für ihn auf den Laufsteg gehen wolle.

Wie kann er auch nur eine Sekunde lang glauben, ich könnte etwas mit diesen Mädchen gemein haben?, dachte sie erstaunt und bewunderte die Mannequins mit ihrem hochmütigen Gang, der die weiten, in Falten gelegten Röcke schwingen ließ und Unterröcke aus Seide und Tüll enthüllte. Eine behandschuhte Hand auf die Hüfte gelegt, ein kecker Blick unter einem frechen Tellerhut, der Blick einer Frau, die sich ihrer selbst und ihrer Ausstrahlung sicher war. Wie alle Anwesenden war sie bezaubert von dieser neuen Linie, den länger geschnittenen Kleidern mit den eng anliegenden Taillen, die die Brust hervorhoben und die Schultern rundeten. Nach den Einschränkungen des Krieges, während dessen die Röcke knielang gewesen waren und magere Körper in uniformähnlichen Kleidern steckten, proklamierte Christian Dior jetzt die triumphierende Rückkehr der Weiblichkeit.

»Ganz schön mutig«, meinte eine amüsierte Männerstimme. »Jetzt braucht die elegante Frau ein Zimmermädchen, das ihr das Korsett schnürt, und einen mit Geduld bewaffneten Liebhaber, um ihr Kleid aufzuknöpfen. Das hat es lange nicht gegeben.«

Ein Schauer überlief Natascha, ein Hauch von Neid. Ja, sie wünschte sich, einer dieser Frauen zu ähneln, die das Begehren entfachten, einer Frau wie ihrer Mutter, obwohl genau diese Anziehung sie bei Xenia Fjodorowna einschüchterte. Sie erinnerte sich an Felix' prophetische Worte bei der Eröffnung der *Théâtre de la mode*-Ausstellung: Als er die Puppen betrachtete, von denen mehrere von Dior eingekleidet waren, der damals noch Modezeichner bei Lelong war, hatte er bereits die zukünftigen Tendenzen erahnt. Also hatte er tatsächlich von seiner Mutter die Gabe geerbt, den Zeitgeist zu erfassen. Ich muss ihm schreiben und davon erzählen, dachte sie und stellte sich die bewundernden Blick ihrer Freunde vor, wenn sie dieses leuchtend rote Kleid tragen würde, oder vielleicht dieses enge Jäckchen aus rosafarbener Shantung-Seide. Vielleicht lag darin das Geheimnis von Diors spektakulärem Erfolg: Der Modeschöpfer erlaubte den Frauen, die Freude an der Verführung wiederzuentdecken.

Der Duft der Blumensträuße aus rosa Wicken und blauem Rittersporn mischte sich mit dem berauschenden Aroma der Maiglöckchen, der Blume, die der Talisman des Modeschöpfers war. Die Journalisten kritzelten in ihre Notizbücher. Bald würden sie sich auf die Fernschreiber stürzen, um als Erste die Nachricht zu verkünden. Einer von ihnen hatte einen Laufburschen vor dem Haus postiert, um ihm seine Meldung durch das Fenster zuzuwerfen. Natascha ließ sich nichts davon entgehen. Ihr Herz pochte vor Aufregung. Sie empfand ein einzigartiges Gefühl, die berauschende Gewissheit, sich zur richtigen Zeit am richtigen Ort zu befinden und die auserwählte Zeugin eines historischen Augenblicks zu sein. Eine dramatische Spannung hielt alle Anwesenden gepackt. Was sich in diesen Räumen abspielte, in denen die Farbe an den Wänden kaum getrocknet war, gehörte nicht nur dem Reich der Mode an, sondern verkörperte eine Wiedergeburt. Dieser Begeisterung wohnte nichts Eitles inne. Sie berührte das Innerste, das Leben; aber vielleicht musste man einen Krieg durchgestanden haben, um das zu verstehen.

Als der Held des Tages auftrat, schüchtern und mit Tränen in den Augen, sprang Natascha auf, um zu applaudieren. Sie war stolz, an dieser Sternstunde teilhaben zu dürfen. Das begeisterte Publikum brachte ihm stehende Ovationen dar. An diesem Morgen voller Extravaganz hatte Dior sie den nicht enden wollenden Winter vergessen lassen, die Millionen Streikenden, die Furcht vor den Kommunisten, die Rationierung, die einem das Leben verleidete, die Aufstände in Indochina und die bedrückenden Zukunftsängste.

»Und, Natutschka, hat es dir gefallen?«

Ihre Mutter lächelte ihr zu. Ihr dunkles Kostüm wurde von einer mehrreihigen Perlenkette aufgelockert. Ihre rosigen Wangen, der lebhafte Blick und die halb geöffneten Lippen ließen sie jugendlich wirken. Warum erweckt eine Frau mehr Aufmerksamkeit als eine andere?, fragte sich Natascha. Sind es die harmonischen Züge, die anmutige Haltung oder ihre Kunst, zugleich distanziert und unwiderstehlich zu wirken? Sie hatte den Eindruck, dass ihre Mutter seit der Geburt ihres Bruders noch schöner geworden war. Bis zur Entbindung hatte Xenia gefürchtet, das Kind könnte an irgendeiner Schwäche leiden. Sie hatte alle Vorsichtsmaßnahmen getroffen, als betrachtete sie diese Geburt als persönliche Herausforderung. Umso erleichterter war sie über die blühende Gesundheit des kleinen Nicolas gewesen. Sie hatte sich wieder entspannt und trug seither eine unerwartete Fröhlichkeit, ja beinahe Unbekümmertheit zur Schau, die Natascha oft irritierte, weil sie sich davon ausgeschlossen fühlte. Zwischen den beiden Frauen herrschte ein zerbrechlicher Waffenstillstand, aber das Misstrauen war immer noch vorhanden.

»Es war großartig«, sagte Natascha. »Ich bin froh, dass man ihn so begeistert aufgenommen hat.«

»Was für ein unglaubliches Ereignis!«, rief Xenia aus. »Einen solchen Wirbel habe ich noch nie erlebt. Man versteht sein eigenes Wort ja kaum. Und das ist nur der Anfang. Die Kollektion ist gerade erst vorgestellt worden, und die Verkäuferinnen können sich schon jetzt vor Bestellungen kaum retten. Hier, mein Schatz, ich habe ein Souvenir für dich.«

Sie reichte ihr einen Flakon *Miss Dior*, das neue Parfüm, mit dem man das Publikum beim Eintreten besprüht hatte.

»Ich glaube, du wirst es mögen«, setzte Xenia hinzu. »Es ist luftig und frisch zugleich, mit einer geheimnisvollen, tiefen Note.«

Nataschas heiße Hand umschloss das Fläschchen. Ihre Mutter verstand sich auf die Kunst, sie zu überrumpeln. Das Geschenk mochte unverfänglich erscheinen, aber die Worte, die sie dazu gesprochen hatte, waren es nicht. Xenia hatte sie nicht zufällig gewählt. Sie hatte sich vorher vergewissert, dass der Duft zu ihrer Tochter passte. Natascha war gerührt und wusste nicht, wie sie ihr danken sollte.

Die lärmende Menge drang auf die beiden Frauen ein und schob sie auf dem grauen Teppichboden ein Stück weiter. Xenia wurde angesprochen, und man gratulierte ihr zu ihrer Zusammenarbeit mit dem neuen Meister der Haute Couture. Keiner zweifelte daran, dass Christian Dior durch diese gelungene Präsentation berühmt werden würde. Und Xenia hatte sein Potenzial von Anfang an erkannt. Als ihr Freund sie gefragt hatte, ob sie bei diesem Abenteuer an seiner Seite sein wolle, hatte sie nicht gezögert. Natascha konnte nicht umhin, ihr Gespür anzuerkennen.

Eine schlanke Frau mit dünnen Lippen und einer langen Nase, die während der Modenschau auf einem samtbezogenen Sofa gethront hatte, kam auf sie zu. Auf ihren hohen Absätzen bewegte sie sich vorsichtig. Auf ihrem Haar, das in einem außergewöhnlichen Pastellblau gefärbt war, saß ein runder Hut.

»Natascha«, beeilte sich Xenia zu sagen, »ich möchte, dass du eine meiner Freundinnen kennenlernst, Mrs Snow, von der ich dir schon oft erzählt habe. Carmel, darf ich dir meine Tochter vorstellen?«

Die Chefredakteurin von *Harper's Bazaar,* der Modezeitschrift, die Xenia andächtig zu studieren pflegte, hob den Kopf, um Natascha zu mustern. Der durchdringende Blick ihrer blauen Augen schüchterte Natascha so ein, dass sie zu ihrer eigenen Verblüffung knickste.

»*Gorgeous* ...«, erklärte Carmel Snow. »Sie sind bezaubernd, Mademoiselle. *Well, my dear*«, fuhr sie, an Xenia gerichtet, auf Englisch fort, »wann können wir damit rechnen, dich wieder bei uns zu sehen? Du fehlst uns. Ich dachte, du hättest dich bereits entschieden. Ich habe von einem Haus gehört, das ganz wunderbar für dich geeignet wäre.«

»Wahrscheinlich wird nach dem Erfolg von heute Morgen alles sehr schnell gehen«, sagte Xenia lächelnd.

»Also, ich habe nicht eine Sekunde daran gezweifelt. Ich habe sogar einigen Einkäufern geraten, die Paris verlassen hatten, sie müssten so schnell wie möglich zurückkommen. Pech für jene, die ihre Bestellungen bereits bei anderen Couturiers aufgegeben haben ...!«

Die Amerikanerin war die Zeremonienmeisterin dieses in ständiger Metamorphose befindlichen Modefestivals. Sie beeinflusste die wichtigsten Einkäufer, und die von ihr geleiteten Zeitschriften gaben den Ton in der Welt der Mode an. Ohne ihren Segen war ein Modeschöpfer nichts. Nicht umsonst wurde Carmel Snow so umschwärmt, dass die Menge ihre schmale Gestalt bald verschluckt hatte.

Natascha sah Xenia direkt in die Augen.

»Was hat sie gemeint?«, fragte sie ohne Umschweife.

Warum musste es mit ihrer Mutter immer so sein?, dachte sie. Immer hatte sie den unangenehmen Eindruck, auf einem Drahtseil zu balancieren. Sie ahnte, dass da etwas war, was sie ihr vorenthielt. Da war etwas im Gange, bei dem ihr das Herz wehtat. Ihre Mutter war nachdenklich von ihrem Aufenthalt in New York zurückgekehrt. »Jetzt spielt sich alles dort ab«, hatte sie mit einem unbestimmten Blick in die Ferne erklärt.

Natascha wusste, dass sich ihre Mutter in Frankreich eingeengt fühlte. Sie schimpfte über den Vormarsch der Kommunisten, der die Gesellschaft erfasst hatte wie ein Fieber, die Einschränkungen, die kleinen alltäglichen Kämpfe. Man hätte meinen können, ganz Europa litte unter dieser Krankheit. Sie vermied es, Artikel über Deutschland zu lesen, und schaltete das Radio aus, wenn die Reporter über die Lage in diesem Land berichteten. Es war ihr gelungen, die Einfrierung von Gabriel Vaudoyers Bankkonten aufzuheben, so dass sie jetzt wieder nach Belieben darüber verfügen konnte. Ob sie darüber nachdachte, sich in Amerika niederzulassen? Xenia Fjodorowna war eine freie Frau – nicht ohne eine gehörige Portion Egoismus und Unnachgiebigkeit, die dieser Umstand meist mit sich brachte –, aber sie war auch leidenschaftlich und lebensfroh. Diese Tatkraft war ihr zur zweiten Natur geworden, weil das Schicksal ihr keine andere Wahl gelassen hatte. Wenn sie passiv geworden wäre, resigniert und den Wechselfällen des Lebens ihren Lauf gelassen hätte, würde sie noch immer in einer Mansarde dahinvegetieren, unscheinbar und grau und nur mit ihren Kindheitserinnerungen als einzige Ablenkung. »Das Unglück lässt sich gern hofieren«, pflegte sie zu sagen. »Es ist immer besser, ihm ins Gesicht zu spucken.« Natascha gönnte ihr diese Fähigkeit, sich ihre Freiheit zu nehmen, obwohl sie manchmal darunter litt, denn nach und nach wurde ihr klar, dass sie sie geerbt hatte.

»Ich habe keine Zeit, jetzt mit dir darüber zu reden«, sagte Xenia, der schon wieder jemand zuwinkte. »Heute Abend, mein Schatz. Ich verspreche dir, dass ich dir alles erkläre.«

»Für heute Abend hast du zur Feier der Kollektion ein Dutzend Gäste nach Hause eingeladen«, erinnerte Natascha sie gereizt.

»Dann eben morgen. Ja, morgen in aller Frühe.«

Xenia ließ sie stehen und verschwand hinter dem breiten Vorhang. Eine perfekte Inszenierung, dachte Natascha ironisch. In Sachen Spannung ist sie unschlagbar. Niemand versteht sich besser auf die Kunst, andere auf sich warten zu lassen.

Lilli stand still vor der Wiege des Kleinen und betrachtete das schlafende Kind. Sein Atem ging regelmäßig, und seine kleinen, fein umrissenen Lippen waren zu einem erstaunten Ausdruck verzogen. Unter dem dunklen Haarschopf, der ihr erstaunlich dicht erschien, war alles an dem Kind rund: sein Gesicht, seine Wangen, sein Kinn, sein pummliger Körper. Auf faszinierende Weise beherrschte der Kleine den Raum. Er besaß die Gelassenheit eines orientalischen Despoten und die absolute Macht eines Diktators. Die Welt drehte sich um ihn, um seine Wünsche und Launen. Sogar sein Weinen war rund. Nicht schrill, sondern volltönend, weich und so durchdringend, dass sich Lilli oft beide Ohren zuhielt, um es auszusperren.

Er ballte die kleinen Fäuste und stöhnte. Gegen welchen unsichtbaren Feind kämpfte er wohl? Hatte man in seinem Alter schon Albträume? Oder traten die erst mit der Zeit auf, entsprungen aus einem Mangel, der einem aufgezwungen wurde, quälendem Hunger, dem unangenehmen Gefühl einer feuchten Unterlage oder beißender Kälte? Zu Beginn seines Lebens bestand man nur aus Empfindungen und hatte das Privileg, schreien zu dürfen, ohne dass jemand Anstoß daran nahm. Vielmehr rief man nur zärtliches Lächeln hervor, als wäre dieser Zorn ebenso bezaubernd wie berechtigt. Ein Zeichen für eine gute Gesundheit, für Intelligenz. In diesem Alter wurden einem alle Sünden vergeben: Wut, Unersättlichkeit, Ungeduld …

»Ist etwas nicht in Ordnung, Mademoiselle Lilli?«

Lilli bemerkte, dass sie sich über die Wiege beugte und das Kind so aufmerksam musterte, dass sie nur den Mund hätte zu öffnen brauchen, um in die seidige, nach süßen Mandeln duftende Wange zu beißen.

In der Tür stand das englische Kindermädchen. Sie trug eine makellos weiße Uniform und auf dem dunklen Haar ein ordentlich festgestecktes Häubchen. Miss Gordon war eine perfekte Hüterin. Sie bewegte sich, atmete und handelte nur für den Säugling Nicolas von Passau, der ihr Leben bestimmte. Wenn sie *The Child* sagte – das Kind –, hörte es sich an, als spräche sie in Großbuchstaben. Hätte doch das Vereinigte Königreich sein wankendes Empire mit der gleichen Hartnäckigkeit verteidigt!

»Ich dachte, ich hätte ihn weinen gehört«, log Lilli.

»Sein Schläfchen ist erst in zehn Minuten beendet«, erklärte Miss Gordon und überprüfte die Zeit auf der kleinen Uhr, die sie mit einer Nadel an ihrer Tasche festgesteckt hatte.

»Wie konnte ich das vergessen?«, fragte Lilli ironisch. »Zum Glück funktionieren Kinder ja wie ein Uhrwerk.«

Mit steifen Bewegungen lief sie in ihr Zimmer zurück. Tante Xenia hatte Wort gehalten: Das Kind war da, aber sie hatte weder Felix noch sie vor die Tür gesetzt. Doch wie sie gefürchtet hatte, waren die Wohnverhältnisse an den Eindringling angepasst worden. Das Zimmer ihres Bruders bewohnte jetzt Miss Gordon, der man zu jeder Tages- und Nachtzeit über den Weg lief, wenn der Kleine nach ihr verlangte. Aber dafür konnte Lilli nicht Tante Xenia verantwortlich machen, denn Felix war aus eigenem Entschluss fortgegangen.

Xenia Fjodorownas Gesicht verwandelte sich, wenn sie ihren Sohn in den Armen hielt. Diese strenge Frau wurde weicher, wenn sie in seiner Nähe war. Ihre Bewegungen wurden sanft und fließend. Ihre Stimme klang anders. Sie sprach Russisch mit

ihm, eine Sprache, die Lilli nicht verstand. Aber das junge Mädchen brauchte nur die Augen zu schließen, damit die Sätze sie
umfingen und mit einem friedlichen Murmeln einhüllten, das
an klares Wasser erinnerte. Lilli wurde es nie überdrüssig, die
beiden zu beobachten. Ihre Beziehung entsprang einem seltsamen Nichts, das in ihr keinen Widerhall erweckte. Diese beiden
Wesen entstammten einer fremden Welt, in der Vertrauen und
Harmonie herrschten. Selbst wenn andere Menschen anwesend
waren, hefteten sich die blauen Augen des Babys unvermeidlich
an die Gestalt seiner Mutter, und Xenias Körper war immer ihrem Sohn zugewandt. Nichts vermochte die beiden zu stören,
weil sie im Augenblick lebten und sich gegenseitig nährten.

Aber es waren andere Bilder, die Lilli das Leben vergällten
und die vor ihrem inneren Auge abliefen wie von einem trockenen Klicken begleitete Dias, die auf eine Leinwand projiziert
wurden. Seit Xenia Fjodorowna ihnen die Wahrheit gesagt hatte,
hatte sie nie wieder von einem glücklichen Augenblick mit ihrer Mutter geträumt. Jeder ihrer Albträume förderte vergessene
Konflikte, Ärger und vor Panik oder Zorn erstickte Stimmen ans
Licht. Dadurch, dass sie Xenias Mutterliebe miterlebte, litt Lilli
in einem Teil ihrer selbst, an den sie sich nicht bewusst erinnerte;
ähnlich, wie ein Amputierter über Phantomschmerzen in einem
nicht mehr existierenden Körperteil klagt. Und das junge Mädchen wachte aufmerksam über diesen Kummer, denn er war das
Einzige, was sie noch mit ihrer zerstörten Kindheit verband.

Sie setzte sich an ihren Schreibtisch und nahm ihren Feder-
halter.

Mein lieber Felix,
danke für deinen letzten Brief. Es freut mich zu hören, dass
du dich satt essen kannst und sich deine Pläne so entwickeln,
wie du es dir wünschst. Es hört sich an, als wäre dieser Herr
Manheimer ein guter Mensch. Sicher ist seine Frau eine begabte
Schneiderin. Ansonsten hätte Mama sie nicht so viele Jahre als

Direktrice beschäftigt. Bestimmt werden ihre Ratschläge sehr wertvoll für dich sein. Man könnte sagen, dass du es ihnen verdankst, den ersten Schritt zu deinem Vorhaben getan zu haben. Ich freue mich für dich. Du schreibst, dass es Jahre dauern wird, das Modehaus Lindner wieder aufzubauen. Deine Geduld beeindruckt mich. Ich wäre dazu nie in der Lage.

Du hast vergessen, mir Onkel Max' Adresse zu geben, dabei hatte ich dich darum gebeten. Sei nett und hole das schnell nach. Ich möchte ihm schreiben.

Pass auf dich auf. Ich umarme dich.

Lilli

Sie wartete, bis die schwarze Tinte trocken war, dann faltete sie den Brief zusammen, steckte ihn in den Umschlag und klebte ihn zu. Sie hatte sich entschieden, den Kontakt zu ihrem Bruder wieder aufzunehmen. Nicht aus Zuneigung oder weil sie sich einsam gefühlt hätte, sondern weil sie ihn brauchte. Nach seinen Briefen zu urteilen, bedauerte Felix seinen Entschluss nicht, nach Berlin gegangen zu sein. Das verärgerte Lilli, die sich vorgestellt hatte, wie er mit hängendem Kopf nach Frankreich zurückkehren würde, besiegt nach einer ebenso demütigenden wie verzweifelten Expedition in ein feindliches Territorium. Doch nichts davon. Seine Briefe waren aufreizend fröhlich, obwohl Lilli vermutete, dass Felix, wie er es gewöhnt war, seine Zweifel und Befürchtungen überspielte.

Als sie erfuhr, dass ihr Bruder Max von Passau wiederbegegnet war, hatte Lilli begriffen, wo sie ihre Suche beginnen musste. Sie legte sich aufs Bett, faltete die Hände auf der Brust und sah an die Decke. In ihrem Brief hatte sie gelogen: Sie verstand sich ausgezeichnet darauf, sich in Geduld zu üben. Sie war ihre treue Waffe und unerlässlich, um zu bekommen, was sie wollte.

»Nein, ich werde nicht mitgehen.«

Einige Tage nach der Modenschau saß Xenia Fjodorowna,

ihren Sohn auf dem Arm, im Salon und hielt dem unnachgiebigen Blick ihrer Tochter stand. Der kleine Kolja war schwer. Wenn sie die Augen schloss, hatte sie das Gefühl, dass er sie in der Erde verankerte. Noch nie hatte sie eine solche Gelassenheit erlebt. Ihr war, als hätte ihre ganze Existenz nur zu diesem einen Ziel geführt, nämlich diesem Kind das Leben zu schenken. Sie beugte sich hinunter, drückte ihm einen Kuss auf den Scheitel und zog diesen besonderen Duft ein, dessen sie niemals überdrüssig wurde. Hatte sie Natutschka auch mit derselben Hingabe, demselben Überschwang geliebt? Oder war sie ängstlich gewesen und hatte befürchtet, Gabriel werde ihr Vorwürfe machen, wenn sie dem Kind, das nicht von ihm war, zu viel Aufmerksamkeit schenkte? Ob eine Mutter in der Lage war, sich unbewusst zurückzuhalten und ihrer Liebe Zügel anzulegen? War es diese Angst, die ihre Beziehung kränkeln ließ, sodass sie heute beide den Preis dafür bezahlten?

Bei ihrem Sohn hatte Xenia nicht den gleichen Fehler begangen wie bei Natascha. Gleich nach seiner Geburt hatte sie ihn auf dem Standesamt unter dem Namen seines Vaters eintragen lassen, obwohl sie Max nie wiedersehen würde. Dieser Gedanke durchfuhr sie wie eine scharfe Stahlklinge. Sie lebte fern von ihm, auch wenn er in ihrem Bewusstsein ständig präsent war. Jeder Blick, jedes Lächeln, jeder Körperteil ihrer Kinder erinnerte sie an ihn. Eine beständige Quelle der Freude, aber auch eine Strafe.

»Was soll ich sagen, Natascha?«, fragte sie schließlich und hob den Kopf. »Ich glaube, dass es gut für uns ist, nach New York zu ziehen. Ich liebe diese Stadt und bin überzeugt davon, dass wir dort ein interessantes Leben führen können. Sie wird uns die Energie schenken, die uns hier fehlt. Manchmal schaffe ich es gerade, einen Fuß vor den anderen zu setzen, und selbst das fällt mir schwer. Ich habe im Leben immer zu den Menschen gehört, die voranschreiten.«

»Du denkst wie immer nur an dich!«, sagte Natascha em

pört und legte noch einen Scheit auf das Kaminfeuer. »Fragst du mich wenigstens, was ich möchte? Nein, du triffst diese Entscheidung ganz allein.«

»Ich dachte, du wolltest reisen und die Welt sehen! Was könnte es Besseres geben, um deinen Horizont zu erweitern? Ich habe ein Haus gefunden, das groß genug für uns alle ist. Lilli scheint ganz begeistert von der Idee zu sein, dass wir umziehen.«

Mit einer zornigen Bewegung schob Natascha das Scheit mit dem Schürhaken tiefer in die Glut. Der Schein der Flammen erhellte ihre Stirn und ihre Wangen.

»Natürlich! Sie denkt, dass sie sich von ihrer Vergangenheit lösen kann, indem sie weit fortgeht. Sie macht genau das Gegenteil von dem, was Felix tut. Verstehst du nicht, dass sie bloß die Flucht nach vorn antritt? Aber das tust du ja ebenfalls, oder?«, sagte das junge Mädchen bissig. »Du glaubst, dass du dich sicher fühlen wirst, wenn du so weit wie möglich vom Vater deiner Kinder weggehst, von diesem Mann, mit dem du nicht leben kannst. Er wird mir am Ende noch leidtun, der Arme«, meinte sie ironisch. »Bestimmt hast du ihn auch ständig vor den Kopf gestoßen … Du handelst immer nur, ohne an die anderen zu denken. Irgendwann wirst du deswegen ganz allein dastehen.«

Xenia steckte die Schläge ein, die Natascha mit bemerkenswerter Treffsicherheit austeilte, ohne mit der Wimper zu zucken. Seit Monaten machte sie ihr immer wieder Vorwürfe. Sie hatte beschlossen, nicht mit aggressiven Worten zu antworten, um nicht in die giftige Spirale hineinzugeraten, in die ihre Tochter sie hineinziehen wollte. Dabei wusste sie, dass sie ein Talent für Worte besaß, die unheilbare Wunden aufreißen konnten. Doch sie zog es vor, sich auf das Gefühl des weichen, warmen Körpers von Max' Sohn zu konzentrieren, der brabbelnd in ihrer Armbeuge lag.

»Ich werde nicht gehen«, wiederholte Natascha.

»Ich weiß.«

»Und du erhebst nicht einmal Einwände? Du versuchst mich nicht vom Gegenteil zu überzeugen?«

Xenia sah ihre Tochter an, nahm ihre angespannte Haltung und ihr entschlossen gerecktes Kinn wahr. Sie erschauerte, wusste aber nicht, ob Zorn oder Kälte der Grund waren. Wie ähnlich sie mir ist, dachte sie gerührt.

»Ich vertraue dir. Du bist alt genug, um zu wissen, was du willst.«

Natascha verdrehte die Augen zum Himmel. Jeder andere Jugendliche wäre entzückt über diese schmeichlerischen Worte gewesen; warum kamen sie ihr dann vor, als bürde ihre Mutter ihr eine Last auf? Wollte sie hören, wie ihre Mutter tobte und ihr befahl, mit ihr zu gehen? Xenia hatte beschlossen, eine Konfrontation zu vermeiden. Das war geschickt. Und abscheulich. Indem sie einen Streit vermied, entwaffnete sie ihre Tochter.

»Bevor du abreist, möchte ich für volljährig erklärt werden. Ich habe keine Lust, noch über ein Jahr darauf zu warten.«

»Gut.«

Natascha starrte ihre Mutter entgeistert an.

»Warum schaust du so erstaunt drein?«, fuhr Xenia fort. »Hast du gedacht, ich würde dir eine Szene machen? Du hörst nicht auf, meine Tochter zu sein, wenn du mit zwanzig für volljährig erklärt wirst. Mein Kind wirst du immer sein, ob du willst oder nicht«, sagte sie mit einem entschuldigenden Lächeln. »Du musst eines verstehen, mein Schatz. Wenn ich jemanden liebe, dann lasse ich ihm vollkommene Freiheit. Ob es um deinen Vater geht oder um dich. Dazu muss ich nicht irgendein Papier haben oder eine sogenannte Autorität ausüben. Ich habe dich nach besten Kräften großgezogen und dir die notwendigen Fähigkeiten mitgegeben, um eine Frau zu werden, die in der Lage ist, eine eigenständige Wahl zu treffen. Ich gebe zu, dass es uns schwerfällt, zusammenzuleben. Vielleicht sind wir während des Krieges zu lange getrennt gewesen. Ich weiß es nicht. Aber es ist zu spät, um das rückgängig zu machen. Wenn ich dich ansehe, muss ich daran denken, wie ich in deinem Alter empfunden habe. Auch ich habe mir keine Befehle erteilen lassen. Ich kann nur noch einmal sagen, dass ich dir vertraue.«

Ohne ein weiteres Wort trat Natascha an den Samowar, um Tee zu machen. Das Kaminfeuer brannte hell und ließ Funkengarben aufsteigen. Im Salon duftete es nach Harz. Eine Schicht Neuschnee türmte sich auf dem Balkongeländer. Von der Straße drang kein Laut herein. Das Klappern der Pferdehufe wurde von der Schneedecke auf der Straße erstickt. Für Privatwagen fehlte das Benzin. Die Bewohner des Viertels igelten sich zu Hause ein. Die Cafés waren geschlossen, weil keine Kunden kamen, und die Zeitungen streikten. Über allem lag eine ständige Verdrossenheit. Regelmäßig wurde der Strom gesperrt, sodass die Wohnungen im Dunkel lagen. Die Schaufenster wurden nicht mehr beleuchtet, aber die Auslagen waren ohnehin leer. Man verbrachte die Zeit mit Warten: auf das Ende des Winters und der Unzufriedenheit.

Die Tür ging auf. Lilli hatte ihr Haar zu einem Knoten aufgesteckt, aus dem zwei Bleistifte ragten. Die Frisur ließ sie älter aussehen und enthüllte einen zarten Nacken. Rote Stellen, die von Frostbeulen herrührten, zeichneten ihre Fingergelenke. Das junge Mädchen reagierte besonders empfindlich auf die Kälte. Sie trat an den niedrigen Tisch und ließ sich im Schneidersitz auf den Boden sinken. Manchmal kam sie so ohne Vorwarnung herein und setzte sich in Xenia Fjodorownas Nähe. Sie sprach nicht und verlangte nichts. Oft brachte sie ein Buch mit und fuhr konzentriert in ihrer Lektüre fort. Xenia nahm keinen Anstoß daran, selbst wenn Lilli ihr Schlafzimmer betrat. Wortlos schenkte Natascha eine Tasse Tee ein und reichte sie ihr.

Das Schweigen war drückend. Aus diesem Bild müsste man doch eine Lehre ziehen können, dachte Natascha, während der Tee ihr die Zunge verbrannte: drei Frauen, die in einem renovierungsbedürftigen Salon saßen und von denen jede etwas anderes vom Leben erwartete. Das war keine Frage des Alters, sondern des Temperaments. Xenia Fjodorowna Ossolin ging ihren Weg. Sie beschloss ein Kapitel ihres Lebens, das sie an die Ufer der Seine geführt hatte. Doch St. Petersburg mit seinen zugefrorenen Kanälen, seinen wunderbaren Türmen und seinen schweigenden Palästen blieb ihr verbotenes Reich, dessen Ruf nie verstummen würde. Lilli Seligsohn träumte wie alle Sechzehnjährigen von Amerika, einer lauten, bunten Zukunft. Aber was wollte sie selbst? Ihre Mutter warf sie aus dem Nest, während Natascha etwas anderes erhoffte, auch wenn sie nicht wusste, was es war. Xenia Fjodorowna besaß auch einen unbarmherzigen Zug, eine unzähmbare Facette, die sich Normen und Konventionen entzog. Als sich Natascha erneut ihrer Mutter zuwandte, rechnete sie damit, dass diese sich wieder auf ihren Sohn konzentrierte und ihr Gespräch schon zu den Akten gelegt hatte. Aber Xenia Fjodorownas Blick war in einer Mischung aus Furcht und Wachsamkeit auf sie gerichtet. Auf ihre merkwürdige Art liebt sie mich trotzdem, sagte sich das junge Mädchen, und die Spannung in ihrer Brust ließ ein wenig nach.

Xenia hielt nichts davon, Dinge zu überstürzen. Daher befand sie sich einige Monate später, im Juli, immer noch in Paris, um die letzten Vorbereitungen für ihre Übersiedlung abzuschließen. In blutjungem Alter war sie immer wieder in Situationen gewesen, in denen keine Zeit für Überlegung war und nur der Fluchtreflex eines gehetzten Tiers zählte. Wenn sie damals voller Zorn und ungeweinter Tränen am Ende ihrer Nerven war, kam es vor, dass sie sich auf den Boden warf und nur noch sterben wollte. Seitdem hatte sich alles verändert. Durch die Geburt ihres Sohns war sie zur Ruhe gekommen, als hätte diese schöne Schicksalswendung sie gezwungen, den Augenblick zu würdigen.

Als sie die marmorgetäfelte Halle der amerikanischen Bank verließ, traf sie das gleißende Sonnenlicht über der Place Vendôme wie ein Schlag. Mit einer Hand hielt sie ihren tellerförmigen Strohhut fest, reckte das Gesicht der Sonne entgegen und ließ ihre Wärme auf ihre Wangen, Schultern und Arme strahlen. Gott, wie leicht sie sich fühlte! Sie schickte sich an, in ein anderes Land zu ziehen und einen Ozean zu überqueren, aber dieses Mal handelte sie nicht unter Zwang. Sie dachte daran, wie zuvorkommend der Bankangestellte sie behandelt hatte. Zum ersten Mal in ihrem Leben verfügte Xenia über ein beträchtliches Vermögen, und das war ein Gefühl, dessen sie nicht überdrüssig wurde.

Nachdem der Nachlass ihres Mannes endlich geregelt war, erkannte sie, dass Gabriel Vaudoyer sein Geld klug angelegt hatte. Manche Verluste waren unvermeidlich gewesen, aber trotzdem hatten seine Investitionen die Wechselfälle des Weltkriegs überstanden und besaßen, wie der Bankangestellte gesagt hatte, »ein interessantes Potenzial«. »Sie müssen sich gute Berater suchen, Madame«, hatte er mit sorgenvoller Miene hinzugesetzt, als sei es bedauerlich, dass sie eine Frau war. Xenia hatte nur distanziert gelächelt. Sie bezog ihre Kraft aus weniger guten Zeiten. Aber die wollte sie nie wieder erleben. Sie würde jeden Franc persönlich umdrehen.

Im Schaufenster eines Juweliers blitzte eine diamantenbesetzte Halskette auf einer Kuppel aus schwarzem Samt. Eine dunkle Wolke verdüsterte ihre gute Laune. Seit ihre Abreise näher rückte, betrachtete sie Paris mit anderen Augen. Natürlich würde sie zurückkommen, aber eine Stadt bot sich einem völlig anders dar, je nachdem, ob man dort lebte oder sich auf der Durchreise befand. Die Erinnerungen drängten sich einem dann oft bittersüß auf. Hierher war sie gekommen, um die mit Smaragden und Diamanten besetzten Ohrringe ihrer Mutter zu verkaufen, die ein Geschenk Katharinas der Großen an die Ossolins gewesen waren. Sie krampfte die Finger um ihre Handtasche. Nie wieder wollte sie in eine solche Lage geraten! Sie entfernte sich und beschleunigte ihren Schritt.

Dies war einer der Gründe, aus denen sie Frankreich unbedingt verlassen wollte. Die instabile politische Lage, der Umstand, dass die französischen Kommunisten die Hand auf die Hebel der Macht legten und die Bevölkerung sie unterstützte, die wiederholten Streiks und die hartnäckige Armut vermittelten ihr ein ungutes Gefühl. Manch einer sprach schon hinter vorgehaltener Hand über die Gefahr eines Bürgerkriegs. In den anderen Ländern Europas sah es kaum besser aus. Bei ihrem Aufenthalt in Berlin hatte sie sich davon überzeugen können, dass der Einfluss der Sowjetunion eine ernsthafte Bedrohung darstellte. Sie wollte ihr Kind nicht in einer Welt aufwachsen sehen, die sie an Verzweiflung und Tod erinnerte. Als sie ihren

Sohn zur Welt brachte, hatte sie das Leben gewählt. Jetzt kam es darauf an, nach dieser Entscheidung zu handeln. Sie würde sich nicht zurücklehnen oder privatisieren und von ihrem Geld leben. Sie ging nach New York, um zu investieren.

Unter den Arkaden der Rue de Rivoli waren die Auslagen der Geschäfte so deprimierend, dass sie ihnen kaum einen Blick gönnte. Irgendwann gewöhnte man sich daran, dass es an allem mangelte, an Mehl und Zügen, an Wolle, an Leder und an Gas, an Wohnungen, Autos und sogar an Papier. Sie hätte die Straße ein paar Meter früher überqueren oder mit abgewandtem Blick vorübergehen können, ohne sie zu bemerken, doch die Fotos im Schaufenster ließen sie nicht entkommen. Sie blieb wie angewurzelt stehen. Ein Passant rempelte sie an und brachte sie fast zu Fall. Wütend beschimpfte er sie, aber Xenia reagierte nicht. Wie hätte sie Max' Werke nicht erkennen können? Nervös dachte sie, dass sie sich, wenn es um ihn ging, auf die eine oder andere Weise immer in Gefahr brachte. Es waren drei bei Nacht aufgenommene Bilder aus der Zeit, als sie jung und frisch verliebt waren. Drei Fotos von Paaren. Eine glückliche Zeit war das gewesen, als sich Max nur für Verliebte als Motiv zu interessieren schien. Was mochte aus ihnen geworden sein, dem Mädchen mit dem geschminkten Mund und den lackierten Nägeln, das den Kopf leicht zurückgeworfen hatte, und aus ihrem Freund, der den Arm um ihre Schultern gelegt hatte, unter dem sich eine Brust erahnen ließ, weil der Träger des Kleids heruntergerutscht war? Der Blick der Unbekannten war melancholisch, denn es war Nacht und sie hatte zu viel getrunken, und doch schien es ihr nicht allzu übel zu ergehen, dort, auf dieser Sitzbank, neben diesem Burschen mit pomadisiertem Haar und entschlossenen Bewegungen, der nur ihren Körper wollte.

Xenia schob die Tür auf. Mehrere Besucher sahen sich die Ausstellung an. Die Amerikaner erkannte man an ihren schneeweißen Zähnen und der gesunden Haut. Die neuen Herren von Paris fühlten sich wohl, das strahlten sowohl ihre Haltung als auch der Schnitt ihrer Anzüge aus leichten, fließenden Stoffen aus. Die jungen demobilisierten Soldaten erhielten von ihrer Regierung fünfundsiebzig Dollar monatlich, wenn sie sich für Kurse einschrieben. Sie lebten glücklich und ohne Heimweh in Paris, wo sie sich mit Mädchen und gutem Wein zerstreuten. Seit Anfang des Monats strömten auch hohe Beamte und Delegationsmitglieder in die Stadt. Sie kamen zu den internationalen Konferenzen, die neuerdings abgehalten wurden. Auslöser war eine Rede des amerikanischen Außenministers George C. Marshall Anfang Juni gewesen. Er hatte über die verheerende Wirtschaftslage in Europa gesprochen, die das weltweite Gleichgewicht bedrohte und daher dringend verbessert werden musste.

»Madame?«

Nach kurzem Zögern erkannte Xenia den Besitzer der Galerie wieder. Jean Bernheim war stark gealtert. Mit seiner fortgeschrittenen Glatze, den hängenden Schultern und dem mageren Hals war er nur noch der Schatten des Mannes, der seit den Dreißigerjahren Max' Bilder ausstellte.

»Max von Passau«, sagte sie mit gepresster Stimme. »Er lebt, wissen Sie. Er hat überlebt.«

Die Miene des Alten hellte sich auf.

»Was für eine wunderbare Nachricht, Madame! Er hatte mir einen Teil seiner Arbeit und seiner Abzüge anvertraut. Dies ist das erste Mal seit Kriegsende, dass ich mir erlaube, wieder auszustellen. Ich habe das Thema der jungen Verliebten gewählt. Manche seiner Werke sind schwermütiger, aber wir brauchen doch Optimismus, nicht wahr? Apropos, schauen Sie doch!«, setzte er mit einer weit ausgreifenden Handbewegung hinzu. »Die Galerie ist gut besucht. Da ich keine Nachricht von Monsieur von Passau hatte, steht auch nichts zum Verkauf; aber ich habe bereits mehrere Anfragen von Kunden erhalten. Dieser Herr dort ist besonders hartnäckig«, sagte er und wies auf einen kräftig gebauten, blonden Mann in einem benachbarten Raum, der ihnen den Rücken zudrehte. »Wissen Sie vielleicht, wie ich Herrn von Passau erreichen kann?«

»Er lebt immer noch in Berlin. Ich kann Ihnen seine Adresse geben.«

»Einen Moment bitte. Ich hole mir etwas zum Schreiben.«

Er verschwand und ließ Xenia vor den Bildern allein. Sie kannte sie alle, und Erinnerungen stürzten auf sie ein. Damals, das wusste sie noch, hatte Max Stunden in seiner improvisierten Dunkelkammer im Bad verbracht und jede noch so winzige Stufe der Bildentwicklung überwacht. Oft hatten seine Kleider und sogar seine Hände, die er lachend mit Seife wusch, nach Chemikalien gerochen. Jedes dieser nüchtern gerahmten Bilder rief einen Widerhall in ihr wach; und das lag nicht nur an Max' Talent für die Komposition und den meisterhaften Einsatz des Lichts, sondern an dem Gefühl, das aus jeder Einzelheit sprach. Max erzählte immer eine Geschichte, auf ganz einfache Weise.

Bernheim kam mit einem Zettel und einem Bleistift zurück. Sie wusste Max' Adresse auswendig und notierte sie. Plötzlich kam es ihr erstickend heiß vor. Schweißtropfen liefen in ihre gehäkelten Handschuhe und sammelten sich in ihrem Nacken und ihren Ellenbeugen. Sie überlegte, was die Wertschätzung eines Pariser Galeristen für Max' Zukunft bedeuten konnte – eine Bestätigung, dass man ihn nicht vergessen hatte. Und offenbar war auch das fachkundige Publikum dieser Meinung. Sie war sich sicher, dass er Besseres verdient hatte als die Ruinen von Berlin. Max musste erneut seinen Platz unter den großen Fotografen einnehmen, aber sie hatte ihn nicht davon überzeugen können, als zählte ihre Meinung für ihn nicht mehr. Ein dumpfer Schmerz durchfuhr sie.

»Er würde sich ganz sicher freuen, von Ihnen zu hören«, sagte sie zu Bernheim. »Sein Atelier in Berlin ist zerstört, wie die ganze Stadt. Aber ich weiß, dass er wieder zu arbeiten begonnen hat. Sie müssen unbedingt mit ihm sprechen. Er wird Sie brauchen.«

»Und wir brauchen ihn!«, erwiderte der alte Herr begeistert und las den Zettel, als traute er seinen Augen nicht. »Einen Ausnahmekünstler wie ihn findet man so leicht nicht wieder. Ich werde so schnell wie möglich Kontakt zu ihm aufnehmen. Ich danke Ihnen, Madame«, setzte er in vertraulichem Ton hinzu. »Verzeihen Sie, ich hatte Sie nicht gleich erkannt. Es ist mir eine Ehre, Sie bei mir zu sehen.«

Xenia schlug errötend die Augen nieder. An der hinteren Wand der Galerie hing ein großformatiges Porträt von ihr. Sie hatte sich nicht davor aufgehalten. Dieses Lächeln, dieses Leuchten, diese Lebensfreude gehörten einer anderen Frau an, einer Welt, die es nicht mehr gab.

»Sagen Sie ihm nicht, dass Sie die Adresse von mir haben«, bat sie, plötzlich besorgt. »Ich wollte nicht indiskret sein. Er ist … Wie soll ich es ausdrücken? Er ist nicht mehr wirklich derselbe Mensch. Sie werden vielleicht große Überredungskunst brauchen, aber es ist wichtig, verstehen Sie. Sie müssen die richtigen Worte finden …«

Verwirrt unterbrach sie sich. Bernheim lauschte ihr aufmerksam, den Kopf ein wenig nach vorn gebeugt.

»Diese schrecklichen Jahre haben bei uns allen ihre Spuren hinterlassen«, murmelte er. »Und es schmerzt immer noch. Das braucht Zeit und Geduld. Einige von uns werden länger als andere benötigen, um davon zu genesen.«

»Und manche kommen nie darüber hinweg«, sagte sie schroff und haderte sofort mit sich, als sie den Schmerz auf dem Gesicht des leidgeprüften Mannes wahrnahm.

Ein weiteres Mal spürte Xenia die Gewissheit, dass ihre Entscheidung, Europa zu verlassen, richtig gewesen war.

»Verzeihen Sie mir bitte. Das war taktlos von mir. Ich wollte Ihnen nur mitteilen, dass er noch lebt. Für den Fall, dass Sie es nicht erfahren haben. Auf Wiedersehen, Monsieur.«

Hastig ließ sie sich von ihm zur Tür begleiten. Sobald sie den Fuß auf den Gehweg setzte, hüllte die brütende Hitze sie ein.

Xenias Schlafzimmerfenster standen weit offen, aber im Jardin du Luxembourg regte sich kein Blättchen. Vergeblich hoffte man auf einen Luftzug. Man hörte Geräusche, die sonst meist verborgen blieben; das Klirren von Bestecken, die knisternden Stimmen der Radiosprecher des T.S.F., Klavierklänge … Das tägliche Leben schwappte auf die Straßen der Hauptstadt hinaus.

»Es ist beinahe peinlich«, bemerkte Natascha, die sich mit den Ellbogen auf das Balkongeländer stützte. »Die Vorhänge sind offen, und man hört und sieht alles.«

Ihre Mutter sortierte ihre Bücher aus. Der Stapel der Bände, die sie nicht mitnehmen würde, wuchs zusehends.

»Und es ist dir wirklich recht, wenn du bleibst?«, fragte Xenia plötzlich und setzte sich auf ihr Bett, um ein wenig zu verschnaufen. »Seit ein paar Tagen bist du ziemlich still.«

Natascha zuckte die Achseln. Sie hatte nicht mit diesem unguten Gefühl gerechnet, das sich verstärkte, je näher die Abreise rückte. Manchmal fragte sie sich, ob sie sich nicht geirrt hatte, aber das hätte sie ihrer Mutter um nichts in der Welt eingestanden.

»Doch, es ist schon in Ordnung. Es ist ja nicht so, als würden wir uns nie wiedersehen.«

»Natürlich nicht! Aber New York liegt auch nicht gleich um die Ecke. Wie auch immer, Tante Mascha wird sich gut um dich kümmern.«

»Ja, das ist sie ja schon gewöhnt.«

Xenia seufzte.

»Immer wirfst du mir vor, dass ich dich während des Krieges bei ihr gelassen habe, nicht wahr? Ich habe es nicht aus freien Stücken getan, Natutschka. Ich wollte dich nicht loswerden, sondern dich schützen; aber das kannst du wahrscheinlich erst verstehen, wenn du selbst einmal Mutter bist.«

»Ich weiß nicht, ob ich dazu wirklich Lust habe«, gab Natascha zurück, weil sie sie verletzen wollte.

»Rede keinen Unsinn! Hast du in letzter Zeit übrigens etwas von Felix gehört?«

Verlegen spürte Natascha, wie ihr die Röte in die Wangen stieg. Der Gedankensprung ihrer Mutter hatte sie überrumpelt und missfiel ihr. Sie wollte nicht, dass sie um diese Einzelheiten ihres Lebens wusste. Das war genau das, was an dieser Art von Situation ärgerlich war: Man glaubte sich zu Vertraulichkeiten verpflichtet, so als trennte man sich für immer.

»Felix ist mein bester Freund«, versicherte sie, um einem Gespräch, das nicht außer Kontrolle geraten durfte, gleich ein Ende zu setzen.

»Aus Freundschaft kann aber auch Liebe werden.«

»Was weißt du denn davon? Ich glaube nicht, dass du Expertin auf diesem Gebiet bist. Wer von beiden, Gabriel Vaudoyer oder Max von Passau, war dir denn mehr ein Freund als ein Liebhaber?«

»Du solltest nicht immer alles auf mich zurückführen.«

»Aber man definiert sich doch immer in Bezug auf das Leben seiner Eltern. Für manche Menschen ist das sogar ein Fluch.«

Xenia schenkte sich ein Glas Wasser ein und trank langsam. Das Gespräch war schwierig. Sie stand immer noch unter dem gefühlsmäßigen Eindruck der Ausstellung, die sie am Nachmittag entdeckt hatte. Als diese Fotos entstanden, war sie kaum älter als ihre Tochter gewesen. Und auch sie war damals zornig. Nicht auf ihre Mutter, sondern auf das Leben. Aber war das nicht dasselbe?

»Wir ähneln uns, ob du willst oder nicht«, fuhr sie fort und sah Natascha an, die stur aus dem Fenster schaute, um ihrem Blick nicht zu begegnen. »Du bist genauso starrköpfig wie ich. Und ebenso wenig fügsam. Für eine Frau, die an ihrer Freiheit hängt, kann Liebe etwas Furchterregendes sein.«

»Ich suche nicht so sehr nach der Freiheit, sondern nach der Wahrheit!«, sagte Natascha und fuhr herum. »Das ist das Wertvollste. Zu wissen, dass die Menschen, die einen umgeben, einen nicht anlügen.«

Wie lange würde Natascha sie noch strafen?, fragte sich Xenia. Eine tiefe Mattigkeit überkam sie. Sie wünschte sich nur das Beste für ihre Tochter, aber sie konnte sich des Gedankens nicht erwehren, dass sie die schreckliche Erfahrung der Liebe machen musste, bevor sie in der Lage sein würde, sich ein ausgewogeneres Urteil über ihre Mutter zu bilden. Vielleicht war es auch Zeit, dass sie beide Seiten der Medaille kennenlernte.

Plötzlich fühlte sie sich gereizt und sprang auf. Mit einer entschiedenen Bewegung legte sie mehrere Bände auf den Stapel der Bücher, die sie verkaufen wollte. Alles begann ihr auf die Nerven zu gehen. Sowohl die Möbel in der Wohnung, die größtenteils Gabriel gehört hatten und die sie einlagern wollte, als auch das aggressive Verhalten ihrer Tochter. Sie machte es sich zu einfach, indem sie vom hohen Ross ihrer jugendlichen Gewissheiten aus urteilte.

»Ich war heute Nachmittag in der Rue de Rivoli. In der Galerie Bernheim gibt es eine Ausstellung, die dich interessieren könnte. Du solltest sie dir ansehen.«

Dieser Enthüllung wohnte ein Hauch von Bosheit inne, aber Nataschas Starrköpfigkeit verärgerte sie allmählich. Xenia Fjodorowna hielt nichts von Gewissensbissen. Wenn sie an die dort ausgestellten Porträts dachte, erinnerte sie sich daran, welch langen Weg sie zurückgelegt hatte. Man könnte ihr vieles vorwerfen, ihr vorhalten, egoistisch, streng, unerbittlich zu sein. Aber wie könnte man verleugnen, dass dieses junge Mädchen, das an den Wänden der Galerie lachte, Nachsicht verdiente?

Natascha folgte dem Rat ihrer Mutter nicht. Jedenfalls nicht gleich. Sie war misstrauisch und erahnte eine Falle. Würde das in Zukunft immer so sein, dieses Widerstreben, das mit der Zeit zu einem Krebsgeschwür werden konnte? Manchmal beobachtete sie Xenia mit so etwas wie Fassungslosigkeit. Und es kam auch vor, dass sie ihre Freundinnen beneidete, weil sie den Eindruck hatte, dass es so viel leichter war, deren Mütter zu lieben. »Wünschst du sie dir etwa langweilig und konventionell, willst du das?«, ereiferte sich ihr Freund Luc. Sofort verdüsterte sich Nataschas Miene. Was verstand er schon davon? Er war zwanzig, und Xenia Fjodorowna war für ihn eine tadellos gekleidete Gestalt mit rot lackierten Fingernägeln.

Am letzten Morgen war Natascha durch alle Räume der Wohnung gegangen, in der sie aufgewachsen war. Ihre Schritte hallten auf dem Parkett wider. Die Sonne enthüllte die schwarzen Spuren, die die Heizungsrohre hinterlassen hatten, die Stellen, an denen sich die Tapete gelöst hatte, die Farbspritzer in ihrem Zimmer – eine Erinnerung an ein kindliches Missgeschick. Staubkörner tanzten im Licht. Der Raum atmete anders. Die Echos waren nicht die gleichen. Und doch verharrte immer noch das Eau de Cologne ihres Vaters in dem Nebenraum, in dem früher seine Anzüge gehangen hatten. Aufgewühlt hatte sie die Tür besonders sorgfältig geschlossen.

Jetzt würde sie in einer Dachwohnung des Hauses leben, das

ihre Tante Mascha bewohnte. Sie war eher spartanisch, aber das enge Zimmer war ihr lieber als das braune Sandsteinhaus in der 71. Straße, das ihre Mutter ihr geschildert hatte. Sie war nicht bereit für Manhattan, und sie wollte nicht sehen, wie ihre Mutter an einem anderen Ort als Paris aufblühte – mit ihrem kleinen Bruder, für den Natascha nur Gleichgültigkeit empfand, mit Freunden, Gewohnheiten und Freuden, die sie nicht teilte. In Wahrheit jagte der jungen Frau, die sich in ihren Träumen als Vagabundin sah, die Vorstellung, in Amerika zu leben, eine seltsame Angst ein. Dieses Mal war sie es, die die Trennung erzwang, und oft fragte sie sich, wen sie damit eigentlich bestrafen wollte.

Xenia hatte sie zusammen mit Lilli unten vor dem Haus erwartet. Ein Taxi sollte sie zum Bahnhof bringen. Von dort aus fuhren sie dann nach Le Havre und schifften sich auf einem Überseedampfer ein. Im Wagen saß Miss Gordon und hielt den Säugling auf den Knien. Ihre Mutter umarmte sie. Xenias Wange war weich gewesen, ihr Blick aufmerksam. Sie trug ein elfenbeinfarbenes Kleid mit kurzen Ärmeln, das ihre schmale Taille betonte, und einen kleinen, mit einer Seidenblume geschmückten Strohhut. Sie sieht aus, als wäre sie auf dem Weg zu ihrer Hochzeit, dachte Natascha. Plötzlich kam ihr ihre Mutter seltsam verletzlich vor, und das junge Mädchen lächelte mit dem einigermaßen absurden Gefühl, sie trösten zu müssen. Dann fuhren sie ab. Sie war auf dem Gehweg zurückgeblieben, hatte dem Wagen nachgesehen, der um die Straßenecke bog, und gespürt, wie sie immer leichter und durchsichtiger wurde, wie von einem Taumel und vom Wind durchdrungen.

Vierzehn Tage später stand sie unter den Arkaden in der Rue de Rivoli und starrte auf das Schaufenster der Galerie. An diesem Spätnachmittag herrschte eine drückende Hitze. Der Himmel wirkte weißglühend. Von den überhitzten Straßen stiegen Teer- und Kanalisationsgerüche auf. In den Straßencafés wedelten sich die auf ihren Stühlen zusammengesunkenen Gäste mit allem, was ihnen in die Hände fiel, Luft zu. Die meisten Pariser hatten die Stadt verlassen. Natascha würde mit ihrer Tante ebenfalls für einen Monat in den Süden fahren. Heute war die letzte Gelegenheit, sich das vergiftete Abschiedsgeschenk ihrer Mutter anzusehen.

Als sie die Tür aufstieß, klingelte ein Glöckchen. Sie brauchte nicht zu fragen, wie der Fotograf hieß. Diese Werke trug sie seit jeher in sich. Langsam pochte das Blut in ihren Schläfen. Deine erste Begegnung mit ihm, sagte sie sich. Ein Zusammentreffen in Schwarzweiß, und als Medium diente ein Film. Aber war es nicht so am authentischsten und am unverfänglichsten? Diese Fotos, das waren die Zwanzigerjahre, mit denen sie Sorglosigkeit, Frivolität und Kühnheit verband. Sie spürte, wie ihr ein feiner Schweißfaden über den Nacken lief, und wischte mit der Hand darüber.

Ein Foto zeigte eine freche junge Frau, die, das Kleid bis zur Mitte der Oberschenkel hochgerafft, in einem Pariser Brunnen stand und deren blondes Haar ihr am Kopf klebte. Lachend stellte sie ihre schlanken Beine zur Schau. Wassertropfen übersäten ihr Gesicht und die bloßen Arme. Mit unverhülltem Hochgenuss verstieß sie gegen die gängige Moral; und es war ganz offensichtlich, dass sie ihr Glück mit dem Mann teilte, der sie durch die Kamera ansah. Auf allen Porträts fand man dieselbe Vertrautheit, diese absolute Natürlichkeit, diese hellen Augen, die, achtlos gegenüber dem Objektiv, nur auf ihn gerichtet waren. Und oft stand in diesem Blick ein stiller Kummer, eine furchtbare Einsamkeit. Immer wieder aufs Neue verstieß Xenia Fjodorowna gegen die Konventionen, und jede Bildeinstellung, jedes Lichtspiel war ein Liebesbeweis. Der Künstler lud den Zuschauer ins tiefste Innere ihrer intimen Beziehung ein. Mit pochendem Herzen dachte Natascha, dass daran etwas zugleich Schamloses und Großzügiges war, etwas Unwiderstehliches. Ihre Mutter war eine junge Frau wie alle anderen gewesen. Oder doch nicht, sie war anders, unergründlich.

Diskret beobachtete sie die Reaktionen der anderen Betrachter, die sich beim Ansehen der Fotos eines Lächelns nicht erwehren konnten. Kenner erörterten die besonderen Qualitäten der Fotos. Ein älterer Herr erging sich mit eifriger Miene und heftig gestikulierend in Ausführungen. Die Bildaufteilung, die unwillkürlich wirkte, war in Wahrheit harmonisch strukturiert: hier ein Kirchturm, dort der Gitterzaun eines verschlossenen Parks, scharfe Schatten oder eine verschwommene Gestalt, die in der Ferne vorüberging. Nicht zu vergessen das komplizierte Verfahren in der Dunkelkammer, von dem Natascha nichts verstand. Da spürte das junge Mädchen den ebenso plötzlichen wie unerwarteten Drang, die Bilder abzuhängen und nach Hause zu tragen, sie diesen indiskreten Blicken zu entziehen, die ihr mit einem Mal verletzend vorkamen, als müsste sie die Fotos beschützen. Stundenlang, die ganze Nacht hindurch, wollte sie sie ansehen und ihnen die notwendige Zeit widmen, um endlich den Schlüssel zu dem Mysterium zu entdecken, das Xenia Fjodorowna Ossolin und Max von Passau einte. Und das dazu geführt hatte, dass sie an diesem drückend heißen Sommertag Zeugin der glühenden körperlichen und spirituellen Leidenschaft ihrer Eltern wurde.

»Verzeihen Sie, Mademoiselle, aber wir schließen jetzt.«

Die Stimme klang bedächtig, respektvoll. Natascha riss sich aus ihrer langen Versunkenheit und stellte fest, dass außer ihr keine weiteren Besucher mehr in der Galerie waren. Draußen war es so düster geworden, als wäre es mitten in der Nacht.

»Ich fürchte, es wird ein scheußliches Gewitter geben«, setzte der alte Herr hinzu und sah aus dem Fenster. »Sie werden nass bis auf die Knochen werden.«

Ja, das Gewitter soll nur kommen, dachte Natascha. Sie hoffte, es würde sie von dem Kopfschmerz erlösen, der wie ein bleiernes Band um ihren Schädel lag, von dem sauren Geschmack auf der Zunge und von ihren verworrenen Gefühlen.

»Und von ihm selbst haben Sie kein Foto?«, fragte sie mit einem Mal.

»Von Monsieur von Passau?«, sagte er erstaunt.

»Ja. Ich hatte mich gefragt … Vielleicht in einem Katalog?«

Das Herz pochte ihr in der Brust. Sie musste ihn sehen, hier und jetzt.

»Ich habe noch etwas Besseres. In meinem Büro bewahre ich ein Selbstporträt auf.«

Der Raum ging zum Hof hinaus. Durch das halb geöffnete Fenster drang nach Schwefel riechende Luft herein. An den Wänden hing eine Reihe von Fotos: eine Ansicht der Dächer von Paris bei Sonnenuntergang, ein Bild von einem kleinen Mädchen im weißen Kleid, das über die Flächen eines Himmel-und-Hölle-Spiels hüpfte, Fotos, die mit dem Effekt der Überbelichtung spielten. Ohne etwas von Fotografie zu verstehen, wusste Natascha, dass es sich um Arbeiten anderer Künstler handelte. Ihnen fehlte etwas, was sie nicht hätte definieren können. Der Mann zog eine Schublade an einem Möbelstück aus patiniertem Holz auf. Äußerst vorsichtig hob er einen Abzug heraus, den er auf den Schreibtisch legte, und zog eine Lampe heran.

»Hier, das stammt aus dem Jahr 1927. Er hat diese Serie vor seiner Rückkehr nach Berlin fotografiert.«

In dem Jahr, in dem sie geboren war. Natascha schloss die Augen. Sie hatte Mühe zu atmen. Zum ersten Mal würde sie das Gesicht ihres Vaters sehen. Sie wusste nichts von ihm, kannte weder seine Gestalt noch seinen Körperbau, seine Haar- oder Augenfarbe noch den Klang seiner Stimme. Und doch kannte sie ihn schon gut; seine Sensibilität, die Emotionen, die dicht unter der Haut lagen, sein Talent, seine Großzügigkeit. Am liebsten wäre sie frei gewesen, frei, sich abzuwenden und weiterhin unnachgiebig und in ihrem selbstgerechten Zorn erstarrt zu verharren. Aber es war zu spät. Sie war gebannt. Die Neugier war zu groß. Das also war das Abschiedsgeschenk ihrer Mutter: die Bilder, die zeigten, wie sich ihre Eltern begegnet waren, bevor sich Wunden und Risse aufgetan hatten. In hellem Licht. Natascha wischte sich die feuchten Handflächen am Baumwollstoff ihres Kleides ab und tat einen Schritt nach vorn.

Dritter Teil

Berlin, Juni 1948

Felix' Bein zuckte nervös auf und ab. Um sich zu beruhigen, umklammerte er die Sessellehnen. Von der anderen Seite des Schreibtisches her beobachtete der Anwalt ihn unter halb geschlossenen Lidern mit sorgenvoller Miene.

»Das Verfahren wird sich lange hinziehen, Herr Seligsohn. Die Gegenpartei ist der Meinung, das Modehaus Lindner zu einem angemessenen Preis und im Rahmen einer regulären finanziellen Transaktion erworben zu haben.«

»Man hat meiner Mutter keine andere Wahl gelassen«, schnitt Felix ihm das Wort ab. »Die Enteignung und ›Arisierung‹ waren politisch gewollt. Das war organisierter Raub. Alle von Hitler besetzten Staaten haben das erlebt. Und die europäischen Länder haben sich nicht lange bitten lassen und sich diesen Befehlen gebeugt«, erklärte er in bitterem Ton. »Meine Mutter hätte nie verkauft, wenn man sie nicht dazu gezwungen hätte. Daher kann man auch nicht davon ausgehen, dass sie aus freiem Willen gehandelt hat, und damit ist diese Transaktion null und nichtig. In diesem Geist argumentieren doch auch die amerikanischen Juristen, nicht wahr?«

Der Mann stieß einen Seufzer aus. Strahlender Sonnenschein erfüllte den Raum. Erich Hoffner trauerte den Bäumen in seiner Straße nach, deren Laub einst einen angenehmen Schatten gespendet hatte. Trotzdem würde er nicht am helllichten Tag die Vorhänge zuziehen. Die Akten stapelten sich auf seinem

Schreibtisch. Nach ersten Schätzungen beliefen sich die jüdischen Vermögensverluste in Europa auf mehr als acht Milliarden Dollar, aber der Jurist war überzeugt davon, dass sich diese Summe im Lauf der Zeit noch erhöhen würde.

Er beobachtete Felix Seligsohn. Der junge Mann runzelte die Stirn und biss die Zähne zusammen, aber Hoffner musste ihm zugestehen, dass er sich nicht von seinen Emotionen überwältigen ließ. Denn genau das fürchtete er bei manchen seiner neuen Klienten am meisten. Die Gefühlsausbrüche. Die Juden hatten nicht nur Häuser, Wohnungen, Landbesitz oder Unternehmen verloren, sondern man hatte ihnen auch ihre Erinnerungen, ihre Fotos, jeden kleinsten Gegenstand von sentimentalem Wert genommen, ihre Intimsphäre. In seinem Büro gingen die Schatten Verstorbener um, die nie ein Grab erhalten hatten, hefteten sich an seine Fersen und brachten ihn oft um den Schlaf. Wenn sich Hoffner besonders niedergeschlagen fühlte, fragte er sich, ob er nicht den Beruf oder wenigstens die Sparte wechseln sollte. Manche seiner Kollegen machten einen großen Bogen um solche Fälle.

»Die Amerikaner haben vor über sechs Monaten, am 10. November 1947, ein Militärgesetz über die Rückerstattung von Vermögenswerten an Opfer des Nazi-Regimes erlassen, und die Briten sind mit einer ähnlich lautenden Regelung gefolgt«, fuhr Felix in gemessenem Ton fort. »Für die französische Besatzungszone ist ebenfalls ein solches Gesetz vorgesehen. Das demokratische System und die Marktwirtschaft können nur funktionieren, wenn sie auf dem Prinzip des Vertrauens beruhen. Dazu gehört auch, den Menschen, die unrechtmäßig beraubt wurden, ihren Besitz zurückzuerstatten.«

»Sie wohnen auf der richtigen Seite der Stadt, Herr Seligsohn. Das ist schon einmal ein Glück. Wer in der sowjetischen Zone lebt, wird nichts zurückbekommen. Die sogenannte sozialistische Gleichheit hält nichts von Ihrem Prinzip des Vertrauens«, sagte er ironisch.

Felix musterte ihn kühl. Er hatte diesen Anwalt ausgewählt, weil man ihm gesagt hatte, er sei integer und tüchtig. Mit seiner strengen Miene und seinem unbewegten Blick fand er ihn nicht besonders sympathisch. Aber für Felix zählte vor allem sein berufliches Geschick. Der Mann mochte Anfang fünfzig sein. Wo er wohl während des Krieges gewesen war? In welchem französischen oder ukrainischen Dorf? An welcher Front, und in was für eine Uniform gekleidet? Die unvermeidlichen, immer wiederkehrenden Fragen drängten sich ihm wie so oft auf. Mühsam schob er sie beiseite. Der Anwalt praktizierte in seinem alten Büro in Charlottenburg. Wenn die Alliierten ihm erlaubt hatten, sein Kanzleischild wieder aufzuhängen, dann hatte Hoffner seine Vergangenheit wohl zu ihrer Zufriedenheit gerechtfertigt. Vertrauen, dachte Felix noch einmal angespannt. In diesem neuen Deutschland, das noch unter Vormundschaft stand, drehte sich alles darum.

»Ich würde vielleicht nicht gerade das Wort ›Glück‹ gebrauchen.«

Der Anwalt zog eine Augenbraue hoch. Er zweifelte nicht an der Entschlossenheit seines Klienten. Obwohl dieser Schritt ihn sicherlich schmerzte, wirkte er nicht sentimental. Hoffner empfand eine spontane Wertschätzung für den jungen Mann mit dem dichten schwarzen Haar, das er nicht zu zähmen vermochte. Sie hatten sich schon einmal getroffen, und Seligsohn hatte ihm klargemacht, dass er nicht auf seinen Anspruch verzichten werde, mochte es auch noch so schwierig werden. Hoffners Recherchen hatten ihn zu einer in Bayern beheimateten Firma geführt, deren Interessen von einem einflussreichen Anwalt gewahrt wurden. Ein richtiger Aasgeier, sagte er sich, während er an seinen Kollegen dachte. Er setzte seine Brille auf und blätterte in den Papieren, die vor ihm lagen.

»Man könnte im Falle des Modehauses Lindner in der Tat von einer ›unrechtmäßigen Entziehung‹ sprechen. Das Gesetz Nr. 59 der amerikanischen Militärregierung träfe darauf zu; allerdings ist es in den Westsektoren Berlins bis jetzt noch nicht in Kraft getreten. Also müssen wir uns in Geduld fassen. Ich habe in Ihrem Namen bei den Besatzungsbehörden einen Antrag auf Rückerstattung gestellt. Ihre Akte beinhaltet mehrere Punkte, die sich zu Ihrem Vorteil auswirken sollten: Es handelt sich um einen ›feststellbaren Vermögensgegenstand‹ … zumindest das, was davon übrig ist«, erklärte er. »Außerdem leben Sie in Deutschland und sind unbestreitbar der legitime Erbe. Also«, fügte er hinzu und sah Felix über seine Brillengläser hinweg an. »was wollen Sie vor Gericht verlangen, wenn es so weit ist? Wollen Sie den Verkauf unter der Voraussetzung abschließen, dass der Verkaufspreis an den echten Marktwert von 1938 angepasst wird – zuzüglich Zinsen versteht sich? Oder ziehen Sie es vor, den Verkauf rückgängig zu machen und die Rückgabe des Objekts zu verlangen, um es dann weiterzuverkaufen?«

Felix beugte sich nach vorn. Sein Hals war trocken, und er spürte, wie die Ader an seiner Schläfe pochte.

»Ich dachte, ich hätte mich deutlich ausgedrückt, Herr Hoffner. Ich hege keinerlei Absicht, das Modehaus Lindner zu verkaufen. Ich werde es wiederaufbauen und das Werk meiner Familie fortsetzen. Niemand bringt so gute Voraussetzungen dafür mit wie ich, und niemand ist so entschlossen dazu.«

Der Anwalt lehnte sich auf seinem Stuhl zurück, sah Felix lange an und lächelte dann.

»Ich habe gehört, dass Sie bereits ein Geschäft unter Ihrem Namen eröffnet haben.«

»Das ist wahr, ich habe ein ehemaliges Lokal in ein Geschäft umfunktioniert, das noch sehr bescheiden ist. Es besteht nur aus einem einzigen Raum. Ich habe drei Angestellte, von denen zwei früher für meine Mutter gearbeitet haben. Ich weiß, dass die juristische Auseinandersetzung lange dauern wird, da sagen Sie mir nichts Neues. Und ich habe nicht die Absicht, bis dahin Däumchen zu drehen.«

»Was verkaufen Sie?«

»Im Moment nur Kleidung.«

»Blusen aus Fallschirmseide, stimmt's?«

»Unter anderem. Woher wissen Sie das?«

Hoffner vermengte nicht gern Beruf und Privatleben, aber die hoffnungsvolle Entschlossenheit des jungen Mannes machte ihn gesprächig.

»Meine Frau«, gestand er. »Sie war Kundin bei Ihrer Mutter. Als sie in der Zeitung gelesen hat, das Haus Lindner habe wiedereröffnet, ist sie aus Neugierde in Ihr Geschäft gegangen, und sie kam begeistert zurück. Wie sie sagt, hat das Flair der Lindners den Krieg überlebt.«

Stolz und gerührt zugleich schlug Felix die Augen nieder. Das war nicht das erste Kompliment, das er erhielt; aber er empfand stets die gleiche Mischung aus Freude und Furcht, denn Schmeicheleien misstraute er.

Im Grunde hatte die Begegnung mit der ehemaligen Direktrice seiner Mutter ihn zum Handeln bewogen. Als er von den Stoffballen sprach, die er in einem Versteck hielt, leuchteten ihre Augen. »Sie müssen etwas daraus machen, Herr Seligsohn!«, rief sie aus. »Man kann sie doch nicht in einer Ecke vermodern lassen!« Sie stellte ihm eine ihrer Cousinen vor, die ebenfalls im Besitz einer Nähmaschine war, die sie aus den Trümmern des Hausvogteiplatzes gerettet hatte. Daraufhin hatten sie begonnen, sich der Herausforderung der Stoffknappheit zu stellen. Sie lernten, aus Altem Neues zu machen, indem sie unterschiedliche Stoffe vernähten, Manschetten und Kragen austauschten, Röcke verlängerten und Taillen betonten.

Felix hatte ihnen Nataschas begeisterte Briefe vorgelesen, in denen sie Christian Diors New Look beschrieb. Es hatte fast ein Jahr gedauert, bis die neue Mode den Weg ins Herz der deutschen Frauen fand. Seit einigen Monaten schrieben die Modezeitschriften über nichts anderes mehr. Er hatte ein ehemaliges Lokal gefunden, in dem er mit der finanziellen Hilfe, die er von den Institutionen erhielt, sein Geschäft eröffnen konnte. Als er am ersten Tag den schlecht erleuchteten Raum ansah, hatte er das Gefühl gehabt, wieder bei null zu beginnen wie seine Vorfahren im vergangenen Jahrhundert. Aber nach und nach kamen die Kunden. Schüchtern und zögernd zunächst hatten sie vereinzelt die Tür aufgeschoben, doch dann waren sie zahlreicher geworden.

»Derzeit kaufen die Leute alles, was sie bekommen können«, sagte der Anwalt. »Doch in vielen Geschäften, an denen ich vorbeigehe, sind die Regale leer.«

»Seit von einer Währungsreform gesprochen wird, stürzen sich die Käufer auf die Waren«, sagte Felix. »Sie fürchten eine Abwertung. Ich kenne einige, die alles Mögliche anhäufen. Nicht zu vergessen, dass nicht wenige Läden ihre Vorräte hüten und auf eine stabile Währung warten. Die Preise sind in die Höhe geschossen. Die Menschen machen sich Sorgen wegen der Russen. Werden sie sich der Reform anschließen oder nicht?«

Hoffner verzog das Gesicht und bot seinem Klienten eine Zigarette an.

»Ich für meinen Teil bezweifle das. In letzter Zeit hat sich die Lage zu sehr verschlechtert. Präsident Truman, den man als ungebildeten kleinen Krawattenverkäufer betrachtete, hat zum Glück begriffen, was Roosevelt immer verschleierte, nämlich wie groß die Gefahr ist, dass die Sowjets Europa in die Hand bekommen. Um den Kommunismus einzudämmen, ist es notwendig, dass die USA Europa, besonders Deutschland, wirtschaftlich, finanziell und militärisch unterstützen. Seit der Marshallplan verabschiedet wurde, zetern die Russen ohne Ende über den Imperialismus der Amerikaner. Der Staatsstreich in der Tschechoslowakei ist ein schlechtes Vorzeichen. Sie haben sicher ihre Tricks bemerkt: Sokolowski hat zuerst den alliierten Kontrollrat vertagt, und dann haben unter falschen Vorwänden die Schikanen an den Grenzübergängen begonnen. Die Sowjets wollen ein geeintes Deutschland, um besser Reparationen aus dem Land ziehen und es unter ihre Knute bringen zu können, und genau das wollen Amerikaner und Briten verhindern.«

»Sie möchten vor allem, dass die Westmächte Berlin verlassen, aber da vertraue ich auf General Clay«, bekräftigte Felix mit leuchtenden Augen. »Er weiß, was auf dem Spiel steht. So lange er das Ohr der Politiker in Washington hat, kann uns nichts geschehen.«

Hoffner dachte an die Entschlossenheit des amerikanischen Militärgouverneurs. Als die Russen im April zwei Tage lang den Zug- und Schiffsverkehr zwischen Berlin und Westeuropa unterbrochen hatten, ordnete Clay an, die amerikanische Garnison aus der Luft zu versorgen. Doch den Vorschlag, die Frauen und Kinder der Militärs sowie das Verwaltungspersonal zu evakuieren, hatte Clay entschieden zurückgewiesen. Der Mann mit dem schmalen Gesicht und den grauen Augen war für seine Starrköpfigkeit bekannt: Er wollte weder Panik auslösen noch den Kommunisten das Gefühl vermitteln, dass die Alliierten Berlin fallen lassen würden. Auf gewisse Weise, dachte Hoffner, ähnelten sich diese beiden Männer, die von ihrem Alter und ihrer Herkunft her so unterschiedlich waren.

»Sie sind jung und optimistisch«, fuhr er fort. »Hoffentlich haben Sie recht. Ein amerikanischer Journalist hat von einer neuen Art des Krieges gesprochen, einem Kalten Krieg, und wir befinden uns hier im Auge des Sturms, mitten in der russischen Zone. Die Russen haben sich immer gegen den Viermächtestatus Berlins gesträubt. Sie sind nicht davon abzubringen: Sie wollen, dass die Westmächte abziehen. Und die werden unseretwegen keinen neuen Krieg riskieren.«

»Heute Abend wissen wir mehr, wenn über die Einzelheiten der Reform berichtet wird. Dann werden wir ja sehen, was die Amerikaner ausgebrütet haben.«

»Und die Reaktion der Sowjets erleben.« Hoffner stand auf. »Gut, Herr Seligsohn, was unsere Angelegenheiten angeht, müssen wir also abwarten und trotzdem wachsam sein.«

»Sagen Sie, haben Sie eigentlich herausbekommen, wer hinter dieser nebulösen Firma steckt, die Lindner aufgekauft hat?«

Etwas ließ Hoffner zögern. Später sollte sich der Anwalt fragen, woher diese merkwürdige Vorahnung gekommen war. Zum ersten Mal hatte er das Gefühl, einen seiner Klienten beschützen zu müssen. Felix Seligsohn war so alt wie sein Sohn, der an der Ostfront, in Stalingrad, gefallen war.

»Es handelt sich um einen Mann, der derzeit in der Nähe von München lebt; einen gewissen Kurt Eisenschacht.«

Felix wurde blass.

»Sie wirken erstaunt. Kennen Sie ihn?«

»Nein«, murmelte Felix und versuchte sich zu fassen. »Glücklicherweise nicht. Aber leider ist mir sein Name bekannt.«

Er drückte seinem Anwalt die Hand und ließ sich von ihm zur Tür begleiten. Als Felix die Treppe hinunterging, musste er sich am Geländer festhalten. Kurt Eisenschacht, Max' Schwager. Das war kaum zu glauben. Warum hatte er ihm nichts davon gesagt? Und auch Tante Xenia nicht? Undenkbar, dass sie nichts davon gewusst hatten. Er spürte einen bitteren Geschmack im Mund. Sie hatten etwas vor ihm verborgen. Wen hatten sie zu schützen versucht, und warum?

Es war kurz vor sechs Uhr abends. Lynn Nicholson stand an Max' Wohnzimmerfenster und sah zu, wie die Menschen über den Platz rannten. Die Geschäfte waren seit Stunden geschlossen. Die Berliner waren dafür bekannt, immer einen kühlen Kopf zu behalten. Aber seit einigen Tagen war die Angst, die ihnen die Kehle zuschnürte, mit Händen zu greifen.

»Sie fürchten sich«, sagte sie.

»Zu Recht.«

Max drehte das Radio lauter. Die angespannte Stimme des Kommentators erfüllte den Raum. Er stellte sich vor, wie sich in der ganzen Stadt die Hörer um die Apparate scharten. Berlin hielt den Atem an. Für die Berliner war die Währungsreform eine weit dramatischere Angelegenheit als für die Deutschen in den Westzonen, denn für sie war das Schicksal damit verknüpft, das die beiden großen Antagonisten für sie bereithielten.

»Das erste Gesetz über die deutsche Währungsreform, erlassen durch die Militärverwaltungen der Vereinigten Staaten, Großbritanniens und Frankreichs, wird am 20. Juni in Kraft treten. Die Abwertung bei Sparguthaben wird zehn zu eins betragen. Die neue Währung wird den Namen ›deutsche Mark‹ tragen.«

Max trommelte mit den Fingernägeln auf den Tisch. Auch er war nervös. Noch nie waren sich die Berliner so bewusst gewesen, dass sie nur ein Punkt in einer roten Militärzone waren, über der Hammer und Sichel schwebten. Der Kommentator fuhr fort.

»Momentan betrifft die neue Währungsreform Berlin nicht. Als viergeteilte Stadt wird sie die alte Währung beibehalten ...«

Max drehte den Ton ab. Sie schwiegen lange.

»Schön«, meinte Lynn und setzte sich.

»Ich fürchte das Schlimmste«, sagte Max. »Die Russen werden nie akzeptieren, dass die westlichen Zonen eine einseitige Reform durchführen.«

»Das ist der Beginn einer neuen Ära. Seit sich die Amerikaner und die Sowjets nicht mehr verständigen können, funktioniert die Alliierte Kommandantur nicht mehr. Jelisarow hat sich unmissverständlich ausgedrückt: Wenn die Westmächte ihre Pläne für Deutschland nicht revidieren, müssen sie Berlin verlassen.«

»Wir sind Geiseln, wieder einmal«, brummte er.

Mit einer Hand fuhr sich die junge Frau übers Haar; eine unbewusste Geste, die Lynn immer machte, wenn sie besorgt war. Er betrachtete die Linie, die sich zwischen ihre Augenbrauen gegraben hatte. Wenn sie besorgt war, wirkte sie älter. Er stellte sich vor, wie sie in zehn Jahren, in dreißig Jahren aussehen würde. Sie würde immer noch die feinen Züge besitzen, ihre schmale Gestalt, die distanzierte, beinahe arrogante Haltung und das leise, geheimnisvolle Lächeln, das sie nicht einmal ablegte, wenn sie sich liebten.

»Du solltest lieber nach Hause zurückkehren«, sagte er. »Gott weiß, was passieren wird. Manche Leute haben schon die Koffer gepackt. Wir sind in den Westsektoren mehr als zwei Millionen Menschen und haben nur sechstausendfünfhundert Soldaten zu unserem Schutz. Die Russen haben in ihrem Teil der Stadt dreimal so viele Männer. Gar nicht zu reden von den dreihunderttausend, die rund um uns stationiert sind. Das ist eine ziemlich ungünstige Position.«

»Zu Hause habe ich nichts zu tun. Hier langweilt man sich wenigstens nicht. Und außerdem habe ich keine Lust, dich zu verlassen.«

»Ach, das ist doch dummes Zeug …«

Verärgert stand er auf. Lynn spürte, wie ihr das Herz schwer wurde. Das hatte sie nun davon. Sie hatte ja unbedingt mit dem Feuer spielen müssen. Wie hatte sie nur so dumm sein und glauben können, Max von Passaus Geliebte werden zu können und unbeschadet wieder aus der Beziehung herauszukommen? Sie hatte geglaubt, ihre Gefühle im Griff zu haben und der Affäre nur den Platz einzuräumen, der ihr in ihrem Leben gebührte. Ein Zwischenspiel. Ein intensives, aber nicht dauerhaftes Kapitel. Arme Närrin!, sagte sie sich. Sie hatte sich ganz offensichtlich verliebt. Und sie sagte nichts …

»Sie werden die Grenzen dichtmachen, um uns zu ersticken«, murmelte Max und öffnete das Fenster. »Das haben sie im April schon einmal probiert.«

»Damals hat es nicht funktioniert.«

»Das war nur die Probe aufs Exempel. Dieses Mal ist es ernst. Und ich bezweifle, dass wir lange durchhalten können. Außerdem glaube ich nicht, dass dem Westen so viel an uns liegt.«

»Was bist du nur für ein Pessimist!«, rief Lynn ärgerlich aus. Sie dachte an die vertraulichen Gespräche zwischen den amerikanischen und britischen Generälen, an die Berichte, die sie bis tief in die Nacht tippte, und an den jungen Russen mit den ausgeprägten Gesichtszügen, der im Rahmen der Robertson-Malinin-Vereinbarung zu einem der Verbindungsoffiziere ernannt worden war. Er war kein anderer als Dimitri Kunin, der Sohn des Generals Igor Kunin, dessen Rückkehr nach Leningrad Max so bekümmert hatte.

Er gab keine Antwort, sondern drehte sich um und sah sie an. Der Kragen seines weißen Hemds stand offen. Er hatte die Hände in die Taschen gesteckt. So, leicht vornübergebeugt und mit zerzaustem Haar, sah er wie ein junger Bursche aus.

»Wenn ich fortgehe, würdest du dann mit mir kommen?«

Seine Stimme klang tief und eindringlich. Einen kurzen Moment lang empfand sie Jubel, der unmittelbar darauf in Verdrossenheit umschlug. Ein leiser Schmerz hinter ihren Augen kündigte eine Migräne an. Die heiße, drückende Luft drohte sich zu einem Gewitter auszuwachsen. Diese Frage hätte sich Lynn vor einigen Monaten gewünscht. Vielleicht hätte sie ja dann den Mut gehabt, das Risiko einzugehen? Oder hätte in ihrer Ahnungslosigkeit geglaubt, dass ihre Beziehung eine Aussicht hatte, irgendwo anders als in Berlin zu überleben? Mit einem Mal fühlte sie sich schwach, und ihr Körper kam ihr taub vor. Hatte er sich je die Mühe gemacht und versucht, sie zu verstehen? Ihre Wünsche und Vorstellungen zu erraten? Sie nahm ihm diese aus einer Laune heraus gestellte Frage übel. Sie hatte Besseres verdient, aber Max konnte ihr nichts anderes bieten als diesen Impuls, der aus der Unsicherheit erwuchs, von der die Stadt seit Wochen zerfressen wurde. Manche Männer reagierten erst, wenn sie in die Enge getrieben wurden. Nur Frauen wagten es, vorauszuschauen. Die Sorge um die Zukunft war ihre zweite Natur.

Max wusste es noch nicht, aber ihr Schicksal lag nicht mehr in ihren Händen. Lynn war auf dem Laufenden über die Diskussionen zwischen Clay, Robertson und ihren Generalstäben: Die angelsächsischen Militärs würden in näherer Zukunft nicht abziehen. Clay hatte erklärt, er wolle lieber nach Sibirien verbannt werden, als Berlin im Stich zu lassen. Sie war verliebt in Max von Passau, aber sie hatte sich entschieden, ihrem Land zu dienen. Für eine Britin, die den Blitzkrieg in London erlebt hatte, waren das keine leeren Versprechungen. Das ist vielleicht meine Rettung, dachte sie.

»Ich glaube nicht, dass du das wirklich willst«, sagte sie halblaut und wandte den Blick ab. »Das ist doch nur dummes Zeug, nicht wahr?«

Max sah, dass er sie verletzt hatte. In der Tat, er wusste nicht mehr mit Frauen umzugehen. Zuerst Xenia und jetzt Lynn. Mit einem Mal stieg Ärger in ihm auf. Er hatte oft das Gefühl, gegen die Wände eines fensterlosen Raums anzurennen. Die Anspannung, die in der Stadt herrschte, verstärkte dieses ungute Gefühl noch. Sein Blick fiel auf den Ordner mit den Briefen, die er noch erhalten hatte, bevor die Sowjets die Postverbindungen zu den westlichen Ländern unterbrochen hatten. Der Pariser Galerist Jean Bernheim hatte ihm vorgeschlagen, ihren Vertrag zu erneuern. Der alte Herr hatte feinfühlig argumentiert. Keine penetrante Fürsorglichkeit sprach aus seinen Worten, sondern ein überzeugender Appell an den Künstler von Passau, sich wieder seinem Werk zuzuwenden. An diesem Tag hatte sich in dem dunklen Raum ein Fenster geöffnet.

»Verzeih mir, Lynn, aber ich muss gehen«, versetzte er nervös. »Ein Termin, den ich vergessen hatte …«

Sie zuckte nicht mit der Wimper. Eine traurige Ausrede. Eine Ausflucht, schon wieder. Ohne ein Wort stand sie auf. Schweigend verließen sie die Wohnung.

Xenia Ossolin hätte ihm vorgeworfen, egoistisch und feige zu sein, und ein paar ihrer schneidenden Bemerkungen angebracht, auf die sie sich so gut verstand. Aber Lynn Nicholson blieb verschlossen. Auf der Straße sah Max ihr nach. Sie hatte die Schultern gestrafft, und ihr Haar fing das Licht der untergehenden Sonne ein. Wie hätte er reagiert, wenn sie ihn beim

Wort genommen und bereit gewesen wäre, mit ihm fortzugehen? Ein Schauer lief ihm das Rückgrat hinunter. Du hättest sie nur weiter unglücklich gemacht, sagte er sich bedrückt. Unter einem anderen Himmel, in einem anderen Licht, aber trotzdem wäre es so gekommen.

Der Ausflug war eine Pilgerfahrt. Notwendig, um nicht den Boden unter den Füßen zu verlieren und wieder zu sich zu kommen. In jeder schwierigen Lage versuchte Felix Seligsohn sich so gut wie möglich zu beherrschen. Seine Ausbrüche von Zorn oder Empörung waren seltener geworden. Er wollte seine Kraft nicht vergeuden. Aber an diesem Tag hatte er den Drang verspürt, das Gerippe des Modehauses Lindner wiederzusehen.

Unter der zum Himmel offenen Kuppel strich er über eine der Säulen, die einst das nicht mehr vorhandene Glasdach gestützt hatten. Gips und Staub drangen unter seine Nägel. Er war seit Monaten nicht mehr hier gewesen, da er in Vierteln zu tun hatte, die entfernt vom Stadtzentrum lagen. Er hielt nichts davon, sich mit dieser schmerzlichen Vergangenheit zu beschäftigen. Felix war kein Mensch, der einen Kult um Ruinen betrieb. Doch jetzt schaute er sich zum ersten Mal mit dem Gefühl um, dass dieser Ort ihm vielleicht entgleiten könnte.

Also hatte Kurt Eisenschacht überlebt. Dieser hochrangige Nazi, Presse- und Immobilienzar, Liebhaber zeitgenössischer – aber nicht »entarteter« – Kunst, der vor dem Krieg auf den offiziellen Abendgesellschaften herumstolziert war, seine wunderschöne Ehefrau am Arm. Vor Verbitterung zog sich ihm der Magen zusammen. Es hatte ihn zutiefst erschüttert, diesen Namen zu hören. Als er noch gegen etwas Nebulöses, Verschwommenes angerannt war, war ihm der Kampf leichter vorgekommen. Jetzt musste er sich einem Mann entgegenstellen, in dessen Dunstkreis Menschen waren, die ihm nahestanden. Das Leben spielte einem merkwürdige Streiche. Manchmal war das Schicksal unterschiedlichster Charaktere so miteinander verwoben, dass man es kaum glauben konnte. Er erinnerte sich noch, wie niedergeschlagen seine Mutter nach der Unterzeichnung der Verkaufsdokumente gewesen war. An die Schatten unter ihren Augen, die fast violett gewirkt hatten. An ihren zerbrechlichen Körper und ihre doch würdevolle Haltung. An das Schimmern der Tränen in ihren Augen. Aber sie hatte sich nicht geschlagen gegeben, keinen Moment lang.

Der Bastard hat es sich in Bayern bequem gemacht, dachte Felix und biss die Zähne zusammen. Er glaubt doch wohl nicht, dass er so einfach davonkommt, nachdem er die kleine Unannehmlichkeit seiner Entnazifizierung hinter sich gebracht hat! Wütend schlug er mit der flachen Hand gegen die Säule. In seinem Kopf überschlugen sich verrückte Gedanken. Risse in Schwarzweiß. Ein Schwindel erfasste ihn, und er fühlte sich an den Zorn erinnert, der sich oft auf dem Gesicht seiner Schwester spiegelte.

Warum hatte Onkel Max etwas vor ihm verborgen, was er gewusst haben musste? Von diesem Geruch des Verrats wurde ihm übel. Max war ein Fels für ihn, und Felix konnte sich nicht erlauben, ihn zerbröckeln zu sehen; er hatte im Leben schon zu viel verloren. Er dachte daran, wie verzweifelt Natascha gewesen war, als sie erfuhr, dass ihre Mutter die Wahrheit vor ihr verborgen hatte. Damals war er erstaunt über ihre heftige Reaktion gewesen, hatte sie übertrieben gefunden. Doch jetzt sagte er sich bitter, dass sie so unrecht nicht gehabt hatte. Wie konnte man dieses Schweigen akzeptieren, das wie ein bodenloser Abgrund war, in dem man sich verlieren konnte? Manche Erwachsenen behaupteten gegenüber ihren Kindern, sie seien noch zu jung, um die Feinheiten des Lebens zu erfassen, die einen zur Lüge bewegten. Aber war es nicht vor allem eine Frage des Temperaments? »Manchmal schweigt man auch, um jemanden zu schützen«, erklärte Tante Xenia eines Tages, als Natascha ihr Feigheit vorgeworfen hatte. »Schweigen kann auch eine Art zu töten sein!«, hatte Natascha ihr entgegnet.

Als er zum Ausgang zurückging, sah Felix ein Stück eines Schilds, das vergessen in einer Ecke lag. Er zerrte an der großen, staubigen und von den Bränden verzogenen Platte. Man konnte noch die in Frakturschrift gehaltene Beschriftung erahnen: *Haus an der Spree*. Der Name, den der Usurpator gewählt hatte. Wütend trat er darauf ein, und dann noch einmal.

»Was machen Sie da?«, fragte jemand empört.

Ein schlanker Bursche mit braunem Haar baute sich vor ihm auf. Sein Gesicht war vor Bestürzung erstarrt. Er trug ein Jackett mit abgeschabten Ärmeln und eine beigefarbene, an den Knöcheln umgeschlagene Hose. Unter seinem Arm klemmte ein Zeichenblock.

Felix' Herz schlug stark. Ein Adrenalinstoß durchfuhr ihn.

»Was geht dich das an?«, sagte er erbittert.

»Sie haben kein Recht, hier einzudringen und gegen dieses Schild zu treten. Sind Sie verrückt geworden oder was? Was glauben Sie, wo Sie sind?«

»Zu Hause!«, schrie Felix. »Ich bin hier zu Hause und mache, was ich will!«

Er dachte an den Russen, dem er in Paris einen Fausthieb versetzt hatte, als Natascha unter falsche Freunde geraten war, und verspürte erneut diesen Wunsch, auf den anderen einzuschlagen. Mit einem Mal waren seine Bemühungen, seine Impulse zu beherrschen, nur noch Erinnerung. Instinktiv wich der Bursche zurück. Er kniff die Augen zusammen und schien in sich zusammenzukriechen. Über ihren Köpfen zwitscherten die Vögel, die zwischen den Balken nisteten.

»Ich verstehe nicht, was Sie meinen«, sagte der Junge schließlich.

Mit einer schroffen Bewegung ließ Felix das Schild los und

schürfte sich dabei die Handfläche auf. Das Scheppern des Blechs, das auf den Boden fiel, hallte durch den höhlenartigen Raum.

»Ich bin Felix Seligsohn, der Erbe der Familie Lindner, der legitimen Besitzer dieses Gebäudes.«

Der Junge wurde blass. Er biss sich auf die Lippe, doch dann leuchtete Ärger in seinem Blick auf.

»Ja und? Das heißt noch lange nicht, dass man Ihnen den Besitz zurückgibt.«

Felix beschlich ein ungutes Gefühl. Es verblüffte ihn, mit welchem Selbstbewusstsein der Bursche ihm antwortete. Wahrscheinlich einer dieser verfluchten kleinen Nazis, die noch immer der ruhmreichen Zeit nachtrauerten, in der sie im Braunhemd und in kurzen Hosen marschiert waren, Fackeln geschwenkt und das Loblied auf ein rassisch reines Deutschland gesungen hatten. Einer von denen, die ihn in der Schule verhöhnt, mit Steinen nach ihm geworfen und ihn einen dreckigen Juden geschimpft hatten. Wenn man den Nationalsozialismus mit der Muttermilch aufgesogen hat, geht das nicht spurlos an einem vorüber, dachte er. Es wird noch lange dauern, bis wir dieses Ungeziefer los sind.

»Anders als unter Adolf Hitler«, stieß er verächtlich hervor, »diesem dreckigen Lumpen, den Leute wie du ›Führer‹ nannten, wird diese Sache vor Gericht entschieden. Und ich kann dir versichern, dass ich gewinnen werde. Ein Nazi-Bastard, der sich nach Bayern geflüchtet hat, wird mich nicht daran hindern!«

Axel starrte Felix Seligsohn an, als sähe er ein Gespenst. Sein Onkel hatte ihm oft von ihm erzählt. Er wusste auch, dass er nach Berlin zurückgekehrt war. Merkwürdig eigentlich, dass sie einander noch nicht bei Max begegnet waren. Er war jünger, als er zuerst gedacht hatte. Obwohl sein karierter Anzug staubbedeckt war, strahlte Seligsohn die Eleganz eines reifen Mannes aus. Seine Haltung wirkte arrogant, und er musterte ihn mit so etwas wie Herablassung. Das war absurd. Axel fühlte sich

hin und her gerissen zwischen dem Drang, ihm die Nase einzuschlagen, und einer scheuen Distanz, die aus der Situation
rührte: Sie standen einander in den Ruinen des Gebäudes gegenüber, an dem beiden gelegen war, wenn auch aus verschiedenen Gründen. Und im Hinterkopf die bange Frage, ob Berlin
nicht endgültig in die Hände der Sowjets fallen würde, die eine
Blockade über die Stadt verhängt hatten. Wenn es so kam, würden beide leer ausgehen.

Axel wusste, dass sein Vater lebte, aber zum ersten Mal sprach
ein Fremder von ihm. Das löste ein merkwürdiges Gefühl in ihm
aus, als sei sein Vater wiederauferstanden. Er erinnerte sich noch
an die ängstliche Miene seiner Mutter, als sie es ihm gesagt hatte.
Marietta war wieder einmal bettlägerig gewesen. Sie hatte ihn gebeten, sich auf den Bettrand zu setzen, was er nur widerstrebend
tat, und ihm mitgeteilt, sie habe mehrere Briefe mit seinem Vater ausgetauscht, der jetzt in der Nähe von München lebe. Ob er
ihm schreiben wolle, hatte sie ihn gefragt. Sollte er nach mehreren Jahren, in denen er nichts von ihm gehört hatte, die Verbindung wieder aufnehmen? Axel war verwirrt gewesen, erleichtert
und angstvoll zugleich. Die Gerichte sprachen immer noch Urteile. Bis jetzt hatte er die Artikel heimlich gelesen und unter den
Namen der Angeklagten nach dem seines Vaters gesucht, ohne
zu wissen, was er erwartete. Ein vages Unbehagen hatte ihn ergriffen, und er hatte den Kopf geschüttelt. Im Moment wollte er
nichts von Kurt Eisenschacht wissen. Zu viele schlechte Erinnerungen stiegen in ihm auf. Er hatte in das verschlossene Gesicht
seines Onkel Max gesehen und die Wohnung verlassen, um seltsam desorientiert durch die Straßen zu laufen.

»Du hast keine Ahnung, wer ich bin, oder?«, fragte Axel
ruhig.

Felix sah ihn misstrauisch an. Seine aufgeschürften Handflächen brannten. Es erstaunte ihn, dass der Bursche nicht auf
seine Aggressivität reagierte, obwohl er ihn so einschätzte, dass
er üblicherweise Streit suchte. Waren die Hitlerjungen nicht so

erzogen worden? Dass das Gesetz des Stärkeren immer und überall galt?

»Ich weiß gar nicht, ob ich das wissen will«, brummte er.

»Ich bin der Sohn des Nazi-Bastards, der das Haus Lindner von deiner Mutter gekauft hat.« Axel reckte herausfordernd das Kinn. »Wenn du so willst, bin ich genauso sein Erbe wie du der deiner Mutter.«

Damit hatte Axel ihm den Fehdehandschuh ins Gesicht geworfen, was niemanden mehr erstaunte als ihn selbst. Der Zorn hatte ihn ergriffen wie ein plötzliches Fieber. Da stand er im Schatten seines Vaters, der auf ihm lastete, und in der ganzen schrecklichen Verwirrung, die die Erinnerung bei ihm stiftete. Er hatte nicht anders gekonnt, als ihn herauszufordern, diesen Felix Seligsohn, der so stolz und selbstgerecht war, so ehrgeizig und arrogant. Er spürte, wie in ihm eine zähe, klebrige Flut von schlechten Erinnerungen aufstieg, die er aus seinem Gedächtnis getilgt zu haben glaubte. In seinem Verdruss ahnte Axel, dass der Mann, den man ihm als seinen Feind dargestellt hatte, dieser Untermensch, dieser Parasit, recht hatte: Das Modehaus Lindner würde eines Tages ihm gehören. Es würde vielleicht lange dauern, aber es würde wahr werden, ob sich die Eisenschachts dagegen stemmten oder nicht.

Nun war Felix an der Reihe, verdutzt zu sein. Plötzlich stand sein Feind vor ihm, aber mit den Zügen eines Burschen seines Alters, dessen Wangen von einem sprießenden Bart überzogen waren. So hatte er sich das nicht vorgestellt. Er wollte einem feindlichen Vertreter aus der verfluchten Generation ihrer Eltern gegenübertreten, die ihnen dieses ganze vergiftete Erbe hinterlassen hatte. Sein Rivale hatte kein Recht auf diese tintenfleckigen Finger, das zerzauste Haar und den schmollend verzogenen Mund, der ihn auf merkwürdige Art an Natascha erinnerte, die im Übrigen Axels leibliche Cousine war.

»Dann hat er es also deinetwegen getan«, meinte er halblaut.

»Was soll das heißen?«

»Max hatte mir verschwiegen, dass dein Vater Lindner aufgekauft hat. Eine hübsche Unterlassungslüge«, sagte Felix ironisch. »Jetzt verstehe ich. Das war seine ganz eigene Art, dich zu schützen. Dabei hätte er sich doch denken können, dass wir uns eines Tages über den Weg laufen würden.«

»Ich brauche niemanden, um mich zu beschützen!«, erwiderte Axel erregt. »Ich schlage mich schon lange allein durch.«

In diesem Moment wirkte sein Blick so jung und verletzlich, dass Felix unwillkürlich ein verkrampftes Lächeln aufsetzte.

»Darin sind wir uns ähnlich.«

Plötzlich ließ sich das laute Knacken eines Lautsprechers vernehmen. Seit die Sowjets die Berliner nicht mehr mit Strom aus den Kraftwerken in ihrer Zone versorgten, fehlten ihnen ihre Radios und damit die Nachrichten, die für ihr Überleben unabdingbar waren. Für die Techniker des RIAS, des Rundfunksenders im amerikanischen Sektor, war die Lösung des Problems offensichtlich gewesen: Wenn die Bewohner die Sendungen nicht mehr in ihrem Wohnzimmer empfangen konnten, würde man sie ihnen eben auf ihre Straßen bringen. Jetzt fuhren ockerfarbene Lastwagen durch die Stadt, und die Menschen strömten herbei, um zu hören, was sie verkündeten. Instinktiv wandten die beiden jungen Männer den Kopf und spitzten die Ohren. Als der Laster ein paar Minuten später weiterfuhr, sahen sie sich erneut an, und in ihren Augen stand dieselbe Verblüffung.

»Sie lassen uns nicht im Stich«, murmelte Axel aufgewühlt und drückte den Zeichenblock an die Brust. »Und dabei sind wir von der Welt abgeschnitten, vollkommen isoliert.«

»Eine Luftbrücke ...«, sagte Felix, der ebenso erstaunt war. »Die Amerikaner und Engländer wollen uns durch Flugzeuge versorgen, die sie aus der ganzen Welt zusammenholen. Das ist Wahnsinn! Alle acht Minuten soll eine Dakota in Tempelhof landen. Und die englischen Wasserflugzeuge gehen auf der Havel herunter. Wie ist eine solche Logistik nur möglich?«

Axel zuckte die Achseln, als könnte er es nicht glauben.

»Also, das muss ich mit eigenen Augen sehen«, sagte er und hatte sich schon auf dem Absatz umgedreht.

Felix zögerte noch. Seine Ablehnung hatte sich ebenso plötzlich wie grundlos aufgelöst. Man musste Berliner mit Herz und Seele sein wie diese beiden, um die Bedeutung der Nachricht zu erfassen, die sie eben gehört hatten. Berlin, ihre beschämte Stadt, die mit dem Brandmal der Niedertracht gezeichnet war, deren übel beleumdete Wilhelmstraße nur ein paar hundert Meter von der Stelle begann, an der sie standen, diese Stadt war es mit einem Mal wert, dass sich die amerikanischen und britischen Flieger für sie in Gefahr brachten? Dieselben oder deren Vorgänger, die sie drei Jahre zuvor noch überflogen hatten, um sie zu vernichten … Das war unglaublich, ein Wunder.

Ohne länger zu warten, rannte Felix hinter Axel her. Beide wollten die Flugzeuge sehen, wie um sich zu vergewissern, dass man sie dieses Mal nicht belogen hatte. Von dieser leidenschaftlichen Ungeduld der Jugend durchdrungen, mussten sie auf der Stelle diese Flugzeuge sehen, deren Motorengedröhn schon die strahlende Luft dieses Frühsommers erfüllte.

Es war ein Uhr morgens, und Clarissa bügelte. Ihre Augen waren rot vor Müdigkeit, ihre Schultern schmerzhaft verkrampft. Sie hatten nur zwei Stunden Strom täglich, und oft mitten in der Nacht. Niemand beschwerte sich. Zwei Stunden waren besser als nichts. Die Zeitpläne für das Gas waren ebenso launisch. Die Zubereitung einer warmen Mahlzeit war fast zu einem Ding der Unmöglichkeit geworden.

Die junge Frau legte Axels Hemd zusammen und gab es auf den Stapel mit der gebügelten Wäsche. In einer Ecke des Raums schlief der Junge tief und fest. Er war wie immer erschöpft, nachdem er eine weite Strecke durch die Kälte gegangen war, weil die U-Bahnen und Straßenbahnen nicht mehr fuhren. Seine Tage waren vollgepackt mit Arbeit. Im August hatten die Verantwortlichen des Magistrats im Rathaus einen Architekturwettbewerb für den Wiederaufbau des Viertels rund um den Zoologischen Garten ausgeschrieben. Axel hatte sich angemeldet. Die Präsentation des erst neunzehnjährigen talentierten Studenten hatte die Fachleute beeindruckt. Parallel zu seinem Studium arbeitete er inzwischen in einem Architekturbüro. Clarissa bewunderte seine Willenskraft. Nun, da Axel seinen zukünftigen Weg vor sich sah, erfüllte ihn eine beinahe besessene Leidenschaft. Wenn er von seinen Projekten erzählte, fühlte sie sich oft schon vom Zuhören erschöpft.

Sie stellte das Bügeleisen ab und setzte sich. Der Kopf sank ihr auf die Brust. Ihr Körper flehte um Gnade, aber sie durfte auf keinen Fall einschlafen. Noch nicht. Sie würde noch eine Stunde für ihre Arbeit brauchen, dann konnte sie sich ebenfalls hinlegen.

Am 24. Juni war die Falle, in der die Berliner Bürger saßen, brutal zugeschnappt. Sie wurden belagert wie im Mittelalter. Die Versorgung mit Lebensmitteln, Medikamenten, Brennstoff oder anderen Waren war unmöglich geworden. Sogar die frische Milch, die aus der sowjetischen Zone geliefert wurde, fehlte in den ersten Tagen, was den amerikanischen Gouverneur, Colonel Frank Howley, bewog, die internationale Presse zu alarmieren, weil die Säuglinge in Lebensgefahr schwebten. Straßen, Kanäle und Eisenbahnschienen waren gesperrt. Die Sowjets versuchten die Stadt auszuhungern und waren überzeugt davon, dass die Westmächte sie fallen lassen und sich die Berliner aus dem amerikanischen, britischen und französischen Sektor anschließend schutzsuchend in ihre Arme stürzen würden. Bei ihnen gab es wenigstens zu essen, auch wenn die Rationen mager waren. Als Lockmittel erlaubten die Russen den Westberlinern sogar, sich auf ihre Rationierungslisten setzen zu lassen. Doch sie hatten sich geirrt. Die Berliner widerstanden den kommunistischen Verführungsversuchen, und auf der ganzen Welt wurde Westberlin zu einem Symbol der Freiheit.

Seit Beginn der Luftbrücke verlegten sich die kommunistischen Medien auf eine ironische Berichterstattung und behaupteten, die Alliierten würden niemals genügend Flugzeuge auftreiben, um Berlin zu versorgen. War es nicht besser, sich zu ergeben, als Hungers zu sterben? Aber auf dem Flughafen Gatow im britischen Sektor erweiterten deutsche und alliierte Arbeiter gemeinsam die Landebahnen. Bei den Franzosen dagegen, die der ehemaligen Hauptstadt des Dritten Reichs noch immer misstrauisch gegenüberstanden, machte sich Unwille breit. Wäre ein Kompromiss nicht vorzuziehen? Man könnte Berlin den Russen überlassen und sich nach Westdeutschland zurückziehen. Und außerdem, wie sollte eine solche Luftbrücke überhaupt funktionieren? Aber schließlich schlugen sie sich doch auf die Seite der Angelsachsen und erlaubten die Errichtung eines dritten Flughafens in ihrem Sektor. In Tegel arbeitete man drei Monate lang Tag und Nacht und vollendete in einer nie da gewesenen technischen Großtat das gewaltige Projekt.

Währenddessen flogen die englischen und amerikanischen Maschinen mit nur wenigen Minuten Abstand durch die Luftkorridore, die seit Kriegsende vertraglich festgelegt waren. Eine unerbittliche Maschinerie und eine Spitzenleistung, die keine Fehler oder Ungenauigkeiten duldete. Wenn einem Piloten die Landung nicht gelang, hatte er keine Zeit für einen zweiten Versuch, sondern musste zu seiner Basis zurückkehren und sich ganz hinten in der Schlange wieder anstellen. Fünfzehn Sekunden Abweichung in die eine oder andere Richtung konnten tödlich sein. Bei der Ankunft wurden die Maschinen binnen einer halben Stunde ausgeladen: die Kohlensäcke, die Post, die Rohstoffe, die die Unternehmer bestellt hatten, Kartons mit getrockneten Lebensmitteln, die bevorzugt wurden, weil sie weniger wogen als frische ... Alles war genau berechnet. Man musste die unterschiedliche Geschwindigkeit der Maschinen einbeziehen – die der Dakota auf die der York und der Skymaster abstimmen – und beten, dass das Wetter einem keine Streiche spielte. Man betrauerte auch den Verlust von Piloten, die über der Stadt abstürzten und in ihrem Cockpit lebendig verbrannten.

Marietta begann zu stöhnen. Seit einigen Tagen ging ihr Fieber nicht mehr herunter. Besorgt legte Clarissa ihr eine Hand auf die Stirn. Von dem Körper der Kranken stieg ein säuerlicher Geruch auf. Ihre hochroten Wangen hoben sich von ihrer sonst wächsernen Haut ab. Die junge Frau ahnte, dass es mit ihr zu Ende ging. Sie hatte nicht gewagt, mit Axel offen darüber zu sprechen, aber sie war zu Max gegangen. Vor einigen Wochen hatte er seine Schwester auf die Liste der zur Evakuierung vorgesehenen Kranken eingetragen. Der Winter stand bevor, und die Lage der Schwächsten wurde besorgniserregend. Die Apotheker waren beunruhigt: Gewisse Medikamente, die empfindlich gegen Kälte waren, hätten eigentlich in Dahlem und Charlottenburg eingelagert werden müssen, wo man noch heizen konnte. Wegen der Stromsperren fielen manche Apparate aus, die Tuberkulosekranken Erleichterung verschafften, sodass die Krankheit zahlreiche Opfer forderte.

Clarissa zog Mariettas Laken glatt und schüttelte ihr Kopfkissen auf, damit sie es bequemer hatte. Was sollte nur aus ihnen werden? Tief in der Nacht erwachten stets ihre Ängste, und vor lauter dunklen Gedanken wurde ihr übel. Es war ihr nie gelungen, die Spur ihres kleinen Bruders aufzunehmen. Er war wahrscheinlich tot, so wie die anderen. Sie musste es akzeptieren und aufhören, sich das Unmögliche zu erhoffen. Deutschen standen die Dienste der UNRRA zwar nicht zur Verfügung, aber Kyrill Ossolin hatte sich größte Mühe gegeben, ihr zu helfen. Er war sogar in verschiedene Flüchtlingslager gefahren, um nach ihrem Bruder zu suchen. Vergeblich. Dasselbe galt hinsichtlich des kleinen Friedrich von Aschänger, des Sohns von Max' Freund, des Widerstandskämpfers. Immer noch keine Spur. Lernte man irgendwann, mit dieser Ungewissheit zu leben? Gab es ein Geheimrezept, um dieses Schweigen zu ertragen? Die Suche war zum Verzweifeln. Kinder … Die kleinen Verschollenen waren doch nur Kinder gewesen.

Nach der Auflösung der UNRRA im Juli des vergangenen Jahres hatte Kyrill zunächst weiter für die Internationale Flüchtlingsorganisation IRO gearbeitet, ehe er einen hohen Posten bei den Vereinten Nationen annahm. Einige Tage zuvor hatte der Sicherheitsrat eine Resolution verabschiedet, die die Sowjetunion aufforderte, die Blockade von Berlin aufzuheben, doch diese hatte sich kategorisch geweigert.

Clarissa erinnerte sich noch an den Tag, an dem er ihr gesagt hatte, er werde fortgehen. Mit einem Mal hatte sie Angst bekommen. Sie mochte diesen Mann, seine hochgewachsene Gestalt, seine wachsamen grauen Augen. Sie hatte sich an ihn und seine Zornausbrüche gewöhnt. An die Entschlossenheit und den Optimismus, mit deren Hilfe er seine Arbeit tat, ohne sich niederdrücken zu lassen, während sie sich angesichts von so viel Elend oft schwach fühlte. Es war ihm gelungen, sie zu zähmen und zum Lachen zu bringen. Er lud sie zum Tanzen in einen Jazzclub ein. Ein paar Stunden fand sie die Freude an der Sorglosigkeit wieder. Sie betrachtete sein Profil und fand ihn schön. Vor allem hatte sie gelernt, ihm zu vertrauen, und das war für die junge, verschreckte Clarissa Kronewitz keine Selbstverständlichkeit mehr.

»Ich würde mir wünschen, Sie kämen mit mir«, erklärte er ihr mit ernster Miene. »Nicht als Sekretärin oder Assistentin. Ich möchte, dass Sie meine Frau werden.« Als sie unentschlossen, mit klopfendem Herzen dastand, nahm er zärtlich ihre Hände. »Denken Sie darüber nach«, fuhr er fort. »Ich will Sie nicht unter Druck setzen. Schreiben Sie mir, wie Sie sich entschieden haben.« Seitdem waren Monate vergangen.

Sie breitete ein Laken auf dem Bügelbrett aus. Sie tat ihr Bestes, damit Mariettas Bett stets frisch war, aber das war fast unmöglich. Clarissa biss die Zähne zusammen. Sie mussten weiter durchhalten. Die Blockade war eine Bewährungsprobe, die die Berliner vor den Blicken der internationalen Öffentlichkeit durchstanden. Wenigstens waren sie nicht allein. Das Wunder der Luftbrücke und ihre Entschlossenheit, sich keiner neuen Diktatur zu unterwerfen, faszinierte Schriftsteller und Journalisten, die kamen, um darüber zu berichten. Ihre Reportagen über die Durchhaltekraft der Berliner nahmen fast mythische Dimension an und wurden in den fernsten Ländern verbreitet.

Clarissa identifizierte sich mit diesem Widerstand. Ihr war, als hätte sie endlich die Kraft gefunden, denen, die ihre Familie und ihr Erbe in Ostpreußen vernichtet hatten, Paroli zu bieten, den Ungeheuern, die ihr Gewalt angetan hatten. Kyrill hatte erraten, welche Tragödie sie erlebt hatte. Sie wusste, dass er sie nicht verachtete, ihr deswegen keine Vorwürfe machte. Wie denn auch?, sagte sie sich oft gereizt. Und doch, wie hätte sie abstreiten können, dass sie das unbestimmte Gefühl hatte, sie hätte sterben sollen wie ihre Mutter? Die Scham saß tief und erfüllte ihr Blut und diesen Körper, den sie nicht mehr anzusehen wagte. Ein Gefühl, das sie vergeblich zu leugnen versuchte. Es war eine große Erleichterung gewesen, sich in den Augen eines Mannes würdig zu fühlen. Seitdem war es dieses Gefühl, das ihr die Kraft gab, die Kälte zu ertragen, die stockfinsteren Straßen, die abscheulichen Trockenkartoffeln, die so fade schmeckten, dass sogar Axel beim Essen eine Grimasse zog. Eines Tages, wenn Gott wollte, würde sie dafür belohnt werden, an der Seite dieses Manns, den sie achtete und den zu lieben sie gelernt hatte, auch wenn sie noch nicht den Mut fand, ihm das zu gestehen.

Ein paar Tage später stürzte Max, immer zwei Stufen auf einmal nehmend, die Treppe hinauf. Er hatte es eilig, die gute Nachricht zu verkünden. Vor der Tür angekommen, klopfte er und drückte dann die Türklinke herunter. Auf dem Nachttisch brannten Kerzen, deren Flammen im Luftzug flackerten. Ärgerlich dachte er, dass es für ein Krankenzimmer viel zu kalt war, aber was konnten sie dagegen tun? Er trat ans Bett. Die schmale Gestalt seiner Schwester war unter den Decken mehr zu ahnen als zu sehen.

»Marietta? Ich bin es. Wie fühlst du dich?«

Als er sah, dass sie sich nicht regte, wurde ihm das Herz schwer. Er beugte sich über sie und strich ihr über die Wange.

»Marietta? Ich habe einen Platz in einem Flugzeug für dich bekommen. Jetzt kannst du dich endlich in Bayern behandeln lassen.«

Ihre Augenlider waren so durchscheinend, dass man die feinen blauen Adern sah. Sie schlug die Augen auf, schaute ihn verwirrt an und lächelte dann.

»Max, mein Hase … Was hast du gesagt? Entschuldige, ich war eingeschlafen.«

»Ich habe einen Platz für dich. Du kannst von hier fort.«

Sie befeuchtete ihre ausgetrockneten Lippen.

»Es ist zu spät, geliebtes Herz. Ich habe keine Kraft mehr dazu.«

»Natürlich, komm schon!«, sagte er gereizt und zog Schal und Mantel aus.

»Ihr müsst mich in Ruhe lassen, hast du verstanden? Clarissa hat es begriffen. Sie sagt nichts. So ist es gut. Ich bin müde. Wenn du wüsstest, wie leid ich das alles bin.«

Sie schloss die Augen. Ihr Atem war nur noch ein schwacher Hauch. Max schob einen Stuhl heran und setzte sich. Er hielt das Papier noch in der Hand. Das britische Flugzeug würde evakuierte Kinder an Bord haben und hob morgen um ein Uhr mittags ab. Sie hatten sich zwei Stunden vor dem Abflug in Gatow einzufinden. Lynn hatte sogar einen Wagen organisiert, um Marietta zu transportieren. Sein Kopf drehte sich, und plötzlich fühlte er sich desorientiert. Seine Schwester würde sterben, und er konnte rein gar nichts tun.

»Du musst auf sie hören«, murmelte jemand hinter ihm.

Wie üblich war Clarissa lautlos hereingekommen. Sie stellte eine Tasche mit Lebensmitteln auf den Tisch.

»Axel ist zu den Russen gegangen, um besseres Essen für sie aufzutreiben. Er weigert sich einzusehen, dass es bald zu Ende ist.«

Der Vorstoß seines Neffen überraschte Max nicht. Trotz der Bemühungen der Sowjets und ihrer peinlich genauen Kontrollen an den Übergängen und in den verbarrikadierten Straßen florierte der Schwarzmarkt. Die zwei Millionen Bürger im Westen hätten von dem über die Luftbrücke eingeflogenen Nachschub allein nicht überleben können, daher schlugen sie sich weiter nach besten Kräften durch. Ihnen war es gestattet, nach Ostberlin zu gehen, das weiter Zugang zum Hinterland hatte. Man tauschte seltene Waren gegen frische Butter oder Briketts. Die charakteristischen großen Wohnblocks mit ihren abgeschlossenen Innenhöfen erlaubten Passanten, ein Gebäude im amerikanischen Sektor zu betreten und es auf der russischen Seite wieder zu verlassen. Axel kannte diese Labyrinthe wie seine Westentasche. Auch die Koexistenz der beiden Währungen – der neuen Deutschen Mark, die die Alliierten im Westen der Stadt schließlich doch eingeführt hatten, und der alten Mark, wie sie die Russen wollten – war geradezu eine Aufforderung zum Schwarzhandel.

»Wenn du sie früher gekannt hättest …«, flüsterte Max, als er sah, dass Marietta eingeschlafen war.

Clarissa legte ihm eine Hand auf die Schulter.

»Deine Schwester hat Temperament. Als ich damals in die Stadt gekommen bin und niemand mich in seinem Haus haben wollte, hat sie sich meiner angenommen.«

»Sie war wunderbar. Unvernünftig, aber wunderbar. Sie darf nicht so enden. Das ist unerträglich.«

Clarissa zündete eine neue Kerze an, weil die anderen ausgegangen waren. Max fühlte sich plötzlich sehr zornig. Waren sie auch dazu verurteilt, im Dunkeln zu sterben? Er konnte sich nicht verzeihen, dass er nicht früher eine Möglichkeit gefunden hatte, Marietta zu evakuieren. Die Erinnerung an Xenia ging ihm durch den Kopf. Sie hatte ihm vorgeschlagen, sie alle in Paris aufzunehmen. Vielleicht hätten sie doch versuchen sollen, Deutschland zu verlassen? Wäre Marietta dann vielleicht gesund geworden? Damals hatte Xenia ihm vorgeworfen, sie aus Stolz zurückzuweisen, und jetzt musste Max ihr recht geben.

Hier, in dieser Wohnung, hatten sie sich zum ersten Mal geliebt; hier hatte sie nach dem Krieg nach ihm gesucht. An jedem entscheidenden Punkt in seinem Leben dachte Max an sie. Und immer war da dieses Glühen, diese heftige Leidenschaft.

Er hätte sie so gern gesehen, sie an sich gezogen, mit ihr geschlafen. Um weitermachen zu können, brauchte er die unerhörte Kraft, die diese Russin antrieb.

Bedrückt stand er auf. Draußen hatte es zu regnen begonnen. Der Himmel war bleigrau. Er hörte das Dröhnen der Flugzeuge auf ihrem unaufhörlichen Reigen. Das Metronom von Berlin. Er legte die Hand auf die kalte Fensterscheibe. Seine Schwester würde morgen fliegen, ob sie wollte oder nicht.

»Du musst sie sterben lassen«, flüsterte Clarissa. »Wenn du es ihr nicht erlaubst, zwingst du sie weiterzukämpfen, obwohl sie nicht mehr kann. Das wäre ungerecht, grausam sogar.«

»Sei nicht so pessimistisch«, erwiderte er mit zusammengebissenen Zähnen. »Wenn ich aufgegeben hätte, als ich in Sachsenhausen war, dann wäre ich heute nicht hier.«

»Und du hör auf, dich so egoistisch zu gebärden«, hielt sie ihm entgegen. »Es geht hier nicht um dich. Sie ist schwer krank, bettlägerig. Sie wird nicht wieder gesund werden. Möchtest du, dass sie noch lange so leben muss? Was willst du? Dir selbst ein gutes Gewissen verschaffen?«

»Sie kann gesund werden. Sobald sie in Bayern ist, wird sie die richtige medizinische Versorgung erhalten.«

»Sie *will* nicht gesund werden. Kannst du das nicht anerkennen?«

Mit zitternden Händen zündete sich Max eine Zigarette an.

»Nein.«

Clarissa schüttelte den Kopf. Sie sah ihn lange an.

»Warum? Hast du das Gefühl, dass sie dich im Stich lässt?«, setzte sie in sanfterem Ton hinzu.

Ein Schauer überlief ihn. Diese intelligente Frau hatte einen unerbittlichen Zug.

»Wir müssen auch an Axel denken«, fuhr sie fort. »Lass ihn jetzt nicht allein. Du musst ihn durch diese schwierige Situation führen. Wenn du gelassen bleibst, wird er sich an dir orientieren. Marietta hat ihm übermittelt, was sie ihm zu geben hatte.

Sie hat im Bombenhagel nach ihm gesucht, und sie hat ihm seinen Vater zurückgegeben, obwohl Axel noch Abstand zu ihm wahrt. Sie hat ihm gesagt, was er hören musste. Denk jetzt an sie. Lass sie nicht unter Seelenqualen sterben, sondern in Frieden.«

Ein Schluchzen schnürte Max die Kehle zu.

»Woher weißt du das alles?«, fragte er mit heiserer Stimme. »Du bist noch so jung, Clarissa.«

Sie überlegte lange.

»Für Menschen wie mich hat das Alter keine Bedeutung mehr. Man hat unsere Generation zu lange belogen. Für uns bleibt nur die absolute Offenheit, der Mut zur Wahrheit.«

Noch einmal strich sie ihm über den Arm, um ihn zu trösten, aber auch, um ihm Mut zu machen. Vielleicht vor allem Letzteres.

Dichter Nebel umgab sie wie Watte. Die in Wunsdorf gestartete viermotorige York der Royal Air Force quälte sich durch dicke weiße und graue Wolken. Durch Luftlöcher. Das Cockpit protestierte mit lang gezogenem Knirschen. Aus den Kopfhörern des Piloten drangen die präzisen Befehle über Kurs und Höhe. Eine körperlose Stimme, die sie zu ihrer Landebahn leitete, ihn und seine Ladung aus Waren und menschlichen Wesen.

Natascha hatte die Finger ineinander verkrampft und betete. In ihren Ohren pfiff es. Sie empfand eine Höllenangst. Ihre Sicherheit hing vom Geschick des Piloten ab, von der Genauigkeit der Anweisungen, die aus dem Kontrollturm von Gatow kamen. Wie ertrugen die Männer nur jeden Tag diese Anspannung?, fragte sie sich. Bei klarem Wetter mochte das noch angehen, aber jetzt flogen sie praktisch blind, mit nur wenigen Sekunden Abstand zwischen den Maschinen. Da musste man verrückt sein ...

Die Wolken teilten sich. Vor ihnen tauchte die mit Lichtern markierte Landebahn auf. Natascha war zutiefst erleichtert. Sie lächelte ihrem Nachbarn zu, mit dem sie während des kurzen Fluges kein Wort gesprochen hatte, weil sie so vor Angst gelähmt gewesen war.

Ein paar Minuten später stand die Maschine bereits. Noch während sich die Propeller drehten, kamen Männer in die Kabine und luden die Säcke mit Lebensmitteln und die Kartons mit den »CARE«-Stempeln aus. Man bedeutete den Passagieren, sich zu beeilen. Die kalte, feuchte Luft drang auf sie ein. Das Gewimmel auf dem Rollfeld war beeindruckend. Das Dröhnen der startenden und landenden Maschinen machte jedes Gespräch unmöglich. Die Männer, die sich mit ihren raschen, eingeübten Bewegungen rund um die Flugzeuge zu schaffen machten, wirkten wie ein Ballett. Man hätte sie für eine Armee von Ameisen halten können, die unhörbaren Befehlen gehorchten. Man führte die Passagiere in eine Halle, in der Kinder warteten. Natascha staunte darüber, wie artig sie waren. Die stillen kleinen Reisenden hatten sich in Reihen aufgestellt, und jeder hielt einen Koffer oder ein Bündel in der Hand.

»Wohin fliegen die Kinder?«, fragte sie.

»Nach Westdeutschland oder in die Schweiz«, erklärte ihr ein Journalistenkollege, der für *Le Monde* arbeitete. »Sie sollen sich einmal satt essen und amüsieren. Manche haben Tuberkulose, und hier kann man sie nicht richtig behandeln.«

Natascha sah in die Kindergesichter. Mit ihren Wintermänteln und dicken Strickschals erinnerten sie sie an Felix und Lilli bei ihrer Ankunft in Paris. Sie hatten die gleichen ernsten, traurigen Blicke, waren ebenso verzweifelt darüber, dass man sie von ihrer Familie trennte und ins Unbekannte brachte. Aufgewühlt dachte die junge Frau, dass die Kinder oft die ersten Opfer waren.

Die Zeitung *Le Figaro* hatte ihr den Auftrag zu einer Artikelserie erteilt. »Ich will wissen, wie sich die Familien im täglichen Leben durchschlagen«, hatte der Chefredakteur Natascha erklärt. »Was sie essen, was sie in ihrer Freizeit tun ... Und ich möchte etwas über diese Studenten erfahren, die beschlossen haben, die Freie Universität Berlin zu gründen. Die Studenten haben sich aus Protest gegen die Voreingenommenheit der kommunistischen Lehre geweigert, im Osten zu studieren. Diese Leute sind in Ihrem Alter. Es müsste Ihnen leichtfallen, an sie heranzukommen. Aber ich will den menschlichen

Aspekt, keine Politik. Verstanden, Kleines?« Natascha hatte ihn sehr gut verstanden. Auch sie interessierte vor allem das Menschliche. Sie wollte dem Mut der Berliner Ehre erweisen, der zur Bewunderung nötigte, sie wollte sich davon überzeugen, dass es Felix an nichts mangelte. Und sie wollte ihren Vater treffen und hören, was er ihr zu sagen hatte.

In der eiskalten Flughafenhalle herrschte eine Spannung, die mit Händen zu greifen war. Ängstliche Kinder, die zu einer Doppelreihe aufgestellt waren, hielten sich an den Händen. Max drehte sich zu Clarissa um. In ihrem schwarzen Mantel, mit einer Baskenmütze auf dem Kopf, wirkte sie schmal und zerbrechlich und ebenfalls wie ein kleines Mädchen. Ihre Wangen waren bleich, die Lippen zusammengepresst. Sie sah verloren aus.

»Marietta hätte sich darüber gefreut, dass du ihren Platz einnimmst«, sagte er aufmunternd.

»Aber ich kann dann nicht zur Beerdigung kommen. Ich hätte gern …«

»Was? Dich von ihr verabschiedet? Das hast du getan, Clarissa. Sie ist gestern Abend eingeschlafen, wie sie es sich gewünscht hat. In Frieden. So wie du es von mir verlangt hast. Glaub mir, es ist Zeit, dass du gehst.«

»Es kommt so plötzlich. Ich bin noch nicht bereit dazu. Ich weiß nicht, vielleicht mache ich einen Fehler. Ich kenne dort niemanden …«

Er spürte, wie die junge Frau von Panik überrollt wurde, und fasste sie fest an den Schultern.

»Alles wird gutgehen. Sobald du Gelegenheit hast, rufst du Kyrill Ossolin an, und er wird dir erklären, welche Formalitäten du erfüllen musst. Mit seiner Hilfe wirst du rasch das Visum für die USA bekommen. Er wartet auf dich. Ihr beide habt Glück, euch gefunden zu haben, und jetzt musst du zu ihm gehen. Auf gewisse Weise hat Marietta dich befreit. Sie wäre wütend, wenn du aus lauter falschen Gründen in Berlin bleiben würdest. Geh fort, Clarissa, und sei glücklich. Du hast es verdient.«

Der jungen Frau standen die Tränen in den Augen, doch sie beherrschte sich mit großer Mühe. Wieder einmal war ihr Leben innerhalb weniger Augenblicke aus den Fugen geraten. Marietta war während der Nacht gestorben. Axel und Max hatten an ihrem Bett gesessen und bei ihr gewacht. Umgeben von Menschen, die sie liebte, war sie gegangen. Clarissa war erleichtert für sie gewesen. Doch dann hatte Max plötzlich erklärt, er werde sie an Stelle seiner Schwester ins Flugzeug setzen. Sie hatte kaum Zeit gehabt, ihren Koffer zu packen. Andererseits hatte sie gar nichts mitzunehmen. Der Besitz ihrer Familie, ihr Elternhaus, ihre Kindheitserinnerungen – davon war nichts Fassbares mehr geblieben. Ihre einst so große Familie war von der Landkarte radiert worden. So viele Tote … Ein Bruder war in der Sowjetunion gefangen, ein anderer verschollen. Sie besaß nichts mehr, aber sie war frei. Frei, weil Max von Passau sie mit Gewalt zu diesem Flugplatz geschleppt hatte. Kyrill würde keinen Brief erhalten, sondern einen Anruf. Und wenn er seine Meinung geändert hatte, seit er abgereist war? Wenn er eine andere Frau kennengelernt hatte? Ihr wurde schwindlig, und sie konzentrierte sich auf Max' gelassenes Gesicht.

Er lächelte ihr zuversichtlich zu. Die Verletzlichkeit der jungen Frau rührte ihn, aber auch ihr Mut. Woher nahmen sie alle diese Entschlossenheit – Axel, Clarissa, Felix, Lynn? Die Generation vor ihnen hatte ihnen eine verwüstete Welt hinterlassen, deren erste Opfer ihre Altersgruppe geworden war. Aber da standen sie, aufrecht, mit ihrem heftigen, zu Ausbrüchen neigenden Temperament, ihrer Begeisterung und ihrer Verschlossenheit, und brachten es mit der Kraft ihres Willens jedes Mal fertig, die Momente des Zweifels beiseitezuwischen.

Eine Offizierin der britischen Luftwaffe begann die Kinder zu zählen. Nachdem die Passagiere einer kurz zuvor eingetroffenen Maschine die Formalitäten erledigt hatten, durchquerten sie den Saal. Jemand winkte Max freundlich zu. Er erkannte einen französischen Journalisten, der ihn bei einem vorhergehenden Besuch interviewt hatte. Als sich die Tür öffnete, drang das Dröhnen der Motoren in den Raum. Die Menschen scherzten und verständigten sich mit Gesten. Das ist der Preis der Freiheit, dachte Max ein wenig belustigt. Man kann sich nicht mehr reden hören, aber was macht das schon, weil ohnehin nur die Gesten zählen. Er umarmte Clarissa ein letztes Mal und schob sie dann sanft zum Ausgang.

Die Spuren der Zerstörung waren immer noch so deutlich, dass es Natascha den Atem verschlug. Unter dem tief hängenden Winterhimmel war alles grau und öde. Die ausgebrannten Fassaden mit den gähnenden Fensterhöhlen, die Skelette von Häusern an verschütteten Straßen, an deren Verlauf nur noch alte Straßenschilder in Frakturschrift erinnerten, die ungleichmäßigen Ackerfurchen, die von Pferden gezogene Pflüge durch die weitläufige, verlassene Fläche des Tiergartens gegraben hatten …

Von dem Fluss, der unter dem Nebel lag, blitzten metallische Reflexe auf. Die stillgelegten Straßenbahngleise schimmerten zu dieser unbestimmten Stunde wie in einer Gespensterstadt. Gelegentlich begegnete Natascha einer Frau mit einem Rucksack oder einem Mann, der einen Handkarren zog. Automobile oder Busse gab es nicht. Zerfetzte Baumstümpfe und immer wieder große Hinweisschilder am Weg, die ihr auf Englisch, Russisch und Französisch – den drei Sprachen der Besatzungsmächte – gleich einer eindringlichen Litanei verkündeten: »Sie verlassen jetzt den amerikanischen Sektor.«

Sie hatte die Reportagen gesehen und die Zeitungsartikel gelesen. Vor allem hatte sie in der *Life* die Fotos von Max von Passau über die Blockade studiert. Eines von ihnen zierte sogar die Titelseite der Zeitschrift: Darauf war eine C-54 zu sehen, die zur Landung in Tempelhof ansetzte und fast die Berliner zu streifen schien, die auf einer Schutthalde standen und sie betrachteten.

Aber trotz allem war sie auf dieses Schauspiel nicht vorbereitet gewesen. Das war eine Lektion für die angehende Journalistin: Man musste sich immer einen eigenen Eindruck verschaffen, in die Gesichter sehen, den Blicken begegnen, sich anschauen, wie die Menschen gingen, ob mit hoch erhobenem Kopf oder gebeugten Schultern. Die bedrückende Atmosphäre einer Stadt auf sich wirken lassen, in der es nach Kohle und Feuchtigkeit roch, die im Dunkeln lag und wo der Winter streng zu werden versprach. Oder die strengen Mienen der sowjetischen Soldaten an den Absperrungen zwischen den Sektoren beobachten. Unwillkürlich hatte Natascha bei ihrem Anblick an ihre Mutter denken müssen.

Sie blieb stehen und sah nach oben, um die Adresse zu überprüfen. Das Hotel lag am Kurfürstendamm. Die Fassade war mit Einschüssen übersät. An einer Fahnenstange wehten eine amerikanische und eine britische Flagge. Ihr Herz pochte. Ihr Vater hatte sie hierher bestellt.

Als sie vor ein paar Stunden plötzlich vor Felix gestanden hatte, war er wie vom Donner gerührt gewesen. Er hatte sie lange umarmt und dann durch seinen Laden geführt. Sie war erstaunt, wie viel er in so kurzer Zeit erreicht hatte. Aber sie war zu nervös gewesen, um sich lange aufzuhalten. Seit sie den Fuß auf Berliner Boden gesetzt hatte, war sie nur von einem Gedanken besessen. Sie musste Felix nichts erklären. Er hatte ihre stumme Bitte verstanden und ihr das Telefon gereicht.

Nachdem Max abgehoben und sie sich vorgestellt hatte, vernahm sie zunächst nur ein Rauschen, ein langes Schweigen. Die junge Frau presste den Hörer ans Ohr und schloss die Augen. Sie meinte, ihn atmen zu hören. Der Atem ihres Vaters. Seine verzerrte Stimme bat sie, sich gleich zu treffen. Sie hatte sich überrumpelt gefühlt. Hätten sie nicht beide einen Aufschub von ein paar Stunden gebraucht, wenigstens eine Nacht, um sich auf diese Begegnung vorzubereiten? Dieser Wunsch, sie sofort zu sehen, kam ihr wie eine Provokation vor. Aber vielleicht besaß man in Berlin inzwischen einen ganz anderen Zeitbegriff. Hier schien sich alles verändert zu haben. Wenn man durch die Straßen ging, hatte man den Eindruck, durch eine Stadt aus Pappmaschee-Kulissen zu wandern. Ohne Orientierungspunkte fühlte Natascha sich unsicher. Sie hatte nur noch einen Namen im Kopf, Max von Passau, und diese Angst im Bauch, von der ihr ganz übel war.

Starr vor Kälte betrat sie die von Kerzen beleuchtete Hotelhalle. Sturmlampen warfen Schatten an die Wände. Er hatte neutralen Boden ausgewählt, eine Hotelbar. Um Abstand zu wahren, um leichter flüchten zu können? Der kleine, holzgetäfelte Raum zu ihrer Rechten war fast leer. Ein paar Militärs saßen auf Barhockern und scherzten. Sie setzte sich mit dem Rücken zur Wand an einen Tisch, wie jemand, der etwas verbrochen hat und sich nicht überrumpeln lassen will. Die Kerzen steckten in leeren Flaschen, aber nicht, weil es dekorativ war, sondern weil es an Kerzenhaltern fehlte. Sie bestellte sich einen Scotch. Den Geschmack der schottischen Heide, einen Geschmack aus einem anderen Land.

Sie erkannte ihn sofort, und in ihren Ohren begann es zu dröhnen. Sie stand auf, um ihn auf sich aufmerksam zu machen, aber er hatte sie schon gesehen und kam auf sie zu. Er hatte den Mantelkragen hochgeschlagen, und sein Haar war im Nacken ein wenig zu lang. Er sah sie eindringlich an. Wie hätte sie in diesem Moment anders gekonnt, als sich mit Xenia Fjodorowna zu vergleichen und sich ungeschickt, linkisch zu fühlen? Ihre Furcht, ihn zu enttäuschen, war größer als die, selbst enttäuscht zu werden.

Er blieb vor ihr stehen und lächelte ihr unsicher zu. In einer Hand hielt er eine Leica.

»Natascha. Ich bin sehr bewegt. Und sehr glücklich. Du hast ja keine Ahnung ... Ich warte schon seit so vielen Jahren auf dich.«

Beim letzten Wort brach seine Stimme.

Diesen Moment hatte Natascha am stärksten gefürchtet, seit sie erfahren hatte, dass sie Max von Passaus Tochter war. Sie kannte seine Arbeit, und sie konnte einschätzen, welchen Platz dieser Mann im Leben einer so starken Frau wie ihrer Mutter einnahm. Seit sie beschlossen hatte, ihn kennenzulernen, versuchte sie vergeblich, sich die beiden zusammen vorzustellen. Doch jetzt hatte sie das Gefühl, neu geboren zu werden, in diesem überlegten und aufrichtigen Blick, der sie nicht losließ. Ihr Leben nahm eine andere Dimension, eine andere Farbe an. Von jetzt an würde nie wieder etwas so sein wie vorher. Sie empfand ihn nicht als schüchtern, sondern als gemessen und respektvoll. Und glücklich; ja, sie ahnte, dass er glücklich war, sie zu sehen. Ihr Körper entspannte sich, und die Knoten in ihrem Nacken und zwischen ihren Schulterblättern lösten sich auf. Sie war ihm dankbar dafür, dass er gekommen war, dass er da war.

»Gestattest du, dass ich mich setze? Und mir auch so einen bestelle?«, fragte er und wies auf ihr Glas. »Ich habe den Eindruck, wir können beide einen Drink gebrauchen«, setzte er lächelnd hinzu.

Max legte seinen Apparat auf einen Sessel und zog den Mantel aus. Unter Nataschas Blicken nahmen seine banalen Gesten eine andere Bedeutung an. Als er sein Zigarettenetui aus der Tasche zog, bemerkte er, dass sie seine Hände beobachtete. Sie wirkte wie ein verängstigtes Tier, das bei der ersten Gelegenheit weglaufen würde, oder als fürchtete sie, er könnte ihr etwas tun. Unbewusst verlangsamte er seine Bewegungen.

Seine Tochter war da. Sie saß vor ihm. Sie hatte das blonde Haar im Nacken zusammengefasst, einen Hauch Puder aufgelegt und die Augen mit den bernsteinfarbenen Reflexen dezent mit Wimperntusche hervorgehoben. Das Kind seiner Liebe mit Xenia war eine junge Frau, groß und schlank. Sie trug eine lange, mit Tressen geschmückte grüne Samtjacke, einen schmalen Rock, der ihr bis über die Knie reichte, und ein Filzbarett. Sie war ebenso distinguiert wie ihre Mutter, aber auf andere Weise. Man ahnte, dass ihre Pariser Eleganz einfach angeboren und nicht überlegt war und sie etwas anderes zu verkörpern suchte. Ihre Nägel waren abgekaut, und auf ihren Fingern prangte ein Tintenfleck, den sie vergeblich zu entfernen versucht hatte. Immer noch hatte sie kein Wort gesagt. Sie tat ihm leid, sie beide taten ihm leid.

»Wir brauchen Zeit, Natascha«, murmelte er, von Zärtlichkeit überwältigt. »Verstehst du, ich wage es ja kaum, dich zu duzen oder dich mit einem Kosenamen anzusprechen. Du bist eine Fremde für mich, aber ich wünsche mir so sehr, alles über dich zu erfahren. Jedenfalls das, was du mir erzählen willst. Ich hätte gern, dass wir uns Zeit dafür nehmen, am liebsten Jahre. Um all das nachzuholen, was wir verloren haben.«

Er winkte dem Barkeeper. »Wenn du lieber schweigen willst, ist es auch gut. Dann erlaube ich mir, für zwei zu reden.«

Und da begriff Natascha, wie die junge Xenia Fjodorowna dem strahlenden Charme dieses Mannes erlegen war, wie es möglich gewesen war, dass diese beiden durch alle Stürme hinweg ihre Liebe bewahrt hatten. Alle Stürme, die ihres Stolzes, ihrer Verwundbarkeiten, ihrer geheimsten Ängste. Und auch diejenigen, die ihnen das Leben und die Geschichte aufgebürdet hatten. Und doch hatten sie sich immer wieder getrennt. »Darauf verstehen wir uns nämlich am besten«, hatte ihre Mutter hilflos zu ihr gesagt. Zum ersten Mal ahnte Natascha ihre Wunden, die erlittenen Ungerechtigkeiten.

Jahre später sollte sie oft an diese erste Begegnung mit ihrem Vater in einer Bar im belagerten Berlin zurückdenken, die vom sanften Licht der Kerzen erhellt war. An seine makellose Höflichkeit, seinen intelligenten Blick und die hohe Stirn. Zu dieser Zeit, da die Welt voller Gerüchte über einen neuen Krieg gewesen war, erschien alles so vergänglich.

Als er sich zu ihr herüberbeugte, nahm die junge Frau ein frisches Parfüm und Tabakgeruch wahr. Sie war zu ihm gekommen, um ihn anzuhören. Und das tat sie, stumm und aufmerksam, ganz erfüllt von dem, was sie über ihn bereits erraten hatte, dessen sie sich aber vergewissern wollte. Max hielt sein Versprechen und redete für zwei, obwohl auch er Angst hatte. Das hatte er ohne Scham zugegeben. Er verstummte auch immer wieder, doch nie wurde das Schweigen verlegen. Ein stilles Einverständnis entstand. Die beiden wussten es noch nicht, aber es sollte für immer bestehen bleiben.

In der darauf folgenden Nacht sollte Natascha, allein in ihrem Zimmer, kein Auge zutun. Sie lauschte dem Dröhnen der Flugzeuge und sezierte jedes Wort ihres Vaters, jeden Gesichtsausdruck von ihm. Sie war der Vorsehung dankbar, und Berlin, das sie noch nicht kannte. Diese Stadt hatte ihr auf seltsame, beinahe wundersame Art geholfen. Denn hier kämpfte man darum, im Namen der Freiheit und Wahrheit zu existieren, für Werte, die auch ihrer Suche entsprachen. Diese Wahrheit sagte ihr Vater ihr ohne den Schatten eines Zögerns. Sein schönes Gesicht bot sich ihr in vollkommener Offenheit dar. In diesem Moment, im Herzen eines zerrissenen Europas, war die Bedrohung mit Händen zu greifen, und die Freiheit hing nur noch an einem seidenen Faden. Vielleicht wurde deshalb Max von Passau und seiner Tochter Natascha die unendliche Gnade zuteil, dass sie ohne weitere Umschweife zum Wesentlichen kamen.

Lynn Nicholson blickte aus dem Fenster des Militärwagens. Unter dem milchweißen Himmel wirkte die gefrorene Landschaft der sowjetischen Zone monoton und abweisend. Am Rand eines Dorfs standen Schilder mit kyrillischer Beschriftung. Sie sah eine abgebrannte Scheune und einen verlassenen Traktor. Aus einem nicht ersichtlichen Grund waren an einer ansonsten gewöhnlichen Straßenkreuzung mit Stacheldraht verstärkte spanische Reiter angebracht. Der Ort wirkte nahezu verlassen. Man hätte meinen können, dass sich die Bevölkerung in Luft aufgelöst hatte.

Sie verspürte einen bitteren Geschmack im Mund. Dieses Land ist unheimlich, dachte sie, eisig. Vor drei Jahren hatte sie in einem strahlenden Frühling mit den britischen Truppen, die sich auf dem Weg nach Berlin befanden, dieselben Landstriche durchquert. Damals hatte sie fruchtbare Felder gesehen, wohlhabende Dörfer und Bauernhöfe, die einen scharfen Kontrast zu den zerstörten Städten boten. Trotz der vernichtenden Niederlage Deutschlands und der Verunsicherung der Bewohner hatte sie nicht diese bleierne Schwere empfunden, die über allem lag. Da war etwas Unfassbares, was man auch im Ostsektor der Hauptstadt spürte. Eine unbestimmte Grundstimmung, gedrückt und niedergeschlagen, wie ein feuchtes Kleidungsstück, das einem an der Haut klebt. Der Geruch nach schlechtem Fett. Ein schmerzlicher Kummer.

Seufzend warf sie ihrem Nachbarn einen Blick zu. Dimitri Kunin las schweigend in einem Buch. Am liebsten hätte sie ihn nach dem Namen des Autors gefragt. Er hatte es aus seiner Umhängetasche geholt, nachdem der Fahrer die Richtung nach Lübeck eingeschlagen hatte. Es erstaunte sie, dass er auf diese Weise etwas Persönliches von sich preisgab. Denn war es nicht so, dass die Auswahl einer Lektüre auch immer etwas über den Leser enthüllte?

Er war ein attraktiver Mann mit regelmäßigen Zügen, der die imposante Gestalt seines Vaters geerbt hatte. Seine Haltung war gerade wie bei einem Reiter. Er besaß einen breiten Mund, schmale Wangen und scharf blickende blaue Augen. »Wir werden die Westsektoren abschnüren und austrocknen wie eine Warze«, hatten die Sowjets zu Beginn der Blockade sarkastisch verkündet. Lynn konnte sich nicht vorstellen, dass dieser distinguierte Offizier so vulgäre Worte aussprach. Er hatte einem Eliteregiment angehört, einer der Einheiten, die hart um Berlin kämpften. Bei Empfängen trug er eine für sein Alter imposante Anzahl von Orden – die Sorte von Auszeichnungen, die man sich auf dem Schlachtfeld und nicht hinter einem Schreibtisch verdiente. Darunter die Medaille für die Einnahme von Berlin, eine für den Sieg über die Deutschen im Großen Vaterländischen Krieg und, als höchste Auszeichnung, den Stern eines Helden der Sowjetunion.

Als vor ein paar Tagen eine Dakota der Royal Air Force auf ihrem täglichen Flug in der sowjetischen Zone abgestürzt war, hatte man die Verbindungsoffiziere der beiden betroffenen Mächte angefordert. Unter der englischen Besatzung waren drei Todesopfer zu beklagen, einer hatte jedoch schwer verletzt überlebt. Lynn Nicholsons Mission war es, den verletzten Piloten zurückzuholen. Und Dimitri Kunin hatte dafür zu sorgen, dass sie sich darauf beschränkte.

Dies war nicht ihre erste Begegnung mit dem jungen Kunin. Sie waren schon vor der Blockade bei Zusammenkünften aufeinandergetroffen. Anfang November hatte sie die Aufgabe gehabt, ihn offiziell über die Eröffnung von Schleswig-Land zu informieren, dem sechsten Flugfeld in der britischen Zone, das zur Logistik der Luftbrücke beitragen sollte. Die Alliierten entzweiten sich nicht offen. Alle Seiten verstanden sich darauf, den Schein zu waren; ein raffiniertes Pokerspiel, bei dem ihr Spieltisch der ganze Planet war. Im Westen versuchte man sich einzureden, dass Stalin keinen Dritten Weltkrieg anstrebte, aber sicher war man sich nicht. Der Verfolgungswahn und die absolute Macht des georgischen Diktators ließen viele daran zweifeln.

Die alltägliche Lage in Berlin war weiterhin paradox. Offensichtlich versuchten die Sowjets die Luftbrücke durch riskante Manöver zu destabilisieren. Mit knapper Not waren mehrere Kollisionen in der Luft vermieden worden. Gleichzeitig wachten die russischen Offiziere, die im großen Saal der Luftsicherheitszentrale Seite an Seite mit ihren westlichen Kollegen saßen, über den reibungslosen Ablauf des Flugverkehrs. Genau das ist an diesen Leuten so verwirrend, dachte Lynn. Man weiß nie, woran man mit ihnen ist. Trotz aller Widrigkeiten bewährte sich die Luftbrücke. Man spürte eine gewisse Desillusionierung auf der russischen Seite. Begann Stalin zu zweifeln? Vielleicht hatte er nicht mit diesem hartnäckigen Widerstand gerechnet.

Dimitri Kunin beendete ein Kapitel, markierte die Seite sorgfältig mit einem Lesezeichen und schlug das Buch zu.

»Wird Ihnen vom Lesen im Wagen nicht schlecht?«, erkundigte sich Lynn auf Französisch.

Bei ihrer ersten Begegnung hatte er ihr verraten, dass er die Sprache Voltaires besser beherrsche als die Shakespeares. Damit er nicht nach Worten suchen musste, um seinen Gedanken Ausdruck zu verleihen, tat sie ihm diesen Gefallen.

»Wie kann einem übel werden, wenn man Tolstoi liest?«, scherzte er.

»*Anna Karenina?*«

»*Krieg und Frieden.*«

»Da haben Sie sich aber ein dickes Buch vorgenommen«, sagte sie lächelnd und amüsierte sich über das schelmische Blitzen in seinem Blick.

»Die Geschichte hat uns vieles zu lehren. Der Vergangenheit entkommt man nicht.«

»Und doch begehen die Menschen immer wieder dieselben Fehler. Man möchte fast meinen, dass sie nichts daraus lernen. Denken Sie nur an Adolf Hitler, der geglaubt hat, Ihr Land überrennen zu können.«

»Allzu viel hat dazu auch nicht gefehlt.«

Waren das nicht gefährlich kritische Worte? Sie starrte auf den Nacken des Chauffeurs.

»Keine Angst«, fuhr Kunin fort. »Er versteht kein Wort Französisch. Ich habe mich vergewissert.«

»Und wie?«

»Indem ich kürzlich seine Mutter beleidigt habe. Er hat nicht reagiert, also hat er nichts verstanden.«

»Oder er verstellt sich.«

»Sie sind ja noch misstrauischer als meine Landsleute«, sagte er belustigt. »Nein, ich versichere Ihnen, dass wir unbesorgt sprechen können. Außerdem kenne ich diesen Burschen noch aus dem Krieg. Wir haben zusammen gekämpft. Und Mikrofone gibt es in diesem Wagen auch nicht. Diese Technik befindet sich noch in der Entwicklung. Sie können mir vertrauen. Ich denke bei dem kleinsten Gespräch darüber nach, ob es gefährlich werden könnte. Bei uns reichen ein paar unvorsichtige Worte aus, um zu verschwinden. Gerade in öffentlichen Gebäuden ist es oft erstaunlich leise. Die Menschen reden nicht, weil sie Angst haben, denunziert zu werden.«

Seine Worte klangen zynisch und desillusioniert. Lynn war erstaunt über die Wendung, die ihr Gespräch genommen hatte. Obwohl er angeblich so unbesorgt war, sprach Kunin in einem gleichförmigen Tonfall und so leise, dass der Motor ihn übertönte. Seine Miene dagegen wirkte gelöst und ein wenig gelang-

415

weilt, als redete er über das Wetter. Was brachte ihn nur dazu, so offen zu sein? Sie hatte Angst, dass man ihm eine Falle stellte.

»Sie sagen ja nichts?«

»Ihre Worte beunruhigen mich. Um Ihretwillen.«

Er zuckte die Achseln. »Mein Vater hat mir vor seiner Abreise noch versichert, Sie seien ein guter Mensch. Ein größeres Kompliment gibt es für ihn nicht.«

»Aber er kennt mich doch gar nicht.«

»Sie beide haben einen gemeinsamen Freund. Das war ihm genug.«

Lynn dachte an Max und die Wirkung, die er auf andere Menschen ausübte. Sie hätte es vorgezogen, wenn er ein Durchschnittsmensch gewesen wäre. Dann wäre es ihr leichter gefallen, ihn zu vergessen. Ihre Beziehung ging zu Ende. Aber konnte man zwischen Ihnen überhaupt von einer Beziehung sprechen? Woran maß man die Tiefe einer Liaison? An ihrer Dauer? An dem Glück, das man empfunden hat, auch wenn es vergänglich war? An dem Bedauern, das davon übrig blieb?

»Mein Vater ist ein großes Risiko eingegangen, um ihn zu retten. Ich muss Ihnen gestehen, dass ich es ihm übel genommen habe, sich so in Gefahr gebracht zu haben.«

»Trotzdem haben Sie eben noch gesagt, dass man seiner Vergangenheit nicht entkommt«, sagte sie bitter.

»Sie denken an die berühmte Xenia Fjodorowna Ossolin.«

Lynn knöpfte ihren Mantel auf. Die Heizung im Wagen funktionierte schlecht. Von den Sitzen aus billigem Leder stieg ein Geruch auf, von dem ihr schwindlig wurde. Ihr war heiß, aber die kalte Luft, die durch das halb geöffnete Fenster eindrang, fühlte sich auf ihrer Stirn eisig an.

»Sie kennen sie?«, fragte sie.

»Nein, aber ich habe von ihr gehört.«

»Ich auch. Es ist verrückt, dass diese Frau, von der ich nichts weiß, eine so wichtige Rolle in meinem Leben spielt.«

Sofort bereute sie dieses absurde Geständnis, mit dem sie

sich in eine nachteilige Position begeben hatte. Es war ihre Aufgabe, unerschütterlich zu bleiben und sich weder als geschwätzige britische Offizierin noch als eifersüchtige Frau darzustellen. Das ist mir gründlich misslungen, dachte sie irritiert.

Dimitri Kunin beobachtete die junge Engländerin und ließ sich nichts anmerken. Er wusste viel über sie, denn die sowjetischen Geheimdienste hatten ihre Arbeit getan. Der Mut, den sie während des Krieges bewiesen hatte, nötigte ihm Bewunderung ab. Sie war eine charakterstarke und distanzierte Frau, die offensichtlich mit sich haderte, weil ihr die Röte ins Gesicht gestiegen war. Merkwürdigerweise beneidete er sie um diesen Bruch in ihrer Haltung. In seiner Umgebung hatte jedermann so gut gelernt, seine Empfindungen zu verbergen, dass er manchmal den Eindruck hatte, ein Schauspieler in einem Theaterstück zu sein. Verbarg er nicht selbst seit jeher seine empfindsame Seite? Der Stalinismus trieb einen in eine Art Schizophrenie. Mit seinen gerade einmal siebenundzwanzig Jahren hatte sich Dimitri schon oft gefragt, was an seinen Gefühlen eigentlich echt war. Es brauchte schon eine gefestigte Persönlichkeit, um sich dabei nicht selbst zu verlieren, und die Einsamkeit war einem auf diesem Weg oft die treueste Gefährtin.

Lynn Nicholson misstraute ihm. Das war ihr an ihrem verkrampften Kiefer abzulesen, an der Art, wie sie nervös ihre Handschuhe rieb. Er verstand, dass er sie verunsichert hatte. Die Situation war ungewöhnlich. Alles hatte mit dem letzten Gespräch begonnen, das er vor der Abreise seines Vaters nach Leningrad mit ihm geführt hatte. Sie hatten sich nicht weit vom Brandenburger Tor in einem dieser Berliner Lokale getroffen, wie sie die Sowjets liebten. Die dicke Luft roch nach Schweiß und schwarzem Tabak. Die Männer sprachen so laut, dass sich die Sängerin kaum verständlich machen konnte. Hier herrschte die lockere Kameradschaft, die die russischen Soldaten während des Krieges so geschätzt hatten und nach der sie sich mit einer Nostalgie zurücksehnten, die ihnen die Tränen in die Augen trieb. Sein Vater bat ihn um einen ungewöhnlichen Gefallen: Da Dimitri in Berlin bleiben würde, möge er doch die Hand über einen gewissen Max von Passau halten. Damals hatte Dimitri diesen Namen zum ersten Mal gehört. Zuerst glaubte er an einen Scherz. »Wofür hältst du mich, für einen Schutzengel?«, gab er spöttisch zurück. Sein Vater zog nur die Augen zusammen. Und dann, je später die Nacht wurde und je mehr Wodka sie tranken, sprach Igor Nikolajewitsch von seinen Erinnerungen an eine weit zurückliegende Zeit. Die Vergangenheit wurde lebendig, der Duft von einst. Er beugte sich zu seinem Sohn herüber, um ihm ins Ohr zu flüstern, und seine schamhaften Geständnisse berührten den jungen Mann. Aber vielleicht musste man so einfach und stark wie die Russen empfinden, um zu begreifen, dass der Nachhall der Vergangenheit oft viele Jahre währt. Igors Art, seiner Jugendliebe zu huldigen, verdiente Respekt.

Dimitri Kunin war kein komplizierter Mensch. Sein Charakter war durch schwierige Zeiten geprägt worden. Als kleiner Junge hatte er ohnmächtig miterlebt, wie seine geliebten Tanten unschuldig in die Lager deportiert wurden. Auch seinen Vater hatten sie irgendwann geholt. Er erinnerte sich an das verwüstete Gesicht seiner Mutter, ihren leeren Blick. Die schwarzen Wagen des *NKWD* kamen immer bei Nacht. In allen Wohnhäusern von Leningrad, in den überbevölkerten Zimmern und lauten Küchen der Gemeinschaftswohnungen stand der säuerliche Geruch der Angst. Niemand war sicher. Regelmäßig rollten diese Säuberungswellen durch das Land. Übrig blieben zerstörte Familien und Kinder, die bei ihren Großeltern oder in Heimen untergebracht wurden oder sich selbst überlassen blieben. Dimitri hatte erlebt, wie Menschen, die man für verdächtig hielt, geschnitten wurden, und hatte zu schweigen gelernt. Jahre später überbrachte man ihm die Nachricht vom tragischen Tod seiner Mutter und seiner Schwester während der Belagerung von Leningrad. Beide waren verhungert – eine offene Wunde und ein niemals endender Schmerz. Der grausame Krieg war wie eine Rettung gekommen. Die Russen kämpften für ihr heiliges, orthodoxes Vaterland, für das Land Puschkins und Tschechows, die Heimat Kutusows und Alexander Newskis. Der Bolschewismus hatte ihre Vergangenheit auszulöschen versucht, aber sie hatten darin einen Lebenssinn gefunden. Die Opfer, die sie brachten, entsprachen der tief empfundenen Liebe, die sie gegenüber ihrem Vaterland hegten.

Zum ersten – und vielleicht zum letzten – Mal bat sein Vater ihn um einen Gefallen, was seiner Geste eine gewisse Dramatik verlieh. Und so hielt Dimitri Kunin die Hand über einen Mann, den er nicht einmal kannte, der aber einen gewissen Ruf besaß; einen Mann, um den sich dunkle Wolken zu sammeln begannen.

Der Wagen bremste vor einer Straßensperre kurz vor der Einfahrt in die Stadt ab. Dimitri zog ein Bündel offizieller Papiere aus seiner Umhängetasche. Lynn tat es ihm nach. Schweigend und in erstaunlicher Einmütigkeit traten die beiden um den schwarzen Wagen herum.

Der britische Pilot lag in einem abgeriegelten Zimmer, vor dessen Tür ein Wachposten stand. Als ob er weglaufen könnte, dachte Lynn ironisch, als sie die Bandagen sah, mit denen seine verbrannten Hände und gebrochenen Rippen verbunden waren, und die Binde über den Augen. Noch wusste man nicht, ob er das Augenlicht behalten würde. Mit schwerem Herzen beugte sie sich über ihn, um ihn zu beruhigen, und erklärte ihm auf Englisch, er werde nach Hause zurückkommen, alles werde gut werden. Kurz zögerte sie und legte dann eine Hand auf seine nackte Schulter. Der Mann glühte vor Fieber. Aber sie wollte, dass er sie spürte, wenn er sie schon nicht sehen konnte. Für diese Männer, die im Luftkrieg um England heldenhaft gekämpft hatten, empfand sie einen ganz besonderen Respekt. Unter enormen Verlusten hatten sie ihr Land gerettet. Sie hatte ihn für bewusstlos gehalten, aber zu ihrem großen Erstaunen dankte ihr der Pilot. Seine Stimme klang rau, als hätten die Flammen ihm auch die Lungen und die Kehle verbrannt. Der deutsche Chefarzt, mit dem sie gesprochen hatte, war vorsichtig mit seiner Prognose gewesen.

Dimitri stand hinter ihr; in respektvollem Abstand zwar, aber ohne ihr von den Fersen zu weichen. Als sie durch das Krankenhaus gegangen waren, hatte sie die kleinsten Einzelheiten registriert, die Medikamentenschachteln, die Anzahl der weißen Kittel, die belegten Betten. Ihr Bericht würde wie immer detailliert ausfallen. All das war vielleicht nichts Besonderes, aber eine Fahrt in die sowjetische Zone war immer eine gute Gelegenheit, sich ein Bild von der Stimmung unter der kommunistischen Besatzung zu machen.

»Dieser Mann muss mit einem Krankenwagen transportiert werden«, erklärte sie Dimitri. »Sonst wird er die Fahrt nicht überleben. Ist dafür gesorgt?«

Der Offizier sprach auf Russisch mit einem Soldaten. Dieser schüttelte fassungslos den Kopf.

Dimitri antwortete mit einigen schroffen Sätzen. Der Mann salutierte und ging davon.

»Sie werden Ihren Krankenwagen bekommen. Ich habe ihm eine Stunde Zeit gegeben, um einen aufzutreiben. Sollen wir solange nach draußen gehen und eine Zigarette rauchen? Hier drinnen stinkt es.«

Sie warf dem Verletzten einen entschuldigenden Blick zu, doch der schien eingeschlafen zu sein.

Draußen versuchte blasses Sonnenlicht die Wolken zu durchdringen. Eine Raureifschicht bedeckte das unbebaute Gelände mit dem Gebäude, das als Krankenhaus diente. Die umgebenden Gebäude waren abgetragen worden. In der Ferne erhoben sich geschwärzte Häuserskelette, die in dem schimmernden Licht surrealistisch wirkten. Unter ihren Stiefeln knirschte der Schnee. Kein Laut war zu hören. Ein merkwürdiges Gefühl von Trostlosigkeit und Frieden lag in der Luft. Lynn erschauerte. Dimitri wandte sich ihr zu und gab ihr Feuer. Der rote Stern an seiner Tschapka aus grauem Fell leuchtete.

»Sie müssen Max von Passau eine Nachricht überbringen«, sagte er.

Lynn verbarg ihre Verblüffung. In diesem Moment hatte sie gar nicht damit gerechnet, dass er erneut von Max sprach. Sie dachte an den Piloten und seine geringen Aussichten, seine Verletzungen zu überleben.

»Er hat sich in letzter Zeit zu auffällig benommen«, fuhr Di-

421

mitri fort, als er sah, dass ihm ihre ganze Aufmerksamkeit galt. »Seine Fotos erscheinen anonym in ausländischen Zeitschriften, aber dadurch lässt sich niemand täuschen. Außerdem pflegt er schlechten Umgang, vor allem mit diesem Ernst Reuter, dessen Reden bei uns nicht geschätzt werden. Nicht umsonst hat das sowjetische Kommando bei dessen Wahl zum Oberbürgermeister sein Veto eingelegt. Gewisse Kreise fühlen sich durch Max von Passau irritiert.«

»Woher wissen Sie das?«

»Ich weiß es einfach«, erwiderte er schroff.

»Aber er geht kein Risiko ein. Er setzt niemals einen Fuß in Ihren Sektor. Und da wir nicht die Absicht haben, Westberlin im Stich zu lassen …«

Lynn ließ ihren Satz in der Luft hängen. Ihre Worte klangen keck und ein wenig unbedarft.

Dimitri lächelte. »Angesichts des Erfolgs Ihrer Luftoperation bezweifle ich das nicht. Eine sehr starke symbolische Geste, das gebe ich zu. Trotzdem sollte sich Ihr Freund nicht mehr allzu lange in Berlin aufhalten. Die Sektorengrenzen sind ein Hindernis, zurzeit sogar mehr als zuvor, aber ein absoluter Schutz ist das nicht.«

Kunin hatte recht. Unzählige Frauen und Männer waren seit Kriegsende in Berlin verschwunden. Im April hatten sich zwei Freunde von Max, ein Journalist und ein Mitglied der Sozialdemokratischen Partei, buchstäblich in Luft aufgelöst. Max war sehr bestürzt darüber gewesen. Man sprach von illegalen Festnahmen, von Entführungen.

In der Presse erklärte man den Bürgern, wie man sich schützte. Es hieß, man solle von den Personen, die einen festnehmen wollten, verlangen, sich auszuweisen, und schreien, wenn sie Gewalt anwendeten. Die schlimmsten Gerüchte wollten von einem abscheulichen Handel mit menschlichen Körpern wissen. Weder Max noch Lynn bezweifelten, dass den Kommunisten gewisse Menschen im Weg waren. Wie würde er reagieren, wenn er erfuhr, dass er vielleicht ihre nächste Zielscheibe war?, fragte sie sich besorgt.

»Warum tun Sie das?«

Dimitri zog ein letztes Mal an seiner Zigarette. Das schräg einfallende Licht betonte seine Wangenknochen und seinen Nasenrücken.

»Wenn ich an seiner Stelle wäre, würde ich nicht zögern. Man kann sein Land lieben und bereit sein, ihm Opfer zu bringen. Aber es kommt ein Moment, in dem man an sich selbst denken muss. Ich habe seine Arbeit gesehen, und ich glaube nicht, dass die Zukunft eines Künstlers wie Max von Passau heute in Berlin liegt. Mein Vater ist entschieden der Meinung, sein Platz sei an der Seite von Xenia Ossolin.«

Die Züge der jungen Frau erstarrten. Sie tat Dimitri leid, denn er wusste, dass sie verliebt war in den Fotografen; aber er ahnte, dass Lynn ihre Zeit vergeudete. Sein Vater hatte ihm erklärt, wie die Dinge standen. Lynn Nicholson war intelligent und bezaubernd, aber sie besaß nicht das Format, gegen das Schicksal zu kämpfen, das Xenia Fjodorowna mit dem Vater ihrer Kinder verband.

»Das Schlimmste ist, dass er recht hat, und um die Wahrheit zu sagen, habe ich es immer gewusst«, sagte sie seufzend und verblüffte ihn mit ihrer Offenheit.

»Merkwürdig, dass wir an diesem Ort, der außerhalb der Zeit zu liegen scheint, dieses Gespräch führen, nicht wahr?«, setzte sie mit aufgesetzter Munterkeit hinzu und vergrub die Hände in den Taschen.

Dimitri lächelte ihr erleichtert zu. Lynn Nicholson war eine entschlossene Frau. Er kannte andere wie sie und wusste, dass sie darüber hinwegkommen würde.

»Das Leben hält manche Überraschung bereit«, sagte er. »Ich glaube nicht an Zufall. Heute ist es meine Aufgabe, Ihnen zu sagen, dass Max von Passau fortgehen muss, und an Ihnen ist es, diese Botschaft weiterzugeben. Sie müssen beide wieder frei sein. Das ist eine Chance, ein Geschenk des Himmels. Glauben Sie mir.«

Seine Miene verschloss sich, und er wirkte ein wenig irritiert. Oder war es vielleicht Neid?, fragte sich Lynn. Er blieb stehen und drehte sich um. In der Ferne war ein Wagen mit einem roten Kreuz aufgetaucht.

Max zog eine Grimasse, als er von der lauwarmen Suppe kostete. Er hatte sie in der Nacht, als es Strom gab, heiß gemacht und in eine Thermoskanne gegeben. Die grauen Brötchen waren so trocken, dass sie praktisch nicht essbar waren, obwohl er Clarissas Rat befolgt hatte, sie in eine feuchte Serviette zu schlagen, um sie frisch zu halten. Er stellte eine Karaffe mit Wasser auf den Tisch. Ein ziemlich karges Frühstück, das er seiner Tochter anbot.

Nachdem sich bei ihrer ersten Begegnung die Befürchtungen zerstreut hatten und die erste Neugierde befriedigt war, lernten sie sich jetzt kennen. Jedes Mal, wenn er Natascha sah, empfand Max eine Art Verzückung. Nie wurde er ihrer Energie überdrüssig, ihrer Erzählungen von ihren Gesprächen mit den Studenten der Freien Universität Berlin oder den Recherchen, die sie in der Stadt betrieb. Er war ihr dankbar für ihre Spontaneität und die Leichtigkeit, mit der sie bereit war, ihre Gefühle mit ihm zu teilen. Sie betrachtete ihre Umgebung mit einem menschlichen, gerechten Blick und besaß eine lebhafte Intelligenz und ein aufmerksames Ohr, aber sie war zu impulsiv. Oft zeigte sie ihm ihre Artikel, bevor sie sie abschickte, und er hatte sich bereits einige Bemerkungen erlaubt, die sie gutwillig annahm. Sie musste noch lernen, alle Facetten eines Problems zu betrachten und sich nicht von einem einzigen Kommentar, einer einzigen Meinung blenden zu lassen. »Du hast recht«, erklärte sie mit nachdenklicher Miene. »Man muss beide Seiten sehen … Das ist im Leben immer so, stimmt's?« Er dachte natürlich an Xenia. Als sie ihn gebeten hatte, mit ihr zu gehen und ihrer Liebe noch eine Chance zu geben, war er nicht in der Lage gewesen, sie zu verstehen. Das zeitliche Zusammentreffen von Mariettas Tod und dem Auftauchen seiner Tochter bewog ihn zum Nachdenken. Ein Stück Vergangenheit war gegangen. Die junge Generation packte das Leben beherzt an. Das lag in der Natur der Dinge. Aber wo war jetzt sein Platz?

Natascha war immer pünktlich. Er brauchte nicht auf die Uhr zu sehen, als sie an die Tür klopfte. Max war, von einer seltsamen Mattigkeit ergriffen, seit drei Tagen nicht mehr ausgegangen. Die Wangen seiner Tochter waren rosig, und ihre Augen strahlten. Von ihrer Mutter hatte sie die gewölbte Stirn geerbt, den Haaransatz und die gerade Nase.

Er wurde niemals müde, Xenia in den Zügen ihrer Tochter wiederzufinden. Die beiden Frauen sprachen auch mit einem ähnlichen Tonfall. Wenn er die Augen schloss, glaubte er, die Frau, die er geliebt hatte, zu hören. Trotz des Glücks, das es ihm bereitete, seine Tochter kennenzulernen, erweckte sie auch den in ihm schlummernden Schmerz erneut zum Leben. In letzter Zeit verfolgte Xenia Fjodorowna ihn wieder in seinen Träumen.

Natascha küsste ihn auf die Wange und wies dann stolz zwei Hefeteilchen vor.

»Endlich dürfen die Bäcker wieder süßes Gebäck herstellen!«

»Ich kann dir nichts Aufregendes anbieten«, sagte Max und gab die Suppe in tiefe Teller. »Tut mir leid.«

»Das ist doch vollkommen unwichtig! Ich bin schließlich nicht zum Essen hergekommen. Dann werden wir eben so lange, wie es sein muss, den Gürtel enger schnallen. Bis die Blockade vorüber ist.«

Die schwierigen Lebensbedingungen hätten andere verscheucht, aber Natascha hatte eine Zuneigung zu Berlin entwickelt, was Max amüsierte und gleichzeitig rührte.

»Hast du schon das Neueste gehört?«, fragte sie und setzte

sich an den Tisch. »Der französische Stadtkommandant, General Ganeval, hat die Betonpfeiler sprengen lassen, die den Luftverkehr in Tegel behindert haben.«

»Nicht zu fassen!«, rief Max aus. »Du meinst die Sendemasten des ›Berliner Rundfunks‹ aus dem Osten?«

»Ganz genau. Die Kommunisten sind wütend. Das hat ihnen die Suppe versalzen. General Kotikow soll völlig außer sich über Ganevals Coup sein. Sonst hat man den Franzosen ja gern vorgeworfen, sie seien langsam und unterstützten die Bemühungen des Westens nur halbherzig. Aber jetzt sind sie freilich die Helden des Tages.«

»Und doch haben sie in ihrem Sektor die Borsigwerke demontiert, obwohl die Blockade bereits im Gang war«, murrte Max. »Entschuldige, aber das fand ich ziemlich schäbig.«

Natascha sah in das ernste Gesicht ihres Vaters. Ein zwei Tage alter Bartschatten bedeckte seine Wangen. Wenn er schmollt, schaut er genauso drein wie ich, dachte sie. Sie fand es faszinierend, sich in ihm wiederzuerkennen.

»Du weißt doch, wie kompliziert das Verhältnis zwischen Franzosen und Deutschen ist.«

Sie zögerte einen Moment, bevor sie weitersprach.

»Als ich erfuhr, dass Mama ein Kind von dir erwartet, war meine erste Reaktion, dich als ›dreckigen Boche‹ zu bezeichnen. Den ganzen Krieg hindurch habe ich die Deutschen verachtet, sie gehasst und mich vor ihnen gefürchtet. Das war eine instinktive Ablehnung, ganz irrational. So etwas vergisst man nicht so leicht.«

»Und trotzdem hast du mit Felix und Lilli Freundschaft geschlossen.«

»Sie waren ja Opfer, da zählte die Nationalität nicht. Das ist im Übrigen genau das, was Lilli Felix vorwirft. Sie versteht nicht, wie er sich weiter als Deutscher fühlen kann, während sie nichts mehr für das Land ihrer Geburt empfindet. Sie hat sich vollständig davon abgewandt. Es war schrecklich, als mir

Mama eröffnete, dass ich deine Tochter bin«, sagte sie und unterdrückte einen Schauder. »Ich konnte nächtelang nicht schlafen. Die Vorstellung, zur Hälfte Deutsche zu sein … Das war für mich undenkbar und wie eine Strafe.«

Verwirrt schlug sie die Augen nieder. Nach dem langen Albtraum des Dritten Reichs kann es nur eine Bürde sein, wenn man erfährt, dass man deutsches Blut hat, überlegte Max. Er dachte an seinen Vater, diesen berühmten Diplomaten, der so stolz auf seine Abstammung gewesen war. Es hätte ihn bekümmert, wenn er erlebt hätte, wie sehr derselbe Umstand seine Enkelin bestürzte.

»Es ist nicht immer leicht. Mein Vater … ich meine Gabriel«, verbesserte sie sich verwirrt, »mochte die Deutschen nicht, weil sie den Großen Krieg angefangen hatten, und trotzdem hat er an den Nazis gewisse Eigenschaften bewundert. Es ist mir sehr schwergefallen, mir seine Fehler einzugestehen. So richtig gelingt mir das immer noch nicht. Ich empfinde eine merkwürdige Art von Trauer. Ich habe ihn geliebt, und jetzt habe ich das Gefühl, dass er mich verraten hat.«

Max spürte einen Anflug von Gereiztheit. Der Gedanke an Gabriel Vaudoyer ließ eine bittere Erinnerung in ihm aufsteigen. Er dachte daran, wie Xenia ihm erzählt hatte, dass Vaudoyer drauf und dran war, sie zu töten, bevor er sich selbst umbrachte. Das durfte Natascha aber keineswegs erfahren. Manche Lügen können, wie Xenia Fjodorowna einmal zu ihm gesagt hatte, auch ein Liebesbeweis sein.

»Er ist gut zu dir gewesen, und das ist die Hauptsache«, sagte er barscher als beabsichtigt. »Hüte die schönen Erinnerungen, das ist etwas, was dir niemand nehmen kann. Vaudoyers politische Überzeugung ging ihn selbst an, nicht dich.«

Natascha nickte. »Und ich habe noch eine ganze Familiengeschichte zu erforschen, nämlich deine, die jetzt auch meine ist. Manchmal ist der Gedanke schwindelerregend«, gestand sie mit einem schwachen Lächeln.

Max schob den Teller weg. Ihm war der Appetit vergangen. Alles schmeckte wie Sägemehl. Er wusste nicht mehr, wie lange er keine anständige Mahlzeit mehr gegessen hatte. Nervös zündete er sich eine Zigarette an.

»Hast du etwas von Lilli gehört?«

»Sie hat mir geschrieben, dass sie an ihrer Schule in New York glücklich ist. Vielleicht gefällt ihr dieses neue Leben. Aber bei Lilli weiß man nie wirklich, was sie empfindet. Mama ist die Einzige, zu der sie wenigstens ein bisschen Zutrauen hat.«

Das Holz der Tischplatte war verkratzt. Max strich mit der flachen Hand darüber.

»Und deine Mutter?«

»Sie kümmert sich um Christian Diors Geschäft in Amerika. Und natürlich um Nicolas ...«

Einen kurzen Moment lang verschlug es Max den Atem. Nicolas. Sein Sohn. Er stand auf. Alles kam ihm absurd vor. Sogar die Hartnäckigkeit und der Optimismus, mit denen die Westberliner um ihre Zukunft kämpften, ließen ihn gleichgültig. Ich weiß nicht mehr, woran ich bin, sagte er sich hilflos und schämte sich für seine Schwäche.

»Sie fehlt dir, nicht wahr?«, fragte Natascha.

Mit einem Mal fühlte sich Max erschöpft. Er lehnte die Stirn an das kalte Fensterglas. Was sollte er auf diese äußerst komplexe Frage antworten? Die noch dazu von seiner Tochter kam, die Xenia ihm so viele Jahre lang vorenthalten hatte.

»Ich weiß, dass du sie vermisst«, fuhr sie unerbittlich fort. »Mir fehlt sie nämlich ebenfalls. Aber auch ich kann nicht mit ihr leben. Ich muss meinen eigenen Weg gehen, denn das Verhältnis zwischen uns ist zu schwierig. Früher war das nicht so. Als ich klein war, habe ich sie angebetet. Da war alles einfach. Aber dann, mit der Zeit ... Ich weiß nicht«, meinte sie achselzuckend. »Als sie sich nach dem Krieg entschlossen hat, nach Berlin zurückzukehren, hatte ich das Gefühl, dass sie mich ein zweites Mal verlässt. Natürlich wusste ich damals nicht, dass sie

nach dir suchte, weil sie mir nie etwas von dir erzählt hatte«, erklärte sie in einem Ton, in dem Bitterkeit und Kummer schwangen. »Als sie zurückkam, habe ich sie beinahe nicht wieder-
erkannt. Sie wirkte verloren. Schließlich musste sie mir sagen,
dass sie schwanger war. Ich habe ihre Schwangerschaft erlebt,
die Geburt … Natürlich war ich eifersüchtig. Ich habe einige
Zeit gebraucht, um zu erkennen, dass er für sie nicht so sehr ihr
Kind war wie deines.«

Natascha beobachtete ihren Vater. Leicht vornübergebeugt,
die Hände in den Taschen, drehte er ihr den Rücken zu.

»Jetzt verstehe ich es besser«, setzte sie halblaut hinzu. »Ich
habe die Ausstellung bei Bernheim gesehen. Mama hat mich
vor ihrer Abreise noch hingeschickt. Da ist etwas Starkes zwischen euch beiden, eine tiefe Bindung. Und das ist doch das
Wichtigste, oder? Diesen Teil der Wahrheit zeigst du in deinen
Porträts von ihr. Kein Betrachter kann sich diesem Eindruck
entziehen. Ich beneide euch, obwohl es schmerzlich sein muss,
so zu lieben. Das, was zwischen euch ist, ist selten, kostbar.
Findest du nicht?«

Max wandte sich zu ihr um. Natascha wirkte unschlüssig, als
fürchtete sie, zu weit gegangen zu sein. Doch er war ihr dankbar
für ihren Mut, der ihm selbst fehlte.

»Auch du bist für mich unendlich kostbar, Natutschka. Ich
werde dir nie genug dafür danken können, dass du zu mir gekommen bist. Ich weiß nicht, ob ich es gewagt hätte, zu dir zu
gehen.«

Ein paar Tage später räumte Felix in dem kleinen Raum, der
ihm als Büro diente, Papiere weg. Er hatte schlechte Laune.
Seit Beginn der Blockade waren Kunden zu einer Art ausster-
bender Spezies geworden. Daher hatte er sich widerwillig entschieden, eine Stunde früher zu schließen. Die selbst gebauten, handbetriebenen Generatoren lieferten nur ein schwaches
Licht, in dem der große Raum seines Ladens wie eine unheimli-

che Grotte wirkte. Der bescheidene Weihnachtsschmuck nahm sich im Vergleich zu der bezaubernden Dekoration mickrig aus, die seine Mutter einst bei Lindner geschaffen hatte. Er schämte sich beinahe dafür. Felix hatte seine Angestellten nach Hause schicken müssen, weil er sie nicht mehr bezahlen konnte. Zahlreichen Betrieben ging es ähnlich, und die Arbeitslosigkeit war enorm angestiegen. Glücklich konnte man sich schätzen, wenn man eine Anstellung auf einem der Flughäfen fand, wo man vor allem ein Anrecht auf eine warme Mahlzeit hatte. Und trotzdem gaben die Berliner nicht auf. Mehr als hundert Firmen hatten vor, bei der großen Messe auszustellen, die im nächsten April in Hannover stattfinden sollte. Bei einer Unternehmerversammlung, an der Felix teilgenommen hatte, hatte man sich auf ein passendes Wahrzeichen geeinigt: einen Berliner Bären, das Symbol ihrer Stadt, der die Kette, mit der er gefesselt war, sprengt. Eine Aufschrift besagte: *Hergestellt im umzingelten Berlin.*

Hoffentlich geben die Russen bald auf, dachte er. Noch mehr verdross es ihn, dass im Osten die Geschäfte weitergingen, wenngleich mit anderen Spielregeln. In einem ehemaligen Kaufhaus in der Königstraße hatten eine Konditorei und ein Textilgeschäft eröffnet. Um den Schwarzmarkt einzudämmen und den widerspenstigen Berlinern zu beweisen, dass es bei ihnen Waren im Überfluss gab, hatten die SED-Oberen die Schaffung freier Läden erlaubt. Am ersten Öffnungstag hatte man in der Frankfurter Allee mehr als eintausenddreihundert Kunden gezählt. Auch Felix hatte dort eine Runde gedreht und den Schnitt der Kleidungsstücke studiert, die Lederwaren, die Uhren, Fahrräder, Radios und Küchengeräte … Die Preise waren so hoch, dass die Ostberliner es sich nicht leisten konnten, dort einzukaufen. Anders diejenigen, die über Deutsche Mark verfügten, die konnten dank der günstigen Wechselkurse davon profitieren.

»Illegale Konkurrenz«, murrte er, schob die Brille auf der

Nase zurück und notierte dann eine »Null« in die Spalte mit den Tageseinnahmen.

Er räumte den Ordner weg. Zeit, den Laden zu schließen. Natascha würde gleich kommen. Sie wollten zusammen ins Delphi-Theater tanzen gehen. Die Blockade hatte nichts an dem unersättlichen Drang der Stadtbewohner nach Zerstreuungen geändert. Künstler aus der ganzen Welt kamen nach Berlin. Die jungen Leute gingen ohne mit der Wimper zu zucken zuerst in ein Konzert des Violinisten Yehudi Menuhin und dann zu einem des Jazztrompeters Rex Stewart.

»An den Ufern der Spree fühlt man sich wie in Saint-Germain«, hatte Natascha eines Abends begeistert und mit leuchtenden Augen gescherzt. Noch nie war sie ihm schöner erschienen. Aber sie hatte sich verändert. Sie war nicht mehr das heranwachsende Mädchen, in das er sich in Paris verliebt hatte und das zwischen überschwänglicher Zuneigung und Zornanfällen schwankte. Seit sie ihren Vater kennengelernt hatte, war sie weniger hektisch. Ihre Gesten waren weicher und ihr Blick gelassener. Er freute sich für sie. Doch ihre Vertrautheit von früher hatte sich verändert. Sie hatte nicht mehr den Beiklang einer aufkeimenden Liebe. Natascha war distanzierter. Als sie ihm von ihrem Interview mit Ernst Reuter, dem Oberbürgermeister von Westberlin, berichtete, fand er die souveräne Art, mit der sie ihre Fragen aufbaute und ihrer klaren Logik folgte, beinahe einschüchternd. Jetzt stand sie auf eigenen Beinen, und Felix fühlte sich nutzlos. Er hatte sie noch nicht auf ihre Beziehung angesprochen, weil er ihre Antwort fürchtete. Zum ersten Mal erlebte er dieses leise Schwindelgefühl, das von einer nicht selbst gewählten Einsamkeit herrührte.

»Ist da jemand?«, rief eine Stimme.

»O Wunder, ein Kunde!«, murrte er leise. »Einen Moment, ich komme!«

In dem großen Raum zögerte er, als er Lynn Nicholson erkannte, Max' Geliebte, Herzensfreundin und Gefährtin im Unglück. Sie war noch nie zuvor in seinen Laden gekommen. Seine Stimmung verdüsterte sich. Aus einem ebenso ungerechten wie absurden Grund grollte er der Britin. Für ihn war sie das Sinnbild der Hindernisse, die zwischen Max und Xenia, Berlin und der Freiheit, Natascha und ihm standen.

»Sie wünschen?«, fragte er unwillig.

»Ich finde Ihr Geschäft großartig«, meinte Lynn lächelnd.

»Scherzen Sie? Es ist ein jämmerlicher Versuch, wie ein richtiger Laden auszusehen.«

Seine Reaktion schien sie zu erstaunen. Ihre Züge verhärteten sich.

»Ich bin gekommen, weil ich mit Ihnen über Max reden muss.«

»Tatsächlich? Was zwischen Ihnen beiden ist, geht mich nichts an.«

»Gibt es hier einen ruhigen Ort, an dem wir uns unterhalten können?«

»Finden Sie nicht, dass es hier ruhig genug ist?«, erwiderte er ironisch und umfasste mit einer Handbewegung die verlassenen Gänge zwischen den Ständerreihen.

Lynn presste die Lippen zusammen. Sie ärgerte sich über Felix Seligsohns streitsüchtige Laune. Für wen hielt er sich? Er war ein paar Jahre jünger als sie, behandelte sie jedoch mit der Herablassung eines pedantischen alten Herrn. Aber sie war nicht in der Stimmung, sich von ihm anfahren zu lassen. Am anderen Ende des Raums bemerkte sie eine offene Tür.

»Kommen Sie mit!«, befahl sie.

Sie zweifelte keine Sekunde daran, dass der junge Mann gehorchen würde. Die Deutschen reagierten immer auf Befehle, dachte sie mit bitterer Befriedigung. Das Büro war winzig wie eine Schuhschachtel. Die Petroleumlampe, die auf einem Bücherstapel stand, verbreitete ein sanftes Licht. Als Felix nach ihr eintrat, bedeutete sie ihm, sich zu setzen.

»Von Ihren Manieren halte ich nichts«, sagte er.

»Mir gefallen sie auch nicht, aber ich habe keine Zeit, mich mit Ihren Gefühlszuständen aufzuhalten. Max schwebt in Gefahr.«

Langsam setzte sich Felix in den Lehnstuhl.

»Wie meinen Sie das?«

»Man hat mir signalisiert, dass die kommunistischen Behörden sein Verhalten nicht schätzen. Er zieht zu viel Aufmerksamkeit auf sich. Seine Ansichten irritieren. Doch kann man sich Max von Passau vorstellen, wie er still und brav in einer Ecke sitzt?«

»Sie müssen aber merkwürdige Beziehungen haben, dass man Ihnen solche Auskünfte gibt.«

Gereizt stöhnte Lynn auf.

»Hören Sie mir gut zu, Herr Seligsohn«, sagte sie eindringlich, legte beide Handflächen auf den Tisch und beugte sich zu ihm hinab. »Sie haben beschlossen, dass Sie mich nicht ausstehen können. Ich kann meinerseits Leute nicht leiden, die andere verurteilen, ohne etwas über sie zu wissen. Ich weiß um die Verbindung Ihrer Familie zu Max von Passau. Ihre Einstellung zu mir nehme ich hin, obwohl ich sie kindisch finde. Aber das ist hier nicht das Problem. Ich interessiere mich für Max, und nur für ihn, ist das klar? Man hat mir zu verstehen gegeben, dass er in Gefahr ist, wenn er in Berlin bleibt. Doch leider hört er nicht auf mich, daher habe ich beschlossen, zu Ihnen zu kommen, weil ich hoffe, dass Sie ihn vielleicht überzeugen können.«

»Was für eine Art von Gefahr soll das sein?«, fragte eine Frauenstimme.

Lynn drehte sich um. Ein blondes junges Mädchen stand in der Tür. Sie trug eine Pelzkappe, die sie tief ins Gesicht gezogen hatte, und einen eleganten, tressenbesetzten Mantel mit roten Samtmanschetten, in dem sie einem Husaren ähnelte. Das ist sie also, dachte Lynn. Max' und Xenia Fjodorownas Tochter. Die Engländerin wusste, dass Nataschas Auftauchen das Ende ihrer Liaison mit dem Mann, den sie liebte, beschleunigt hatte.

Er besaß nicht die emotionale Kraft, sich gleichzeitig mit seiner Tochter und einer Geliebten auseinanderzusetzen, die ihm nicht wichtig genug war. Zu Beginn hatte Lynn ihm das übel genommen und ihn für feige gehalten. Woher hatte sie nur diesen Eindruck, dass Männer immer nur eine Herausforderung auf einmal annahmen, während die Frauen an allen Fronten zugleich kämpfen mussten? Doch dann hatte sie sich der Vernunft gebeugt. Von Anfang an hatte sie geahnt, dass ihre Beziehung nur vorübergehend sein würde, und heute war dieses Zwischenspiel eben zu Ende. Ihr Verstand sagte es ihr schon lange, nur ihr Herz rebellierte noch.

Natascha beobachtete die uniformierte Unbekannte, und ihr stellten sich mit einem unangenehmen Prickeln die Nackenhärchen auf. Felix war aufgestanden. Seine bestürzte Miene verriet, dass etwas nicht in Ordnung war. Ihre Intuition sagte ihr, dass diese Frau noch etwas anderes vertrat als die britische Krone und nicht nur aus offiziellen Gründen hier war. Diese Fremde war eine hinterhältige Bedrohung für ihr seelisches Gleichgewicht. Natascha musterte sie.

»Sie haben von meinem Vater gesprochen, Max von Passau. Ich habe ein Recht darauf, den Grund zu erfahren.«

Sie ist noch sehr jung, sagte sich Lynn, aber sie wird einmal unwiderstehlich sein. Ihre Mutter muss ihr ähnlich sehen. Bestimmt besitzt auch sie diese harmonischen Züge und die gleiche angeborene Vornehmheit. Und die gleiche Arroganz. Natascha von Passau gehörte zu den seltenen Frauen, bei deren Eintreten alles verstummt.

»Ich heiße Lynn Nicholson. Ich kenne Ihren Vater, seit die britischen Truppen ihn damals nach der Evakuierung von Sachsenhausen gerettet haben. Wir sind Freunde«, erklärte sie und konnte nicht verhindern, dass ihre Stimme brach. »Ich habe erfahren, dass er in Berlin nicht mehr in Sicherheit ist. Er ist den

Kommunisten ein Dorn im Auge. Meiner Meinung nach ist es höchste Zeit, dass er die Stadt verlässt.«

»Haben Sie ihm das gesagt?«

»Natürlich, aber er will nicht auf mich hören.«

Natascha lächelte spöttisch, und Lynn sprang sofort darauf an.

»Wahrscheinlich hat es damit zu tun, dass Sie hier sind. Nachdem er Sie gefunden hat, will er sich nicht mehr von Ihnen trennen. Aber Sie müssen ihn überzeugen.«

Ein ärgerliches Funkeln schlich sich in Nataschas Blick. Felix lehnte mit verschränkten Armen an einem Regal, in dem sich Kartons stapelten, und verfolgte das Gespräch schweigend.

»Was meinst du dazu, Felix?«, fragte Natascha.

»Ich kann mir gut vorstellen, dass es so ist. In Westberlin sind in den letzten Monaten zahlreiche Menschen verschwunden. Niemand ist wirklich sicher. Wenn also jemand diesen Leuten lästig wird … Und außerdem glaube ich auch, dass dein Vater es müde ist, hier zu leben. Er wagt es sich nicht einzugestehen, weil er das Gefühl hätte, Berlin mitten in einer Krise im Stich zu lassen, aber diese Stadt ist für ihn ein Ort des Kummers und der Nostalgie geworden. Der Tod seiner Schwester hat ihn tiefer getroffen, als er zugibt. Man spürt es sogar in seiner Arbeit. Manchmal geht er tagelang nicht aus dem Haus.«

Die sorgenvolle Miene ihres Freundes aus Kindertagen alarmierte Natascha. Sie war so glücklich gewesen, ihren Vater kennenzulernen, dass sie es versäumt hatte, seine Stimmungen zu ergründen. Für sie waren er und Berlin eins. Doch Felix hatte ihr die Augen geöffnet, und ihr wurde klar, dass ihr Vater tatsächlich schlecht aussah. Sein Blick wirkte erloschen, und sein Gesicht war blass und eingefallen. Es gab ihr einen Stich ins Herz. Sie hatte ihn nicht gefunden, um ihn aufs Neue zu verlieren.

»Und Sie sind sich ganz sicher, dass es sich so verhält, wie Sie behaupten?«, fragte sie.

Verärgert erstarrte Lynn. »Ich brauche mich nicht zu rechtfertigen. Mein Wort muss Ihnen ausreichen. Und Ihnen ebenfalls, Herr Seligsohn.«

Ihre Entschlossenheit ließ Natascha zögern. Sie wurde unsicher.

»Und wie soll er Ihrer Meinung nach die Stadt verlassen?«

»Sobald er sich einmal entschieden hat, ist das kein Problem mehr.«

Britische Privatflugzeuge boten inzwischen Plätze für Passagiere an, die das Geld für ein Ticket hatten. Wenn Max wollte, würde er natürlich mit der Royal Air Force fliegen. Lynn würde alle Formalitäten für ihn erledigen, weil sie die Befugnisse dazu hatte. Aber auch weil sie es wollte, denn Dimitri Kunin hatte ihr begreiflich gemacht, dass sie beide, Max und sie, wieder frei sein mussten. Aber sie hätte nie gedacht, dass Freiheit so schmerzlich sein könnte.

»Ich danke Ihnen dafür, dass Sie mich angehört haben«, sagte sie und zog ihre Handschuhe an. »Wenn Max mich braucht, weiß er, wo er mich erreichen kann.«

Und er wird mich immer erreichen können, was in Zukunft auch kommen mag, dachte sie. Mit einem Mal war jeder Groll verschwunden, den sie vielleicht gegen ihn gehegt hatte, weil Max sie nicht genug liebte, um ihr einen Platz in seinem Leben einzuräumen. Lynn war eine hellsichtige junge Frau: Sie hatte sich selbst entschieden, Max von Passau in ihr Herz einzulassen. Nun, da sie seine Tochter kannte, die er mit der Frau hatte, die er immer noch mehr als alles andere liebte, begriff sie, dass ihr Kampf von vornherein verloren gewesen wäre. Doch merkwürdigerweise empfand Lynn auch eine Art Stolz. Sie hatte sich nicht gefürchtet, ihn zu lieben, und sie war bereit gewesen, dieses Risiko einzugehen. In den wenigen Monaten, die sie an seiner Seite verbracht hatte, war sie ebenfalls gewachsen. Max von Passau hatte sie viel gelehrt, über die Männer, die Liebe, das Begehren, und dafür würde die junge Britin ihm immer dankbar sein.

Natascha trat von der Tür weg, um sie durchzulassen. Als Lynn an diesem Dezemberabend hocherhobenen Kopfes den leeren Laden durchquerte, spürte sie die Blicke von Felix Seligsohn und Max' Tochter im Rücken, aber sie waren besorgt und nicht länger feindselig.

Natascha vermochte Lynn Nicholsons Bild nicht loszuwerden; ihr Gesicht, ihre Gestalt, ihr selbstbewusstes und entschlossenes Auftreten. Sie ahnte, dass diese Frau ihrem Vater viel bedeutete, aber was genau war sie? Eine Freundin, wie sie behauptete, oder weitaus mehr? Der Gedanke an ihre Mutter ließ sie nicht los. Wie würde Xenia Fjodorowna reagieren, wenn sie erfuhr, dass Max sie betrog? Aber er betrügt sie doch nicht, dumme Gans, schalt sie sich. Die beiden haben sich getrennt. Woher kam dieses besitzergreifende Gefühl, das sie für ihn empfand?

Sie verbrachte eine unruhige Nacht, in der sie immer wieder aus Albträumen aufschreckte. Sie sorgte sich nicht nur um ihren Vater, den sie am Telefon nicht erreicht hatte, sondern wurde auch den Eindruck nicht los, auf ein Geheimnis gestoßen zu sein, von dem sie lieber nichts gewusst hätte. Plötzlich kam ihr die Stadt bedrohlich vor. Das Dröhnen der Flugzeuge wirkte nicht mehr beruhigend auf sie, sondern verkündete unmissverständlich, dass alles auf Messers Schneide stand, sowohl die Freiheit als auch die Zukunft. In aller Frühe verließ sie ihr Hotel, um sich zu Fuß zu seiner Wohnung zu begeben. Als sie auf den Platz einbog, an dem das Gebäude lag, sah sie ihn. Er ging in die entgegengesetzte Richtung.

»Papa!«, schrie sie, und es war wie eine Erkenntnis, eine Offenbarung. Zum ersten Mal hatte sie ihn so genannt. »Papa!«, rief sie noch einmal, lauter diesmal, weil er weiterging.

Dieses Mal drehte sich Max um und kam dann auf sie zu. Er trug einen dicken Mantel und einen grauen Filzhut. Er sah sie mit verblüffter Miene, aber zärtlich an. Sie musste an sich halten, um sich nicht in seine Arme zu stürzen. Ihr wurde klar, dass sie das Schlimmste befürchtet hatte, geglaubt hatte, man hätte ihn entführt, bevor sie ihn warnen konnte. Sie erkannte, dass sie nicht mehr ohne ihn leben konnte.

»Natascha! Du bist aber früh unterwegs. Gibt es ein Problem?«

»Ich habe mir Sorgen gemacht«, antwortete sie atemlos. »Ich habe dich gestern Abend nicht erreicht.«

»Ich war mit Axel essen. Dann habe ich bei ihm übernachtet, weil ich so spät nicht nach Hause gehen wollte. Es war derart kalt. Aber was ist denn? Du zitterst ja, mein Liebling.«

Er fasste ihre Hände.

»Ich muss mit dir reden. Es ist wichtig.«

»Dann geh ein Stück mit mir. Ich war auf dem Weg in die Redaktion. Unterwegs trinken wir etwas Heißes. Anschließend werde ich die Gelegenheit nutzen, dich meinen Kollegen vorzustellen. Sie werden entzückt sein, eine junge Kollegin aus Paris kennenzulernen.«

Er nahm ihren Arm, um sie mitzuziehen. Irgendwie schien sich seine Stimmung verbessert zu haben, und sie fragte sich unwillkürlich, ob Lynn Nicholson etwas damit zu tun hatte.

»Du musst die Stadt verlassen.«

»Was sagst du da?«

»Du musst!«, beharrte sie. »Ich habe diese Freundin von dir getroffen, Lynn Nicholson. Sie ist zu Felix in den Laden gekommen, weil sie ihn bitten wollte, mit dir zu reden. Auf sie willst du anscheinend nicht hören. Aber Felix und ich finden, dass sie recht hat. Du bist in Gefahr. Jeder kennt deine Ansichten, und deine Fotos gehen um die ganze Welt. Ich flehe dich an ...«

Max hielt noch immer Nataschas Arm fest, während er schweigend neben ihr weiterging. Vor ihnen erhob sich ein geschwärztes Geripppe, der zerklüftete Turm der Gedächtniskirche. Als Lynn kürzlich zu ihm gekommen war, hatte er begriffen, dass es zwischen ihnen zu Ende war, und er hatte sich traurig und erleichtert zugleich gefühlt. Sie war aufrecht und würdevoll geblieben, wie immer. Und sie erzählte ihm von ihrem merkwürdigen Gespräch mit Dimitri Kunin, Igors Sohn. Die Situation hatte etwas so Unerwartetes, dass sie beide sogar lachten.

»Du machst dir Sorgen um mich«, sagte er gerührt.

»Du meinst wohl, dass ich vor Angst umkomme!«, antwortete Natascha im Versuch zu scherzen. »Du weißt besser als ich, wozu die Kommunisten fähig sind. Mama ... Mama würde von dir verlangen, dass du Berlin verlässt.«

Max lächelte. »Ja, deine Mutter kann Befehle erteilen wie niemand sonst.«

»Weißt du, woher Lynn Nicholson diese Information hat? Glaubst du, dass du ihrer Quelle vertrauen kannst?«

»Ja. Der Mann heißt Dimitri Kunin, ein sowjetischer Offizier und Lynns Gegenstück auf der anderen Seite, wenn du so willst. Aber vor allem ist er der Sohn eines Freundes, der mir das Leben gerettet und mich aus Sachsenhausen herausgeholt hat. Eines gewissen Igor Nikolajewitsch Kunin – ein Kindheitsfreund deiner Mutter.«

Natascha sah ihn aus großen Augen an. Sie ahnte, dass dahinter eine komplexe Geschichte steckte, ebenso verwirrend wie das Leben dieser Männer und Frauen, die die Wirren einer gnadenlosen Zeit erlebt hatten. Doch die junge Frau war eher fasziniert als erstaunt, denn wie ihre Mutter glaubte sie an die geheimnisvollen Wechselfälle des Schicksals.

»Dann verstehe ich dich nicht. Was hält dich noch hier?«

Ihr Atem wurde in der kalten Luft zu weißen Wölkchen. Natascha rutschte auf einem Stück Glatteis aus, und Max stützte sie, damit sie nicht fiel.

»Die Angst«, gestand er mit zusammengebissenen Zähnen.

»Angst, aber wovor denn?«, fragte sie erstaunt, verblüfft über dieses Geständnis, das so gar nicht zu einem Mann wie Max von Passau passen wollte.

»Willst du die Wahrheit hören?«

Sie nickte. Das war so einnehmend an ihm; diese erstaunliche Aufrichtigkeit, als hätten sie keine Zeit für Kunstgriffe und Verstellungen. Aber solche Ehrlichkeit war auch furchteinflößend. Bei ihrem Vater hatte Natascha immer das Gefühl, die Luft anhalten zu müssen.

»Angst vor der Welt, die sich schneller verändert als ich. Davor, unfähig zu sein und keine Inspiration mehr zu finden. Diese Stadt zu verlassen, die ich über alles liebe. Aber die größte Angst«, setzte er nach kurzem Zögern hinzu, »die, die mich nachts nicht schlafen lässt, ist die, dass ich vielleicht den Weg zu deiner Mutter nicht mehr finde.«

Natascha standen die Tränen in den Augen. Sie hatte sich nicht geirrt. Das, was Xenia Fjodorowna und Max von Passau verband, würde Kriege, Revolutionen und Trennungen überdauern. Also war die Liebe auch das: sich zu verlassen und jahrelang getrennt zu leben, neue Wege zu gehen, andere Düfte zu atmen, ein anderes Licht zu entdecken und trotzdem immer diese Flamme zu erhalten, dieses unzerstörbare Band, das ebenso eine Prüfung wie eine Gnade war.

Sie hielt ihren Vater am Arm fest und zwang ihn, mitten auf dem Gehweg stehen zu bleiben, sodass die Passanten, die auf dem Weg zur Arbeit waren, beiseitetreten mussten, um die beiden nicht anzurempeln.

»Als Kolja geboren wurde, hat Mama keine Sekunde gezögert. Sie hat ihn auf dem Standesamt unter deinem Namen eintragen lassen. Euer Sohn heißt Nicolas von Passau. Heute leben sie in New York, weil Paris für sie zu ihrer Vergangenheit gehört. Mama hat den Mut gefunden, ein neues Kapitel zu beginnen. Jetzt ist dein Platz bei ihnen. Du musst diesen Schritt tun, für dich und dein Werk, für alles, was du den anderen noch zu geben hast.«

Natascha lächelte ihm zu. Noch nie hatte sie sich gelassener gefühlt.

»Du brauchst keine Angst zu haben, Papa. Nicht vor den beiden … vor allem nicht vor den beiden.«

Max hörte seiner Tochter zu. Er lauschte ihr und begriff. Sie standen vor den traurigen Überresten des Romanischen Cafés, dort, wo vor vielen Jahren alles begonnen hatte, unter den hohen Gewölbedecken im romanischen Stil, wo er mit Ferdinand, Milo, Marietta und ihren Freunden die Welt neu erfunden hatte. Wo sich die Elite der Berliner Künstler drängte, wo er seine Anstellung bei Ullstein gefeiert hatte, seine erste Porträtserie, und nicht enden wollende Schachpartien gespielt hatte … Zärtlich legte Natascha eine Hand auf seine Wange. Das war ein Versprechen, ein Schwur, und Max begriff, dass auch für ihn nach so viel Leid endlich, endlich die Zeit gekommen war, zu der Frau zu gehen, die er seit dem ersten Tag liebte, die ihm diese großherzige Tochter geschenkt hatte und einen Sohn, den er noch nicht kannte, der aber seinen Namen trug.

Berlin, Mai 1949

Die Frühlingsnacht war wolkenlos, aber noch frisch. Sterne standen am Himmel. Es war kurz vor Mitternacht. Die Menge auf der Straße beherrschte ihre Ungeduld nur mühsam. Die Menschen stellten sich auf die Zehenspitzen, setzten ihre Ellbogen ein und versuchten, eine Bewegung in dem Wachhäuschen der sowjetischen Soldaten wahrzunehmen. An den leuchtenden Augen der Kinder, die in der ersten Reihe standen oder an Laternenpfählen hochgeklettert waren, konnte man ablesen, dass ein außergewöhnliches Ereignis bevorstand. Ab und zu vernahm man ein nervöses Auflachen.

Natascha, Felix und Axel hatten sich auf einen Balkon geschwungen, der auf die Straße ging. Von ihrem hochgelegenen Sitz hatten sie eine ungehinderte Aussicht auf die unruhige Menge und den menschenleeren Streifen, der die beiden Sektoren trennte. Natascha saß zwischen den beiden jungen Männern, und sie lehnten sich aneinander und ließen die Beine ins Leere baumeln.

»Siehst du etwas?«, fragte Natascha Felix.

»Nein, die Straße auf der anderen Seite ist leer.«

»Meiner Ansicht nach haben sie die Lastwagen versteckt«, meinte Axel. »Sie wollen halt Eindruck schinden. Die Kommunisten lieben die Inszenierung. Du wirst schon sehen, dass sie sich am Ende die Aufhebung der Blockade auf ihre eigenen Fahnen schreiben. Sie werden uns erklären, der Grund sei ihre großzügige ›Politik der Brüderlichkeit unter den Völkern‹, die die Sowjetunion seit Monaten propagiert.«

Natascha zog eine Augenbraue hoch. »Höre ich da bei meinem lieben Cousin eine gewisse Ironie gegenüber den Phrasen der Sozialistischen Einheitspartei?«

»Dreckskerle, alle miteinander«, murrte Axel, und Felix stimmte ihm zu.

Natascha schmunzelte. Seit der Abreise seines Onkels stand Axel allein, ohne Familie da. Er verbarg es, so gut er konnte, doch sie hatte bemerkt, dass diese Einsamkeit ihn belastete, und übernahm bereitwillig die Rolle der aufdringlichen Cousine: Sie lud ihn zum Essen, in ein Konzert oder zu einem Sonntagsausflug in den Grunewald ein. Er führte sie dafür in die verborgenen Winkel der Stadt und machte sie mit Berliner Originalen bekannt, die packende Anekdoten zu erzählen hatten. Natascha verarbeitete sie zur großen Freude ihrer Pariser Redaktion zu spannenden Artikeln.

Zu Beginn war Felix verärgert gewesen. »Ich führe schließlich einen Prozess gegen seinen Vater«, hatte er erklärt. »Im Moment ruht die Angelegenheit, aber ich werde mich nicht geschlagen geben.«

Natascha meinte, so kenne sie Felix gar nicht. Seit wann machte man Kinder für die Taten ihrer Eltern verantwortlich? Felix erwiderte, er sei nicht von den guten Absichten des jungen Axel Eisenschacht bezüglich des Hauses Lindner überzeugt und ziehe es vor, misstrauisch zu sein. Daraufhin verlangte Natascha, dass sich die beiden jungen Männer aussprachen. Axel runzelte sichtlich irritiert die Stirn. »Ich werde mich niemals gegen ihn stellen, weil er immer noch mein Vater ist«, erklärte er. »Aber ich werde ihn auch nicht unterstützen.« Eine Haltung, die Felix nicht ganz zufriedenstellte, hielt er sie doch für ziemlich feige, aber mehr konnte er nicht erwarten. In seinen beruflichen Beziehungen stand er vor dem gleichen Problem: Es herrschte ein Gesetz des Schweigens, und man zog laue Kompromisse vor, um die bittere Pille der Nazivergangenheit besser zu schlucken. Im Lauf der Wochen hatten die beiden jungen Männer heikle Themen vermieden und waren zu einem herzlichen Einvernehmen gelangt, wenngleich es nicht ganz ohne Brüche war.

»Das ist ein großartiger Erfolg«, sagte Natascha mit zufriedener Miene. »Nach elf Monaten Blockade. Wer hätte zu Beginn gedacht, dass die Berliner das überstehen würden?«

Die Sowjets hatten sich den Tatsachen beugen müssen: Die westlichen Alliierten würden die Stadt, die zu einem Symbol der Freiheit geworden war, nicht aufgeben; und die Gegenblockade des Westens war ihren Zielen ebenfalls zuwidergelaufen. Nachdem sie den Nervenkrieg verloren hatten, mussten sie sich irgendwie aus der Affäre ziehen. Die Vertreter der vier Siegermächte hatten in New York, bei den Vereinten Nationen, Gespräche geführt und dann am 11. Mai um Mitternacht die Aufhebung der Blockade erklärt. Dennoch hatte General Clay vorsichtig verkündet, die Luftbrücke werde aufrechterhalten, bis Berlins Vorräte wieder aufgestockt seien, und Männer und Flugzeuge würden für den Moment noch in Europa verbleiben; für den Fall, dass die Sowjetunion sich doch noch anders besann.

In dieser Nacht waren Berliner begeistert auf die Straße gegangen, um eine Wiederauferstehung zu feiern. Durch diese weitere Prüfung hatten sie ein neues Bild von sich gewonnen. Sie hatten Hand in Hand mit den westlichen Mächten gearbeitet, die sie unterstützt und ermutigt hatten. Ein Teil der Welt empfand jetzt Bewunderung und Achtung vor dieser ganz besonderen Stadt. Kurz gesagt, die Berliner hatten den Glauben an ihre Zukunft wiedergefunden.

»Es ist so weit«, sagte Felix und schaute auf seine Armbanduhr. »Mitternacht.«

»Seht doch!«, rief Axel und wies mit dem Finger auf die andere Seite des Niemandslands.

Ein Lastwagen rollte über die Mitte der abgesperrten Straße. Ein Sergeant der Roten Armee trat aus dem Wachhäuschen. Mit der Hand drückte er auf die Schranke, die sich hob. Jubelrufe stiegen auf. Fremde umarmten einander, Kinder hüpften auf und ab und reckten die Arme zum Himmel. Der Lastwagen, der mit Kisten voller frischem Gemüse beladen war, rückte weiter vor. Der Fahrer hatte sein Fenster heruntergekurbelt und winkte. Irgendwo blitzten Blumen auf, mit denen er begrüßt wurde. Von nun an würden also erneut Züge die Grenzen überqueren, Schiffe auf den Kanälen fahren und die Lastwagen die Autobahnen befahren. Plakate tauchten auf. »Hurra, wir leben noch! Berlin ist frei!« Eine tiefe Erleichterung und eine Freude, in die sich Stolz mischte, ergriffen die Menge.

Natascha bemerkte, dass ihr die Tränen über die Wangen liefen.

»Gott sei Dank, diese Trockenkartoffeln hätte ich nicht länger ertragen!«, sagte Axel, der sich betont schnoddrig geben wollte, doch seine Stimme verriet, wie gerührt er war.

Felix zog ein Taschentuch hervor und schnäuzte sich lautstark.

Natascha dachte an ihren Vater. »Wie gern hätte er das gesehen«, sagte sie, obwohl sie überzeugt war, dass Max auf der anderen Seite des Atlantiks diesen Moment miterlebte, den Blick auf die Uhr gerichtet und mit den Gedanken bei den drei jungen Leuten, die dicht zusammen auf dem Balkon über der feiernden Menschenmenge saßen.

»Onkel Max freut sich sicher«, sagte Axel, der ihre Gedanken gelesen hatte und lauter sprach, um die jubelnde Menge zu übertönen. »Hast du etwas von ihm gehört?«

Kurz fiel ein Schatten über Nataschas Glück.

»Nein. Aber ich bin mir sicher, dass er gut in New York angekommen ist.«

»Hat dir denn deine Mutter geschrieben?«, erkundigte sich Felix.

»In ihrem letzten Brief hat sie nicht von ihm gesprochen.«

Die jungen Leute schüttelten den Kopf. Die drei verstanden sich, ohne dass Worte nötig waren. Die Unfähigkeit der Erwachsenen, ihre Liebe zu erhalten, kam ihnen unverständlich und beinahe bemitleidenswert vor. In ihrem Alter fühlten sie sich überlegen, von einer Weisheit erfüllt, die die ältere Generation nicht besaß. Sie waren überzeugt davon, dass sie nie zulassen würden, dass ein solcher Riss ihr Leben zerstörte.

»Sie kommen bestimmt wieder zusammen«, versicherte Natascha.

»Natürlich!«, pflichtete Felix ihr bei.

»So, wie ich Onkel Max kenne, hat er sich sicher zuerst eine Anstellung gesucht«, sagte Axel. »Er wird nicht einfach mit einem Köfferchen in der Hand bei Xenia auftauchen wie ein armer Flüchtling. Sobald er sich dazu bereit fühlt, wird er zu ihr gehen.«

»Immer euer verfluchter männlicher Stolz!«, meinte Natascha aufbrausend. »Die beiden haben schon so viele Jahre vergeudet, in denen sie getrennt voneinander gelebt haben.«

»Das weibliche Ungestüm kann aber auch gefährlich sein«, sagte Felix neckend. »Onkel Max soll sich ruhig Zeit lassen. Es ist doch nur für ein paar Monate. Er muss sich zuerst wieder orientieren. Vor seiner Abreise hat er mir erzählt, dass er vorhat, Kontakt zu einem seiner Freunde von früher aufzunehmen, Alexey Brodovitch, dem künstlerischen Leiter von *Harper's Bazaar*.«

Wenn sie sich ihren Vater in den Straßen von Manhattan vorstellte, zwischen den Wolkenkratzern und den selbstbewussten Amerikanern, erschauerte Natascha. Vor seiner Abreise war er ihr so verwundbar vorgekommen.

»Glaubst du, diese Leute werden ihn wollen?«, fragte sie mit verzagter Stimme.

Felix schlang den Arm um ihre Schultern und zog sie an sich, um sie zu trösten.

»Aber natürlich. Dein Vater besitzt ein großartiges Talent, und seine letzten Reportagen über die Blockade sind auf allen Titelseiten erschienen. Meinst du, sie würden sich jemanden wie ihn entgehen lassen? Und was das Übrige angeht, hat Axel recht. Das ist eine Sache zwischen den beiden. Wir dürfen uns nicht einmischen. Jedenfalls nicht mehr, als wir es schon getan haben«, setzte er hinzu und dachte an Lynn Nicholson. Vielleicht hatte sie die Herablassung, mit der er sie behandelt hatte, nicht verdient.

Axel tätschelte seiner Cousine das Knie.

»Deine Mutter ist ziemlich starrköpfig, das ist mir gleich aufgefallen. Onkel Max wird sich so gut wie möglich wappnen wollen, ehe er sich mit ihr anlegt.«

»Sie ist eigenwillig, aber sie ist nicht so stark, wie man glaubt«, erklärte Natascha und war selbst erstaunt darüber, dass sie ihre Mutter plötzlich aus einem anderen Blickwinkel sah. »Und außerdem, warum muss man die Liebe immer als Kampf verstehen? Können Beziehungen denn nicht einfach und harmonisch sein?«

Die junge Frau wirkte so aufrichtig, so begierig, daran zu glauben, dass es Felix betrübte. Die Liebe sollte einfach sein? Wenn man sie hörte, konnte man nur schließen, dass sie noch nie wirklich geliebt hatte. Ich habe mir Illusionen gemacht, dachte er bekümmert.

»Ich war noch nie verliebt«, erklärte Axel energisch. »Im Moment ziehe ich es noch vor, mich mit den Sowjets auseinanderzusetzen. Bei ihnen geht es nur darum, zu fressen oder gefressen zu werden!«

Der tief empfundene Ausbruch ihres Freundes ließ Felix und Natascha schmunzeln. Ein weiterer Lastwagen war jetzt in die Straße eingebogen und entfachte erneut die Begeisterung der Schaulustigen. Die jungen Leute verständigten sich mit einem raschen Blick und beschlossen, sich einen anderen Beobachtungsposten zu suchen. Felix und Axel streckten Natascha die

Hand entgegen, um ihr beim Aufstehen zu helfen. Die Nacht versprach lang und schön zu werden.

Ein paar Tage später hatte sich im Treptower Park eine andere Menschenmenge versammelt, dieses Mal in respektvollem Schweigen. Unter dem blauen Himmel standen die sowjetischen Soldaten stramm. Das sowjetische Ehrenmal zum Andenken an die während des Zweiten Weltkriegs gefallenen russischen Soldaten war schon am 8. Mai, dem symbolischen Datum der deutschen Kapitulation, von General Kotikow eingeweiht worden. Doch zu diesem Zeitpunkt hatte die Feier unter keinem guten Stern gestanden, da die Blockade noch bestand. Aus diesem Grund hatte man einige ausländische Journalisten zu einer erneuten Gedenkfeier in einem kleineren Rahmen eingeladen.

An diesem Morgen duftete in dem ehemaligen Volkspark die kristallklare Luft nach jungem Gras. Der stalinistische Entwurf, an dem die berühmtesten sowjetischen Architekten und Bildhauer mitgewirkt hatten, war beeindruckend. Die Mienen waren ernst und die Emotionen mit Händen zu greifen. Der helle Marmor, der aus den Ruinen der Reichskanzlei in der Wilhelmstraße stammte, strahlte in der Sonne, und in der Stille meinte man die Seelen der über fünftausend Rotarmisten zu spüren, die in der Schlacht um Berlin gefallen waren und rund um das Ehrenmal begraben lagen. Bis auf das Knattern der Hammer-und-Sichel-Fahnen im Wind war kein Laut zu hören.

Dimitri Kunin musterte die Gesichter der Journalisten, die hinter einer Absperrung versammelt waren. Als er die Namensliste studiert hatte, war ihm der Name Natascha Vaudoyer, Korrespondentin für den *Figaro,* ins Auge gesprungen. Nur noch zwei weitere Namen standen darauf, die zweier Amerikanerinnen, darunter eine Fotoreporterin. Die beiden hatte er gleich entdeckt: Sie waren zu alt, um die Tochter von Xenia Fjodorowna Ossolin und Max von Passau zu sein. Also konnte es nur diese junge blonde Frau sein, die ihm gegenüber stand und ein schwarzes Kostüm trug, das ihre Hüften und ihre schmale Taille betonte. Mit ihrem schwarzen Strohhut, der mit einem Veilchen geschmückt war, ihrer eng anliegenden Perlenkette und den dazu passenden Ohrringen war sie die perfekte Verkörperung der Pariser Eleganz, was auch mehreren Generälen aufgefallen war. Ihr Auftreten, das sie als ein Zeichen von Achtung werteten, beeindruckte sie offensichtlich. Wenn sie wüssten, dass sie zur Hälfte Russin ist ..., dachte Dimitri, der ihrem Charme ebenfalls erlegen war.

Natascha sah zu der gewaltigen, dreizehn Meter hohen Statue auf, die sich über dem Grabhügel erhob, und betrachtete den Soldaten, der ein Kind auf dem Arm barg und mit einem gewaltigen Breitschwert auf ein zerbrochenes Hakenkreuz einschlug. Ihre Miene war ernst. Sie hielt sich ein wenig abseits von ihren Kollegen, und während diese unruhig herumzappelten und sich nach rechts und links umsahen, stand Natascha Vaudoyer hoch aufgerichtet und reglos da.

Ihre Haltung gefiel Dimitri, der sie schon seit ihrem Eintreffen im Park beobachtete. Sie strahlte eine Art heiterer Gelassenheit aus, die Fähigkeit, in sich zu ruhen und ganz sie selbst zu sein. Die junge Frau strahlte etwas Faszinierendes aus. In ihrem zarten Profil mit den schön gezeichneten Lippen lag eine Intensität, eine verborgene Botschaft, die nur einen Mann wie ihn anrühren konnte, der verschlossen und intuitiv war. Dimitri ahnte das russische Blut, das in ihren Adern floss. Diese Gedenkstunde konnte sie nicht gleichgültig lassen; schließlich stammte sie von einer Dynastie berühmter Militärs ab, die in der Zarenarmee gedient hatten. An diesem Morgen erwiesen alle anwesenden Russen – ob sie nun aus den sowjetischen Republiken kamen, die auf dem Denkmal dargestellt waren, oder von anderswo wie Natascha – den Soldaten, die ihr Leben für das heilige Vaterland gegeben hatten, ihre Ehrerbietung.

Die Schweigeminute ging zu Ende. Befehle erschallten. Ein letztes Musikstück wurde gespielt, und dann marschierten die

Regimenter davon. Ihre schweren Stiefel knallten über das Pflaster. Man bedeutete den Gästen, dass sie jetzt den Platz, den man ihnen zugewiesen hatte, verlassen durften. Sofort umringten die Journalisten mit gezücktem Notizbuch die Offiziere, die angewiesen worden waren, ihre Fragen zu beantworten und ihnen die Elemente des Denkmals zu erläutern.

»Mademoiselle Vaudoyer?«

»Ja?«

Natascha war dabei, einen der in Russisch und Deutsch verfassten Texte auf den Reliefs zu studieren, die wichtige Ereignisse aus dem Krieg darstellten. Ein wenig verblüfft, um nicht zu sagen beunruhigt, drehte sie sich um. Der Offizier zeichnete sich im Gegenlicht ab. Einen kurzen Moment lang nahm sie nur seine hochgewachsene Gestalt und seine Uniform wahr. Als sie ein wenig beiseitetrat, um ihm ins Gesicht zu sehen, begann ihr Herz zu pochen.

»Die Worte stammen vom Genossen Stalin selbst«, erklärte er in einem tadellosen Französisch.

Verwirrt und sprachlos stand sie da und nickte nur. Sie war errötet.

»Verzeihen Sie bitte, wenn ich Sie erschreckt habe, aber mir war daran gelegen, Sie zu begrüßen. Mein Name ist Dimitri Kunin. Vielleicht sagt er Ihnen ja etwas.«

»Ich … natürlich …«, stotterte sie und hob die Hand an den Hals. »Sie sind derjenige, der meinem Vater geholfen hat. Entschuldigen Sie, aber ich hatte nicht erwartet, Französisch zu hören. Und außerdem haben dieser Ort, diese Zeremonie und all das mich beeindruckt.«

»Verstehe. Da sind Sie nicht die Einzige. Alle spüren die besondere Atmosphäre.«

Nataschas Blick blieb an den Orden hängen, die er an der Brust trug. Sie erkannte einige der höchsten sowjetischen Auszeichnungen.

»Wie ich sehe, haben Sie in der Schlacht um Berlin gekämpft.

Zweifellos liegen um uns herum Kameraden von Ihnen begraben.«

»Sie sind sehr scharfsinnig, Mademoiselle.«

»Ich bin Journalistin.«

»Und Russin sind Sie ebenfalls, stimmt's?«, murmelte er in seiner Muttersprache. »Vor allem Russin vielleicht.«

Natascha zuckte zusammen. Zum ersten Mal spürte sie dieses Gefühl so deutlich. Sie, die Pariserin, die erst vor Kurzem ihre deutschen Wurzeln entdeckt hatte, wurde sich jetzt zum ersten Mal richtig bewusst, was es bedeutete, Russin zu sein. Die alkoholschwangeren Abende bei Raissa, die Gespräche mit verbitterten oder nostalgischen Emigranten, die Erinnerungen, die ihr Onkel Kyrill, Tante Mascha und – weniger überschwänglich – ihre Mutter vermittelt hatten, all das konnte es nicht mit den blauen Augen dieses energischen Mannes aufnehmen, der auf diesem Berliner Friedhof so aufrichtig zu ihr sprach.

»Man könnte es meinen«, erwiderte sie aufgewühlt.

Ein strahlendes Lächeln erhellte Dimitri Kunins ernstes, beinahe asketisches Gesicht, verwandelte es und ließ es aufleuchten. Sie hielt den Atem an und dachte, dass dieser Mann niemals zu lächeln aufhören dürfte.

»Ein sehr schöner Satz, den man auf vielerlei Weise deuten kann, nicht wahr? Unsere Familien kennen sich schon lange. Mein Vater, Ihre Mutter, Leningrad … Wussten Sie, dass die Statue, die Sie bewundern, dort gegossen wurde?«

Er wies auf das Denkmal. Erneut schüttelte sie fasziniert den Kopf. Die sachlichen Informationen über die Gedenkstätte interessierten sie mit einem Mal nicht. Allein dieser Mann zog sie magisch an. Schwarze Punkte tanzten vor ihren Augen. Sie fragte sich, ob es an der Sonne oder ihrer Aufregung lag. Ärgerlich biss sie die Zähne zusammen und beschloss, sich zu beherrschen.

»Folgen Sie mir«, murmelte er. »Ich will Ihnen ein wenig zu

dieser prachtvollen Anlage erklären. So ist es besser, man muss immer vorsichtig sein.«

Langsam entfernte er sich, und sie folgte ihm gehorsam.

»Soll das heißen, dass wir beobachtet werden?«

»Selbstverständlich. Aber in diesem Fall sind meine Vorgesetzten vor allem von Ihrer Eleganz beeindruckt. Es wurde viel von Ihnen gesprochen.«

Das Kompliment stürzte Natascha in Verlegenheit. Sie schlug die Augen nieder und zupfte am Saum ihrer Kostümjacke.

»Um ehrlich zu sein, war ich mir bezüglich meiner Garderobe unsicher – ich wollte keinesfalls auffallen. Meine Kollegen haben mich aufgezogen. Aber ich wollte den toten Soldaten Ehre erweisen, hatte das Gefühl, das sei das Mindeste, was ich tun kann.«

»Genauso haben wir es auch empfunden, und Ihre Geste hat uns berührt. Es ist Ihnen sicher nicht entgangen, dass wir Russen sehr sentimental sind, nicht wahr?«

Sie warf einen Blick zu den Journalisten, die aufmerksam in ihre Notizbücher kritzelten. Die amerikanische Fotoreporterin stellte ein Stativ auf, um Fotos zu schießen. Natascha fühlte sich wie eine nachlässige Schülerin und zog ein schwarzes Heft aus ihrer Handtasche.

»Ich vernachlässige meine Pflichten«, sagte sie ironisch. »Ich sollte mir Notizen machen und Ihre Anwesenheit ausnutzen, um Ihnen ein paar bedeutende Fragen zu stellen. Aber ich stelle fest, dass ich sogar meinen Kugelschreiber vergessen habe ...«

Sie runzelte die Stirn. Dimitri griff in seine Tasche.

»Hier, nehmen Sie meinen. Also, was wollen Sie mich fragen?«

»Sind Sie verheiratet?«

Er brach in Gelächter aus. Natascha errötete.

»Und das ist in Ihren Augen eine bedeutende Frage?«

»Für meinen Chefredakteur bestimmt nicht; aber vielleicht für mich.«

Ich bin dabei, mit einem sowjetischen Offizier zu flirten, sagte sie sich erschrocken. Das ist Wahnsinn! Aber diese unvermutete Unterhaltung hatte etwas Berauschendes, eine Trunkenheit, die Dimitri Kunin sichtlich ebenfalls ergriffen hatte.

»Nein, ich bin nicht verheiratet. Und Sie?«

»Natürlich nicht! Was für eine merkwürdige Vorstellung!«

»Warum? Sie sind jung und schön. Eine Frau wie Sie ist für die Ehe geschaffen.«

»Ach, meinen Sie? Heutzutage heiratet man nicht mehr so wie früher. Die Ehe ist kein Ziel in sich mehr. Die Frauen können einen anderen Weg wählen. Zum Glück haben sich da die Sitten geändert.«

Sie fühlte sich selbstsicher und souverän.

»Ah, ich sehe, dass Sie eine Anhängerin der Freiheit der Frau sind, die man in den intellektuellen Kreisen von Paris propagiert.«

Er zog sie auf. Verblüfft blieb Natascha stehen.

»Woher wissen Sie das? Ich dachte, die Sowjets hielten ihre Bürger von der Welt fern, sodass Sie keine Ahnung hätten, was im Westen vor sich geht.«

»Ach, kommen Sie, mit diesen Ideen wurde bei uns auch schon experimentiert. Zu Beginn haben die Bolschewisten den Status der Ehe geschwächt, die Konventionen und überkommenen Gesellschaftsstrukturen über Bord geworfen. Die Familie war zum Feind geworden, und die Frau war dem Mann gleich. Weiblich brauchte sie auch nicht mehr zu sein. Aber schließlich kamen keine Kinder mehr zur Welt, und viele Familien zerbrachen. Später, in den Dreißigerjahren, erkannte man, dass diese alten, so verächtlich gemachten bürgerlichen Ideen auch ihr Gutes hatten: Eheleute, Kinder, die in Respekt vor ihren Eltern aufwachsen, all diese Bindungen zwischen den Menschen, die Rechte und Pflichten nach sich ziehen … Also hat man die traditionellen Werte wieder aufgefrischt. Das Heiraten kam erneut in Mode, mit allem Drum und Dran – mit Eheringen und einer schönen Urkunde auf ordentlichem Papier. Hören und staunen Sie, Mademoiselle: Der gute Stalinist ist monogam und seiner Familie hingebungsvoll zugetan.«

Seine Augen blitzten schelmisch. Natascha fand ihn unwiderstehlich.

»Wenn man Sie so hört, bekommt man ja fast Lust, ebenfalls zu heiraten. Schön, ich werde versuchen, ernst zu sein und Ihnen eine noch bedeutendere Frage als die vorhergehende zu stellen«, sagte sie ironisch.

»Ich höre«, gab Dimitri zurück.

Doch während sie mit dem Stift gegen ihre Lippen klopfte und tat, als überlegte sie, fühlte er sich von einem überwältigenden Drang ergriffen, sie in die Arme zu ziehen und zu küssen. Konzentriert betrachtete er die Parkwege. Hatte er den Verstand verloren? Innerhalb weniger Minuten hatte er alles vergessen: den weihevollen Ort, die Gedenkfeier, die Anwesenheit seiner Vorgesetzten, die kleine Schar der geladenen Journalisten und die Rolle, die er hier zu spielen hatte. Seit er sie aus dem Wagen hatte steigen sehen, ließ er sie nicht mehr aus den Augen. Auf Anhieb hatten ihn ihre Eleganz und ihre Haltung fasziniert. Aber es war ihr Geist, der sie so anziehend machte. Sie war lebhaft, intelligent und wunderbar spontan. Für einen Mann, der in einem Klima aus Misstrauen und ängstlichem Flüstern aufgewachsen war, wirkte diese Offenheit berauschend. Es ist wie ein Zauber, dachte er und schaute in ihr Gesicht, ungeduldig darauf, was sie ihn fragen würde. Und da erkannte Dimitri verblüfft und besorgt zugleich, dass er noch nie so glücklich gewesen war.

Der Moment war ein Gottesgeschenk. Für Natascha und Dimitri war die Zeit stehen geblieben. Ohne Eile spazierten sie über die Parkwege der Gedenkstätte. Heiter und gelassen, so als hielte jemand die Hand über sie. Mitten unter den Toten wurde ihnen eine unerhörte Freiheit zuteil. Dies war im Mai 1949 womöglich der einzige Ort in Berlin, an dem sich eine junge französische Journalistin und ein sowjetischer Offizier ungestört unterhalten konnten. Ihr Gespräch war offen und aufrichtig. Sie stellte ihm Fragen nach dem Krieg und der Standhaftigkeit der Rotarmisten, die die ganze Welt beeindruckt hatte, und er sprach von diesem mystischen Glauben an ein heiliges Vaterland, der einen zu jeder Kühnheit befähigte.

»Meine Männer haben im Sterben ›Für das Vaterland!‹ geschrien, nicht ›Für Stalin!‹«, erklärte er, und Natascha vermochte zu ermessen, welches Vertrauen er ihr mit solchen Geständnissen erwies.

Als er von den schweren Kämpfen von Stalingrad erzählte, gruben sich tiefe Linien in sein Gesicht. Er zog eine Zigarette hervor, drehte sie dann aber in den Händen, ohne sie anzuzünden. Er hatte schöne, elegante Hände. Dimitri Kunin war sehr beredt. Er brauchte nur wenige Worte, um seine Einsamkeit und Angst zu umreißen. Die Furcht, im feindlichen Kugelhagel zu sterben oder von einem Politkommissar denunziert zu werden. Er schilderte ihr, welches Damoklesschwert über der Armee schwebte und welches Entsetzen es unter den Männern säte: Stalins Befehl Nr. 270 verurteilte alle, die sich ergaben oder gefangen nehmen ließen, als »Vaterlandsverräter«. Und dann, ein Jahr später, als die Wehrmacht Stalingrad bedrohte, war der Befehl Nr. 227 ergangen, der es untersagte, auch nur einen einzigen Schritt zurückzuweichen. Wie viele Männer mochten von ihren eigenen Kameraden getötet worden sein?

»Das, was Sie mir da anvertrauen, kann ich nie jemandem erzählen«, murmelte sie aufgewühlt. »Nicht auf diese Art.«

Er zuckte die Achseln. »Ich spreche nicht mit der Journalistin, sondern mit Ihnen.«

Und dann ließ er Leningrad, seine Heimatstadt, vor ihren Augen erstehen, die heroische Belagerung mit einer Million Opfern, den Tod seiner Mutter und seiner Schwester, diesen Schmerz, den er immer noch in sich trug. Aber auch die Erinnerungen an das Pagenkorps, in dem sein Vater vor der Revolution unter dem Befehl von Nataschas Großvater seine Ausbildung absolviert hatte. Im Lauf seiner Erzählung malte er ihr ein Bild vom ehemaligen Palais der Ossolins, das er gut kannte: das große Vestibül, dessen Pracht längst verblasst war, das Hallen von Schritten auf dem ehemals prächtigen Intarsienparkett, die ausgetretenen Treppenstufen und die streitsüchtigen Familien, die jetzt die in Gemeinschaftswohnungen umgewandelten Zimmer und Salons bewohnten. Dann wechselte Dimitri unvermittelt das Thema und erkundigte sich nach Max. Sie war so verzaubert von seiner Stimme und den Bildern, die er vor ihr aufsteigen ließ, dass es ein wenig dauerte, bis sie reagierte.

»Er hat auf Ihren Rat gehört und ist zu meiner Mutter gereist.«

»Xenia Fjodorowna«, sagte er und bückte sich, um eine Blüte aufzuheben, die aus einem Blumengebinde gefallen war. »Die Frau, an der kein Weg vorbeiführt und durch die Wunder geschehen, denn sonst wären wir uns heute nicht hier begegnet. Wenn sie meinen Vater nicht gebeten hätte, Max zu helfen, hätte er mir nicht den Auftrag erteilt, ihn im Auge zu behalten. Ich muss Ihnen gestehen, dass ich zuerst zornig war, als ich erfuhr, dass Vater freiwillig ein solches Risiko auf sich genommen hat.«

»Und auch Sie bringen sich in Gefahr, indem Sie so offen mit mir reden«, meinte sie leise.

»Liegt anscheinend in der Familie. Offenbar sind die Kunins alle Draufgänger.«

Und wieder dieses Lächeln, der durchdringende Blick aus Dimitris hellen Augen. Nataschas Herz schlug so heftig, dass sie nichts anderes mehr hörte. Im selben Moment klickte ein Fotoapparat. Das junge Mädchen fuhr herum. In einigen Metern Entfernung stand die amerikanische Fotoreporterin. Sie wirkte entzückt.

»*Wonderful!* Das wird eine wunderschöne Aufnahme. Ich

konnte nicht widerstehen«, sagte sie entschuldigend und nahm dann ihren Rundgang um das Mausoleum wieder auf.

»Und jetzt gibt es einen Beweis«, erklärte Dimitri mit verschwörerischer Miene.

»Einen Beweis wofür?«

Natascha war misstrauisch geworden. Sie nahm ihren flachen Strohhut ab, weil das Veilchen sie plötzlich störte, und fuhr sich mit der Hand durchs Haar. Diese Begegnung bereitete ihr Schwindelgefühle. Sie kannte sich selbst nicht mehr. Vor ein paar Minuten noch hatte sie das Gefühl gehabt, eine mutige, attraktive Frau zu sein. Doch jetzt war sie nur noch ein verwirrtes junges Mädchen. Dimitri schien ihren inneren Konflikt zu spüren.

»Ich weiß es nicht«, sagte er mit leiser Stimme. »Das wird die Zukunft zeigen. Aber erzählen Sie mir doch etwas von sich, Natascha. Sie erlauben doch, dass ich Sie beim Vornamen nenne? Ein wenig Zeit haben wir noch. Viel ist es leider nicht, aber wir dürfen sie auf keinen Fall vergeuden.«

Berlin, Oktober 1949

Konnte man eine Neigung zu komplizierten, aussichtslosen Liebesbeziehungen ererben? War das eine Art Fluch? Einige Monate später konnte Natascha nicht umhin, sich diese Frage zu stellen. Wie die Mutter, so die Tochter: beide verdammt dazu, einen Mann zu lieben, der für sie verboten war. Mit dem Unterschied, dass du nicht schuld daran bist, sagte sie sich. Ihre Mutter war als junge Frau frei gewesen, Max von Passau zu lieben, und ebenso frei, ihn aufzugeben. Aber Natascha hätte alles hergeschenkt, um sich vor der ganzen Welt zu ihrer Liebe zu Dimitri Kunin zu bekennen.

Die Entscheidung hatte sich ihr aufgedrängt, als ihr Chefredakteur sie nach Frankreich zurückbeordern wollte. »Ich möchte in Berlin bleiben«, hatte sie ohne zu überlegen in die knisternde Telefonleitung hineingesprochen. Was erwartete sie schon in Paris? Ein kleines Durchschnittsleben, in dem sie Texte über langweilige Themen verfassen und Umgang mit jungen Leuten pflegen würde, die ihr mittlerweile unreif vorkamen. Schon bei der Vorstellung, wieder in ihre enge Dachwohnung bei Tante Mascha zu ziehen, hatte sie das Gefühl, ersticken zu müssen. Mit ihren zweiundzwanzig Jahren hatte sie nicht vor, auf ihrem Lebensweg umzukehren. Sie hatte Geschmack an starken Empfindungen gefunden. Ihre Begegnung mit Dimitri hatte ihrem Leben eine neue Richtung verliehen, selbst wenn ihre Zukunft nur aus Ungewissheiten bestand. Jedenfalls war Natascha überzeugt davon, dass sie, um die Frau zu werden, die sie sein wollte – eine Frau, die ihre Entscheidungen und ihre Begierden bis an ihre Grenzen auslebte –, im Moment bei diesem Mann bleiben musste.

Da sie sich geweigert hatte, ihrem Chef eine plausible Erklärung zu geben, hatte er sie eine dumme Gans geschimpft. Schließlich erklärte er sich bereit, weiterhin ihre Artikel anzunehmen, unter der Bedingung allerdings, dass sie auch aus Westdeutschland berichtete. Denn das, was sich vor vier Jahren noch niemand hatte vorstellen können, war geschehen: Das Land war zweigeteilt in die Bundesrepublik Deutschland mit fast fünfzig Millionen Einwohnern, mit einem von einem Parlament in Bonn verabschiedeten Grundgesetz und regiert vom ersten Kanzler der Nachkriegszeit, dem Christdemokraten Konrad Adenauer; und die Deutsche Demokratische Republik im Osten mit der Hauptstadt Berlin, die gerade einmal siebzehn Millionen Einwohner hatte und in der ein strenges, moskauhöriges kommunistisches Regime herrschte.

Ihr Geheimnis gehörte nur den beiden allein. Sie sahen sich selten. Kein anderes Paar in ihrem Alter hätte sich mit dieser Situation abgefunden, die wie eine Strafe war. Manchmal vergingen Tage, ohne dass Dimitri von sich hören ließ. Natascha lernte, sich in Geduld zu üben. Zwischen den einstigen Alliierten mangelte es nicht an heiklen Punkten: Die Teilung Deutschlands war zum großen Missfallen der Sowjets erfolgt, sie fürchteten sich vor der Wiederbewaffnung Westdeutschlands, obwohl sie in diesem Punkt durch den erfolgreichen Test ihrer ersten Atombombe beruhigt wurden, und Josef Stalins Starrheit führte zu einer ideologischen Verhärtung. Dimitris Tätigkeit als Verbindungsoffizier bei BRIXMIS – der Mission des britischen Oberkommandierenden bei den sowjetischen Streitkräften in Deutschland – erforderte die Zusammenarbeit mit britischen Militärs und schenkte ihm eine Bewegungsfreiheit, die sonst undenkbar gewesen wäre.

Natascha wagte ihn nicht zu fragen, wie er es fertigbrachte, sich die paar Stunden zu stehlen, in denen sie sich trafen. Sie lebten im Augenblick. Diese widrigen Umstände verliehen ihrer Beziehung eine besondere Stimmung. Ein Blick, ein Geständnis, ein Kuss nahmen eine andere Dimension an. Trotzdem hatte sie Angst. Um ihn wegen der Gefahr, in die er sich begab, wenn er zu ihr kam; und um sich selbst, weil ihre Liebesgeschichte so offensichtlich keine Zukunft hatte. Ich bin verrückt, sagte sie sich, wenn sie mitten in der Nacht aus einem Albtraum erwachte. Sie stammten aus Welten, die nicht verschiedener hätten sein können. Berlin bot ihnen einen ebenso ungewöhnlichen wie unerwarteten Schutzraum, der aber äußerst instabil war. Sie hatten keinen Einfluss auf ihr Schicksal. Dimitri konnte von einem Tag auf den anderen nach Leningrad zurückberufen oder nach Sibirien geschickt werden. Da reichten ein ungeschicktes Wort oder eine Haltung, die seinen Vorgesetzten plötzlich verdächtig erschien. Aber Dimitri versuchte eine stoische Ruhe zu wahren. Er wusste, dass man in Stalins Universum ohne jeden Grund in Ungnade fallen konnte, ob man etwas verbrochen hatte oder nicht. Der Russe hatte Nerven aus Stahl, während Natascha ständig meinte, mit einem Stein in der Magengrube am Rande eines Abgrunds zu stehen.

Mit angespannter Miene musterte sie die Passanten. Er hatte sie für halb sechs hierher bestellt. Jetzt, am frühen Abend, war die Luft kühl und feucht. Die Dämmerung war umso bedrückender, weil sie das Vorgefühl langer, kalter, nüchterner Winterabende barg. Sie schlug die Hände zusammen, um sie zu wärmen. Dimitri verspätete sich. Und wenn er nicht kam? Sicher ist ihm etwas dazwischengekommen, sagte sie sich. Oder es hatte ein Unglück gegeben. Ihr Herz zog sich zusammen. Sie hatte keine Möglichkeit, ihn zu erreichen. »So kann man einfach nicht leben«, hatte er eines Abends gemurmelt, an dem sie besonders niedergeschlagen waren. Er war erschöpft gewesen und hatte tiefe Schatten unter den Augen gehabt, und sie war unglücklich und reizbar, weil ihre Minuten gezählt waren. »Irgendwann werden wir einander hassen«, setzte er bekümmert hinzu. »Als ob wir die Zeit dazu hätten!«, erwiderte sie. Sie wechselten einen verschwörerischen Blick und brachen dann in Lachen aus. Dann drückte er sie an sich, und sie hätte ihn am liebsten nie wieder losgelassen.

Dimitri war für die Freiheit geboren. Das faszinierte sie so an ihm. Er hatte dieses Ideal aus seiner Lektüre entwickelt, aber auch aus den Verirrungen des kommunistischen Systems, die er erlebte. Noch nie habe er mit jemandem so sprechen können wie mit ihr, hatte er Natascha gesagt. Erstaunt entdeckten die beiden Gemeinsamkeiten und gleiche Ansichten. Obwohl sie in verschiedenen Universen aufgewachsen waren, teilten sie die gleiche Neugier und den Idealismus. Doch die Umstände hatten Dimitri überlegter werden lassen. Sie verstand seine seelischen Wunden, dieses scheußliche Gefühl, am falschen Ort und zur falschen Zeit geboren zu sein. Das erklärte auch seinen oft aufwallenden Zynismus, der seinem Charakter eine gewisse Schroffheit verlieh. Ihm missfielen die Zwänge des Militärs, aber in einem ausweglosen System war ein Zwang ebenso gut wie ein anderer. Dennoch hatte er ein ausgeprägtes Pflichtgefühl gegenüber seinem Land, seinen Männern, das sie bewunderte. Doch oft flößte die Tiefe seines Vertrauens, das er ihr seit ihrer ersten Begegnung spontan entgegenbrachte, diese Entblößung, der jungen Frau Angst ein. »Mit dir bin ich neu geboren worden«, sagte er, und sie empfand ebenso.

»Wo steckst du nur?«, brummte sie gereizt.

Sie fürchtete, ihre Umgebung könnte sich zu wundern beginnen. Eine Frau, die auffällig lange allein in einem Eingang stand, selbst wenn es sich um ein Kaufhaus handelte … Sie wollten ins Konzert gehen, mit der verheißungsvollen Aussicht, hinterher zusammen zu essen. Ein paar selige Stunden, die für ein ganzes Leben reichen mussten.

Natascha warf einen letzten Blick auf ihre Armbanduhr. Vor

Enttäuschung fühlte sie sich wie betäubt. Als sie sich, hin und her gerissen zwischen schlimmen Befürchtungen und Ärger, zum Gehen anschickte, tauchte er endlich auf. Seine vertraute Gestalt war in einen langen Mantel gehüllt, und er trug einen dunklen Filzhut, der sein blondes Haar verbarg. Aber er war es wirklich, und sein Blick hing an ihr. Natascha ahnte schon, dass er sich gleich entschuldigen würde. Weil er unendlich sensibel war und es ihn bedrückte, dass sie unter den Widrigkeiten ihrer unvernünftigen Beziehung litt. Doch der energische Schritt, mit dem er auf sie zustrebte, verriet die unwiderstehliche Anziehung zwischen ihnen, diese Glut, für die es keine vernünftige Erklärung gab; und schon sah sie nur noch ihn. Sie lächelte, sie kostete diese tiefe Freude aus, die man an der Seite des geliebten Menschen empfindet. Und Natascha wusste, dass sie um nichts in der Welt auf das verzichten würde, was dieser Mann in ihr erweckte.

Am nächsten Tag unterdrückte sie ein Aufstöhnen, verschränkte die Arme auf dem Tisch und ließ den Kopf hängen. Sie hatten den Abend zusammen verbracht, und sie ließ immer wieder jede kostbare Einzelheit vor ihrem geistigen Auge vorüberziehen. Dimitri hatte ihr erklärt, er müsse für eine Woche nach Moskau. Nichts Schlimmes, versicherte er ihr; aber sie mochte es nicht, wenn er so fern von ihr war. Wenn er nicht bei mir ist, bin ich nicht mehr ich selbst, dachte sie trostlos.

»Fühlst du dich nicht gut?«

Felix, der einen großen Karton auf den Armen trug, sah sie besorgt an.

»Doch, doch. Nur ein wenig müde.«

»Du siehst schlecht aus. Was hast du? Ich weiß genau, dass du etwas vor mir verbirgst. Du wirst immer seltsamer. Bist du etwa verliebt oder so?«

»Ach was!«, sagte sie scharf. Ihre Schläfen pochten schmerzhaft. »Ich habe bloß Kopfschmerzen, nichts weiter.«

»Du bist verliebt, aber du willst nicht mit mir darüber reden. Das kränkt mich.«

»Hör auf, Unsinn zu reden!«

Felix stellte den Karton in einer Ecke des Raums ab. Er hatte sein Geschäft vergrößert und die erste Etage des Gebäudes dazugekauft. Seine Schulden brachten ihn manchmal um den Schlaf, aber dafür besaß er jetzt ein Büro, das dieses Namens würdig war und auf einen ruhigen, baumbestandenen Hinterhof hinausging. Natascha hätte ihm eigentlich beim Einrichten helfen sollen, aber sie hockte nur schlecht gelaunt auf ihrem Stuhl.

»Du kannst mir ruhig sagen, wer es ist, Natutschka. Warum sollte ich dir böse sein? Wir sind doch Freunde, oder? Mir ist schon klar, dass du nicht meinetwegen in Berlin geblieben bist. Ich bin kein Idiot. Und ich bezweifle, dass du dich deinem deutschen Cousin so verbunden fühlst, dass du dein Leben nach ihm richtest.«

»Ich richte es nach gar niemandem! Ich bin hier glücklich. Schließlich gehöre ich zu den Korrespondenten des *Figaro* in Deutschland. Für eine Frau in meinem Alter ist das ziemlich gut! Du solltest lieber stolz auf mich sein, statt an mir herumzunörgeln.«

Felix steckte den Kopf durch den Türrahmen und bat seine Sekretärin, ihnen Kaffee zu bringen. Dann nahm er die Brille ab, um sie zu putzen.

»Dann bewahre doch deine Geheimnisse, wenn du solchen Wert darauf legst«, sagte er mit pikierter Miene. »Ich werde dich nicht auf Knien anflehen, weil ich nämlich meine eigenen Sorgen habe.«

Natascha machte sich Vorwürfe, weil sie so schroff zu ihm gewesen war. Sie war ungerecht. Felix war verletzt, weil sie mit ihm nicht über ihre persönlichen Dinge sprach. Aber ihre Liebesgeschichte war zu einzigartig, um davon zu reden, auch wenn es sich um einen Freund aus Kindertagen handelte, für den sie die ersten zärtlichen Gefühle empfunden hatte. Und außerdem hatte sie einen Pakt mit Dimitri geschlossen: Sie waren einander verpflichtet und niemand anderem. Ihr wurde klar, dass sie noch nie so einsam gewesen war. Doch das war wahrscheinlich der Preis, den sie für dieses überschäumende Glück zahlte.

»Entschuldige«, murmelte sie. »Ich weiß, ich bin unmöglich. Erzähl mir lieber von dir. Wie steht es mit deiner Angelegenheit?«

Felix' Miene verdüsterte sich. Er legte ein paar Akten, die auf seinem Schreibtischstuhl lagen, weg und setzte sich.

»Der Prozess gegen Eisenschacht wird kommende Woche eröffnet. Es ist ein Wunder, dass die Sache überhaupt so weit fortgeschritten ist. Aber mein Anwalt ist pessimistisch. Andere, die in der gleichen Lage sind wie ich, hatten bisher auch keinen Erfolg. Gewisse Transaktionen sind so geschickt formuliert worden, dass es fast unmöglich zu beweisen ist, dass sie unter Zwang stattgefunden haben. Das kann sich noch Jahre hinziehen …«

Er biss die Zähne zusammen und fuhr sich müde über die Stirn.

»Deswegen wollte ich ja nicht länger warten und habe mich hier vergrößert.«

Zum ersten Mal schien es Natascha, dass Felix den Mut verlor. Sein Gesicht wirkte traurig, und sie bemerkte, dass er abgenommen hatte. In den letzten Monaten hatte sie sich nicht genug um ihn gekümmert. Sie war so sehr von ihren eigenen stürmischen Gefühlen eingenommen gewesen, dass ihr seine Sorgen unwichtig vorgekommen waren. Liebe macht egoistisch, dachte sie und fühlte sich schuldig.

»Ich bin mir ganz sicher, dass du am Ende gewinnen wirst.«

Felix nickte nur und wandte den Blick ab. Dann nahm er Hammer und Nagel, um ein Bild aufzuhängen. Jeden Morgen führte ihn sein Weg am Kaufhaus des Westens in der Tauentzienstraße vorüber. Die Bauarbeiten dort schritten rasch voran. Das imposante Gebäude, das während des Krieges von einem Brand verwüstet worden war, würde im nächsten Sommer fertig sein. Es hieß, es werde die größten Schaufenster Deutschlands haben. Felix fühlte sich hin und her gerissen. Auf der einen Seite freute er sich, den Wiederaufbau seiner Stadt mitzuerleben, denn vom wirtschaftlichen Erfolg des einen Unternehmens würden auch alle anderen profitieren. Auf der anderen Seite spürte er den Stachel des Neids.

»Manchmal glaube ich nicht mehr, dass Lindner jemals wieder aus seiner Asche aufersteht«, gestand er. »Jedenfalls nicht unter meiner Leitung. Lilli hatte doch recht. Ich hätte mir diese Riesenlast niemals aufladen sollen. Es ist vollkommen illusorisch.«

Seine unerwartete Mutlosigkeit verdross Natascha. Felix durfte nicht wanken, gerade er nicht. Sie hatte seine Willenskraft immer bewundert. Niemand hätte ihm eine Chance ausgerechnet, als er wieder nach Berlin gegangen war – einer der wenigen deutschen Juden, die sich entschieden hatten, in ihre Heimat zurückzukehren. Deren Familie und Freunde hatten oft kein Verständnis, schnitten sie oder wiesen sie zurück, obwohl sie mit denselben schrecklichen Erinnerungen lebten. Felix gehörte zu denen, die beweisen wollten, dass man sich mit Mut und Entschlossenheit sogar mit bloßen Händen das Leben aufbauen konnte, das man sich wünschte.

Ihr wurde klar, dass sie sich seit einiger Zeit selbst bemitleidete. Plötzlich graute ihr vor sich selbst. Das war ein Gefühl für schwache Menschen. Es ging einher mit einer Trägheit, die zur Faulheit, Tatenlosigkeit und zum Aufgeben führen konnte. Ihre Liebe zu Dimitri zwang sie, passiv zu bleiben, weil sie nichts an ihrer Situation ändern konnte. Aber sie sollte wenigstens versuchen, Felix zu helfen. Da ist vielleicht das Heilmittel schlimmer als die Krankheit, flüsterte ihr eine kleine, gemeine Stimme ins Ohr, doch sie beschloss, nicht auf sie zu hören. Mit einer entschiedenen Bewegung stand sie auf und nahm Felix den Hammer aus der Hand.

»Ich weiß nicht, was du heute hast, aber ich erkenne dich gar nicht wieder. Komm, gib mir das! Du bist noch nie ein guter Handwerker gewesen. Wir richten dein Büro ein, und dann fühlst du dich gleich besser.«

Und anschließend muss ich jemandem einen kleinen Besuch abstatten, dachte sie.

New York, Oktober 1949

Lilli Seligsohn beobachtete die Studentinnen, die auf den Stufen des Universitätsgebäudes saßen, ihre gesunden Zähne, ihre strahlende Haut, die dicken blonden Pferdeschwänze, die bei jeder Kopfbewegung mitschwangen. Mit ihren bis zum Hals zugeknöpften Blusen unter pastellfarbenen Wolljacken, den Faltenröcken und den noch vom Strand und Tennisspielen gebräunten Beinen trugen sie eine gutmütige Unschuld zur Schau, ein Vertrauen in sich selbst und in die Zukunft, die das junge Mädchen faszinierten. Sie waren harmlos und irritierend zugleich. Lilli studierte sie neugierig und ein wenig neidisch. Die jungen Männer erinnerten sie an die schimmernde Schale einer Kastanie in ihrer stachligen Hülle. Mit ihrem tadellosen Scheitel, den glatten Wangen und den breiten Schultern wirkten sie ebenfalls wie blank poliert.

Mit ihren neunzehn Jahren hatte sich Lilli vollkommen in Manhattan eingelebt. Man hätte meinen können, sie hätte ihr ganzes Leben hier verbracht. Offensichtlich war sie in der Lage, sich überall anzupassen. Doch nicht jeder konnte zum Chamäleon werden. Die Lehre war schwierig. Es brauchte Intuition, Talent und eine schauspielerische Begabung. Man musste das Lächeln, das nur eine Fassade war, vervollkommnen, ebenso wie die schlagfertigen Antworten, die den anderen aus der Fassung brachten, oder die Kunst des Kompliments, das nicht heuchlerisch erscheinen durfte. Es war wie das Erlernen einer

Fremdsprache, bei der man nie vor »falschen Freunden« und Übersetzungsfehlern gefeit war. Man konnte zu viel des Guten tun, oder es fiel einem bisweilen schwer, seine wahren Gefühle von denen zu trennen, die man vorspielte, um unbemerkt zu bleiben. Lilli hatte eine gute Schule gehabt. Die Rolle der kleinen Liliane Bertin, dieser freundlichen kleinen Toten, war eine ausgezeichnete Übung gewesen.

Sie klemmte ihre Bücher unter den Arm, rannte die Treppe hinunter und wartete dann, bis der Strom der Autos vor der roten Ampel zum Stehen kam. Als sie in eine der schnurgeraden, lichterfüllten Straßenschluchten einbog, brachte ein Windstoß ihr Haar durcheinander, sodass sie durch ihr langes, schwarzes Haar geblendet wurde.

Sie schloss die Augen. Einen kurzen Moment lang fühlte sie sich desorientiert und hörte nur noch den Lärm, der sie umgab. Autohupen, eine Feuerwehrsirene in einiger Entfernung, Absätze, die über den Asphalt klapperten. Die Vitalität dieser Stadt brachte die Gehwege zum Vibrieren und drang durch die Sohlen ihrer Ballerinas in ihren Körper. Lächelnd strich sie sich das Haar zurück. Der Herbst zeigte sich in lebhaften Farben. Die Luft war frisch, der Himmel strahlend blau und die Sonne noch warm. Aus den Lebensmittelläden drangen Gewürz- und Zuckerdüfte.

Ab und zu bekam Lilli plötzlich Lust auf Sahne und heiße Schokolade. In Manhattan war der Überfluss zum Greifen nahe, allgegenwärtig. Er spiegelte sich in den Leuchtreklamen der Kinos, den Schaufenstern der Kaufhäuser, dem Lächeln der Passanten, den Werbeplakaten, der Dicke der Teppichböden, den Auslagen der Drugstores, den Chromleisten der Autos, den riesigen Portionen, die in den Restaurants serviert wurden, oder dem berauschenden Duft der Blumensträuße, die Xenia Fjodorownas Bewunderer ihr in die 71. Straße schickten. Aber all dieser Überfluss an Waren, Nahrung und Optimismus erwies sich oft als unverdaulich und beinahe obszön, weil er nicht aus-

reichte und niemals ausreichen würde, um den schmerzlichen
Mangel zu stillen, unter dem Lilli Seligsohn litt.

Am späten Nachmittag klingelte es an der Tür. Martha, die
Haushälterin, öffnete. Lilli las im Salon. Sie saß in ihrer Lieb-
lingsecke zwischen den dicken Kissen des Erkerfensters, das auf
den kleinen Garten hinter dem Haus hinausging. Sie war barfuß und trank Limonade. Im Haus war es ruhig. Tante Xenia
war mit Nicolas wegen einer Impfung zum Kinderarzt gegangen. Lilli fühlte sich ein wenig gereizt, weil das Gespräch an der
Tür, dessen unbestimmten Widerhall sie wahrnahm, gar nicht
endete, und stand auf, um nachzuschauen. Sie beugte sich über
das Treppengeländer, um in die Eingangshalle zu sehen.

»Ist etwas nicht in Ordnung, Martha?«, fragte sie stirnrunzelnd. Die dunkelhäutige alte Dame hatte die Fäuste in die Hüften gestemmt und wandte ihr rundliches Gesicht dem jungen
Mädchen zu. Ihre Dauerwelle bebte vor Empörung.

»Dieser Herr besteht darauf, hereinzukommen, Miss Lilli …
Ich möchte nicht …«

Der ungebetene Besucher nutzte die Gelegenheit aus, trat ein
und nahm den Hut ab.

»Guten Tag, Lilli.«

Sie erkannte ihn sofort, und ihr stockte das Blut in den Adern.
Er trug einen karierten Anzug und eine diskret gemusterte Krawatte. Das helle Licht beschien graue Schläfen. Er besaß noch
denselben aufmerksamen Blick wie vor dem Krieg, aber seine
Züge waren ausgeprägter, die Falten an Mund und Stirn tiefer.
Wie früher war seine starke Ausstrahlung zu spüren. Zusammen mit ihm kehrte mit einem Schlag ihre ganze Kindheit zurück, als würde er von Gespenstern begleitet.

»Kennst du mich noch?«, fragte er.

Das Zögern in seiner Stimme, diese unfehlbare Höflichkeit
erschütterten sie. Ohne ein Wort lief sie zu ihm hinunter. Die
Fliesen in der Eingangshalle fühlten sich unter ihren Füßen kalt

an. Sie legte die Wange an seine Brust und schmiegte sich an ihn wie an eine Säule, genau wie vor mehr als zehn Jahren, bevor sie Berlin verlassen hatte. Sein Eau de Cologne duftete nach Leder und Sandelholz. Sie spürte, dass er aufgeregter war, als er sich anmerken ließ. Max umarmte sie und drückte sie an sich.

So standen sie lange da, während Martha, die vor Selbstvorwürfen umkam, weil sie niemals Fremde ins Haus ließ, sie verblüfft betrachtete. Mrs Ossolin hatte ihr nichts von einem Besuch gesagt, aber der Fremde hatte nicht lockergelassen, und er schien kein Mann zu sein, der sich leicht abweisen ließ.

Sie setzten sich auf das mit beigefarbenem Wildleder bezogene Sofa im Salon. Ab und zu beugte sich Lilli zu ihm hinüber, um seinen Arm oder seine Hand zu berühren. Es war ihr ein körperliches Bedürfnis, eine Verbindung zu einer Vergangenheit herzustellen, die sie noch heute verfolgte. Er wollte von ihr reden, von ihrem Studium, wissen, ob sie glücklich war, ob sie Freunde gefunden hatte. Aber sie wischte seine Bemerkungen und Fragen mit einer ungeduldigen Handbewegung weg. Also erzählte er ihr, dass er seit Anfang des Jahres in der Stadt war und für *Harper's Bazaar* arbeitete. Sein Freund Alexey Brodovitch hatte ihn ohne zu zögern eingestellt, um die Pariser Kollektionen zu fotografieren. Der Artdirector war ein Genie, ein Visionär, der die neue, psychologische Dimension der Modefotografie begriffen hatte. Doch Max gehörte schon vor dem Krieg zu den Ersten, die diese Entwicklung vorausgeahnt hatten.

»Ich musste mich anpassen«, erklärte er. »Zum Glück verstehe ich mich gut mit seinem Schützling, einem sehr begabten Burschen namens Richard Avedon. Hast du schon Arbeiten von ihm gesehen? Zu Beginn hatte ich Angst, nicht mehr mitzukommen. Die Technik hat sich weiterentwickelt. Ich muss dir gestehen, dass mich der Elektronenblitz zuerst ein wenig verwirrt hat. Es hat einige Zeit gedauert, bis ich mich orientiert hatte. Ich musste mich konzentrieren, Tag und Nacht arbeiten. Aber das war gut so, denn es hat mich davor bewahrt, zu viel nachzudenken.«

Er lächelte.

»Ich kenne keine Stadt wie New York. Hier wird ein Kult um die Fotografie betrieben, gleich ob in den Zeitschriften, der Werbung, den Büchern ... Ich bereite für Weihnachten eine Ausstellung vor. Als ich hierherkam, hatte ich nicht gedacht, dass es so ... so ...« Er vollführte eine Handbewegung, weil er nicht die richtigen Worte fand, um seinem Gefühl Ausdruck zu verleihen. »Hier existiert die Vergangenheit nicht. Wahrscheinlich ist das eine gute Sache. Aber zu Beginn ist es verwirrend, findest du nicht? In jeder Hinsicht«, setzte er aufgewühlt hinzu.

»Und du kommst uns erst heute besuchen?«, sagte sie verletzt.

Er schwieg, ehe er antwortete. »Ich hatte es nicht eilig. Einen großen Teil meines Lebens habe ich auf diesen Augenblick gewartet. Da durfte ich nichts überstürzen, um nicht alles zu verderben.«

Sie verstand ihn. Niemand verstand sich besser als Lilli Seligsohn auf die Geduld, die man brauchte, um entschlossen sein Ziel zu verfolgen. Max schien sich sicher zu sein. Doch als ein paar Minuten später die Eingangstür aufging und Xenia Fjodorownas fröhliche Stimme durch das Haus klang, zuckte er zusammen. Lilli zog die Beine an und umschlang ihre Knie.

Die letzten Sonnenstrahlen fielen in das helle Zimmer, für das Xenia ruhige Farben gewählt hatte – Weiß und Beige- und Karamelltöne. Breite Voile-Vorhänge rahmten die drei Fenster ein und vermittelten einen Eindruck von Leichtigkeit. Ein gemütliches Durcheinander herrschte: Unter einer Konsole lagen Zeitschriften, und überall war Spielzeug verstreut. An den Wänden hingen moderne, farbenfrohe Gemälde. Lilli hätte ihn so gern beruhigt, ihm gesagt, dass alles gut gehen würde, dass Tante Xenia die Blumensträuße ihrer Verehrer in Kristallvasen stellte, aber nie auf ihre Einladungen einging. Auch Xenia war sehr beschäftigt. Sie kümmerte sich um den Kleinen und schenkte Lilli viel Aufmerksamkeit.

Xenia trat durch die Tür des Salons. Sie trug den schlafenden Nicolas auf dem Arm, dessen pausbäckiges Gesicht von einem blauen Kaschmirmützchen gekrönt wurde. Als sie Max erblickte, blieb sie wie angewurzelt stehen und wurde blass. Er erhob sich langsam und richtete sich vorsichtig auf, als könnte eine falsche Bewegung ein heikles Gleichgewicht zerstören. Ein Schauer überlief Lilli. Sie hasste solche gefühlsgeladenen Momente, wenn das Herz einem bis zum Halse schlug und alles in der Schwebe hing.

Max und Xenia sahen einander schweigend an. Man konnte ahnen, dass sie angespannt waren, auf der Hut. Max wagte sich nicht mehr zu rühren. Seit dem Beginn ihrer Liebesgeschichte war er zum ersten Mal derjenige, der die Wahl traf, der zurückkehrte. Xenia hatte mehrmals einen Anlauf genommen, war jedoch jedes Mal gescheitert. Jetzt konnte er den Mut nachfühlen, den es brauchte, um nach einem geliebten Menschen zu suchen, den man in einem Sturm verloren hatte. Die schreckliche Angst, zu spät zu kommen. Dieses Gefühl, leicht wie Luft zu sein; nichts zu bieten zu haben. Ob es in ihrem Leben einen Platz für ihn gab? In diesem Haus, das sie eingerichtet hatte. In dieser jungen, funkelnden Stadt, die so gar nichts mit ihren seelischen Narben zu tun hatte. Schließlich löste sich sein Blick von Xenia und glitt zu dem Kind in ihren Armen.

Xenia konnte kaum begreifen, dass er da war, in ihrem Salon, wo er den ganzen Raum einzunehmen schien. Und dabei hatte sie sich diese Szene wieder und wieder vorgestellt. Jede Stoffarbe, jedes Möbelstück, jedes Gemälde hatte sie in dem Gedanken an ihn und an seinen Geschmack ausgewählt. Er war also zu ihr zurückgekehrt. Damit hatte sie nicht gerechnet. Er sagte nichts, aber Max war noch nie ein Mann unnötiger Worte gewesen. Sie sah, dass er besorgt war, denn sie kannte ihn gut.

Mit desorientierter, beinahe verletzter Miene betrachtete er seinen Sohn. Dann hatte er also unter der Trennung von ihm gelitten. Sie hatte ihm bereits die Kindheit seiner Tochter vorenthalten, und nun war sein Sohn schon fast drei Jahre alt. Manche Glücksmomente waren für immer verloren. Ein Schauer überlief Xenia, als sie Max' Kummer sah. Sie würde es nie ertragen können, ihn leiden zu sehen.

»Möchtest du Kolja einmal halten?«, fragte sie in einem aufgesetzt lebhaften Ton. »Wir kommen gerade vom Arzt. Die Spritze hat dem Kleinen gar nicht gefallen. Er hat auf dem ganzen Rückweg geweint, aber jetzt ist alles vergessen.«

Nervös unterbrach sie sich und fuhr dann mit bebender Stimme fort:

»Ich freue mich, dich zu sehen, Max. Sehr. Ich habe gehofft, du würdest kommen, nachdem Natutschka mir geschrieben hatte, du hättest Deutschland verlassen. Ich weiß, dass ihr euch kennengelernt habt. Als ich dann deine Fotos im *Harper's* sah, wollte ich dich anrufen, entschied mich dann aber anders. Ich wollte dir die Freiheit lassen, zu uns zu kommen oder nicht. Wir haben nicht darüber gesprochen, aber wir haben auf dich gewartet. Das stimmt doch, oder, Lilli?«

Xenia sprach zu schnell. Sie wirkte außer Atem, hilflos. Sie hat Angst, dachte Lilli. Es bestürzte sie, dass diese gebieterische Frau so verletzlich sein konnte. Sie hat Angst, ihn wieder einmal in die Flucht zu schlagen. Davor, dass sie einander Lügen, Auslassungen oder Ausflüchte nicht verzeihen könnten. Und bei Max nahm das junge Mädchen die gleiche fiebrige Aufregung wahr. Ihr fiel auf, dass er sich beim Rasieren geschnitten hatte, und das rührte sie. Lilli rief sich ins Gedächtnis, dass sie eine ähnliche Angst empfand, als sie bei ihrer Ankunft in Paris Hand in Hand mit ihrem Bruder in Tante Xenias Salon gestanden hatte. Die Angst, nicht die richtigen Worte zu finden oder nicht verstanden zu werden. Merkwürdig, aber nach so vielen Schicksalsschlägen erwarteten dieser Mann und diese Frau ausgerechnet von ihr die erlösenden Worte. Sie, die an nichts mehr glaubte, die Seiltänzerin, hielt in diesem Moment den Schlüssel des Wunders, die Verheißung des Glücks in den Händen.

»Es ist wahr, Onkel Max«, versicherte sie. »Tante Xenia wartet schon lange auf dich. Du hast dir Zeit gelassen, aber es ist gut, dass du endlich da bist. Dein Platz ist jetzt hier. Jetzt fehlt in diesem Haus nichts mehr.«

Im selben Moment spürte Lilli eine so tiefe Ruhe, dass sie den Kopf neigte, um zu lauschen. Es war süß, zart und wohltuend. Eine Glückseligkeit, eine Fülle, die von weit her kam, aus der Zeit vor dem Untergang ihrer Welt, und die sie vergessen zu haben glaubte. Aber fast sofort entzog sich die Empfindung ihr wieder, und sie hätte am liebsten geweint. Erneut überrollte sie die eiskalte Woge und ließ sie gefrieren, aber sie wusste, dass dies ihre Bürde war und nicht die der beiden. Ohne ein weiteres Wort huschte Lilli mit ihren nackten Füßen über das Parkett davon und ließ die beiden allein.

München, November 1949

Axel schob einen Finger zwischen Hemdkragen und Hals. Seine Krawatte erstickte ihn. Obwohl ein kalter, feuchter Wind ging, schwitzte er in seinem Mantel. Das weiße Hemd klebte ihm zwischen den Schulterblättern auf der Haut. Er bedauerte schon, vom Bahnhof aus zu Fuß gegangen zu sein, und vor allem bereute er, dass er sich von Natascha hatte überreden lassen. Ach was, um den Finger wickeln, dachte er gereizt. Gib doch zu, dass du dich hast beschwatzen lassen.

Vor vierzehn Tagen war seine Cousine zu ihm gekommen. Natascha hatte nervös auf den Fingernägeln gekaut. Er neckte sie, indem er ihr sagte, sie sähe aus, als wäre an ihr ein Junge verloren gegangen. Sie warf ihm einen finsteren Blick zu und begann dann in dem kleinen Zimmer, das er in der Nähe der Universität bewohnte, auf und ab zu gehen. So hektisch kannte er sie gar nicht und beobachtete sie besorgt. Frauen gehörten einer Spezies an, die ihn verwirrte. Ihre Gemütszustände erschienen ihm unergründlich. Da er viel für sein Studium lernte und selten ausging, fühlte er sich oft unbeholfen. Bei seinen Freunden galt er als schüchtern. Axel sah sein Verhalten lieber als natürliche Zurückhaltung. »Ich ziehe es eben vor, die Dinge aus der Vogelperspektive zu betrachten«, pflegte er scherzhaft zu erklären. Woraufhin seine Freunde dann ironisch bemerkten, er solle doch wieder auf die Erde zurückkehren. Natascha dagegen war offen und spontan. Bei ihr rechnete er nicht mit bösen Überraschungen. Aber dann fing sie an, von seinem Vater zu reden.

Axel wurde zornig. Warum mischte sie sich da ein? Warum ausgerechnet jetzt dieser Überfall? Sein Leben hatte wieder einen Sinn, er hatte fähige Professoren, einen seriösen Arbeitgeber und eine vielversprechende Zukunft. Wieso schickte Natascha ihn auf einmal in die Vergangenheit zurück, in eine Welt, die aus Befehlen und Uniformen bestand, aus Kampf und Tod? Das war eine Welt, von der er genug hatte und nichts mehr wissen wollte. Er hegte nicht die geringste Absicht, Kontakt zu seinem Vater aufzunehmen. Jedenfalls im Moment nicht, und außerdem war es an ihm, darüber zu entscheiden, ganz allein an ihm. Aber sie ließ nicht locker und bohrte so lange weiter, bis er sich die Ohren zuhielt und ihr befahl, still zu sein. Er drohte ihr sogar, sie hinauszuwerfen. »Du musst Felix helfen!«, erklärte sie ihm scharf, die Arme vor der Brust verschränkt. »Felix Seligsohn ist mir vollkommen einerlei!«, gab er zurück. Ein dunkler Schatten huschte über sein Herz, in den sich ein Hauch ungesunden Neides mischte, ein Gefühl von Ungerechtigkeit und der merkwürdige Wunsch, ihm Schaden zuzufügen. Nein, er konnte diesen Seligsohn wirklich nicht leiden, der ihm immer ein vages Schuldgefühl einflößte, obwohl er doch gar nichts verbrochen hatte! Aus Freundschaft zu Onkel Max und Natascha war er bereit, ihn zu treffen, doch lieber wäre er ihm aus dem Weg gegangen. An diesem Abend hasste er seine Cousine, weil sie seine Albträume wieder erweckt hatte.

Das junge Mädchen hatte nicht lockergelassen. Sie zerschlug all seine Schutzwälle und beschwor mit lauter Stimme einmal mehr ihre ewige Theorie, nach der es notwendig war, seinen Dämonen ins Gesicht zu sehen. Hatte sie sich nicht selbst auf die Suche nach ihrem Vater gemacht? »Hältst du mich für einen Idioten?«, brüllte er, wütend über diese Arroganz. »Das ist etwas ganz anderes. Jeder würde gern das Kind von Max von Passau sein!« Doch Natascha war stur, sie trieb ihn gnadenlos in die

Enge, bis Axel gezwungen war, seine geheimste Angst einzugestehen: Er fürchtete, er könne von Kurt Eisenschacht die Eigenschaft geerbt haben, die seinen Vater in den Untergang geführt hatte, den Ehrgeiz. Auch er mochte sich nicht mit einem unbedeutenden Durchschnittsleben abfinden. Er wollte der Welt seinen Stempel aufdrücken, wünschte sich, dass andere sein Talent bewunderten und seine Inspiration anerkannten. Auch er wollte viel Geld verdienen, um nie wieder Hunger zu erleben oder die Hoffnungslosigkeit, die einen im Herzen zornig macht. Um nie wieder dem herablassenden Blick eines abscheulichen Schwarzmarkthehlers ausgesetzt zu sein, von dem man abhängig war, um zu überleben. Aber Axel wusste auch, dass der Apfel nie weit vom Stamm fällt. Was bringt einen Menschen dazu, die Grenzen des Verbotenen zu überschreiten, seine Seele zu verkaufen? Vor dieser Bedrohung war kein Mensch gefeit. Der Grat war schmal und die Versuchung des Erfolgs gefährlich. Eine Kleinigkeit reichte aus, damit man strauchelte.

»Warum erzählst du mir das alles gerade jetzt?«, fragte er, und ihre Miene verdüsterte sich. »Weil Felix uns braucht. Das Kaufhaus Lindner steht ihm zu. Dein Vater legt ihm Steine in den Weg, obwohl ich keine Ahnung habe, was er mit einer jämmerlichen ausgebrannten Ruine mitten in Berlin anfangen will. Und Felix braucht die Firma wirklich, daran hängt sein ganzes Leben. Du musst jetzt handeln. Die Zeit ist kostbar, und du darfst sie nicht vergeuden. Das hieße, ein weiteres Verbrechen an Felix zu begehen.« Mit einem Mal war Nataschas Aufregung verflogen. Ihr Blick ging in die Ferne, und plötzlich kam sie ihm sehr verwundbar vor. »Das mag schon sein, aber nenne mir einen stichhaltigen Grund, warum *ich* das tun soll«, forderte er, denn er war sich sicher, dass seiner Cousine die Argumente ausgehen würden. Sie war blass geworden und schien sich zu fürchten. Die beiden maßen sich mit Blicken, und dann reckte sie herausfordernd das Kinn. »Ich liebe einen sowjetischen Offizier.« Axel war sprachlos. Zunächst begriff er nicht, was das eine mit dem anderen zu tun hatte. Doch dann redeten sie die ganze Nacht. Um vier Uhr in der Frühe sanken sie erschöpft auf sein schmales Studentenbett und schliefen nebeneinander ein. Am nächsten Morgen kaufte Axel eine Fahrkarte nach Bayern.

Die Villa lag ein wenig zurückgesetzt in einer ruhigen Straße am Stadtrand von München. Im ersten Stock waren die Fenster mit Brettern vernagelt. Unter dem Portalvorbau standen Farbtöpfe. Der Garten hinter dem Haus fiel zu einem Waldsaum hin ab. Noch war er nichts als eine schlammige Fläche, deren Höhenunterschiede einige Gärtner gerade ausmaßen. Mit seinem fachmännischen Auge fällte Axel ein strenges Urteil über das imposante Bauwerk: solide, aber ohne Fantasie und Geist. Als seine Mutter ihm damals einen Zettel mit der Adresse seines Vaters hinstreckte, hatte er sich geweigert, sie anzunehmen. Daraufhin hatte Marietta den Zettel in einen Umschlag gesteckt, den Onkel Max ihm nach ihrem Tod übergab, und Axel hatte nicht das Herz gehabt, ihn zu zerreißen.

Er hatte schreckliche Angst. Seit gestern hatte er keinen Bissen mehr heruntergebracht. Natascha hatte ihm das Fahrgeld geliehen. Inzwischen fand er, dass er besser daran getan hätte, sich davon mit seinen Freunden zu betrinken. Er ist sowieso nicht da, beruhigte er sich. Wir haben zehn Uhr morgens, bestimmt ist er in seinem Büro. Früher hatte Kurt Eisenschacht seine Zeit größtenteils im Büro verbracht, ob in seinem eigenen in der Friedrichstraße oder dem, das ihm in Goebbels' Ministerium zur Verfügung stand. Axel erinnerte sich an die langen Korridore, in denen seine Schritte widerhallten, an griechische Säulen und Marmorbüsten, mächtige Türflügel und Uniformierte mit geschäftigen Mienen. Und das bedrückende Gefühl, dass er sich gerade halten, intelligent auf alle Fragen antworten musste und seinen Vater nicht enttäuschen durfte. Nicht zu vergessen die Standarten, die er im magischen Kreis von Nürnberg geschwenkt hatte, die »Sieg Heil«-Rufe, sein Stolz an dem Tag, als der Führer ihm die Wange getätschelt hatte. Der Herr und Meister hatte sich herabgelassen, ihm einen Blick zu schenken. Er erinnerte sich auch an die Goebbels-Kinder, die lachend im Garten seiner Eltern gespielt hatten. Sie waren alle tot, von ihrer Mutter, der schönen Magda, mit Zyanid vergiftet. Seine eigene Giftkapsel bewahrte er noch immer auf. Sie lag, sorgsam in ein Taschentuch eingeschlagen, ganz hinten in einer Schublade. Eine Reliquie. In den Monaten nach der Niederlage hatte er sie oft auf seiner Handfläche betrachtet – mit dem Gefühl, als wäre sie voller Verheißungen.

Mit zusammengebissenen Zähnen ging er zur Tür und klingelte. Eine alte Frau mit prallen Wangen öffnete ihm und sah ihn argwöhnisch an.

»Sie wünschen, junger Mann?«

»Ist Herr Eisenschacht zu Hause?«

»Worum geht es denn?«

»Ich muss mit ihm reden.«

»Sie haben sich in der Adresse geirrt.«

Sie schickte sich an, die Tür zu schließen.

»Sagen Sie ihm, dass sein Sohn ihn sehen möchte.«

Die Alte musterte ihn, als suchte sie nach einer Ähnlichkeit, aber sie wirkte nicht erstaunt. Die Deutschen waren es inzwischen gewöhnt, dass plötzlich Verschollene an ihre Tür klopften. Die Sowjetunion ließ ihre Kriegsgefangenen nur nach und nach frei. Mit einem Mal stand unangekündigt der Ehemann, der Bruder oder der Sohn auf der Türschwelle, meistens seelisch gebrochen und so mager, dass es die Kinder erschreckte und die Frauen ratlos waren. Außerdem trafen immer noch ganze Züge voller Freunde oder Verwandter ein, die aus den östlichen Provinzen flüchteten, vor allem in Bayern. Einige Bewohner klagten bereits, ihre Region sei zu einem einzigen riesigen Flüchtlingslager geworden. Jeder musste zu jeder Zeit, gleich ob morgens oder abends, am hellen Mittag oder mitten in der Nacht, mit einer Überraschung rechnen, und diese konnte gut oder schlecht sein. Nicht jeder wusste es zu schätzen, wenn ihn die Vergangenheit am Kragen packte. Was mein Vater wohl denken wird?, fragte sich Axel und verzog ironisch den Mund.

»Warten Sie bitte einen Moment«, sagte die Haushälterin und knallte ihm die Tür vor der Nase zu.

Axel musste sich zurückhalten, um nicht dagegenzutreten. Er setzte sich auf ein Mäuerchen und zündete sich eine Zigarette an. Sein Kopf war leer, und sein Körper fühlte sich schwer an. Du bist ein Schwachkopf, dass du dich von Natascha hast einwickeln lassen, sagte er sich und konnte nicht umhin, die Überredungskunst seiner Cousine zu bewundern. Sie war also die Geliebte eines sowjetischen Offiziers. Nun ja, vielleicht noch nicht wirklich, denn über Einzelheiten hatte sie sich schamhaft ausgeschwiegen, aber im Herzen ganz bestimmt. Sie schien selbst verblüfft darüber zu sein, und doch hatte er auch einen Hauch von Stolz in ihrem Blick gelesen. Den Verboten trotzen und an das Unmögliche glauben. Axel erkannte sich selbst in dieser Regung wieder, doch er wagte sich gar nicht vorzustellen, was aus ihnen werden würde, wenn sie aufflogen. Vor allem aus dem Mann, dessen Namen sie ihm nicht hatte verraten wollen.

»Sie können hereinkommen!«, rief die Haushälterin.

Axel ließ sich demonstrativ Zeit, rauchte erst zu Ende und trat den Stummel dann aus. Sein Herz klopfte heftig. Er war auf der Hut, und sein Körper war ganz angespannt.

Die Eingangshalle war mit Holztäfelungen geschmückt. Eine schöne Treppe führte in den ersten Stock. Axel roch frische Farbe und Zimt. Sein Vater hatte schon immer eine Vorliebe für Süßes gehabt. Die Haushälterin führte ihn in ein Wohnzimmer von harmonischen Proportionen. Eine weitläufige Terrasse ging auf den Garten hinaus, hinter dem ein Wald lag. Eine Wand wurde von halb gefüllten Bücherregalen eingenommen. Die Sessel waren tief, die Teppiche lagen noch zusammengerollt in einer Ecke. Axel konnte sich vorstellen, dass dieser Raum einmal eine anheimelnde, gesellige und warme Atmosphäre ausstrahlen würde. Das machte das Geheimnis einer gelungenen Inneneinrichtung aus, ihre Anziehungskraft: einem Fremden das Gefühl zu geben, er könne hier glücklich sein.

»Axel. Endlich! Du hast lange gebraucht, um zu kommen.«

Die Stimme war tief und wohlmoduliert und hatte die charakteristische norddeutsche Färbung, die die Silben sorgfältig trennt. Kurz schloss Axel die Augen. Der untergründige Vorwurf erweckte in ihm einen Fluchtimpuls. Doch er drehte sich um und sah seinen Vater an. Er war immer noch so korpulent wie früher. Ein grauer Anzug mit breiten Revers betonte seine imposante Gestalt, aber sein schütteres Haar war weiß geworden, und er trug eine Schildpattbrille.

»Du hättest dein Kommen ankündigen sollen, dann hätte ich dich abgeholt. Was kann ich dir anbieten? Einen Kaffee? Es sind noch frische Brötchen vom Frühstück da. Bestimmt hast du Hunger. In deinem Alter ist man immer hungrig.«

Axel fragte sich, woher sein Vater wissen wollte, was er sich wünschte. Kurt Eisenschacht gehörte zu den Menschen, die anscheinend mit einem Schutzpanzer geboren wurden, quasi als Erwachsene, die im vollen Besitz ihrer geistigen Kräfte sind und nichts vom Zaudern der Jugend wissen, ihren Ängsten und Schamhaftigkeiten. Er trat auf ihn zu und umfasste mit einer Handbewegung das Wohnzimmer.

»Ich hoffe, du entschuldigst die Unordnung. Wie du siehst, stecke ich noch mitten im Umzug. Mein Büro in der Stadt sieht genauso aus. Überall Kartons. Du musst es dir einmal ansehen. Aber in letzter Zeit überschlägt sich alles, und die Tage sind zu kurz. Gefällt dir das Haus?«

»Mama ist tot«, erklärte Axel mit trockenem Mund.

Kurt Eisenschacht blieb wie angewurzelt stehen. Seine Lippen wurden blass. Zufrieden sah Axel, dass er zusammenzuckte.

»Es tut mir leid, das zu hören.«

»Tatsächlich?«, sagte Axel sarkastisch. »Du hast sie doch in das bombardierte Berlin zurückgehen lassen, obwohl sie bei unseren Verwandten in Sicherheit war. Tut das ein umsichtiger Ehemann? Seitdem sind Monate und Jahre vergangen, aber wahrscheinlich hattest du andere Sorgen, als dir Gedanken darüber zu machen, was aus deiner Frau geworden ist.«

Zum ersten Mal wagte Axel, seinem Vater die Stirn zu bieten. Der Zorn spornte ihn an. Er dachte wieder daran, wie verunsichert er sich bei Kriegsende gefühlt hatte, an dieses schreckliche Hin- und Hergerissensein zwischen der Angst, sein Vater könnte durch den Strick enden, und der Furcht, er könnte von Neuem in seinem Leben auftauchen, mit seiner Strenge, seinem Zynismus und der väterlichen Autorität, die Eisenschacht früher gern an den Tag gelegt hatte. Axel fürchtete, er könnte immer noch anfällig dafür sein. Es gibt so viele Möglichkeiten, seine Kinder zu verraten, dachte er, so viel Dunkles, was man ihnen vererben kann, so viele Arten, sie zu korrumpieren, weil sich ein Kind immer und unter allen Umständen nach der Liebe seiner Eltern sehnt.

Kurt Eisenschacht beobachtete seinen Sohn, der starr und wie in Habtachtstellung vor ihm stand. Als er ihn zuletzt gesehen hatte, war Axel ein junger Bursche in Uniform gewesen, die Feldmütze über dem kurzen Haar tief in die Stirn gezogen und mit stolzem Blick. Der mit der Menge geschrien hatte, als Goebbels in dem kochenden Berliner Sportpalast zum totalen Krieg aufrief.

Also war Marietta tot. Sein Sohn wäre vielleicht erstaunt darüber gewesen, dass er einen aufrichtigen Schmerz empfand. Er hatte seine Frau geliebt; ihre Unerschrockenheit, ihre Art, sich niemals zu unterwerfen. Weder Marietta noch er hatten sich über den Charakter ihrer Ehe getäuscht. Er hatte sie wegen ihrer Schönheit und ihrer adligen Abstammung geheiratet, und sie, weil sie Macht und Geld liebte und weil er es verstand, sie zu zerstreuen. Stets hatte sie diese ironische Distanz gewahrt, hinter der sie eine Zartheit verbarg, die sie so anziehend machte. Er hatte ihr den Schutz geboten, den sie verlangte. In den ersten Jahren waren sie glücklich gewesen. Zu seinem eigenen großen Erstaunen war er ihr sogar treu geblieben, obwohl es in seiner Umgebung nicht an willigen Frauen mangelte. Bei dem Gedanken, dass Marietta nicht mehr lebte, hatte Kurt Eisenschacht einen kurzen Moment lang das Gefühl, den Boden unter den Füßen zu verlieren.

Ihr gemeinsamer Sohn stand da und starrte ihn mürrisch an. Seine Miene war verschlossen, und eine braune Haarsträhne fiel ihm in die Augen. Er war zu einem jungen Mann mit ausgeprägten Zügen und einem gequälten Blick herangewachsen. Eisenschacht hätte gern mehrere Kinder gehabt, am liebsten Söhne, um eine Dynastie zu begründen. Er, der aus dem Nichts aufgestiegen war, hatte sich eine andere Zukunft erträumt als diese, die ihn allein in dieses provinzielle Haus in den eleganten Vorort von München geführt hatte. Doch eigentlich konnte er sich nicht beklagen. Er hatte einige Zeit hinter Gittern verbracht, war dann dank eines soliden Netzwerks von Freunden vorzeitig entlassen worden und hatte seine Geschäfte, die sich vielversprechend entwickelten, wieder in die Hand genommen. Auf seine Zeitungsverlage musste er freilich verzichten, denn die Amerikaner hatten nicht zugelassen, dass er sich erneut im Pressewesen betätigte. Also konzentrierte er sich auf Immobilien und Industrie – Sektoren, die das Wohlwollen von Ludwig Erhard genossen, dieser Symbolfigur des wirtschaftlichen Wiederaufbaus. Für einen findigen Geschäftsmann war die Bundesrepublik, die unter der Führung Adenauers wieder am Welthandel teilhaben sollte, ein gelobtes Land. Alles in allem hatte die Industrie den Krieg gut überstanden. Die Anlagen waren nach den anfänglichen Demontagen modernisiert worden und arbeiteten effizient. Die Wirtschaft blühte wieder auf, trotz der Reparationen, die Deutschland an seine alten Gegner zu zahlen hatte. Nein, er konnte wirklich nicht klagen. Unterwegs hatte er nur seine Frau verloren und seinen zwanzigjährigen Sohn, der seinen Groll nicht zu verbergen vermochte.

»Unsere Wege haben sich getrennt, aber das ändert nichts an meinen Gefühlen für sie.«

Axel setzte eine zynische Miene auf und wollte ihm schon eine scharfe Antwort geben.

»Schweig!«, befahl Eisenschacht und hob eine Hand. »Rede nicht von Dingen, von denen du nichts verstehst. Ich wünsche dir, dass du eines Tages eine Frau so lieben wirst, wie ich deine Mutter geliebt habe.«

Axel war sprachlos. Genau das hatte er gefürchtet, diese Fähigkeit seines Vaters, ihn aus dem Konzept zu bringen. Er ließ Gefühle durchscheinen, wo man doch von einem ehemaligen SS-Mann erwartete, dass er sich als kaltes Ungeheuer gab. Plötzlich hatte er den wütenden Drang zu rauchen und zog seine Zigarettenpackung hervor.

»Du gestattest?«

»Wenn es unbedingt sein muss.«

Sein Vater öffnete die Glastür. Auf der Terrasse roch die kühle Luft nach umgegrabener Erde und würzigem Tannenduft. Der Wind hatte die Wolken verjagt, und die Sonne stand an einem strahlend blauen Himmel. Die Farben waren so lebhaft, dass sie fast künstlich wirkten. In der Ferne erkannte man Berge, auf deren Gipfeln der erste Schnee lag.

»Was machst du in Berlin?«

»Ich studiere Architektur. Anscheinend bin ich sogar begabt. Ich arbeite schon in einem renommierten Architekturbüro.«

»Und ich dachte, du wärest gekommen, um mich um Hilfe zu bitten. Aber anscheinend schlägst du dich gut. Ich sollte wohl stolz auf dich sein.«

Axel stieß ein ersticktes Lachen hervor. »Auf deinen Zuspruch habe ich gehofft, als ich zwölf war. Aber jetzt nicht mehr. Es interessiert mich nicht mehr, was du von mir hältst.«

»Du lügst. Es ist einem nie gleich, was der eigene Vater von einem denkt. Das weiß ich selbst am besten«, erklärte Kurt Eisenschacht in bitterem Ton.

Axel warf ihm einen verdutzten Blick zu. Er wusste nichts über seinen Großvater väterlicherseits. Ihm wurde klar, dass ganze Lebensabschnitte seines Vaters für ihn im Dunkeln lagen.

»Ich kann mir vorstellen, dass du mir meine früheren politischen Ansichten vorwirfst.«

»Offensichtlich. Aber die Männer aus deiner Generation schweigen. Die Vergangenheit ist jetzt tabu. Man könnte meinen, alles wäre nur ein böser Traum gewesen. Lieber schließt man die Augen und geht seinen Weg, um das neue Deutschland aufzubauen. Das Land von Adenauer und Erhard. Mit fleißigen Arbeitskräften, die achtundvierzig Stunden pro Woche arbeiten, Steuervergünstigungen für die Unternehmen und einer vollkommen liberalen Wirtschaft …«

»Sag mir nicht, dass du es vorziehen würdest, bei den Sowjets zu leben«, erwiderte Eisenschacht spöttisch.

»Gerade eben hast du von Stolz gesprochen. Ich würde gern stolz auf dich sein. Mich daran freuen, dieses Haus, dieses Grundstück zu erforschen, ohne mich zu fragen, wie du das Geld verdient hast, woher es stammt, wem du es gestohlen hast.«

Axel zitterte.

Kurt Eisenschacht schüttelte den Kopf. »Wenn du nicht mein Sohn wärest und ich zehn Jahre jünger, würde ich dir die Nase einschlagen.«

»Glaubst du nicht, dass ich mich auch am liebsten prügeln möchte?«, entfuhr es Axel. »Du warst befreundet mit Kriegsverbrechern, die man in Nürnberg gehängt hat. Du hast diese dreckige Clique in deinem Haus empfangen. Wie oft habe ich dich in SS-Uniform gesehen? Und ich war stolz darauf. Ja, ich gebe es zu! Damals habe ich dich bewundert, weil du dafür gesorgt hast, dass ich diesen ganzen Unsinn geglaubt habe, weil ich noch ein kleiner Junge war.«

Er wischte sich mit dem Handrücken über die Lippen.

»Was hast du gedacht, als du die Fotos aus den Lagern gesehen hast? Als du erfahren hast, wie sich die Wehrmacht in Russland und der Ukraine aufgeführt hat? Und von den Millionen von Menschen, die ausgelöscht wurden? Aber vielleicht hast du es ja von Anfang an gewusst? Hast das Gesicht verzogen und dich abgewandt. Das war unangenehm, nicht wahr? Aber notwendig, damit die Geschäfte liefen und sich die Kassen füllten. Und was sagst du jetzt dazu? Wie rechtfertigst du deine Beziehungen zu diesem Regime?«

Er brüllte wieder. Die Gärtner auf dem hinteren Teil des Grundstücks drehten sich um.

»Beruhige dich«, zischte Kurt mit zusammengebissenen Zähnen. »Ich lasse mich von dir nicht unter meinem eigenen Dach beleidigen. Wenn du mir etwas vorzuwerfen hast, dann reiß dich wenigstens zusammen und betrage dich wie ein Mann.«

Was für ein Desaster, dachte Axel bedrückt. Aber was hatte er erwartet? Eine friedliche Unterhaltung, einen zivilisierten Gedankenaustausch? Ihm wurde übel, und er musste sich abwenden und tief durchatmen. Er umklammerte das Terrassengeländer, bis seine Fingerknöchel weiß wurden. Selten hatte er sich so niedergeschlagen gefühlt. Zu seiner großen Beschämung wurde ihm klar, dass er insgeheim gehofft hatte, Kurt Eisenschacht würde die Worte finden, um die schreckliche Vergangenheit auszulöschen. Und trotz seiner großen Reden brauchte er seinen Vater, selbst wenn er keine Achtung für ihn empfand.

»Warum, Papa?«, murmelte er.

Sein Vater schwieg. Axel spürte ihn als dichte, unabweisbare Präsenz in seinem Rücken und hörte seinen Atem, der wie der eines Asthmatikers oder starken Rauchers klang. Irgendwo in der Ferne startete ein Wagen. Die Gärtner hatten ihre Arbeit wieder aufgenommen, als wäre nichts gewesen. Und über allem dieses bedrückende Schweigen. Das liegt daran, dass er keine

Antwort hat, sagte sich Axel. Jedenfalls keine, die es wert wäre, angehört zu werden.

»Was willst du wirklich hier, Axel?«

»Du hast nicht auf meine Frage geantwortet.«

»Auf diese nicht, nein.«

»Warum?«

»Ich bin kein Mann, der sich vor anderen rechtfertigt; und du bist nicht bereit zu hören, was ich dir sagen würde.«

Axel drehte sich um und sah ihm wieder in die Augen. »Du weißt nichts über mich. In den entscheidenden Momenten meines Lebens warst du nicht da. Du hast nie versucht, mich zu verstehen, sondern wolltest mir deine Weltsicht aufzwingen, ohne dich zu fragen, ob sie das Richtige für mich war. Wir sind Fremde.«

»Nicht so fremd, wie du glaubst, Axel. Ich erkenne meinen starken Charakter in dir, und das freut mich.«

Ein Schauer überlief den jungen Mann. Das war es, was er mehr als alles andere fürchtete: von seinem Vater ererbte Eigenschaften, gegen die er nichts unternehmen konnte.

»Als ich zusammen mit meinen Kameraden Berlin verteidigt habe, da habe ich dich manchmal verflucht.«

Kurt blieb ungerührt. Mit einer Hand strich er sich übers Haar. Die hellen Augen hinter den Brillengläsern zuckten nicht. In diesem Moment erkannte Axel, welcher Abgrund ihn immer von seinem Vater trennen würde, einem Mann, der keinen Fluch fürchtete, nicht einmal, wenn sein eigener Sohn ihn aussprach. Exakt in diesem Moment wurde der Bruch vollzogen. Im Herzen des jungen Mannes zersplitterte etwas. Die Erinnerung an seinen Onkel Max trat ihm vor Augen. Seine Magerkeit, sein rasierter Schädel, die schäbigen Sachen, die man ihm beim Roten Kreuz gegeben hatte, damit er nicht die zerlumpte Häftlingskleidung aus Sachsenhausen zu tragen brauchte. Und die Arme seines Onkels, die sich um ihn schlangen, während er vor Erschöpfung und Angst schluchzte. Axel Eisenschacht glaubte nicht an Gott, aber in diesem Moment dankte er ihm. Manchmal brauchte man die Schulter eines Mannes wie Max von Passau, um daran zu weinen, ohne sich gedemütigt zu fühlen.

Axel richtete sich auf. Sein Zorn war jetzt kalt.

»Ich bin gekommen, um von dir zu verlangen, dass du Lindner an Felix Seligsohn zurückgibst, Sarah Lindners Erben.«

Kurts Lippen zuckten, und ein besonderes Leuchten trat in seinen Blick. Axel begriff, dass sein Vater den Panzer des Geschäftsmanns anlegte. So stellte er sich bei seinen Konkurrenten oder bei Aufsichtsratssitzungen dar.

»Was für eine Überraschung! Du musst Max von Passau über den Weg gelaufen sein. In seiner Jugend war dein Onkel bis über beide Ohren in dieses Mädchen verliebt. Aber was für eine merkwürdige Bitte«, fuhr er mit zusammengezogenen Augen fort. »Ich verstehe nicht, was du davon hast. All das wird einmal dir gehören. Kennst du ihn persönlich, diesen Felix Seligsohn?«

»Ja«, sagte Axel. »Wir sind Freunde«, setzte er nach kurzem Zögern hinzu.

»Freunde?«

Sein Vater wirkte skeptisch, was Axel verdross. Er ärgerte sich oft über Felix, aber in diesem Moment hätte er tausendmal lieber in Berlin mit ihm an einem Tisch gesessen und ein Bier getrunken, als seinem Vater auf dieser Terrasse in Bayern die Stirn zu bieten. Verrückt, wie sich solche Gefühle innerhalb von Sekunden entwickeln können, dachte er.

»Ich will nichts von dir, gar nichts. Nie könnte ich irgendein Erbe von dir annehmen«, erklärte er und sah sich um. »Ich will mir mein eigenes Leben aufbauen, ohne dir etwas schuldig zu sein. Von dir verlange ich nur, dass du den Prozess gegen Seligsohn einstellst. Ich will, dass du ihm zurückgibst, was ihm rechtmäßig zusteht. Ich verlange es im Namen meiner Mutter, die du angeblich so sehr geliebt hast«, sagte er sarkastisch. »Auch sie war einmal mit Sarah Lindner befreundet. Weißt du übrigens, was aus ihr geworden ist?«, fügte er herausfordernd hinzu. »Wahrscheinlich ist es dir einerlei, aber ich werde es dir trotzdem sagen. Sarah Lindner ist in Auschwitz gestorben. Sie, ihr Mann und ihre kleine Tochter …«

Mit pochendem Herzen verstummte er und wartete auf etwas, was das Verhältnis zu seinem Vater noch hätte retten können: einen Hauch von Schuldgefühl oder Reue. Aber sein Vater reagierte nicht. Keine Empfindung malte sich auf seinem Gesicht. Dann war der Bruch zwischen ihnen also besiegelt. Axel wich einen Schritt zurück. Ihm fiel auf, dass er nicht einmal seinen Mantel ausgezogen hatte. Wozu auch? Er war hier nur auf der Durchreise.

»Wenn du dich heute weigerst, mit mir zu reden und mir Erklärungen zu geben, dann deswegen, weil es keine gibt. Nichts kann die Vergangenheit auslöschen. Das ist die Last, die ihr uns als Erbe aufbürdet, du und deine Generation. Ein Fluch, den wir und unsere Nachfahren tragen müssen, bis in alle Ewigkeit.«

Eine ungute Ahnung überkam ihn. Axel drehte sich um und rechnete damit, dass jemand ihn aus dem Garten beobachtete. Doch da war niemand, die Gärtner waren nicht mehr zu sehen.

»Wir haben uns nichts mehr zu sagen«, setzte er hinzu. »Ich muss gehen. Ich will meinen Zug nicht verpassen.«

Aber Eisenschacht hatte nicht vor, ihn so einfach ziehen zu lassen.

»Man wird nicht Vater, ohne mit seinen Schwächen gekämpft zu haben. Ich bin nicht der Vater, den du dir wünschst, aber ich bin es trotzdem. Hast du dich je gefragt, warum ich mich in den vergangenen Jahren von dir ferngehalten habe? Weißt du, wie schwer mir das gefallen ist? Du glaubst, dass ich mich nicht für dich interessiert habe. Hast du dich jemals gefragt, ob das vielleicht meine Art war, dich zu schützen? Du hast mich verflucht, stimmt's? Wer sagt dir, dass du da der Einzige bist?«

Axel schwieg. Sein Vater hatte gefehlt, und er wusste nicht, ob er sich irgendwann damit würde abfinden können.

»Verstehst du – und darin ähneln wir uns ganz und gar nicht«, erklärte er schließlich ein wenig erleichtert. »Du und deine Leute, ihr habt uns falsche Götter gegeben, vergiftete Hoffnungen und eine Begeisterung, die uns in den Untergang geführt hat. Damals hat es dir gefallen, mich an dieser Herrlichkeit teilhaben zu lassen, obwohl du mich davor hättest schützen müssen. Du warst zufrieden, weil ich dich bewundert habe. Und jetzt bist du stolz auf das, was du wieder aufbaust, bist froh, weil ich zu dir zurückkomme. Aber als alles zusammengebrochen ist, hast du dich ferngehalten. Aus Stolz, nicht wahr? Das ist schade … Du hast nicht begriffen, dass ich in diesem Moment gern bei dir gewesen wäre. Im Unglück. Ich hätte mir gewünscht, deine Zeit im Gefängnis mit dir zu teilen. Das wäre vielleicht unsere einzige Chance gewesen, zueinanderzufinden.«

Kurt Eisenschacht war blass geworden. Axel fühlte sich nackt, wie gehäutet. Die Empfindung war ihm vage vertraut, und er kramte in seinem Gedächtnis danach. Genauso hatte er sich damals, im Internat, gefühlt, nachdem er einen Boxwettkampf gewonnen hatte. Sein Vater war zu dem Kampf gekommen und sogar aufgestanden, um Beifall zu klatschen. Seine Mutter dagegen weigerte sich und erklärte, sie wolle nicht zusehen, wie sich ihr Sohn zusammenschlagen ließ. Nach seinem Sieg hatte er eine aufgeplatzte Lippe, und ein Auge schwoll nach einer rechten Geraden seines Gegners zu. Seine Kameraden hoben ihn auf die Schultern, und er reckte die Fäuste zum Himmel. Der Triumph schmeckte nach Schweiß und Blut. An diesem Tag hatte er genug davon vergossen, um die Anerkennung seines Vaters und der Menge zu erringen. Der Jungmann Axel Eisenschacht hatte sich der Erwartung würdig erwiesen, die man später in den Ruinen von Berlin an ihn stellen würde. Er hatte seine Haut für ein pervertiertes Ideal zu Markte getragen, das nicht sein eigenes war.

Ohne ein weiteres Wort wandte er sich ab und stieg die Vor-

treppe hinunter. Er wusste nicht, ob er seinen Vater je wiedersehen würde. Jetzt hatte er keine Zeit mehr zu verlieren. Axel war
zwanzig, und das Leben lag vor ihm. Ein Leben, das er nach seinen eigenen Vorstellungen formen, das er sich kraft seiner Arbeit und Persönlichkeit aufbauen wollte. Ehrlich und in vollkommener Freiheit.

Berlin, Juni 1953

Sie standen mit Hunden und Gummiknüppeln vor meinem Laden und haben uns eine Stunde Zeit zum Packen gelassen. Und sie haben die Schlüssel von mir verlangt ... Verstehen Sie, Herr Seligsohn? Sie wollten meine Schlüssel.«

Die Haut des Mannes spannte sich über seinen Wangen. Sein Blick war leer, als sähe er wieder die Polizisten vor sich, die sich vor seiner Tür aufgebaut hatten. Seine Stimme versagte fast.

»Und das Schlimmste ist, dass ich noch Glück hatte. Sie haben mich nicht ins Gefängnis gesteckt. Ich kenne andere kleine Händler wie mich, die sich hinter Gittern wiedergefunden haben. Ohne Grund. Einfach, weil sie der Partei missfallen haben. Ach, wie schön ist doch der Klassenkampf, den dieser Bastard Ulbricht predigt!«

Unschöne rote Flecken prangten auf seinen Wangenknochen. Felix konnte einen Anflug von Mitleid nicht unterdrücken. Der Mann hatte seinen bescheidenen Laden in der Markgrafenstraße mit eigenen Händen aufgebaut. Er verlangte nicht viel, wollte nur in Ruhe arbeiten. Aber er gehörte zu diesen unabhängigen Kleinunternehmern, die stur und hartnäckig waren, individuelle Ideen hatten und ehrgeizige Ziele für ihre Kinder verfolgten. Die Sozialistische Einheitspartei mit ihrem Generalsekretär Walter Ulbricht und die Regierung von Otto Grotewohl überzogen diese Leute mit Hasstiraden. Unaufhörlich strömten Flüchtlinge wie er aus der Ostzone in den Westen. Seit Anfang des Jahres waren es fünfzigtausend monatlich. Ein Exodus. Der Osten blutete aus. Die Menschen flohen vor dem »Aufbau des Sozialismus«. Sie flohen vor der beklagenswerten Wirtschaftslage, der Kollektivierung des Landbesitzes, durch die die Ernten zurückgingen, der staatlichen Zentralisierung, der Planwirtschaft, die der Schwerindustrie zum Schaden der Konsumgüter den Vorzug gab, und der zehnprozentigen Heraufsetzung der Produktionsnormen. Sie flohen vor der Unterdrückung der politischen Opposition, der Intellektuellen, der Geistlichen, der Hausbesitzer und Händler … Sie flüchteten vor dem Terror der Volkspolizei, der mit jedem Tag schlimmer wurde. Die ostdeutschen Behörden hatten die Grenzen zur Bonner Republik dichtgemacht. Nur in Berlin war es auf Grund seiner besonderen Lage noch relativ leicht, von einem Teil Deutschlands in den anderen zu gelangen.

»Ich brauche Arbeit, Herr Seligsohn. Deswegen bin ich zu Ihnen gekommen. Ich habe gehört, dass Sie Arbeiter für die Baustelle des Modehauses Lindner einstellen. Ich mache alles. Ich sehe vielleicht nicht besonders kräftig aus, aber ich habe geschickte Hände.«

Felix musste sich Mühe geben, um wegzusehen. Dieser flehende Blick vermittelte ihm das unangenehme Gefühl, ein Krösus zu sein, und dabei war seine Lage so prekär wie zuvor. Die Blockade hatte sich verheerend auf die Wirtschaft Westberlins ausgewirkt. Nun, da man gerade ein wenig auf die Beine kam, verschärfte der Zustrom der Neuankömmlinge die Situation. Glücklicherweise hatten die Alliierten beschlossen, sie nicht im Stich zu lassen. Der größte Teil der Deutschen, die vor dem kommunistischen Regime flohen, wurde von den Ländern der Bundesrepublik aufgenommen. Sie waren zu einem politischen Faustpfand geworden.

Mit geradem Rücken, die Hände ergeben auf die Knie gelegt, saß der Mann ihm gegenüber. Trotz seiner vorzeitig ergrauten Haare war er noch jung. Felix dachte an die Frau, die sicherlich draußen wartete und das Urteil fürchtete. Bestimmt hatten die beiden ein oder zwei Kinder. Doch das persönliche Schicksal dieses kleinen Händlers interessierte niemanden. Bald würde er nur noch eine Nummer in einer Statistik sein. Man würde ihn mit Dutzenden anderen Familien in Nissenhütten aus Wellblech stecken, in denen es nach Schweiß und Feuchtigkeit stank. Aber der Mann würde sich nicht beklagen. Er würde arbeiten, ohne die Stunden zu zählen. Sein Horizont würde von nun an die Hoffnung sein, etwas von den materiellen Gütern zu erwerben, die es im Westen gab: ein Transistorradio, einen Fernseher, einen Kühlschrank. Dank seiner Entschlossenheit würde er irgendwann in eine kleine Wohnung ziehen und von einer Woche Campingurlaub in Italien träumen. Eines Tages würden seine Kinder ihm vorwerfen, ein engstirniger Kleinbürger zu sein, aber konnte man dem Mann wirklich etwas verübeln? Diese Flüchtlinge waren Bauern auf dem Schachbrett, auf dem sich die beiden politischen Systeme gegenüberstanden, die die Welt unter sich aufgeteilt hatten. Diese beiden Berliner, die sich nicht kannten und aus ganz verschiedenen Welten kamen, zweifelten an diesem sonnigen Morgen nicht daran, welches der Systeme das bessere war.

»Wir finden schon etwas für Sie«, sagte Felix und sah, dass sein Gegenüber erleichtert die Schultern entspannte. »Der Lohn ist jedoch gering, und eine Unterkunft müssen Sie sich selbst suchen. Wir geben Ihnen noch die Adresse der zuständigen Stellen.«

»Das ist ein Anfang, Herr Seligsohn, und mehr als ich erhoffen konnte. Ich danke Ihnen.«

Felix schrieb eine Nachricht an den Polier. Der Buchhalter würde ihm wieder den Kopf waschen. Noch ein Arbeiter auf der Baustelle, ein weiterer Lohn, den sie zahlen mussten. Andererseits hatte der Überfluss an Arbeitskräften dafür gesorgt, dass es auf der Baustelle rasch voranging. Er brachte den Mann zur Tür und drückte ihm die Hand.

Im vergangenen Jahr war mit großem Pomp das Hotel Kempinski am Kurfürstendamm wiedereröffnet worden. Seitdem warteten die Berliner begierig darauf, dass eines ihrer liebsten Kaufhäuser wieder aufmachte. Mit ihrem Sinn für Ironie hielten sie sich nicht mit bissigen Bemerkungen zurück, wenn sie die Fassade des Gebäudes musterten, das sich jetzt wieder im Herzen der Stadt erhob. Es war nicht ganz dasselbe, aber auch nicht vollkommen verschieden von dem alten. Felix hatte es nicht genau so, wie es gewesen war, wieder aufbauen wollen. Er hing nicht nostalgisch an der Vergangenheit, sondern wollte eine Zukunft. Als er zu seinem Schreibtisch zurückkehrte, warf er einen Blick auf die Pläne, die auf einem Tisch ausgebreitet lagen. Am Rand hatte Axel in seiner unruhigen Schrift ein paar Bemerkungen notiert.

Nie würde er den Anruf seines Anwalts vergessen. Drei Jahre war das inzwischen her. Am nächsten Morgen sollte der Prozess gegen Kurt Eisenschacht wieder aufgenommen werden. Felix rechnete schon damit, dass Hoffner ihm ein weiteres Mal die Gründe auseinandersetzen würde, aus denen ihre Erfolgschancen gering waren. Während der »Arisierung« war Eisenschacht so geschickt gewesen, jedes Wort in dem Kaufvertrag sorgfältig abzuwägen. Der ehemalige Nazifunktionär war in der Lage, den Prozess noch jahrelang zu verschleppen. Felix sorgte sich zwar wegen der Kosten dieses Rechtsstreits, wollte aber auf keinen Fall aufgeben.

Doch als er Hoffner ermuntern wollte, seine Bemühungen fortzusetzen, unterbrach ihn dieser. »Ihr Gegner gibt klein bei«!, rief er aus. »So etwas habe ich noch nie erlebt. Mein Kollege ist schockiert, weil sein Fall wasserdicht war, aber Eisenschacht zieht die Klage tatsächlich zurück. Es gehört Ihnen, Herr Seligsohn. Lindner gehört Ihnen.«

Felix war wie vom Donner gerührt über diese unerwartete Wendung. Was hatte Eisenschacht zum Einlenken bewogen? Bereute er plötzlich seine Taten? Ziemlich unwahrscheinlich.

Oder hatte ihn der Eigensinn des jungen Juden verärgert? Eisenschacht gehörte sicher nicht zu den Menschen, die über ein vernünftiges Maß hinaus Zeit und Geld in eine Sache steckten. Felix hatte seinerseits verstanden, dass einem Menschen, der einen eisernen Willen an den Tag legt und für eine gerechte Sache kämpft, nichts widerstehen kann. Als er an diesem Abend mit Natascha seinen Erfolg feierte, erzählte sie ihm von Axels Besuch bei seinem Vater. Zweifellos gab Eisenschacht auf, weil sein Sohn ihn darum gebeten hatte.

»Dann bin ich ihm also etwas schuldig«, murmelte Felix ein wenig verärgert. Er fühlte sich nicht gern jemandem verpflichtet und hätte es vorgezogen, wenn das Gericht ein Urteil gefällt hätte, das dieses Namens würdig war. Auf gewisse Weise war es ihm vorgekommen, als hätte Axel ihm einen Teil seines Sieges genommen. Aber Felix war auch klar, wie schwer es dem jungen Mann fiel, der Vergangenheit ins Gesicht zu sehen, und er wusste zu schätzen, wie viel Mühe ihn diese Tat gekostet haben musste.

Sie waren beide eigenwillig, jeder auf seine Weise. Die Zukunft, die sie sich aufbauten, war ihr einziger Grund zu leben, ihre einzige Hoffnung. Felix war nicht stolz, und er war fähig zum Umdenken. Durch Axels Unterstützung hatte er sein Ziel schneller als erwartet erreicht; war das nicht die Hauptsache? Er ahnte auch, dass Axel Eisenschacht ein freier Mann geworden war, indem er es gewagt hatte, sich im Namen der Familie Lindner seinem Vater entgegenzustellen. In gewisser Weise erfüllte Axels Schritt ihn mit Stolz.

Gerade als er sich wieder an seinen Schreibtisch setzen wollte, klingelte das Telefon.

»Du errätst nie, was gerade passiert!«, schrie jemand aufgeregt. »Der vollkommene Wahnsinn!«

»Axel?«

»Sie sind alle auf die Straßen gegangen und demonstrieren. Die Menge wird immer größer. Das ist beeindruckend!«

Felix hielt den Hörer ein Stück vom Ohr weg. »Ich verstehe kein Wort.«

»Die Bauarbeiter aus der Stalinallee! Ein Artikel in der *Tribüne* von heute Morgen hat das Pulverfass hochgehen lassen. Kannst du sie hören? Sie rufen zum Generalstreik auf, fordern die Zurücknahme der neuen Arbeitsnormen und freie Wahlen. Es hat als sozialer Protest begonnen, aber jetzt ist die Bewegung dabei, zu einem Volksaufstand zu werden. Ich sage dir, das ist das Ende der Regierung!«

Unglaube und auch Furcht ließen Felix erstarren. Er fürchtete sich vor Menschenmengen, besonders vor deutschen. Dieses Meer von Gesichtern, die monolithische Masse von Körpern, das hysterische Geschrei der Anführer: All das weckte schlechte Erinnerungen in ihm. Axels Reaktion kam ihm übertrieben, beinahe unangebracht vor. Am anderen Ende der Leitung hörte er Geschrei, konnte aber keine Worte verstehen. In Ostdeutschland gärte es nicht erst seit gestern. Die höheren Normen, die den Arbeitern seit Anfang des Monats vorgegeben wurden, verschärften die Unzufriedenheit noch. Die Vorgaben waren unmöglich zu erreichen, und die Löhne sanken. Die Bevölkerung war mit ihrer Geduld am Ende. Das war eine Ungerechtigkeit zu viel, und sie traf sogar die sonst privilegierten Bauarbeiter. Aber gleich vom Sturz der kommunistischen Regierung zu sprechen!, das kam ihm dann doch übertrieben vor. Axel war völlig aus dem Häuschen.

»Komm doch her, wenn du mir nicht glaubst!«, rief er und hängte dann abrupt auf.

Felix legte ebenfalls auf. Dann erhob er sich, trat ans Radio und schaltete es ein. Die Stimme des Sprechers erfüllte den Raum. Der Mann konnte seine Erregung kaum beherrschen. Er beschrieb die Tausende zählende Menschenmenge auf der Leipziger Straße, die den Rücktritt von Grotewohl und Ulbricht und freie, geheime Wahlen forderte. Das war unvorstellbar! Die Russen würden einen solchen Affront niemals hinnehmen.

Doch Stalins Tod am 5. März hatte die Büchse der Pandora geöffnet. Der Machtkampf im Kreml destabilisierte sowohl die Sowjetherrschaft als auch die Regierung ihres treuen ostdeutschen Vasallenstaats. Woran sollte man sich jetzt halten, welche politische Linie verfolgen? Ulbrichts und Grotewohls Linie erschien sogar Moskau zu hart, das sich verärgert zeigte. Die Sowjetunion hatte sie genötigt, ihre Entscheidungen zu überdenken und einen »neuen Kurs« für das Land zu propagieren. Aber die Reformen ließen auf sich warten. War es denkbar, dass dies die Gelegenheit war – dass man nur eine offene Bresche einzurennen brauchte?, mussten sich die Menschen gefragt haben. Jedenfalls waren die Berliner auf die Straße gegangen. Um mit bloßen Händen gegen ein unerbittliches Regime aufzubegehren, musste man verrückt, ahnungslos oder von einem blinden Mut angetrieben sein, dachte Felix.

Er nahm seinen Hut und stürzte zur Tür.

Natascha kniete unter dem Tisch und sammelte die Blätter ein, die ein Windstoß im ganzen Zimmer verteilt hatte. Ein Holzsplitter hakte sich an ihrem Strumpf fest. Bei dem Versuch, ihn zu entfernen, ohne den Strumpf zu zerreißen, stieß sie mit dem Kopf gegen den Tisch.

»Verflixt!«, schrie sie gereizt.

Als sie wieder aufgestanden war, hörte sie Geschrei von der Straße aufsteigen. Einen kurzen Moment lang fragte sie sich, ob nur das Blut in ihren Ohren dröhnte. Aber nein, das Geräusch wurde lauter. Neugierig öffnete sie das Fenster. Demonstranten marschierten mitten auf der Straße. Passanten waren stehen geblieben. Junge Leute stiegen spontan von ihren Fahrrädern und gesellten sich zu den Demonstranten. Applaus und aufmunternde Rufe wurden laut. Die Stimmen klangen entschlossen und begeistert.

»Schließt euch uns an, Berliner, wir wollen keine Sklaven mehr sein!«

»Nieder mit Ulbricht!«

»Einigkeit und Freiheit für das deutsche Volk!«

Verblüfft schlug Natascha eine Hand vor den Mund. Sie hatte begriffen, dass die Männer, die den Demonstrationszug anführten, der gerade die französische Zone durchquerte, aus dem sowjetischen Sektor kamen.

»O mein Gott!«, flüsterte sie mit klopfendem Herzen.

Ohne sich länger aufzuhalten, stopfte sie einen Notizblock und einen Kugelschreiber in ihre Tasche und hängte sie sich um, schnappte sich ihren Fotoapparat und stürzte aus dem Zimmer. Der Luftzug wirbelte die Blätter des Artikels auf, an dem sie gerade geschrieben hatte und der innerhalb von Sekunden überholt war.

Draußen marschierten die Demonstranten raschen Schrittes. Derselbe Wille, der in ihren fieberhaften Blicken und den fest geschlossenen Reihen stand, trieb sie voran. Ihre Vorwärtsbewegung hatte etwas Unwiderstehliches. Sie gingen auseinander, um eine Bank, einen Laternenpfahl oder eine Litfaßsäule zu umrunden, und schlossen ihren Zug dann wieder. Immer mehr Schaulustige stießen wie magnetisch angezogen zu ihnen. Natascha war stehen geblieben, weil sie versuchen wollte, ein Foto zu schießen, und musste laufen, damit sie nicht abgehängt wurde. Sie fasste einen Unbekannten am Arm.

»Was ist los?«

»Der Generalstreik ist ausgerufen worden«, erklärte er atemlos. »Jetzt reicht es. Auch wir wollen unsere Freiheit. Wir haben genauso viel Recht darauf wie die anderen.«

»Nieder mit den Russen!«, überschrie ihn sein Nachbar. »Kommen Sie mit uns! Wir fordern den Rücktritt der Regierung …«

Natascha ließ sie ziehen. Sie stieß gegen eine junge Frau, die ihr jedoch freundlich zulächelte. Neben ihr ging ein Jugendlicher und trug ein Stück von einem der Schilder, mit denen die Sektorengrenzen in der Stadt markiert wurden, auf der Schulter.

»Die Menschen haben die Schilder abgerissen und die Kioske in Brand gesteckt, die diese kommunistischen Schmierblätter verkaufen«, erklärte die Frau stolz, die sich ein Tuch ums Haar gebunden hatte. »Wir sollen schlimmer als Zwangsarbeiter schuften, und sie geben uns nicht einmal etwas zu essen für unsere Kinder.«

»Unternimmt die Polizei denn gar nichts?«, fragte Natascha erstaunt und lief ihr nach.

»Überhaupt nichts! Sehen Sie sie doch an! Sie wagen sich nicht zu rühren. Wir sind das Volk, oder nicht? Ich habe mit eigenen Händen geholfen, die Ruinen dieser Stadt abzutragen. Jetzt ist es Zeit, dass wir zu Wort kommen.«

Natascha bemerkte, dass sie inzwischen den russischen Sektor erreicht hatten. Nicht weit entfernt von einem Kontrollposten hielten sich in der Tat Männer der Volkspolizei im Hintergrund. Unter den Schirmen ihrer flachen Uniformmützen konnte sie ihre Mienen nicht erkennen. Demonstranten traten auf sie zu und riefen sie auf, sich ihnen anzuschließen, aber keiner der Polizisten reagierte. Sie schienen dort, wo sie standen, Wurzeln geschlagen zu haben.

Ein paar Straßen weiter kletterte Natascha auf eine Motorhaube und versuchte, die Anzahl der Demonstranten zu schätzen, aber sie strömten von überall herbei. Waren es Hunderte, Tausende? Noch nie hatte sich die junge Frau so aufgeregt gefühlt. Man hörte die Refrains alter Revolutionslieder. Doch es war eine gutmütige Begeisterung, rund und süß wie eine Sommerfrucht. Natascha hatte das Gefühl, sich in diesem Gefühlstaumel aufzulösen. Sie freute sich für die Männer und Frauen. Diese jungen Männer in ihren Jacken und mit Schirmmützen, diese Maurer und Zimmerleute, die mit untergehakten Armen marschierten. Ihr Enthusiasmus hatte etwas Südländisches. Nichts war organisiert oder geplant. Nataschas Hände begannen zu zittern, während sie mit dem Objektiv kämpfte. Ihre Stärke war eher das geschriebene Wort, die Kunst, ein Ereignis durch Worte, nicht durch Bilder wiedererstehen zu lassen.

»Lass es sein«, brummte sie, an sich selbst gerichtet, und sprang von ihrem Aussichtspunkt.

Sie steckte den Apparat in ihre Umhängetasche. Wieder ließ sie sich von diesem fröhlichen Strom mitreißen. Doch bald erhob sich vor ihnen der gewaltige Bau des ehemaligen Luftfahrtministeriums, das Nervenzentrum, von dem aus die Regierung ganz Ostdeutschland kontrollierte. An diesen Mauern, einer abweisenden Festung aus grauem Stein, die die Bombenangriffe der Alliierten überstanden hatte, einer Hinterlassenschaft Hermann Görings, brach sich die Flut der Menge.

Die Demonstranten forderten, dass sich Walter Ulbricht und Otto Grotewohl zeigten.

»Die feigen Hunde kommen bestimmt nicht! Die haben doch die Hosen voll, weil sie Angst haben, dass man sie lyncht.«

Ihr Nachbar hatte ein scharf geschnittenes Gesicht und schmale Lippen. Die Hände in die Jackentaschen gesteckt, den Hemdkragen geöffnet, kaute der junge Mann auf einem Zahnstocher.

»Und Sie?«, fragte Natascha. »Haben Sie keine Angst vor Repressalien? Die Polizei könnte schießen. Und haben Sie an die Russen gedacht? Das werden sie niemals hinnehmen! Wäre es nicht klüger, nach Hause zu gehen?«

Er sah sie böse an. »Stehen Sie auf der Seite der Iwans oder was?«

»Ganz und gar nicht!«, widersprach sie. »Ich bin französische Journalistin.«

»Dann können Sie den Franzosen sagen, dass die Bewegung begonnen hat. Jetzt lassen wir nicht mehr locker. Und sagen Sie ihnen, dass wir, die Berliner, den Mut gehabt haben, als Erste Widerstand zu leisten.«

Für manche brach die Nacht zu schnell herein. Ihrer Meinung nach hätte dieses improvisierte Fest noch lange weitergehen können. Kleine Gruppen von Arbeitern gingen immer noch durch die Straßen und riefen über ihre Megaphone zum Generalstreik auf. In überfüllten Cafés heizten Redner die Stimmung auf. In den Vierteln Friedrichshain und Treptow waren die Plakate mit den Parolen der Partei heruntergerissen worden. Zerfetzte kommunistische Zeitungen verstopften die Rinnsteine. Dank der pausenlos gesendeten Reportagen des RIAS, die heimlich von der großen Mehrheit der Ostdeutschen gehört wurden, hatte das Virus in Windeseile um sich gegriffen. Leipzig, Dresden, Magdeburg, Halle: Der Aufstand breitete sich aus. Voller Ungeduld erwartete man den nächsten Tag, den 17. Juni. Alle Männer und Frauen guten Willens waren angehalten, sich um sieben Uhr auf dem Strausberger Platz zu treffen, um zur Wiedervereinigung ihres Landes aufzurufen und den Sturz des kommunistischen Regimes und Freiheit für alle zu fordern.

Trotz der späten Stunde waren im Hauptquartier der sowjetischen Militäradministration in Karlshorst alle Fenster erleuchtet. Die Fernschreiber ratterten, und die Telefone klingelten in regelmäßigen Abständen. Sekretärinnen liefen, offizielle Papiere in der Hand, eilig über die Flure. Ein wenig abseits stand Dimitri Kunin und rauchte eine Zigarette. Er hatte die gleichmütige Miene aufgesetzt, die er an schlechten Tagen zur Schau trug.

In einem der Räume hatten sich Wladimir Semjonow, der sowjetische Hochkommissar, und Marschall Gretschko, der Oberkommandierende der sowjetischen Streitkräfte in Deutschland, lange mit Ulbricht und Grotewohl unterhalten. Dimitri hatte die beiden Deutschen bei ihrem Eintreffen gesehen – Ulbrichts ausweichenden Blick hinter seinen Brillengläsern, Grotewohls gebeugte Schultern. Keiner von ihnen wagte es im Lauf des Nachmittags, sich der Menge zu zeigen. Stattdessen schickten sie einen unbedeutenden Minister, der sich beleidigen und bespucken lassen musste. Der Mann trat rasch den Rückzug an. »Faschistische Provokateure aus Westberlin haben diesen Aufstand ausgelöst!«, wiederholte Ulbricht ein ums an-

504

dere Mal stur und strich nervös über seinen Spitzbart, der die Zielscheibe des Spotts der Demonstranten war. »Aber das wird sich natürlich alles beruhigen. Wir haben die Arbeitsnormen wieder heruntergesetzt.«

»Ich wünschte, ich wäre mir da so sicher wie Sie«, erwiderte Gretschko schroff, dessen Truppen seit mehreren Tagen Manöver im Land abhielten. Sowohl die ostdeutsche Regierung als auch die Russen waren überrumpelt worden – von den Arbeitern und Bauern, die sich jetzt anschickten, auch in den kleinen Provinzstädten zu demonstrieren. Obwohl sie es sich nicht eingestanden, wirkten sie wie jämmerliche Amateure.

Dimitri hielt den Rauch in den Lungen fest. Draußen trieb der Wind an einem stürmischen Himmel Wolkenfetzen vor sich her und peitschte das frühlingshafte Laubwerk. Es war vier Uhr morgens. Die 12. sowjetische Panzerdivision und die 1. und 14. Mechanisierte Division hatten den Befehl erhalten, sich sofort in die Hauptstadt zu begeben. Sechshundert Panzer rollten auf Berlin zu. Er meinte schon das Rattern ihrer Ketten auf den Straßen zu hören. Bilder aus seiner Erinnerung stiegen in ihm auf. Das grelle Licht der Flammenwerfer, Brandgestank, das Donnern der Katjuschas. Alte Schmerzen erwachten in seinem Körper wieder zum Leben. Ihm wurde klar, dass sich sein Puls beschleunigt hatte, und er schalt sich einen Dummkopf. Sie hatten doch keinen Krieg! Das konnte man nicht vergleichen. Es galt nur, einen Aufstand niederzuschlagen, nicht, einen geschworenen Feind auszulöschen. Tatsächlich? Sicher, die Zahl der Opfer würde geringer sein, aber Tote würde es geben. Die Demonstranten hatten keine Gnade zu erwarten. Er versuchte sich ihren Gemütszustand in diesem Moment vorzustellen. Ob sie schliefen, um Kräfte zu sammeln? Oder waren sie noch wach, berauscht von der Illusion, sie würden ihr Schicksal in die eigene Hand nehmen? Ihnen blieb nur wenig Zeit, allerhöchstens ein paar Stunden.

Aber der kommandierende Offizier Dimitri Kunin hatte viel

dringendere Sorgen. Merkwürdig, die Gedanken, die dazu angetan waren, ihn in Panik zu versetzen, machten ihn nur noch wachsamer. Er hatte das Gefühl, als wären seine Sinne geschärft, als funktionierte sein Gehirn schneller als sonst. Seit ihm klar war, dass die Konfrontation gewalttätig verlaufen würde, dachte er nur daran, die junge Frau zu warnen, die er liebte. Sie musste in ihrer Wohnung bleiben, was allerdings weder ihrem Temperament noch ihrem Berufsethos entsprach.

Was er da vorhatte, war Hochverrat, aber Dimitri sah nichts anderes mehr vor sich als ihr vor Aufregung leuchtendes Gesicht. Natürlich würde sie morgen in den ersten Reihen stehen. Sie hatte sich entschieden, Zeugnis abzulegen und der Wahrheit nachzujagen. Das war ihre Mission, ihre Suche nach dem Absoluten. Eine der Eigenschaften, die er an ihr bewunderte, die sie aber auch in Gefahr bringen konnte. Sie war noch so jung und naiv, dass der Tod keine Realität für sie war. Eine Winzigkeit reichte schon: das unkontrollierte Wogen einer Menge, ein ungeschickt manövrierender Panzer, eine verirrte Kugel … Vielleicht glaubte sie wegen der seltsam unklaren Lage, die gestern in der Stadt geherrscht hatte, die Angelegenheit werde im Sande verlaufen. Doch er wusste, dass das Gegenteil der Fall war. Bis jetzt hatte er die Hindernisse, die sich ihrer Liebe in den Weg stellten, fatalistisch hingenommen, aber jetzt schwebte Natascha in Gefahr, und er ertrug es nicht länger.

Die Fensterscheiben begannen zu klirren. Wenn man die Ohren spitzte, hätte man glauben können, das Donnergrollen eines drohenden Gewitters zu hören. Doch am dunklen Himmel zuckten keine Blitze. Dimitri warf seinen Zigarettenstummel aus dem Fenster und knöpfte die Jacke zu. Es war Zeit zu handeln. Die ersten Panzer hatten Karlshorst erreicht.

Axel hatte die ganze Nacht kein Auge zugetan, sondern mit ein paar Kommilitonen auf die Zukunft getrunken. Gestern hatten sie sich mit zwei jungen Maurern angefreundet, die auf dem

Block 40 der Stalinallee arbeiteten, dort, wo alles begonnen hatte. Sie waren sich am frühen Abend zufällig vor dem Radiogebäude begegnet. Die Arbeiter waren gekommen, um den Journalisten ihre Forderungen vorzutragen. Die jungen Leute hatten sie auf ein Glas eingeladen, doch bei dem einen war es nicht geblieben.

Der Morgen dämmerte trist herauf. Strömender Regen platschte auf das Straßenpflaster. Mit zerzaustem Haar und schweren Lidern goss Axel schwarzen Kaffee in Gläser und bunt zusammengewürfelte Tassen. Das elektrische Licht hob die hohlen Gesichter und die schlecht rasierten Wangen hervor und betonte die Augenschatten. Ungefähr ein Dutzend von ihnen drängten sich in einer Wohnung, in der ein Mief aus kaltem Tabakrauch und billigem Alkohol hing: der morgendliche Geruch nach einer Feier, der einen dicken Kopf verheißt. Seit einiger Zeit waren die Gespräche versiegt. Einige waren, den Kopf auf die Unterarme gelegt, eingeschlafen. Der eine der Maurer reckte sich und rieb sich müde den Nacken. Als Axel eine Tasse vor ihn hinstellte, dankte er ihm mit einem Nicken. Er hob die Tasse zum Mund, verbrannte sich die Zunge und zog eine Grimasse. Der junge Mann hieß Fritz Kirschner und war zwanzig. Sie sahen sich mit dumpfen Blicken an. Sie hatten das Gefühl, als läge ihnen eine bleierne Last auf den Schultern, und ihre Schläfen fühlten sich an, als steckten sie in einem Schraubstock.

»Das wird ein schöner Tag«, meinte Axel ironisch und mit heiserer Stimme.

»Vor allem wird er hart«, sagte Fritz.

»Vielleicht passiert ja gar nichts«, warf sein Kollege ein. »Gut möglich, dass die Jungs es sich heute Nacht überlegt haben und die Arbeit wieder aufnehmen. Wir sollten lieber gehen, oder? Sonst kommen wir noch zu spät.«

»Hast du etwa Bammel, Werner?«, sagte Fritz spöttisch.

»Nein. Mir doch egal.«

An seiner ängstlichen Miene konnte man ablesen, dass er nur den starken Mann markierte.

»Auf jeden Fall lassen wir euch nicht allein zurückgehen«, erklärte Axel. »Wir müssen doch schließlich auch sehen, was vor sich geht, oder, Freunde?«

Die jungen Burschen nickten.

»Gib uns nur noch eine Viertelstunde«, sagte einer von ihnen. »Mir wird schon schlecht bei dem Gedanken aufzustehen, weil ich pinkeln muss.«

Draußen unterstrich das fahle Licht die Düsternis der Fassaden und spiegelte sich in den Pfützen. Als sie den Innenhof durchquerten, hauchte Axel in die Hände. Für einen Junimorgen war es sehr feucht und kühl. Mit hochgeschlagenen Kragen, die Mützen tief in die Stirn gezogen, trottete der kleine Trupp in Richtung U-Bahn. Doch kaum waren sie in die benachbarte Allee eingebogen, wurde ihnen klar, dass an diesem Morgen niemand beabsichtigte, wieder an die Arbeit zu gehen. Die Berliner waren dem Aufruf der Arbeiter gefolgt und gingen auf die Straße, zu Tausenden, Zehntausenden. Unterwegs hörten sie, dass es in den anderen Städten des Landes genauso aussah. Wie durch Zauber verflog ihre Müdigkeit. Mit demselben überschäumenden Jubelgefühl wie tags zuvor mischten sie sich unter die Demonstranten, die zum Brandenburger Tor zogen.

Felix stand vor dem Eingang des Kaufhauses Lindner und beschattete die Augen mit der Hand. Trotz des Regens überwachte er die Arbeiter, die den Namenszug anbrachten. Nur noch ein Buchstabe fehlte und baumelte, von Windstößen hin und her gepeitscht, an einem Kran. Die Männer schimpften über das schlechte Wetter. Sie hatten es schon zweimal vergeblich versucht. Endlich gelang es ihnen, den Fuß des Buchstabens in die dafür vorgesehene Halterung zu setzen. Zwanzig Minuten später war es vollbracht. Einige der Arbeiter verschwanden im Inneren des Gebäudes, während andere geschickt am Gerüst herunterkletterten. Sie hatten es eilig. Sie hatten Felix gebeten, an den Demonstrationen teilnehmen zu dürfen, und er hatte nicht das Herz gehabt, es ihnen zu verbieten.

Lange stand er reglos da und betrachtete das Schild. Für diesen Moment hatte er gekämpft. Und die schwerste Schlacht hatte er gegen sich selbst geschlagen, gegen seine Zweifel und Ängste. Jetzt hatte der Name Lindner wieder seinen rechtmäßigen Platz am Giebel des Hauses seiner Vorfahren eingenommen, von dem man ihn nie hätte entfernen dürfen. In ein paar Tagen würde das Kaufhaus seine Türen öffnen. Die ersten Waren standen bereits in den Lagern; die Kartons brauchten nur noch ausgepackt zu werden. Jetzt fehlten nur noch die letzten Handgriffe, eine Schicht Farbe in einigen Räumen oder die Einrichtung der Küche im Restaurant in der fünften Etage. Regelmäßig wurde er von Journalisten aufgesucht, die ihn über seine Pläne interviewten. Sie mochten diese Geschichte, die von Entschlossenheit und Hoffnung handelte. Doch Felix empfand trotzdem eine gewisse Verbitterung, denn die Wiedergeburt des Hauses Lindner verschaffte den Menschen vor allem ein gutes Gewissen. Er wusste, dass sich manche Kunden aufrichtig freuen würden, während andere das Haus mit gemischten Gefühlen betrachten würden. Auch Neider würde es geben, und diejenigen, die dem Schild *Haus an der Spree* nachtrauerten. Eines Tages jedoch würden die Besucher nicht mehr über die tragische Geschichte dieses Orts nachdenken. Aus der ganzen Welt würden sie herbeiströmen, weil der Name Lindner ebenso berühmt sein würde wie Macy's in New York oder Harrod's in London. Von nun an musste er sich nur noch einer Herausforderung stellen, der des Erfolgs.

Gestern hatte Felix jeder der Abteilungsleiterinnen persönlich eine Brosche aus Pressglas überreicht, die eine Pfingstrose darstellte, das Symbol des Hauses und eine Kopie der aus Edelsteinen gearbeiteten Nadel, die seine Mutter auf dem Foto trug, das Max von Passau vor dem Krieg aufgenommen hatte. Das

Familienporträt hatte Eselsohren und Knicke, weil er es so viele Jahre zusammengefaltet in seiner Brieftasche getragen hatte. Aber jetzt stand es eingerahmt auf seinem neuen Schreibtisch, und das war gut so.

Doch merkwürdigerweise empfand der junge Unternehmer Felix Seligsohn an dem Tag, an dem sein Traum in Erfüllung ging, weder Stolz noch Zufriedenheit. Barhäuptig, mit leeren Händen, stand er wie ein aufmerksamer Wächter da. Ein Zeuge, der aus der Vergangenheit entkommen war, während der Regen ihm über die Wangen und die Brille lief und unter den Kragen seines Jacketts kroch. Er dachte an seine Mutter, hörte ihre Stimme und sah ihr Gesicht vor sich, ihr Lächeln, ihre anmutigen Bewegungen. Nur ihr Duft entzog sich ihm, der Geruch ihres Körpers, ihres Haars, dieser Duft, der nur ihr allein gehört hatte. In diesem Augenblick fühlte er sich vollkommen allein und hilflos, wie ein verlorenes Kind.

Man hatte der U-Bahn den Strom abgestellt, damit die Menschen nicht in die Stadtmitte gelangen konnten. Also gingen die Berliner zu Fuß. Das schreckte sie nicht, denn sie waren daran gewöhnt. Wie am vorangegangenen Tag rissen die Demonstranten die Schilder ab, die die Stadt in Sektoren aufteilten. Jedes Stück wurde im Triumph mitgetragen. Sie hatten Gefängnisse gestürmt und die Gefangenen befreit. Sie zögerten auch nicht, Polizeistationen anzugreifen. Auf dem Potsdamer Platz schlugen die Arbeiter die Wachen vor dem Columbushaus in die Flucht. Doch die Menge war nicht mehr von derselben Energie beseelt. Im Lauf der Stunden hatte Natascha gesehen, wie sich die Gesichter verschlossen und die Bewegungen der Menge ziellos wurden. Die Menschen drängten vorwärts und brandeten dann auf demselben Weg zurück. Die Demonstrationszüge kamen aus allen Vierteln der Stadt. Die Widerständler wussten, was sie wollten, aber sie hatten keine Ahnung, wie sie es bekommen sollten. Ihnen fehlten ein Anführer, die richtigen Parolen und Anweisungen. Gestern war Natascha nicht nach Hause gegangen, sondern hatte es vorgezogen, die Nacht im Büro zu verbringen, um ihren Artikel zu redigieren und unverzüglich an ihre Redaktion zu schicken. Seit dem Morgengrauen war sie erneut auf der Straße, um den Puls des Aufstands zu spüren. Inzwischen fühlte sie sich müde. Die Beine taten ihr weh, und sie hinkte, weil sie sich eine schmerzende Blase an der Ferse zugezogen hatte.

Als sie in die Leipziger Straße einbog, sah sie, dass die Männer der Volkspolizei, die ihre langen, grünlichen Mäntel trugen, mit der Waffe im Anschlag die Straße blockierten. Hinter ihnen ragten die gewaltigen Umrisse sowjetischer Panzer auf, deren Geschützrohre in ihre Richtung zeigten. In der feuchten Luft qualmten die verkohlten Überreste eines Zeitungskiosks. Die junge Frau blieb wie versteinert stehen. Ihr Herz klopfte zum Zerspringen.

»Bastarde! Banditen!«, brüllte die Menge an die Adresse der ebenso verhassten wie gefürchteten Polizisten.

»Schießt nicht auf Proletarier!«

Verzweifelt begannen junge Leute Steine aufzuheben und sie gegen die Panzer zu werfen. Als die Polizisten in die Luft schossen, kochte der Zorn der Menge hoch. Natascha rannte davon. Ihre Kehle fühlte sich ausgedörrt an, und ihre Schläfen dröhnten.

Zuerst traute sie ihren Augen nicht. Zwei junge Männer rissen die sowjetische Fahne herunter, die über dem Brandenburger Tor wehte. Mit zitternder Hand zog sie den Fotoapparat aus ihrer Umhängetasche. Sie war zwar nicht so begabt wie ihr Vater, aber es gab Bilder, die sich eine Journalistin nicht entgehen lassen durfte. Um sie herum tobte die überreizte Menge. Jemand stieß ihr den Ellbogen in die Rippen, und es verschlug ihr den Atem, sodass sie sich krümmte. Als sie sich wieder aufrichtete, sah sie, wie sich die Aufständischen der Fahne bemächtigten und sie in Stücke rissen. Sie hielt sich das Objektiv ans Auge und begann die Szene zu fotografieren. Über den Köpfen der Demonstranten tauchten die Geschütztürme von Panzern auf.

»Sie kommen!«

Schüsse knallten. Die Menge wurde von Panik ergriffen und zerstob in alle Richtungen. Die Tausende zählenden Demonstranten rempelten einander an, stießen sich gegenseitig zu Boden und trampelten über die Gestürzten hinweg. Man hätte meinen können, eine gewaltige Woge vor sich zu haben, eine dieser Wasserwände, die tief vom Grund des Ozeans aufsteigen, um einen zu zermalmen und zu ersticken. Erschrocken rannte Natascha los, aber sie hatte die Orientierung verloren. Ohne sich dessen bewusst zu sein, lief sie in den sowjetischen Sektor hinein.

Axel und Fritz hatten zu denen gehört, die mit einem Schauern von Aufregung und Entsetzen die sowjetische Fahne verbrannt hatten. Als sie die sich nähernden Panzer sahen, flohen sie wie die anderen und rannten die Allee Unter den Linden entlang. Aber die Schlinge zog sich zusammen. Die Panzer kreisten sie ein und schienen von überallher zu kommen. Fritz hob ein Stück Blech auf und schwenkte es über seinem Kopf.

»Bleib stehen! Bist du verrückt geworden oder was?«, brüllte Axel, als er sah, dass der junge Mann auf einen der T-34-Panzer zulief.

»Sie sollen verschwinden!«, erwiderte Fritz mit verstörtem Blick und weit aufgerissenen Augen. »Sie sollen uns in Ruhe lassen!«

Einen kurzen Moment lang empfand Axel eine Art Schwindelgefühl. Es kam ihm vor, als wäre er in eine andere Zeit zurückversetzt worden. Die Szene war weniger apokalyptisch als damals vor acht Jahren, aber die Panzer waren die gleichen und der Gegner immer noch die Sowjets. Er schmeckte wieder Staub und Asche und sah die zerfetzten Körper seiner Freunde vor sich.

»Fritz, nein!«, schrie er und versuchte ihn am Arm festzuhalten, aber der junge Maurer machte sich los.

Der von den Demonstranten eingekreiste Panzer drehte sich um sich selbst. Fritz verlor das Gleichgewicht und geriet unter die Ketten. Entsetzt und wie erstarrt stand Axel da. Geblendet von Tränen und Zorn sah und hörte er nichts mehr.

Dimitri Kunin hatte Natascha nicht erreicht und kam vor Sorge fast um. Zuerst hatte er versucht, sie anzurufen, aber selbst um vier Uhr morgens hatte das Telefon ins Leere geläutet. Da hatte er sich etwas vollkommen Verrücktes vorgenommen: In Zivil gekleidet wollte er sich auf den Weg zu ihrer Wohnung im französischen Sektor machen, von der er nur die Adresse kannte. Im Morgengrauen nutzte er die Gelegenheit und schloss sich einem Demonstrationszug an, der den französischen Sektor durchquerte. Es war ein merkwürdiges Gefühl, den Beifall der Menge zu hören und mit Blumensträußen und Schokolade bedacht zu werden, mit denen die Westberliner ihre Landsleute aus dem sowjetischen Sektor beschenkten. Als er in die Nähe von Nataschas Wohnung kam, trennte er sich von den Demonstranten und stieg die Treppe zu ihrer Tür hinauf. Er erkannte ihre Initialen unter der Klingel. »Sie ist heute Nacht nicht nach Hause gekommen«, erklärte ihm eine Nachbarin mit argwöhnischer Miene, die sein hektisches Klopfen vernommen hatte. Er kritzelte rasch eine Nachricht und schob sie unter der Tür durch. Dann schlich er mit schwerem Herzen davon wie ein Dieb. Der Rückweg war ebenso bizarr. Die Kontrollposten waren verlassen. Man erzählte sich, dass etliche Polizisten aus dem Osten desertiert seien.

Jetzt trug er wieder seine Uniform und musste sich dem Gedanken stellen, den er so sehr gefürchtet hatte, nämlich dass sich Natascha irgendwo in diesem Aufruhr befand, der immer mehr Züge eines Bürgerkriegs annahm.

Die Befehle aus Moskau, die in Karlshorst eingingen, waren unmissverständlich. Man schätzte die Zahl der aufständischen Ostdeutschen auf mehr als eine Million. Da die kommunistische Regierung die Kontrolle über die Lage verloren hatte und die Macht der Straße herrschte, hatte der sowjetische Stadtkommandant den Ausnahmezustand erklärt.

Dimitri befand sich auf einem der Lautsprecherwagen, die die Bevölkerung zur Ruhe aufriefen und ab sofort Versammlungen von mehr als drei Personen verboten. Ab einundzwanzig Uhr herrschte Ausgangssperre. Wer dagegen verstieß, wurde nach dem Kriegsrecht bestraft. Die Panzersoldaten hatten Befehl erhalten, die Demonstranten auf den großen Plätzen und breiten Alleen zu zerstreuen. In den Nebenstraßen machten die sowjetische Infanterie und die Männer der Volkspolizei Jagd auf sie und zögerten nicht, von der Schusswaffe Gebrauch zu machen. Über den Dächern hing eine gewaltige schwarze Rauchwolke. Das Columbushaus am Potsdamer Platz stand in Flammen.

Dimitri war angewidert. Um sich herum sah er nur Zivilisten, panische Frauen, Jugendliche und Männer. Nicht weit entfernt lagen einige Leichen. Zu seinem großen Erstaunen hatte er gesehen, wie sich russische Soldaten weigerten, in die Menge zu schießen. Er bezweifelte nicht, dass man sie hinrichten würde. Aber am tiefsten erschütterte ihn die Brutalität, mit der die deutschen Polizisten die Demonstranten niederknüppelten, deren sie habhaft werden konnten. Ein gefühlloses Morden wie bei einer Treibjagd.

Ein junger Mann stand wie versteinert mitten in der Menge. Sein weißes Hemd war zerrissen. Mit blutleerem Gesicht starrte er einen manövrierenden Panzer an. Dimitri bemerkte einen zerfetzten Körper. Er kannte diese Art von Lähmung, die einen unvermittelt überkam und völlig handlungsunfähig machte. Ein Dutzend Polizisten rückte mit Eisenstangen in der Hand auf den Unbekannten zu. Wenn er sich nicht bewegt, schlagen sie ihn tot, dachte Dimitri. Und wenn sie ihn nicht umbringen, stecken sie ihn ins Gefängnis, und Gott weiß, wann er wieder herauskommt. Ohne zu überlegen sprang er von dem Lastwagen und rannte los, den Blick fest auf den jungen Burschen gerichtet. Die Panik war so groß, dass er sich gegen die Strömung einen Weg bahnen konnte, ohne dass die Aufständischen Zeit hatten, seine Uniform zu bemerken. Mit voller Wucht stieß er gegen einen Demonstranten, und beide gingen zu Boden. Als er aufstand, hatte er seine Mütze verloren. Der junge Mann rührte sich noch immer nicht, obwohl die Polizisten nur noch zwei Meter von ihm entfernt waren. Er packte ihn am Arm.

»Er gehört zu mir!«, schrie er und zog ihn ohne Umstände auf eine Toreinfahrt zu.

Der junge Mann stolperte mehrmals und stürzte beinahe. Es war, als zerrte er einen Kartoffelsack hinter sich her. Dimitri hatte den Kopf zwischen die Schultern gezogen und rechnete schon damit, dass der junge Demonstrant ihn mit sich zu Boden reißen würde, doch er erreichte den Schutz der Einfahrt, wo der andere zusammenbrach.

»Du musst fliehen!«, befahl Dimitri und schüttelte ihn. »Sonst bringen sie dich um.«

Der junge Mann starrte ihn aus seinen dunklen Augen an, ohne ihn zu sehen. Er klapperte mit den Zähnen. Schockzustand, dachte Dimitri und ohrfeigte ihn rechts und links.

»Hörst du mich jetzt? Du musst nach Hause gehen.«

Axel hob die Hand an seine glühende Wange. Ein blonder Mann hockte vor ihm und sah ihn durchdringend an. Er nickte, brachte aber kein Wort heraus. Träumte er, oder trug dieser Mann wirklich eine sowjetische Uniform?

»Weißt du, wo du wohnst? Wie heißt du?«

»Ja«, flüsterte Axel tonlos. »Aber mein Freund ... Ich habe gesehen, wie er ...«

Dimitri biss die Zähne zusammen. Er hatte die Selbstbeherrschung verloren, deren er sich so rühmte. Niemals, nicht einmal während der heftigsten Kämpfe im Krieg, hatte er einen so heftigen Drang empfunden, einen seiner Männer zu beschützen. Er kannte diesen Jungen nicht und würde ihn nie wiedersehen. Aber er musste sich einfach vergewissern, dass er in Sicherheit kam.

»Ich weiß. Aber du darfst nicht hierbleiben. Zu gefährlich, verstehst du?«

Da der andere nicht reagierte, schüttelte Dimitri ihn noch einmal.

»Du darfst dich hier nicht aufhalten. Geh nach Hause. Sofort. Das ist ein Befehl, verstanden?«, erklärte er in kaltem Ton und packte ihn am Kragen, um ihn hochzuziehen. »Nun geh schon!«

Draußen fanden sie sich erneut im Tumult wieder. Axel schob sich an der Hauswand entlang. Dimitri vergewisserte sich, dass die Polizisten sich weiter die Allee hinauf entfernt hatten. Aber auch der sowjetische Armeelaster war verschwunden. Er war allein inmitten der Menge, und er spürte, wie es ihm vor Angst kalt den Rücken herunterlief.

»Dimitri!«, schrie mit einem Mal eine Frauenstimme.

Axel drehte sich um. Seine Cousine hatte einen Fotoapparat um den Hals hängen, aufgeschürfte Knie und zerzaustes Haar. Sie starrte den Mann, der ihn gerettet hatte, an wie ein Gespenst. Auch der war stehen geblieben und erwiderte ihren Blick. Keiner von beiden sagte ein Wort, sie verschlangen einander mit Blicken. Mein Gott, das ist er!, dachte Axel. Der Mann, den sie liebt. Sie hörten die Schüsse nicht.

Dann schlug die Maschinengewehrgarbe in Dimitris Körper ein. Er drehte sich halb um sich selbst und sackte dann zusammen. Neben ihm stürzte ein Demonstrant zu Boden, ebenfalls tödlich getroffen.

Die entsetzliche Angst um Natascha versetzte Axel einen Adrenalinstoß, und er sprang auf seine Cousine zu. Vergeblich versuchte Natascha zu protestieren. Er quetschte ihre Hand, die er um nichts in der Welt losgelassen hätte, und zerrte sie hinter sich her. Während sie auf das Brandenburger Tor zurannten, das ohne seine Quadriga und die rote Fahne, die sie gerade eben noch verbrannt hatten, vor ihnen aufragte, hörte sich Axel einen lang gezogenen Zornesschrei ausstoßen, der in dem Höllenspektakel unterging. Er schrie für Fritz, der von einem sowjetischen Panzer zermalmt worden war, für Natascha, die gerade den Mann, den sie liebte, vor ihren Augen hatte sterben sehen, er schrie für diese Berliner, deren Freiheitshoffnungen mit Blut und Terror erstickt wurden, für alle Opfer der kommenden Repressalien. Er schrie, weil sie jung waren, weil sie nicht aufgeben und sich niemals geschlagen geben würden, komme, was da wolle.

München, Januar 1955

Lilli Seligsohn wartete geduldig. Sie brauchte nichts, um sich die Zeit zu vertreiben, nicht einmal ein Buch oder eine Zeitung. Stundenlang konnte sie so mit verschränkten Händen verharren und ihre Umgebung beobachten. Sie saß in einer Münchener Konditorei, durch deren Schaufenster man auf den belebten Gehweg und das nagelneue Gebäude auf der anderen Straßenseite sah. Ab und zu warf sie einen Blick auf die Fensterreihe im ersten Stock. In den Büros waren die Jalousien heruntergelassen, denn die schräg einfallende Wintersonne blendete. Oder die Angestellten zogen es vor, sich vor indiskreten Blicken zu schützen. Aufmerksam verfolgte sie das Kommen und Gehen. Die Drehtür war ständig in Bewegung. Die Geschäfte des Bauunternehmers Kurt Eisenschacht gingen gut.

Sie rief die Kellnerin und bestellte sich noch einen Kaffee mit Sahne, der in keiner Weise mit dem zu vergleichen war, den sie in Linz getrunken hatte. Wenn die Österreicher sich auf etwas verstanden, dann auf Schlagsahne. Manchmal machte sie sich Vorwürfe wegen dieses merkwürdigen Hangs zu Süßem. Einmal hatte sie Simon Wiesenthal dieses Geheimnis anvertraut – ein wenig verlegen, aber ermuntert durch seinen wohlwollenden Blick.

Er hatte nur eine verschmitzte Miene aufgesetzt, und sein schmaler Schnurrbart hatte sein Lächeln betont. »Das ist der Geschmack deiner Kindheit. Du hast ein Recht darauf, Kleine. Lass dir das von niemandem nehmen.« Sie brauchte nur an seine Entschlossenheit und Willenskraft zu denken, und schon fühlte sie sich bestärkt.

Ein Jahr zuvor hatte sie in einer amerikanischen Zeitschrift einen Artikel von ihm gelesen. Für die junge Juristin, die soeben erfolgreich ihr Studium abgeschlossen hatte, war er eine Offenbarung gewesen. Darin berichtete er über das von ihm gegründete jüdische Dokumentationszentrum. Simon Wiesenthal und seine Frau hatten in den Konzentrationslagern neunundachtzig Familienmitglieder verloren. Er selbst war mehrere Jahre inhaftiert gewesen. Bei seiner Befreiung aus Mauthausen hörte er von einem amerikanischen Büro, das es sich zur Aufgabe gemacht hatte, Kriegsverbrechen aufzudecken und Naziverbrecher zu suchen, um sie an die Justiz zu übergeben. Ohne zu zögern bot Wiesenthal ihnen seine Dienste an. Er besaß ein ausgezeichnetes Gedächtnis und eine Entschlossenheit ohnegleichen. Mit unendlicher Geduld besuchte er Flüchtlingslager, befragte Überlebende und notierte Orte, Fakten, Namen und Gesichter. Der einstige Architekt ging seine Mission rational an. Für Sentimentalitäten war bei ihm kein Platz. Beweise und noch einmal Beweise mussten her. Was ihn interessierte, waren vertrauenswürdige Zeugenaussagen, keine Gerüchte. Menschen wandten sich an ihn – Opfer freilich, aber auch manche Täter, um ihresgleichen zu denunzieren. Zuzusehen, wie die Hunde einander an die Kehle gingen, verschaffte ihm einen Hauch von Befriedigung. Mit kaltem Blick und ironischem Ton nannte er sie »Helden«, bevor er sie der Justiz zuführte. »Ich bin der Fürsprecher für alle, die nicht überlebt haben«, hatte er zu Lilli gesagt. Seine schlanke Gestalt wirkte wie von der Last seiner Mission gebeugt.

Lilli war zu ihm gekommen, um über ihre Eltern und ihre kleine Schwester zu reden. Um die Wahrheit zu erfahren. Bei diesem Mann, der beschlossen hatte, sein Leben der Jagd auf die Mörder zu widmen und Gerechtigkeit für jedes einzelne der sechs Millionen Opfer einzufordern, hatte das junge Mädchen

Unterstützung gefunden, ein offenes Ohr. Ja mehr noch, eine Lebensaufgabe.

Felix hatte ihr in einem seiner Briefe geschrieben, dass Kurt Eisenschacht Lindner 1938 aufgekauft hatte. Dieser Name war ihre erste Spur gewesen, ihre einzige. Mehr hatte sie nicht von ihrem Bruder verlangt. Diese Suche war allein ihre Sache. Mithilfe von Simon Wiesenthals Informantennetz war es Lilli gelungen, den Weg ihrer Eltern bis zu dem Tag zurückzuverfolgen, als der Schleuser, der sie in die Schweiz hatte bringen sollen, verraten worden war. Daraufhin spürte sie die Familie des Mannes auf, der von der Gestapo erschossen worden war. Seine Witwe erklärte ihr, ein Freund von ihnen habe unter der Folter geredet. Also war es das gewesen, dachte Lilli. Ein dummer Fehler wie so viele andere, ein Zusammentreffen unglücklicher Zufälle, sodass das Netz ausgerechnet an dem Tag aufflog, an dem ihre Eltern versuchten, über die Grenze zu kommen. Sie fühlte sich niedergeschlagen, als hätte sie etwas Dramatischeres erwartet. Einen Schuldigen, an dem sie sich hätte rächen, den sie hätte anklagen können. Einen Mann wie Eisenschacht.

Wiesenthal hatte recherchiert. Eisenschacht war zweifellos schuldig, weil er vom System profitiert und die Augen vor Verbrechen verschlossen hatte, von denen er gewusst haben musste. Aber er hatte so geschickt agiert, dass an seinen Händen kein Blut klebte. Von diesem Kreis der Hölle hatte er sich ferngehalten. »Die NSDAP hatte zehneinhalb Millionen Mitglieder«, hatte Wiesenthal Lilli erklärt. »Eineinhalb Prozent von ihnen waren auf irgendeine Weise an Verbrechen beteiligt. Dem Rest kann man wohl nichts anhaben ...« Das war weder eine Entschuldigung noch eine Rechtfertigung, sondern eine bittere Feststellung. Der Mann hatte genug damit zu tun, die Täter aufzuspüren, und das trotz der Todesdrohungen gegen ihn. Lilli konnte sehr wohl zwischen denen unterscheiden, die buchstäblich Folterknechte gewesen waren, den Bürokraten, die Unschuldige in den Tod geschickt hatten, und den passiven Zeugen, dieser gesichtslosen, schweigenden, verachtungswürdigen Mehrheit, durchdrungen von Neid, Gier und Ressentiments.

Die junge Frau saß mit dem Rücken zur Wand wie erstarrt da. Sie war sich der neugierigen Blicke der anderen Gäste bewusst, der alten Damen, die gekommen waren, um Kaffee zu trinken und Kuchen zu essen. Kaffee und Kuchen, das war so traditionell, so deutsch. Als sie zum ersten Mal wieder den Fuß auf deutschen Boden gesetzt hatte, wurde Lilli von einer schrecklichen Unruhe erfasst. Sie stürzte in die Flughafentoilette und spritzte sich kaltes Wasser ins Gesicht. Während der ersten Zeit fiel es ihr schwer, ihre Muttersprache zu sprechen. Sie stammelte, suchte nach Worten und brachte nur verdrehte Sätze hervor. Das Deutsche war ihr zu einer Fremdsprache geworden, die sie sich aneignen musste. Jetzt machte sie sich Vorwürfe, weil sie so angespannt war. Ausnahmsweise hatte das Chamäleon die Aufmerksamkeit auf sich gezogen. Vielleicht lag es am Risiko, dass sie so nervös war. In Zukunft musste sie lernen, sich zu beherrschen. Simon Wiesenthals ehrenamtliche Helfer waren verpflichtet, unsichtbar zu bleiben. Denn ihre Aufgabe war es, die Nazis bis ans andere Ende der Welt zu verfolgen und sie mitsamt ihren neuen Identitäten auf den eleganten Straßen von Buenos Aires oder Sao Paulo, im verrufenen New Yorker Viertel Queens oder ganz einfach in einem Haus in einem Provinzdorf in der Bundesrepublik aufzuspüren. Diese Unsichtbarkeit war einer der Schlüssel zu ihrem Erfolg.

Kurt Eisenschacht war für seine Machenschaften verurteilt worden. Er hatte eine Gefängnisstrafe angetreten, die nichts als eine Farce war und die er nicht einmal bis zum Ende abgesessen hatte. Lilli wollte ihm ins Gesicht sehen und sich ihrem Albtraum stellen. Weil er ein Nachtmahr aus Fleisch und Blut war, während alle anderen verschwommen blieben und sie trotzdem nicht losließen.

Es war schon später Nachtmittag. Der Mann trug einen grünen Lodenmantel und einen Tirolerhut. Er trat aus dem Ge-

bäude und blieb einen Moment stehen, um zum Himmel auf-
zusehen. Zu dieser Jahreszeit dunkelte es früh. Als er zu seinem
Wagen ging, stand Lilli auf. Sie hatte das Geld für die Rechnung
abgezählt. Mit einer raschen Bewegung zog sie ihren Dufflecoat
und ihre Wollmütze an. Als Kurt Eisenschacht aus der Park-
lücke fuhr, stieg sie in ihren Mietwagen.

Lilli war zuerst am Ziel. Sie kannte sich aus, denn sie beobachtete die Umgebung schon seit mehreren Tagen. In diesem wohlhabenden Viertel mit seinen großen, isoliert stehenden Villen
lag das Haus hinter einem Eingangstor verborgen. Dahinter erahnte man einen kiesbestreuten Weg, eine Vortreppe und in
Form geschnittene Buchsbäume, die die Eingangstür flankier-
ten. Wenn man mehr sehen wollte, musste man sich vom Wald-
rand her nähern und dabei achtgeben, nicht auf dem gefrorenen Boden auszugleiten. Der Garten war leicht geneigt und fiel
zu einem kleinen Teich hin ab. Glastüren führten auf eine Terrasse. Jeden Abend, eine halbe Stunde vor der Rückkehr des
Hausherrn, machte eine Angestellte im Wohnzimmer und in
der Bibliothek Licht und zündete das Kaminfeuer an. In einem
Eiskübel stand stets eine Flasche Champagner bereit, wurde jedoch meist verschmäht. Offensichtlich zog Herr Eisenschacht
stärkeren Alkohol vor, aber er hatte gern die Wahl. Er liebte es
auch, sich mit Menschen zu umgeben. Oft kamen Gäste zum
Essen. Die Frauen trugen tief ausgeschnittene Cocktailkleider
aus Satin und darüber dazu passende Jäckchen. Die kühne-
ren ließen die Arme nackt, und ihre weiße Haut schimmerte
im Kerzenlicht des Esszimmers. Kurt Eisenschacht führte bei
Tisch den Vorsitz. Die Abende verliefen lebhaft und fröhlich,
gingen jedoch früh zu Ende. Die Männer fuhren noch vor Sonnenaufgang ins Büro.

Der Januar in Bayern war kalt und der Wind eisig, aber Lilli
fror nicht, obwohl sie normalerweise empfindlich gegen Kälte
war. In einem der besten Sportgeschäfte von München hatte

sie sich mit Pelzstiefeln, Skihose und Skijacke ausgerüstet. Sie vergaß nicht, dass die Winter in Auschwitz gnadenlos gewesen waren.

Kurt Eisenschacht wäre verblüfft und wütend gewesen, hätte er geahnt, dass jede seiner Bewegungen in einem kleinen schwarzen Heft notiert wurde. Den anderen ohne sein Wissen zu beobachten, sein Tun und seine Gesten aufzuschreiben, seine Stundenpläne und Gewohnheiten, all das war eine Art, ihn zu entblößen und seine kleinen Manien und Albernheiten zu enthüllen. Eine Art, ihn zu beherrschen und zu seinem Spielzeug zu machen. Aber Lilli hatte keinen Spaß mehr an diesem Spiel. Jetzt hieß es, zur Tat zu schreiten.

Nicht weit vom Haus entfernt hatte sie angehalten. Sie sah auf ihre Armbanduhr. Eisenschacht war immer pünktlich. Sie brauchte nur noch ein paar Minuten zu warten. Ihr Puls schlug wie in Zeitlupe, als sie in dieser verlassenen Straße am Steuer saß, während die Schatten im Wald tiefer wurden und das schräg einfallende Licht auf dem Schnee glitzerte. Noch nie hatte sie sich so vollkommen klar gefühlt. Niemand wusste, wo sie war, weder ihre Familie noch ihre Freunde. Das Bild ihres Bruders stieg vor ihr auf, und sie hatte das Gefühl, dass seine Hand die ihre drückte. Seine kleine Hand, die feucht und fest zugleich war. Die Geschichten, die er sich ausdachte, um sie abzulenken. Und dann, später, dieser gütige Blick, den er von ihrer Mutter geerbt hatte, ein Wohlwollen, das sie zugleich irritierte und rührte. Erinnerungen an eine Kindheit, von der sie nie genesen würde.

Es war Zeit. Sie bezog vor dem Tor Stellung und schaltete den Motor, aber nicht die Scheinwerfer ab. Das Blut pochte in ihren Schläfen. Kurz darauf ließ sich Eisenschachts Limousine vernehmen.

Als Eisenschacht bemerkte, dass ein Fahrzeug die Einfahrt zu seinem Haus blockierte, dachte er zunächst an einen Lieferanten. Doch als er näher kam, erkannte er, dass es kein Kleintransporter war. Da hatte sich wohl jemand in der Adresse geirrt. Ein wenig ärgerlich hupte er, doch niemand ließ sich blicken.

»Herrgott, was soll das denn?«, brummte er und stieg aus dem Wagen.

Die Scheinwerfer blendeten ihn so stark, dass er blinzelte. Eine Frau natürlich, dachte er, als er das lange, dunkle Haar der Fahrerin sah, das unter einer roten Wollmütze hervorschaute. Er bückte sich und klopfte an die Fahrerscheibe.

»Was ist los, Fräulein? Sie können hier nicht stehen bleiben. Das ist Privatbesitz.«

Sie hatte beide Hände auf das Lenkrad gelegt und starrte vor sich hin.

»Sie müssen wegfahren, haben Sie mich verstanden? Ich möchte in mein Haus.«

Er versuchte die Tür zu öffnen, doch sie war von innen verriegelt. Noch einmal klopfte er an das Fenster.

»Fräulein! Hören Sie mich?«

Langsam wandte sie sich zu ihm um. Mit ihrem schmalen Gesicht, den feinen Lippen und blassen Wangen wirkte sie wie ein kleines Mädchen. Ob sie überhaupt schon den Führerschein hatte? Ihr Blick war starr, und ihre riesigen Pupillen verschwammen mit der dunklen Iris. Plötzlich beschlich ihn ein ungutes Gefühl.

»Was ist? Fühlen Sie sich nicht gut?«, fragte er und versuchte noch einmal, die Fahrertür zu öffnen. »Hören Sie, das ist lächerlich. Wenn Sie nicht fahren, sehe ich mich gezwungen, die Polizei zu rufen.«

Sie kurbelte das Fenster herunter und lächelte kühl.

»Unnötig, die Polizei zu rufen, Herr Eisenschacht. Ich versperre Ihren Eingang, aber ich befinde mich auf öffentlichem Gelände. Der Platz, auf dem ich stehe, gehört Ihnen nicht.«

Als sie sich jetzt zum Aussteigen anschickte, wuchs sein Unbehagen. In dem eisigen Nebel waren die Scheinwerfer der Autos von einem Lichthof umgeben. Die Straße war menschenleer, und die benachbarten Villen lagen abgeschirmt hinter dichten Hecken. Er konnte kaum etwas im Inneren des Wagens erkennen. War dieses Mädchen allein, oder hatte sie etwa einen Mann bei sich, der ihn angreifen würde? Wachsam wich er einen Schritt zurück. In ihrem langen, dunklen Mantel wirkte sie schlank, beinahe schwächlich, aber ihre Haltung war respekteinflößend.

»Woher kennen Sie mich? Wer sind Sie?«

»Ich heiße Lilli Seligsohn und bin die Tochter von Sarah Lindner und Victor Seligsohn. Die Schwester der kleinen Dalia Seligsohn. Ich bin Zeugin Ihrer Verbrechen.«

Betroffen sah er sich selbst im Vorkriegs-Berlin, an dem Tag, an dem Sarah Lindner gekommen war, um den Kaufvertrag für ihr Modehaus zu unterzeichnen. Er hatte gar nicht auf sie geachtet. Ihn interessierten nur das Unternehmen und seine verheißungsvollen Perspektiven. Einige Jahre später ließ Axel es sich nicht nehmen, ihm mitzuteilen, was aus Sarah Lindner geworden war. Ja, er hatte es ihm ins Gesicht geschleudert, genau wie dieses Mädchen, die ihm vorwarf, ein Verbrecher zu sein. Kurt selbst dachte lieber nicht über diese Dinge nach. Der intelligente Blick der Fremden durchbohrte ihn förmlich. Merkwürdigerweise wäre es ihm lieber gewesen, sie hätte fanatischer gewirkt. Verrückte waren gefährlich, aber ihr Wahn machte ihre Taten bedeutungslos. Diese entschlossene junge Frau hatte nichts von einer Verrückten, und daher war ihr Vorwurf umso niederschmetternder. Ein alberner Gedanke huschte ihm durch den Kopf: Und wenn sie bewaffnet war? Kalter Schweiß trat auf seine Stirn.

»Was wollen Sie? Ich habe Ihnen nichts zu sagen.«

»Ich bin auch nicht gekommen, um Sie anzuhören, Herr Eisenschacht«, erwiderte sie ironisch.

»Ich habe den Prozess auf Bitte meines Sohns fallen gelassen, obwohl ich ihn wahrscheinlich gewonnen hätte. Ihr Bruder hat das Geschäft zurückbekommen. Sie müssten eigentlich zufrieden sein. Das war doch genau das, was Sie wollten, oder?«

»Felix hat keine Ahnung, dass ich hier bin. Mein Bruder und ich haben nicht die gleichen Ziele im Leben und teilen nicht dieselbe Sicht der Dinge.«

Ein Lächeln umspielte ihre blassen Lippen. Sie hatte eine Hand immer noch in einer Manteltasche vergraben. Als sie seinen Blick bemerkte, zog sie sie langsam heraus. Kurts Herz schlug so heftig, dass er fürchtete, ihm könnte übel werden.

»Aber, aber. Es sind nur Schlüssel. Warum wirken Sie so besorgt, Herr Eisenschacht? Haben Sie vielleicht ein schlechtes Gewissen?«

Er grollte sich selbst, weil er Angst hatte. Es war absurd, dieses Mädchen zu fürchten, das sich entschlossen und arrogant vor ihm aufgepflanzt hatte. Und doch war er beunruhigt, weil er einfach nicht begriff, worauf sie hinauswollte.

»Was wollen Sie denn nun?«, fragte er erregt.

»Sie sehen, ganz einfach. Ihr Gesicht anschauen, Ihr Haus, die Art, wie Sie leben, denn wir leben beide. Schon komisch, nicht wahr? Denn eigentlich müsste ich tot sein, so wie der Rest meiner Familie. Aber ich bin hier. Das ist Ihnen sicher ziemlich unangenehm, stimmt's?«

»Sie erzählen lauter Unsinn! Mit dem, was aus Ihren Eltern geworden ist, habe ich nichts zu tun.«

»Und meiner Schwester, Herr Eisenschacht. Wir wollen sie nicht vergessen. Sie war noch klein, und sie hieß Dalia. Ich möchte Sie daran erinnern.«

Im selben Moment öffnete sich das Tor, und eine weibliche Gestalt im Mantel tauchte auf.

»Alles in Ordnung, gnädiger Herr?«, erkundigte sich die Haushälterin.

»Wie schade, Ihr Abendessen wird kalt«, sagte Lilli spöttisch, und dann verhärtete sich ihre Miene. »Aber ich bin auch gekommen, um Ihnen eine Nachricht zu überbringen, Herr Eisenschacht. Ich bin nicht allein. Ich habe Freunde, die wie ich denken und die ebenfalls zum Handeln bereit sind. Sie sollen wissen, Sie und Ihre jämmerlichen kleinen Kameraden, dass wir da sind. In Ihrem Schatten. Jeden Moment. Sie sehen ja, was alles passieren kann. Heute gebe ich mich damit zufrieden, Sie nicht in Ihr Haus zu lassen. Ich störe Ihr kleines, dumpfes Leben. Aber das ist nur eine vorübergehende Unannehmlichkeit. Wenn ich wollte, könnte ich viel mehr tun. Einige Ihrer früheren Freunde haben diese Erfahrung schon gemacht, nicht wahr? Wir werden dafür sorgen, dass Sie keinen Frieden finden, weder Sie noch die anderen.«

Kurt wusste allerdings, dass ehemalige SS-Mitglieder gejagt wurden und viele die Identität und den Kontinent gewechselt hatten. Sie verfügten meist über ein funktionierendes Schutznetz, aber die meisten fürchteten, früher oder später enttarnt zu werden. Er hatte von summarischen Hinrichtungen gehört. Wenn dieses Mädchen wollte, dann könnte sie ihn vor seinem eigenen Haus erschießen. Er schwieg, fasziniert von ihrem seltsamen Lächeln, an dem ihre Augen keinen Anteil hatten.

»Sagen Sie ihnen, dass meine Freunde und ich für immer Ihr schlimmster Albtraum bleiben werden«, erklärte sie.

Dann stieg sie in ihren Wagen und ließ den Motor an. Im Rückspiegel sah Lilli zum letzten Mal Kurt Eisenschacht, der auf dem verschneiten Gehweg stand. Es war ihr gelungen, ihn zu verwirren und ihm vielleicht sogar Angst einzujagen, aber das war nicht das Wichtigste. In seinen Augen hatte sie das gesehen, was sie gesucht hatte. Sie hatte nur den Namen ihrer Mutter aussprechen müssen, um sie in ihrer Schönheit, ihrer Eleganz und mit ihrem Talent heraufzubeschwören. Dies war ihr Sieg, der einzige, nach dem sie sich sehnte: das Andenken Sarah Lindners neu erstehen zu lassen. Denen, die kein Grab hatten, ihren Namen zurückzugeben. Die Toten aus dem Nichts zurückzuholen, weil man nicht vergessen durfte, weder die Opfer noch die Mörder. Niemals.

New York, Januar 1955

Es hätte ein freudiger Augenblick sein sollen, die Krönung seiner Karriere. Schließlich nahm er an einer der bedeutendsten Fotoausstellungen aller Zeiten teil. Erdacht und in Szene gesetzt hatte sie Edward Steichen, bei dem er dreißig Jahre zuvor in die Lehre gegangen war. Jetzt hatte er ein nie da gewesenes szenisches Projekt mit dem Titel »The Family of Man« realisiert: 503 Fotos, die die Menschheit abbildeten, ihren ewigen Kreislauf von der Geburt bis zum Tod, von der Freude bis zur Einsamkeit, von der Qual bis zur Erlösung. Ein ehrgeiziger Plan, der drei Jahre Arbeit und die rigorose Auswahl aus zwei Millionen Fotografien von Profi- und Amateurfotografen aus 68 Ländern erfordert hatte. Ein wunderbares, ehrgeiziges Unterfangen, mit dem Ziel, die Universalität des menschlichen Gefühls zu zelebrieren. Zur Vernissage drängte sich eine große Menschenmenge vor dem Eingang des Museum of Modern Art in Manhattan. Es war dunkel, es war kalt, und Max von Passau zögerte.

Er sah nach oben. Die Wolkenkratzer strahlten so viel Licht aus, dass man die Sterne am Himmel nicht mehr erkennen konnte. Eine Autoschlange schob sich an den Türen des Museums vorbei und entließ bekannte Persönlichkeiten in Abendkleidung. Trotz des eisigen Windes warteten die warm eingepackten Schaulustigen darauf, Gesichter von Berühmtheiten auszumachen. Die ersten Reaktionen deuteten auf einen gewaltigen Erfolg hin. Max war beklommen zumute, und sein Nacken war verspannt. Zu viele Leute, zu viel Überschwang. Ständig wollte jemand etwas von ihm. Das hektische New Yorker Leben machte ihn oft atemlos.

Eine Hand legte sich auf seinen Arm.

»Ist etwas nicht in Ordnung, Max?«

Ihre sanfte Stimme klang besorgt. Als er sich ihr zuwandte, vergaß er die Hektik der Passanten, das Lärmen der Pressefotografen, den Tumult der Stadt. Xenia sah ihn aus ihren grauen Augen aufmerksam an. Ihr brauchte er nichts zu erklären. Sie wusste Bescheid. Seit ihrem Wiedersehen hatten sie das Wunder vollbracht, einander zuzuhören und sich zu verstehen. Sie war stolz darauf, dass Steichen mehrere seiner Werke ausgewählt hatte. Um seinetwillen, für sich selbst, aber vor allem auch für Natascha und Nicolas. Der Kleine hatte getobt und sie begleiten wollen, aber sein Vater war dabei geblieben: Morgen in aller Frühe würde er mit ihm die Ausstellung besuchen. Unter ihrem Nerzmantel trug Xenia ein Kleid aus rosafarbenem Seidentaft und lange Handschuhe aus cremefarbenem Atlas. Trotz der Eiseskälte zuckte sie nicht mit der Wimper. Sie wartete. Von der Gelassenheit des einen hing jetzt das Glück des anderen ab. Diese Harmonie hatten sie sich schwer erkämpft, und sie erstaunte sie immer wieder.

»Das fällt dir schwer, nicht wahr?«, erkundigte sie sich besorgt.

Max haderte mit sich selbst. Dieses plötzliche Gefühl der Beklommenheit würde ihn wohl bis ans Ende seiner Tage verfolgen. Er lernte sie zu beherrschen, aber immer wieder überfiel sie ihn unverhofft.

»Ich habe schon Schlimmeres erlebt«, sagte er selbstironisch.

»Die Ausstellung scheint außergewöhnlich zu sein, und niemand wird sich ihrer Wirkung entziehen können. Wir werden erwartet, aber wenn es dir lieber ist, können wir auch wieder nach Hause fahren …«

»Nein, auf gar keinen Fall«, protestierte er und nahm ihre

Hand. »Du könntest mir verzeihen, wenn ich meiner Schüchternheit nachgebe, aber Natutschka niemals!«

Xenia lächelte. Ihr Mann war noch immer von einer entwaffnenden Einfachheit. In den letzten fünf Jahren war er zu einem der berühmtesten Fotografen der Welt geworden. Sie führte seinen Terminkalender, organisierte seine Ausstellungen und reiste mit ihm. So unglaublich es erscheinen mochte, wurden sie einander nicht überdrüssig. Wenn sie in einem Restaurant oder auf einem Bahnsteig auf ihn wartete und ihn dann plötzlich erblickte, wie er sich durch die Menge einen Weg zu ihr bahnte, spürte sie immer noch dasselbe Erschauern, diese tiefe Freude, die Leidenschaft aus ihrer allerersten Zeit. Jedes Mal war es wie eine Wiedergeburt.

In der Eingangshalle stand Natascha zwischen Felix und Axel. Die beiden jungen Männer waren zusammen aus Berlin angereist. Felix hatte sich zu einem längeren Aufenthalt in New York entschlossen, um seine geschäftlichen Beziehungen auszubauen. Axel verbrachte Stunden damit, die Wolkenkratzer zu studieren und Skizzenblocks zu füllen. Die Architektur von Manhattan überstieg seine Erwartungen. Mit strahlenden Mienen und leuchtenden Augen standen sie in ihren Smokings da. Um nichts in der Welt hätten sie sich dieses Fest entgehen lassen, das auch eine Huldigung an das Talent eines Mannes war, den sie liebten.

»Siehst du sie?«, fragte Axel ungeduldig.

»Sie werden bestimmt gleich eintreffen«, meinte Natascha und zog die Fliege ihres Cousins zurecht. »So wie ich meinen Vater kenne, musste er sich Gewalt antun, um heute Abend herzukommen. Er mag es nicht, wenn er im Vordergrund steht.«

»Onkel Max ist zu bescheiden. An seiner Stelle würde ich mich geschmeichelt fühlen. Es muss doch toll sein, einen solchen Erfolg zu haben.«

»Ja, so bist du eben«, sagte Natascha amüsiert. »Eines Tages werden wir ganz sicher auch deinen Erfolg feiern.«

Axel zog eine Grimasse, doch man sah, dass die Vorstellung ihm nicht missfiel.

»Du bist so still«, sagte er, an Felix gerichtet, der offensichtlich unter der Menge nach jemandem Ausschau hielt.

»Er wartet auf seine Angebetete«, neckte ihn Natascha. »Keine Sorge, Felix. Diese Vernissage ist zu wichtig, um sie zu verpassen. Früher oder später taucht sie schon auf.«

Felix errötete. Vor ein paar Tagen war er bei einer Cocktailparty der Tochter des Besitzers einer Kette von Luxusgeschäften begegnet, mit dem er zusammenzuarbeiten hoffte, und sofort ihrem Charme erlegen. Natascha war nicht entgangen, dass ihr Kindheitsfreund, der sonst so ernsthaft war, sich mehr mit der Tochter als mit dem Vater unterhielt. »Das wird aber auch Zeit«, hatte sie im Vertrauen zu ihm bemerkt. »Ich habe mir schon Sorgen gemacht, weil du immer so allein bist.«

»Seht mal, wer da kommt!«, warf Felix ein, froh, das Thema wechseln zu können.

Im selben Moment entdeckte Kyrill Ossolin die jungen Leute und hob grüßend die Hand. Er überragte die Menge. Wie jedes Mal, wenn sie ihren Onkel wiedersah, fragte sich Natascha, woher die besondere Ausstrahlung dieses Mannes rührte. Waren es seine Statur oder seine Eleganz? Wahrscheinlich liegt es daran, dass er glücklich ist, dachte sie und sah zu, wie sich Kyrill mit seiner Frau näherte, der er in einer Beschützergeste den Arm um die Schultern gelegt hatte. Clarissa strahlte. Gestern Abend, als sie alle bei Max und Xenia zum Essen eingeladen waren, hatte sie ihnen verkündet, dass sie ihr drittes Kind erwartete. Sie war immer noch so grazil, geradezu von ätherischer Zerbrechlichkeit, aber im Gegensatz zu früher war ihre Miene besänftigt.

»Was für ein Menschenauflauf!«, rief Kyrill aus. »Wir haben ewig gebraucht, um herzugelangen. Man könnte meinen, ganz New York sei auf den Beinen.«

»Nicht nur New York, Onkel Kyrill«, sagte Natascha und wies auf einen Inder mit Turban und dessen Frau, die einen Sari in leuchtenden Farben trug. »Die Besucher kommen von überallher. Und das war ja auch Steichens Absicht, die Solidarität unter den Völkern zu zeigen.«

»Böse Zungen würden dir entgegnen, das sei eine vereinfachende und sentimentale Weltsicht. Aber genau diese Einigkeit herzustellen ist auch das Ziel meiner Arbeit bei den Vereinten Nationen. Das ist unsere einzige Hoffnung für die Zukunft«, setzte er mit einem Blick auf Axel Eisenschacht und Felix Seligsohn hinzu, die Seite an Seite standen. »Habt ihr Lilli nicht mitgebracht?«

»Sie hat in Paris zu tun«, erklärte Felix.

»Zumindest sagt sie das«, verbesserte ihn Natascha. »Bei Lilli ist immer alles geheimnisvoll. Sie ist nie dort, wo man sie erwartet. Aber sie hat Max einen sehr netten Brief geschrieben und ihn beglückwünscht.«

Die Menge am Eingang geriet in Bewegung.

»Ah, ich sehe meine Schwester und den Helden des Tages«, sagte Kyrill amüsiert.

Ein Journalist hielt Max ein Mikrofon hin. Der Künstler beantwortete seine Fragen höflich. Dabei berührte seine Hand die seiner Frau, die in seiner Ellenbeuge lag. Er brauchte Xenia Fjodorowna genauso wie sie ihn, und die beiden waren sich ihrer Liebe so sicher, dass sie sie nicht verbargen. Als Natascha die beiden betrachtete, gab es ihr einen Stich ins Herz. Der Anblick erfüllte sie mit Freude und Zufriedenheit, aber auch mit einem seltsamen Anflug von Verzweiflung. Xenia wandte den Kopf, als hätte sie ihren Blick gespürt. In ihren Augen stand eine Sorge, die sie nie verbergen konnte, wenn sie ihre Tochter ansah.

Nach dem Berliner Aufstand hatte sich Natascha zu ihren Eltern nach New York geflüchtet. Sie zerbrach fast an ihrem Kummer und suchte die tröstliche Nähe ihres Vaters. Vage hatte sie von einer unglücklichen Liebe gesprochen, ohne ihm jedoch

Einzelheiten zu erzählen. Sie wusste nicht, wie sie ihre Gefühle in Worte fassen sollte. Darin ähnelte sie ihrer Mutter. Und da Max taktvoll war und nicht weiter in sie drang, sah sich Xenia ebenfalls gezwungen, ihr Schweigen zu achten. Aber sie litt unter dem Gefühl, dass ihre Tochter unglücklich war. Der sorgenvolle, eindringliche Blick ihrer Mutter bereitete der jungen Frau Unbehagen. Sie beschloss, den Rundgang schon einmal allein anzutreten.

Die anderen sahen nicht, wie sie sich entfernte. Sie ließ sich mit den Zuschauern treiben, trat unter dem Portal hindurch, das den Eingang zur Ausstellung bezeichnete und mit dem Bild einer anonymen Menge geschmückt war. Dann folgte sie dem Porträt des jungen peruanischen Flötenspielers, das den roten Faden der Ausstellung bildete. Nichts war dem Zufall überlassen worden: die Abfolge der Bilder, die verschiedenen Formate, die Ausschnitte der Sequenzen, alles hatte seine Bedeutung. Der von Steichen erdachte Rhythmus des Wegs durch die Ausstellung, der linear und kreisförmig zugleich verlief, rief beim Betrachter einen ganz besonderen Eindruck hervor. Fröhliche Szenen riefen ein Wohlgefühl hervor: Da küsste sich ein verliebtes Paar auf einer Schaukel, die mitten in der Luft hing; nackte afrikanische Kinder spielten zwischen Dünen; eine Brasilianerin mit schweißüberströmtem Gesicht, die in einer überfüllten Bar tanzte, reckte die Arme zum Himmel. Darin konnte sich jeder wiedererkennen. Der Reigen der Bilder war immer der gleiche, ob es junge Leute in einem russischen Wald waren oder chinesische oder italienische Kinder. Die ausdrucksvollen Gesichter, von Falten gezeichnet oder mit der begierigen Miene der Jugend, nahmen den Betrachter gefangen. Ab und zu stach ein besonders faszinierendes Foto hervor: ein Neugeborenes, dessen feucht schimmernder Körper noch durch die Nabelschnur mit seiner Mutter verbunden war, oder eine ausgehungerte Frau mit verworrenem Blick und schwarzen Fingernägeln, die ein Stück Brot aß.

Nataschas Schock war umso stärker, weil sie mit so etwas nicht gerechnet hatte. Sie hatte sich von dem inneren Zusammenhang der Bilder und dem respektvollen Schweigen der Betrachter, die sich nur im Flüsterton verständigten, einlullen lassen. So, wie es Steichens Absicht war, hatte sie das Gefühl für Raum und Zeit verloren. Doch dann tat ihr Herz einen Satz. Wer hätte sie vorwarnen können? Niemand von ihren Freunden und Verwandten hatte die Bilder vor der Vernissage gesehen, nicht einmal ihr Vater. Sie erinnerte sich an jede Einzelheit jenes Tages. Sie hatte nur die amerikanische Reporterin, die sie fotografiert hatte, vergessen. Und da waren sie, für alle Ewigkeit auf Zelluloid gebannt: der russische Offizier und die junge Frau im schwarzen Kostüm, die auf dem sowjetischen Soldatenfriedhof von Berlin zu ihm aufsah. Und in den Blicken der beiden dieses Erschauern, dieses unerklärliche, jeder Vernunft widersprechende Aufleuchten einer Liebe, die man selbst noch nicht erkannt hat.

Dimitri. Die Empfindungen lagen immer noch dicht unter ihrer Haut. Die Berührung seiner Lippen, das flüchtige und doch deutliche Gefühl seines Atems auf ihrer Wange, die Bewegung einer Schulter, der dicke Uniformstoff, über den ihre Finger strichen. Ein Lächeln. Eine Nacht. Eine einzige, verbotene, gestohlene Nacht lang waren sie ein Liebespaar gewesen, und seither musste sie mit der Gewissheit leben, dass sie sich nie wiederholen würde. Sie hatten nie über die Zukunft gesprochen; aus einer Art Scham vielleicht, oder um das Schicksal nicht herauszufordern. Sie besaß noch seine Nachricht: ein paar Worte, auf Russisch auf einen Zettel gekritzelt, den er am Tag des Aufstands unter ihrer Tür hindurchgeschoben hatte. »Geh auf keinen Fall auf die Straße. Es ist gefährlich. Pass auf dich auf! Ich liebe dich.« Er hatte das Unmögliche vollbracht, war gekommen, um sie zu warnen, sie zu beschützen, obwohl das Schicksal bereits entschieden hatte, dass ihm nur noch ein paar Stunden zu leben blieben. Mit der Kühnheit und Schamlosigkeit, die Fotografen eigen sind, war es der Reporterin gelungen, in einem der ersten Blicke, die sie gewechselt hatten, die Quintessenz ihrer Liebe zu erfassen. Und diese geheime, intime Leidenschaft bot sich nun der Welt dar. Eine Woge des Zorns brandete in Natascha auf. Das war ungehörig, verletzend. Dimitri gehörte ihr und niemand anderem. Und doch würde er dank dieses gestohlenen Augenblicks immer der herrliche, erstaunliche junge Mann bleiben, den zu kennen sie das Glück gehabt hatte. Ein Schauer überlief sie, denn das war das Wesen der Ausstellung: das Teilen eines Gefühls. Es war süß und grausam zugleich.

»Ist er das, Natutschka?«

Ihr Vater hatte die Hände auf dem Rücken verschränkt und betrachtete das Foto mit ernster Miene. Natascha zögerte. Sie hätte bloß zu lügen brauchen. Nur Axel hatte Dimitri gesehen. Ihr Cousin war der Einzige, der die ganze Wahrheit kannte, und der taktvolle junge Mann würde sie nicht bloßstellen. Aber hieße es nicht, Dimitri zu verraten, wenn sie nicht zu ihrer Liebe stand? Natascha würde nicht den gleichen Fehler begehen wie ihre Mutter. Die Zeit der Lügen und des Verschweigens war vorbei.

»Er ist der Sohn deines Freundes Igor«, sagte sie. »Sein Name war Dimitri. Er war meine große Liebe. Es war eine unmögliche und wunderbare Zeit, ein süßer Wahn. Er hat mich so viel über das Leben gelehrt, obwohl wir uns so selten sehen konnten … Er ist vor meinen Augen getötet worden, am 17. Juni. Vor eineinhalb Jahren. Und kein Tag vergeht, an dem ich nicht an ihn denke.«

Max vermochte den Blick nicht von seiner Tochter zu wenden. Mit zusammengepressten Lippen, bleich, sah Natascha den Mann an, den sie geliebt hatte. Aufgewühlt nahm Max ihre Hand und drückte sie. Ihm graute vor banalen Worten. Er hatte einfach den Wunsch, dort zu sein, bei ihr, ein Stück weit an ihrer Seite zu gehen, weil sie ihn brauchte. Lange standen die beiden schweigend da, und dann kamen, einer nach dem anderen, ihre Freunde und Verwandten und umringten sie. Natürlich erkannte jeder Natascha auf dem Bild, und jeder erriet, dass sich hier eine ihnen verborgene Tragödie abgespielt hatte. Kyrill legte den Arm um Clarissas Taille. Axel beobachtete seine Cousine besorgt und biss sich auf die Lippen. Felix stand sprachlos und mit klopfendem Herzen da, weil er sah, dass die junge Frau, die seine erste Liebe gewesen war, litt, und er teilte ihren Kummer.

Xenia war die Einzige, der man den Namen des sowjetischen Offiziers nicht zu nennen brauchte. Er sah genauso aus wie sein Vater in seinem Alter. Er besaß Igor Nikolajewitschs stattliche Gestalt, diese maskuline Ausstrahlung, diesen klugen und gütigen Blick. Sie trat zu ihrer Tochter und strich ihr über den Arm. Die junge Frau zuckte zusammen. Die Gegenwart ihres Vaters hatte Natascha Kraft geschenkt, doch nun, neben ihrer Mutter, fühlte sie sich plötzlich verwundbar. Das war das Paradoxe an den Müttern, dass sie durch ihre bloße Anwesenheit unsere geheimsten Wunden offenbaren, vielleicht, um sie besser heilen zu können.

»Er ist tot, Mamutschka«, flüsterte sie hilflos.

Und Xenia begriff endlich, warum ihre Tochter seit über einem Jahr so abgemagert und verschlossen war, begriff die Einsamkeit, die in ihrem erloschenen Blick stand. Ihre Trauer hatte sie versteinert, und sie hatte sich in sich selbst zurückgezogen. Xenia fühlte sich an ihre eigene Jugend erinnert, ihre Schmerzen, ihre Verirrungen, die verschiedenen Arten des Exils. Aufmerksam betrachtete sie das Foto. Sie wollte ihrer Tochter helfen, sie ermuntern, ihren Weg weiterzugehen und nicht in diesem heftigen Gefühl zu verharren, das sie wie in einem Gefängnis einsperrte.

Als sie sprach, klang ihre Stimme zärtlich, aber bestimmt.

»Was immer zwischen euch war, Natutschka, wenn du ihn geliebt und ihm das gesagt hast, ist alles gut … Und alles, was dich in deiner Zukunft erwartet, wird deine Seele nur noch wachsen lassen.«

Natascha hätte keine konventionellen Trostworte ertragen; das Versprechen, dass sie bestimmt jemand anderem begegnen, eine neue Liebe finden würde. Ihre Mutter hatte die richtigen Worte gefunden, und ihr Vater die Geste, deren sie bedurfte. Die junge Frau bemerkte die besorgten Gesichter ihrer Freunde und Verwandten. Die bleierne Last des Schmerzes hob sich ein wenig, und sie hatte das Gefühl, wieder atmen zu können. Ihre Mutter hatte recht. Sie hatte Dimitri geliebt. Ihre Begegnung war ein unerwartetes Geschenk des Schicksals gewesen. Von nun an musste sie aus dieser Liebe die Zuversicht schöpfen, um ihren Weg weiterzugehen.

Max spürte, wie seine Tochter zur Ruhe kam. Sie besitzt die gleiche Kraft wie ihre Mutter, dachte er erleichtert. Aber Natascha hatte begriffen, was ihre Mutter in ihrem Alter noch nicht verstanden hatte, nämlich dass es nichts nützte, sich hinter einem Schutzwall zu verschanzen, und es sinnlos war, Angst zu haben, denn die Furcht war nur ein Gefängnis. Als Natascha in den nächsten Saal weiterging, folgten ihr Kyrill und Clarissa, Axel und Felix, Max und Xenia. Sie folgten ihr mit derselben Aufmerksamkeit, die sie ihrer Arbeit entgegenbrachten. Von nun an würde sie unter ihrem wahren Namen, Natascha von Passau, schreiben, und die kundigsten Fachleute sagten ihr eine glänzende Journalistenkarriere voraus. Wollen wir hoffen, dass sie auch ihr Glück findet, sagte sich Max, während Felix ihr etwas ins Ohr flüsterte, das sie zum Lächeln brachte.

In einiger Entfernung bemerkte Max mehrere seiner Aufnahmen, die so angebracht waren, dass sie frei in der Luft schwebten. Durch Steichens Inszenierung erblickten die Zuschauer im selben Augenblick die Bilder und sich selbst in einem Spiegel. Einige Besucher erkannten Max und grüßten ihn mit einem anerkennenden Nicken. Ein wenig verlegen hielt Max den Atem an. Auf Erfolg oder Ruhm legte er keinen Wert. Was ihm etwas bedeutete, waren Nataschas Lächeln, der Gedanke, dass sein kleiner Sohn jetzt in seinem Zimmer schlief, und das Gefühl, die Menschen, die ihm nahestanden, um sich zu haben. Seine Herzensfamilie, die er sich selbst erwählt hatte, diese leidenschaftlichen, talentierten jungen Leute, die alle Träume dieser Welt in sich trugen. Xenia Fjodorowna anzusehen und zu wissen, dass sie seine Frau war, dass er morgen früh an ihrer Seite aufwachen würde, und nicht nur dieses eine Mal, sondern für alle Zeit. Immer wieder zog er bewundernde Blicke auf sich, aber es war der Blick seiner Frau, den er suchte und fand. Man brauchte ihn nur anzuschauen, um es zu erkennen: Ja, Max von Passau war ohne jeden Zweifel ein glücklicher Mann.

Danksagung

Mein Dank gilt Renée Bédarida, M. Henri de Turenne, Lisa Roussel sowie Anne-Marie Pathé vom Institut für Zeitgeschichte für die Zeit und Aufmerksamkeit, die sie mir geschenkt haben.

Dieser Roman schöpft aus zahlreichen Quellen, unter denen ich folgende Autoren nennen möchte: Ruth Andreas-Friedrich, Pierre Assouline, Antony Beevor und Artemis Cooper; Herma Bouvier und Claude Geraud, Anne de Courcy, Orlando Figes, Janet Flanner, Michael R. D. Foot, Dominique Frischer, Hermann Glaser, Atina Grossmann, Olivier Guez, Fey von Hassell, Tony Judt, Élise Julien, Ursula von Kardorff, Guido Knopp, Volker Koop, Johannes Leeb, Gilles MacDonogh, Dorothee von Meding, Norman M. Naimark, Peter Novick, Éric Ollivier, Francine du Plessix Gray, Marie-France Pochna, Penelope Rowlands, Klaus Scherff, Wolf Jobst Siedler und James Stern. Ich hoffe, dass ich guten Gebrauch von ihren wertvollen Informationen gemacht habe.

Ein besonderes Anliegen ist es mir, Christel Paris und Béatrice Duval für ihre unverbrüchliche Unterstützung zu danken.

Meine Dankbarkeit gilt auch Mathilde Walton, Frédérique Polet und François Chasseré.

Und schließlich danke ich von ganzem Herzen meiner Lektorin Geneviève Perrin, die mir während der langen Monate, in denen ich dieses Buch verfasst habe, ihr offenes Ohr und ihren scharfen Blick geliehen hat.

Eine einzigartige Liebesgeschichte vor dramatischer Kulisse

576 Seiten
ISBN 978-3-442-47059-4

»Ganz großes Gefühlskino im Breitbandformat!«
Alex Dengler

Überall, wo es Bücher gibt und unter www.goldmann-verlag.de

Die ganze Welt des Taschenbuchs unter
www.goldmann-verlag.de

Literatur deutschsprachiger und
internationaler Autoren,
Unterhaltung, Kriminalromane, Thriller,
Historische Romane und Fantasy-Literatur

Aktuelle **Sachbücher** und **Ratgeber**

Bücher zu **Politik, Gesellschaft,
Naturwissenschaft** und **Umwelt**

Alles aus den Bereichen **Body, Mind + Spirit**
und **Psychologie**

Überall, wo es Bücher gibt und unter www.goldmann-verlag.de

Goldmann Verlag • Neumarkter Straße 28 • 81673 München

Eine fesselnde Familiensaga, die den Leser kreuz und quer über den Globus führt

640 Seiten
ISBN 978-3-442-46811-9

»Geheimnisse, Humor, Liebe und eine Fülle herzzerreißender Momente – dieses Buch hat einfach alles.« *Huntress Reviews, USA*

Überall, wo es Bücher gibt und unter www.goldmann-verlag.de